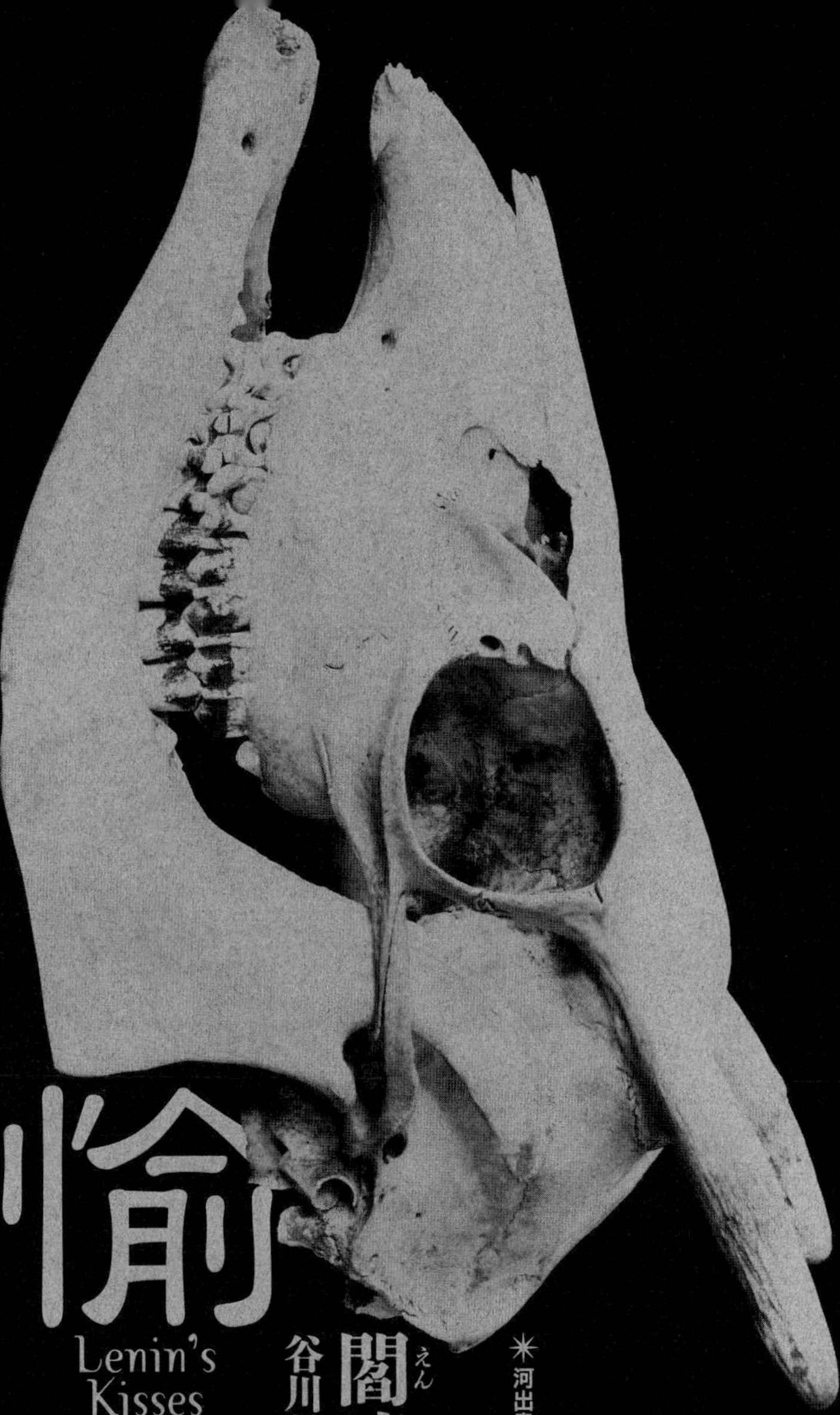

愉楽

Lenin's Kisses

閻《えん》連《れん》科《か》

谷川毅＝訳

河出書房新社

Yan Lianke

愉楽　目次

愉楽

第一巻　うぶ毛

第一章　暑くなった、雪が降った、時が病んだ

雪じゃ！　うだるような夏の暑さに、人間様はただでさえ受活[1]でないのに、雪が降った。しかも雪も雪、大暑雪[3]だ。

一晩のうちに冬がとって返してきた。もうあとちょっとで夏がそそくさと行って秋が来るという前に、冬がさっさと一足先に、やってきたようだった。今年のあまりの暑さに、時間の順序も狂ってしまい、人間様の神経もてんかん起こして大混乱、一夜のうちにこの世の定めもなにもかもが吹き飛ばされ、王道もへったくれもなく、この大雪になってしまった。

ほんまじゃ、時間の順序はあべこべじゃし、神経回路は大混乱じゃ。

ちょうど小麦が熟したころだった。熟した小麦の香りでいっぱいのところに、雪がすっかりなにもかも覆ってしまった。受活村[5]の村人たちは昨夜ベッドに入るときには裸で横になり、団扇《うちわ》や扇子代わりの紙であおいでいた。そばに置いてある腹掛けさえ掛けていなかった。しかし夜半過ぎ、サァーッと風が吹いたかと思うと、瞬きする間もなく腹掛けを引き寄せて身をくるんだものの、それでも寒気が隙間から入り込んで骨の髄に染みこみ五臓六腑《ごぞうろっぷ》にとどまる気がして、ベッドから起き上がると、箱や衣装ダンスにしまっておいた掛け布団を引っ張り出したのだ。

次の日、村の女たちは家の扉を開けるや、色めき立った。「あらまあ、どうしたん、雪よ！　五黄六月（旧暦五月・六月の暑い天気）の大暑雪よ！」

男たちも色めき立つ。一斉に扉を開けるとがっくり肩を落として言う。「くそっ、大暑雪じゃとぉ!?……。今年はもう終わりじゃ！」

子供たちは大はしゃぎだ。「わーい、雪じゃ、やっほー、雪じゃ！」まるで正月でもやって来たかのようだ。

村のニレ、エンジュ、桐、柳もみな真っ白だった。冬に雪が降って幹も枝も真っ白になるのならまだしも、夏の緑を生い茂らせ、濃い陰を作っているときに、白が突如積み重なって山の峰は真っ白、巨大なずっしりとした白い傘となってしまった。木の葉が支えきれずに雪が滑ると、ポンッという音と共に小麦粉のように落ちて、地面にたくさんの真っ白な点を作った。

麦が実るときに大暑雪が降り、耙耬《はろう》山脈の多くの在所⑦に白く冷たい世界が現れた。一面続く麦畑では小麦が倒され、痛ましく雪に覆い隠され、雪の外に出ている穂もほとんどは首が折れ、しおれて散らばり、強風が吹き過ぎた田畑や草地をさらに雪が覆ったようだった。山や畑に立てば微かに麦の香りが漂い、棺が運び出されたあとの霊安小屋の線香の香りのようだった。

まぁ見てみるがええ、酷暑に降った大暑雪で、あたり一面茫々たる白銀の世界になったんじゃけぇ！清らかにして無垢の世界。

しかし言うまでもないことだが、この雪は、耙耬山脈そして耙耬山脈にある受活村の人々に天災をもたらしたのだ。

くどい話

①受活——北方方言で、河南省西部、特に耙耬《はろう》の人々が最もよく用いる。楽しむ、享受する、愉快だ、痛快でたまらないなどの意。耙耬山脈一帯では苦中に楽あり、苦しい中でも楽しむという意味を暗に含んでいる。

③大暑雪——方言。夏の雪のこと。現地の人々は夏のことを「暑天」と言うので、夏の雪のことを暑雪、大暑雪、小暑雪と言う。夏に雪が降るのはよくあることではないが、私が現地の歴史や記録を見たところ、十数年、数十数年に一度は降っている。時には数年にわたって酷暑の夏に大暑雪が降っている。

⑤受活村——伝え聞くところによると、受活村の起源は洪武から永楽年間（十四世紀後半から十五世紀初頭）の明王朝が実施した山西省からの大移民であると

言う。移民の条文規定は、四人家族は一人残し、六人家族は二人残し、九人家族は三人残すというものだった。これに従い、普通の家では年寄りや障害者を残し、若い壮年のものたちが移民の列に加わった。移民の数は一日一万人にも及び、別離の泣き声がやむことは一日中なかった。出発の日が近づくにつれ、人々の反発が強まったため、明の政府は以下のようなおふれを出した。移民したくないものは、この三日の間に洪洞県の大きなエンジュの木の下に集合すること。移民したいものは家に留まり待っていること。この知らせはあっという間に広がり、山西省の人々は皆そのエンジュの老木へと押し寄せて行った。ある家では父親が両目ともめくらで、兄は下半身不随で生まれてこのかた立ったことがなかったので、弟は孝行心を発揮して、父親と兄を車に乗せると洪洞県のエンジュの木の下まで押して行き、自分は家に戻って移住に駆り出されるのを待った。しかし三日後、エンジュの木の周りが黒山の人だかりとなったとき、明の軍隊がやってくると、エンジュの木の下にいた十万の人々を連行して強制的に移住させたのだった。

　大移民は頭数で勘定したので、めくら、びっこ、年寄り、女子供も一人だった。あのめくらの老人は両目が見えないのにもかかわらず、その列の中、ちんばの息子を背負い、足で地面を削るように歩を進めるしかなかった。息子が両目で父親に道を教え、父親がその衰えた両足で歩みを進める様は、見るに堪えないものだった。昼は進み夜は泊まり、一日も休まず、山西省洪洞から河南省西部の耙耬山脈まで、歩き続けた老人の両足は赤く腫れ上がり、足の裏は血だらけ、息子は老人の背中で涙が止まらず、何度も自殺を考えた。列の中で彼らを目にした人々は悲しみ、涙を流し、移民の役人に、彼ら父子を解き放ち、生きる道を与えてくれるよう嘆願した。役人はひとつ上ひとつ上へと伺いを立て、大臣の胡大海《こたいかい》まで伝わると、それに対して返ってきたのはこうだった。「一人でも逃がしたら——殺す！　家族も全員追放する！」

　山東、河南、山西省で胡大海を知らないものはいない。原籍は安徽《あんき》省で、元朝の終わりに飢饉《ききん》を逃れて山西省にやって来たという。その顔は醜く、背は高く身体は大きく、ボロを身にまとい、怨みは骨髄に達し、頭はボサボサで顔は汚れて真っ黒だったが、顔つきは勇ましく、性格は率直だが心が狭く、全身に気力がみなぎってはいたが、それを発揮するところはなく、言うことやること、誰にも相手にされなかった。物乞いをして回っても、そのあまりの形相に、残飯さえも恵んでくれるものはなく、彼が顔を見せるや、みな家の扉を閉めてしまうのだった。ある日のこと、物乞いで山西省洪洞県に入ったとき、腹が空いて死にそうだったところに、立派な瓦葺《かわらぶ》きで大きな門構えの金持ちの家があったので、腹いっぱい食べさせてもらえると思い、手を伸ばして恵みを乞うたところ、そこの金持ちのお年寄りは彼を辱めるために、食べものを一口も恵んでくれなかったばかりか、なんと焼き上がったばかりの葱《ねぎ》入り焼餅《シャオピン》（こねた小麦粉を発酵させて焼いたもの）で孫の尻を拭くと、それを犬に向かって放り投げ、その犬に焼餅をくわえて家の外に持って行かせたのだ。この時から胡大海は洪洞県の人に怨みを抱いた。その後、彼は洪洞県を離れ、乞食行脚を河南省西部の耙耬山脈まで続け、飢えはますますひどくなるばかりで、一歩踏み出すたびに倒れそうになった。ちょうどその時、谷間に草葺きの家があって、一人の老婆が食事の支度をしていた。作っていたのはクズ野菜の蒸しパンだった。悩みに悩んだ末あきらめ、もう物乞いはするまいと決めた。ところがなんと河南人の優しいこと、胡がその場を立ち去ろうとしたとき、老婆はそれに気がつくと、彼を家まで引っ張って戻り、彼を座らせ、水を汲んできて顔を洗わせ、ありったけの材料で、立派な料理を作って食べさせてくれたのだった。食事のあと、胡は感謝感激の気持ちを伝えたが、老婆はただ黙っていた。もともと老婆は片輪で、おしでつんぼだったのだ。身体は痩《や》せて薪のようだった。このあまりの違いに、胡は、中《ちゆう》原《げん》耙耬の人の善と、山西省の洪洞の人々の悪を深く感じ、恩に報い怨みを晴らすと心に決めたのだった。その後、胡は物乞いをやめて朱元璋の麾下《きか》に入り、戦場では神仏をも恐れず生死の境を彷徨《さまよ》い、刀を草の如く振り回した。その戦功は群を抜き、一介の乞食が明朝開国の手柄を立てたのだった。洪武元年、朱元璋は戦乱の終わった後の山河の荒れ果てた様を見て、大声を上げて慨嘆した。嗚呼《ああ》、この度の戦乱で中原は草茫々となり、人民はどこかへ行ってしまったと。中原の諸州は争いのない時はなく、その被害は甚大で、屍骸が丘を築き、住んでいるものは皆無に近い。田野を切り拓き、人口を増やすことは中原の急務であった。そこで皇帝は大移民を決定し、胡大海を移民大臣に任命し、人口の密集している山西省洪洞を中心に、数年をかけ、山西省の人々を河南省に移民させる事業をはじめたのだった。するとあの時、焼餅で孫の尻を拭き、犬に食べさせた老人一家とその周辺の村落も当然その中にあり、彼らは一人も残さず故郷を離れ、他郷へ移らなくてはならず、老若男女、めくらもびっこもその難を逃れることはできなかったのだ。

だからこの年の移民の途中で、洪洞県の盲目の老人が下半身不随の息子を背負っていると聞いても、胡大海は同情しないばかりか、復讐の快感を覚えていたので、その親子を途中でどこかに置いて、助けてやることに同意しなかったのである。彼ら父子は移民の列に従い、遥か千里の苦難の道を行くしかなかった。数か月後、列が河南省の地に入る途中の耙耬山脈で、盲目の父親が息子を残し気を失って倒れた。別のものたちが二人を助けてほしいと胡のところに行き、胡が正にその願い出たものたちを叩き切ろうと顔を上げたとき、その中にあのつんぼでおしで、彼にごちそうを食べさせてくれた、耙耬の老婆が跪《ひざまず》いているのが目に入った。

彼は慌てて刀を置くと、老婆に跪いた。

耙耬のおしでつんぼの老婆の哀願するような目に、胡大海はめくらの父親とちんばの息子を解き放しただけでなく、たっぷりの銀子を渡し、百人の兵士を派遣して、彼らのために家を建て、数十畝《ムー》（一畝は十五分の一ヘクタール）の良田を切り拓き、畑まで水を引き、立ち去るときにおしでつんぼの老婆とめくらの年老いた父親、そして足の動かない息子に言った。

「耙耬山脈のこの谷は、土地は肥えているし、あんたたちには金もある。ここに住んで畑を耕し、愉快に暮らすがいい」

この時から耙耬山脈のこの深い谷のことを受活谷と呼ぶようになったのだった。一人のおしと一人のめくら、一人のちんばはここで三人一緒に住んで、天国のような暮らしをしているうちに、四方八方の村から、はたまた隣の郡や県から、障害者がみな押し寄せてきて、めくらだろうとびっこだろうと、つんぼだろうが、手がなかろうが足がなかろうが、ここではおしの老婆から田畑と銀子をもらって楽しく過ごし、所帯を持つものも増え、ひとつの村になったのだ。障害は後代に遺伝していったが、おしの老婆の差配のもと、誰もが快適に暮らしていた。そのためこの村は受活村と呼ばれるようになり、老婆は、受活村の祖先神明受活婆となった。

これは伝説である。伝説ではあるが誰でも知っていることである。

ほかに双槐《そうかい》県の県志の記録によると、受活村の歴史はかなり長いが、記載があるのはこの百年ほどのことである。それによると、天下の障害者が集まる場所というだけでなく、革命の聖地でもあり、紅軍第四方面軍戦士、茅枝《マオジー》の終《つい》の住処でもあった。県志には、旧暦丙子《ひのえね》〔一九三六〕の年の秋、第四方面軍を率いていた張《ちょう》国燾《こくとう》は、党と分裂し、陝西《せんせい》省に入ってからさらに西へ向かったが、随行している負傷者や障害者が足手纏《まと》いとなり、後々延安へ行って党を分裂させた実情を暴露する証人となることを恐れ、負傷者は重傷者も軽傷者も故郷へ帰してやることにした。その負傷した紅軍戦士たちは、自分たちと朝夕を共にし、日夜戦った部隊の戦友と涙ながらに別れて間もなく、再び国民党の部隊の攻撃に遭い、半分は死亡し、酷い傷を負ったものは軍服を脱ぎ捨て農民になりすましバラバラとなって、故郷に戻るしかなかった。

県志によると、茅枝は紅軍では最年少の女性兵士だった。母親が第五次反包囲掃討作戦で壮烈な死を遂げたため、彼女は革命隊列の中で孤児となり、本籍が河南省にあることを知っているだけで、具体的にどの県に故郷があるのかは知らなかった。父親は癸亥《みずのとい》〔一九二三〕の年に、鄭州《ていしゅう》の鉄道ストライキで投獄され、獄中で死亡した。その後、母親は幼い彼女を連れて革命に身を投じた。癸酉《みずのとり》〔一九三三〕の年、壬戌《みずのえいぬ》の月〔九月〕の第五次反包囲掃討作戦で母親が犠牲になってからは、彼女は母親の戦友と長征に参加し、各地を転戦し、母親の戦友はあちこちの軍務に配属され、彼女は紅軍第四方面軍の一員となったのだ。陝西の地から張国燾の密命で故郷に戻るとき、負傷者の大多数は死ぬか行方不明になってしまった。彼女は墓穴の中に縮こまって難を逃れたが、この時から組織との関係は途絶え、乞食をしながら故郷を目指した。彼女は雪山を登ったときに、五対の足指のうち三対を凍傷で失い、左足は山頂から谷に落ちたときに骨折して完全に動かなくなり、杖が手放せなくなった。河南省の地の耙耬山脈に辿り着いたとき、受活村の多くが障害者であるのを見て、ここに留まりこの村の一員となった。県志にはさらに、茅枝が紅軍の革命に参加したという証拠は何一つなかったのにもかかわらず、受活村の人々も耙耬山の人々も、全県民が彼女を紅軍の戦士、革命の先輩と見なしたとある。耙耬山は茅枝の栄光があるからこそ、受活村は茅枝がいて生活の方向が定まっているからこそ、村のほとんど（いやすべて）が障害者であっても、新社会で豊かで平和にそして快適に暮らすことができたのである。

この県志は庚申《かのえさる》〔一九八〇〕の年に修正され、人物伝の茅枝篇の最後には次のように書かれている。茅枝は受活村で幸せな生活を送り、受活村の人々の生活も幸福であり、受活村は名前の通り受活の村であった。

⑦在所——方言。ところ、場所の意味。

第三章　受活村の人々は、また忙しくなった

なんとまぁ、雪は一気に七日も降り続いたんじゃ。
その七日の間に、日常は死んでしもうた。

　七日間の大暑雪で、本当に夏が冬に変わってしまった。

　雪が小降りのうちに麦刈りに行く家も出てきた。鎌ではなく、手を使って雪の積もった畑で麦の穂を掻き出し、ハサミでちょん切っては籠や袋に放り込んで、ひと籠ひと籠、ひと袋ひと袋、畑の端まで運んで行く。

　最も早く麦を刈りに畑に出たのは菊梅《ジュイメイ》で、ひとまとめに産んで育てた大双胎《だいそうたい》①のうちの三姉妹を引き連れていたが、三人とも年頃の侏儒妹《しゅじゅまい》③で、きれいに並ぶと野の花が開いたようで、身体の脇に籠や袋を置き、半尺（一尺は約三分の一メートル）ほど積もった雪に左手を伸ばして麦の穂を雪の中から引っ張り出し、右手でハサミを使って穂を切り落として行った。

　若者も年寄りも村中総出で、めくらもびっこもみな菊梅の一家に続いて、雪に覆われた自分の畑に収穫しに行った。

　雪で大忙しになってしまった。

　真っ白な山に、麦を刈る受活村の人々が、まるで、羊の群れがはじかれたように散らばって、ハサミの音が雪の地面に氷のように響いた。カシャカシャ、世界中にこだました。

　菊梅の家の畑は谷の崖の上にあって一方が崖、二面が隣の畑で、もうひとつは耙耬山脈の奥にある魂魄《こんぱく》山へと続く山道だった。何畝にも及ぶ畑は様々で、角張

っていたり曲がっているところもあるにはあったが、ほとんどは正方形できれいに整って並んでいた。長女の桐花《トンホア》は全盲で、以前から畑仕事には出ず、食事のあとは庭で座っているか、庭を通って家の門のところまで行くか、遠出といってもせいぜいが村の境の山道までだった。しかしどこまで行ったところで、彼女の目の前は茫々たる黄色だった。日の光が刺すようにはげしいときには、薄い灰色になることもあったが、彼女にはそれが灰色だとはわからない。彼女に言わせるとそれは手で触ったことのある泥のような感じだそうだが、言うまでもなくそれはだいたい灰色だ。

彼女は雪が白いことも知らんし、水が透明なことも知らんし、木々の葉っぱが春には緑になり秋には黄色に色づき、枝から落ちたあとには枯れて白くなることも知らん。じゃが、これらのことは菊梅一家のもんにはわかっていることじゃ、ほいじゃけえ、苛酷な夏に大暑雪が降ろうと、彼女は着ることと食べることだけ気にしとりゃ、えかったんじゃ。娘たちはほかに、次女の槐花《ホワイホア》、三女の榆花《ユィホア》、末っ子の幺蛾児《ヤオアル》がいて、全員ヒヨコのように母親の後について盛夏の麦刈りに雪の畑へと向かったのだった。

それにしてもじゃ、外の景色ときたら、まったくの別世界じゃ。山々も谷も白一色に覆われ、谷底の水だけが清冽な流れを保っていた。山の白い尾根から谷底をのぞくと流れは黒々と輝いていた。菊梅一家の女たちは、みなその数畝の雪畑で麦を刈り、その手は凍えて真っ赤になり、額にはうっすらと汗が滲んでいた。

ほいじゃが、やっぱり夏は夏なんじゃ。

菊梅は三人娘を率いて、それぞれ三本の麦をひとまとめにしながら、這いつくばって刈り、雪の地面を耕す機械のようだった。きれいに積もっていた雪は、刈り進むうちにグチャグチャになり、鶏と犬がケンカをしたあとみたいになった。ほかの家のものがその尾根を通りかかり、道に積み上げられている麦の穂をながめ、驚いた様子で畑の中央に目を向け、菊梅に向かって叫ぶ。

「菊梅さんよ、今年はお前さんのところに小麦を借りに行くとするかのう――」

菊梅は振り返った。「余分さえあったらいくらでもお貸しするわよ」

「余分がなけりゃ、娘を嫁に出すだけじゃ」

彼女は嬉しそうに笑うと、黙ったまま返事はしなかった。

村人が立ち去ると、また自分の畑に這いつくばって麦を刈りはじめた。

山の尾根の雪に覆われた畑はどこもみな忙しくなった。めくらの家で人手が少ないところは、めくらも収穫に精を出さなくてはならなかった。目の見えるものに畑まで手を引いてもらい、雪から麦を掻き出して手に持たせてもらうと、その後はまっすぐ畦に沿って麦を探りながら刈り進み、探り当てられなくなると、引き返すのだった。びっこと下半身不随のものは、完全人⑤と一緒に作業する。平らでよく滑る木の板に座り、麦を刈るたびに身体を前のめりにして木の板を前に滑らせるのだ。木の板は雪の上では完全人が足を雪から引き抜きながら進むのよりも速かった。つんぼとおしは仕事に何の差し障りもなかった。聞こえない話せないだけで、余計な心配をする必要もなく、仕事を始めれば普通の人より一心になり、仕事は早かった。

午後になると、山の尾根はしっとりとした麦の香りでいっぱいになった。

雪は音も立てずに小さくなっていった。

菊梅一家が畑の端まで刈り取ったとき、尾根の上に人が三人立っていた。三人とも完全人だった。そして全員町のものだった。彼らは彼女たちの雪の畑を見ながら、手でラッパを作って、なにかワアワア叫んでいた。荒野と雪の地面が、彼らの声を吸い込んでしまった。井戸が雪の粒を呑み込んでしまうように。菊梅は上体を起こすと、尾根の上を見て言った。「何しとるんか見ておいで」そう口にしたかと思うと、槐花がさっと立ち上がって、雪の中から抜け出して行こうとしたが、蛾児《アル》（玄蛾児）が先に本物の蛾のように、真っ白な雪の中から尾根に向かって、飛んでいったのだった。

槐花は言った。「蛾児、あんた、お化け？」

蛾児は振り返って言った。「姉さん、私が死んでお化けになったらええの？」

小さな蛾は、小さな虫か小雀が畑に舞い降りるように、サクサク雪の上を跳ねながら、軽やかに尾根まで飛んでいった。彼女のその小ささに、三人の男は驚いた。一人が目の前まで行ってしゃがみこんだ。

「いくつじゃ？」

「二十よ」

「背は？」

彼女は恥ずかしそうに怒って言った。「ほっといて」

彼はちょっと笑って言った。「わしが見たところ、三尺じゃな」

彼女は腹を立てて言った。「あんたこそ、三尺じゃろが！」

彼は相変わらず笑いながら彼女の頭を撫で、自分は郷長だと言った。そして雪の上でコートを着ている人を指差した。こちらが県長さん、そのお隣が県長の秘書さんだ。村を管理している人と、茅枝婆《マオジーポー》を探してきてくれ。県長さんが自ら出向いて、様子を聞きにいらしたんじゃ。

彼女は笑った。「茅枝婆はうちのおばあちゃんじゃ。母さんは雪の中のあそこで麦刈りしとるよ」

郷長は彼女を見て、疑わしそうに笑いながらきいた。

「本当か？」

小さな蛾児は言った。「ほんまよ」

郷長は横を向いて県長の顔を見た。県長の顔には表情がなく、いつからそうなっていたのか、顔色は黄ばんで口元はヒクヒク動き、彼らの話が顔のどこかに引っかかったかのような、誰かに顔を引っ張られているような感じだった。しかしそれは一瞬のこと、県長は視線を蛾児からゆっくりと、山の向こうの真っ白な世界へ移すと、顔の黄ばみも薄らいで行き、顔全体が平静を取り戻した。

秘書は若くすらりとして面長で、肌はツヤツヤしており、畑の中の槐花や楡花らを見ていた。槐花じゃが、赤いセーターを着とって、小柄でバランスが良うて、きれいでのう、瑞々しいいうたらなかった。その赤いセーターは彼女を雪の中で炎のように見せていて、秘書は小さな蛾児など、まともに見ようとはしなかった。しかし小さな蛾児の目は、彼の心を見抜いていた。彼がいやらしげな目つきでずっと彼女の二番目の姉を見ているので、腹を立てて目を剝いて振り返ると叫んだ。

「母さーん、この人たち、母さんを探しとるって。それからおばあちゃんもじゃと」

蛾児はまた蛾のように、尾根の上から畑へと飛び戻っていった。

娘たちはみな視線を母親に向けた。誰かが母親に会いに来るなんて、意外で、あってはならないことのようだった。母親の首からかけた袋は、麦の穂でいっぱいで、身体の向きを変えるのも一苦労。お腹に子供のいる妊婦のようにゆっくりと振り返ると、麦の穂の入った袋を、首から降ろして雪の上に置き、凍えて赤くなった冷たい手で額の汗をぬぐい、幺蛾児をじっと見てきいた。

「蛾児、あそこに来とるのは誰だい？」

「県長と郷長と県長の秘書さん」

サッと菊梅の顔色が白く変わったかと思うと、その白に艶やかな赤が差した。異常に寒い日なのに、額の汗は拭っても拭っても、次から次へと滲み出て、蓋を開けた蒸籠《せいろう》から出る熱気で燻されたかのようだった。彼女は立ったまま目の前の麦の穂の入った袋に手を添えて、娘たちの顔をさっと見わたすと、冷たく淡々と言った。「お偉いさんばっかりじゃ。お偉いさんはおばあちゃんに用事なんじゃろ」

槐花は県長と郷長と聞いて、少し呆気に取られていたが、すぐに顔を真っ赤にした。小人の姉妹たちは、どれも似たようなものだったが、よく見ると、槐花は端正な顔立ちで肌も白く張りがあり、彼女自身、ほかの姉妹より抜きん出ているとわかっていた。だから権力のあるものをいちばん待ち望んでおり、尾根の上の三人をしばらくじっと見ると、振り向いて言った。

「母さん、おばあちゃんはボケてしもうとるけぇ、もしほんまに県長さんなら、母さんが行かんと。私も一緒に行くけぇ」

遠くにいた蛾児は、槐花に向かって言った。「あの人たち、できりゃ、おばあちゃんに会いたい言うとられるの。おばあちゃん、ボケてなんかおらんじゃ！」

菊梅は幺蛾児を村へやって、祖母を呼びに行かせた。槐花は尾根を眺めやりながら、見るからにがっかりとした様子で、憎らしげに雪の地面を何度も蹴った。焦れて顔は真っ赤になり、谷の崖に咲く梅の花のようだった。

言うまでもなく、祖母とは県志に名だたる茅枝婆である。彼女はすでに六十七歳で、手にしている杖も、もう数十本と取り替えていた。しばらくして茅枝婆は蛾児と一緒に、村から足を引きずりながら、尾根の上まで這い上がって来た。世の中のありとあらゆる経験をしてきた彼女だけに、杖だって只者ではない。彼女の杖は町の病院のものと同じ種類で、アルミ合金で銀白色、二本の細いアルミ管の一端が、二尺の太くて長いアルミ管を挟み、二つのネジでとめてあった。細過ぎず太過ぎず、杖の先には針金でとめたゴムが巻き付けてあり、杖が地面についたとき滑らないようになっていた。脇に当たる部分には何重にも布が巻いてあり、脇に当てたときに、ピッタリ違和感がないようになっていた。びっこや下半身不随なら、村には十人以上いるが、誰の杖も茅枝婆のものには、かなわんかった。最も良いものでも、鍬《くわ》の柄のようなエンジュや柳の木の棒を、大工に削りだしてもらい、てっぺんに四角い穴をあけて棒を差し込み、鉄や木の釘でとめたもので、それが彼らの足だった。

茅枝婆の杖ときたら、見栄えも良うて丈夫でのう、身分の違いを見せつけ、威厳を表しとった。その威厳と言えば、天が落ち地に穴が空くような天変地異が村に起きようと、彼女が登場して、杖で地面をコツンとひと叩きさえすれば、空いた穴もふさがり平らになるのだ。先月、郷政府が受活村に一人百元の道路建設費を要求してきたときにも、茅枝婆はその杖で、彼らの頭や顔を突ついて追い返した。その年の冬、政府が受活村に、一人二斤（一斤は五百グラム）の綿花を納めさせようとしたときも、茅枝婆は自分の綿入れを脱ぎ、垂れ下がった乳房を揺らし、その脱いだ綿入れを、徴収に来た政府の役人に投げつけ、こう言い放った。

「これで足りるか？　足らんのじゃったらズボンも脱ぐが」政府の役人が何が起こったのか理解する前に、彼女は大衆の面前でズボンの紐に手をかけた。

政府の役人は言った。「茅枝婆、何のまねじゃ！」

茅枝婆は、杖で政府の役人の鼻先を突つく。「綿が欲しけりゃ、ズボンを脱ぐが？」

政府の役人は、彼女の杖を振り払うと退散していった。

杖は彼女の武器だった。今また彼女は、杖をつきながら、深い雪をかきわけて出てきたのだった。蛾児は前にいて、茅枝婆は足をズルズル引きずり、体をフラフラ揺らしながらついていき、さらにその後を、彼女が餌をやっている二匹のちんばの犬がついていった。

受活村の人々は、すでに県長と郷長が実情を聞きに尾根のところまで来ていると知っていた。耙耬山脈がこのような大暑雪に見舞われ、七日間も降り続いて一尺も積もり、麦は雪の下に埋もれてしまった。政府は当然慰問に来て然るべきだ。お金、食糧、卵や砂糖や布などを送るべきなのだ。

受活村は双槐県の一村、双槐県柏樹郷《はくじゅごう》の一村なのだから。

受活村の村人たちは、県長が、尾根でイライラしながら待っているのを見ていた。

そして茅枝婆が尾根を、急《せ》かず慌てず歩いていくのを見とった。

めくらが二人、お互いに手を引っ張りながら尾根から降りて来た。二人はそれぞれ麦の穂をひと袋持っていた。遠くから茅枝婆に叫んで声をかけた。

「茅枝婆じゃろ？　杖の音聞いたらすぐに茅枝婆じゃとわかるわ。ほかのもんじゃったら、杖が雪の地面をつくと、ズコズコ硬い音がするんじゃが、ばあさんの杖はプスプス軽く響くからの」

その茅枝婆は言った。「麦刈りの帰りかい？」

めくらは言った。「県長さんに、現金をたくさんお願いしてもらえるかの。一軒あたり一万元」

茅枝婆は言った。「使い切れるんかい？」

「使い切れんかったら、ベッドの下に埋めるんじゃ、孫もおるし」

つんぼがやって来た。

つんぼは大声で叫んだ。「茅枝婆、県長さんに、何もせんでいいから、受活村のみんなに、町のもんが使うとる補聴器を、一人一個ずつ支給するよう、お願いしてもらえんかの」

おしが一人やって来て、手真似で言うには、自分の家は被害が大きかったので、小麦を雪の下から引っ張り出すこともできず、このままでは今年中に嫁さんをもらうこともできない、県長さんになんとか仲人になってもらい、嫁さんを世話してもらえないかということだった。

茅枝婆はきいた。「どんな嫁さんがええんじゃ？」

彼は背の高さ低さ、細い太いがどれくらいか、手で宙に描いた。

片腕の大工がやって来て、彼にはおしが何を言おうとしているのかわかったので、代わりに茅枝婆に説明してやった。「どんな嫁さんでもええ、女でありさえすりゃ、ええそうじゃ」

茅枝婆はおしを見てきいた。「ほんまに？」

おしは頷いた。

茅枝婆は村人の思いを持って、尾根のところまでやって来た。

尾根の県長と郷長らはみな待ちくたびれ、それぞれの顔に焦れた様子が表れていた。杖をつきながら登って来る茅枝婆を見て、郷長が慌てて何歩か前へ出て彼女を支えたが、思いもかけず、茅枝婆は県長の前まで来ると、突然立ち止まり、ピシリと音を立てるように視線を県長の顔に向けた。県長と言えば、プイと顔を背けて視線を避け、向かいの山を見ている振りをした。そのとき事件は起こった。ゴウッという音と共に発生したのだ。郷長が「え〜、茅枝婆、こちらが県長で、こちらが県長の秘書さんです」と紹介しようとしたとき、彼女の顔は真っ青になり、手の杖を、急に足の後ろの方に動かして身構えた。杖を振り回して何かを叩こうとするときには、いつもこうやって杖を後ろに少し動かし、この姿勢をとるのだ。

郷長は「こちらが新しく来られた柳《リウ》県長で……」と言った。

茅枝婆はその県長を睨《ね》めつけると、老眼のその視線を、そのまま郷長の顔に移し、吠えるように言った。

「こいつが県長じゃと⁉　ハッ、神様、こいつのどこが県長なんじゃ、こいつはクソブタ野郎、クソヒツジ野郎、冷死⑦イヌじゃ！　腐った豚肉にわく、ウジムシじゃ！　冷死イヌの皮のシラミ野郎じゃ！」

その後、そのすぐ後だった。茅枝婆は、歯の無くなった口をもごもごさせると、凄まじい勢いで、その県長めがけて痰《たん》を吐きかけたのだ。その「ペッ！」という音は、天地を驚愕させ、山の尾根の重くどんよりした空気さえ、彼女の「ペッ」という音で揺り動かされ、誰かが巨大な白い澱粉《でんぷん》の塊をグイッと押したかの如く、空気がゆらりと揺り動かされたのだった。

揺れが収まると、冷え固まった空気のなか、茅枝婆は猛然と身を翻したかと思うと、足を引きずりながら、村へと帰って行った。残された県長、郷長と秘書、近くにいた菊梅とその娘たちは、固まって呆然としていた。

ずいぶん長い間呆然としていたが、柳県長は突然足元の石を蹴飛ばし、遠くめがけて痰を飛ばすと、罵って言った。「クソッタレが！　俺様をなんじゃ思うとるんじゃ、わしこそ革命家、正真正銘の革命家なんじゃぞ！」

第五章　くどい話——冷死

①大双胎——耙耬山脈一帯では、三つ子以上を「大双胎」あるいは「多双胎」と呼ぶ。旧暦戊午《つちのえうま》〔一九七八〕の年の乙丑《きのとうし》〔十二月〕の月末、耙耬山脈には特に変わったことはなく、世界にもこれと言って変わったことはなく、北京で盛大な会議が開かれたことを除けば、世界はいつも通りだったが、その後その会議は、テレビ局や新聞で異様なまでに報道され、まるで、二十九年前の己丑《つちのとうし》〔一九四九〕の年に、毛沢東が国家の成立を宣言したときのようだった。その会議は五日間、甲寅《きのえとら》〔十八日〕の日から戊午《つちのえうま》〔二十二日〕の日まで開催された。しかしちょうどそのとき、受活村の菊梅《ジュイメイ》は産気づいたのだ。彼女の腹は太鼓のように膨れ上がっていた。鋭い耳に突き刺さるような泣き声と共に、彼女は続けて三人の女の子を産み落とした。耙耬の人々が聞いたことはあっても、見たことがない三鳳胎《さんほうたい》（娘ばかりの三つ子）だった。どれも子猫のように小さかったが、三人とも元気いっぱいで、泣き、声を上げ、お乳を飲んだ。菊梅はベッドの上に横たわり、血がベッドの脚を伝って流れ落ち、汗が彼女の額で、水晶のように光っていた。茅枝婆《マオジーポー》は女の三つ子、三鳳胎であったことに慌て驚き、手足を休める暇もなくお湯を部屋に運び、産婆に渡した。産婆は手を洗うと、熱いタオルで菊梅の額の汗をぬぐい、お腹が受活になったじゃろうときいた。菊梅は、お腹はまだ痛い、お腹中がぐねぐね動いているみたいと言った。産婆は茅枝婆がつくった汁なし麵を食べながら言った。まだ動いとる？　これまで、さんざ

ん子供を取り上げてきて、初めて三鳳胎に巡り合うたわけじゃが、まさか四つ子や五つ子じゃあるまいな。汁なし麺を食べ終わり、産婆は帰る前に菊梅のお腹を触ってみたが、触りながら驚いて叫んだ。なんちゅうこっちゃ！　ほんまにまだ子供がおる。

産婆がそう言い終わるやいなや、菊梅は本当に四番目を生み落としたのだった。

四人ともすべて女の子で、これが近ごろ耙耬山脈一帯で有名な「大双胎」――「四つ子」で、一番上が桐《トン》花《ホア》、二番目が槐花《ホワイホア》、三番目が楡花《ユィホア》で、四番目は幺蛾《ヤオア》児《ル》または四蛾子《スーオーズ》といった。四番目が生まれたとき、蛾が飛んでいたのだ。

③侏儒妹――背の低い女の子のこと。菊梅は一度に四人の女の子を生み、四人は先天的な小人だった。だから受活村の人々は彼女たちのことを侏儒妹と呼んだ。
⑤完全人――受活村の人々の健常者に対する敬称。我々のように手も足も欠けておらず、盲でも唖でも聾でもない正常者のこと。
⑦冷死――方言。もともとは寒いことを指すが、ここでは人の心について言っている。冷酷で頑なで死人の心のようであること。

茅枝婆が柳県長をこう罵ったのには理由がある。柳県長は名前を鷹雀《インチュエ》といった。柳鷹雀は、元から今の柳県長ではなく、我々と同じ普通の人だった。丁巳《ひのとみ》〔一九七七〕の年以前は、県都で唯一人の社校の子①で、そのため、柏樹郷にアルバイトに行き、毎日郷の役場の庭を掃き、食堂の鍋釜に水をいっぱいにしてお湯を沸かし、毎月月末になると二十四点の労働点数と五元の給料をもらっていた。

あの年月、天下の人々は、生まれ変わって解放される喜びの舞いに、どっぷり浸かっていたが、耙耬あたりになると、腹一杯食べれば腹は減らないという道理を知るだけだった。人々の自覚があまりに低いため、教育と指導の必要性を感じた国は、社会主義教育運動を展開し、社教③を始め、道理を説き、教育を行い、これを社会主義建設の重要な一環と位置付けた。しかし社教をやるには人材がいる。人材は不足していたので、柳鷹雀を使うことにしたのだ。若かったし、足腰は丈夫だし、社校の子だったので、百里離れた受活村に派遣され、身分や待遇は労働者のままで幹部の仕事をし、社教をやりながら、人々を啓発することになったのである。

彼は村人たちに王《ワン》、張《チャン》、江《ジアン》、姚《ヤオ》を知っているかとたずねた。

村人たちは彼に向かってみな目をぱちくりさせた。

王張江姚は「四人組」のことだが、知らないはずはあるまい？

村人たちはやはり彼に向かって目をぱちくりさせた。

彼はすぐに鐘を叩いて会議を開き、文書を読み上げた。これで王張江姚についてはわかっただろう、王は党副主席の王洪文《ワンホンウエン》のことであり、張は陰謀家の張《チャン》春橋《チュンチアオ》、江は毛主席夫人の江青《ジアンチン》、姚は文学界のチンピラ姚文元《ヤオウエンユアン》のことだ。今回は受活村の人々もうなずいた。彼の仕事も間もなく終わり、村を離れようとしたとき、村から完全人で、年の頃は十七、いや十六かもしれないが、女の子が一人出てきた。肩までたらしたおさげが歩くたびに揺れて、まるで二羽の黒雀が、いつまでも肩の上で戯れているようだった。受活村で会議を開いて壇上に上がれば、下はめくらとびっこだらけ、めくらでもなくびっこでもなければ多くはつんぼかおしで、めくらの中で我々の目は二つの灯りであり、ちんばの中では我々の足が二本の竿。おしの中で彼の耳は、千里先の音をも聞き取る地獄耳である。ここでは完全人は一人の元帥であり、皇帝なのだ。しかし皇帝だとしても、長居をする気にはならないだろう。いつか自分の目がボンヤリと盲《めし》いてしまい、脚は萎《な》え耳は聞こえなくなってしまいそうだからだ。それはちょうど春三月だった。桃李が紅白を競い、草木は万緑を争い、その濃厚な香りは、思わずむせてしまうほどだった。受活村には百歳を越えるトウサイカチが二本あり、樹冠は大きく広がっていて、村をほとんど覆い尽くさんばかりだった。村は谷の下の緩やかなところにあり、こちらに二つ、あちらに三つという具合に二戸三戸がつながって一本の線、一本の通りをなし、人家はこの通りの両側に沿って並んでいた。西の尾根の道の下、地面が緩やかになっているところは住人が多く、住んでいるのはほとんどめくらだったが、それは尾根が近く、出かけるときにあちこちぶつからず尾根の道を登って行けるからだ。中間地帯は少し険しく、人は少なめで、びっこが多かった。道は平らではなかったが、両目は見えているわけで、用事があって村から出るときも、杖をつき壁に手をつき、ひょこひょこ行けば、ことは足りるのだった。村の一番東が最も険しく、地面は凸凹で、出かけるにもいちばん難儀なところだが、ここは聾唖戸《ろうあこ》だった。聾唖戸なので、もちろんつんぼとおしが多かったが、聴こえない話せないだけで、目は見えるし両足には何の問題もなく、道の良し悪しは関係なかった。

受活村の通りは二里（一里は五百メートル）が途切れ途切れに続いていて、足下には川、背中には山を背負い、西の盲人の多いところをめくら通り、東の聾唖者が多いところを聾唖通り、間のびっこや下半身不随の多いところを杖突き通りと呼んだ。

その完全人は、杖突き通りの方からやって来た。彼女はびっこでも下半身不随でもなく、空中からクルクル舞い落ちる木の葉のように、軽やかに近づいて来た。柳鷹雀は朝一番に出て受活村の外で一泊し、この日の午後に村に入り、挨拶もそこそこに鐘を叩いてトウサイカチの下で文書を読み上げ、社会主義教育が終わったら、暗くなる前にこのめくら・びっこの世界から抜け出し、受活村の外で一泊して、翌日公社に戻るつもりだった。しかし、この完全人に出逢って、帰るにはまだ早いと感じ、受活村にもう一泊することにした。そこで彼は道の中央に立ち、白の化繊のワイシャツの裾をベルトに挟んで、遠く完全人を眺めていた。近づいて来ると、彼女の姿がはっきりと見えた。うっすら赤い顔、花柄のブラウス、足元は受活村ではめったに見ない、先の四角い刺繍靴だった。その靴は市の立つ町では、五月五日に地面いっぱいに捨てられる竹の葉ほど多く見かけるものだったが、受活で履いているのは彼女一人、冬寒の枯れた林の地面に、突然二輪の花が咲いたようだった。彼は、行く手を遮るように道の真ん中に立って言った。おい、名前は？　今日の集まりになんで来なかった？

彼女は顔を赤らめて、どこか他のところを見ているような感じで言った。お母さんが病気で薬をもらいに行かなくてはいけなかったの。

私は公社の幹部だが、お前は王張江姚が誰か知っているか？　彼女が返事をしないのを見て言った。いま国家でどんな大きなことが起こっているか、この世の中すべてが喜びに沸いて、二度目の解放を享受しているというのに、お前はどうして王が王洪文で、張が張春橋、江が毛主席夫人の江青だと知らないのだ？　彼は帰るのをやめ、ここに留まり、この娘と辺鄙な村落に、町の様々なこと、公社や県都のこと、さらに多くの国家のことを教えようとしたのだった。

それから数日もすると、その娘とねんごろになり、そうしてやっと受活村を離れ、公社に帰って行ったのだった。

彼が去ってから、その年の終わりに奇跡的な四つ子が生まれた。四つ子が生まれてから、茅枝婆は公社に彼をたずねて行った。そのころ彼は最も辺鄙な受活村や文洼《ぶんわ》村などの村々を訪ねたあと、さらに最も山深い地域へ赴き、社教をほどこしていた。そしてもはや公社と県の優れた社教の幹部、庭の掃除や湯沸かしなどやらない、名実共に国の幹部となっていたのである。茅枝婆はそんなころ、郷の役場に、彼をたずねて行って戻ってきた。行き帰りで二日かかったが、娘の菊梅の枕元で言ったのは、たった一言だった。柳鷹雀は死んでしもうた、社教へ行く途中で、谷へ転げ落ちてしもうて、潰れ柿になってしもうた。

くどい話

①社校の子——社校の子は、柳県長にとって少年期の特別な経験である。また一つの民族が発展する過程で、忘れることのできない歴史的な一頁でもある。あの新中国が成立して間もないころ、たくさんの場所で社会主義教育学院や党員養成学習班が作られた。養成班は、のちに次第に党員幹部のマルクス・レーニン主義学習基地、あるいは党建設学院や社会主義教育学院になっていった。これらはすなわち、日常知られている党校、社校のことである。これらの学校は、全国の市・県に広まっていった。十年後、省や地区によっては、一つの県に四、五か所、郷・鎮ごとにあるところもあった。ずっと社会主義教育学院、あるいは社会主義教育学校と呼んでいたところもあったが、多くは、大まかに党校と称するようになった。

双槐県ではずっと社校と呼んでいた。建物は町の北側の空き地に建てられ、数棟の赤い瓦葺きの建物を赤い壁が取り囲み、その鮮やかな赤い建物はくっきりと見え、赤一色に光り輝いていた。社校の存在は、社会主義建設の過程において泰山よりも重く、県委員会書記が校長を兼ね、県長が副校長を兼ね、全県の幹部が定期的にここで授業を受けて学習し、昇進するためには、三か月から半年研修を受けなくてはならなかった。しかし落葉より軽い学校もあるにはあった。この学校には数人の専属職員のほか、柳という名前の先生が一人いるだけだった。幹部が研修や学習にやって来ると、柳先生はみんなに指導者の本を読んで聞かせるだけで、講義をするのは書記や県長、あるいは地区の党校にお願いして来てもらう専門家だった。農繁期で政府から重大な政策や運動方針が発表されなければ、学校は閑散として荒れ果てた状態となる。職員は暇をもらって家へ帰り、春は種蒔き、秋は収穫、学校に残っているのは専任の柳先生と門番だけとなった。

柳県長は、小さいころからこの学校で大きくなったのだ。彼は柳先生が拾った捨て子だった。

歳月を大急ぎで遡ると、あれはちょうど己亥《つちのとい》〔一九五九〕の年で、後に人々が三年の自然災害と呼ぶ最初の年で、天下はみな飢えていた。世界中の人が飢えに苦しみ、呻《うめ》き声を上げていた。この年、できてちょうど三年の双槐県の社校には、県も党員や幹部を送り込むのをやめ、学校の幹部や先生も解散して家に帰ってしまい、たった二人、柳先生と若い奥さんが学校に残って留守番をしていた。しかしその冬の日、四十歳の柳先生と奥さんが野菜を掘りに出かけ、寒い学校の門まで戻って来ると、門の地面に綿のふろしき包みが捨ててあり、開いてみると、生まれて六か月ほどの、飢えて脚と腕が同じくらいの太さの男の子がいた。それを見た柳先生は振り返ると荒野に向かって叫んだ。

「このクソッタレのバカ親どもが！　子供をうちの前に置き去りにして、殺す気か！」

そして叫んで問いかけた。「良心があるなら、子供を抱いて連れて帰ってくれんか。コーリャン半升〔一升は一リットル〕でどうじゃ？」

そしてまた罵声を浴びせた。「二人とも、ほんまに死んだんか？　死んどったとしても、ええ死に方させたりせんけぇの。おまえら二人とも、野良犬と狼に引き裂かせちゃるけぇ、覚悟せぇよ！」

叫び倒し、罵倒し尽くすうちに、太陽は山の端に沈み、荒野には相変わらず人影はなかった。柳先生の奥さんは、子供をどこかに捨てに行こうと思ったが、柳先生は郷の塾で学問を修めた人であり、八路軍の筆記係をしたことがあり、双槐県解放後、初めて県長の秘書になった党員、幹部、知識人だった。民国時代、八路軍は双槐県で党員の緊急養成班を作ったが、柳先生は字を書くのが上手だったため、富農であったにもかかわらず、養成班の筆記係に抜擢されたのだった。筆記係になって彼は入党した。己丑《つちのとうし》〔一九四九〕の年、民国が終わり、新中国ができるとそのまま県長の秘書となった。そして数年後双槐県が社校を作ったときに、自然と社校の先生となったのだ。党員であり、幹部であり、知識人である彼には、妻に子供を捨てに行かせることはどうしてもできなかった。彼は妻から子供を奪い取ると、その子を一日一日と育てていったのだ。

子供は息を吹き返し、柳姓を名乗ることとなった。ふろしきの中身を確かめたとき、鷹や雀が空を旋回していたので、鷹雀と名づけられた。

災害の年は、ゆっくりコトコト煮えるように過ぎていき、社校はまた日増しに赤く燃え上がり、全県の党員、幹部が、またぞろ入れ替わり立ち替わり、学校に研修と学習に来るようになった。隣の県も昇進する幹部がいるときには、ここに送って研修を受けさせた。そのため食堂の排気口も、毎日モクモクと煙を上げ、火が強いときには、排気口から赤い炎が出ていることもあった。赤い炎が見えたときには、柳鷹雀もご飯にありつけるのだった。この子が、後に校長になる柳先生が校門で拾った捨て子だということは、みんなが知っていた。学校に学習に来ているのは、すべて党員であり幹部であり、共産主義実現のために一生を捧げる覚悟も度量もあったので、この子が食堂で食べることに文句などつけなかった。

こうして彼は生き延び、大きくなったのである。

食事時になるとお碗を持って社校の食堂に行き、食事が終わって党員幹部が学習に行くと、彼もついて行き、小さな椅子を並べて教室に座った。暗くなると学校の倉庫にある彼の部屋に戻って休むのだった。

時はこうして一日一日と過ぎてゆき、鷹雀が六歳のとき、校長の奥さんが身籠り、女の子を出産した。もとはと言えば、彼女は子供が産めないということで四十の柳先生に嫁いだのだった。しかし柳先生、すなわち柳校長は四十七で彼女を孕ませた。奥さんは自分の娘ができてから、拾い子の鷹雀に対して以前のようには接しなくなり、日に日に冷淡になり、柳鷹雀は、ますます社校の食堂で食事をするようになった。社校の党員や幹部たちで、彼を社校の子供と見做さないものは一人もいなかったので、誰からともなく彼を名前ではなく、社校の子と呼ぶようになった。十歳になったとき、柳先生の奥さんは娘を捨て、隣県から研修に来ていた幹部と逃げ、他人《ひと》様の奥方になってしまった。それでようやく柳先生は、本気で彼を育てはじめたのだ。彼の娘の兄として。

③社教——社会主義教育運動のこと。これは歴史の専門用語である。社校幹部とは、歴史的なある一時期、社会主義教育運動に専門に携わった幹部たちのことを特に指す。

第三巻　根っこ

第一章　見よ、こちらを、こちらのお役人を、この柳県長様を

雪はちょっと泊まっていっただけだった。耙耬《はろう》山脈を通りがかった旅人のように、七日間休むとまた行ってしまった。

どこへ行ったかはわからない。

山脈と村にはまた夏がお返しされた。

夏は大雪に見舞われて恥をかかされ、戻って来ても、満顔《まんがん》①に喜ぶ様子はなかった。太陽は意固地になって、決して出てこようとしなかった。霧や雲がベッドの枕元まで低く垂れ込み、尾根の上では、手を伸ばしさえすれば、雲が指の間をすり抜け、皮膚を湿らしていくのだった。朝起きて、庭の中や村の入口や尾根に立って手を宙に伸ばして霧をつかみ、顔をひと撫ですれば、洗顔終了だった。目ヤニもなくなり眠気もなくなった。

ただ、両手はヌルヌルじゃがな。

雪は溶けた。

雪のときに刈り取れなかった小麦は、雲霧のせいで黴《か》びて腐ってしまった。熟した麦の穂は、日の光がなく蒸れて、黒くなってしまっていた。中の実も青っぽくなっていて、食べても腹を下してしまう。

麦が畑の黒い草になり、次の冬に牛に食べさせる草もなくなってしまった。

もっと先のことを言えば、翌年の秋に撒《ま》く麦の種もなくなってしまった。

慰問に来た県長、郷長そして県長秘書は、みな村の当間《とうま》③にある塀囲いの建物に滞在した。この建物いうんが、解放前はお寺での、境内には菩薩と関羽と受活婆

が祀られとったんじゃ。このつんぼでおしの受活婆あってこその、受活村だったからじゃ。この受活婆が、山西省洪洞県で辱めを受け、耙耬を通りがかった、物乞いの胡大海にごちそうしたから、胡大海は耙耬のこの地で、大移民の途中、盲目の父親と片輪の息子を残し、彼らに田畑を与え、銀子を与え、水を与え、片輪たちが天国のような暮らしを送れるようにしてくれたのだ。天下の片輪がここに押し寄せて来て、そして受活村はできたのだ。

当然おしの婆を敬うべきなのだ。

しかし後に菩薩の像はなくなった。関羽の像もなくなった。おし婆の塑像もなくなってしまった。床を掃いてベッドを備え付け、その三部屋の瓦葺きの建物は、村に来た客人をもてなす専用の建物になった。二十年ほど前、鎮（県の下に位する行政単位。郷と同格）で社教員をしていた今の県長が受活村に来たときも、この寺に滞在した。そして今もこの寺に滞在している。寺は相変わらずだったが、人は変わっていた。あっという間に四十の中年になり、柏樹公社の水汲み掃除の手伝いから受活村の社教員へ、郷の幹部から副郷長、郷長、副県長へ、そして現在の県長の地位にたどり着いた。それまでのことを思うと正に感慨深いものがあった。

双槐県は貧しい県じゃった。これがまた、飛び抜けて貧しゅうてのう。外の世界は火が付いたように燃え盛っているというのに、双槐県の県委員会、県政府の門前の道路は砂利道のままで、雨が降れば、道に溢れた水は、泳げない牛を溺れさせることができそうだった。ある年には、県委員会前の水のたまった穴に子供が落ちて、溺れ死んでしまった。数年前には電気代も電話代も払えず、県委員会と県政府は、壊れた車の車輪をどちらが直すかで口論し、老県長は、手に持っていた漬物の入っていたガラスの器（お茶やさゆを入れるためのもの）を叩き割り、県委員会書記は、ガラス窓を掃除するモップを叩き折った。地区（いくつかの県を統括する行政区画）委員会の牛《ニウ》書記が県に調停にやって来て、それぞれに会って話をきいた。

県長に会って言った。

「どうしたらこの県を豊かにできると思う?」

県長は言った。「簡単なことじゃ。わしの頭をかち割りゃええ」

地区書記は、今度は県書記に会って言った。

「この県を貧困から抜け出させることができないのならば、書記をやめるんだな!」

県書記は地区書記に、腰を折り曲げてへつらった。「大先生、もし私を異動させて下さったら、ここであなたに土下座いたします」

地区書記は言った。「おまえはクビだ！」

県書記は言った。「ここから離れられるのなら、クビでもかまやしません」

地区書記は、持っていた湯飲みを足地《そくち》⑤に落とした。

次にまた、県委員会とそこの副幹部に会いに行った。

柳副県長に会って言った。「君のところの畑はきれいにしてるな」

柳副県長は言った。「いくら植えたところで貧乏には変わりありませんがね」

「この双槐県を豊かにする方策は何かないか」

「それは簡単なことです」

地区書記は彼の顔をじっと見て言った。「話してみてくれ」

柳副県長は言った。「工場はなく鉱山もありません。しかし自然に恵まれているので、観光産業を発展させるべきです」

地区書記は笑って言った。「黄土と濁った水を、誰が見に来るって言うのかね」

柳副県長は言った。「牛書記、北京は観光客が多いですよね」

「あそこは首都でいくつもの王朝が都を置いた古都だぞ」

「毛主席記念堂を見に行く人は多いですか？」

「多いが、それがどうした？」

柳副県長は言った。「大枚をはたいてロシアにレーニンの遺体を買いに行き、そのレーニンの遺体を双槐県の魂魄山に安置するのです」そしてさらに続けた。「牛書記、書記さんはまだ、二百里先の魂魄山に行かれたことはないでしょう？　あの山の上には、コノテガシワが林を作り、松が列を成し、鹿がいて猿がいて、猪にキウイもあるんです。そのままで自然の森林公園なんです。レーニンの遺体は頂《ちょう》⑦に安置する、ここが最も重要なポイントです。全国から全世界から、そりゃ、みな狂ったように山頂まで観光に来ますよ。入場券が一枚五元なら、一万人で五万元でしょう？　一枚十数元なら、一万人で十数万元、一枚五十数元なら一万人で五十数万元。一枚大枚百元でしたら？　観光客一万人でどれだけの大枚になります？　この県のもんが、一年総出で畑を耕しても、百万元の大枚にゃなりゃせんでしょ？　へっ！　そんなもん、犬の屁、豚の屁、牛の屁ついでに馬の屁です！　しかし、海山のような人が魂魄山に押し寄せて来たら、一日一万人じゃおさまりゃしませんぞ。全国の人が、河南、湖北、山東、湖南、広東、上海、中国人と外人で一日一万、三万、五万、七万、九万と接待して、九万のうち十分の一は外国のお年寄りで、魂魄山を見て、レーニンの遺体を見るわけです。彼らには当然人民元ではなく、ドルで払わせるんです。一枚五ドルとか十五ドル、二十五ドルが高いでしょうか？　いや、あのレーニンの遺体を見るのに、二十五ドルなら安いもんです。一人二十五ドルとして、十一人で二百七十五ドル、一万人で二十五万アメリカドルです！」続けて言った。「それに宿泊、食事、記念品に山の特産もありますし」さらに続けた。「書記さん、私はその時に道が狭くて車が混んで、宿が少なくて泊まるところがなくなるんじゃないか、心配なんです。この県が豊かになったら、お金はあっても使うところがないんじゃないかと心配なんです」

柳副県長は県の招待所で、地区委員会の牛書記に、この構想について話したのだった。そのとき牛書記は、ソファーに座っていたが、ソファーの肘掛けには持っていたタバコで穴が空き、話を聞いている間も、その穴が大きくなっていた。豆粒大の穴は、ナツメよりも大きく掘り進められ、クルミ大になり、柿を越えてしまった。地区委員会の書記さんはもう年じゃった。五十も後半、六十が目の前で、痩せ細った体に、これまた質素な服でのう、頭の髪の毛は抜け落ちてツルツル光っとるし、残っとるものといやぁ、黒の混じる白髪だけじゃった。彼は苦労して革命に一生を捧げ、数えきれんほどの官僚、幹部職を歴任されたんじゃ。柳副県長は、彼がある郷の幹部から引き抜いてきた。それは数年前のことだったが、彼がこの県にやって来たとき、ある郷では、きれいな道が通り、家々に電気が通り、各家庭の台所には水道があって、蛇口をひねれば水が鍋に注ぎ込まれるという話を耳にした。水道を引く金はどこから来たのかときくと、ある人が出してくれたという。それは一体誰なんだと問い詰めた。すると、その郷には、解放前に南洋へ行って銀行を開いたのがいて、時間ができたので、一度様子を見てみたいと故郷に帰って来たのだ。それはちょうど秋の収穫のときだった。しかし郷長の柳鷹雀《リウインチュエ》は、その日村人全員に畑で玉蜀黍《とうもろこし》をもぐことを禁止し、学校も休みにして、老若男女揃って一律に道の両側に立たせ、その南洋人を出迎えさせたのだ。郷から南洋人の村までは五十七里の山道で、車の通れない泥道で、鶏の腸のようにクネクネ曲がっていたが、千人もの農民たちがみなその五十七里の道路の両側に立ったのだった。ここで大事なんは、五十七里の道路の両側一杯に人が並んだことではなくて、この五十七里の道を赤く敷き詰めたいうことなのだ。赤絨毯ではない。赤い布や赤い紙、郷の村では結婚のときにしか使わない、赤い緞子などだった。五十七里の間、村ごとに区切って、もし赤い緞子や赤い布がなければ、女性の赤い上着や赤いシャツで補った。赤っぽい色の服があれば、みなその道に敷き詰められた。チャルメラも吹く。銅鑼《どら》も叩く。赤く折れ曲がった線は、遠く見えなくなるほど天まで続き、それは郷の最初の村から、その南洋人の家の入口まで続いていた。その日は雨が降り、南洋人は郷で車を降り、赤い緞子で覆われた花嫁駕籠に乗った。その果てなき五十七里の赤い道を、花嫁駕籠に乗っていくことを彼は拒んだが、乗らないと言うと、駕籠担ぎたちが彼に土下座した。

ザッと跪いた。なにがなんでも花嫁駕籠に乗ってもらわねばならない。

花嫁駕籠に乗って五十七里の赤い道を行ってもらわねばならない。

銅鑼が大きく鳴り響いた。

チャルメラがとりわけ調子よく吹き鳴らされた。

人々の拍手もリズミカルに鳴り響いた。

駕籠から降りて歩きたくとも、駕籠担ぎはきっと土下座するだろうし、地歩《じほ》⑨で行くにしても、ここであ赤い布や赤い紙、赤っぽい服の上を行くのを拒絶しようものなら、人々は拍手をやめ、銅鑼を叩くのをやめ、手をたたくのをやめ、チャルメラも吹くのをやめるだろう。人々はみな彼に跪く。子供たちも跪く。八十の年寄りでさえ跪かなければならない。彼は故郷のために栄光を勝ち取り、故郷に錦を飾ったのだから、その布の上を歩かず、駕籠に乗らないということは、故郷の人々の出迎えを嫌がっていることになるのだ。どうしたところで彼は赤い布に戻って駕籠に乗るしかなく、そうしてついに熱い涙を目に浮かべて父親に拝礼し、お金を出してこの五十七里の道をきれいにし、郷のすべての家に電気と水道を引きたいと申し出たのだった。

地区書記はその郷を視察に行った。

だから郷長の柳鷹雀と面識があったのだった。

「県のすべての村に電気と水道を通すことができるか？」

「私は郷長ですから、郷に関わるだけです。県に口出しできるわけがないじゃないですか」

その後、彼は短期間であっと言う間に副県長となり、県全体の畑を管理することになった。地区書記は、彼が県の田畑を平らにならし、一枚一枚きれいに形を整え、車で畑のそばを走ると、船で海面を滑るようになっていることを知っていた。そうなんじゃ、まさに彼こそが、柳県長その人じゃったんじゃ。地区書記さんは、彼が才能であふれかえっとる県の幹部で、頭の中には、人を驚かせる無数のアイデアを持っとる人間じゃと知っとった。しかし、そうだとわかっていても、彼がレーニンの遺体を買って帰り、その遺体を、魂魄山の山頂に安置すると話したときには、驚いて心臓がドキリとした。薄い石板の敷き詰められた道を軽々と歩いていくと、踏んだところが窪んで足跡を残し、口を開け、石板が揺れてひび割れ、粉々になってしまうかのようだった。このがっしりとしているが、背は高くない副県長を前にして、地区書記は、はじめこの成年男子を、己の小便と泥でこね上げた塑像ででもあるかのように、バカにして軽蔑《けいべつ》したような顔つきで見ていたが、彼が入場券の金勘定をするのを聞いているうちに、嘲るような顔色はだんだんと消え、穏やかな笑顔になっていった。そして柳副県長が話を終えたとき、彼の手は一段と大きくなったソファーの焼け焦げた穴のそばにまだあったが、顔は真面目で厳格な引き締まった表情に変わり、柳鷹雀をまるで父親が最愛の小便と泥でこね上げた子供——手も汚れ、顔も汚れ、全身泥まみれで、めったに作ってやれない新しい服を着せても、ビリビリに破いてしまう、でも可愛くて手が出せない子供——を見るように眺めているのだった。

彼はしばらく考えてから低い声できいた。「なあ、柳鷹雀、レーニンの本名を知っているか？」

柳副県長は俯《うつむ》いて足元をじっと見ながらちょっと考えると笑って言った。「知っとりますよ。知らないわけがありません。翻訳された資料にあたり、何度も口に出して覚えたんです。全部で十五文字、ウラジーミル・イリイチ・ウリヤノフです」さらに続けて「レーニンは干支でふたまわり前の庚午《かのえうま》（一八七〇）の年、旧暦三月生まれ、この癸亥《みずのとい》の民国十二年の臘月《ろうげつ》（旧暦十二月）に死んでいます」そしてまたさらに続けた。「レーニンは五十四歳に三か月足りないだけ生きたわけですが、我々の県の平均年齢よりも十歳以上早く死んどります」

「レーニンが何を書いたか知っているか？」

「最も有名なのは、『何をなすべきか』『唯物論と経験批判論』『資本主義の最高の段階としての帝国主義』『国家と革命』です」そして言った。「牛書記、レーニンは我々社会主義の先祖、社会主義国家の父ですよ、父親のことを知らない子供がどこにおりますか？」

「向こうはレーニンの遺体を君の県に売ってくれるのかね？」

　柳副県長は、カバンから用意してきた書類袋を取り出すと、その中から『参考消息』新聞を一部と、当時は県・団レベル以上の幹部しか読むことのできなかった、二つの内部文書を取り出した。新聞は壬申《みずのえさる》（一九九二）の年の秋の古いもので、二頁の右下隅に『ロシアはレーニンの遺体を焼こうとしている』と題する三百一字の記事があった。内容は、ソ連崩壊後、モスクワの赤の広場のレーニンの遺体を継続して保存するのか、それとも火葬に付すのかが、ロシア各政党の問題の焦点になっているというのだ。レーニンの遺体を火葬したいという声は、政権党から強く出ていると言う。内部文書は、地区書記も読まなければならないマル秘記事で、ひとつはさっきの新聞よりも三年後の乙亥《きのとい》（一九九五）の猴《さる》年五月のもので、もうひとつはつい最近のもの、ほんの三か月前、レーニンの遺体を火葬にしたいという最初の記事の報道から、ちょうど四年半後のものだった。文書の主な内容は、どちらも各地区、各県の状況を反映したもので、農民が税金を払えず自殺したとか、県委員会に押しかけたとか、濡れ衣を着せられ結集し県委員会と県政府の門、机、車をぶち壊したというものだった。ほかにも南方のある郷では、政府の要員が農村へ人頭税を徴集に行ったとき、税金を払えないある家の女が政府の要員と一晩寝て免除されたため、それからは人頭税を払えない家の女がこぞって政府の要員と寝るようになり、ろくに寝ることができない彼らの負担になったことなど。この内部文書は地区書記も、寝る前に必ず読まなければならないもので、世の子供たちが寝る前におっぱいを飲むようなものだった。しかしこのレーニンの遺体を焼こうとしている記事、ひとつは三年、ひとつは四年半の隔たりのあるこの二つの文書の行間の空白に、短くても重要で人々を不安で眠れなくさせるような文章が国外で発表されているはずなのだが、この二つの時期のマル秘記事はなんと内容がほとんど同じで文字数も百字余り、その内容はロシアが経済的に困難な状況にあり、レーニンの遺体を保存する経費の財源がなく、大問題になっていること、さらに新しい方の短文では、費用が足らないのでレーニンの遺体が少し変形を始めており、遺体の管理人がたびたび政府機関に足を棒にして通って、やっと遺体管理費をせしめることができるという内容だった。ロシアの政府要人が、レーニンの遺体をどこかの党派か大きな会社に譲ったらどうかと提案したが、レーニンの遺体を引き取りたい党派には金がなく、それだけの金が出せる会社や資本家は、引き取りたがらなかった。このためこの提案はうやむやになり、家に戻れなくなったボロ車が途中で乗り捨てられたようになってしまっていた。

地区委員会の牛書記は、その二つの短いニュースを穴のあくほど読み、また新聞の古い記事を読んだ。古い記事を見て、また短いニュースを見た。文書と黄ばんだ新聞をそばの机の上に置いて、柳副県長を長い間睨み続け、半日、半月、半年、半生ほどもそれを続けそうだったが、ついに柳副県長に向かって言った。

「柳鷹雀、お湯を一杯くれんか」

柳副県長はすぐに書記のためにお湯を汲んで来た。

「牛書記、まだ我らが県の貧しさを心配する必要がありますか？　世の中いたるところ宝ですよ。どうです？　お宝を探しに行きませんか」

「柳副県長、おまえ今年でいくつになる？」

「大飢饉の年の生まれで」

「このお湯、ぬるいな。入れ替えて来てくれ」

柳副県長は牛書記のために、新しいお湯に取り換えに行った。牛書記は一人部屋に残り、また新聞の記事とニュースの文書をサッと見ると、手に取って見ようとして、そのまま机に叩きつけた。

ひと月後、双槐県の様子はガラリと変わり、老県長はどこかの局に異動になり、県委員会の書記はどこかに学習に行かされ、柳副県長が県長に任命され、県全体の仕事を任されることとなった。

県の常任委員会で、レーニンの遺体を購入することが順調に決まったその日、柳県長は一人、県の郊外で座ったまま一夜を過ごした。彼はレーニンの遺体を購入するということに、寒さと悲しみを感じていた。それが、レーニンのためなのか、自分というこの一県長のやりかたに寒さと悲しみを感じているためなのかはわからなかった。秋も終わりで、刈り取りが終わったあとの田傍頭《でんぼうず》⑪を月がうっすらと照らし、どこもかしこも熟した作物の香りと土の匂いだった。柳県長は身じろぎもせず、真夜中まで座り続け、ついにはレーニンに対して深い遺憾の意を表すかのように、自分の太腿をギュッとつねり上げ、思いっきり自分の顔を引っぱたき、何が何だかわからないといった感じで跪くと、レーニンの故郷ロシアの方角に向かって三度拝礼し、心の中でレーニンに何度も言った。すまないことです、申し訳ないことです、明日には〈双槐県レーニン遺体購入安置の資金集めに関する規定〉の書類を各委員会、局と各郷、鎮に出しますと言った。

まる一年が目の前を悠然と過ぎ去り、県の観光開発は勢いを増していた。県から魂魄山森林公園に通じる広い道路はすでに開通し、まだ砂利道ではあったが、例の道を直し、水道と電気を通した南洋人が、路面を黒い油⑬で固めるための資金を全額出資してくれることが決まっていた。魂魄山では、山頂から分かれ出ている川の水を松柏谷に集め、両岸の山や川にある岩にはすべて名前を付けた。馬のような形をした岩があれば「馬嘯石《ばしょうせき》」、鹿が振り向いているようなものには「鹿回頭《ろくかいとう》」、枯れたコノテガシワの穴からセンダンが生えていれば「夫妻抱《ふさいほう》」、他にも「断頭崖《だんとうがい》」、「黒龍潭《こくりゅうたん》」、「青蛇洞《せいじゃどう》」、「白蛇洞《はくじゃどう》」などがあった。そしてそれぞれの名前には伝説と物語も作られた。どんなものかと言えば、馬嘯石の物語はこうだ。李自成《りじせい》が兵を率いて一揆を起こし、伏牛山《ふくぎゅうざん》の麓で敗れ、十人余りの腹心を連れてここを通りがかったとき、前の山には一万を超える清の兵隊が潜んで、彼らを根こそぎ一網打尽にしようと待ち構えていた。李自成がその十人余りを連れて、魂魄山のこの奇岩を通りがかると、彼の馬が突然その岩の上で立ち止まりいななき続け、前足を振り上げて前へ進もうとしなかった。それで李自成は手綱を引いて向きを変え西へ向かった。清兵の待ち伏せは空振りに終わり、李自成は難を逃れた。それでこの石を馬嘯石と呼ぶのだ。鹿回頭の物語はこうだ。昔、猟師が鹿狩りで三日三晩休まず追い続け、鹿はある断崖に追い詰められた。逃げ場を失った鹿はそのとき、後ろの猟師をさっと振り返ると、美しい女性に変わり、猟師に嫁いだのだ。以後、猟師は狩りをやめ、畑を耕し、二人共に白髪まで幸せに暮らしたのだという。ほかにもあれやこれやいろいろと、魂魄山は伝説と物語であふれることになった。「夫婦抱」の物語は天地を感動させるものだし、「断頭崖」の物語は悲しみにくれさせるものだった。「黒龍潭」はかつて妖怪の棲家だったということになった。「青蛇洞」と「白蛇洞」は、戯曲『白蛇伝』の青蛇・小青《シアオチン》と白蛇・素珍《スーチエン》の生地となった。それから、下流にある瀑布は、今まさに手を入れている最中で、滝を九匹の龍にして、九龍瀑布と呼ぶ予定になっていた。さらにさらに、県の各局、各委員会では、たとえ飢え死にしようが資金を借り受け、山頂にホテルと招待所を作らせようとしていた。建物の形式は、古式ゆかしく、全体が明・清の建築様式だったがそれは将来お偉方や友人、観光客を受け入れなければならないからだ。各局、各委員会は銀行に金策に赴き、郵便局や交通局など、いくつかの局も皆資金を調達した。レーニンの遺体を安置する記念堂は、すでに基礎工事がはじまっており、外観は毛沢東記念堂とまったく同じで真四角、中の正堂にはレーニンの遺体を納める水晶棺を置き、表のホールはレーニンの遺品室として写真や著作物を飾り、裏のホールには、レーニンの偉業を映写する小型の映画館、左右は、レーニンの遺体を保護する温度湿度調節室と職員の休憩室、お偉方の喫茶室、会議室、談話室となっている。当然のことながら、レーニン記念堂の前は広い花壇と芝生で、そこを下ったところには広場がなくてはならず、その両側が駐車場と切符売場と売店だ。さらにもちろんのことだが、すぐそばには、たくさんのレストランとトイレがある。レストランの料理の値段を高すぎないようにすべきかどうか、トイレは有料か無料かについて、県の常任委員の意見は揃わなかったが、きれいで衛生的でなければならないという点では一致を見た。山頂の石畳の小道にどれくらい曲がり角を作るか、林の樹齢百年の大木に三百歳、あるいは五百歳の札をつけ、五百歳のイチョウの木は鉄柵で囲んで木に掛ける札には千百歳、千九百歳、あるいは二千一歳と書くなど、細々《こまごま》とした仕事が騒然としかし整然と秩序だって進められていた。

目下のところ重要なのは、ロシアに行ってレーニンの遺体を購入するための、巨額の資金を集めることだった。地区の委員は柳県長がレーニンの遺体を購入するのにどれだけの資金が必要だとしても、その半分はなんとか策を講じて貧困救済基金からかき集めますと言った。しかし残りの半分は、自分で方法を考えて解決しなければならなかった。この一年、柳県長は天地を駆け巡り、巨額の資金を集めたが、しかしそれもレーニンの遺体を購入しに行くための費用からすると、たいした額ではなかった。彼は、はらわたを捻り絞りながら、その巨額の資金をどこから持ってくるか、思い悩んでいた。近いうちに人を連れてロシアに赴き、レーニンの遺体の値段を交渉し、遺体購入の協議を合意に持ち込まなくてはならないのだ。

くどい話

①満顔――現地の方言。全部、すべて。顔全体、顔中。

③当間――現地の方言。間、中心、中央。受活、耙耧の人々は中央、中間、中心のことを当間と言う。

⑤足地――方言。地べた、地面、目の前の場所。

⑦頂――方言。最高の意味。

⑨地歩――方言。歩いて行くこと。

⑪田傍頭――田んぼの端、周辺。

⑬黒い油――アスファルトまたはコールタールのこと。黒い色をしていることから、現地の人はアスファルトのことを黒い油と言う。

第三章　銃声が響き、雲が散り、太陽が顔を出した

県長柳鷹雀《リウインチュエ》と秘書、郷長の一行は、もともと魂魄山の山頂に行こうとしていた。魂魄山の山頂は、レーニン記念堂が着工してから三か月、建物前面は土台がすでにできあがり、記念堂のレンガもその土台の上に運べる状況になっていた。ところが請負業者が土台の両端に立てる柱の大理石を臨時にトイレの壁がわりに積み重ねていたため、大理石は小便とウンコまみれになってしまっていた。魂魄山は柏樹郷の管轄だったので、総監督は郷長が兼任していた。

郷長は言った。「大理石をトイレの壁から全部どかすんだ」

請負業者のリーダーが言った。「仮にちょっと使わしてもろうただけじゃろ、なにか具合の悪いことでも？　最後に洗って磨きゃ、きれいになるが」

「バカタレが、それはレーニンのために使う大理石だぞ！」

「バカタレもクソもあるか、わしら九都《きゅうと》で銀行の建物を建てるときにゃ、もうちょっとで金の延べ棒でトイレを作るところだったわ」

「このクソバカが、本当にどげんつもりか？」

「クソバカもなにもあるか、県長さんの指示でもありゃ別じゃが。ここじゃ、ちょっとした変更でも県長さんの同意が必要なんじゃ」

そこで郷長はすぐさま魂魄山から車で一日近くかけて県までやってくると、県長にあることないこと告げ口した。そのとき県長は県長でいきり立ち、シンガポ

ール人の母親のことを罵倒しているところだった。あるシンガポール人の母親が死んだ。その理由はこうだ。彼女は県の西の郊外、石榴村《せきりゆうむら》の人で、息子は何年も前に兵隊になり、台湾のどこかで生死不明となっていたが、かなりの歳月がすぎたころ、息子の生死がはっきりし、シンガポールで商売をしており、札束をレンガがわりにして、家を建てることができるほどだということだった。しかしながら、お金はあっても、母親を村から南洋へ移すことはできなかったのだ。姉が去り、弟が去り、そばで寄り添っていた親戚や友人たちも、ほとんどが去ってしまうたんじゃが、この母親は、なにがなんでもこの村で死にたいと言って聞かんかったんじゃ。そして二か月前に、その村で死んだ。県ではその母親の息子にすぐに連絡した。息子はすでに六十一歳だったが、男のくせに、女性でも若くないと着られないような派手ないでたちで、北方のナツメの木に、南方のバナナかマンゴーがなっているようだった。彼が戻って来ることになった。それで県長自ら九都の駅に赴き、車で出迎えた。道みち彼に、県の最近の遠大な計画について話し、最後に言うだけ言ってみた。

「レーニンの遺体を購入しようと思っているのですよ」

シンガポール人は驚いて、唖然として言った。「そんなことができるのかね?」

県長は笑った。「お金があれば大丈夫ですよ」

シンガポール人は少し考えてから、哀願して言った。母親がこの世を去り、生前には一緒に暮らすことができなかった、こうして亡くなったからには、母親を手厚く葬ってやりたいと。お墓は、レンガや石をたくさん運んで、墓室を広く豪勢にしたところで、使うお金は知れている、重要なのは、今は村の中に血縁者がいないので、母親の棺をお墓に入れるとき、親の喪に服する子供がいなくて、あまりに侘し過ぎることなのだと。「柳県長、代わりに喪に服してくれるものを見つけてくれたら、一人につき一万元、県に支払おうじゃないか。十一人見つけてくれたら十一万元だ。これならレーニンの遺体の購入資金の不足分を少しは補えるだろう?」

「それじゃ、百一人見つけてきたら?」

「百一万元だろうが」

「千一人見つけてきたら?」

「千一万元だ」

しかしここで向こうは、もっとたくさん見つけてきてくれたとしても、故郷に寄付するのは五千万が限界だ、それ以上は、こちらの商売が立ち行かなくなると言った。うまいことに、この五千万で、県長はほぼ一億という金額を集められることになる。一億あればもう一声、さらにどこかから一億出してもらって、二億あれば、レーニンの遺体を購入する商談に行くことができる。県長はすべての思いをこのシンガポール人に託し、彼の母親の葬儀当日、石榴村の老若男女七百人を動員し、年寄りには孝帽・孝服（葬儀のとき身につける帽子と服）を身につけさせ、さらに近隣の村々からも動員して、千人以上の泣き女を集めた。こうして二千人を超える、大葬式隊が編成された。孝服・孝帽は、県が材料を一括して仕入れて作らせたもので、県・郷の各商店の白い布をすべて買い取り、工場でまる七日かけて縫製させたので、隊列の中で孝帽・孝服を身につけていないものはいなかった。その孝服は終わったら各自持って帰り、洗って干して、自分のものにして良いと言ってあった。なんと言っても最上の白い布だ。この葬列は、もはや葬列ではなかった。二千人からの村人が、白い孝帽を被り白い孝服を着て、その果てなき白は、空いっぱいに広がった雲が、そのまま山脈に落ちたかのようだった。葬列は、道の両側の熟した小麦をすべて踏み潰した。墓地の坂道は平らにならされた。泣き声は山脈のカラスや雀を驚かせ、彼らの姿は消えてなくなった。しかし葬儀が終わり、シンガポール人がシンガポールの地に帰ってしまうと、彼が支払うと言っていたお金は影も形もなくなり、遠い空の彼方に雲散霧消してしまい、本人の消息も途絶え、県・郷中の白い布を売った商店と縫製工場が、代金の精算に押し寄せたのだった。

　県長はそのシンガポール人に一杯くわされ、口の中に水ぶくれができ苦瓜でも食べないと収まりそうにないほど頭にきていた。大小の商店の白い布の代金は、払わずにすますことはできた。彼らから購レ債[1]を集めたことにすればいい。縫製工場の工賃も払わずにすますことができた。もしこれ以上要求してくるなら、工場長を替えると言えば、驚いた工場長はもう何も言って来なくなる。葬列に加わってくれた人々には、もうすでに御褒美を与えてあった。全身を覆うだけの白い布、そして暇で寂しいときの話のタネだ。しかし購レ債は、それでもなおまだ必要な数字が集まっていなかった。

ことがこのシンガポール人の一件だけですんどったら、良かったんじゃが、県長さんのはらわたをもっと煮えくり返させる、口に出せんようなことが起こったんじゃ。県長さんの奥さんが突然反旗を翻したんじゃ。耙耬の山奥深くの受活村で、酷暑に突如大雪が降ったのと同《おんな》じじゃ。ずーっと、うもういっとったのに、変わるときゃ、変わるもんじゃ、冷酷なまでに変わってしもうたんじゃ。夜、彼女は家でテレビ、彼はレーニン遺体購入の金策についての会議に出ていた。夜中になって二人はベッドに入った。本来、週末だったので夫婦で受活しなくてはならなかった。というのは、これはとっくの昔に二人の間で合意していることだったからだ。書類と同じように、紙にお互い署名し拇印を押し、死んでも毎週一回は夫婦間の受活をすることを約束し、たとえ県長が偉くなっても、自分の妻を忘れないようにさせたのだ。奥さんは彼より七つ年下だったが、彼が県長になったその日の晩、夫婦間の受活のあと、気分が乗るのにまかせて、彼にその保証書を書かせたのだ。だから彼は、毎週末の妻との受活を忘れるわけにはいかなかった。しかしながらこの一年間は、必ずレーニンの遺体を購入する、そのためには必ずやまとまったお金を用立てて、レーニンの遺体を買って帰り、魂魄山に安置するのだと自ら決めてからは、柳県長は妻との受活のことをきれいさっぱり、すべて忘れてしまっていた。レーニン記念堂のことで、彼の頭《とう》は一杯になってしまっていたのだ。しかし今、記念堂《どう》③には着工したものの、あてにしていたシンガポール人が跡形もなく消え去り、山より高く、天よりも大きい、レーニンの遺体購入資金はまだ目鼻がついていなかった。柳県長さんは疲れとったんじゃ。シンガポール人のことでは腹が立って昏倒しそうで、またしても週末がやってきたわけだが、夜の会議が終わって家に帰るやいなや、彼は倒れこむようにして眠ってしまい、高いびきをかきはじめた。県長が真夜中まで寝たところで、妻は彼を起こした。

彼が目を覚ますと、彼女は天地のひっくり返るような話を持ち出した。

「あなた、あたしたち、別れましょう」

彼は目を擦りながら彼女をぼんやり見て言った。

「なに言ってるんだ?」

「あたし、昨日一晩中考えたの、やっぱり別れるのがいちばん」

　今回は柳県長にもはっきり聞こえた。彼は体を折り曲げて布団から起き上がった。肩がひんやりした。夜の空気が井戸の冷たい水のように肩を流れて行った。真っ赤な枕カバーを手で引き寄せると肩に引っ掛けた。座っている彼は旗を掲げているようだった。彼女はさっき寝るために着けた黄色のパンティーに、上半身は双槐県の街の女性の間で流行っている絹のブラウスをはおって、部屋の真中にある椅子に座っていた。その淡い無地のピンクが、彼女の玉のような白く美しい肌をよりしっとり美しく輝かせ、髪の黒を漆黒にしていた。彼女は柳県長とは七つ違いだったが、まだ二十代に見えた。なんとも、はぁ、きれいでの、上から下まで艶やかで色っぽうて、奥さんは県長さんの前に座ると、年の離れた妹が、兄の目の前で嬌嬌《きょうきょう》⑤しているようじゃった。

「なにバカなことを言ってるんだ、ここのところ受活してやらんかったからか?」

「そのせいじゃないの。受活って言ったって、私一人が受活するわけじゃないし」

「幼稚園の先生で県長の夫と離婚したいなんてやつがどこにいる?」

「あたしは離婚したいの。ほんと、離婚したいの」

　翌日、郷長がとりなして言った。「奥さん、お忘れですか?　県長は県でいちばん偉い人、あなたは、その県長の奥さんなんですよ。県長が市長になれば市長夫人、地区委員会書記になれば地区委員会書記夫人、省長になれば省長夫人、省委員会書記になれば、省委員会書記夫人なんですよ」

　県長は言った。「あのな、俺の嫁になったのは幸せなことなんだぞ、お前の家族も三代先まで安泰なんだぞ」

「あたし、そんな幸せなんかどうでもいいの、あなたの妻、なんたら夫人とやらになりたくないの」

「いつか俺がレーニンのような人物になったら、お前が死んだときには記念碑や記念館を建ててもらえるんだぞ、わかってるのか?」

　彼女は大声で叫んで言った。「生きているときのことだけで十分、死んでからのことなんて知ったこっちゃないわ!」

　県長はちょっとひと呼吸置いてから、歯ぎしりするように声を絞り出して言った。「お前の父親と母親は、なんでこんな娘を産んだんだ！」

郷長が言った。「柳県長、やめてください、奥さんと言い争うのはやめてください、奥さんも女性なんですから。そんなことより、県長、あなたにはとにかく魂魄山に行ってもらわなくては。お話ししたとおり、作業員たちが記念堂の大理石を積み上げて便所の壁にしているんですから」

「クソッタレが、さっさとどかさせればいいじゃないか！」

「そのクソッタレどもが、県長でなければ言うことをきかんと言うんです」

「行こう！　石《シー》秘書、運転手に車を回させてくれ」

「行きなさいよ、行くがいいわ、十日でも半月でも行っているがいいわ！」

県長は冷たく笑って「一か月は帰って来るものか」

「二か月帰って来ないで！」

「三か月帰らん！」

「戻って来たらカスですからね！」

「この三か月、もし敷居を半歩でも越えたら、俺は大バカのクソ野郎だ。その時には、記念堂をできたその日に壊してやる。レーニンの遺体を買って帰ったとしても、入場券は一枚たりとも売り出さん。もし俺が通りを歩いていたら、冬の太陽で焼き殺すがいいし、夏の雪で凍え死にさせるがいい」

運転手は言った。「どんどん寒くなりやがる。なんなんじゃ、この天気は？」

郷長が言った。「耙耬のあたりはこういう天気なんだ。毎年三月には桃花雪が降り、何年かに一度は大暑雪が降るんだ」

秘書は言った。「ムチャクチャですね！　信じられませんよ」

――石秘書、あたしがあなたに良くするって言ったのは正真正銘、本当のことですからね。少しでも嘘があったら、夏の雪で凍死させて。冬の太陽で焼き殺してくれてもいいわ……。

秘書は言った。「ほんとに、そんな気候になることがあるんですかね？」

郷長は言った。「ああ、ほんとじゃ。桃の木にナツメがなっているのを見たことがないんか？　一本足は二本足より速く走るし、めくらは耳で東西南北を聞き分けるんだ。信じられるか？　つんぼが指で相手の耳たぶを触って、相手の言うことを聞き分けるんじゃ。死人が、七日経ってから四日埋められ、それから生き返るのを見たことあるか？　カラスは鳩みたいに、人慣れして飼われとる。信じられんじゃろう？　受活村に着いたら見せたるけぇ、自分の目で確かめるとええ」郷長は続けた。「石秘書、これは耙耬では常識じゃ。大卒なんてよく言えたもんだ。わしはほんと、大学の教科書にクソたれて、小便で黒板を洗ってやりたいよ。十年以上勉強して、毎月の給料はわしがもらうより多い。女でもずっと多いんだからな。なのに、耙耬の夏が零下四、五度まで下がることも、冬の気温が三十四、五度まで上がることもご存じないときた。ええ？　あんたらの教科書に小便ひっかけて、あんたの出た大学の黒板をおれの小便で洗うべきだと思うが、どうだ？」

「郷長さん、あなたの口、便所みたいに汚いですよ」

「県長、県長、わしの言うとること、間違っとるか？」

二人は一斉に、前に座っている県長に顔を向けたんじゃが、県長さんの顔は紫色で、凍えて全身を震わせとった。県長さんは、半袖シャツ一枚しか着て来んかったもんじゃけぇ、腕には鳥肌が立っていて、両腕で肩を抱き、寒さのあまり歯もケンカをはじめとって、ガチガチ言わせとったんじゃ。さらに車の前方を見てみると大粒の雪が舞い、ワイパーがギコギコ絶え間なく音を立てていた。

山の斜面は真っ白な雪だった。

郷長が言った。「柳県長、寒いですか？」県長は体をぶるっと震わせ何も言わなかった。

魂魄山に上がって行くには、耙耬山脈を通り、受活村のいちばん高いところを通らねばならなかった。受活村を越えてさらに七十一里走って、ようやく魂魄山の麓に着くのだ。しかし真夏の真っただ中で、走り始めたときには、彼らのような古ぼけた小さなポンコツ車では、前の窓と後ろの窓を全開にしたとしても、汗はダラダラと流れ落ちた。道の両側は一面麦の穂波で、むっとするような麦の香りが、車の中にどっと入ってくる。畑で腰をかがめて麦刈りをしている村人は、車窓の向こうで麦畑の中に、ふいに倒れ込み隠れてしまうのだった。県から耙耬山までは車で百里ちょっとなのだが、その百里ちょっとをたった半日で走った。運転手はあまりにも速く走り過ぎて、タイヤがパンクするのではないかと心配した。しかし耙耬の麓まできて、エンジュの林を通っているとき、ふいに爽やかな風が吹きはじめた。涼しくなって、熟した麦の香りも薄れていった。徐々に真夏が秋になった。続いて車が山の上を走る時にはさらに涼しさが増し、涼しさを飛び越えて寒くなり、窓をピッタリ閉めないと、冬の原野にいるのかと思うほど寒くなったのだ……。

そして運転手は言ったのだった。「どんどん寒くなりやがる。なんなんじゃ、この天気は？」

郷長が言った。「チクショウめが、ここの天気と来たら、三月に桃花雪、冬に夏の太陽ときやがる」

運転手が言った。「クソッ、ほんまに雪が降りだしましたぜ。ワイパー動かさにゃ」

秘書が言った。「柳県長、寒いですか？」

――この人のことなんか、ほっといたらいいのよ。焼き殺されるか凍死させられたらいいのよ……。

県長が言った。「双槐には服を買うところもないのか？」

――服を着込んで蒸れて死ぬがいい、服を脱いで凍え死ぬがいい……。

郷長が言った。「この雪だ。行こう、県長の綿入れを買いに行こう」

秘書が言った。「車をあっちの村へ回しましょう」

県長は言った。「クソッタレが、この県長様がこれぐらいの天気で凍え死んでたまるか」

そうこう言っているうちに、車は山の中腹の村に到着し、麦打ち場に車を止めると、綿入れと軍用コートを借り、運転手にはそこで待ってもらって、耙耬の高いところへ上がって行った。

そして受活村の客人用の建物に泊まることになったのだ。

雪はついに居座った。

気温はぐっと冷え込んだ。朝起きると空はどんより重く沈み、冷たい雪の気配が四方に充満していた。県長は一日も熟睡できなかった。彼が寝ていたのは、善男善女がお参りしていた古いお寺の母屋にあたる部分で、今はもう関羽も菩薩もおしの婆《ぽ》もいなかったが、その瓦葺きの建物は、二枚の壁で仕切られて三間となっていて、県長は北側の一間で、ベッドは一人用、二枚の敷布団に二枚の掛け布団だった。暖かい上にも暖かくしてあったが、彼は一晩中眠ることができなかった。十八年前の、彼が社教員をしていたときの受活村での出来事、一人の女が、どのようにして大双胎を産んだのかを、考えていたのだ。また、ついにレーニンの遺体を買って帰り、魂山⑦に安置して、ひとつの県の観光産業がワッとばかりに盛り上がり、ひとつの県が、大きく豊かになっていくのを考えていた。彼はもう一介の県長ではなかった。副がつくような地区の責任者でも書記でもない、既に一角《ひとかど》の人物で、世界の風雲児で、地区委員会書記など、恐るるに足りなかった。この地区にある十数の県はその四分の三が貧困県であり、彼が地区の責任者か地区委員会書記になるのを待っている。彼はこれらの貧困県にひとつずつ記念堂を建て、レーニンの遺体を巡回させ、各県の観光業を押し上げて、すべての県を怒濤の如く豊かにしようと思っていた。地区にある九都《きゆうと》市で世界レーニン祭を開催し、その期間はレーニンの遺体を市の広場に置き、全世界のレーニンを崇拝し、理解し、レーニンとマルクス、エンゲルス、当然のことながら、毛主席の本や文章を読んだことのある人々にここに集ってもらうのだ。しかし、スターリンを崇拝し、スターリンの著作を読んだことのある人たちが、来てくれるかどうかということは、はっきりしなかった。中国と外国では、スターリンに対する見方が違うという話を聞いたことがあった。

その夜、柳県長には考えることがたくさんあった。隣で寝ている郷長と秘書の、ぬくぬくと響き渡るイビキを聞いていると、村でいつも鳴り響いている胡弓の、ギーギーガーガーいう弦の音のようで、県長は二人のところへ行き、布とボロ靴で鼻を塞ぎ、口には臭い靴下を押し込んでやろうかと思った。

じゃが県長さんは県長さんじゃ、がまんするしかない。

朦朧《もうろう》としたまま早くにベッドから抜け出した。

客間の庭は半畝ほどの広さで、古いコノテガシワが数本、若いニレの木が一本と中年の桐が二本あった。桐は雪で枝葉が折れて落ち、地面いっぱいに散らばっていた。コノテガシワのカラスの巣も落ちて、バラバラになっていた。盛夏に生まれたカラスの子も落ちて死に、ひとつひとつ氷の塊となり、その中から飛び出している嘴《くちばし》は、雛《ひな》が殻を破って外に出ようとしているかのようだった。庭の塀は土壁で、玉蜀黍の藁《わら》で表を覆っていたが、それも枯れて乾き、ボロボロになって地面に散らばっていた。長い年月のあいだ雨風に晒され、所々崩れて穴が空いていた。

　県長は軍用コートをはおって庭の真中に立ち、庭のあちこちを眺めていた。

　通りでは、起きて水を汲みに行ったちんばが、井戸から桶を担いで杖をつきながら通り過ぎて行った。彼が雪の上を歩く、不均等なザクザクという音、そしてポチャ――ポチャという水の音が響いた。まずびっこの足が軽く落ち、それからいい方の足でグッと踏ん張って体を持ち上げ、ドスンと落とす。音は強弱バラバラだったが、よく聞くと、リズムのようなものがあった。県長はそのリズムを、どこか遠くの大きな木槌と近くの小さな木槌が、雪の地面を代わる代わる叩いているように聞いていた。足音が遠ざかっていって音がしなくなると、彼はまた頭を上げ、東の山の向こうの空を眺めた。雲の向こう側は濁った白で、流れ出したいのに、雲に堰き止められ、雲の隙間から銀白色の汁を垂らしているようだった。

　県長はその白い汁をじっと見ていた。

　白い汁は流れ出すと水銀のように一か所に溜まり、また雲に覆われてしまうのだった。

　どんどん少なくなってゆく白い汁を見つめながら、県長は、庭の南の角のところに、錆《さ》びた鉄のスコップがあるのに目を止めた。彼はそこまで行くと、雪の中からそのスコップを取り出し、雪をポンポン叩き落とすと、庭の壁の崩れたところに把手を乗せ、スコップの先端を首の襟元に押し付け、東の銀白色を遮っている濃い雲に狙いを定めた。そして狙いを付けたまま、右手の人差し指を、引き金を引くように何度も続けて掌の方に向かって曲げた。曲げるたびに口から「バン！」という銃声を出した。

　狙いを定め、引き金を引き、「バン！」

　狙いを定め、引き金を引き、「バン！」

　狙いを定め、引き金を引き、「バン！」

　その白い銀色の汁の前の黒雲は、彼の「バン！」という声で散り散りとなり、銀色の汁がどっと広がった。

　県長にはその白い汁が流れ出す音が聞こえた。顔は真っ赤に火照っていて、引き金を引くスピードがどんどん速まり、バンバンという発砲音を一連徹《いちれんてつ》[9]に出した。太陽がつられて顔を出し、銀白色の世界は黄金色に変わった。一面金色の世界だった。

「柳県長、晴れましたね」秘書が後ろで眠い目を擦りながら言った。「あなたが東に狙いを付けたら、雲が晴れて太陽が顔を出しましたね」

「出るしかあるまい」県長は体の向きを変えると、勝ち戦の将軍のように満面の笑みを浮かべて言った。

「さあ、石秘書、あんたも試してみてはいかがかな」

そこで秘書は、早速県長と同じようにスコップを掲げ、庭の割れ目のところに引っ掛けると、東の空に狙いを定め、県長と同じように、右手の人差し指で鉤を作り、口で「バン！　バン！　バン！」と叫んだ。しかし彼が引き金を引き、叫べば叫ぶほど、散り散りになった雲が真中に集まり、出ていた一面の黄金色はほとんどまた覆われてしまった。

「私じゃダメです」

「郷長にやってみてもらおう」

郷長は換気口の裏の便所から出てきて、そそくさとズボンのベルトを締め直し、同じようにスコップで、日の出た東の山頂を狙い、バンバンバンと続けて十数発打ったが、離れていた雲が完全に塞がり、銀白色の汁もまったくなくなってしまった。

また一面雲に覆われ朦朧としてしまった。

客人用の建物の庭も霧に覆われじっとりとしてしまった。

県長は郷長の肩を叩いて言った。「こんなんで、レーニンの遺体を買って戻ったあと、観光局長になろうっていうのか」

そしてまたそのスコップを受け取り姿勢を変えて狙いをつけるとダダダダダと二、三十発連射すると、雲は本当にまた裂けたのだった。

銃声が響き、雲が散り、太陽が顔を出した。

さらにまた十数発打つと、東の山頂は筵《むしろ》のように一面銀白色になった。

さらに十数発で筵のように黄金色になった。

さらに十数発で、黄金色と銀白色は麦打ち場と同じ大きさになった。

空が晴れた。雲が取れて日が出た。東の山は見る見るうちに一面爽やかな晴天となり、散らなかった黒雲は白金色、白銀色でその場に留まっていた。日の光の下の雪は、白く眩い光を放った。木の枝は銀色の線のように虚空に交叉した。山脈の畑の雪の白の中に、たまにいくつか顔を出す小麦の穂は、荊《いばら》の棘が雪の白を突き破って大地の覆いの外に出てきたようだった。空気はめずらしく新鮮で、何口か吸い込んで味わって噛みしめると、喉の調子はいいと思っていても、実は汚れている。だから、その新鮮さを借りて、ゴホゴホ咳をし、汚れをまとめてきれいさっぱりさせたくなるのだった。

村中咳だらけになった。

咳が終わると、起き出した人はみな額に手をかざした。

男たちは言った。「おう、晴れたじゃ、はぁダメか思うとったが、ちいたぁ収穫できそうじゃ。厄災の年じゃが、ちいたぁお情けをいただけそうじゃ」

女たちは言った。「まあ、えかった、晴れたじゃ、黴《か》びた布団が干せるわ。えらい災難じゃったが、布団は大丈夫じゃわ」

子供たちは言った。「ええっ、晴れたん？　もう二、三日降ってくれりゃえかったのに。雪じゃったら、布団の中に潜り込んで学校に行かんでもすむのに。腹が減って死ぬ方が、学校行くよりええに決まっとるじゃ」

村の古寺の客坊の方を見てこう言う者もいた。「ああ、県長さんがいらしたけえ、晴れたんじゃわ。やっぱり県長さんは、うちらとは違うわ。お天道様も思いのままなんじゃけぇね」

県長には壁越しにその話が聞こえていた。彼は壁からスコップをはずし、雪を一掴み取り、「バンバンバン」で渇いた口の周りに押しつけ、少し考えてから、郷長の方を向いて言った。「暑いときの雪は、ここ耙耬ではよくあることなのか」

郷長は言った。「己亥《つちのとい》（一九五九）の年から辛丑《かのとうし》（一九六一）の年までの、三年間の自然災害以前にも一度、丙午《ひのえうま》（一九六六）の年から丙辰《ひのえたつ》（一九七六）の年の、十年にわたった大災厄のときにも一回ありましたが、その二回のどちらも、今回ほどは降っちゃぁおりません。五月に降る小雪みたいなもんで、次の日太陽が昇ったら、すぐに融けてしまいよりましたよ」

秘書は言った。「すると今回の耙耬の雪は、やっぱり百年に一度のニュースというわけですね」

郷長は言った。「まったく、こんなに降っちゃ、ニュースどころじゃないが」

県長は郷長に言った。「わしはここで災害援助にあたる。おまえは魂魄山に行って、あの連中に便所の壁を取り壊させ、きれいに洗わせて、あいつらにはその水で飯を作って食べさせるんじゃ」また秘書には次のような指示を出した。「おまえは県に戻って各局を回り、何がなんでも受活のために一人十元出させ、全県あげて全力で救済活動をしていることを、資料を作って地区と省にすぐに送るんだ。救済が終わったら受活村には数日にわたって政府に対して感謝する受活祭⑪をやらせるから」

朝御飯がすんで、郷長は雪をかき分けながら魂魄山に向かった。

秘書も県に戻って行った。

県長は受活村に残った。

くどい話

①購レ債――レーニンの遺体を購入するための債権のこと。これは、双槐県がレーニンの遺体を購入すると決定してから、最も常用するようになった用語である。

③頭堂――頭のこと。

⑤嬌嬌――品《しな》を作ること。

⑦魂山――魂魄山のこと。双槐県と耙耬の人は魂魄山を略してこう呼ぶ。

⑨一連徹――続けざま。「徹」はここでは徹底の意味で、数が多いこと。

⑪受活祭――毎年麦刈りのあとに受活村で催されるこの地方独特の豊年祭のこと。

第五章　戊寅閏《つちのえとらうるう》五月の受活祭

農繁期は過ぎていった。

慌ただしく整然と行ってしまった。

結局、やはり夏だった。日が出ると、雪は慌てふためいて融けていった。しかし雪が融けると足元はぬかるみ、手で土を摑んで握りしめると、水が滴り落ちた。畑は、強い日の光にさらされなければならない肝心な時なのに、霧の深い日が続いた。霧で真っ白の昼間は、暗闇とたいして変わりなかった。県長がスコップで毎日空に向かって狙いをつけても、霧は天地を覆ったままだった。一日、二日、そして毎日と、誰もいないときにスコップや鋤を持ち上げては、天空に照準を合わせる。便所でしゃがんでいるときも、右手を握ってピストルを作り、太陽のいる辺りの雲を狙って撃ちまくったが、霧は相変わらず川のように流れ、休みなく湧いて出てくるのだった。五日目、焦れた県長は口に水ぶくれができ、村の本物の猟銃を持ち出すと、雲霧に向かって続けざまに三発撃ち込んだ。散弾はすべて空中の雲霧に命中した。鉄の粒が雲霧に命中したわけではなかったが。

雲はすっきりと消え、太陽が出た。

水がにじむ畑の土に日の光が降り注ぎ、ぬかるみもなくなった。

小麦の粒は、穂の中がすべて黴《か》びて黒ずんでしまっていた。麦の茎も麦の粒に合わせるように黴びて腐り、暗黄色に変色し、腐臭を放っていた。牛でさえ、死んでも食べようとはしないだろう。来年の冬、牛にやる麦藁はなくなり、家には粉に挽く小麦もなく、四、五日に一度の、真っ白な汁なし麺を食べることもできなくなり、年越しには平食《ひらしょく》①を食べなくては始まらないのに、その小麦もなくなってしまったのだ。秋に蒔く小麦の種もない。

　どがいに言うても、災難の年じゃいうことに間違いはのうて、村のもんの顔には、いっつもみたいな、麦を収穫したあとの嬉しい気持ちなんぞ、ありゃせんかった。例年なら、小麦を収穫したあとにゃ、村全体、茅枝婆《マオジーポー》が中心になっての、三日も使うて、大きなお祭りを開くんじゃ。各家は竈《かまど》の火を落とし、みな村のいちばん大きい麦打ち場に集まって、集団で三日間大いに食べ大いに飲む。その三日のあいだに、片足のちんばは二本足の者とどちらが早く走れるか競い合い、つんぼは人の耳たぶを手で触って相手に喋ってもらい、その指先で、話していることを言い当ててみせ、さらにめくらは、めくら同士で誰の耳がいちばんよく聞こえるか、縫針を石や木の板や地面に落として、その針が誰のどこに落ちたかを当てて競い合い、片腕には片腕の、下半身不随には下半身不随の、各自それぞれの絶技があった。その三日間は正月と同じ、近くの村々から数里、十数里離れたとこからも、若い男女がこの受活祭を見にやって来る。見ているうちにお互いが知り合い、外の村の男が、村の片輪の女の子を嫁にしたこともあるし、村の片輪の男が、外の村のきれいな女の子を連れて来たこともある。時には悲劇が起こることもある。たとえばある村の一人息子が、なかなかのいい男で、もともと受活村にはお祭りを見に来ていたのだが、村のびっこの女の子を見初めてしまったのだ。その女の子はびっこで、見てくれもそれほど良くはなかったが、あっという間に七十針、八十針縫うことができ、見物人の目の前で、その若者の顔を白い布に刺繍した。若者は彼女を嫁にできなければ生きていけないと言ったが、両親は同意せず、生きる死ぬの大騒ぎとなり、それならいっそと受活村の彼女の家に住むことにしたのだった。そうして住んでいるうちに、女の子は身ごもり、子供が一人生まれ、男親の方も仕方なく、この縁談を認めるしかなくなった。ほかにも外の村のきれいな女の子が、やはり受活村のお祭りを見に来て、つんぼを好きになってしまった。つんぼは耳は聞こえなかったが、相手が口を動かせば、その顔を見ているだけで、唇の形と表情から何を言っているのか当てることができた。耳は感覚を失ってしまっていたが、その分、声と喉が素晴らしかった。

女の子が言った。「あんたの嫁になる人はたいへんよね」

つんぼは言った。「たいへんじゃ、俺が足は洗ってやるし、水も汲んでやる、飯も作ってやるし、畑が忙しかろうが暇じゃろうが、畑仕事なんてさせん、ただ家でムズムズイライラしとれば、ええんじゃけえ、たいへんもええとこじゃのう」

女の子は笑った。「あんたの話す声、歌よりきれい」

「喋るのは歌ほどじゃないけえ、ちょいと俺の歌を聞いてみてくれんか」

彼は低い声で耙耬調③をひとくさり歌った。その歌詞は——

冬は日が出りゃ地面はあったか
二人は静かに日向ぼっこ
男は嫁の爪を切り
嫁は男の耳をかく
村の東に大地主
金銀財宝大屋敷
ある日嫁をひっぱたく
辛いのはどっち、甘いのはどっち?

その歌詞を聞いて、外から来た女の子は笑うのをやめた。彼女はしばらく考えてから、その手をそっとつんぼの手に置いて、これであんた、私の言うことがわかる?ときいた。つんぼは彼女の手を引いて、こうして寄り添っていれば、俺はつんぼでもなんでもない、あんたが何を言おうとしているのか手でわかると言った。女の子は手を彼の手から抜き取ると言った。母さんと相談しなくっちゃ。相談と言っても、彼女の家が同意するはずもなく、結局彼女も受活に嫁ぎ、つんぼの妻となったのだった。

それからあのめくらだ。彼の目の前は永遠に一面の真っ暗な世界、しかし彼の心は深く、二言三言が、ある女の子の心を動かしたのだ。彼は、麦打ち場に受活村のお祭りを聞きに行こうとしていたが、道に石ころが転がっていて、つまずき、もう少しで地面にこけてしまうところを、ある外の村からやって来た女の子が支えてくれた。

彼は言った。「わしを助けてどうするんじゃ、こけて死んだら良かったんじゃ」

「お兄さん、そんなこと言っちゃだめよ、生きている方が死ぬよりずっとええんじゃから」

「あんた、ええ人じゃの。見えるよ、美人じゃ。生きている方がもちろんええに決まっとる」

彼女は驚いた。「どうしてきれいだなんて」

「わしゃ、目が見えんから、世の中すべて美しいんじゃ、あんたは上から下まできれいじゃ」

「あたし、チビでデブよ」

「わしには柳腰に見える」

「お兄さんには見えんけど、わたし、色黒なの」

「見えんから、わしにはあんたの肌が白く柔らかそうじゃ、わしの妹と同じようにの。昔話に出てくる仙女のようじゃ」

「お兄さんは目が見えん、だからわたしのことがきれいに見えるし、腹を立てることもないのね」

「あんたは見えるけぇ、世界がすべて汚く見えるんじゃ。わしは見えんから世界がすべて美しく見えるんじゃ」彼はさらに言った。「わしは見えんから、毎日、わしを転ばせ死なせてくれと言うとるが、死を考えたことは一度もありゃせん。あんたは見えるけぇ、口じゃ死ぬとは言わんが、心じゃ毎日何度も、『死』という文字を考えとるんじゃないか」その娘が、ほんとうに毎日死を考えていたかどうかはわからない。しかしめくらのその話で、彼女の目は赤くなり、涙がこぼれそうになった。「お兄さん、あたしがあんたを麦打ち場まで連れて行ってあげる、受活祭を見に行きましょ」そこでめくらは、道を探すための杖の反対の端を、彼女に差し出した。杖が彼女の手を汚さないように、地面につく方を自分に持ち替え、いつも自分が握っている方を彼女に持たせた。杖には手の温もりが残っており、表面は光ってツルツルしていた。

受活祭のとき、二人はずっと一緒だった。

そして生涯をともに過ごすこととなり、娘にも恵まれ、後継ぎもできたのだった。

しかし、今年の受活祭は茅枝婆の主導でもなく、収穫を祝うためでもなく、なにやら目論んだ県長が自ら主催するというのだ。県長は茅枝婆をたずねて行った。茅枝婆はちょうど庭で、赤ちゃんに食べさせるように、数匹の犬に餌をやっているところだった。犬たちもみな片輪で、めくらのもの、びっこのもの、背中に毛がなく、その禿げた背中は出来物だらけで、でこぼこの土壁のようになっているもの、さらにどういうわけか尻尾のないもの、片方の耳がないものもいた。崖に面した四角い庭で、両側にはひさしの付いた建物があり、南は茅葺きで茅枝婆の台所、北側は二間の土瓦の建物で茅枝婆の居間と寝間だった。正面の崖には二つの横穴があり、この穴が犬たちの棲家だ。その前には、豚の餌箱がひとつ、古い洗面器がひとつ、把手の取れた鍋と新しい瓦がひとつあって、犬に餌をやるための食器だった。犬は豚のように争って食べない。それぞれの器で、茅枝婆が入れてくれた玉蜀黍の重湯を舐めていた。ピチャピチャという音が庭いっぱいに響く。あたり一面、熟した玉蜀黍の深い黄色の香りがしていた。もう一匹、二十歳を越えた老犬は、九十一まで生きてきた老人のようで、体を動かすすべもなく、茅枝婆が器に半分ほど入れた玉蜀黍の重湯を側に置くと、横たわったまま、舌をゆっくり伸ばし、そのお碗をペロリペロリと舐めるのだった。舐め終わって、茅枝婆が自分の手に持っているまだ半分入っているお碗から、またその犬のお碗に少し入れてやると、またゆっくりと舐めはじめるのだった。ちょうど太陽がいちばん高いところに昇り、村は深い静けさに包まれていた。山で麦畑の手入れをしている村人たち、土起こしをする者、この時とばかり玉蜀黍の種を蒔く者たちの、牛を追う掛け声や種蒔きのための鍬入れの音が途切れ途切れに伝わってきて、その緩急、起伏は、耙耬調の胡弓の奏でる『鳥は飛ぶ』のようだった。茅枝婆は犬に餌をやっているとき、後ろで扉の開く音がしたので振り返って見ると、そこに県長が立っていたのだ。

茅枝婆は彼を睨めつけ、顔を背けるとまた犬に餌をやりはじめた。

県長さんは門のところに立って、そがいなことは、とうの昔にわかっとったかのように、ドギマギすることものう、両側の建物を見て、向かいの横穴の前で餌をもらっている犬をちらっと見て、突然顔を上げたかを思うたら、彼女をじっと見つめた。近づきたかったんじゃが、犬たちの様子を見ると、茅枝婆に話しかけようとするだけでも、飛びかかって来そうで、遠く門のところに立っとったんじゃ。

茅枝婆は柳県長に背中を向けたまま県長に言った。

「何の用じゃ？」

柳県長は前に足を踏み出してみた。

「たくさん犬を飼ってるんだな」

「犬を見に来たとでも言うのか?」

「救援に来たんだ」

「やれば良かろうが」

「義援金と救援物資がもうすぐ来る。おととし楝樹郷《れんじゅごう》が雹《ひょう》の被害に遭ったときには、出向かなかったし、びた一文、種籾ひと粒さえも出してやらなかった。去年、棗樹郷《そうじゅごう》が大旱魃で作物の種が収穫できなかったときも、私は出向いて行かなかったが、あいつらには一畝ごとに百斤の種籾を都合してやった。しかし受活のこの大暑雪では、たくさんの村のものが、雪の中から少なからぬ麦を掻き出したのにもかかわらず、こうしてわざわざ出向いてきてやったんだ。今回支給する金と食糧は例年山の斜面で取れる量より多いと思うんだが」

茅枝婆は、最後のひと口分を犬のお碗に入れてやった。「それはそれは、受活村を代表してあんたに感謝せんとのう」

柳県長は向かいの横穴の上に伸びているナツメの枝に視線を落とした。木はこの雪で葉を落としていたが、ここ数日太陽の光に照らされて、また緑の新芽を出し、春がもうすぐやって来るような爽やかさだった。

「私に感謝することはない」県長は言った。「お礼は政府に言ってくれ。で、例年通り受活祭をやってもらわないとな」

「もう年じゃから、むりじゃ」

「それじゃ、私が自分でやることにしよう」

「あんたにできるんなら、やるがええ」

柳県長は茅枝婆の後ろで笑った。「あんたは私が県長だということを忘れとる」

茅枝婆も笑って振り返りもせずに言った。「忘れるもんかね。お上《かみ》⑤がわしを県長にしようとしたとき、あんたはまだ生まれてもおらんかったし、柏樹公社の社教員でもありゃせんかった」

柳県長は何も言わず、茅枝婆の後ろにしばらく立っていたが、鼻の奥をふんと鳴らすと、茅枝婆の家から出て行った。

もともと受活村に幹部はおらず、解放されてからも、村を管理するものはおらず、大きな一族のようで、バラバラだった。二十数年前と十数年前に公社はどこかの生産大隊に編入しようとしたが、百六十以上の片輪者を受け入れる大隊があるわけもない。大隊にするには人口が少な過ぎ、せいぜいが生産隊程度だった。結局大隊とも言えず生産隊とも言えず、柏樹公社のひとつの村ということになり、万事は茅枝婆が取り仕切ることとなったのである。解放後、茅枝婆が、世の中が見向きもしなかったこの受活村を、この世界のこの郷の中へ県の中へと引き入れたのだから、当然彼女がこの村の事務を案配しなくてはならなかった。会議の開催や政府への穀物の納付、綿花の販売、上からの政治的重要事項はただちに村人全員に漏れなく通知しなくてはならなかった。隣同士のもめごとや嫁姑のいさかいも、すべては彼女を通してひとつひとつ解決されるのだった。茅枝婆がもし受活村にこだわらなければ、おそらくずっと前に、郷長か県長にはなっていただろう。しかし彼女は受活村を守り、ここで生きて行くことにしたのである。彼女が当然、受活村の主事⑦になった。

　村の麦打ち場で受活祭をやるいうことじゃったら、もちろん、茅枝婆にご登場願い、すべてを取り仕切ってもらわにゃならん。災害に見舞われた年を除いて、この数十年の間、毎年受活祭は、すべて茅枝婆が仕切って来たんじゃからの。何十年も、村の大きなことから小さなことまで、すべては茅枝婆が管理していたのだ。茅枝婆は世間の人々が言うところの「村の幹部」とは言えなかったが、村長、支部書記あるいは生産隊隊長、村民組組長のようなものだった。受活村の人々は、他の村の人々と同じように村の幹部を選んだことはなかったし、昔の区や公社や今の郷政府も、村にやって来て、誰々がこの村の幹部だと宣言したことはなかった。どうしてもやらなくてはならないことがあると、お上のものが茅枝婆をたずねて来る。茅枝婆はちょっと考える。すぐ処理されるものもあれば、村人たちに代わって相手に突っかかり、ぶつかり、お上のものを空手で帰らせることもあった。受活自身のことは、必ず茅枝婆がやらなければならないのであり、茅枝婆なしでは、誰も統括することはできないのだ。道を直すにしても、谷底の川に橋を架けるにしても、雨が降って井戸が崩れても、長い間に井戸に落葉や柴草が溜まってしまったり、どこかの子供が帽子や靴を井戸に落としても、どこかの家のものが世をはかなんで井戸に飛び込んでも、古くなって井戸の水が不味《まず》くなり、井戸を掃除しなくてはならなくなっても、茅枝婆が顔を出してくれないと、村人には何もできなかった。彼女だけが公務を実行することができたのだった。

　そしてもちろん、村には毎年行われる受活祭があるのだ。

しかし災害に見舞われた今年は、柳県長がみずから仕切るというのだ。茅枝婆がいなくても、受活祭は盛大この上ないものでなくてはならない。県長が茅枝婆の家から出てきたのは、受活村に来てから九日後のことだった。天気が良くなって四日、たくさんの家が、玉蜀黍の種蒔きのために山肌の畑へと出向いていた。谷底の平らなところでは、水が溜まっていて、もう数日、日に当ててからでないと種を蒔くことはできなかった。県が調達した救援費は、空が暗くなる前に、秘書が会計係と一緒に現金を持ってくることになっていた。そして当然のことだが、そのときに受活祭をやり、そのお金は受活祭の中で人々に配られる。政府が民百姓の面倒を見て下さったら、民百姓は政府への恩を忘れてはならない。これは数千年続いてきた天の摂理だ。しかし茅枝婆は今回の受活祭には関わらないという。実際、県長も本気で彼女に仕切らせようとは思っていなかった。彼女に仕切らせれば、きっと祭りの中で何かを話し、彼をにっちもさっちもいかなくさせるのではないかと思ったからだ。しかしなんといっても、彼女は六十七歳、丙子《ひのえね》〔一九三六〕の年の前後に、この県で唯一延安にいたことのある人間であり、尊敬すべき革命を始めた先代の一人として良くも悪くも上から認められた人間だった。だから県長は彼女のところへ出向いて一言話しておかざるをえなかったのだ。それにしても、彼女なしで彼にこのちっぽけな受活祭を仕切ることなどできないと言うのか？

冗談じゃない。

柳県長は茅枝婆の家を出て、鐘を叩いて村人を集めるために、村の中央にあるエンジュの木に向かった。太陽はちょうど真南で頭の上にあり、びっこが数人平らなところに集まって昼御飯を食べていた。年配の大工と数名の若者たちで、片足の一人を除いて、他のものはびっこはびっこだが、杖は必要なかった。お碗を持ち上げたところで柳県長が目に入り、そのお碗を宙に止めたまま笑って言った。

「県長さん、お昼は食べられましたか？」

「食べたよ。終わったばかりかい？」

「もうすぐ終わるところです。県長さん、どうですか、わしらのところで、もうちょっと食べちゃいかれませんか？」

「いや、結構だ」そしてすぐにきいた。「受活祭に出たいか？」

若いびっこたちは顔を輝かせて言った。

「出たいですよ。出たくないもんなんて、おりませんよ。わしら、茅枝婆が始めてくれるのをずっと待っとるんです」

県長は立ち止まると彼らの顔を見つめた。

「茅枝婆でないと出ないのか？」

年配のびっこが言った。「彼女がやらんで誰がやるんですか」

「私だ」

「県長さんも冗談がお好きじゃ」

「本当に私がやることにしたんだ」

びっこたちは県長の顔を一斉に呆れたように見つめた。しばらくしげしげと見ていたが、冗談ではなさそうだとわかると、すぐに県長の顔から視線をそらせた。その年上のびっこが明後日の方を向いたまま食べながら言った。

「柳県長さん、わしらの受活村には百六十七人おって、めくらが三十五人、おしとつんぼで四十七人、びっこが三十三人じゃ。それから片手がない、指がない、指が一本多い、体が大きくならない、いろんなものも数十人おる。県長さんはわしら完全人でないもんの、ぶざまな様子を見たいというんですかい？」

県長の顔が少し気色ばんだ。県長はその年上のびっこを睨んで言った。

「私はあんたが腕のある大工で、『木刻飛刀』の技を持っていることも知っている。言っておくが、私はあんたらのぶざまな様子を見たいと思っているわけじゃない。私はみんなの父母がわりの幹部であり、本当の父母になりたいと思っているんだ。県の八十一万の民は皆、私の子供なんだ。私はそのみんなの衣食住の面倒を見なくちゃならん。あんたらが大暑雪に遭ったので、私は明日救援穀物と義援金を渡そうと思っているんだ。だから明日受活祭を準備して、受活祭の中でそれらをあんたらの手に渡してやりたいんだ。受活祭に出れば金も物も手に入る。多分、いつもの年よりも実入りは多いはずだ。もし出なければ、何ももらえないだけだ」

みんなは改めてまた県長の顔をじっと見た。

しかし県長は行ってしまった。

彼らの顔に何か表情が浮かぶ前に行ってしまった。

狭く細長く曲がりくねった村に道はこれ一本で、これがメインストリートだった。太陽は通りの上を強烈に照らし、村人をジリジリさせ、鶏や豚でさえ壁の陰に逃げ込んでいた。県長はがっしりしていて少し背が低くちょっと太っていた。彼の影は、体の半分ほどの大きさで黒々としており、彼の後ろを音も立てずに転がるボールのようだった。皮のサンダルを履き、かかとが地面に当たると硬い音が響いた。県長は彼らと決裂したかのように歩いていた。怒っているようで振り向きさえしなかった。牛車の車輪でできた村の鐘は、目の前のエンジュの木にぶら下がっていた。このエンジュじゃが、幹は太鼓ほどの太さがあっての、人の背丈のところから、お碗ほどの太さの枝が伸びとって、鐘はその枝に吊るされとったんじゃ。針金が食い込まないように靴底が噛ませてあった。今、県長はその鐘を見ただけでなく、そのゴムの靴底も見た。エンジュの老木は新芽の香りを発散させていた。ゴムの靴底は、古くなったゴムの臭いがした。車輪と太い針金は鼻をつく赤錆の臭いがした。言うまでもなく、この鐘は使われなくなって十数年になっていた。たぶん戊午《つちのえうま》〔一九七八〕の年、世の中の田畑がすべて人々に分け与えられてから、出番がなくなり、叩きに行くものなど誰もいなかった。外の村のもんが来て会議を開く時にゃ、ラッパがなけりゃ、この鉄の鐘でも叩くしかなかったんじゃ。県や郷で受活村というこの村落を、知らんもんはおらんかったが、村の様子をたずねに来るようなものはおりゃせんかった。吊るされている牛車の車輪も、もう誰も一生叩きに来てくれないと思っていたはずじゃ。空気の中に混じる車輪の赤錆の味は、真夏に新たに芽をふいたエンジュの新芽の匂いの中で、一本の清流のように流れていた。しかし今、県長は自分の手でそれを叩き、再び人々を呼び出す役割を与えたのだった。県長はすでにそのエンジュの木の鐘に到着し、鐘を叩くレンガを探しに行こうとしたとき、さっきあの食事をしていた所でずっと言葉を交わさなかった片《かた》足猿《あしざる》が杖をつきながら彼の後ろに追いついて来た。

「柳県長」彼は一声叫び、その顔には濃い赤みが差していた。

県長は振り向いた。

「鐘を叩くことはありませんよ、わしが一軒一軒まわって知らせに行きますんで。昔から村のことは大きいことから小さいことまで、茅枝婆は、いつもわしに各家をまわらせて知らせることになっているんで」

そう言い終わるや、片足猿は杖をついて前にあるめくらの家へ向かって行った。足どりはすこぶる軽快で、右の杖が地面に軽くつくかどうかで左足は地面から離れていた。左足が再び地面に落ちるときには、その杖と体はまた右足の前に来ているのだ。彼は歩くでもなく飛ぶでもなく、完全人と同じように走っていた。あっというまにめくらの家の門を曲がって入って行った。県長は驚いてずっと後ろで彼が飛び回るのを見ていた。彼は山道を飛び跳ねる子鹿か子馬のようだった。

片足猿は一戸一戸に通知した。

叫んだ。「おい、大めくら、明日朝から受活祭じゃ。県長さんがわしらに食い物と金を恵んでくれるとよ。行かんもんは春には飢え死にじゃぞ！」

叫ぶ。「おーい、四めくら、明日朝は受活祭じゃが、春に飢え死にしてもいいんじゃったら、来んでもええぞ！」

また叫ぶ。「ちょっと、杖《つえ》姐さん、県長さんの顔を見たいじゃろ？　それなら明日の受活祭ではひとつやってもらわんとな」

「子豚、家に戻ったら、父ちゃんと母ちゃんに言うてくれ。明日、日が昇ったら、村で三日ぶっ続けの受活祭じゃと」

こうしてすべての家に知らせは届いたのだった。

翌日、東の空が赤く染まり、朝御飯をすませると、各家のものたちはみな村外れの会場へと、わらわら向かって行った。日の光は暖かく、少し風もあり、男たちはシャツ一枚着ればちょうど良かったし、女たちはブラウス一枚で気持ちが良かった。会場になる場所は、水面のように平らで大きく、もともとは村の麦打ち場だったが、後に土地を分配し、めくらの麦打ち場となっていた。村では何事もめくらを優先する。めくらは受活村では手厚い待遇を受けていた。それは母親が自分の子供に、一口でも多くの乳を飲ませようとするかのようだった。村に近く面積も広いので、めくらの家の者たちに与え、彼らの麦打ち場としたのだった。めくらたちの麦打ち場ではあったが、何か公のことで集会を開く必要がある場合には、みなこの麦打ち場に集まった。この麦打ち場は村の集会場、舞台であり、一畝ほどの広さがあり、一辺は道に面し、両側は畑に面し、残りの一辺は三尺ほどの高さの土手になっていた。土手の上は広い傾斜地になっていた。ここの地主は五十三歳で片腕で、母親のお腹から出たときには、すでに片方の腕は洗たく棒の端っこのようだった。しかしその一本の腕、ひとつの手は、鋤で土を鋤くことも、土起こしをすることも、鍬を振るうことさえできた。毎年受活祭のとき、村の外から見に来た人たちは、麦打ち場に居場所はなく、斜面の畑で立つか座るかしかなかった。斜面の畑は鋤や鍬が入れてあって、一面柔らかくしてあるが、あっちからもこっちからも踏まれているうちに、三日後には、道のようにガチガチに硬くなってしまい、受活祭が終わったら、地主はまた改めて土起こしをしなくてはならなかった。彼は牛を追いながら二回目の土起こしをすることになるのだ。彼がせっかく起こした地面を人々がカチンコチンに固めてしまったことに恨み言を言いながら。しかしブツブツ言いながらも、してやったりという笑みが顔に浮かんでいた。ある者が、彼が毎年麦刈りが終わると、受活祭の前にいつも真っ先に土を鋤いているのを見ていた。

「おじさん、受活祭はまだこれからじゃろうに、今こうやって土を鋤いても、またガチガチになるんじゃ?」

彼は左を見て右を見て、ほかに誰もいないのを確かめると、小さな声で笑いながら言った。

「若いの、お前さんは知らんかもしらんが、この畑を鋤いておくじゃろ、それでその上を人が座ったり踏みつけたりすりゃ、その靴に付いている埃や体の垢が土に混ざりこんでな、その一年は肥料いらずになるんじゃよ」

今年もまた、一本腕の彼は畑の土起こしをしたのだった。大暑雪の災害で受活祭はないだろうと思っていたのだが、今年もやることになったのだ。しかも県長自ら仕切るという。だから彼は、いの一番にこの場所にやって来たのだ。続いて村のものたちが皆やって来た。腰掛けや椅子をかかげ、筵を下げ、早ばやと隣村の親戚に来るように知らせ、その親戚の分の椅子まで会場に運び込んで場所取りをする。日が高くなると、普段なら皆畑に出て仕事をしている時間だが、麦打ち場は一面椅子だらけになってしまった。何本か木の杭を打ち込んで、杭の上部に針金で横棒を括り付け、その上に板を渡し、さらにその上に筵を敷き詰めると舞台のできあがりだ。舞台は片足猿が組み立てる。若い衆を数人引き連れ、鋸《のこぎり》、金槌、斧を手にあっという間に作り上げるのだ。

舞台の下の椅子はきれいに揃えて並べる。

耙耬調の歌い手は隣村の男一人女一人に頼んで来てもらう。

　鳴り物隊はもともと揃えるのが難しゅうてのう、いつもなら受活祭の数日前に頼みに行って、謝礼の交渉なんかをするんじゃが、今年は県長が受活祭を組織したもんで、どうやったんか知らんが、鳴り物も全部揃っとって、報酬について話をする必要なんぞなかった。

県長が受活祭をやるという知らせは、昨日のうちに炊煙の如く各村々に広まり、今日の日の出と共に山の尾根の道には隣村からの見物人が一群となって押し寄せ、太陽が頭の真上に昇る頃には、会場の麦打ち場は人の群れで一杯となり、一面人々の頭で真っ黒になった。土手の上の斜面も、次から次へとやって来る人々が立ったり座ったりしていて、五十三歳の一本腕はその中を歩き回りながら叫んでいた。

「まったく、遠慮のう踏みつけてくれるわ。ガチガチに踏み固めやがって、さっき鋤を入れたばっかりじゃと言うのに。わかっとったら、やらんかったのに」

　辛くてたまらないといった様子で訴えながら、一方では顔に笑みを浮かべている。外の村の知り合いが、来るのが遅くなって立つ場所がないのを見つけると言った。

「わしのところに座るがいい。しっかり座ってくれ、また鋤を入れるから」

　そこは座る人でますますごった返すのだった。

　村で薬屋をしているびっこの奥さんが、茶卵（お茶で煮込んだゆで卵）を煮るための炭に火を起こした。鍋いっぱい茶卵を煮ると、麦打ち場の半分が彼女の茶卵の香りでいっぱいになった。

つんぼが落花生をひと袋炒めて会場の端っこに並べた。

　ヒマワリの種売りも、その落花生売りのすぐ横の屋台に品物を並べた。

　隣村の女たちは、村に何かを運び入れているようには見えなかったが、一瞬の内に斜面の向こう側で火を起こし豆腐片を煮はじめた。豆腐片は油通ししてあって、竹串に何枚か刺し、鍋でグツグツ煮る。鍋に油は入っていない。胡椒、八角、塩、味の素で味付けし、特に珍しい調味料が使ってあるわけではないが、こんがり香ばしく爽やかな香りは、あたり一面を覆った。そこらじゅうが豆腐を煮る黄色いような白いような香りで一杯だった。この時には風船売りもやって来た。

石笛売りもやって来た。サンザシ飴と梨の砂糖煮売りも皆やって来た。赤土で焼いた布袋様や子供の人形を売る者は、高い腰掛けに水を張ったたらいを置き、その泥人形の子供と布袋様を中に浸し、より赤く艶やかに見せていた。たらいには実はお湯が張ってあり、お湯の中から子供の人形を取り出すと、天を向いているその子供のおちんちんから、針のように細い水が飛び出してくる。布袋様は、裸の子供のおちんちんが空に向かってオシッコするのを支えているようだ。その人形がオシッコをすると、取り囲んでいる人々から笑いが漏れ、財布を探りその小便小僧と布袋様を買い求めるのだった。

　会場は人の声でグラグラと沸き立ち、人の数がますます多くなっていった。山の上の廟のお祭りのようだった。線香売りも来ていた。もともと茅枝婆が受活祭をするようになったのは、一年の収穫を喜ぶためだった。一年中忙しく働いた村人たちに一休みしてもらうため、一か所に集まって三日間大いに飲み大いに食べてもらうのだ。しかし今年の手はずを整えたのは県長だったので、これほど大勢が押し寄せ、人の頭で真っ黒になり、斜面の一本腕の畑どころか、道にまで人が溢れようとは思い至らず、道端にかまどを作って、村中のものに蒸しパンや食事を配る予定だったのだが、場所を村の中央の、聾唖戸の集まって食事をする場所に移すしかなかった。

　日は真上に昇った。

　鳴り物隊も楽団員も、みんな舞台の西側で準備完了じゃ。

　菊梅《ジュイメイ》と茅枝婆はこの受活祭に来ていなかったが、娘たちはすでに会場のあちこちに散らばっていた。太陽の発する熱は朝とは比べものにならないほどになった。日向に立っている男たちは単衣やシャツを脱ぎ捨て、頭から汗を流し、背中には汗が流れ、身体中が汗で光った。暑さに耐えかねて誰かが大声で叫ぶ。「なんでまだ始まらんのじゃ？」するとすぐに誰かが、どこに向かってこたえていいのかわからないまま、「県長さんと秘書さんがまだおいでになっとらんのじゃ、始めるわけにはいかんじゃろ？」舞台の下は熱狂の渦となり、遠くの山肌で草を食《は》んでいた羊たちは、この大騒動を唖然とした様子で眺めていた。村の横丁の木に繋いでいる牛は、洪水の濁った水のようなくぐもった鳴き声を響かせていた。

青空の中、白い雲が淡く、その白は綿のようで、青は深い湖の水の色のようだった。外の世界は一面水を打ったような静けさで、受活村の入口のこの会場だけが沸き立っていた。一面の熱気は一面の孤独でもあった。静謐《せいひつ》の中で沸き立つ、鼎《かなえ》のお湯じゃった。道端の木に登った子供が待ちくたびれて木の枝を揺すり、大暑雪で凍えて枯れた木の葉が、この時とばかりに落ちて散らばった。

突然誰かが大声で叫んだ。

「県長さんと秘書さんじゃ」

「県長さんじゃ、秘書さんも一緒じゃ」

下半身不随や腕無しや指無しは、聞こえるし見えるので最前列に、つんぼやおしは見ることはできるが何も聞こえないので、当然のことじゃが、びっこたちの後ろに座ることとなった。めくらは見えないが聞くことはできるので、誰とも場所を争うことなく、耙耬調が聞こえる落ち着いた場所がありさえすれば良かった。もちろん、かぶりつきは村に数人いる半つんぼのお年寄りたちじゃ。彼らは、つんぼとは言うても、まったく聞こえない本当のつんぼじゃのうて、大声で吼えればはっきり聞こえるので、受活の人々はごく当たり前のようにかぶりつきを彼らに譲るんじゃった。この誰が前で誰が後ろかは、受活村で会議を開くとき、芝居を見るとき、受活祭の出し物を見るとき、きちんと決まりがあるのだった。

めくらが前に押しかけて行くと、誰かが「あんた、目が見えんのに前に行ってどうするんじゃ？」と言う。するとそのめくらは笑いながら回れ右して、後ろの方へと移動して行くのだった。

おしはたいていつんぼだった。だからつんぼやおしが前に行くと「聞こえもせんのにそんないい場所をとってどうするんじゃ」と誰かが声をかけ、すると前の席を人に譲るのだった。

しかしつんぼかおしでも、少しくらい聞こえるものには大声で叫ぶ。「おじさん、ここなら聞こえるよ」「おばさん、ここにおいでよ、演奏する人に近いよ」

場所はこうしてだいたい決まっていく。もちろんのことじゃが、完全人は一番前の方に座る。早く来たものはいい場所を取った。もし自分では行かず、わざと自分の子供を使って親戚のために場所取りさせても、放っておいて誰も何も言ったりしない。同じ村のもん同士じゃったら、あんたの親戚は私の親戚のようなもんじゃ、何も言えりゃせんじゃろ？　外の村からくる者は、この決まりをよくわかっていた。これは受活村のお祭りであって、自分たちのお祭りではないのだ。当然、彼らは受活村の人々の外側を、一重二重と遠巻きにするのだ。

外側でも聞こえるし見えるのだが、問題は、そこが物売りたちの場所に近いということだった。煙に燻《いぶ》され火に炙《あぶ》られ、子供たちは物売りを取り囲み、彼らの股をくぐっては行ったり来たり、芝居には集中できず、受活の人々の絶技[9]にも見入ることができない。しかし考えてみれば、所詮お祭り騒ぎを見に来ているのだ、たいしたことではない。遠巻きに立っていても、心は安らかだ。

実際、内に幾重、外にも幾重もの人が取り囲み、人の頭は、秋の麦打ち場に並んだ一面の黒豆のようで、地表の黄土も大騒ぎにあたふたし、もうもうと土埃を舞い上げる。

県長と秘書もやって来た。太陽はもうどこまで昇ったことやら、彼らはそんな頃合にやって来た。満面の笑みで片足猿を引き連れ、入場して来たのだ。人々はさっと道を作った。弦や太鼓の調整をしていた演奏者たちも、胡弓、笙《しょう》、横笛、銅鑼の音を消した。かぶりつきの一番いい場所を、県長と秘書に明け渡した。そこには数寸ほどの高さの椅子が二脚置いてあり、竹で編んだ、新しい赤い漆が塗ってあり、背に書いてある双喜の文字は、まだ擦り切れていなかった。言うまでもなく、どこかの娘が受活村に嫁いで来たときに、両親が送ったもので、今回光栄にも、県長と秘書が座る専用の椅子となったのだ。

県長は軍用コートを着なくなってもう数日になる。今は丸首のシャツに、下はグレーの短パンで、シャツは丸めて短パンに挟み込んでいた。角刈りで赤ら顔、腹は少し前にせりだしとって、頭はゴマ塩、まさに県長そのものといった感じだった。耙耬山脈あたりの農民のようではなかったし、省都や九都でホテルから出てくるような感じでもなかった。少々泥臭《くそ》うはあったが、耙耬山脈の受活のもんらと一緒に立ちゃ、十分垢抜けとった。じゃが、外のもんと並ぶと、どこか湿っぽい土臭さがあった。当たり前のことじゃが、重要なのは彼の泥臭さとか垢抜けている様子ではなく、彼の秘書のすらりと背の高いこざっぱりした姿じゃった。ピシッと折り目の付いたズボンに真っ白なシャツの裾を入れ、黒々とした頭は七三にきっちり分け、全身これ都会人じゃった。都会人であるとしても誰かの秘書である限り、御主人様は立てにゃならん。じゃけぇなんよ、県長さんは手ぶらで彼の前に立って、秘書さんは県長さんの後ろ、県長さんの代わりに、水を入れる器を捧げ持っていたんじゃ。その器はもともと漬物が入っとったもんで、受活祭に来た人の中では、県長さん一人が水を入れるための器を持っとったんじゃ。そういうわけで、県長が昂然と頭を上げて歩く後ろを、秘書は前後左右を見回しながら歩くしかなく、受活の人々、受活祭を見に来た人々は、県長と秘書の二人を見上げるしかなかった。すべての人々の視線は県長と秘書の間を行ったり来たりし、茶卵売り、豆腐売り、サンザシ飴売りのけたたましい呼び込みの声も消え、子供たちもはしゃぎまわるのをやめた。静かな会場に銅鑼叩きがうっかり落としたバチの音が響いた。

さぁ受活祭のはじまりじゃ。

まずは挨拶。今までは茅枝婆がそこに立って話した。それはいつもこんな感じだった。

「うちに昨日の晩、どこからかめくらの犬がやってきた。かわいそうにのう、誰かに目をえぐられていて、眼孔からは膿が流れ出していて、引き取るしかなかったんじゃ。みんなここで芝居を見て歌を聞くんじゃ、この三日間は仕事をすることは許さん。飯の支度も許さん。親戚にも皆来てもらってここで食べるんじゃ」

「もう何も言わん。祥符調[11]か？　耙耧調か？　どっちを先にする？」

誰かが耙耧調じゃと叫べば、耙耧調から歌い始めた。もし立ち上がって「いや、祥符調が先じゃ」と狂ったように叫ぶものがいれば、祥符調から始まった。

あるいは茅枝婆が壇上にも上がらず、舞台の前で「さあ、はじめた、はじめた！」と言えば挨拶は終わり、胡弓がうなり、芝居が始まるのだった。そうなると言うまでもないことだが、受活の村人たちの絶技は後回しということになる。

しかし今回茅枝婆は来ていない。片足猿が先頭に立ち県長のために空けられた道を歩き、会場にある一メートルの高さの舞台の側に着くと、彼は杖を地面にとんと突いて、舞台の上に飛び上がって叫んで言った。「今から県長さんのご挨拶じゃ」そしてまた舞台の下へ飛び降りた。

飛び降りると、おしの肩をポンと叩いて、彼の尻の下から腰かけを引っ張り出し、それを舞台の横に置いて、台踏《だいふみ》⑬がわりにした。

県長はその腰かけを踏んで、舞台へと上がって行った。

舞台の中央の前の方に立つと、受活祭に参加する、一面真っ黒の耙耬の人々を見た。太陽は黄色く輝き、炎のように頭上を焼き、全員の頭をてらてらと光らせていた。土手の斜面に立っている人は、首を長く伸ばして舞台の方を見ていた。県長さんは口を開けて話そうとしたんじゃが、また口を閉じてしもうた。彼は突然ある一つのこと——この数百人もの観客が、まだ彼に拍手しとらんこと——に気づいたからじゃ。それでまた黙り込んだんじゃ。

受活村では他の村のように頻繁に会議がなく、県長が仕切る受活祭も初めてだったし、県長が何か話すときには、食事の前に食卓に料理を並べるかのように、ワッとはじけるような拍手が必要だと知らなかった。あるいはどうして茅枝婆が来て挨拶しないのか、県長と痩せっぽちの秘書は、茅枝婆が引き連れて来てもいいはずだし、もともと彼女にやってもらうべきことなのに、どうして村では大したこともない片足猿が仕切っているのか、ともかく訳がわからなかったのだ。その場が固まってしまった。県長は壇上で人々が拍手するのを待っていたし、耙耬の人々は県長が話すのを舞台の下で待っていた。秘書はと言えば、しばらくの間、訳がわからず、舞台の下から県長と人々を交互に見ていた。

会場の上空を雀が飛んでゆき、その羽の音がパタパタと会場の人々の中へ落ちて行った。

県長は焦《じ》れて、咳を一つして舞台の下の村人たちに促した。

舞台の下の人々は県長の咳を聞いて、挨拶の前奏だと思い、ますます静かになった。会場の一方からは、あの茶卵を煮るグツグツいう音が聞こえていた。時間は壇上の県長と下の人々との間で硬直し、流れている水が突然凍りついたかのようだった。秘書は何が起こっているのかわからず、慌てて舞台前に近づくとコップを高々と差し上げて小さな声で言った。「柳県長、お水ですか?」柳県長は黙ったまま、額に青筋を立てていた。そのとき、片足猿がまた突然一本足で舞台の端に飛び上がったと思うと、四の五の言わずにパチパチと拍手をし始めた。それで秘書も気づいて、慌てて壇上に上がると、狂ったように両手を叩きながら叫んだ。「皆さん、拍手で県長さんのご挨拶を！」

　雷鳴が大雨を呼ぶように、舞台の下の人々もハッと気づき、パチパチ拍手の音がはじまると、次第に大きく密度を増し、やがて会場全体を覆い尽くした。秘書の手は止まらず、舞台下の拍手も鳴り止もうとはしなかった。秘書の手は真っ赤になり、片足猿の手も赤くなり、人々の手も痛くなった。会場のそばの木に止まっていた雀たちは、驚いて飛んで行ってしまい、村のはずれまで来ていた鶏や豚は、恐れおののいて自分の家に走って逃げて行った。ここに至ってようやく県長の額の青筋は色が薄れて、赤黄色へと変わっていった。彼は両手を持ち上げ、下へ抑えるようにして手を止めるように合図したので、秘書も手を休めた。

　会場の拍手の音も止んでいった。

　県長は舞台の前方に立って、まだ不快そうな薄青い顔色をしていたが、赤味も帯びて来ていた。彼はちょっと咳をして喉をすっきりさせると、ようやくゆっくりと大きな声で話した。

「村の皆さん、お年寄りの皆さん、私が柳県長です。皆さんは以前、私と会ったことがないのですから、皆さんが拍手を忘れていたことを咎めたりはせんでおきましょう」続けてさらに声を大きくした。「皆さんの受活村は大暑雪で大きな被害を受けられたんじゃ。被害はそれほど大きくはありません。それぞれ少しは収穫することができたのですから。しかし、受活村は百九十七人のうち、めくらが三十五人、つんぼ・おしが四十七人、五十人以上が片手か片足、そしてさらにのうたりんが十数人、完全人は村全体の七分の一しかおらず、それを考えたら、今回の大暑雪は受活村にとって大災害と言えるじゃろう」

　柳県長は一息つくと、舞台下の人々を眺めやった。

「村の皆さん、お年寄りの皆さん、我々の県の全人口は八十一万人です。私はこの八十一万人の親代わりです。この八十一万人は、趙さんだろうが李さんだろうが、孫さんだろうが王さんだろうが、この県に生まれとりさえすりゃ、男も女も年寄りも子供もみなこの私の子供じゃ。私はこの八十一万人の、父親、母親なんじゃ。私にはこの八十一万人の、どの村、どこの店、どこの谷の子供らも、災害で食べられんようになるんを、見逃すことはできんし、私の子供らの腹を空かさせるわけにはいかんし、一人だって餓死させるわけにはいかんのじゃ」

　柳県長はまた舞台下の人々を見た。

　秘書もそれにつられて眺め、眺めながら同時に片足猿と一緒に拍手をはじめた。続いて舞台の下にも再び響動《どよ》めくような拍手が起こった。

　県長はまた抑えるような仕草をして、

「私はすでに決定しました。今回の大暑雪で我らが受活は甚大な被害を受けました。小麦の生産が減ったというのなら、減っただけ補おうではありませんか」

　もう一度舞台下の人々を見てみると、めくらも、びっこもつんぼもほかの片輪も、秘書と片足猿が誘導したとはいえ、拍手の音はパチパチと鳴り止まず、夕立がいきなり屋根に落ちて来て、村中が覆われ揺さぶられるが如く、しばらくの間続いた。木々の青い葉っぱさえ、ゾッと身を震わせると落ちていった。県長は舞台下のすべての人々の顔が赤く火照《ほて》っているのを見て、自分の顔にさっきまであった陰鬱が一掃され、その拍手によって自分の顔が満面輝くような笑みになっているのがわかった。

「皆さん、拍手はもう結構です、手が痛くなったでしよう。いや本当に、子供をわざわざ飢え死にさせる親などおりゃしません。私は全県民の親ですから、親である私に蒸しパンがひとつあるんじゃったら、受活村の一人一人に一口の米を、スープがお碗に半分あるんじゃったら、一口のスープを分け与えます。——食べものだけじゃありません。私は県で給料をもらっている人の財布から小銭を出させました。穀物は二、三日後には各家に運ばれます。お金は秘書がすでに持って来ています。等分に割ると、受活祭が終わってから、この受活村では一人頭五十五元ほど支給されるということになります。家族が二人なら百十元ほど、三人なら百六十五元ほど、四人なら二百二十元ほど、七人八人だったら……」

　県長はその先も数字を並べようとしたが、舞台の下からまたも拍手が沸き起こり、いつまでも降り止まぬ大粒の雨のようだった。受活祭をやるだけでなく、穀物を支給し、お金まで支給してくれるというのだ。片足猿は舞台の左隅に棒立ちで、しかも一本足で、両手を頭上に挙げ、何かを摑もうとでもするかのように、皿やお碗を叩き壊すかのように両手を叩いていた。背は高くなく、ふだん立つときは、例の柳の木でできた杖を脇に挟んで、体を斜めにして杖に寄りかかり、体重のほとんどは杖にかけていたが、しかし今日は体を大きく伸ばし、その柳の杖は彼の脇から離れて舞台の下の地面に転がり、たった一本の足で立っていた。彼が片足でそんなにも長い間立っていられるとは誰も思わなかった。縄のように切れ目なく、手を叩いてさえいれば、彼は永遠にそこに立っていられそうだった。彼が倒れないので、舞台の下の人々も縄のように切れ目なく拍手を続け興奮していた。太陽はすでに頭の真上に来ていた。みな真っ赤な顔をして、全身汗だく、両手は拍手で腫れ上がっていた。県長はその拍手に感動し、みんなにやめるように促すのだが、彼がとめようとすればするほど、拍手はますます響き渡るのだった。天を覆うばかりの白く輝く拍手の音が、時に乱れ、時にきれいに揃って、山脈にパチパチ響きわたり、谷の崖に反射した木霊がさらに遠くへと伝わっていった。まるでじゃ、受活祭が芝居や見世物を開くことじゃのうて、この拍手が受活祭のメインイベントとでもいうようじゃった。この時、柳県長の心は、枯れた畑にきれいな水が流れ込むような幸福感を感じていた。柳県長は太鼓打ちの方を向くと、彼が尻の下に敷いている椅子を要求し、舞台の前の方に置いて飛び上がり彼はその拍手の中、声を嗄《か》らして叫んだ。

「拍手していない人がいます。拍手しているのは受活村の人々、していないのは受活村以外の村の人たちです」

この叫びで、拍手の音は小さくまばらになっていった。舞台前にいた人々は後ろを振り返った。受活村の人々は、外の村から来た人々を探していた。会場はまたたちどころに静かになった。空気が少し冷たく固まった。外の村のものたちは壇上の県長を見ていた。あるものは人混みの陰から、あるものは木の陰から。しかし県長の顔はやはり笑っておったし、やはり燦然《さんぜん》と輝いておった。

県長は舞台の上のさらに椅子の上に立ち、秘書の手からコップを取って水を数口飲むと、喉に筋を浮き上がらせて叫んだ。

「外の村から来た皆さん、受活村の人々にお金と穀物を支給するのを、不公平と感じることはありません。受活村に夏の雪が降ったとき、あなたがたの村々にも大なり小なり雪が降り、雪が降らなかったところもひどい風で、小麦の収穫は多少減らざるをえなかった。ここで良い知らせを――みなさんは、私がロシアにレきないでしょう。魂魄山に国家レベルの森林公園ができ、レーニンの遺体を安置する記念堂の工事が始まっていることも知っているでしょう。お話ししましょう。レーニンの遺体を購入するお金はすでに少し準備できているし、地区は我々の県が集めた金額だけ、貧困救済債を出してくれると約束してくれたのです。我々が一千万集めれば、地区が一千万、合わせて二千万、五千万集めれば五千万で合わせて一億です。みなさんがご存じかどうかわかりませんが、レーニンは全世界の人々の指導者なので、安く買うことはできません。彼の遺体ともなれば億単位で考えなくてはなりません。だからこの一年、私は全県民にお金を出してもらいました。農民の中には、レーニン債を買うために豚を売り、鶏を売ったもの、年寄りの棺桶を市に持って行って売ったもの、来年に蒔く種さえ売ったもの、年頃になる前の娘さんをさっさと嫁にやったものまでいるそうです。──ここで私は、耙耬山脈のみなさんにお詫びしなくてはなりません。私はみなさんに合わせる顔がない、八十一万人の全県民に顔向けができません──」

彼は話しながら、舞台の上で深々とお辞儀をしたので、舞台の下はますます静けさが深まっていった。柳県長は言った。

「今みなさんにどんな良い知らせを伝えることができるでしょうか。私はすでにひと山の購レ債を準備しました。さらにもうひと山、五千万集めることができれば一億になります。一億ともなれば、一人で担ぐことはもちろんできませんし、牛車でも馬車でも引っ張ることはできません。東風《トンフォン》の大型トラックでようやく積み込める額です。このトラックの荷台一台分のお金があれば、私はロシアへレーニンの遺体購入の契約をしに行くことができます。お金が足りなければ、手付金を払ってとりあえず先にレーニンの遺体を持ち帰りたいのです。レーニンの遺体さえ持って帰ることができれば、我らが魂魄山山上にある記念堂に安置して──みなさん、お年寄りのみなさん、もしそうなったら、我々のところにやってくる観光客は、アリの数より多くなるのです。道端で茶卵を売るときには、値段を二毛、三毛、五毛、一元に上げても追っ付かないくらいになりますよ。道端に小さなレストランでも開こうものなら、一日中朝から晩まで店を閉めることもできません。食事をする人が、放課後の子供たちのように列を作るのです。ホテルを開きたければ、布団が少々汚かろうが、部屋が雨漏りしようが、ベッドにシラミがいてノミが飛び跳ねていようが、宿泊客は足をへし折られたって絶えることはないのです。

言っておきますよ。今年の苦しい日々を乗り越えれば、来年は天国のような日々がみなさんの頭の上に降ってくるのです。この太陽は東の空から昇ると、みなさんの家の庭や家だけを照らすのです。他の県の人は、山や木や川があってもレーニンの遺体がなければ、その太陽は彼らを照らすことはないし、月の光さえ注ぐことはないのです。

今日あなたがたは、私に拍手をしなくてもかまいません。ただ私がレーニンの遺体を買って帰ったときに、私をいくら拝んでも間に合いませんよ。

今日はみんなが待ち望んでいた受活祭ですから、もうこれ以上はやめましょう。次はみんなと一緒に耙耬調を聴きましょう。これをもちまして、私の受活祭はじまりの挨拶とさせていただきます」

話が終わると、県長は椅子から飛び降りた。

舞台の下は静まり返っていた。

その静けさも長くは続かなかった。葉っぱが地面に落ちるまでのわずかな時間だった。舞台の下は、また拍手の音でいっぱいになった。舞台の上では、天に向かって銅鑼が鳴り響き、それにチャルメラや太鼓、横笛、胡弓の音も加わった。楽団がついに演奏をはじめたのだ。横笛とチャルメラの奏者は顔を天に向けて吹き、胡弓と太鼓は天を見上げることはできないので、演奏しながら舞台下の人々を見ながら、時折顔を上げては天を望むのだった。天に何か絶景でもあるかのように。彼らが演奏しているのは『鳥は鳳に向かう』だった。何千何万という鳥が林の中で飛び回りながら歌い、林の中には川が流れ、太陽の光が射し込んでいる情景の音楽だ。太陽は、まぁこれでもかっちゅうぐらい、頭の真上から照りつけとって、会場には深い熱気が溜まってしもうて、すべての人が顔中汗だらけじゃった。県長と秘書は舞台の中央の赤い竹椅子に座り、さかんにタオルで汗を拭いていた。片足猿には椅子はなく、杖に寄っかかって舞台の隅に立ち、あっちを眺めたり、こっちを眺めたり、県長に渡す団扇はないかと、四方八方を探していた。探しているところへ、菊梅のところの槐花《ホワイホア》が、ピンクのブラウスに満面の笑みをたたえてどこからか現れた。彼女は手に団扇を二本もっており、駆け寄って行くと、一本を県長に、一本を秘書の手に押し付けた。片足猿は、そのときはっきりと目撃した。秘書が団扇を受け取るときに槐花に向かって笑いかけ、彼女がそれに頷いたのを。彼女も秘書に向かって笑いかけ頷き返し、もう百年も前から知り合いであるかのようだった。

片足猿は、自分がやるべきことを横取りされ、がっかりした。槐花が目の前を通り過ぎるときに小声で言った。

「槐花、この女狐めが」槐花は冷ややかに、チラリと目をやると歯ぎしりして言った。「うちのおばあちゃんがいないと、あんたが村の幹部ってわけ？」

そうして彼らは分かれた。『鳥は鳳に向かう』は終わりに近づいた。まず軽快な楽器の演奏が、水の流れのような音で会場の人々の心をひとつにすると、続いて真打ちの登場だ。真打ちは、山の向こうからわざわざ呼んで来た耙耬調を専門に歌う草児《ツァオアル》だ。草児はもともと草児という名前ではなかった。十いくつのときに『七度振り返る度《たび》に』を歌って人気が出て、それから草児と名乗るようになったのだった。草児はその歌の中の登場人物の名前じゃった。彼女は今年で四十七になったんじゃが、三十三年にわたる歌手生活で、耙耬では県長のお歴々よりもその名を轟《とどろ》かしておったんじゃ。しかし名声が、もっと大きかったとしても、県長の支配下にあることには変わりがなかった。秘書が彼女に、県長があなたに耙耬山脈の受活祭に出て一曲歌ってほしいとおっしゃっていますと言ったので、彼女は秘書について来たのだ。

今年の受活祭のにぎわいは彼女にかかっていた。

舞台衣装はよく見かける古い時代のもので、伴奏者は、彼女が連れて来た専属の胡弓の奏者だった。彼女が出てくると、舞台の下はすっと静かになり、みな首を伸ばし、拍手もやめ、物売りの主人もみな舞台の方を見ていた。このときを待ってましたとばかりに、子供たちは茶卵を鍋から何個か掬い取り、板の上に並べてあった煮上がった豆腐片の串を何本か取り、巻き藁に刺してあったサンザシ飴を二つ抜き取った。サンザシ飴の主人が叫んだ。

「うちのサンザシ飴を盗みやがった」

「サンザシ飴が盗まれた」

しかし叫ぶだけで、サンザシ飴を食べながら笑って駆け回っている子供を、追いかけようとはしない。歌が始まれば、彼の売り物がなくなろうがどうしようが誰もかまってくれやしない。屋台を放り出して追いかけて行っても、戻って来たとき、巻き藁に挿してあるサンザシ飴がすべてなくなっていては、元も子もないからだ。そのため彼は集中して耙耬調を聴くことができず、聴きながら、商売にも目を配らなくてはならなかった。歌は『七度振り返る度《たび》に』、またの名を『中陰[15]』と言う。物語は、草児というつんぼでめくら、両足無しでおしの四重苦の片輪の女の話である。彼女は生きているときは、この世のあらゆる苦難を受けるのであるが、死後は完全人に生まれ変わり、つんぼでもなく、めくらでもなく、両足も揃っていて、話し、歌うことのできる素晴らしい喉を授かり、彼女は死んで天国に行くはずだったのだ。この世から天国へ行くには七日間の行程があるんじゃが、その七日間の道っちゅうのが、草花が錦のように咲き乱れとるんじゃが、彼女がこの七日間、導かれるまま、振り返ることさえせんかったら、苦海から抜け出すことができるんじゃ。この七日の行程で彼女が別れ難いのは、彼女と同じように、両目を失明した夫、つんぼでおしの息子、両足のない娘じゃ。さらに飼っていた豚や鶏や猫や牛や馬とも別れ難《がと》うて、一歩進む毎に振り返り、七日目の天国の門の敷居のところで入る門を間違え、間違うた胎内に入ってしまい、再びこの世で四重苦の片輪の女として生まれ変わってしまうのじゃった。

草児は、その草児と呼ばれる片輪の女を演じるのだ。もう一人、彼女と一緒に歌う男役は彼女を天国へと導く高僧を演じる。一人は陽の世界で棺を守り法要を行い念仏を唱え、一人は陰の世界で歩きながら休むことなく歌い続けるのである。

高僧が歌う

菩薩よ神よ憐れみ給え
衆生が苦海を越えるのを助け給え
草児は一生片輪もの
苦海を離れ仙郷に入るべきもの
道には美しい草花が咲き乱れ
しっかり前を向いてふりむくことなく
今は初七日一日目
七日後は中陰の道を越えるのだ

草児が歌う
中陰の道は良い香り
一面青い香りが漂って
軽い足取りで前へ行く
でもあの人が棺の前で泣いている
私の鼻先には花の香り
あの人の鼻先には線香の煙
私は天国へ福を授かりに
あの人が見えない目で息子と娘を育てるなんて耐え
　られない
（振り返って、セリフ）あんた

高僧が歌う
草児、お前は中陰の道で仔細を聞いた
今日は初七日二日目空は明るい
草花はあいもかわらず良い香り
決してもう振り返ってはならぬ

草児が歌う
初七日二日目空は明るい
日は金、月は銀
左は桃花の赤い道
右は新しい梨の道
赤白並んで天国への道
でもあたしのつんぼでおしのあの子にもう母親はい
　ない
どうして母親の私が一人で行けよう
私のつんぼでおしのあの子の母親のいないのをどう
　して見ていられよう
聞こえないとき誰が代わりに身振り手振りをしてく
　れるというの
話せないとき誰が代わりに言ってくれるというの
小さいうちは誰が代わりに服を着せてくれるという
　の
大きくなったら誰が代わりにお嫁さんの世話をして
　くれるというの
（振り返って、セリフ）息子や

高僧が歌う
今日で中陰の道も三日目
草児、道道しっかり聞くが良い
花でいっぱいの天国への道

七日後お前は天国への門をくぐる
喉が渇けば甘いザクロ
お腹が空いたら生麩揚げ
この三日お前は正月のような日を過ごしたはず
もしも振り返って見たならば、もう天国への道は閉
　ざされる
くれぐれもくれぐれも忘れるな
運命は己の手中にあることを

草児が歌う

中陰の道は毎日が
お正月のような良い一日
白い雲に青い空、金色の光
しかし娘は足なし道は遠い
服を縫うとき誰が針を渡してくれる
ご飯のときは誰が箸を渡してくれる
娘やと一声叫ぶ
お前は棺の前でわんわん声を上げて泣いている
（振り返って、叫ぶ）娘や

高僧は焦って歌う

草児、草児、ききわけるのだ
七つのうち、お前はもう三つを失っている。四日目
　も半分過ぎて
振り向いても岸もなければ光もない
生きているときおまえには道を歩く足がなかった
中陰でおまえは風のように道をゆく
生きているときおまえの目の前は一面の闇だった
中陰でおまえの目の前は一面明るい
生きているときおまえには雷鳴は聞こえなかった
中陰では針の落ちる音さえ聞こえる
生きているときおまえの口は開いても話ができなか
　った
中陰では口を開けば歌えるし笑い声も出せる
くれぐれも切に切に
もう一度振り返れば苦海は果てなく、悔やんでも悔
　やみきれはしない
まるで根のない草
まるで幹のない木
まるで水のない稲
まるで淀みも、流れも湿り気もない川

振り返れば見渡す限り無辺の苦しみ
道をこのまま行きさえすれば福は海より深い
よくよく考え早く決めるのだ
くれぐれもこの中陰で機を逸せぬよう

草児が歌う

さまよいながら進んで行く
こちらは雨でこちらは晴れ
こちらは草花の甘い香りに満ち溢れ
こちらは辛い涙に明け暮れる
天国に行けば福は当たり前
人の世を振り返れば苦海は無辺の涙に濡れる
彷徨《さまよ》い彷徨い迷い行き
進んでは後戻りで心の落ち着くことはない
あの人の服が汚れたら誰が洗う
子供が腹を空かしたら誰がご飯を作ってくれる
豚が囲いに入ったら誰が柵を閉めてくれる
誰が鴨に餌をやる
誰が牛に草をやる
誰が馬に餌をやる
誰が猫に水をやる
誰が犬の毛をつくろってやる
秋が来たら誰が庭を掃くというの
夏の刈り入れが来たら誰が家を見てくれるというの
家が家が家が
私一人が福を授かり家を捨てることなどできはしない
（振り返って、セリフ）ああ、私の家が

高僧が歌う

中陰で道を七日ゆく
五日目はそぼ降る雨
座して機会を失うことなかれ
今度振り返れば機会は失われ、天国の門はお前の目の前で閉まってしまう

草児が歌う

花のあの香りはどこへ
草のあの緑はどこへ
振り返り彷徨い機を逸した私
あれこれ思っては振り返ってしまいそう

高僧が歌う

五日目が過ぎて六日目
高僧が歌う
昨日は振り返らなかったので今日は雨もあがり風も
　やんで明るい日の光
草は緑で
花は香る
菩薩様が神様がすでに門でおまえを待っている
天国の門はおまえに向かって光を放っている

草児が歌う

六日目が過ぎ
日は落ち夕陽の赤が残る
迷い迷って前へゆく
振り返ろうかやめようか思い悩んでくたびれる

高僧が歌う

七日目がとうとうやってきた
紫雲が霞に映え
天国の門は大きく開かれた
草児や、急げ駆けこめ
一歩進めば幸せが川のように流れ込む
一歩退けば無辺の苦海の辛い日々

草児が歌う

七日目がとうとうやってきた
紫雲が霞に映え
天国の門は大きく開かれた
わたし草児は心に思う
一歩進めば幸せが川のよう流れ込む
一歩退けば無辺の苦海の辛い日々
菩薩様が門の前に立ち微笑んでいる
天国の門は明るく輝き
黄金の広く大きな道
銀色に輝く壁
神様たちが菩薩様の横に分かれて並び立っていらっ
　しゃる
長い袖に幅広の帯、顔は慈悲に満ち溢れ
童男はえくぼを浮かべて迎え
美玉は長いおさげに笑顔を浮かべ
進めば天国の道
戻れば地獄門

進めば天国の門
戻れば地獄穴
進めば天国で尽きせぬ幸せ
戻れば地獄で日の無い暗闇の長い日々
だけど……だけど……
両目の見えないあの人が台所に入るのを見るのは耐
　えられない
春の種蒔き秋の収穫一人で全部
麦刈りも一人
豆を剝くにも涙が溢れ
誰が彼の鎌を研いでくれる
誰が彼の服を洗ってくれる
耐えられない、耐えられない
つんぼでおしの息子
通りで道をきこうにも
口を開けても声は出ず
誰かが声をかけても何も見えない
耐えられない、耐えられない
娘は両足役立たず
粗末なベッドの上を動くのさえ大仕事
鳥の世話をしたくても鳥小屋まで行けず

豚に餌をやりたくても半分餌の入ったお皿を持つこ
　ともできない
牛に餌をやりたくても草を取りに行くこともできな
　い
馬を引きたくても繫いである綱を解くこともできぬ
犬は腹を空かして門の傍で家を守り
猫は家が見つからず涙を流す
私の家、私の家
ボロボロで崩れた草葺きの家
草葺きでも私の家
鳥小屋豚小屋も私の家
忘れられない、忘れられるわけがない
忘れられるわけがない、忘れられやしない
めくら、びっこ、つんぼ、おしでも私の家族
私はあの人の妻、子供たちの母親
天国に福があろうと授かりたくない
金銀の道も私に輝きは見えぬ
苦しい日々も甘んじて受活しよう
苦海は無辺、私には長い歳月だけ
（勢いよく振り返り、大声で叫ぶ）
あんた、子供たち、牛、馬、豚、犬、鳥、羊やあ

くどい話

①平食——餃子のこと。その形が平べったいので、平食というようになった。

③粑耬調——粑耬山脈一帯で流行している地方劇で、豫劇（河南地方の劇）と曲劇を結合させたもの。長い脚本だが、歌が主で芝居は補助的なので、大人数で演じたり唱ったりするのは難しい。

⑤お上——上の機構や組織のこと。受活村の人、粑耬の人、そしてすべての河南人が、上の機構や組織のことをまとめてお上と呼ぶ。この呼び方には中原の人々の上への敬意が表れている。

⑦主事——受活の人は村の幹部や幹部に代わって事にあたる人のことをこう呼ぶ。

⑨絶技——超絶技能のこと。

⑪祥符調——豫劇の前身で源流であり、河南省開封の祥符県で最も早く始まったので祥符調と言う。

⑬台踏——上がり段のこと。

⑮中陰——伝説に出てくる陰陽の間の場所のこと。中陰を通ると陰へたどり着く。

第七章　草児が消え、人々の心は県長の方へ

柳県長は訳もわからず腹を立てていた。

『七度振り返る度《たび》に』を歌い終え、草児《ツァオアル》はそれを泣きながら歌っているうちに、本当に声が出なくなってしまった。二枚のハンカチは涙をぬぐっているうちにグッショリ濡れてしまった。じゃが彼女が演じておったのは芝居の中の草児で、めくらでびっこで、つんぼでおしのお年寄りで、天国に入る一歩手前でこの世の日々を忘れることができんで、金銀に彩られた天国の門まで来とりながら、この世に振り向いてしまい、苦難の日々を続けることになったんじゃ。これが、ほとんどが片輪で不具者の受活村そして耙耬の人々を、どれだけ感動させ、涙にくれさせたことか。彼女が歌い終わったあと、舞台の下は一面泣き声で、めくらも、片輪も、みなグスグス鼻をすすっているのだった。泣き終わったあと、草児が舞台で挨拶するのを、待ってましたとばかりの拍手が、山をも動かし海をも轟かすほどに鳴り響き、秋の柳の葉がいつまでも散っているようにハラハラと鳴り響いておるのじゃった。

その拍手の音だったんじゃ。その音がの、県長の挨拶に対しての拍手より、鍬一本分、縄一本分だけ長かったんじゃ。それは草児が舞台を降りて衣装を着替え、普段着を着るまで彼女をずっと包んどった。これが柳県長にはちょいと不受《ふじゆ》①じゃったんじゃ。柳県長さんのために拍手したときにゃ、確かにこれほど長く重くはなかったんじゃ。しかし柳県長はケツの穴の小さい小心者だった。柳県長は舞台に立つと叫んだ。「皆さん、

村の皆さん、受活村は天災に見舞われました。一人五十一元です。さあ、列を作って並んで下さい。ここへ取りに来て下さい」

五十一元のお金は五十元ちょっとと同じである。この五十元ちょっと、一枚の五十元と一枚の一元は、県長自らが受活村の人々に手渡した。その舞台の上で、県長は机の前に座り、各家の戸主が押し合いへし合いしながら彼の前を通り過ぎてゆく。二人家族には百元一枚と一元二枚、五人家族だったら百元二枚と五十元一枚と五元が一枚だった。みな同じじゃ、多いも少ないもない。一人五十一元ずつじゃった。会場は大混乱の大騒ぎとなり、外の村の者で親戚のいるものは親戚と一緒に村へ行って、受活祭の大鍋料理を食べた。親戚のいないものは、何か食べるものを買い、昼御飯のあと続けて受活村の人による絶技の演技を見る準備をした。絶技の演技は、耙耬調の『七度振り返る度《たび》に』とは別物である。涙を誘うものではなく、驚きのあまり、開いた口がふさがらなくなるものである。たとえば、村の奥の方に、ケガで一方の目がだめになり、もう片方の目だけでこの世界を認識している男がいたが、五本の針の穴を揃え、その五本全部の穴に一度で糸を通すのだ。もちろん、できなければ笑われるだけだが、成功すると会場中の奥さん連中と娘たちが驚く。たとえば今や、いつも影のように県長に寄り添っている片足猿は、またの名を猿跳《さると》びまたは一本足と言い、村で一番足の速い二本足に杖一本で競走に勝つのだ。さらに足の悪い女で刺繍の天才がいて、一枚の布の両面に同じ模様の猫や犬や雀を刺繍することができ、その刺繍は両面繍と呼ばれていた。彼女は少し大きめの桐や柳の木の葉にまで刺繍することができた。

柳県長は受活村の人々にお金を渡すとき、完全人と見ると渡してそのまま行かせたが、片輪と見ると必ずたずねた。「何か絶技は持っているか?」

その男は県長に向かってちょっと笑うと、自分に絶技があるかどうかは答えずに言った。

「柳県長さん、午後はまた草児に泣ける歌を一曲やってもらいましょうや」

県長は顔を強張らせると何も言わなかった。

中年のめくらはやって来ると県長の渡したお金を触り、その上またお札を宙に持ち上げると、暗闇のなかで日に透かせた。

「安心しろ。この柳県長が偽物を渡すと思うか?」

めくらは笑ってお金をしまうと、お願いして言った。

「あの草児の歌は良かったですなあ。午後彼女にもうひとつ歌ってはもらえんでしょうかな」

「お金と歌とどっちが大切なんだ?」

「彼女が歌ってくれるんなら、わしはこのお金はもらわんでもいいですよ」まるで県長が渡しているのが義援金ではなく、ペラペラの紙切れのようだった。

村の中程に住んでいるあの刺繍の下半身不随の女も義援金を受け取りに来た。車輪の付いた板の上に座っていて、動くたびにその車輪がキイキイ音を立てた。

「車に油をささないと」

「あたしは涙が涸れるほど泣きましたよ。上手だったわ」

「午後は桐の葉に猫の刺繍をしてみせてもらえんかね」

「あの人の歌のあとに、誰が刺繍なんて見るもんかね」彼女は家の五人分の二百五十五元の義援金を受け取るとサッサと行ってしまった。お金を受け取るとき、彼女は何も言わなかった。政府への感謝の言葉もなかったし、県長に感激の頷きさえせず、ずっと衣装を片付けている草児の姿を、惚れ惚れとした様子で見つめながら立ち去ってしまったのだ。

県長は本気で腹を立てた。

県長は草児を目の前に呼びつけると、からかうように言った。「なかなかいい歌だった。私もかたなしといったところだな」

そして一枚の百元札を手渡して言った。「帰るんだ。今なら暗くなる前に耙耬山の外に着くだろう」

草児は少し驚いて、

「私の歌、良くなかったんでしょうか」

「行くんだ」

草児は県長の手にお金を押し返して、

「もし良くなかったというのでしたら、午後は受活の人のために『蛾児は冤罪を被る』を歌います」

県長は冷たく言った。

「行くのか行かないのか? おまえが行かないというのなら、私が引き上げる。おまえがここに残るなら救援活動はストップ、来年受活の連中に食べるものがなかったら、わしはおまえをたずねて行くからな」

草児は県長のそばの石秘書に目をやり、秘書が軽く彼女に向かってうなずくのを見て、衣装を片付けると、彼女専属の胡弓の先生を引き連れて行ってしまった。

受活村を離れ、歩いて県都へと向かったのだった。このとき太陽はちょうど真南で、山脈は一面黄熱の光だった。会場の空中は日の光の中、小さな埃がいっぱいに飛んでいた。草児がいなくなると、人々の心は県長一人に向けられ、柳県長は再びまた受活村の人々にお金を配給し始めた。戸主が一人やって来るごとに、そばにいる片足猿が小さなノートに名前を書き込み、三人と言えば、秘書が県長に百五十三元を渡すのだった。すると県長はすぐに言う。

「金額は少ないが県の気持ちです。これに食糧が加わればおたくもこの冬から来年の春までなんとか持ちこたえられるでしょう」

お金を受け取ると、戸主は感激した様子で感謝の言葉を口にする。すると県長の顔は生き生きとし、血色が良くなるのだった。六十、七十といった年を重ねたお年寄りはお金を受け取ると深々と腰を折り曲げお辞儀をするので、そうなると県長の顔の血色は、秋に紅葉した柿の葉のように濃く艶やかになるのだった。しかし所詮、受活村は四十数戸しかないので、草児が行ってしまう前に大半は渡し終わっており、ツヤツヤした秋の柿のような県長の顔色も長くは続かず、じきにすべての家に渡し終わってしまった。この頃には、そそくさと昼御飯をすませた村人が会場に戻り始めていた。もともと会場に並べてあった椅子や腰掛けは元のままだったし、椅子がわりに置いてあった石やレンガもももとの順番にきちんと並んでいた。しかしその早く戻ってきたものたちは、こっそり場所を移動させた。低いところは高いところへ、離れたところは真ん中へと。それから親戚がおらず会場のそばで食べ物を買っていたものたちも会場内へと戻ってきて中央に座った。

みな午後の受活祭で絶技の演技がはじまるのを待っていた。

じゃが、誰も知らんことじゃったが、柳県長さんはその時まだ昼御飯を食べとらんかったんじゃ。受活村の人々は当然村の一戸一戸にお金を配給してくれた彼のため、肉の炒め物数皿、鶏肉の煮込み、炒り卵、ニラ炒め、その他にもどこから手に入れたのかキジやウサギの肉など、様々な料理がいっぱいに並んだテーブルを、客坊の応接室に用意していた。その料理はもともと『七度振り返る度《たび》に』を歌った草児と楽団員たちのためのものだったが、今やそれは県長と秘書二人だけのものとなってしまった。外の日差しは新しく出た木の葉や木の芽に照りつけ、木の葉も木の芽も丸まってしまっていたが、廟の中にはひんやりとした陰が溜まっていた。

県長が手を洗いトイレをすませると秘書が言った。

「柳県長、お召し上がり下さい」

しかし柳県長は机の前に座ったまま動かなかった。

「何か口に合うものを作らせましょうか?」

県長は言った。「そうしてくれ」

県長はそう言ったものの、相変わらず料理には手をつけず、テーブルの前の椅子に座ったまま、両手を頭の後ろで組み、ふんぞりかえって天井を見ていた。何かが彼の頭に引っかかり、後ろに引っ張ってでもいるようだった。彼の頭と手はケンカでもしているように力がぶつかりあい、目は正面の新聞紙を張った白い壁を睨みつけていた。

秘書が口を開いた。「草児は帰ってしまったのですから、もうあまり気になさらない方が」

県長は黙ったままだった。

「午後は絶技です。食事がすんだらまた挨拶していただかなくては」

県長は目の前を、二匹のハエがブンブン飛び回り、こっちの料理にとまっては一口、あっちの料理にとまっては一口つついているのを見ていた。

秘書はそのハエを追い払って言った。

「柳県長、もし良ければ食事のあと、魂魄山のレーニン記念堂を見に行きませんか? あそこに行ってしまえば、挨拶する必要もなくなりますが」

県長は視線を秘書の顔に落として「一人五十一元では足らなかったかな」

「少なくなんかないですよ。五十元あれば百斤以上の穀物が買えるんですよ」

「みんな私に感謝して頭を下げてくれると思っていたんだが、何にもなかったな」

秘書はハタと気が付いて外へ出て行こうとした。

「どこへ行くんだ」

「コックにスープを頼もうと思いまして」

そして行ってしまった。

そしてまた戻って来た。

秘書は手に大きなお碗に入ったスープを持っていた。表面に黄ニラと緑の香菜が浮いた胡椒の香りがツンとした。食欲をそそる酸辣湯《スワンラータン》だった。そのあと、続いて十数人の受活の村人ら、中年の男女らが、わらわらと入って来ると、県長の前、料理でいっぱいのテーブルの前、そして部屋の外の庭にまで並んで、跪いた。いいちんばの大工と先頭を切って入って来た片足猿は、大工と二人一番前に跪き、率先して言った。

「柳県長様、今日は午前中、私どもも受活のものに、県長様から義援金を渡していただいたんじゃが、あの場ではなかなか感謝の気持ちを表すことができませんで。今ここに、村をあげて県長様に感謝いたします」

村人の一群は、県長に向かって一斉にざっと額を三度こすりつけて拝礼した。

柳県長は少し慌て、手の中の箸を落としてしまった。顔を真っ赤に紅潮させ、朝焼けのように光り輝かせながら言った。

「これは何なんだ？　これはどうしたことだ？」そう言いながら慌てて大工たちを引き起こし、さらに他のたくさんの村人たちも引き起こし、こんなことをしてもらっては困ると何度も強い調子で言った。最後は彼らを引っ張ってテーブルに座らせ一緒に食べようとまで言ったが、村人たちはもちろん県長との食事を固辞したので、県長は彼らを外まで見送った。戻って来ると、光り輝く顔で秘書に、今後このように人を引き連れて来て、土下座させるようなことはやめるよう言い聞かせた。そしてやっとのことで二人は鶏の煮込み、ウサギ、キジの手羽、キノコ、青菜を食べ始めた。

柳県長は、虎か狼のようにがっついて腹をいっぱいにした。

秘書が言った。「柳県長、食べるのがお速いですねえ」

「みんな会場で絶技がはじまるのを待っているんだ。連中を待たせるわけにはいくまい」

大急ぎでかきこむと、茶碗も箸も放り投げて村の会場まで駆けつけたのだった。会場はすでに黒山の人だかりだった。絶技を披露する受活村の者も舞台下に控えていた。

この一場の絶技公演の中で、さらにもっと大きな舞台の幕が上がるかのように、様々なことが明るみに出たのだった。柳県長には、はっきりとした考えがあった。県長が受活村の人々の大暑雪の被害を救済したのは、それが彼を助けることになるから、レーニンの遺体を買うという彼の途方もない計画を、助けてくれるからだったんじゃ。

くどい話

①不受——耙耬方言で、受け入れられないという意味。「受活」に相対する言葉で反意語。

第九章　鶏の羽が天を衝く大木になった

絶技の見世物では様々なものが演じられた。びっこ、びっこと完全人の競走は古くからある演目だった。片足猿と牛子《ニウズ》という名の若者が、会場の端の山の尾根に通じる場所に並んで立ち、誰かが「走れ！」と叫ぶと弓矢のように飛んで行く。言うまでもなく、若者も飛ぶように速く走るのだが、今年二十三歳の片足猿は、紫檀の赤色の杖の助けを借りる。その杖はツヤがあるだけでなく、その頑丈さの中に十分な弾力を持っていた。杖の先は地面に着くや、柔らかくしなり、片足猿が体重をグッと杖に預けると、その長い杖は折れそうなほど弓なりになる。杖が折れ、片足猿が転ぶかと思ったそのとき、その杖は片足猿のひとっ飛びで真っ直ぐに戻り、彼を空中に放りあげるのだった。彼は体を、走り高跳びか走り幅跳びのように宙に躍らせ、前に飛んで行くのだった。思いもよらんことじゃが、途中までは若者の後ろを走っとった片足猿が、最後の最後、山野も皆声援となったかと思うような、がんばれの大合唱のなか、その若者の前に飛び出したんじゃ。

柳県長はみんなの目の前で、片足猿に大枚百元の褒美を与え、さらに救援物資の小麦を二百斤多く支給すると言った。さらにあの捩った糸を五本の針の穴に一気に通すことのできた片目は、今年は何と八本から十本の針の目を貫くことができるようになっていた。あの下半身不随の女は、厚紙やボロ布に豚や犬や猫を刺繡できるだけでなく、木の葉の両面に、同じ図柄の猫や犬を縫いあげることができた。村の奥の方に住んでいるつんぼの馬《マー》は、何も聞こえないので、爆竹を耳からぶら下げて鳴らした。顔の前に薄い板を当てて、爆竹の破片が顔に当たらないようにしてさえいれば良かった。菊梅《ジュイメイ》の長女の桐花《トンホア》のことは、村中のものが全盲であると知っている。二十年間彼女は木の葉が緑ということも、雲が白いということも、鉄の鋤や鍬の錆が赤いことも知らなかった。夜明けの霞の光が黄金色であることも、落日の霞が血の赤であることも知らなかった。四番目の妹、蛾児《アル》が言う。

「赤は血と同じ色よ」「血ってどんな色?」「血は年越しのときに張る対聯のあの色よ」

「その対聯《ついれん》ってどんな色?」「九月の頃の柿の葉の色よ」蛾児は続けた。

「まったく、めくらじゃのう。柿の木の葉っぱ言うたら、柿の木の葉っぱなの」

蛾児は彼女と言い争うのはやめて行ってしまった。

桐花の目の前は茫々たる黒、彼女はその黒の中に立ち、日の光も黒く彼女の周りに照りつけているのだった。生まれたその日から、ずっと彼女の目の前は真っ暗じゃった。昼間も黒、夜も黒、太陽も黒、月も黒じゃった。何もかも、二十年間すべて黒、ずっと変わることはなかった。彼女は五歳のときからナツメの木で作った杖であっちをトントン、こっちをコツコツやり始めた。家の中でも、家の外でも、家の門でも村の外れでも、トントンコツコツ叩くのだった。トントンコツコツで十年以上、そのナツメの杖は彼女の目だった。いつもなら、いつもの年なら、受活祭には母親と杖を持って会場の片隅にひっそり座り、一心に耙耬調、祥符調、それから曲劇（新中国成立後にできた新しいスタイルの伝統劇）、墜子（河南省の歌物語）を聞き、出し物が絶技になると家に帰っておったんじゃ。母親には見に行ってもらった。彼女は見ようにも目の前は茫々たる黒い世界なのだから。しかし今年は、母親の菊梅が忙しくて出かけられないと言う。彼女は母親に言う。みんな言ってるよ、出た人は誰でも県長から百元もらえるって。しかし母親は、まるで何年も考え込んでいるかのようにじっと黙りこみ、結局やはり出かけられないと言い、桐花は槐花、楡花《ユイホア》、蛾児らが出かけて行ったあと、一人門の傍にしばらく立って、村の通りの足音や会場のにぎやかな声を聞き、杖をコツコツトントンやりながら、一人で会場の傍まで行くと、人の群れの端に立って、最初から最後まで絶技の出し物を聞いたのだった。黒く激しい人々の大きな叫び声を聞き、黒く赤い人々の大きな笑い声、白雲のような黒い拍手の音が宙を飛び交うのを聞き、さらに県長が片足猿に拍手し「がんばれ、がんばれ、勝ったらおまえに百元出すぞ！」と言ったときには、県長の叫びが彼女の目の前、耳元を飛び交うのを聞き、県長が猿跳びに大枚一枚を渡し、猿跳びが県長に額を擦り付けて感謝するときには、その擦り付ける音が黒く光るのが聞こえた。あまりに感激した県長は、彼にさらに五十元を一枚渡したのであるが。下半身不随の女が桐の葉の両面に雀の柄を縫い付けて県長に褒美をもらうとき、県長は桐の葉を見ながら言った。

「柳の葉でできるか？」「柳の葉はとても小さいですけえ、アリとチョウチョぐらいなら」「エンジュの葉なら？」「エンジュの葉はもっと小さいですけえ、赤ちゃんの顔ぐらいじゃろうか」

県長は彼女の手を握りながら、どれくらいかわからないほどの褒美を彼女の手に押し込んで言った。「すばらしい、見事な腕前だ！　私は帰る前に必ずお前さんに書をしたためよう、天下第一功とな」さらに、絶技が演じられているときには、山も野原も、人々の声と喚き騒ぐ音で真っ黒で、濃密な闇が、満天から落ちて来る黒い雨のように降り注いで来たのだった。県長が褒美のお金を数えているときには、その黒い雨の音はやみ、人の群れは突然おしになってしまったかのようで、足元に針が落ちた振動だけで木の葉が落ちてしまいそうだった。しかし県長が褒美のお金を出して、お金を受けとった人が県長にひれ伏すと、またぞろあの黒く激しい拍手の音が黒い雨となり、山脈も村も森も家も水に沈んでしまい、蚊が黒い夜の闇のなかに飛び込んで行くような感じだった。

全盲の桐花は初めてはっきりと受活祭を聞いた。村の人々の絶技の見世物を白く輝くように聞いたのだった。片足猿の競走、つんぼの爆竹、片目の糸通し、下半身不随の刺繍、二人の片腕の腕相撲、それから村の奥の方に住んでいる木こりの甥っ子は、虫みたいに小さくて十歳過ぎだったが、それは小さいときから小児麻痺だったからで、足は麻の茎のように細く、足首から先は鳥の頭のように小さかった。しかし彼はその鳥の頭のような足先をギュッと縮めて瓶の口に入れると、瓶を靴がわりにして歩くことができた。

県長は受活村の絶技で開眼した。全盲の桐花は、県長が手を叩き続け、叩くごとに手が赤黒くなっていくのを、はっきりと聞いた。褒美を出し、話をし、笑うごとに黒く枯れてゆき、声は木こりの黒い鋸の黒光りしギコギコいう音のようになっていくのが聞こえた。そうこうしているうちに、日が沈むころとなった。灼熱の暑さは収まって涼しくなり、村人たちは談笑しながら村へ帰る準備を始めた。県長は舞台の上に立ち、黒ずんだ喉で叫んだ。

「ほかに絶技を披露できるものはおらんのか？　今やらんともうチャンスはないぞ。明日私と秘書が帰ったら、もう褒美はもらえりゃせんぞ！」

このとき、桐花が舞台の上に上がり、ナツメの杖をコツコツトントンやりながら、絶技を披露するものが立つ、舞台中央に立った。彼女はそこにすっくと立った。妹たちは驚いて一斉に叫んだ。「お姉ちゃん？お姉ちゃん！」彼女たちは舞台の方へ移動して人々の前に出た。太陽は赤黒く暖かく、西の山の尾根を照らしていた。風は黒く涼やかで舞台の向こうから吹いて来る。彼女は、ピンクのポリエステルのブラウスに青色のズボン、先の角ばった靴といった出で立ちで、風のなかで枝葉だけを揺らしている苗木のようで、ブラウスとズボンが風にパタパタ音を立てていた。全盲ではあったが、まだうら若い女の子、目は黒くキラキラと輝き、霧を被ったブドウのように潤んでいた。素朴で清潔感があり、世間の埃にまみれておらず、二番目の槐花ほど愛らしくきれいではなかったが、全身均整が取れていて、なかなかのものだった。舞台下の人々のざわめきは、突然静まり返った。彼女の妹たち、槐花、楡花、蛾児も呼ぶのをやめた。誰もみな突然の静けさに浸ったまま、県長が彼女に何をきき、彼女が県長にどう答えるか待っていた。

その時間は、世界中が静寂に包まれた。県長は彼女を眺めていた。燃える太陽が見えなくなり、月が出てきて、世界中の日に照らされていた色が、あっという間にひんやりと月に冷やされ水に溶けていくようだった。

彼女は黒い静けさの中に立ったまま、県長が舞台の中央から少し南寄り、彼女の左手の方に立っているのを聞き、県長の秘書が県長の後ろにいるのを聞き、たくさん褒美を出してもらった片足猿が、彼女の右手に立っているのを聞いていた。舞台の上からも下からも、彼らの黒い視線が彼女に黒い蔓のように纏《まと》わり付き、彼女はその視線に驚きの色が、晩秋の木の葉のように、黒々としたものが彼女に落ちてくるのを聞いていた。彼女の妹たちが彼女を見ている視線が下から飛んで来て、窓の隙間風のように彼女の顔に当たるのを聞いていた。

「名前は何と言う?」

「桐花です」

「いくつじゃ?」

「二十になりました」

「どこの家の娘じゃ?」

「お母さんの名前は菊梅で、お婆ちゃんは茅枝《マオジー》です」

県長は一瞬青ざめたが、すぐ元通りになった。

「私、何も見えないんですけど、何でも聞こえるんです」

彼女は続けて言った。「鶏の羽根が宙から地面に落ちても、木の葉が木の枝からコトリと落ちるように聞こえます」

彼は雀の羽根を手の中にしっかり握り締め、拳骨を彼女の目の前に突き出すと振り回して言った。「私の手の中には鶏の羽根があるが、これは何色だ?」

「黒です」

県長は今度は軸の白い万年筆を取り出すと、彼女の目の前でチラつかせ、

「これはなんだ?」

「何もありません」

「万年筆なんだが、これは何色だ?」

「黒です」

県長は握り締めていた手を緩め、あの雀の羽根を見せ、一方の手からもう一方の手に移すと、彼女の頭の後ろに持ち上げて言った。よく聞いているんだ。この鶏の羽根がどこに落ちるか。桐花は目を見開いた。黒目にかかっていた霧のようなぼんやりしたものは消え去り、嘘のように輝き、その引き込まれそうな感じは説明を待たなかった。会場は異様な静けさに包まれ、帰ろうとしていた外の村のものも、後戻りして来た。椅子に座っていたものは椅子の上に立った。レンガに座っていたものはレンガの上に立った。木の上から降りて来ていた子供たちは、また木の上によじ登った。びっこや下半身不随やめくらたちは見えないので、舞台の下でじっとして他のものたちが話してくれるのを待っていた。世界はしんと静まり返り、日の沈む音まで遠く離れた山脈から響いて来た。すべての目が舞台の上の県長の持っている雀の羽根を見据えていた。

県長の手の中の雀の羽根は緩めた指の間から落ち、クルクル回りながら、桐花の右の足元に落ちた。

「どこに落ちた？」

桐花は答えもせずに、腰を曲げると、足元にある雀の羽根を探り当てた。

舞台の上も下も、驚きで黒いため息に包まれた。楡花の顔は紅潮し、蛾児の顔も真っ赤だった。しかし槐花の顔は驚きで羨望の赤に染まり、それは羨ましさのあまり白銀か金色かというほどに輝いていた。県長はその一面のため息の中、桐花の目をじっと見つめ、彼女の手から取り上げると、また彼女の目の前で振ってみた。彼女の二つの大きな黒い瞳はきれいなままぼんやりしている。その羽根を秘書に渡すと、舞台の下に落とすよう合図した。

秘書は羽根を舞台の下に落とした。吹きかけた息がそっと落ちていくようだった。

「どこに落ちた？」

「私の前の穴の中」

羽根を拾わせると、県長はそれを落とさずにきいた。

「今度はどこだ？」

桐花はじっと考え込んでいたが、ぼんやりして首を振った。「今度は何も聞こえなかったわ」

県長は彼女の前にやってくると長いあいだ立っていたが、彼女の手に三枚の百元札を押し込んでいった。

「三回落としたのを聞き分けたんじゃ、賞金三百元じゃ」

桐花はお金を受け取ると、喜びでいっぱいの顔になり、その真新しい百元札を撫で、それはまるで別の何かを撫でているようだったが、県長が彼女の前に立って、彼女の顔を見ながらたずねた。

「ほかに何を聞き分けることができる？」桐花はそのお金をたたんで袋にしまうときいた。「また賞金をくれる？」

「聞くだけじゃなくて、別の絶技だったらカネをやろう」

彼女は笑いながら言った。「杖で木を叩いて、その木が桐なのか柳なのかエンジュなのかニレなのかチャンチンなのか、区別できるわ」

彼は彼女を会場の端のニレとセンダンの老木のところまで連れていくと叩いた。彼女はその木が果たしてニレなのかエンジュなのかセンダンなのか、見事に判別してみせた。県長はまた彼女に百元札を一枚渡すと、石と煉瓦それから石灰岩の石板を持ってこさせ、それを杖で叩かせてみると、案の定、彼女はそれが何なのか判別してみせたので、彼女にまた百元の賞金を渡した。こうなると舞台の上も下も、桐花が一瞬のうちに五枚のまっさらの百元札を稼いだことに、感嘆するやら、あれこれ言うやら大騒ぎとなった。二番目の槐花もバタバタと舞台の上に上がって桐花の両手をつかむと、その腕を引っぱって、矢継ぎ早に言った。「お姉ちゃん、明日私、お姉ちゃんを鎮の市に連れていってあげる、何だってほしいもの買うの手伝《てつど》うてあげる！」

日はついに西山に沈み、受活村を染めていた赤も薄れていった。何か演じて見せたくても、演じられなくなってしまった。外の村の人々も、驚き感心しきりといった様子で家へと帰っていった。村の中央の、受活祭のために大鍋の料理を作っていた村人たちもやって来て、戻って食事じゃ、白菜と肉の煮物にお米のスープじゃ、と叫んだ。このとき、県長の心にあった最初ははっきりしなかったが何か芽生えていたものが、一瞬のうちに、はっきりと鮮明になり、メリメリと音を立てながら大きくなり、天を衝き金の成る大木になったのだった。

受活村で絶技団を結成し、世界の四方八方に出向いて公演するのだ。その入場料はレーニンの遺体を買うための巨額の資金を集めるのにうってつけだった。

第五巻　幹

第一章　大騒ぎになって来た、玄関から出たとたん木にぶつかってしまったみたいに

受活村は瞬時に沸き上がり、夜も真夜中、昇ってくるのは月のはずだったのに、出て来たのは太陽だった、という感じだった。何千年も続いてきた夜の月明かりがなくなって、黄色く爛々と輝く太陽の光が夜を照らしていた。受活村で絶技団を組織し、耙耬の外の世界に打って出るには、舞台衣装を着て劇場の舞台に立たなければならない。受活村の絶技にはすべて県長によって名前が付けられた。秘書のノートには彼らの技の名前が並べられていた。

片足猿――断脚跳飛
つんぼの馬《マー》――耳上爆発
片目――独眼穿針
下半身不随――葉上刺繡
めくらの桐花――聡耳聴音
小児麻痺――装脚瓶靴

さらに村の入口近くの六十三歳の盲四爺《マンスーイエ》は、生まれてこの方ずっとめくらで、目はあるもののまったく使いものにならなかったので、彼は自分の目玉に蠟燭を一滴また一滴とたらすことができた。同じく村の入口近くに住んでいる三嬸子《サンシェンズ》は、小さいころに片腕をなくしてしまったが、彼女はもう片方の腕だけで、二本の腕よりも上手に大根や白菜を薄く、しかも均等に切ることができた。村の奥の方に住んでいる六本指は、親指の横にもう一本親指が生えていた。受活村では片輪

の内に入らず完全人に近かった。しかし彼は幼いころからその余分に生えている親指が憎く、毎日歯で噛んでいるうちに、その六本目の指は爪のある肉の塊となり、すべてが硬く芋虫のようになってしまった。噛まなくてもいいように、火で炙ったので、その六本目の指は老木か金槌のようになっていた。村の老いも若きも片輪だったがだからこそその強所《きょうしょ》①を持っていて、それはすべて秘書のノートの絶技団のリストに加えられていった。

すぐに畑仕事はやめて、受活村を離れ、毎月給料が支払われるということだったが、その給料の金額がまた村人たちの度肝を抜いた。県長は、絶技の出し物でトリを取ることのできるものには、一回の出番につき百元出すと言うのだ。もし一日に一回の出番で二十九日なら二十九場、三十一日なら三十一場になる。一場で大枚一枚ということは、ひと月にするととんでもない額になる。二人の完全人が受活村の畑を守り、一年雨風が順調ですべての畑が天地《てんち》③となり、倒日《とうじつ》⑤を過ごしても、そんな大金を稼ぎ出すのは至難の業だった。

絶技団に入って舞台に立ちたいと思わないものなど、いるわけがなかった。

片足猿はすでに大工に頼んで、特別な杖を作ってもらっていた。下半身不随の女は実家に頼んで金を借り、外行きの服を新調した。つんぼの馬も、爆竹防護用に硬い柏の木でできた板を探しに行った。十三歳の小児麻痺の父親と母親は、すでに彼が出かけるための荷物を準備万端整えていた。

絶技団は一夜のうちにできあがり、明日にでも村を旅立つことができた。総員六十七名、うちめくらが十一名、つんぼが三名、びっこが十七名、足のないのが三名、片腕か手に障害のあるものが七名、六本指が一名、片目が三名、さらに顔に火傷の痕があるものが一名だった。残ったのは完全人か完全人とかわりないものたちだった。団の中では片輪が主役、完全人は端役に過ぎなかった。彼らは完全であるが故に、片輪のために舞台裏のことをやるしかなかった。箱を運んだり道具を持ったり。片輪のために舞台衣装を洗い食事の支度をし、道具が壊れれば修理し、公演が終われば別の場所に移るため、完全人は片輪のために死に物狂いで荷物を運ばなければならなかった。

桐花《トンホア》、彼女は言うまでもなく団の主役だった。槐《ホワイ》花《ホア》は村で絶技団が組織され、外へ公演に行くと聞き、すぐに石秘書をたずねて行った。石秘書は言った。どんな絶技ができる？　彼女は、絶技はできない、でもお化粧してあげることができる、舞台に出る人をみんなきれいにすることができると言った。秘書はすぐに彼女の名前をノートに書き入れたばかりか、笑いながらその手で彼女の顔を撫でた。まるで自分の子供の顔を撫でるように。この秘書さんの笑顔とひと撫でのせいでの、彼女は家に戻ってから夜も寝ることができんで、次の日は次の日で、顔中に笑みが溢れて、頬はピンクに染まっとって、そりゃまぁ、きれいでのう、まるで一匹の蝶みたいじゃ、一日中村の中をフラフラ行ったり来たりして、誰かに会うたびこう言うんじゃった。あたし、絶技団の化粧を担当することになったの、もう身体中が熱くって、お昼でも夢を見るの、崖の上から舞い上がって飛んで行くの。

彼女はきく。「おじさん、あたし、少し背が伸びてない？」

彼女は言う。「崖から飛び上がる夢は、大きくなるんだって。おばさん、あたし、少し背が高くなってない？」

きかれた方は、確かに彼女の背が少し伸び、桐花や楡花《ユィホア》、四蛾子《スーオーズ》よりきれいになっているような気がした。桐花、楡花、四蛾子は、春の坂の草地でまだ開き切っていない花だが、彼女は全開のボタン、シャクヤク、今が盛りのコウシンバラか梅だった。小人ではなく、かわいらしい完全人の娘、人目を引きつける胡蝶か雀になったかのようだった。絶技団の化粧だけでなく、司会もできそうだった。家に帰ってから桐花、楡花と比べてみると、確かに二人よりも少し背が高くなっていた。彼女は石秘書が彼女の顔を撫でてから体が大きくなったように感じていた。彼女は石秘書がまた彼女の顔をもっと撫で、そしてキスもして、自分をすぐに小人から本当の完全人にしてくれ、本当に舞台の司会にしてほしいと思った。

言うまでもなく、司会はいちばんきれいな完全人がやるべきものだ。

楡花は槐花ほど背が高くなかったが、切符売りに任命され、蛾児《アル》だけが祖母と母の言うことをきいて行かないと言ったので、行かないことになり、家に残ることになった。村にはまとめて百七十人ほどいたが、今回その三分の一近くが行くことになり、残されたのは年寄りと子供、片輪でも何も芸のないものたちだった。

芸がないため、日々絶技を磨くことをしなかったがために、家で畑を耕すしか能がなかったのだ。

その日、村は盗賊に入られた倉庫のように大混乱じゃった。通りは、ものを借りたり探したりする人々でごった返していた。針通しの片目は、新しい針を何セットか用意すると、村の家々をたずねては、使い古しの針と交換した。服を縫ったり靴を刺した針は、針の穴がツルツルになって糸を通しやすくなっているからだ。小児麻痺の母親は、門のところで子供のために左足用の靴を作ってやった。息子はこれから右足にガラスの瓶を履かなくてはならないのだから、左の靴の靴底は、より丈夫で地面に立ったとき安定するものでなくてはならないからだ。いざ出かけるという段になって、多くの家がもう何代にもわたって、市が立つときに町に出る以外、どこかへ出かけることが本当になかったということに気がついた。家には手提げどころか風呂敷ひとつなく、服や荷物の袋さえもなく、一斉に借りに行かなくてはならなくなり、東奔西走していたのだ。

服を縫える奥さん連中は忙しくなり、同時に三軒も四軒もの家の仕事を請け負うことになった。

大工たちも忙しくなった。十七人のびっこと三人の片足、それから十一人のめくら、合わせて三十一人のうち、十八人が杖なしではやって行くことができなかった。その杖なしではやっていけない十八人のうち、十三人が杖を新調したいと言ったのだ。こうして大工は大忙し、彼らのトントンカンカンいう音が村に盛大に響き渡り、その音がやむことはなかった。ものを借りに走り回る人々のにぎやかな声も、村の通りを突き抜けて流れ、その流れが止まることはなかった。どこかの家の半盲の子が、何も絶技を持っていなかったため、名簿に名前を入れてもらえず、通りの真ん中に座り込んで泣き喚き、両足をバタバタさせて地面の埃を舞い上げていた。

村はこんな光景になってしまったのだ。

明朝早く、決定した六十七名の受活の村人たちが出発することとなった。菊梅《ジュイメイ》はすでに十日家から出ず、彼女は県長と秘書が客坊に滞在するようになってから外出しなくなっていた。

しかし今、彼女の娘の桐花、槐花、楡花は、自分たちの荷物をさっさとまとめ、絶技団とともに、村を出て行こうとしていた。

菊梅は庭の真ん中の石の上に座っていた。正午の日差しは、庭を蒸籠《せいろう》のように蒸しあげていた。風はなく、汗は顔をダラダラと流れ落ちていた。木陰はすでに彼女のところから移動して、キツイ日差しに晒され、一掴みの青菜が強く熱せられた鍋の中に放り込まれているようなものだった。この家の敷地には、二棟の四間の廂房《しょうぼう》（中国の伝統的建築・四合院で、母屋の前方にある両側の棟）と三間の母屋があって、菊梅はめくらの桐花と一緒に母屋に、そのほかの槐花、楡花らはまとめて廂房に住み、一部屋にベッドが二つ、それぞれの衣類はすべて自分の枕元に置いていた。箱のようなものはなかった。あったとしても部屋には置くところがなかった。彼女たちはこの部屋で十数年、押し合いへし合いしながら生きてきた。巣の中で大きくなった雛たちが、ついに巣立ちの日を迎えたのだった。こっちからは、あたしのあのピンクのブラウスどこへやったのよ？　昨日まで確かに枕元にきれいにたたんで置いてあったのに、ちょっと目を離した隙になくなっちゃったの。あっちからは、あたしのあのビロードの布靴どこ？　おととい脱いでベッドの下に入れておいたのにと、てんやわんやの大騒ぎだった。

庭に座って、出たり入ったりする娘たちを眺めながら、菊梅は娘たちの問いかけにはこたえなかった。彼女の心は、山肌の一面荒れ果てた畑のように茫然としていた。もともとは作物が植えられ、春の種蒔き、秋の収穫、秋の種蒔き、夏の刈り入れ、四季折々の畑仕事でにぎわっているはずなのに、今では、その畑仕事をするものたちは、あっという間に出て行くことになってしまった。畑は荒れようとしていた。人の心もそれに添うように荒れていった。彼女はこの数日、村に大事件が起きていることを知っていた。ひとつの絶技団が、受活村の運命を変えようとしていた。あの男があの時彼女の運命を変えてしまったように、今この瞬間、村人たちの運命を変えようとしていた。旱魃のときに渦巻きながら襲ってくる大洪水のように、抗うこともできずに村人たちはその流れに呑みこまれていったのだ。彼女は思った。行くと言うなら行かせてやるさ。水は流れるもんだし、カラスや雀だって巣立ちのときがあるんだ、娘たちにも行かせてやるさ。ゆっくりため息をつくと、日の当たる石から立ち上がった。門を出た。

彼女はあの男に会いに行かねばなるまいと感じていた。

彼女は客坊へ向かった。

いつもの昼寝の時間だったが、今日、通りの人々は大きな出し物の準備に大わらわという感じだった。昨日は受活祭で絶技を披露していただけだったんじゃが、今その技を披露したもんらは、遠く外へ出て別人になって、別の違った日々を過ごそうと準備しとった。忙しそうにしている受活村の人々はめくらであろうがちんばであろうが完全人であろうがみんな顔をピンク色に染め嬉しそうじゃった。

出くわした人からは「菊梅さんよ、あんたはいいねえ。四人の娘のうち三人が団員になれたんじゃから」

彼女は軽く微笑んだが、何も言わなかった。

「菊梅姉さん、これからは家に使い切れんほどのおカネじゃね。うちが借りに行ったらせいぜい頼むわよ」

彼女はまた軽く微笑むだけで何も言わなかった。

そして客坊に到着した。客坊では一組の夫婦が跪いていた。どちらも完全人で子供のために県長に嘆願にやってきていたのだった。県長は母屋の真ん中の椅子に座っていたが、ちょうどお昼過ぎで、少々の眠気と、泥のようなけだるさが顔にも体にも表れていた。秘書はどこへ行ったのか、彼一人が部屋にいて、眠いので腹立たしげに目の前の完全人を睨んでいた。「話があるんなら、立ってから話したらどうだ」

その跪いている村人は、ますます体を折り曲げて平伏した。

「県長さん、県長さんがええと言うて下さるまで、死んでも起き上がりません」

「で、おまえの息子は何ができるんだ？」

彼はまたグッと気持ちをこらえると、

「あいつは見てくれはブサイクですが、数里離れたところから麦の香りを嗅ぎ分けることができます」

「私でもそれくらいはできるが」

その夫婦は慌てる。

「あいつは村のどこの家で肉まんを蒸していて、その肉まんの餡がゴマなのかネギなのかニラなのか嗅ぎ分けることができます」

県長はちょっと考えた。「本当か？」

二人は額を地面にこすりつけたまま、あいつを連れて来ますから試してやってくださいませんか、部屋の湿気も煤の匂いもネズミのフンも嗅ぎ分けますんで、と言った。しかしあまりに性急だったので、県長はやはり手を振って言った。帰ってくれ、私が昼寝から起きるころを見計らって子供を連れて来て、やらせてみせてくれ。すると中年夫婦は県長に向かって拝礼して立ち上がり、下がっていった。庭には古い柏の木が二本あって、地面に濃い影を落としており、菊梅はその木陰で涼んで汗を引かせた。彼女は出ていく二人を見ていた。二人は村の瓦職人とその妻で、彼女と目を合わせると何か言いたげだったが、何も言わなかった。二人が不愉快な顔をしているのは、明らかに菊梅の娘がたくさん団に入っているからなのだとわかった。しかし彼らは一人息子さえ入ることができず、心にわだかまりができ、彼女に冷たい目を向けると行ってしまった。庭に敷いたレンガの上で、足音が虚しく、しかし明るく、柔らかい桐の木の棒で石板を叩くように遥か遠くへと伝わって行った。

菊梅は廟の入口に立った。体は外に置いたまま、視線は部屋の奥を探っていた。柳県長はすでにまぶたを閉じて寝ており、椅子の背にもたれかかり、手は相変わらず頭の後ろで組んだままで、椅子は微かに揺れていた。言うまでもなく、彼は心身共に気持ちよくウトウトしかけていた。あっと言う間に絶技団を組織し、これからは門を出た途端、金のなる木にぶつかりでもするかのように、レーニンの遺体を買うための金が降ってくるのだ。ほとんど何の手間もかからなかったのだ、ゆったりと受活を感じないわけがなかった。母屋は以前のままで、二枚の壁で仕切られて三つの部屋があり、壁の梁から上には龍や鳳凰や神様の絵があって、梁から下の壁には古新聞が壁紙がわりに貼ってあった。正面の壁には四枚の肖像画が貼ってあって、手前の三枚はずいぶん前から貼ってある、マルクス、レーニン、毛沢東だった。ヒゲのあるもののヒゲにも、ヒゲのないものの唇や鼻の穴にも埃が一杯に積もっていた。紙も年月とともに黄ばみ、触るとポロポロはがれ落ちそうだった。しかし奥の一枚は新しく、中年、角刈りで、顔を紅潮させて笑っていた。入口に立ってその絵を見つめながら、菊梅の心は逆立っていた。出てくるときに髪もとかず、服も着替えずに来たことを思い出し後悔した。ここに来てその四枚の絵を見て逆立った心は、硬直すると驚きへと変わったのだった。その四枚目の肖像画はなんと柳県長自身のものであり、前の三枚と同じところに貼られていたからだ。菊梅の、驚いて心の中に起こった動揺は、固まったまま動かなくなってしまった。県長からは離れた入口の外で呆気に取られて立ち尽くし、見慣れたよく知っている知人に会ったかのように、別に何も変わったことはないような様子だった。さっき彼女の心の中に起こった動揺が硬く凝り固まってしまった理由がわかったような気がした。なんといっても、彼が太って顔にも贅肉が付き、昔のようにほっそりシャープな感じがなくなってしまっていること、その上、彼が自分の肖像画を壁に貼った、しかもあの三枚の後ろに貼ったということで、彼女と彼の間に距離ができてしまっていること、しかもそれが天と地ほども離れてしまっていることを感じさせたからだ。呆然と入口に立ったまま、中へ入る一歩を踏み出せず、彼を睨みながら母屋のそこかしこに目をやり、しばらくしてから彼女は軽く咳をした。

彼は眠り込んでいるわけではなかった。彼女の咳も聞こえていた。しかしウトウトしていたので目は開けないで、煩わしそうに椅子を揺らしながら言った。

「用事があるんなら昼寝の時間がすんでからにしてくれないか」

「うちよ。菊梅じゃ」

彼は揺らしていた椅子の四本の脚を床に止めると、目を開いて中から外を見やり、ボンヤリとした目で彼女の体をひと渡り眺め回すと、客坊の正門を見た。冷たい視線で。

「呼び出してもいないのに、なんで来たんだ?」

「あんたを見に来たんじゃ」

「お前のところの娘は、みんな絶技団に入れてやったよ。彼女たちはこれから給料をもらうことになる。これからは楽ができるぞ」

そう言いながら彼女をチラリと見ると、柳県長は続けて言った。「その金はしっかり貯めとくんだ。私がレーニンの遺体を買って帰って来たら、受活村の尾根の道は、毎日ひっきりなしの観光客で溢れることになる。そのときのために、一足先に山の上にホテルか旅館を作っとくんだな。そうすりゃあとは天国だ。私と一緒の時よりずっといい暮らしができるぞ」

彼女は何かききたかったし何か言いたかったのだが、彼のその話を聞くと、何をききたくて何を言いたかったのか、わからなくなってしまった。再び顔を上げてあの三枚と並んでいる彼の肖像画をチラリと見ると、体の向きを変えてゆっくり客坊の外へと歩いて出て行った。

彼はおかしいと思って椅子から立ち上がり、壁の肖像画を見ると、彼女に目をやって言った。「秘書のやつが貼ったんだ、私を喜ばせようとしたんだ」

彼女は庭で歩みを緩めた。

しかし彼は言った。「じゃあな、見送りはせんぞ」

客坊の庭から外へ出た。村の通りの日差しはギラギラ黄色く、熱波がたゆたっていたが、えいっとばかりに庭の陰から踏み出した。不意にめまいがし、体ごと鍋で煮られているかのようだった。彼に会いに来るべきではなかったとは思わなかったし、彼に会って喜びが溢れ出ることもなかったが、横町の角を家の方に曲がり周りに誰もおらず空っぽであることを確認すると、涙が泉のように溢れ出して頬を流れた。彼女はその場に立って、顔まで手を持ち上げて自分のほっぺたをひっぱたくと、怒鳴った。

「汚い、いやらしい、何をする気だったんじゃ、大バカタレが、いやらしいいうたらありゃせん！」

叩き終わり、泣くのをやめ、そこにしばらく立ち尽くしてから、彼女は帰っていった。

くどい話

①強所——方言。特技。受活の人々は片輪であるがゆえに、ある面に秀で、欠点を補い、生きるよりどころとしている。めくらの聴力が発達し、おしやつんぼの手先が器用であるようなもの。

③天地——天地は天国のことではなく、天国のように人々が憧れる土地のことである。前にも述べたが、受活というこの谷は、昔は土地も肥え水も豊富で、旱魃のときも水は田畑を潤し、水害のときにも水を逃がす斜面があり、体にどんな障害があろうとも、畑さえあって真面目に耕していれば、毎年、こっちが不作でもあっちが豊作となって、一年の四季を通して食べきれないほどの穀物が取れたので、受活村の人々は広く種を蒔いて広く収穫し、天災を特に恐れてはいなかった。農繁期も農閑期も村人たちは畑で過ごし、種蒔きに勤しみ、のんびり収穫し、日々は呑気な中にもしっかりとした感じで過ぎて行くのだった。ただ庚寅《かのえとら》（一九五〇）の年、田畑が国のものになったとき、そののんびりした日々も終わりを迎えた。自分の畑を他人から管理されず、悠々自適で衣食足りていた日々は、今の受活村の人々が失った美しい夢のような生活だったのだ。

だから過去そして未来、天地を耕すことができるようにするのは、茅枝婆にとって奮闘すべき目標となり、村人全員が託す美しい憧れとなったのである。

⑤倒日――倒日は天地と密接に関わっている、失われた歳月に対する思いであり、受活村の人々だけが、経験し理解することのできる独特の生き方である。その特徴は、自由に、のんびり、着実に、争わず、ゆったりと、である。受活の人々は流れ去ってしまった美しい歳月を倒日と言い、また丢日《ちゅうじつ》、掉日《ちゅうじつ》などと呼ぶのである。

第三章　茅枝婆が倒れたときは、一摑みの草のようだった

茅枝婆《マオジーポー》が家を出たとき、その顔には青黒く深い皺が刻み込まれ、冬に凍り付いた川べりの、ドロドロの水のようだった。手にはあの病院のアルミの杖を持ち、地面に大きな音を響かせていた。彼女は何も言わず、ずんずん歩き、川をゆらゆら流れてゆく、枯れてはいても、丈夫な竹のようだった。太陽はすでに西に傾き、村の通りの大騒動も少しは落ち着き、どうやら、絶技を持っている村人たちの出かける準備は整ったようだった。風呂敷も借りた。借りることのできなかったものは、ベッドのシーツを真ん中から二つに裂いて、衣類や荷物を包む二枚の風呂敷にした。大急ぎで服や靴を作っていた女たちの、通りでの商売は終わった。急いで杖を作っていた大工たちは、斧や鋸、鑿《のみ》を放り出し、痛くなった腰を伸ばしはじめた。たちまち静かになり、鶏や豚は、いつものように、通りを何事もなかったかのように動き回っていた。

　茅枝婆は、すべての用意が整ったところで初めて、柳県長が村で絶技団を組織しようとしていることを知った。しかもこの団は総勢六十七人、数人の完全人を除けば、そのほかはめくら・つんぼ・びっこということだった。十日前、彼女は県長の顔に向かって痰を吐いたが、県長が郷長、秘書たちと村に留まりたいと言ったとき、片足猿に三人を客坊に連れて行かせ、部屋を片付けさせ、彼らのために派飯《パイファン》（農村に出張してきた幹部のために割り当てを受けた農家が用意する食事）の手配までさせた。部屋がきれいな家には、食事の支度ができたら彼らを呼びに行き、その家で食

事をしてもらい、部屋が汚いところは、缶にスープを入れ、蒸しパン、野菜の炒め物を客坊まで届けに行かせた。

なんちゅうても、ひとつの県の長じゃ、受活村に滞在するんじゃったら、たとえ天地を憎むほど憎たらしい奴じゃったとしても、食事くらいは食べさせてやらねばなるまいと、片足猿に手配をすべて任せたのじゃった。片足猿の家は茅枝婆の東隣で、彼は足が速く気転もきいたので、茅枝婆はいつも彼に一軒一軒知らせに行かせるか、鐘を叩いて石の上に立って高らかに叫ばせていた。茅枝婆は村の幹部ではなかったが、そういう役どころは彼女にしかできなかった。片足猿は村で特に偉い人間でもなんでもなかったが、茅枝婆が彼に仕事を頼む限り、彼はいっぱしの人物だった。

「県長らが客坊に泊まることについちゃあ、あんたに全部任せたよ」

片足猿は一も二もなく引き受けたのだった。

しかし十日、一か月の三分の一が過ぎたとき、茅枝婆は突然そのことを思い出した。その十日の間、片足猿は客坊の雑用を管理し、彼女の方からも十日の間、何もきかなかった。彼は彼で門をくぐってまで報告には来なかったし、それはまるで自分で仕切っているのだから、彼女におうかがいを立てる必要などないかのようであった。彼が本当に村の幹部であるかのようだった。たった一枚の壁を挟んだだけの両隣だったが、村で絶技団を組むことになったという一大事でさえ一言も言わなかったし、明日には村人のほとんどが村を離れ、村の畑を全部年寄りと子供と役立たずの片輪に残して耕させるなど、何の相談もありはしなかった。

茅枝婆はこれらのことを、蛾児がヒラヒラ舞いながら知らせに来たことで知ったのだった。彼女は、ちょうど家で死装束を縫っているところで、筵を庭の中央の木の下に敷いて、絹や木綿、黒や緑、細い糸のものや太い糸のもの、様々な布を裁《た》ち分け、一枚一枚、ひと針ひと針、自分のために準備していた。一枚縫い上がるときれいに折りたたみ、枕元の赤い漆の箱に納めていったが、何枚縫えば十分なのかは誰にもわからなかった。十年前、彼女は五十七歳になったときから、自分の死装束を準備しはじめた。彼女は、もうまるまる十年もこの作業を続けていた。暇を見つけては休むことなく縫い続けているのだった。柳県長が村に入ってからは、彼に会いたくなかったので、毎日自分の家の庭に籠もって死装束を縫っていた。犬の群れが彼女のそばに伏せ、女の子の一群のように、静かに落ち着いてはいたが、どこか物寂しい感じで、まるまる十日間過ごしたのだった。彼女が黒の死装束の縁を縫い終わろうというときに、幺蛾児が鋭い叫び声をあげながら庭に飛び込んで来たのだ。

「おばあちゃん、おばあちゃん、早く早く、お母ちゃんはお姉ちゃんたちに行ったらいけんって言うんじゃけど、お姉ちゃんたちは死んでも行くって。お母ちゃんは泣くし、家が大喧嘩で大洪水なんじゃ」

茅枝婆は針仕事の手を止め、村で何が起こっているのか問いただすと、しばらく呆気にとられ、額に深い皺を寄せ、顔は凍った泥水のように青ざめ土気色になっていった。

そして家から出てきたのだ。

犬たちは彼女のその怒った顔を見て、あとについて行こうと思ったが、ちょっと顔を上げてチラッとみたり、立ち上がったもののそのまままた伏せてしまった。茅枝婆は、自分の家の門を力一杯、バタンと大きな音を響かせて閉めた。一緒に出てきた蛾児はその音にビックリして固まってしまった。彼女が前を歩き、蛾児がヒラヒラあとについて行く。祖母はそのまま自分の家に行ってくれるのだろうと思いきや、まずは片足猿の門の前に立った。

「片足猿、出てくるんじゃ。出てきてちゃんとわかるように説明せんか」

そこは三間の草葺きの家で、一方は煉瓦の塀で囲まれた庭、門は今にも倒れ崩れ落ちてしまいそうだが、それなりのたたずまいだった。片足猿は母屋の入口に座って、大工が彼のために新しくあつらえてくれた杖の持ち手の部分に、柔らかい綿布を巻き付けているところだったが、茅枝婆が呼んでいるのが聞こえたので、杖を入口のところに立てかけて、ケンケンしながら表までやってきた。

「茅枝婆、天が落ちて来たわけでもあるまいに、なんで腹を立てとるんじゃ？」

「柳県長が、村のもんを六十七人集めて、耙耬の外に出て、絶技を見せて回ろうとしとると言うじゃないか」

片足猿は言った。

「そうじゃ、六十七人じゃ。絶技団って言うんじゃ」

茅枝婆は見知らぬものでも見るかのように片足猿を

ジロリと睨みつけた。

「そんな大事なことを、なんで私に一言報告せんのじゃ?」

片足猿も見知らぬものでも見るかのように茅枝婆の顔を睨みつけた。「柳県長があんたは村の幹部でもなんでもないんだから、言う必要はないって」

茅枝婆はちょっとむせかえると続けて言った。

「わしは村の幹部じゃない、じゃが、わしが声を出さねば、あの柳とやらも六十七人の受活のものを引き連れて出て行くことなどできはせんのじゃ」

片足猿はまた笑って言った。

「なんで連れて出て行くことができんのじゃ?」

茅枝婆がきいた。

「おまえは行くんか?」

片足猿は言った。

「もちろん。わしは団の幹部、副団長なんじゃ、行かんわけにはいかんじゃろ?」

「わしが村から出さんと言うたら?」

「茅枝婆、柳県長がおっしゃったんじゃ。あんたはもう年で、村のことはできんから、これからは村の雑事はわしに任せる、もう少ししたら受活がきちんとした行政単位の村だと県長さんが宣言し、わしを村長にすると言うてくれたんじゃ。だからもしこのわしが出て行かせんと言うたら、出て行けんのじゃがな」

茅枝婆は片足猿の家の門の前でただ呆然としていた。午後の灼熱の日差しが彼女の白髪混じりの頭を金色に鍍金《めっき》したようだった。彼女はその金色に鋳造され、体は硬く強張り、顔も引きつり固まって、上から下までカチンコチンだった。まるで煉瓦か石を積み重ねた柱のようで、誰かがちょっと押せば簡単に地面に倒れてしまいそうだった。片足猿は目の前の硬直した茅枝婆を見ながら、子供のようにヘラヘラと笑って言った。

茅枝婆、あんたはもう年なんじゃ、自分のための死装束まで用意しとる。まあ一度、わしを村の幹部にしてみてくれんか。わしが村の幹部になったら、受活村の暮らしは必ず良くなる。ご先祖様たちが天地を耕していたころより、必ず良うなるんじゃ。その話が終わると、片足猿は踵を返して家の中に入り、門の扉を閉めた。茅枝婆は乞食のように門の外に閉め出された。

山脈と村は静まり返っていた。片足猿の扉を閉める音が、村の通りを桐のようにねじれながら響いていった。蛾児は茅枝婆の後ろで、驚き青ざめていたが、慌てて「お婆ちゃん」と声をかけると、駆け寄って、腐った丸太のような彼女を支えようとした。

茅枝婆は固まってはいたが、一本の木のようで、どっしりと落ち着いて立っていた。彼女は、片足猿に閉められた柳の木でできた扉を睨むと、やにわに杖を振り上げその扉を数回殴りつけた。そのしっかり閉められた門に、カンカンコンコンという音と共に細い隙間ができると、その隙間に向かって叫んだ。

「片足猿、夢でも見とるがええ！　幹部になるなんちゅうことは、あきらめるんじゃ！」

そして体の向きをくるりと変えると、杖をつきながら、村の通りの真ん中を、ひょこひょこ体を屈めて歩いていった。彼女の歩幅は、家を出た時より幾分大きくなり、そのぶんびっこをひく動きもはっきりとした。杖が地面に当たる音もタン、タン、タンと重く響き渡り、びっこは彼女がわざと嘘で演じているかのようだった。自分のびっこと杖で村人たちに示威し、受活村の人々が突然村から出て行くのを阻止しようとしているかのようだった。茅枝婆はそのまま村の中程までやって来ると、つんぼの馬《マー》の家に向かった。つんぼの馬の耳上爆発は、団の出し物の中でも目玉だ。彼が行かなければ出し物は大きな柱を失ってしまうことになる。

つんぼの馬は外出用の靴や靴下、ズボンやシャツを袋に入れているところだった。あの耳上爆発用の板は、スコップほどの大きさで机の脚のそばに立てかけてあった。茅枝婆はつんぼの家に入って行くと、彼の体の後ろに立って、大声で呼んだ。「つんぼの馬！」

つんぼの馬は手を止めた。

茅枝婆は叫んだ。「こっちを向かんか」

つんぼの馬は、微かに聞こえる左の耳を茅枝婆の方に向けた。

「おまえもあの団について行くんか？」

つんぼの馬は、自分の話が人に聞こえないといけないと、喉を張り上げて答えた。「ひと月に何百元何千元のカネじゃ、行くに決まっとる」

「後悔することになるぞ」

「後悔なんかせん。天地を耕すより良くても、倒日より良くても絶対後悔なんかせん」

「わしの言うことを聞け、行ったらだめじゃ」

つんぼの馬は茅枝婆に向かって、吠えるように叫んだ。「一生あんたの言うことを聞いていたら、一生いい目に遭うことはできん。今度ばかりは死んでも出て行く」

茅枝婆は片目の家に行った。片目の荷物は準備万端整っており、彼はちょうど母親が作ってくれた靴を試しているところだった。

「人前で針に糸を通すところを見せたところで、それはおまえを辱め、おまえの目を辱め、おまえの顔を辱め、自分で自分を猿にしてしまうんじゃぞ」

「受活村では辱められることもないかもしれんが、わしももう二十九じゃ、まだ嫁も見つからん。それでもわしに行くなっちゅうんか？」

茅枝婆は下半身不随の女の家をたずねて行った。

「どうしても行かんといかんのか？」

「行かんと、うちは受活村で野垂れ死ぬだけじゃ」

茅枝婆は言った。「おまえがどうして下半身不随になって、どうやってこの受活村に来たか忘れちゃいけん」

「忘れるもんかい、忘れとらんけぇ、上の方々について行くしかないんじゃ」

茅枝婆はさらにあの十三歳の小児麻痺の子供の家に向かった。

「息子はまだ十三になったばっかりじゃろうが」

そこの両親は言った。「もう二、三年したら、こいつの足は瓶の中には入らんようになってしまう。もう子供じゃのうなる。外へ出して世間を見てもらいたいんじゃ」

「子供の片輪を見世物にしてどうするんじゃ」

「これを見せんで、何を見せろというんじゃ」

茅枝婆は小児麻痺の子供の家から出てきた。村はますます静まり返っていた。西へ移動した太陽は村中に照りつけ、夏の新芽を出した木までも真っ赤に染め上げていた。木の葉がまるで光を発しているかのようだった。客坊はこの日差しに輝きながら鎮座していた。年月を重ね年をとり、声を荒らげることもなく黙っている老人のようだった。背の高い青味がかった柏の木が、まぶしいほど明るい村の通りに濃い影を落としていた。茅枝婆の歩みはさっきみたいに速くはなかったが、体の揺れは前よりひどくなっていた。顔に固まっていた硬い黄色は薄れ、灰色が痙攣する筋肉のように浮かんでは消えた。そっと杖をつき、ゆっくり足を引きずると、白髪が彼女の額にかかるのだった。客坊の入口で立ち止まり、ちょっと中をながめてから彼女は入って行った。

県長は大きな湯飲みで喉を潤し、秘書は洗濯した県長のパンツと上着をたたみ、箱にしまっているところだった。「パンツくらい自分で片付けるが」「何をおっしゃいますやら。汚くなんてないですよ。蒸しパンを蒸すときに使えるくらいきれいですよ」

県長は秘書に片付けさせ、顔には落ち着き喜んでいる様子が表れていた。秘書の顔を眺めながら、まるで子供が大きくなって自分の仕事を手伝うようになった父親のようにゆったりと座っていた。県長は水を飲みながら、何かに気がついたように、振り向くと壁に貼ってある自分の肖像画をチラッと見て、また秘書に言った。

「はずしてくれ、不釣合いだ」

「残しておきましょう。不釣合いなんてことないですよ」

「残したいんなら、ちょっとずらしてくれ、あの方々とは肩を並べるわけにはいかん」

秘書は絵の下のテーブルの上に這い上がると、箸の長さの半分ほどだけ下に下げ、県長の頭のてっぺんが毛主席の肩に来るようにした。

「これでいいでしょう?」県長はちょっと見た。「もう少し上でもいい」秘書は今度は少し上に動かして、顔半分のところまで上げると、四隅をピンで留めた。

この時、茅枝婆が客坊の母屋の入口に現れ、そこに立ったまま、黙って県長を眺めていたのだった。十日前、雪の尾根で会った時の、母親が子供の前で見せるような威厳はなくなっていた。やって欲しいことがあって頼んでいるのに、引き受けてもらえない憐れな年寄りのように、子供が突然、手をあげて彼女を殴るのではないかとビクビク怯え、杖を挟んだまま倒れこんでしまいそうだった。県長は茅枝婆を見つけると、十日前に初めて会った時のように、顔じゅう嫌悪感でいっぱいにし、部屋のテーブルのそばに座って、コップに水は汲んだものの飲もうとはせず、黙って動かず、ただ何も見えていないかのようにじっと見ているだけだった。

「あんた、本気で片輪者でサーカス団を作るつもりなんか?」

「違う、絶技団だ。明日出発する。まずは県都で公演だ。ポスターは県中に貼り出させた」

「あんたは受活村を潰す気か?」

県長は笑った。

「潰すって何を？　おれは受活村のもんに瓦の家を建ててもらって、使いきれないほどのカネを手に入れて、天国のような暮らしをしてもらおうとしているだけだが？」

「もし受活村のものを連れて行くのをやめてくれたら、わしはあんたに拝礼する」

「拝まれるのには事欠かんよ。レーニンの遺体を買って帰ってきたら、みんな私に拝礼することになるんだ」

「あんたが受活村のもんを村に残してくれたら、あんたの肖像画を母屋の壁に飾って、他には誰も飾らん、あんた一人だけじゃ、そうして毎朝毎晩拝礼しようじゃないか」

　県長はまた笑うと、淡々と言った。「あんたが受活村のもんを入社[1]させたあの日から、村のもんに毎日あんたを拝ませてきたわけだがな、だが、あんたは受活の村のもんにいちばん申し訳のたたんことをしてきたんだ。彼らにいい暮らしをさせてやれんかったんだからな。おれはあんたとは違う。受活のもんに拝ませようとしたりはせん。名を上げようと思っているわけでもない。あんたは足が悪い代わりに、天気を正確に当てることができるじゃろ？　天気予報の演目かなにかで出てくれたら、団で一番のカネを出すんだが。他のものの一・五倍、いや二倍出してもいい」

　ここまで話すと、県長は自分の娘に忠告するように茅枝婆を見やりながら、まるで自分の話が人の心に染み渡り、人を彼岸からこちらに連れてくることができるかのように、顔には赤味が差し、生き生きとした感じが漂っていた。柳県長を見ながら、茅枝婆は言葉を失い、県長に頬を張られたかのようで、突然顔中真っ青になると、十日前やったように杖を振り上げ、本当に彼の目の前で杖を振り回そうとしたとき、彼女の体は先日のような落ち着いた感じはなくなり、杖を地面から離す前に、いきなり突然、草の束のようにパサリと倒れたのだった。垂木がドサリと重く倒れるのではなく、草の束がふわりと倒れるようだった。倒れると、顔はピクピク痙攣し続け、口元にはブクブク白い泡をふいて、天に向かってアウアウしゃがれた声で叫んだ。それは彼女そして受活村のものにはすぐにわかることだった。

「ほんまに、わしは、村のみんなに申し訳のたたんことをしてしもうた。みんなを入社させてしもうたんじや。わしが村のもんを入社させてしもうたんじゃ」

　茅枝婆はてんかんを起こしたようだった。客坊の入口にいた蛾児は、祖母が草束のように倒れるのを見ると、まずは客坊の中へ駆け込もうとしたが、一歩だけ踏み込んでまた引き返すと、自分の家へと駆け戻っていった。走りながら大声で叫んだ。

「お母ちゃん、お母ちゃん、早く、早く、おばあちゃんが変になっちゃった！」

「早く、早くったら、おばあちゃんが変になっちゃった！」

　村の人々も客坊へと駆けつけてきた。菊梅と娘たちも駆けつけた。村中が足音で溢れ返った。

第五章　くどい話——入社

①入社——受活村の人々だけにわかる歴史用語の略称で、受活村の歴史の頁にのみ記録されている出来事である。

話は数十年前の、己丑《つちのとうし》〔一九四九〕の年にさかのぼる。この年、この世の中にとんでもない大事件が起こった。茅枝婆もまだ若く、十八歳だった。石屋の嫁になってもう何年にもなっていた。人妻でもまだ子供はいなかったので、肌は瑞々しく艶やかで、少しびっこだったがどこへ行くにも足をひきずるようなことはなく、ゆっくり歩きさえすれば誰にも彼女が片輪だとはわからなかった。彼女は数十年前、耙耬の石屋が山へ仕事に行った時に、途中で拾ってきた娘だった。何処から来て何処へ行こうとしていたのか、誰も知らなかった。お腹を空かせガリガリに痩せていて、死にかけていた。石屋は、深い山の中から二十里以上も彼女を背負って連れて帰り、水を飲ませ、スープを飲ませてやった。それから数年して、彼女は彼の妻となった。あの頃は、耙耬のものが、外から女を背負って帰って妻にするのはよくあることで、別に怪しいことでも何でもなかった。奇妙だったのは、この茅枝婆という娘は、田舎者らしくなかったが、着ているものは田舎の普段着で、十八歳になっても、畑仕事も針仕事のひとつもできないくせに、文字だけはたくさん読むことができたのだ。彼女が石屋に助けられてやって来たとき、石屋は独身で三十二、すぐにでも結婚すべきだったのだが、彼女とは十四ほども年の差があり、石屋はいい年だったし、茅枝婆はまだ若かったので、すぐに結婚というわけにはいかなかったのだ。彼女は別のところに住み、長い間彼とはベッドを共にすることもなかった。そうなると受活村から離れ、耙耬から出て行きたいという様子を見せるようになった。体は受活村にあっても、心は耙耬の外へと漂い出ていた。そんな風でも、結局受活村から出ていかなかったのは、石屋の一家が彼女に良くしたからだと思われていたが、実際はそれだけではなかった。彼女は小さい頃から母親と紅軍と共に千里万里を歩いた。第五次反包囲掃討作戦のときのある夜、彼女と母親が山の洞穴で休んでいると、突然母親が数人の紅軍兵士の男に連れ去られ、夜明けに他の二人の紅軍兵士と共に、川べりで銃殺された。彼女は三日たってやっと、母親が、自分がおじさんと呼んでいた紅軍の団長に銃殺された。それは、母親と他の二人のおじが、紅軍の裏切者だったからだと知らされたのだった。ある連隊が数か月にわたり敵の包囲を振り切れないのは、母親とおじたちが密告していたからだというのだ。裏切者の娘ということで、三日の間、紅軍の誰も彼女に一口のスープさえ届けてはくれず、その洞穴の中で飲まず食わずで過ごしたのだった。しかし四日目になって、紅軍の大隊長が、彼女を洞穴から抱きかかえて連れ出し、スープとゆで卵を三つくれたのだった。彼が言うには、彼女の母親は裏切者ではなく、裏切者は他の数名で、すでにすべて銃殺に処され、軍隊も安全に敵を振り切り、中央の紅軍と合流したという。彼女の母親は革命烈士と認められ、彼女は烈士の後継者、革命の後継者となり、最も若い紅軍女兵士となったのだった。

軍隊に従い、四川の村から村へ、ぐるぐる回りながら西北をめざして行った。一年また一年と彼女は大人になってゆき、銃を担げるようになったころ、部隊が西北にたどり着くや厳しい戦闘となり、部隊は散り散りとなり、仲間たちとも離ればなれになった。見知らぬ土地へと流れて行ったのだった。その軍隊に付き従っていた年月、彼女は恐怖の中で大きくなり、敵の銃声と母親を銃殺した銃声が、夢の中でパンパン響き、この他人にはわからない恐れのなかで、出て行きたいとは言いながらも、一日また一日と受活村に留まったのだ。留まっても、出て行くことを決して忘れはしなかった。ちょっと時間ができると、彼女はいつも山脈の尾根の道へ行き、外から来る人に出くわすたびに質問攻めにするのだった。向こうはどうなっとるの？　まだ戦争は続いてる？　日本人は山東に来たんじゃろ、河南にはまだなの？　しかし通りがかりの者のほとんどは、彼女に何も教えてやることはできなかった。彼女もやっとわかった。耙耬山脈はこの世の果て、彼女はその辺の小さな石ころと一緒で、深い谷間に転げ落ち、見向きもされないものだった。一面の森の中に生えているぺんぺん草だった。尾根の道を通り過ぎる人も、世の中のことはほとんど知らない耙耬の者ばかりだった。そしてまた二年三年と時は過ぎ、外の世界の日本人に関する色々なニュースも、今日伝わり明日には消えて行ったが、何ひとつ明確なものはなかった。彼女のそういった様子から、受活村の人々もだんだんと、彼女がどうやら軍隊について来たものらしいとわかってきた。しかし軍隊について歩いたことがあるとはいっても、心には傷を負い、体にも傷を負い、足はびっこを引き摺り、この受活村という場所に流れ着き、心でいくら思っても、遠くへ行くことはできなかった。さらにその辺鄙さ、革命の確かなニュースが微塵も届かない僻地であることが、彼女が出て行きたくても留まる最大の理由だった。昔のことはすべて今の日々に埋めてしまうしかないようだった。受活村には種を蒔ききれないほどの土地と、食べきれないほどの穀物があり、彼女も日増しに慣れてくると、種蒔きも裁縫もできるようになって、村の一員となったのだった。石屋には、七十三歳になるびっこの婆さんがいた。受活で一番の年寄りで、受活村の来歴を最も知る人物で、受活の起源や伝説はすべて彼女の口が語ったものだ。茅枝婆《マオジーポー》は毎日彼女と一緒にいるうちに、おばあちゃんと呼ぶようになった。村の者たちは茅枝にお母さんと呼ばせなきゃと言った。すると彼女は、余計な気遣いは無用、茅枝にわしをどう呼ばせるかはちゃんと心積もりがあるんじゃから。すると今度は、あんたの子供を彼女と一緒に寝させなきゃ、と言う。彼女は忠告してくれた者に冷たい視線を向ける。無駄口たたいてないで黙っておいで、なんで心にもないことを言う？

村人たちはそれでますます、この石屋の母親を敬うようになった。

しかし村人は、茅枝が石屋と結婚することはまずあるまいと思っていたのだが、ある年の冬、二人は所帯を持った。後になってから村人たちは、その年の冬、石屋の母親が病気になり、臨終のとき茅枝を抱きながら泣き、泣きながら茅枝にたくさんのことを話し、茅枝も彼女にたくさんのことを話したらしいということを知った。それから何十年もの間、二人がどんなことを話したかはずっと謎だったが、ともかく、茅枝は結局、石屋と所帯を持つことを受け入れた。

彼女が受け入れてくれたので、石屋の母親は、安心してあの世へと旅立って行った。

その夜、彼女は石屋とベッドを共にした。

その年、彼女は十九、石屋はすでに三十三歳だった。

二人は一緒に暮らしはじめた。日を選んで母親を埋葬してからは、石屋はもう外へ出て仕事をするのはやめ、日夜家を守り、彼女を守り、畑を耕した。茅枝は、やはり時々外の様子をたずねたが、日本人が九都《きゅうと》に達したなどと聞くと、顔を真っ青にするのだった。日本人が町から村へ食べ物を探しに来たときには、子供を見かけると飴を与えるというような話を聞いて、そんなことがあるものかという顔をした。外がどんなにたいへんか、どんな戦いが行われているかについて、彼女はとてもききたがった。しかしもう受活村を離れたいとは言わなかった。

彼女は正真正銘、受活村の人間になったのだ。石屋が畑を鋤くときには、彼女が牛を引いた。麦刈りの時には、彼の後ろで麦をまとめ縛っていった。石屋が熱を出せば、村へショウガやネギを買いに行き、スープを作って飲ませるのだった。村の家はどこも同じで、片輪のいる所帯だったがひたすら着実に種を蒔き麦を刈り、収穫の夏と秋には、食べきれないほどの穀物と食糧があり、暮らしは豊かで満ち足りていた。外の世界のことは、受活村の人々にとっては、遥か遠く十万八千里先の話だった。十数里先の村で市の立つ日に、油や塩を仕入れに行くものが持って帰ってくる、嘘も本当も入り混じった戦争の便りのほかは、受活村は外の世界とは切り離されていた。

春夏秋冬と時は過ぎていった。

こうして隔たったまま一日一日と過ぎていった。

ひと月ひと月。

春夏秋冬と。

己丑《つちのとうし》〔一九四九〕の年が過ぎ、庚寅《かのえとら》〔一九五〇〕の年、民国の暦で数えりゃ民国三十九年じゃ。その年の秋、茅枝は数十里離れた町の市に行った。これまで村で市へ行くのは男の仕事だった。めくらでもびっこでもない完全人たちが、村の人々の売りたい雑多なものを選び出して持って行き、買いたいものを選んで帰って来る。

　この年の秋。地面は落ち葉でいっぱいだった。茅枝が自分の家の畑に行って柿をもいでいると、山道を登って来る者が見えたので、木の上からたずねた。

　ねえ、外の様子はどうなっとるか教えてくれんか。

　その通りがかりの男は顔を上げて彼女を見上げ、
　様子って、なんの。

　彼女は言った。日本人はどこまで来とるの？

　その通りがかりの男は驚いた様子で言った。そんなもん、とっくに自分の国にお帰りじゃ。あいつらが乙《きのと》酉《とり》〔一九四五〕の年、民国の三十何年かの八月に降伏してから、もう五年じゃ。今じゃ民国もなくなって、村はどこもかしこも合作社に入れられとるが。

　その木の下を通りがかった者の、なんでもない話が、木の上の者の心に驚きと動揺を引き起こし、一人の人間と一つの村の新しい一頁を開くことになろうとは。その通りがかりの男は行ってしまい、彼女は木の上で、耙耬山脈の開けているところを遠く見ていた。秋の白い雲が空を掃くように流れてゆき、日の光が水でさっと洗い流すように、大地と万物の姿を変え、押し流して行った。その変化と流れの中、茅枝は人民服を着た通りがかりの人の背中を見、そして木から降りると家に帰って行ったのだった。

　翌日、彼女は町で開かれる市へと向かった。受活村からその柏樹郷という名の町までは往復で百里あまりの距離があった。だから彼女は一番鶏が鳴くころにはひとり山脈を十数里のところにいた。

　鶏が四回目に鳴いた時には、耙耬の麓に下りていた。

　空が明るくなって、数里ほども見渡せるようになったころ、意外な景色にぶつかった。ある村だった。一面畑で、向こうの山には麦畑があって、数畝ほどの広さだったが、小麦畑の中に数十人の男女がいて、その畑を一緒に鋤くのだ。横一列に一文字に並び、行って戻ってきたら一畝鋤き終わりだった。彼女には一体どんな家だったら、こんなに大きな畑を持ち、こんな大所帯になるのかわからなかった。受活村で最大の畑は、つんぼの馬のもので、それでも全部で八分（十分＝一畝）半だった。しかしこの土地は山の斜面全体で、どう少なく見積もっても数畝はあった。さらに、どこの家に二十人もの若い働き手がいるだろうか。年寄りや子供を入れたら、この家は五十数人の大家族ということになる。

五十人もいてなんで分家しない？

五十人分の食事はどうする？

五十人の着るものは？

五十人の住むところと寝るところは？

茅枝がその畑に立つと、日の光が温かい水のように彼女に降り注いだ。新しく鍬の入った畑は、深い赤色土でしっとりと湿っていて、空気中に目には見えない川が流れているようだった。その深い赤の中で、茅枝は畑の端っこに木の札が立ててあり、そこに「松樹坂荘第二互助組」と書いてあるのを見てとった。その木札はすでに雨風に晒されて文字は消えかかっており、少なくとも一、二年は経っているようだった。彼女には互助組という意味がわからなかったので、その木札をただぼんやりと見つめていた。そのとき畑のはずれの谷の方から若者が一人やって来た。おい、ねえさん、何を見とるんじゃ？

彼女は、互助組って何なんじゃ？と言った。

その若者は驚いた様子で彼女をしげしげと眺めると言った。字が読めるのかい？

彼女は彼を横目で見た。私が字が読めないじゃと？

彼は言った。字が読めるのに、なんで互助組のことも知らんのじゃ？

彼女は顔を赤らめた。

まさか、あんたらのところは互助組も合作社もやってないんか？　互助組っちゅうのは、牛を持ってないもんが持ってるもんと助け合い、働き手のあるところとないところが一緒になって助け合い、鋤を持っとるもんと鍬を持っとるもんが一緒になり、畑の多いものと少ないものが一緒になり、みんなが一緒になって種を蒔き、一緒になって刈り取って、みんなで分け合って食べるんじゃ。もう地主にこき使われることも、貧乏人が子供を売ることもなくなって、毎日毎日が新社会の天、新社会の地なんじゃ。その若者はそう言いながら腰紐を締め直すと、畑の端に投げ出していた鍬を担ぐと、地面を鋤いている一群の中へと向かって行った。

茅枝はそのままぼうっとそこに立っていた。その若者の話で忽然となにかがはっきりし、長いあいだ真っ暗闇だった部屋の窓が開き、光の束が突然入り込んで来て、彼女の心の最も奥深いところを明るく照らしたのだった。彼女はその遠ざかってゆく若者を眺め、一群となって畑に鍬を入れている人々を眺めていた。そして一瞬の内に悟った。世の中ではとんでもない大きなことが起こっているのに、受活村だけは何も知らず、世の中が太陽の光、月の光に明るく照らされているのに、受活村はずっと暗黒で、この世と隔絶していて、一筋の風さえ吹いて来なかったのだ。村の完全人が柏樹郷の市に行って帰って来たとき、どうしてみんなで一緒に種蒔きしていることや、互助組や合作社のことを話さなかったのか彼女にはわからなかった。市に行ったときに見かけなかったのか、見たのに戻って来てからも話さなかったのか、食事場でわいわい話していたのを彼女がたまたま聞き逃したのか。

世の中は何年も前に大きく変わっていたのだ。

世の中の人々はみな解放されていたのだ。

新しい国の都が北平《ペイピン》（北京）に定められてから、その中央政府は全国四方八方の村人たちに号令をかけ、土地を分配したあと、今度はまた一緒に種蒔きをさせるようにしたのだ。すべての土地は政府のものとなり、家や個人のものではなくなり、ただ種を蒔き、刈り取り、食べるということになったのだ。土地はもはや家にある布団のような自分のものではなくなったのだ。世界がひっくり返り、人もひっくり返ったのだ。家は地主、富農、貧農、中農、下層中農と様々な階層に分けられたのに、受活村だけは、これらのことをまるで知らず、そんな世の中の動きは微塵も伝わってこなかったのだ。

世の中でこんな大きなことが起こっているのに、受活村は少しも知らないでいるのだ。

茅枝は歩を進めながら、心は重く沈んでいた。まるで自分はこの世のものではないようだった。ひとつの村を過ぎ、次の村に着く頃には、太陽はしっかりと顔を出し、空気の中にも暖かさが感じられるようになっていた。彼女はまた村の裏の斜面から鋤や籠を担いで村へ戻って行く人々を見た。そのあとすぐに続いて、あの斜面から一群の隊列がやってきて、彼らは鋤や鍬を担いでいるのではなく、肥えたごを担ぎ、村に向かっているのだった。言うまでもなく、彼らは同じ互助組のもので、一方は仕事へ行き、一方は仕事から帰って来たのだった。みんな、兵隊が戦いに勝利してそれぞれ兵舎に戻って行くかのように、戦利品を担ぎ、歌いながら道を行くのだった。歌は河南梆子《バンズ》で、歌詞は聞き取れなかったが、調子は楽しく伸びやかで、水の流れのように明け方の空に流れて行った。茅枝はこちら側の尾根の高いところから、その村人たちが歌いながら村の中へと入って行くのを見ていたが、その目には羨望の色が深く宿っていた。しかし羨望は羨望に帰し、彼女の心の中では、人々に忘れ去られていたという感覚が、次第にゆっくりと痛みへと変わっていった。心の中の痛みだった。村のはずれの壁に、石灰で大きなスローガンが書かれていた。中身は互助組と合作社がどれほど素晴らしいかというもので、数年前に書かれたようだった。そういったスローガンを、十歳を過ぎたころには見たことがあるし、地主を打倒して田畑を分配しようなどと書くのを手伝ったこともある。スローガンの文字は、もう新鮮さはなくなっていたが、日の光の下で依然として輝いていた。この大きなスローガンとその文句を見て、茅枝の心は揺り動かされ、塞がれていた泉の口が突然開いて、水がボコボコ音を立てて噴き出していた。彼女のその心の泉は、小さい頃から湧いていたのだった。飛び交う弾丸の中、南方でも北方でも、雪山でも草原でも、人に背負われているときも、馬に乗っているときも。そのときはまだ子供だったので、早くに疲れてしまい、休みたくてしかたがなく、だから陝西省の黄土高原からひとつの村までを目標に、一人で河南省西部に向かって戻っている時に、仲間の隊に出くわせばその隊に従い、泊めてくれる家があれば、そこに泊めてもらったのだった。しかしそうやって一日一日村ごとに移ってゆくうちに、耙耬山脈にたどり着き石屋に出逢い、受活というこの村に出くわしてしまったのだ。受活村は、耙耬の山里の中で、彼女を百年も千年も待っていたかのように、彼女を見るやそこに押しとどめ、彼女にとっては、河南省西部を散々探した挙句、受活村にたどり着いたように思えた。

彼女が受活村に住みはじめて数年、傷はすっかり治り、石屋の母親が死ぬ前に、母親の胸の中で話したときにさえ、一言も口に出さなかったあの心の傷も忘れかけていた。彼女自身のほかに、そのことを知っているものは、世間には誰一人いなかった。彼女が紅軍にいた時、湖北の小隊長を兄と慕っていたことを。あの密命によって部隊が解散したあと、敵に遭遇すると、二人は一緒に隊列を離れ、軽傷だった小隊長と彼女は一緒に墓の中に隠れた。墓穴の中で一日雨に降られ、彼女は熱を出して意識が朦朧となった。何日降り続いたのか、太陽が顔を出した時、彼女はぼんやりとした意識のなか目を覚ました。するとそこには、彼女を妹のように可愛がってくれた小隊長の姿はなかった。そして頭がはっきりすると、自分の下半身がねっとりしており、生理の血の臭いがしていることに気がついた。あとになって、彼女は自分が破瓜されていることを知った。彼女を愛していた紅軍の小隊長が彼女を貫いたのだった。それがわかると彼女は、空っぽの墓穴の中で一日中しゃがみこんだまま泣き続けた。小隊長は戻って来る気配すらなく、墓の前を通り過ぎる人もなく、空が暗くなってから、彼女は小隊長に汚された体を引きずりながら、穴から外へ出た。

　一歩ごとに体を揺らしながら、生まれ故郷に向かって歩いて行った。

　そして石屋と出逢ったのだ。彼女を百年も千年も待っていた受活村で出くわし、そしてそこに住むことになった。涙を流すことなく泣いた心の傷の痛みは、日を追うごとに収まっていった。今では痛みも消え、体も大きくなり、疲労も消えていた。世の中は変わってしまっていた。彼女は何かをしなければならなかった。受活村でやらなければならなかった。受活村を率いてやらねばならなかった。

　もちろん彼女には、自分が延安に行ったことのある人間だということを、忘れてしまうことはできなかったのだ。それですぐに革命をはじめたのだ。もう何年もの年月が過ぎ、彼女は石屋の嫁であり、頭の先から爪の先まで受活の人間だったが、結局はやはり紅四[1]の革命者であり、家の箱には、紅四の紅軍服が一揃いたたんで、風呂敷に包んで隠してあるのだった。

　彼女はまだまだ若かったけぇのう、全身に力がみなぎっとったんじゃ。やらずにおれんかったんじゃ。

　革命したい！　受活村を率いて入社じゃ。

第七章　くどい話──紅四

①紅四──入社と同じく、紅四も、茅枝自身にとって人生であり歴史である。彼女は小さいときにはもう紅四方面軍の女戦士だった。しかし丙子《ひのえね》〔一九三六〕の年の秋、山の上から石ころのように転げ落ちると、もとの高いところまで戻ることができず、山の斜面の下でただ静かに待っていた。待って待って十年あまり、一人の少女は人様の嫁となり、片輪ばかりの受活村の一員となったのだ。そして十数年後、自分が女戦士だったという記憶は薄れていたのだが、しかし紅四は、一粒の種のように彼女の心の中に植え付けられ、根を張っていたのだった。

彼女は革命をしなくてはならなかった。受活村の人々を率いて互助組と合作社に入るのだ。

受活村から柏樹郷まで片道六十九里あまり、往復で百三十九里の道のりだった。村人たちが市へ行くときには、今日行くのであれば、帰りは明日、町で一晩泊まるか途中どこかで一泊する。しかし茅枝は、たとえ帰りが夜中になろうと、その日の内に受活村に戻って来た。旦那の石屋が、村外れで月明かりの下、彼女を待っていた。彼女が山を、鹿のように飛び跳ねながら戻って来るのが目に入ると、近づいていきながら言った。どこに行ってたんだ、目が醒めたら姿が見えんもんじゃから、一日中四方を探し回って、ここで今まで待っておったんじゃ。彼女はその十四歳年上の夫が遠く離れた場所から大声で言いながらやって来るのを見た。ねえ、あんた、外の村が今どうなっているか知っとるの？　畑を全部一緒にして、五軒八軒を一組にして、牛や鋤は一緒に使って、これっぽっちも畑はいらんのよ、食事して鐘が鳴ったら村中みんなが笑っておしゃべりしながら一緒に種蒔きし、鍬を入れ、畑が遠けりゃ誰かがみんなのために村へ水を汲みに戻り、水には体の火照りを冷ますため、竹の葉っぱや茅の根っこが入ってて、喉を潤しながら、歌の得意なもんが、祥符調や梆子戯《バンズシー》をみんなに聴かせるんよ。ねえ、あんたは市へ行ったときにそんな様子は見んかったの？　そんな話を耳にせんかったの？　彼女は彼に問いただす。

　彼女は彼にたずねながら、返事が来る前に、ついと進み出ると、彼の手を引っ張って、側にあった石に腰掛けた。もうクタクタ、一日に百里も歩いて足はマメだらけ、おんぶしてくれなきゃ、死んでも家にたどり着けんわ。もちろん彼はベッドを共にしているわけだが、その夜、初めて彼女の燃え上がるような感情に触れ、彼女と並んで石の上に座ると、手を引き寄せた。彼が引っ張ると、彼女は彼の胸にくずれ落ちるように倒れこんで来た。彼女を抱きかかえながら、彼は月明かりを踏みしめて家に帰った。家に帰ると、お湯を沸かして彼女の足を洗ってやった。足を洗いながら足の裏や踵を揉んでやり、マメをつぶしながら言った。みんなが一緒に畑仕事をしているのを見に市へ出かけたって言うのか？　世界は変わったんよ。今は誰の天下か知っとる？　彼が知らないと答えると、彼女はすかさず言った。共産党よ！　資本を出し合って畑仕事することを何ていうか知っとる？　知らん。いま、村々で組織して畑仕事をする家々のことを、何ていうか知っとる？　知らん。彼女はちょっと残念そうに、でも残念だからこそ、興奮と感激を満面に表して、あんたが知らないだけじゃなく、受活の年寄りも若いもんも男も女もみんな知らんのよ。今はもう解放されたんよ。共産党と毛主席が主人になったんじゃ。いま家々が共同で畑仕事をするのを、互助組って言うの。互助組が合わさったのを合作社って言うの。ねえ、あんた、あたし受活を組織して入社しようと思うんよ。それぞれの家がまとまって一緒に種蒔きして、一緒に収穫して、みんなで分け合うんよ。村のはずれに鐘をひとつ吊るして、その鐘を一撞きすれば、村人全員がお茶碗を置いて畑に出、午後になったら、畑の端っこで一声叫べば、みんな仕事をやめて家に戻り食事をするんよ。町には水道もあって、蛇口をひねれば水がジャージャー出て、鍋やたらいに溜まっていくんよ。じゃが、うちらときたら、相変わらず毎日谷底まで水を汲みに行っとる。九都では灯りにも油なんてもう使わんの。ドアの後ろにヒモがぶら下がっとって、中に入ってそのヒモを引っ張りゃ、辺り一面光であふれて、お日様が家の中で照っているみたいなんよ。ねえ、私をベッドまで連れて行って。今夜はあんたの好きにしてええから。あたしはあんたの奥さんなんじゃし、あんたは私の旦那さんなんじゃから。したいようにすればええ。あたし、受活の人たちを引き連れて入社したいんよ。そしてみんなに天国みたいな暮らしをして欲しいんじゃ。あたし、あんたに子供を産んであげる。男の子も女の子も、山ほど産んであげる。そして子供たちに食べきれないほど食べさせて、全部着られないほどたくさんの服を着せてやるの。灯りに油を注さなくても、うどんを食べるのに臼を挽かなくても、出かけるのに荷物を担いで牛車に乗らなくてもいい、素晴らしい暮らしをさせてあげたいの。石屋はこの夜ほど、彼女の体を思うがままにしたことはなかった。これまでずっと、彼女が嫌がるときには彼女の体に触れようとしなかった。しかしこの夜、彼はさながら研ぎ澄まされた錐か鑿のごとくだったし、彼女の体の熱く柔らかいことといったら、温かい泥のようだった。楽しみを尽くしたあと、息をゼイゼイ言わせながら、彼女は言った。受活じゃった?

彼は言った。受活じゃったよ。

入社したら毎晩、受活させてあげるけぇね。

で、いつ入社するんじゃ?

明日会議を開いて、明日入社する。

おまえが入社すると言ったら入社できるのかい?

わしらの受活村には上がないんだが。上の人に来てもらって、会議で一発ぶってもろうて、入社すると言われれば、入社するしかないが、上がなく、上から誰も来ないんじゃ、おまえが入社すると言うて、もし村のもんに言うことをきかんのがおったらどうするんじゃ?

茅枝は黙り込んでしまった。

受活村は世間から見捨てられた村だった。耙耬山脈は三つの県にまたがってはおるが、一番近い村でも十数里もある。この村は明の時代、めくらとびっことおしとつんぼだらけの村としてはじまったのだ。片輪でないものは、男なら婿入り先を見つけて来て外へ出ていくし、女も嫁入り先を見つけては外へ出て行き、外からは片輪が入ってきて、中の完全人はみな外へ出て行く、それを数百年も繰り返して来たのだ。どこの郡が、どこの県が受活村を受け入れてくれるというのか？　どこの県が受活村を自分の境界内に入れてくれるというのか？

時はこのように過ぎてゆき、明から清へ年々歳々、康熙、雍正、乾隆から慈禧、辛亥、民国と、受活村は数百年にもわたって、王朝にも、州、郡、府、県にも穀物税を納めたことがなかったのだ。周りの大楡、高柳、双槐の三県に属している地区、村で受活村に穀物やお金を徴収しに来たところはなかった。

受活村はこの世界の外の村だったのだ。

その夜、茅枝は、ベッドの上でしばらくの間ボンヤリ座っていたが、突然、上を羽織ると立ち上がった。

どうするんじゃ？

私、高柳県に行って来る。あんた一緒に来る？

なにをするんじゃ？

上を探すんじゃ。

粉をこねた。火をおこした。おやきを作るための台を火にかけ、石屋は彼女のためにおやきを五つ作り、二人は空が明るくなる前に受活村を離れ、高柳県に向かった。

高柳県は、受活村から三百九里の距離で、二人は道をたずねたずね歩き、日が昇れば出発し、日が落ちたら宿で休み、お腹がすいたら食べ、喉が渇けば飲み、お金が必要になったら石屋が日銭を稼ぎ、二十五日で高柳県に到着した。県都にも二本の通りがあり、県政府は大通りの十字路の角にあって、三つの門がある三重の四合院だった。その建物は清末には県衙《けんが》、民国時期には県府と呼ばれ、新しい時代になって県政府になった。石屋は県政府の入口にある花壇に腰掛けて待ち、茅枝は県政府の二つ目の庭へと入っていった。県長は洋車《ようしゃ》①を押し、ちょうど出かけようとしたところで、庭で彼女と出くわした。県長は言った。わしに何の用だ？　彼女は言った。私は耙耬の山里の受活村のもので、今や国中が解放されとるっちゅうのに、四方八方に合作社ができとるというのに、私らの受活村だけ、なんでいまだに一戸一戸でやっとるんでしょうか。なんで誰も私たちを組織して、入社させてくれないんでしょうか。

県長は呆気に取られていたが、茅枝を事務所に連れて行くと、いろいろ問いただし、最後に壁の地図の前に立って長いこと探していたが、地図の最も端っこに、茅枝が説明のために出したいくつかの村の名前を見つけたものの、受活村の三文字は見つけることができなかった。県長は最後には出て行って、隣の部屋で誰かとなにやら話をして戻って来ると、茅枝に真面目くさった様子で言い渡した。高柳に来たのは間違いじゃ。地理的区分から見ると、あんたたちの村は大楡県の所属じゃ。大楡県はあんたたちのことを忘れておったんじゃ。ひどい話じゃ。

茅枝は早速また夫と一緒に、泊まり泊まり歩き、ひと月後に大楡県に着いた。大楡県の政府は大地主の邸宅の中にあり、県長は高柳の県長より少し年輩で、この土地生まれ、管轄内の村のことなら、わからないことはなかった。茅枝が彼に会って話し終わらないうちに、県長には彼女がやって来た理由がわかり、叫んだ。なんということじゃ。あんたたち双槐県の県長の肝っ玉はたいしたもんじゃ。自分の県の村のことも面倒見ずに放ったらかしとは。天下が合作社に向かって、一丸となって取り組んでおる時に、村一つ取りこぼして、そこの村のもんが自分たちがどこに属しているのかも知らんとは！　怒鳴りながら県長は、大楡県の地図を取り出してくると八仙卓（大きな正方形のテーブル）に広げ、茅枝にしっかりと見せ、物差しで地図を測り、地図のふちの紙の上に点をひとつ打つと言った。ほれ、お前さんたちの耙耬山脈はここじゃ。受活はここのはずじゃ。あんたたちの村からわしらの紅棟樹郷まで五寸三分、双槐県の柏樹郷までは三寸三分じゃ。あんたたちのところは双槐県じゃろ？

そしてまた半月かけて双槐県にやって来た。双槐県の楊《ヤン》県長は互助組と合作社に関する会議があって数日間地区へ行っていたので、二人は政府の建物の入口近くの製粉所に、何日も泊まり込むことになった。楊県長がラバに乗って地区から県に戻って来た時にはもう夏の陽気で、この夜は暑さにむせ返っていた。楊県長は軍隊の出身で、軍服を着てラバにまたがり双槐県に戻って来た。事務室に入るや秘書の柳《リウ》が水を汲み、あれこれたくさん報告した。その中には茅枝とかいう女が外の製粉所に住み込んで待っているということもあった。秘書は、彼女が言うには自分たちの村が今でもどの県に属しどの区の管轄なのかわからず、いまだに一戸一戸が戸別に畑を耕していて、祖先たちはこれまで穀物や税金を納めたこともなく、村の誰も誰が地主で誰が富農で、どこが貧農、雇農なのか知らないということですと、神妙な様子で県長に報告した。しかし県長はそれを聞いても、顔は平静でどうといった様子もなく、何もかもわかっているといった感じだった。

県長は、茅枝とかいう女を呼びに行ってこい、と言った。

茅枝は、顔中汗みずくで県長の事務室にやって来た。事務室には事務机がひとつ、古い木製の肘掛け椅子が一脚、壁には毛主席の肖像画が貼ってあり、その側にはモーゼル拳銃が一丁掛けてあった。茅枝が外から中へ入って行ったとき、県長は冷水で顔を洗い、洗い終わると、タオルを松の木で作った洗面器置きの横棒に引っ掛け、茅枝の方に顔を向けチラリと見ると言った。

あんたたちの村にめくらは全部で何人おる？

全盲はそんなに多くはありません、五、六人だけです。

下半身不随は？

それもそんなに多くはありません。十数人といったところです。種蒔きはちゃんとできますよ。

おしやつんぼは？

つんぼが九でおしが七です。

全部遺伝か？

何年か前に、飢饉から逃れてやって来て落ち着いたのが、何戸かありますが、村は片輪ばっかりなので、誰も自分たちをいじめたりはしないだろうと思い、住むようになったんです。

片輪の割合はどのくらいだ？

三分の二ほどです。

わしは地区で高柳県、大楡県、二つの県の県長と会って来たが、あのクソッタレめらが、あいつらロクな奴らじゃない。高柳県のやつだが、あんたら受活とわしらの柏樹郷が百二十三里、あいつらの紅棟樹郷は百六十三里離れていると言ったらしいが、あいつらの椿樹郷とは九十三里半で、うちの柏樹郷より三十一里も近いとは言わなかっただろう？ それから大楡だが、大楡県は確かにあんたら受活村からは遠いが、民国十一年、旧暦壬戌《みずのえいぬ》〔一九二二〕の年の閏五月、河南省で大旱魃があったとき、たくさんのもんが餓死した。じゃが、耙耬一帯のいくつかの谷では食糧が食べきれんほどで、その中にあんたらの村がある受活谷もあったんじゃ。あの年、大楡のやつら、あんたら受活村からたくさんの食糧を徴収して、大楡のもんがたくさん助かったんじゃ。

だから地理的位置関係で言えば、あんたら受活は高柳県の椿樹郷が一番近いんじゃから、高柳県が管轄するのが筋じゃし、歴史的経緯から言えば、大楡県はあんたら受活村から食糧を徴収したんじゃから、大楡県に帰するとも言える。だが、あのクソッタレめらが、あんたらをわしらの双槐県に押し付けてきたんじゃ。だがな、わしら双槐県はあんたら受活とは何の関わりもないんじゃ。このとき、外の太陽はちょうど頭の真上で燃えており、庭のエンジュの木も枝をだらりと垂れ下げ、秘書が水をやっていた。県長は外に向かって言った。柳秘書、食堂に昼御飯を余分に二人分作るように言ってくれ、お客さんに食べて行ってもらおう。

事ここにいたり、茅枝婆は県長の顔をしばらく見つめるとすっくと立ち上がって言った。県長、あなたにとっても革命のためなら、私にとっても革命のためなんです。我々共に革命のためということでしたら、うかがいたい。

県長はちょっと驚いたが言った。ああ、どうぞ。

茅枝婆は言った。楊県長、うちら受活はこの中国の地面の上にあるんですよね。そうじゃ。河南省の地面の上にあるんですよね。そうじゃ。九都の地面の上にあるんですよね。違うとは言わなかった。茅枝は言った。それじゃ、どうしてあなたがた双槐県も、大楡県、高柳県も私たち受活を受け入れてくれないのですか？私が地区（いくつかの県を統轄する省と県の間に設けた行政区画）に訴え出るのが怖くないのですか？県長は不意をつかれた。まさか田舎のいっ、ぴっこの女が、彼にこんな口のききかたをするとは思いもよらなかったのだ。壁にかけてある銃をチラリと見ると、フンと鼻を鳴らして言った。ほっ、あんた、地区に行ってわしを訴えると言うのか？彼はついと椅子から立ち上がると、けっ、行くがいい、地区委員会書記のところへ行くがいい。あのじいさんが延安時代に入党するとき、わしが紹介人になったんじゃ。そう言いながら、冷ややかに茅枝を睨みつけ、その目は今にも彼女をその腹の中に呑み込んでしまうかのようだった。

茅枝はそれに動揺する様子もなく、しばらく黙って県長に向き合って言った。楊県長、あなたは延安へ行ったと言いますが、この茅枝も延安へ行ったことがあるんですよ。丙戌《ひのえいぬ》〔一九四六〕の年の秋に、女性中隊が解散させられることがなければ、今ここでこうしてあなたにお願いすることもなかったのです。彼女はそう話しているとき、硬い視線を県長の顔に向け、この県長もきっとまた彼女を見ると背を向けて行ってしまうだろうと、まさにそう考えているとき、県長の青ざめた顔が落ち着いていった。彼は信じられないといった様子で彼女を見ながら、急に彼女のことを思い出したかのように言った。どこの女性中隊だ？　あんた本当に延安へ行ったことがあるのか？

信じられないんでしょう？　そう言うとさっと身を翻して、びっこをひきながら県長の事務室から出て行き、県政府の入口の製粉所まで戻ると、石屋に彼女の風呂敷包を持って来させ、その包みを持って県長の事務室に戻ってきた。県長の事務机の上でその風呂敷を広げ、中にあった二足の靴を机の端っこに置き、さらにまたきれいに包まれた白い風呂敷を取り出すと、固く結んであった結び目を解いて、ひと揃いの黄ばんだ古い軍服を取り出して、机の手前に並べた。その古い軍服の上着の肩には、大きなつぎはぎがあり、そのつぎあては軍服の布地ではなく、粗末な黒い布だった。その上着の下に押さえつけられていたのは、きれいに折りたたまれた軍服のズボンで、上着と同じように黄ばんでいた。ズボンの裾は糸がほつれ、言うまでもなく、これがかなりの年月を経た古い軍服であることを物語っていた。茅枝はその軍服を、包んでいた風呂敷と一緒に県長の前に並べて見せ、半歩退いてから言った。

楊県長、私は丙戌《ひのえいぬ》の年の紅四の解散さえなければ、この茅枝が今ここでこうしてあなたにお願いなどしてはいないのです。

楊県長の顔にうっすら赤みが差し、軍服を見ては茅枝の顔を見、茅枝の顔を見てはまた軍服を見、最後に頭を上げると外に向かって大声で叫んだ。

柳秘書、食堂に昼御飯のおかずを何皿か多めに作るようにな、それから酒を一本用意するようにな。

旧暦五月末、茅枝と石屋は受活村に戻って来た。楊県長と柳秘書、そして柏樹郷の郷長、郷の二人の基幹民兵も一緒に。基幹民兵は銃を担いでおり、村外れで三発銃をぶっぱなすと、めくらもびっこも関係なく、村の中央で有史以来初めての、村全体の農民大会が開かれ、受活は厳かにも双槐県柏樹郷が管理するひとつの村となったのである。

　そしてまたその銃声と共に互助組が作られ合作社に入り天日《てんじつ》③を送ることになったのである。

第九章　くどい話――天日

①洋車――自転車のこと。河南省西部の耙耬山脈では、はじめ自転車のことを洋車と呼んでいたが、後に脚踏車とも呼ぶようになり、さらにその何年も後、四旧（旧思想、旧文化、旧風俗、旧習慣）を打ち破れという運動が行われ、耙耬の民は洋という字を口にすることができなくなったので、そこでようやく自転車と呼ぶことに改めた。しかし今ではここのお年寄りの中には自転車と呼ぶものも脚踏車と呼ぶものも、洋車と呼ぶものもいる。

③天日――天日（天国のような暮らし）とは、庚寅《かのえとら》〔一九五〇〕の年の秋、受活村の人々が互助組を成立させたあとの、異常で特殊な集団主義的労働生活のこと。

　各戸の田畑はひとつにまとめられ、鋤や鍬、熊手や種蒔き機などの農機具は共有物となった。あの年、牛や鋤、大八車を持っていたものは確かに割りを食った。泣きわめきたいところだったが、数発の銃声で泣きもわめきもせずに牛や鋤、大八車を差し出したのだ。

　そうやって、互助組ができあがった。郷長と民兵は村に三日間留まると、担いで来た銃の一丁は持って帰り、一丁は村に置いて行った。

茅枝に残した。

　もともと茅枝は部隊にいた人間であり、戦闘経験があり、その経歴は郷長よりも古く、県長と肩を並べるほどだった。

　もともと彼女は小さい頃から革命者であり、執政者の器だったのだ。

続いて、村の中央の木に牛車の車輪を吊るして鐘にして、彼女が叩けば受活村の人々が皆田んぼから帰って集まってくるのだった。彼女が東の山に鍬入れだと言えば、受活村の人々は東の山に土おこしに行き、西山に肥料だと言えば、西山に肥料を撒きに行った。元々、互助組はそのように素晴らしいものだが、千年来、受活村では各家がそれぞれの畑で仕事をし、こっちでは土おこし、あっちでは種まき、こっちの家は山の上、あっちの家は谷の底、なにか用事があれば、皆声を張り上げて叫ぶのだった。下半身不随がつんぼの籠を借りるときには叫んでもしかたがないので、谷底から這い上がり、また這い降りていく。しかし互助組になってからは、そんなこともしなくて良くなった。

　畑までの道々、おしゃべり好きは、もう相手がいなくて寂しい思いをすることはなくなったし、話が好きでないものも、耳は寂しくなかった。

　仕事を終えて帰るときには、耙耬調が歌いたければ耙耬調、祥符調を歌いたければ祥符調、芝居でも梆子《バンズ》でも、好きなものを大いに歌えば良かった。おかげで歌の才能を披露し聞かせることができた。

　冬が過ぎ、春の日がやってくると、鐘の音でめくらと下半身不随を除く老若男女が皆、小麦畑を鋤きに行く。まずは村の東の一番大きい畑で、十数畝の広さがあり、山の斜面に天の一部が落ちてきたかのように広々としている。老若男女はちんばもびっこも、つんぼもおしも、鋤を担げるものは皆肩を並べ、全部で数十人が一列に並び、鋤をふるう。鋤が土に入る黄色く白いザクザクいう音が山の尾根いっぱいに響き渡るのだった。

　下半身不随で立てない女は、もちろん地面を耕すことはできないが、茅枝が畑で力仕事をしているみんなのために、畑のそばまで行って彼女に歌を歌ってもらった。空の色も地面の色もわからない全盲は小さい頃から芝居の歌を聴くのが好きで、聞いているうちに自分でも歌えるようになったので、彼も彼女に合わせて一緒に歌うようになったのだ。

　村人たちが地面を耕す。二人が歌う。二人が歌うのは祥符調の『つがいの燕』『蝴蝶物語』や耙耬調の『響馬盗賊物語伝』『気の多い娘』だが、歌うものがなくなったら、適当に歌を作ってこんな曲を歌う。『わしにはかみさんがおらんし、おまえにゃ亭主がおらん』。

男めくらが歌う――
麦は実って二十一山
わしは悲しいひとりもの
ニンニクもひとりじゃ実もならん
憐れわしはひとりもの

下半身不随の女が歌う――
耙耬のふいごは二人で引く
誰が残したひとりもの
前にラバなら後ろは馬
なんで私はひとりもの

男めくらが歌う――
妻なし男はおもがいなしの馬
おひさま沈んで家はどこ
おひさま西の谷沈む

下半身不随の女が歌う――
かまどの煙ほうきであおぐ
ひとりみ守りさみしさ募る

月のひかりが明るく照らし
一人しとねのむなしさよ
戸を破り窓を破って甕を割り
風が私を裸にする
一羽の雁が砂地に寝るも
私の心より軽かろう

男めくらが歌う――
おひさま西の谷沈んで
ひとりものはどこ帰る
ふいごは一体誰が引く
ひとりものはひとりもの
坂を上って道半ば
ひとりもののかなしさよ
草葺きボロ家に十八本のたるき
つらい気持ちを誰が知ろう
ひとに言われるまま仕事をこなし
これほど辛いことはなし

一方では歌い、一方では土を起こし、夏になれば麦を刈る。雨がほしいときには雨が降り、照ってほしいときには日が照った。入社した庚寅《かのえとら》〔一九五〇〕の年は豊作で、隣の麦の穂が隣の麦の茎を折ってしまいそうなほどだった。麦刈りのときは、世界中金色の麦の香りがした。計画では、一日麦を刈ってはその日の麦を分け、麦打ち場には置かせないようにしていたが、そうやって分けているうちに、半月にもなってしまった。その半月、どの家も自分の家まで麦を担いでいかなくてはならなかった。

缶もいっぱいになり穀物貯蔵用の囲いもいっぱいになり、年寄りのための棺桶を準備しているところは、麦をその棺桶の中に入れた。棺桶がないところはベッドの筵の上に置いた。ついに麦は置くところがなくなり、家の壁際や角は麦の袋だらけになり、いつもは真夏の臭い便所も麦の香りでいっぱいで、どうしても残った麦は、麦打ち場の二軒の小屋の中に積み上げるしかなくなり、ほんとうに入社したことでこんな天国のような暮らしがやってきたかのようだった。しかしこの天国のような日々と一緒にやって来たのは、大鉄災①だったのだ。

第十一章　くどい話――鉄災

①大鉄災――我が国の大躍進時代の、製鉄に明け暮れた大災難のこと。耙耬山脈では略して鉄災とも言い、水害や火災と違うのは、火と水はどちらも自然災害だが、鉄災は人災であり、人間の過ちであることだ。事のはじまりは辛卯《かのとう》〔一九五一〕の年で、受活村も例外ではなかったが、その年は耙耬一帯、雨風が順調で夏の小麦の出来も良かったし、秋の玉蜀黍も思いがけず出来が良かった。言うまでもなく食糧は溢れ、日々の暮らしは日増しに良くなり、本当に天国のようだった。壬辰《みずのえたつ》〔一九五二〕の年を過ぎて、茅枝は県の会議に数日参加して戻ってくると、鐘を叩いて二つのことを話した。ひとつ目は、彼女が担いで帰って来たブドウ糖の薬瓶で、ガラスは透明でキラキラ光り、ゴムの栓もあり、各家にこの瓶ひとつずつごま油を配給できること、ふたつ目は区政府が人民公社、合作社、互助組を大隊と小隊に改編すること、作物を育てることは生産であるから、それぞれ生産大隊、生産小隊ということになったと。生産大隊には党支部書記と大隊長、民兵営長などを置き、生産小隊には生産隊長、会計と記録係を置くのだという。受活村はどこからも遠いので、独立した生産大隊でもあり、独立した生産小隊でもあるのだという。そして支部書記、大隊長、民兵営長、生産隊長などを公社ではすべて彼女一人に任せることにしたと。

なんだかんだで戊戌《つちのえいぬ》〔一九五八〕の年となり、国家は、多く、早く、しっかり、節約、をモットーに大建設に突入し、世の中はどこもかしこも製鉄に精を出し始めた。

　ありとあらゆる木がすっかり伐採され、山は丸裸になってしまった。

　受活村も慌ただしいことこのうえなかった。茅枝《マオジー》は身ごもり、お腹は大きくなっていった。公社は各村に、鉄を作って公社の前の空き地に十日に一回持ってくるよう要求した。茅枝は腹を突き出し、村人たちと牛車を押して、豆腐カスのような鉄の塊を運んでいったが、受活村の片輪者たちが日夜苦労して鍛え上げた鉄は、他の村の半分にも満たないということがわかった。公社の書記は、茅枝と牛車を押して鉄を運んで来た受活村のものたちを、毛主席の像の前に立たせて検査して言った。茅枝よ、卑しくも延安に行ったことがあり、噂によると毛主席に会ったことがあろうかという者が、毛主席に対して胸を張ることができるか？　これからも同じように鉄を作れず、公社の足を引っ張るようなら、受活村を柏樹公社からはずし、お前らをうちの公社のものとは認めないことにするからな。

　村に帰ってから、茅枝は村人を総動員して、使わない鉄器をすべて供出させた。古い鉄鍋、ボロボロの鉄桶、磨り減った鋤や鍬、鉄の洗面器、銅の洗面器、鉄の火箸、壁に付けてある鉄のフック、ずっと枕元に置きっぱなしになっていて使っていない木箱の鉄製の鋲……。集めたものを渡しに行くと、公社は賞状を嵌め込んだ大きな額を作ってくれ、受活を柏樹公社の錬鋼三等模範村に評した。しかし半月後、公社は鉄砲を担いだ民兵を派遣してきた。牛車を押し、手には一枚の賞状を持っていて、賞状には受活村が柏樹公社のために、錬鋼二等模範村となって貢献してくれたと書いてあり、それは即ち受活村から鉄製の農機具を持って行かせてもらうということだった。しかしさらに数日後、今度はまた四人の完全人の民兵が、四丁の銃を担ぎ、二台の牛車を押し、受活村に全郷錬鋼一等模範村を授与するという賞状を持って入って来た。さらに公社の麦《マイ》書記直筆の書面も持っていて、茅枝はそれを見るとしばらくの間黙ったままだったが、腹を抱え、民兵を引き連れて一軒一軒鉄を集めて回った。

　めくらの家に行くと、ちょうど食事の支度をしているところだった。めくらはきいた。誰じゃ、戸口に立っているのは？　子供が、完全人が何人かいるよ、みな鉄砲を担いでいるよ、と言った。めくらは驚いて何も言わず、御飯を炊いていた鍋を差し出した。

そのめくらが鍋から御飯を移しているとき、民兵は庭をぐるっと見渡し、壁に大きな鉄釘があるのを見つけ、それを引き抜いた。壁の隅に立てかけてあった二本の鍬も持っていかれた。こうなった時、めくらは茅枝を引っ張って行った。

——鍋まで持って行くということじゃったら、うちは入社してまで社員にならんでもいいんだが。

茅枝は慌ててめくらの口を手で塞いだ。

刺繍の上手な下半身不随の女の家に行った。下半身不随の女のこの家は鍋を差し出し、さらに銅製の洗面器があったが、それは彼女が、外の村から受活村に嫁いで来た時の、唯一の嫁入り道具だった。彼女が渡そうとしないので、民兵は彼女の家に残っている鉄鍋、鉄製のおたま、野菜を炒める時に使う鉄製のヘラをすべて持ち出すと、入口に置いてあった荷車に放り投げた。彼女が泣きながら銅製の洗面器を放り出して、その鉄製の鍋を取り返そうと外に出ると、民兵はその銅製の洗面器までも持って行ってしまった。彼女は茅枝の足にすがりついて泣きながら言った。——うちの鍋を返しておくれ、うちの洗面器を返しておくれよ、返してくれないなら、うちは社員にはならん。

鉄砲を担いだ民兵がギロリと睨みつけると、その下半身不随の女は慌てて口を閉じ、黙り込んでしまった。

次に、村の端にあるつんぼの家に行った。つんぼは頭が良く、耳は聞こえなかったが、すべてを目で見ていた。民兵たちが、鉄砲を担ぎ車を押して、彼の家の門の前までやって来ると、彼は自ら鉄鍋を差し出し、箱の金具も取り外し、さらに民兵たちが庭の門の鉄の引き手を取り外して荷車に放り投げ、最後に家の中に他にまだあるかときくと、ちょっと考えて靴の鉄製の金具を取り外して車の民兵に渡した。

その車は彼の家の前から行ってしまった。

行ってしまうと、彼は茅枝の手を意味ありげに引っ張った。石屋の奥さん、これが人民公社っちゅうものなのかい？　茅枝は、車の後に付いて行った民兵たちの方をチラッと見ると、慌ててつんぼの口を手で塞いだ。

空が赤黒くなったころには、公社から来た二台の牛車は大収穫だった。どちらの車にも受活の人々の鉄が、新しいのも古いのも、鋤も鍬も釘も、鍋もおたまも、扉の金具も箱の留め具も、数頭の赤牛、茶牛がぜいぜい息を言わせながら、ゆっくりと村から引っ張って出て行った。

茅枝がその牛車と屈強な民兵たちを見送り、山から下りて戻って来ると、受活村の中のめくら、びっこ、年寄り、子供、それよりも多くの家で食事の支度をしている女たちが、立ったり座ったり、地面にいざったままで、彼女を恨みがましい目で見ているのだった。その恨んでいるものの多くは、若くしっかりした女たちで、群衆のなかに立ち、上の歯で下唇を噛んだまま、ただじっと、戻って来た茅枝を睨みつけ黙ったまま、茅枝がそれ以上近づいたら、飛びかかって彼女を引きちぎってしまいそうだった。この時、石屋が暗い顔をして、村人たちとは離れた家の角のところで彼女を待っていて、手を振るのが見えたので、ちょっとその場に立ち止まってから後ずさると、旦那の方に歩いて行った。言うまでもなく、彼女の背後は一面冷ややかな視線だった。それゆえ彼女の歩みは極端にのろく、一足進むごとに、その視線から逃げようとしてはいるものの、後ろから彼女に叫び、彼女を罵るのを、そこに立って聞こうとしているかのようだった。

しかし後ろでは何の物音もしなかった。

世界中が静かで、彼女に投げかけられるその視線は、冬の窓から入って来るすきま風のような音を立てた。日が沈み、山脈の外では製鉄の炉が明るく輝き始めた。受活村の後ろには、山に沿っていくつか炉が掘ってあり、そのすべてに赤々と火が燃えていて、彼女は石屋と共に、そっちの方へ向かって行った。片輪・びっこ・めくら・おしの視線がだんだんと遠くなり、もう何も起こりそうにないと思った瞬間、彼女の背後から大きな叫び声が伝わって来た。

茅枝、待ってくれ。入社してから、うちじゃ瓦で飯炊きじゃ。うちは退社[1]したいんじゃが。

茅枝、うちでは土鍋じゃ。あんたがわしらを入社させたんじゃから、やはりあんたに退社させてもらいたいんじゃが。

なぁ、うちには瓦も土鍋もないんじゃ。明日は石でできた豚の餌入れで飯の支度じゃ。なぁ茅枝、わしらを退社させてくれんと、ろくなことにはならんよ。

茅枝はその一面の叫び声の中、一人速い川の流れの中に立っているかのようだった。

くどい話

①退社——これは当時の受活の人々が、入社に対して言っていたもの。互助組や合作社に入ることを入社と言ったので、人民公社から出ることを退社と言うようになったのである。

第七巻　枝

第一章　そして事は突然持ち上がった

柳県長は、ついに彼の組織した絶技団を率いて受活村を離れることにした。

まず都会へ打って出てレーニンの遺体を購入するための巨額の資金を集めるのだ。

片足猿の演目は断脚跳飛、つんぼは耳上爆発、片目は独眼穿針、下半身不随は葉上刺繍、めくらの桐花《トンホア》は聡耳聴音、小児麻痺は装脚瓶靴、おしは以心伝心だ。片輪者で絶技を持っているものは、みな県長に付いて街へ行きたがった。槐花《ホワイホア》は垢抜けて綺麗だったので、石秘書は司会をやってもらえたらとも言った。何と言っても司会がいちばん目を引くからね、石秘書はそう言うと、彼女の垢抜けた綺麗な顔をそっと撫でたが、彼女もそれを拒まなかった。それどころか、撫でられたあと極上の艶めかしい笑顔を向けると、頬にキスまでさせた。この日、県都から大型トラックがやって来て、村外れで休んでいためくら・つんぼ・びっこ・おしたち、絶技を持っているものすべてが、すぐにそのトラックに乗り込んで耙耬から離れようとしていた。ところが県長の車は来なかった。彼は言った。省がガソリン代を節約したんだ、トラックの駕座[1]でも県都へ戻れないわけじゃないからな。それで彼は秘書と一緒に駕座に乗り込むことにしたのだ。

日はすでに高く昇り、村中が早ばやと朝御飯をすませ、村外れまで荷物を運んで、トラックに乗り込み町へ行く準備をしていたのだ。桐花、槐花、楡花《ユィホア》たちが自分の風呂敷包や荷物を庭へ持ち出した。ちょうどその時、太陽はギラギラと輝き始め、村の鐘がカンカン鳴り響き、続いて村の上空に県長秘書の澄んだ声が響き渡った。

「絶技団の団員は村外れで車に乗り込むように。一歩遅れて乗り損ねたら、絶技団の団員ではなくなるぞ」

秘書の声は伸びやかで、リンゴや梨のようにサクサクと爽やかで、砂糖のように甘くトロリとした味わいがあり、槐花はその声を聞くと、顔が真っ赤になった。楡花が彼女をチラッと見ると、槐花は言った。「何？　私がどうかした？」楡花はそれに答えず、槐花に冷ややかな視線を送ると、自分の荷物を持って出て行った。

楡花は桐花の杖を引っ張って出て行った。出発を前に、朝早くから起き出して、庭でぼんやりしている母親に別れを告げた。母親は枯れた杭のように血の気がなく茫然とした顔で、そこに座ってずっと門の外を見て、三人の娘の中のめくらの桐花を見てはいるものの、まるで、もう死んでいるのに、そのまま頑張って座り続けている座像のようだった。

楡花が言った。「お母さん、みんな呼んでるから行くわね」

槐花は言った。「母さん、何心配してるの？　家には蛾児《アル》が残って、ちゃんと母さんに付き添うじゃないの。心配いらないわ。私たちひと月で、母さんにおカネを持って帰ってきてあげるから。私きっと誰よりたくさん稼いでみせる。この私が誰かに負けるなんてあり得ない。畑仕事したくなかったら、これからはやらなくていいのよ」

桐花は、母親が自分を心配しとるのはわかっとったから、母親の前まで行ってしゃがむと、何も言わんと母親の手を取った。母親の目の縁からは涙がこぼれ落ちたが、その時外から村の幹部たる片足猿の呼び声が、急《せ》かすように響いて来た。

「桐花、槐花、お前たち姉妹はどうして出てこないんだ？　みんな車に乗ってお前たちを待っているぞ！」

その声は鞭のように切羽詰まっていて、菊梅《ジュイメイ》はそれを聞くと、涙を拭って手を振り、三人の娘を送り出した。

娘たちは行ってしまった。

庭にはヒンヤリとした空気が残された。日の光が屋根越しに向かいの壁から地面へと当たり、庭はガラスを敷いたようだった。六月も末、いつもの年なら小麦が実って麦打ち作業の頃だったが、村の空気には麦の香りは一筋も漂っておらず、雪で湿った土の匂いが広がっているだけだった。雀は家の屋根で、チュンチュン喧しく鳴いていた。カラスは庭の木に、草や枝を積み重ねていた。六月の雪で巣がやられてしまったのだ。菊梅は、相変わらず戸口の敷居に座ったまま動かなかった。手を振って自分の巣から娘たちを送り出してしまった。門の外まで見送るべきだったのだが、誰かに会うのを恐れているかのように、ただ庭にじっと蹲《うずくま》っていた。

会うのが恐かったが、また無性に会いたいとも思っていた。だから表の門を広く開け放ったままにして、その真向かいのたたきに座って、外を見つめていた。客坊の客が出て行く時には、必ず彼女の家の前を通らなければならなかったからだ。

秘書は、もうすでに大きい荷物や小さい荷物を提げて、門の前を通り過ぎていた。集合の鐘は天地に響き渡っていたが、どういうわけか、県長の柳鷹雀は、今になってもまだ、前を通り過ぎていなかった。菊梅の頭の中はもう混乱しドロドロで、恐らくどこか別のところから、村外れの車のところまで行き、さっさと受活村を離れて行ってしまうのだろうと思った。村の通りの、早朝からの騒々しい足音も静まり、戸口を通り過ぎた布団や衣類、洗面器や茶碗もすべて車に積み込まれた。送り出す喜びと悲しみもすべて演じ終わり、言葉も尽くし、通りに残るのは、静けさの他には雀の鳴き声だけだった。

菊梅はもう戸口を誰かが横切るのを見るのはやめ、門の敷居の上から立ち上がると、娘たちが行ったあとの片づけをする準備を始めた。ちょうどその時、二本の足が客坊の正門のあたりから出てきた。制服の短パンから出た二本の足、赤褐色で革のサンダルにナイロンの靴下という出で立ちだった。ナイロンの靴下が日の光でテカテカ光り、それが菊梅の目に入った。

一瞬呆気に取られたが、すぐにガバッと立ち上がり戸口まで行き、何か言おうとするがためらい黙って見ていると、目の前から消えてしまいそうになって、急に慌てて叫んだ。

「ねえ、ちょっと」

その革のサンダルは立ち止まると振り向いた。

「まだ何かあるのか?」

彼女はしばらく考えて、外へ出て呼び止めたりするんじゃなかったと、後悔した。

「何でもない。――うちは娘たちをあんたにくれてやったわけね？」

彼は煩わしそうに目を大きく見開いた。「絶技団に加わっただけで、別に私がもらったというわけじゃないが」

彼女はその言い方に驚き、まったくもってどうしようもないといった様子で、しばらく黙りこんでいたが、うなだれて言った。

「行けばええ」

彼は体の向きを変えると、身を隠すようにそそくさとした足取りで行ってしまった。村外れのそこは、人口過密となっていて、受活村の老若男女がみな集まっていた。絶技を持っている片輪たちはみな車に乗り込み、荷物や風呂敷包を荷台の両端に並べ、人はその上に座った。その他の雑多なもの、食堂の鍋、食事用の小麦粉、蒸しパンを蒸すための蒸籠、麺をこねる鉢、水を入れる缶、水を運ぶための桶、穀物など、すべては荷台の中央にまとめられた。車に乗った人々はみな県長を待っていた。秘書と運転手は車の横で村の路地の方をじっと見つめていた。荷台の人々は、高いところから首を伸ばし県長を待ちわびていたので、首には青筋が浮かび上がっていた。県長が来なければ、もちろん車を出すわけにはいかない。車が出ないので、見送りに来た者たちもジリジリしていた。母親と別れなければならない車の下の子供は、荷台の母親の胸へ飛び込もうとするが止められてギャーギャー泣き叫び、車の上にいる旦那に妻はまだ言い残したことがあるようで、旦那が永久に戻って来ないかのようだった。孫と娘が車上にいる年寄りは下から同じ話を繰り返していた。服はマメに洗うように、洗わないとすぐにすえるから、すえたのを着たら腐ってしまうからね。絶技団の専属料理人の娘には、麺をこねる時にはカンスイを多めに入れるように、カンスイを入れると麺に腰と艶が出るから、カンスイが少ないと麺が死んでしまうからね、外では喉が渇いたら沸かした水を飲まなきゃダメだよ、たらいの水も鍋で沸かしたのでなきゃだめよ、グラグラ沸かしたヤツよ、グラグラしてないのは沸いてないからね。雨の日に外へ出る時は傘をさすんだよ、傘がなかったら、月末に絶技団から給料が出たらカッパでも買うといい、カッパはいい、筵の代わりにして戸口で穀物を干すこともできる、傘を買ってもそうはいかんから……。

荷台では槐花だけが黙ったままで、何度もチラチラと運転席の方を見ていた。運転席の石秘書も、人が相手にしていない時に、彼女の方を見ては笑顔を見せていた。

ちょうどその時、県長がついにやって来た。

車上はにわかに静まり返った。

県長が遅れたのは、客坊を出ようとした時に便意を催し、便所で足が痺れるまでしゃがんで、やっとのことですっきりしてきたからだった。彼は車の側までやって来て、車の上と下を見て言った。全員揃ったか？秘書が答えた。揃いました。足りないものはないな。秘書は言った。それぞれ舞台で使う道具も自分たちでチェックさせました。県長は運転手に言った。

「出発だ」

運転手は慌てて車に乗り込むとエンジンをかけた。山脈の上空は万里雲もなく、空は爽やかに晴れ渡り、一目で百里も見渡せるようだった。黄色い日の光が肌を刺すように照りつけ、車に乗っている人々は顔中汗まみれだった。槐花は車に乗り込む前に、ついでに木の枝を手折っていたので、それであおいでいたが、そこに人々が集まって人だかりになり、汗の匂いがみな彼女の方にくるものだから、彼女は手にしていた枝の木の葉をガサガサと引き千切り、車の外へ捨ててしまった。村の外の畑からは、玉蜀黍の若い茎の匂いが漂って来て、香りの青い線が車の上空で絡まり合っているようだった。受活村が天地をひっくり返そうとしているのだ。この時になって車上のものたちも見送りのものたちも、絶技団に参加することは結局別離であり、結局外へ出て行って、驚天動地なことをやるのだということに気づいたようで、みな一斉に静まり返り、黙り込んでしまった。トラックのエンジン音はブルブルと鳴り響き、宙の枝葉を揺らし、人々の心も揺らしていた。しかし一面の静けさだった。

人の群れの中で、頭を低くして餌を探してクークー鳴いていた鶏は、その静けさに驚いて頭を上げ、黙り込んでしまった。

早くから壁の陰の涼しいところで寝ていた犬はそっと目を開け、黙って出発しようとしている受活村の人々をチラリと見た。

子供ももう泣き止み、きりのないことづけも、もう誰もするものはいない。エンジンの音が小さくなってゆき、いよいよ出発だ。みな行ってしまうのだ。県長が座席の外側に座るので、秘書が先に乗り込んだ。槐花がずっと彼を見ていたが、もうそれには構わず、県長への対応だけに集中していた。車に乗ると彼は県長に向かって手を伸ばしたが、県長は手を振ると、自分で把手をつかんで体をそびやかし、勢い良く車に飛び乗った。ドアが閉められた。

トラックは動き出そうとしていた。

出発しようとしていた。

ほいじゃが、なんとまぁそれが、車を出した途端じゃ、それは起こったんじゃ。まるであらかじめ用意しとったかのように。車が動き始めると突如起こった。めくらの家の壁のところで、いきなりだった。茅枝婆《マオジーポー》が杖をついてその壁の下から飛び出して来たのだ。生き返った死人のように。夏の真っ只中だというのに、自分で自分のためにしつらえた九重の死装束を着ていた。内側の三層は死者が暑い時に着る一枚もの、間の三層は春と秋に着る合わせもの、外側の三層は死者が冬に着る綿入れ、綿入れのズボン、そして長衣だった。長衣は黒い緞子で、金糸で袖口や裾に刺繍してあり、背中には洗面器大の大きな金色の「奠《てん》」（供え物をして死者をまつるという意）の字が刺繍してあった。黒い緞子は日の光で黒々と輝き、黄色の刺繍が金色に光り輝いていた。金銀入り混じった日光の中で、茅枝婆はびっこで体を揺らしながらその山壁のところから火の玉のようにカッと飛び出してくると、ドサリと道の中央に横たわった。

その大きなトラックの前に倒れこんだのだ。

運転手は「うわっ」と叫ぶと車を急停止させた。

村人たちが取り囲んだ。みな「茅枝——茅枝」「おばあちゃん——」「おばさん——」と口々に叫び、辺り一帯絶叫となった。

茅枝婆は大丈夫だった。前輪とはまだ二尺の距離があった。二尺はあったが、彼女は地面を転がってタイヤのそばまでいくと、タイヤにしがみついた。背中の「奠」の字は車の外の中空に向かって天空の底でキラキラと光を放ち、太陽の光のように眩しかった。

村人らは、全員驚いて固まっていたし、村中が、山の尾根一帯が、茫然とした灰色に覆われてしまった。

県長は最初は驚いていたが、茅枝婆だとわかると、驚いた顔が青黒く変わり、それが顔に張り付いた。

運転手は吠えた。「バカタレ、死にたいんか！」

槐花と楡花は車の前で声を揃えて叫んだ。「おばあちゃん、おばあちゃん——」めくらの桐花も続けて叫んだ。「おばあちゃんがどうしたの？　槐花、ねえ、どうしたの？」

　秘書は一面の叫び声の中、ドアを開けて飛び降りると、やはり最初は怒りに顔を青くしていたが、引きずり出そうとした茅枝婆が死装束を身に纏い、その背中には「奠」の字がお日様よろしく光っているのを見て、顔に浮かんだ青筋が、茫然とした表情へと変わっていった。

「茅枝婆」秘書は言った。「言いたいことがあるんなら出てきて話したらどうです？」

　茅枝婆は口をきかず、両手で車輪の軸をつかんでいた。

　秘書は言った。「あなたは年長者なんだから、ちゃんと話してくれなきゃ」

　茅枝婆は相変わらずだんまりを決め込み、車輪の軸をつかんでいた。

「自分で出てこないのなら、私があなたを引きずり出すしかありませんが」

　茅枝婆は依然黙ったままで、しっかりと車輪の軸をつかんでいた。

「あなたは県長の車を止めたんですよ。これは犯罪ですよ。本当に引きずり出しますよ！」

　茅枝婆はきつい声で言った。「引きずり出すがええ」

　秘書は車の県長の顔をチラッと見てから、本当に引きずり出そうとした。しかし彼が腰をかがめて手を伸ばすと、茅枝は服の中からハサミを一本取り出した。王麻《ワンマー》印のピカピカのハサミで、品質は折り紙付きだった。茅枝はハサミの尖った方を自分の喉元に向け、大声で言った。

「引きずり出してみるがええ。私に指一本でも触れたらハサミで喉を突き刺しちゃる。わしゃ今年六十七じゃ。もうとっくに生きたいなんぞ、思っちゃおらん。死装束も棺桶も準備万端整っとるんじゃから」

　秘書は腰を真っ直ぐに伸ばすと、助けを求めるように運転席の運転手と県長を見上げた。運転手は大声で言った。「轢《ひ》いてしまえばええんじゃ」県長がコホンと咳をすると、運転手は声をひそめて言った。「ほんとに轢いたりはしませんや、ちょいと脅かしただけですから」

　県長は何も言わずに、ちょっと考えて車から降りて来た。

　車を取り囲んでいた村人たちは、県長のために道を開けた。

　太陽はちょうど車の前方に照りつけていて、茅枝婆の死装束に当たった光が跳ね返って県長の目にグサグサと突き刺さった。世界中がずっしりと静かで、村人たちのふいごのような押し殺した息遣いの音まで聞こえて来た。日の光が空から落ちて来た。ガラスが降って来るように。犬が一匹、群衆の足の隙間から様子を窺っていたが、おしに頭を蹴飛ばされ、鋭い叫び声を上げながら人混みから外へと逃げて行った。県長は車の前に立って、その青ざめた顔は、春の樹皮の色のようだった。歯の跡が一列ついてしまいそうなほどに、ギリリと下唇を噛んでいた。両手は胸の前に掲げ、左手で握り拳を作り、右手でその拳の関節をギュッと押さえつけると、関節が白く浮き出てボキボキと音を響かせた。一通り鳴らし終えると、今度は手を換え、右手を握りしめて左手で押さえ込み、またひとわたり白い音を響かせた。ついに十本の関節を鳴らし終わり、噛み締めていた歯をゆるめた。下唇には果たせるかな三日月状の黒い跡がついていた。そしてその黒い跡は赤く浮き上がり、顔にも赤い筋が浮き上がっていた。

　彼は車の下にしゃがみこんだ。

　茅枝婆はハサミを自分の喉に押し付けた。

「言いたいことがあるんなら言ってくれ」

「村のものを連れて行かんでくれ」

「みんなのためなんだが」

「受活村のもんが村から離れてもろくなことにはならん」

「わしを信じ、県政府を信じてもらうしかない」

「皆を受活村に残しとくれ」

「みんな行きたいんだ。あんたの三人の孫だっているじゃないか」

「みんなを受活村から連れ出さんでくれ」

「あんたの孫も、トラックに乗っとる他のもんも、皆自分で行きたいんだ」

「ともかく、村のもん、みんなを村に残してもらわんと困る。受活村のもんが耙耬を離れても、ろくなことにはならんのじゃ」

「八十一万人の県民のため、レーニン債のため、この絶技団をやらんわけにはいかないんだ」

「連れて行っても構わんが、わしを轢いてから行ってくれ」

「こうしよう。どんな条件だったらみんなを行かせてくれるんだ、言ってくれ」

「言うても聞いてはもらえん」

県長は冷ややかに笑った。

「あんたはわしを県長じゃないと思っているようだが」

「あんたがレーニンの遺体を買うために金儲けしようとしとることはわかっとる。村のもんに代わりに稼がせても構わんが、受活村を退社させることに同意してくれんか。受活村は今後、双槐県の管轄も柏樹郷の管轄も受けんようにしてもらいたいんじゃ」

「もう何十年も経つというのに、まだそんなことを考えていたのか？」

「退社したら、わしの一生で受活村に申し訳の立たないことはなくなるんじゃ」

県長はしばらく考えていたが、ついに体を伸ばすと言った。

「双槐県があんたらのこの村に借りでもあると？　この十数平方キロの山の斜面に？　出てくるんだ。あんたの要求を呑もうじゃないか」

茅枝婆の目が輝いた。それは彼女の死装束の何倍もの輝きだった。

「本当に受け容れてくれるんじゃったら、白い紙に黒いペンでちゃんと書いとくれ。書いてくれたら行かせちゃる」

県長はペンを取り出し、秘書のカバンからノートを取り出すと、めくってそのまま筆に任せて半頁ほど書いた。

私は、来年から受活村が柏樹郷に帰属しないこと、柏樹郷のどんなことも受活村には及ばないこと、また来年から受活村が双槐県の管轄ではなくなり、年内に県で印刷される新しい行政区域図では、受活村を双槐県から切り離すことに同意する。但し双槐県の絶技団に参加したい受活村の住人に対して、受活村の誰であろうと邪魔したり手を回してやめさせたりすることはできないこととする。

最後の一行は県長の署名と日付だった。

書き終わった県長はまたしゃがみ込んで茅枝婆に一度読んできかせると、そのページを破って渡した。何十年にもなるっていうのに、まだこのことを気にしとったんか。だが退社となると大事だ。上に持って行くのに半年時間をもらえるか？　地区の方にも報告し説明せんといかんし。

　茅枝婆はそれを聞きながら紙を受け取るとしばらく見ていたが、突然目に涙が溢れた。手にしたその紙が一瞬の内に、天下の一大事となり、まるで千斤万斤になってしまったかのようで、すぐには信じられず、手が震え始めた。紙もそれにつれて音を立てた。九重の死装束を通しても彼女が震えているのが見て取れ、衣擦れの音が響いていた。手にした紙を見ながら、死装束の一番内側は汗でぐっしょり濡れていた。顔はいつもと同じで枯れ、汗はかいていなかったが、その老け込んだ皮膚の下には、血のような赤味が浮かんでいた。数えてみると、彼女はこれまで様々なことを経験してきた。一年一年体験したことは坂に生えている草よりもびっしり詰まっている。だから彼女は大切なひとことを忘れなかった。

　彼女は県長に言った。

「この上に県委員会と県政府の公印を押してもらわんと」

「判を押すだけじゃなく、県に戻って公文書を作って、各郷、各部、各局委員会に通知しなくてはならん」

「公文書はいつ出る？」

「月末だ。十日後には県に取りに行くがいい」

「もし印章の入った文書が受け取れんかったらどうするんじゃ」

「その死装束を着て、わしの家に来て横たわるがいい。わしのベッドに倒れ込むがいい。何なら紅血鶏《こうけっけい》③を県委員会、県政府のビルの前に埋めてもらっても構わん」

　茅枝婆は日を数えて月末まで十三日あることを確認すると、車の下から這い出してきた。

　トラックはブルブル音を立てて走り去った。受活村を寂寞が覆った。

くどい話

①駕座——車の運転席。

③紅血鶏——耙耬、さらに広く双槐や河南省西部では死者の副葬品として雄鶏を用いる。迷信と伝説によると、死んだ紅血鶏を家の前に埋められると、その家には大きな災いが降りかかるという。組織の建物の前に埋めた場合には、その組織の主なトップは昇進に支障をきたし運勢が悪くなると言われている。

第三章　拍手の音はいつまでも鳴り止まんし、酒も一気に飲み干されたんじゃ

夜は涸れ井戸のように深く、月は氷のように天空に固まっていた。

絶技団が県都で行った初めての公演が大成功を収めたのは、思いもよらないことだった。

公演の日取りは旧暦七月のはじめに設定した。三、六、九が縁起のいい数字なので、県長は七月の九日に決めた。

七月九日の夕方、絶技団にとって、忘れることのできない時間がはじまったのだ。それまで県の劇場の観客席はお寒い限りで、ポツポツ数人がいるだけで、舞台の下で団扇を扇ぎながら暑さをしのいでいた。その日は酷暑で、日中県都のアスファルトの道路は照りつけられて溶け出し、人が歩くと靴に粘りついた。車のタイヤがその上を通ると、暑苦しい、ベリベリと皮を引き裂くような音を立てた。午後にはあまりの暑さに気を失い、病院に搬送されたが、冷水をかけられ意識を取り戻した者、井戸水をかけられ、暑さと冷たさの差がありすぎて死んでしまった者もいたという。そのクソ暑い日に、なんと劇場が町の人でいっぱいになったのだ。試験公演だったため、特に観客を組織したわけではなかった。ただ県長が、秘書に事務所へ通知させ、事務所から関連部門に見に行くように通知させただけだった。例えば観光業発展に関わっている旅行局、上演される演目の配分を担当している文化館と文化局、それから県委員会に県政府の関連部門と職員だった。もともと百人も集まれば御の字だった。しかし県長が

舞台下前寄りの中央に座るとなると、県委員会、県政府の幹部たちも次々とやってきて、職務や役職の順番に座って行った。劇場の扇風機は県長のためにつけられていた。扇風機で涼しいので、続々と人々が入ってきた。切符を売り出しているわけではなかったので、大通りでたむろしていた人々が涼を求めて、一斉に劇場に駆け込んだのだった。

座席は人で埋まった。

一面カラスの黒だった。

ワイワイガヤガヤと大賑わいだった。

そんなとき県長さんが時間通りにやって来たんじゃ。彼が劇場に入ったら、劇場の静まり返ること。観客みんな、舞台を見に来たんじゃのうて、涼を求めてやって来たんでものうて、県長が来るのを待っていたかのようじゃった。ここでは県長は耙耬にいるときと風格が違っていた。彼が場内に入ると、劇場の人々は立ち上がって拍手をした。北京の大劇場で、観客が国家の指導者を歓迎するが如く。ほんま、この県都じゃ、柳《リウ》鷹《イン》雀《チュエ》県長は皇帝じゃし、国家の総統じゃ、みんなが起立して拍手するんは日常的なことじゃし、そりゃとっくの昔に習い性となっとったんじゃ。彼は拍手の中、顔を紅潮させて中へと入っていき、前から三列目の一番良い座席に座る。後ろを振り返って手で抑えるようにし、彼を迎えてくれた観客を座らせると、秘書を呼びつけ耳元に囁き、壇上に上がった秘書が県長の到着を伝えた。舞台の上の緊張は十倍、十数倍、百倍にも高まった。公演のプログラムを組んだのは、もともと県の耙耬調劇団のメンバーで、その劇団が解散してからは、どこかで冠婚葬祭があれば、そこに出向いて演奏したり歌ったりしていたのだが、数日前に突然、県で絶技団を組織することになった。団員は耙耬の山奥の見たこともも聞いたこともない受活村の片輪どもで、いざり、めくらやびっこやつんぼやおし、下半身不随に小児麻痺の田舎の百姓たちだという。はじめ彼らは特に気にもとめず、どのみち県長が言ったことだからと、彼らの演目を一通り真面目に組み上げたのだった。舞台衣装は、ケバケバしく赤に緑に黒に紫を割り当てた。石秘書が槐花に司会をやらせろと言うので、呼んで見てみると、背は低いものの見栄えが良かったので、教えながら司会をやらせることにした。七月九日はリハーサルということで始めたのだが、舞台下の観客たちを見れば、扇風機の風で涼もうと思って劇場へ入って来たのは、はっきりしていた。はじめは十分本気で取り組んでいるとは言えなかったが、そこに県長が突然やって来た。県長にもともと来るつもりはなかった。リハーサルだし、柳県長は風邪気味で、鼻の通りが悪く、鼻の穴が鶏の羽根で塞がれているようだったのだ。県に戻ってからというもの忙しく、本番さえ見ることができればいいと言っていたのが、何を思ったか、急にリハーサルまで見にやって来たのだった。彼が来ると、県委員会、県政府の幹部たちもみなやって来た。こうしてこのリハーサルは、本番と同等のものになってしまったのだ。秘書は舞台に上がると、その五十過ぎの県の耙耬調劇団の元団長に言った。県長は、生姜湯を飲んでこのリハーサルに駆けつけて下さった、柳県長は鼻が詰まっていらっしゃるので壇上に上がって挨拶はしない、夜には県常務委員会を招集してレーニン記念堂の施工案について検討しなくてはならないので、急いで上演しろ、と。

団長は慌てふためくと、耙耬の受活村のものたちを舞台の片隅に集めて三つのことだけを伝えた。一、舞台で演じる時に緊張しないこと、受活祭で演じる時のように肩の力を抜くこと。二、舞台の上では観客を見ないようにすること。観客を見ると動揺してしまうので、両目は中空だけを見るようにすること。三、演目が終わったら、必ず客席に向かって深々と頭を下げること、県長さんは三列目の真ん中に座っているので、頭を下げるときには、県長さんに真っ直ぐ向かって、みんなが県長さんに向かって感謝しているのがわかるように、観客には客席全体に感謝しているのがわかるようにすること。言い終わると、最後に槐花《ホワイホア》一人を端に呼び寄せた。

「怖いかい？」

「ちょっと」

「怖がることはない。お前は出演者の中でいちばん綺麗なんだから。あとで綺麗にメイクさせるから。お前が舞台の前に立ったら、きっとまるで孔雀のようだよ。客席の連中、お前を見たら、あんまりにも綺麗なんで驚いてしまうぞ。慌てずにおちついて言うんだ、今から開演いたします。最初の演目は何々ですとな。それで大丈夫だ」

槐花は顔を真っ赤にすると、団長に向かって頷いた。団長は彼女の顔を撫でるとキスをして、彼女にメイクしてくれる者を探させた。

プログラムは始まった。この背の低い小人の槐花が、ハイヒールを履き、ブルーの紗のスカートを穿き、白粉を塗り、唇に紅を差して舞台に立つと、なんと本当に、巣立ったばかりのコウライウグイスのようだった。ハイヒールのおかげで、彼女はもはや桐花《トンホア》や楡花《ユィホア》、蛾子《オーズ》と同じ小人ではなくなっていた。それでも背は高くなかったので、十七歳には見えず、ほんの十一、二歳の娘と言ったところだ。目は深く黒光りし、唇は赤く艶やかで、鼻筋は細く高くナイフのようだった。さらに彼女がすっくとそこに立つと、そのブルーの紗のスカートは、暑い劇場の中で一陣の風のようだった。舞台の下の人々は皆息を呑んだ。県長さんの彼女を見る視線までもが釘付けじゃ。その小さい体から、そがいな細く甘い声が出るとは思いも寄らんかったし、劇団の元々の司会者がちょっと教えただけじゃったんじゃが、彼女の耙耬訛りは消えてしもうて、町の人が話す口調とおんなじになっとったんじゃ。一言一言、そつなく、一文字一文字、瓜から果汁が流れ出るようじゃった。

彼女は舞台の前に立つと少し黙って会場を静め、その細く甘い声で言った。

「それでは今から開演いたします。最初は断脚跳飛です」

紹介が終わると彼女は下がった。一陣の細い風が吹き過ぎた。袖に下がると、団長は彼女の手を引き、自分の娘が思いも寄らない大仕事をやってのけたかのように、また彼女の顔を撫でると、体をポンポンたたいて顔にキスをした。槐花が下がっていくと、付き添う影のように拍手が沸き起こった。拍手のあと、赤い幕がゆっくり上がると、雲が切れ、日が射し、舞台はライトで一面明るくなった。

片足猿の跳躍は、言ってみればそれほど珍しいものではなかった。ただ彼は小さい頃から一本足で、その一本で歩き、荷物を担ぎ、山を越えなくてはならなかったので、特別力が付き、遠くへ飛べるようになったのだった。しかし劇団の団長は、この片足跳びの出し物に自分のアイデアを付け加えて、驚きの内容にしたのだ。幕が上がると、まず劇団の道化役が舞台の前で三つの麦わら帽を順に投げ、ひとつは空中に、残りの二つは手の中だった。それから二人が、道化役の後ろで緑豆や大豆や豌豆《えんどう》を舞台にばら撒くと、一面が色とりどりの豆だらけとなる。そしていよいよ片足猿が舞台に登場し、その筵三枚分の広さの豆の上を飛び越えるのだ。豆の東側の舞台の端には、二枚の花柄の布団が敷いてあり、片足猿が飛び越えたあと、転がり込むようになっていた。布団を引っ張っているのは楡花で、彼女も舞台衣装を着、顔を赤く塗り、唇に紅を差し、誰からも好かれる天真爛漫な村娘に扮している。その元気に飛び跳ねる村の娘と片足の男は、さしずめ花と枯れ草と言ったところ。もちろん飛び越えられず、布団の上に降りられなければ、豆の上で無惨に転倒し、筋を切るか骨折の大怪我となる。場内は豆の香りでいっぱいになった。豆をばら撒く演出は、最高のアイデアだった。県長も観客席で、その思いも寄らぬ演出に満面の笑みをたたえていた。続いて登場するのが片足で、左のズボンをユラユラ揺らしている主役だ。主役は顔が不細工だったが、顔中をドーランで塗りたくっていて、醜いかどうかもわからなかった。そして観客はその一本足に驚いた。一本足の跳躍を県長は知っていたが、観客は元々一本足だとは知らないので、片足が出てきたことに驚いたのだ。続いて舞台での説明だ。彼は一本足で幅二メートル、長さ三メートルの豆の上を飛び越えます。飛び越えられなければ彼は豆の上で転倒することになります。観客の皆さん、どうか目をしっかりと見開いてご覧下さい。こうして観客は主役の代わりに手に汗握ることとなる。客席から見れば、舞台の上の片足の演者は、痩せていて小さいし、歩くのにも杖をついて体を揺らしているのに、説明では一面の豆の上を飛び越えるというのだ。確かに言った。今回はこの片足の片輪に、さらに遠く三メートル、九尺を跳ばせるのだと。完全人でもほとんど跳べないのを、この片輪が跳ぼうとしているのだ。劇場の観衆は一人の片輪に代わって緊張した。片足猿は本当に九尺の距離を心配しているのか、それともあるいはわざと演じているかのように、手でその距離を計り、あたかも一寸ほど距離がオーバーしているかのように豆を近くへ寄せて、向こうの布団を一寸引き寄せた。そのとき楡花がなんでもないような声で言う。「気をつけてね」片足猿は千万の不安があるような様子で黙って楡花にちょっとうなずく。そして観客席は一人の片輪のひとっ飛びを待ちわびるのだ。

そしてついにその跳躍を見せるときが来た。

ライトは、太陽が舞台の真上に掛かっているかのように明るく輝いた。観衆は皆息を潜め、県長でさえも、椅子の背にもたれ掛かっていた身を前に乗り出していた。そして、音楽が鳴り、銅鑼が響き、勇士が出征するみたいに、片足猿が舞台の左から杖をつきながら飛び出して来る。足の一本足りない鹿が矢のように舞台をかすめていく。彼の右足のたてるトントンという音は、木槌が木の板を叩くよう、左の杖がたてるタンタンという音は石槌が石板の上に落ちるよう。トンタン音が響く中、緑のカンフーシャツと赤提灯の形をしたカンフーズボンの影が、舞台の上を浮き沈みしつつ歪み傾いたまま、杖の先が散らばっている豆のちょうど端っこについた、その時、彼の体はそのまま転倒しそうに傾いた。しかしその瞬間、彼はその杖の弾力性に力を借りて宙に躍り、一面の豆を飛び越え、向こう側の布団の上に落ちた。

客席全体、ふうっという溜息に包まれ、死んだように静かになった。かと思ったら、ワッと割れるような拍手の渦が起きた。拍手の音は轟音の如く鳴り響いて、すんでのところで劇場の梁を砕いてしまうところだった。県長は片足猿が無事飛び越えたあと、前のめりになっていた背筋をすっと伸ばし、一番に拍手した。彼のその最初のひとたたきで沸き起こった拍手は、楡花が、幅三尺長さ五尺の二枚の板を持って出てくるまで、鳴り止む気配はなかった。その薄い木の板には一寸ごとに三寸の釘が打ってあり、釘の先端が反対側に突き出ていた。キラキラ光る二枚の釘の筵だった。はじめ人々は楡花が小人とはわからなかったが、彼女が舞台の前に出てきて、やっと雀みたいに小さい小人であることに気がついた。その小ささに驚いて見ていると、彼女はその二枚の板を豆の散らばっているすぐ横に並べて置いた。どうやらあのぴっこはさらに一丈の釘の海の上を飛び越えなくてはならないようだ。距離がもっと長うなった上に、キラキラ一面輝いている釘の海じゃ、客席は黙り込むしかありゃせんかった。

客席中が驚き訝しむ目だった。

しかし片足猿は、やはり杖をつき体を揺らしながら、その上を飛び越えたのだった。続いての三回目の跳躍はさらに凄かった。その名も独龍越火海。舞台の上に二枚の大きな薄い鉄板が用意され、その上には灯油が撒かれ、さらに灯油に浸した布がばら撒かれていた。マッチを擦ると、ボッという轟音と共に、場内全体が炎の光に照らされた。その光の中、片足猿は舞台に出てくると、唇をキュッと結んで顔中に気合を漲らせる。

観客に深く頭を下げて拍手を求めると、ヒョコヒョコ戻って行き、びっこの鹿のように飛び出して来て、その火の海の上を飛び越えて行ったのだった。飛び越える時に事故が起こった。彼のズボンの右側は空っぽなので、火が燃え移ってしまったのだ。布団の上に落ちた時、ズボンが燃えていたので、彼は舞台の上で泣き叫んだ。槐花、楡花たちも舞台の袖で叫び声をあげた。舞台の下の観客は驚いて皆立ち上がった。ズボンの火はすぐに消し止められたが、彼が前に出てきて県長や観客に謝意を表した時、そのブラブラと揺れていたズボンは丸く焼け落ちていた。

焼け落ちたズボンは舞台の照明に明るく照らされ、前の方に座っていた観客には、きぬた棒の頭のような部分が、黒く焼け焦げたズボンの口からのぞいているのが見え、そこには火傷の水ぶくれができ、てらてらと光っていた。彼が謝辞を述べお辞儀をした時、客席からは力一杯の拍手が起こった。

皆の手は真っ赤に腫れ上がり、劇場の白い壁も拍手の音で剝げ落ちてしまいそうだった。

片足猿が挨拶し終わってびっこを引きながら舞台裏に戻ると、団長が幕の後ろで彼を待ち構えていて、興奮した年老いた顔に満面の笑みを浮かべて言った。片足猿、おめでとう、見事に一発目を打ち上げたな、すぐに人気者だ。県長もずっと拍手しとったぞ。片足猿は団長に言った。「団長さん、便所はどこじゃ、わし、ちびってしもうた」

団長はすぐに付き添って裏の便所まで行くとさらに言った。緊張することはない。当たり前のことじゃ、わしも若い頃初めて舞台に立った時にはちびったもんじゃ。

何はともあれ、大安吉日旧暦七月九日のリハーサルは、天を突き破り地を引き裂くほどの大成功で、黄昏時から満天の星空の夜中まで、拍手が途絶えることはなかったのだ。絶技の演者全員がめくら、びっこ、下半身不随、つんぼにおしの片輪者ばかりの舞台など聞いたこともなかった。舞台に並べられた柳や桐やセンダンの木片をひとたたきするだけで、白も赤も知らないめくらの桐花が、どれが桐でどれがニレか、どれがセンダンでどれがチャンチンか区別できるなんて、誰も見たことがなかった。下半身不随の女が一枚の葉っぱ、桐やニレ、そして薄くて弱いエンジュの葉っぱにまで、小鳥や梅の花を刺繡できるなんて誰が見たことがあるだろうか。小児麻痺の子供が、不自由な足を縮めてガラス瓶の中に入れ、そのガラス瓶を靴にして、コツコツ舞台を右回りに左回りに走り、さらに何度もとんぼ返りしたりバク転するなど誰も見たことはあるまい。さらに片目が、一本の赤い糸をハッという気合いと共に十本の針の穴に通す。両目とも失明しているがめくらの桐花は小さくて美しい。このめくらの娘の耳がまた凄く、静まり返った劇場の中、舞台のちょうど真ん中に立ち、東で針を落とせば東で針が落ちたと聞き分け、西で一分硬貨を絨毯に落とせば、硬貨が布の上に落ちたと聞き分ける。彼女がめくらだとは信じられない観客が、彼女には見えているはずだと舞台に上がって黒い布で目隠しをした上で、タバコの包装紙を細かく引きちぎり宙からばら撒いたところ、彼女は、木の葉が自分の顔の前をクルクル回りながら落ちて行ったと聞き分けた。

この桐花の出し物はこの日のトリじゃったが、観客が舞台に上がって参加したところで、最高に盛り上がった。最高潮に達したところで、舞台は突然お開きになった。司会の槐花が告げた。今日の上演はこれで終了いたします、上演時間がすでに三十分もオーバーしております、県長先生をはじめ、県の関係者の皆様や上演いたしました団員にもお休みいただきたいと思います。

こうして上演は終わった。

美味しい料理を次から次に堪能し、お次はと言うときにどのお皿も空っぽになってしまったかのように、香り立つように美味しい酒を開けて、飲み始めたかと思ったら瓶の底が見えたかのように、客席の人々は椅子から立ち上がるしかなかった。県長をはじめ、前に並んでいた県の幹部たちも皆立ち上がり、拍手をするその顔は、驚きと興奮に満ちていた。県長がちょっと田舎に行っていたかと思ったら、こんな絶技団を連れて帰って来ようとは。どの演目も、とても信じられないめずらしいもので、出てくる演者が皆、遥か遠くのへんぴな山奥の片輪たちというのも驚きじゃった。そして最も重要だったのは、県委員会と県政府の幹部たちが受活村の者たちの出し物を見て、レーニンが放つ曙光を見ることができたということだった。レーニンの遺体を買うために必要な資金を得るには、特大のカネのなる木が必要だった。この木さえありゃ、最後にゃレーニンの遺体を魂魄山に安置することができ、ほいで魂魄山は、カネの尽きることのない銀行になるっちゅうわけじゃった。

リハーサルの成功に県長の血はたぎり、舞台の受活村の演者たち一人一人と握手を交わし、戻ったらご馳走する、天気が暑すぎるから、次回の公演からは一人一本扇子を持ってもらわんとな、扇子を買ったら領収証をもらって、県で精算してくれ、県が劇団に施す最初の福利厚生だからなと言って聞かせた。握手と話が終わると、県長は拍手の中、県の幹部に取り囲まれながら劇場をあとにし、取り囲まれたまま、県の招待所に到着した。

招待所では石秘書と所長が話をして、瞬く間に石秘書が規定の文書報告用紙に許可願いを書きあげて県長の目の前に差し出した。

文面はこうだった。

絶技団のリハーサル成功祝賀会開催のお願い

柳県長様

我が県の受活村絶技団第一回リハーサル上演の成功を祝う祝賀会の宴席のメニューについてご指示願います。

前菜十品――

白菜の芯の和え物、豆腐の白ネギかけ、落花生の水煮、揚げ落花生、枝豆の水煮、生姜と野菜の細切り、きゅうりの赤味噌添え、白ネギ味噌、セロリ、ユリの花。

主菜十品――

ウサギの醤油煮込み、雉の煮込み、鴨とキノコの炒め物、豚の大腸のニンニク炒め、牛肉のチリソース、羊と大根の炒め物、豚肉の甘辛炒め、鶏のレバー炒め、バッタとナツメの炒め物、蛇の炒め物。

スープ三品――

海鮮スープ、サンラースープ、肉と野菜のポタージュ。

柳県長は内容を詳細に見て、ペンで少し直しを入れると、書類の最後に同意の二文字を書いてさらに自分の名前を署名した。ただちにその文書は招待所の所長の元に届けられた。そしてあっという間に肉料理十品と野菜料理十品がテーブルに並べられたのだった。

県長は、県の幹部たちと招待所のレストランで祝い酒を飲んだ。宴会が盛り上がったところで、県長は本当の話、人を驚かせる、天地も驚愕する話をした。

そこは二間の大きなレストランで、酒も料理も満ち足りて、夜は井戸の底のように深まり、料理人も給仕も皆ドアの外で居眠りしていた。県長は自分で酒をなみなみと注いだ。酒杯を宙に持ち上げ、自分の部下たちをひとわたり見渡すと、皆酒を注いでくれ、最後にみんなに話したいことがあると言った。

県委員会、県政府の幹部たちは皆酒を注ぎ、宙に持ち上げた。

県長は言った。「今日は県常務委員会拡大委員会を開いて、県常務委員会の一員として全員に一言話をして、意見を求めるつもりだった。忌憚のない意見を存分に出してもらいたいんだが」

皆その場に立って杯を持ち上げた。県長、お話がありでしたら、遠慮なく、どしどしおっしゃってください。私たちは県長の下に団結しております。

「私がレーニンの遺体を購入すると決定したことは賢明と言えるだろうか？」

皆一斉に言った。賢明です、賢明なお考えです、双槐県はじまって以来の素晴らしい決定です、双槐県八十一万の県民に子々孫々福をもたらすものです。

「レーニン森林公園とレーニン記念堂を建設するのは大変だろうか？」

皆言った。大変なことだと一同思っております。

「受活の絶技団はカネの成る木だとは思わないか？」

カネの成る木どころではありません。カネの成る木だったら揺する必要がありますが、この受活の絶技団はさしずめカネの川です。何もしなくても毎月カネが流れ込んで来るのですから。

「レーニンの遺体を購入する希望はあるだろうか」

皆黙って笑った。皆自分らが、はじめのうちは県長の奇想天外な話を笑っていたのを思い出し、後ろめたそうな表情を浮かべていたのだが、もう今では県長に対して無限の敬意を持っていたのだ。この時、県長の顔から笑顔が消え、厳粛な面持ちが表れた。彼は酒席のちょうど中央に立つと、顎をグイッと上げて酒を腹に流しこむと、キッと正面を見据えて言った。

「それではここで、私の提案に同意するかどうか皆に建議したい。同意の場合は私と同じように手の酒を飲み干して欲しい。同意しない場合は杯を置いてくれ。我々は今日、ただ出し物を見て食事をしただけ、何の会議も開かれなかったというだけのことだ」

全員の視線が県長の顔に集まり、県長の奇想天外な問いかけを待った。

県長は重々しく言った。「私は魂魄山レーニン記念堂の右側の地下にレーニンの遺体の安置してある正堂と並べ、一間ほどの広さの小部屋を作る。レーニンの遺体が来たら、無記名の投票を行い、指導者の中で、レーニン森林公園とレーニンの遺体購入に、誰が一番貢献したか、誰が全県民のために福をもたらしたか、誰が死後レーニンの遺体と共に小部屋に葬られ、永遠の記念と感謝をされることになるかを選ぶんだ」

県長は話し終わると、テーブルの面々を見渡した。一同県長の建議に驚いて、すぐには何と言って良いかわからないようだった。部屋は酒と料理の匂いと夏の深夜の涼しさで満ちていた。窓の外から差し込もうとする月の光は部屋の灯りに遮られ、引き返して行った。しかし部屋の中からは、昇った月がピッタリ双槐県の天空に張り付いているのが見えた。明るくて薄い丸い青絹が天空にかかっているようだった。県長は空の酒杯を持ち上げたまま皆を見ていた。一同も満杯の酒杯を持ったまま県長を見ていた。空気には強張ったようなひんやりとした感じがあり、部屋の中を流れて行く酒の匂いの音が、そよ風のように部屋の中で打ち震えた。この長い長い時が過ぎたところで、県長は何かを感じ取ったようで、猛然と空の酒杯をテーブルに投げつけた。グラスの割れる音と共に、県委員会副書記が真面目な顔をして県長に言った。

「柳県長、あなたがおっしゃったのは、酒の席の上の話ではないのですよね」

「この柳鷹雀県長、これまで酒に酔ったことは一度もない」

「私は同意します」その副書記は顎を持ち上げると酒を飲み干した。

テーブルのものたちは、大きな夢から一斉に目覚めて悟ったように、全員が賛成、大賛成と言って、自分の手の酒を腹に注ぎ込んだのだった。

夜が涸れ井戸の底よりももっと深くなったころ、柳県長らはお互いもたれかかりながら、県の招待所から月影を踏みながら出てきた。ちょうどそこに受活村の演者たちがびっこを引き体を揺らしながら、お互い引っぱり支え合いながら出てきた。出し物がうまく行ったお祝いの食事が終わって、粑耬調を唸りながら、パタパタバタバタと街の西に向かって歩いて行った。

彼らは県都の西の外れの村に宿泊しているのだった。

第五章　入口では、自転車が木に立てかけられた

言うのもなんじゃが、この世界にゃ元々、思いもよらんような珍しいことをするため生まれたもんがおって、その珍しいことをするために生きとる。その一方じゃ、珍しいことを待つために生きとるもんがおって、その珍しいことのために毎日平々凡々な日々を過ごしとる。柳県長が一瞬のうちにこの絶技団を作り上げ、あろうことか、最初のリハーサルで成功をおさめたのがええ例じゃ。県都の人々はついにこの夜、百年に一度の珍事に出くわしたようなものだった。翌日、県都の大通りも裏通りも絶技団の話で持ちきりだった。話はどんどん大きくなっていった。片足猿が釘の板を飛び越えたのは単脚跳刀山に、火の上を飛び越えたのは単脚越火海になった。片目はもともと、タバコの煙を一口吸う間に七、八本の針の穴に糸を通すが、タバコの煙を一口吐き出す間に、十七、八本の針の穴に糸を通すことになった。つんぼの馬《マー》の耳上爆発は、耳の横でいくつか小さい爆竹を鳴らすだけだったのが、爆竹の中でも特大級の「二連大砲」をぶっぱなすということになった。下半身不随の婦人が桐の葉にセミやアリを刺繍するのは、龍や鳳凰を刺繍するという話になった。さらにめくらの桐花《トンホア》やおしの老人の絶技も、話は神話ほどにも果てしなく大きくなっていった。まるで彼らがこの世の片輪ではなく、絶技のために自ら片輪になったかのようだ。ともかく受活村の絶技は奇想天外なものに違いなく、翌日、柳県長は劇場での本公演のチケットを、試しに大人五元、子供三元で売り出し

てみた。双槐県では、世界的大ヒットを飛ばした映画のチケットが一枚五元だったのだ。しかし驚いたことに、受活村の絶技団の一枚五元のチケットは三十分も経たないうちに売り切れてしまった。切符を買い求める人が長い列を作って押し合いへし合いとなり、県の公安を出動させてなんとか秩序が保たれるという有様だった。秩序はあったものの、窓口では数十足の靴がひしめいていた。切符が買えて、靴を探しながらニコニコ笑って帰っていく者、靴はほったらかして、裸足のままニコニコ笑いながら帰っていく者もいた。子供は靴がなくなった上に切符も買えず、劇場の入口の日の当たるところで泣きながらわめき散らした。

「クソッ、僕の靴どっかに蹴飛ばしやがって」

「なんでだよ、ずっと日に当たって焼け死ぬかと思ったのに、なんで切符が買えないんだよ」

夕方になり、劇場の前では公安が切符のチェックを行った。一枚三元で絶技の切符を買った機転のきくものは自分の切符を五元で売った。一枚五元の切符を買った者は七、八元で売った。

翌日チケット代はさらに跳ね上がり、一枚九元から十三元になった。さらに翌々日は一枚十五元になった。一枚十五元は高いことは高かったが、劇場には空席はほとんど残っていなかった。

三回目の公演がすんだところで、県委員会と県政府の中心課題は、こっそりと受活村絶技団の公演へと移された。正式に双槐県絶技団を成立させただけでなく、さらに名誉団長、執行団長、業務副団長、宣伝および財政部門の担当者を決定し、演出、メイク、照明、監督など細々としたものについても言わずもがなだった。名誉団長は柳県長、執行団長は耙耬調劇団の老団長だった。出演する受活村の片輪たちは、一日目こそ緊張したものの、二日目はリラックスし、三日目になると思い通りにやることができた。受活村の道端でおしゃべりするのと大差なかった。演技は売り物であり、県からは受活村の一人一人に百元の出演料が支払われた。受活村の人々はおカネを手にすると大喜びではしゃぎまわった。おカネを持って街へ行き、家の年寄りに服を買って、人に頼んで持って帰ってもらうもの、自分の子供のために町の子供たちが遊んでいるおもちゃを買っておみやげにする者、若い連中はタバコを買い酒を買った。そして槐花《ホワイホア》も町の女の子が使っているような口紅やベビーオイルを買っていた。それはそうと彼女はある晩、団の宿泊所に戻って来なかったことがあった。戻って来てから言うには、町で道を間違えて一晩中ぐるぐる回っていたら、石秘書に偶然出会って、彼が県政府の招待所を紹介してくれたと言う。招待所ってすごくいいのよ、お風呂じゃなくってもお湯が出るの。もう何年かしたら町にお嫁に行きたいな、石秘書さんみたいな地位もある完全人がいいわ。

それを聞いていた受活村の人々は皆笑って言った。

「自分が受活の小人っちゅうことを、忘れてしもうとるんじゃないの?」

彼女は腹を立てた。「あんたこそ、小人のくせに」そして続けた。私、今でも背が伸び続けてるの、すぐに姉さんや妹を追い抜くわ。そこで姉妹で並んで比べてみると、なんと本当に指一本分突き出ていた。皆喜んで言った。槐花の背が伸びはじめたとは。村を離れて数日で指一本分とは、玉蜀黍の茎がズンズン伸びていくようじゃ。この調子でいきゃ三か月も経たんうちに、小人から完全人の娘じゃ。そうこう言っている内にも、彼女の背は伸びていき、数日後、絶技団はバタバタと県都を離れて行った。

出発前夜、槐花はまた団の宿泊所のベッドで寝なかった。翌日彼女が言うには、上演が終わってから、知り合いになったばかりのお姉さんの家に行って寝たということだった。楡花《ユイホア》が他に誰もいないとき、彼女の顔に向かって痰を吐きかけた以外、受活村の誰も何も言わず、誰も何と言うべきか思いつかず、地区がある九都《きゅうと》市に公演に向かった。

九都での上演だが、これもあれやこれや苦心し、様々な工夫を凝らした。ちょうど週末に間に合ったので、一回目の上演はチケットは売り出さず、県長は、県のスタッフ全員に団に付き添って市に入ってもらい、それぞれが友人知人を動員して誰がチケットを一番たくさん送ったか、誰が一番大物を呼んできたか競わせた。こうなると柳県長は地区委員会の牛《ニウ》書記を招待するし、他の者は新聞社やラジオ局、テレビ局の友だちを呼ぶ。地区は双槐県の書記が劇場に来るかどうかに一番関心を持っていたので、地区委員会の機関幹部のほとんどは家族連れだった。絶技の出し物を見て、人々がその奇抜さに驚き、劇場の拍手が鳴り止まないのは言うまでもないことだった。地区委員会の牛書記はあんまりにも珍しかったので、演目ごとに掌が真っ赤に腫れ上がるまで拍手していたぐらいだった。そして最も重要なことは、翌日の地区と市の新聞各紙が、半畝もの紙面を割いて、双槐県絶技団の出し物について報道したということだった。新聞もラジオもテレビも、受活村のそれぞれのメンバーは、世界で唯一無二の芸術家であると報じた。この絶技団は必ずや双槐県の経済を上向かせるだろう、鷹のような力強い翼と鳳凰のような美しい羽で。そして受活村の絶技公演は奇聞となり、全市全地区の津々浦々に伝わっていった。市の三歳の女の子までが、市に遠くから片輪の絶技団が来ていることを知っており、上演を見に行きたいと駄々をこねる始末だった。

学校は授業を休みにして団体で切符を買って見に行った。

工場では、数人ずつ順番に休暇を取らせて見に行かせた。

親孝行な子供は、もう何年もベッドに寝たきりの父や母を背負って見に行った。見終わって戻って来ると、恨みがましく言った。あんたは半生をこのベッドに寝たきりで、なんで葉っぱに刺繍ひとつすることができないんだ、なんで食事をベッドの側まで運ばせるんだ。

おしとつんぼの子供のいる親は、その子供たちを連れて見に行ったが、見終わってから、つんぼの親は「耳上爆発」を自分の子供に練習させた。その結果、その子の耳は爆竹で焼けただれ、血が流れて膿んだ。その新聞は急いでこのことを記事にし、しかも大々的に報じて、双槐県の絶技団の公演を見に行くのは構わないが、ハンデを背負っている年寄りや子供に、絶技団の真似を強要することのないよう市民に警告した。こうして絶技団は九都市内で大いに名声を博した。四日目、正式に売り出されるチケットの代金は、一枚四十九元になったが、千枚を越えるチケットは一時間であっという間に売り切れてしまった。数十年前、全県の人々が受活村へ押しかけ、あっという間に食糧を空っぽにしたように。

日が変わると一枚七十九元に跳ね上がった。

が、いっそのことと切符は一枚百元ちょうどとなった。

ついにはA席が百八十五元、B席が百六十五元、C席が百四十五元、平均で百六十五元になった。まったく思いもよらない事態だった。一枚百八十五元で売り出されると、市内のチケット販売業者は、百八十五元で買って二百八十五元で売った。チケット代が一枚二百五元に上がると、二百六十五元で売った。青天井だった。町の人々は一斉に狂ってしまったのだ。大人も子供もみなてんかんを起こしてしまったのだ。双槐県の片輪の絶技団の話になると、大人も子供も、お碗もお箸も放り出し、興奮して口角に泡を飛ばしてまくしたてるのだ。片脚の奴が舞台の火の海の中を大車輪で越えて行くだろ、それをまた男の子が真似して、カバンを背負ったまま道端でトンボを切るもんだから、驚いた運転手が顔面蒼白になって、慌てて急ブレーキを踏んだとよ。下半身不随の女が一枚の葉っぱにあっという間に鶏や猫を刺繍するだろ、あれで学校の女生徒が、宿題のノートに鶏や猫、龍や鳳凰をいたずら書きするようになったんだとよ。

ほんまにほんまなんじゃや、この町の大通りから裏通りまで、受活村の見世物のせいで狂うてしもうたんじゃ。ある工場では、多くの労働者がここ数年、仕事も給料もなくて、野菜を収穫する時期になると、町を出て農村の野菜畑まで行き、クズ野菜を拾っては家計の足しにしていたが、隣近所に話を聞かされ、お金持ちにそそのかされ、まるで一度は見ないと一生の大損だとばかりに、ごみ拾いやクズ紙、酒瓶を売って貯めた、なけなしのお金を、ベッドの枕元の筵の下から、歯を食いしばりながら取り出すと、一番安いチケットを買って見に行った。もともと数か月病気で寝たきりの病人が、それまでは、西洋の薬が安いか漢方薬が安いか計算してばかりいたのに、その薬代を取り出すとチケットを買って見に行った。大変な病気に一番いいのは精神的喜びだ、気分が良くなれば、病気も逃げて行くだろうと、あとさき考えずに、公演を見に行った。まったく本当に、人が狂うとバスまで狂う。バスはそれまで長安劇場の前は通り過ぎていたのだが、路線を変えてそこを通るようにしたのだ。するとそのバスは乗客で押し合いへし合いになり、運転手と車掌には月末にたくさんのボーナスが出た。

車が狂えば、人力車もつられて狂う。公演を見に来る客のため、劇場の前はどこもかしこも人力車がいっぱいに停まっていた。停めるところがないと、自分の車を木に引っ掛けたり、壁に立て掛けたりした。人力車置場の管理人は、手持ちの竹札が足りなくなったので、ボール紙を小さく切って拇印かサインをし、それを証明書代わりに車引きたちに渡した。それから地面や木や壁の車を何台かずつひとまとめにして縄で縛った。

車引きが狂えば、電柱も狂う。もともと夜中になると止まって町中真っ暗になっていた電気が、この時ばかりは一晩中こうこうと照っていた。電球はすぐにだめになったが、またすぐに新しいのに取り替えられた。絶技団は夜に二回公演していたので、夜の公演を見に来る人のために道を明るく照らさなくてはならなかったのだ。

ほんま、理屈じゃ説明できんことになってしもうて、絶技団はもとはと言や、長安劇場で一週間の公演予定じゃったんじゃが、始まったか思うたら、なんと半月もやることになったんじゃ。それでも次の劇場へ移る時には支配人は腹を立て、コップを舞台に投げつけると言ったのだ。

「わしがあんたらに何か悪いことでもしたと言うのか？　なんでサッサと行っちまうんだ？」

次の劇場とはすでに契約しており、行かないわけにはいかない。

劇場と劇場が受活村の出し物を巡って争うことになろうとは思いもしなかった。聞くところによると、その二つの劇場の支配人は、殴り合いの大立ち回りを演じたという。結局絶技団がどちらでやるかを決めることになったが、絶技団は空調の効いた劇場ではなく、空調がなく扇風機しかない劇場の方を選んだ。と言うのは、設備の悪い方が座席数が多くて、千五百七十九人の観客が座れたのだ。良い方は千二百一席しかなかった。

受活村の絶技の公演は九都で狂い咲き、その勢いは轟々と天地を揺るがすばかりだった。耙耬の山奥の、枝の一本の折れた木が、町でほんの数日の間に天を衝く大木に成長したのだった。受活村の家の軒下のひょろひょろの草が、村を離れ、一瞬で青々と生い茂り、赤や黄、緑や青の大きな花を咲かせたのだった。

理屈では説明できなかった。本当にどう説明をつけて良いかわからなかった。柳県長が地区から県に戻って来た時には、受活村の人々はすでに二十一日間三十三回の公演を行っていた。県長は戻ってからも相変わらず家には帰らず、そのまま県常務委員会の小会議室に直行し、常務委員会を開いた。会議室は県委員会事務棟の三階にあって、円卓と十数脚の木の椅子があって、壁には数枚の偉人の肖像画と中国全図、そして双槐県の行政区画図が貼ってあった。壁が剥がれて白い粉がこぼれ落ち、床に降り積もり、その粗末な感じは、田舎の道端にある農業機械修理工場の作業場並みと言ったところだった。午後のギラギラ輝く太陽はまだ空にあったが、日差しは雲に遮られていたし、風があったので、この三間ひとつながりの部屋は、窓を開ければ涼しい風が吹き込んで来て、部屋の中は爽やかだった。昼寝もせずに百キロ以上の道のりを、絶技団の成功に心躍らされ興奮しっぱなしで、柳県長は興奮のあまり眠気を催し、靴を脱ぎ、常務委員会小会議室の机の上に横になると、裸足の足を窓に向けて眠ってしまった。さらに地面の中の虫も驚き、雷も嫌がるほどの、いびきをかき始めた。悠然とした音と短く急《せ》かすような音が交互に部屋の中に響き渡り、壁の地図もブルブル震えて音を立てた。

しばらくして七人の常務委員がすべて揃った。

全員揃ったことは、柳県長にもわかっていたが、それでもしばらくいびきをかいて寝続け、常務委員たちを会議室の中で待たせ、一時間ちょっと過ぎるまで、結局うたた寝したままだった。寝終わって、目を覚まし、目をこすり、欠伸《あくび》をし、疲れた腰を伸ばすと、県長はすぐに元気を取り戻した。彼は裸足の足を会議テーブル正面の椅子の上にのせると、みんなを両側に分かれて座らせ、昔と同じように会議の前にちょっと足の指の間をほじくった。それは汚れていたからではなく痒かったからだ。顔を揃えたのは県委員会副書記や常務副県長らで、このとき県長は足の指の間をほじくることで会議を黙らせ、外ではいつもふんぞり返っている県委員会副書記や常務副県長たちを黙らせた。全員で会議を開く時、リーダーは少し遅れることに意味がある。じゃが柳県長さんは遅れんのじゃ。いっつも、いの一番に会議室にご到着じゃ。ほいで全員揃って席に着き、会議の準備が整ったところで、ちょいと足の指を掻くんじゃ。ほいで会議の参加者に、自分にどれだけ能力があり威厳があるかっちゅうことを、はっきりと思い知らせるんじゃ。と同時に、全員柳県長さんの部下なのであって、彼の前ではおとなしゅう従順にしとらにゃならんいうことを、はっきり気づかせるんじゃ。柳県長が足の指を掻く時間はそれほど長いわけではない。他の常務委員がお茶を入れる程度、お箸ほどの短さだ。掻き終わると、耙耬の人々が畑を鋤き終わったあと鋤に付いた土を払うように、両手をテーブルの上ではたくと、両足を椅子の上から下ろして靴に突っ込み、すでに用意されてあるお茶を一口すすってから言うのだ。

「申し訳ない、皆さん。みっともないところをお見せして。狼っ子[1]になってしまったな」

　そしてすぐに真面目な顔をすると、重々しい調子で言った。

「書くものとノートを出して欲しい。しっかり書き留めて私を助けて欲しい」

　常務委員たちはペンとノートを取り出すと、机に覆いかぶさるようにして記録する準備を整えた。

「ちょっと計算してみて欲しい。A席一枚二百五十五元、B席一枚二百三十五元、C席一枚二百五元として、平均を少し少な目に考えて二百三十一元、一日一回で平均千百五枚の売上として、一日の売上は？　一日二回の公演だったら一日の売上は？　計算してみてくれ。早く。わしに手間をかけさせないでくれ」

　そこまで話すと、柳県長はちょっと口を休め、常務委員たちをチラリと見ると、全員がノートに彼の言った数字を書き付け、計算式を書いて、子供たちが教室で課題をやるような音が部屋に満ちた。そこでコホンと咳をすると、がなり声を響かせて言った。

「計算はしなくてもいい。もうやってある。一回の公演で平均千百五枚の切符が売れ、一枚あたり平均二百三十一元とすると、公演一回につき二十五万五千二百五十五元になる。クソッタレめが、気前よく端数の五千二百五十五元を切り落としたとしても、一日一回で二十五万元、二回で五十万元だ。一日でクソッタレの五十万、二日で百万、二十日で一千万、二百日で一億だ。一億元とは一体どれだけのもんじゃ？　銀行のピン札の百元札を一括り一万元にして、それが一万個じゃ。一括り一万元を一万個積み上げたら、どうなる？地面から屋上まで積み上げげんとだめだ」

　屋上までと言ったところで、柳県長は顔を天井に向けてちょっと見て、視線を下ろした時には、常務委員全員が顔を天井に向けて見上げていた。どの常務委員の顔にも、昇ったばかりの東方の太陽の赤みが差しており、誰の目も、日の光の下のガラス玉のようにキラキラと輝いていた。彼があまりにも大口を開けてまくし立てたものだから、唾の飛沫が雨のようにテーブルの上一面を濡らしていた。すぐ横の副県長は、唾が顔に飛んで来ないように体を向こうの方へ傾けていた。この傾きが県長には気に入らなかった。副県長をギョロリと睨みつけると、副県長は慌てて自分の椅子を県長の方に寄せ、まるで県長が唾を浴びせかけるのを待っているようだった。飛び散るのが嫌なら嫌がるがいいとばかり、県長は話す時の顔を、ますます副県長の方へ向けたので、もともとテーブルに落ちていた唾まで全部彼の顔に飛んで行った。さらに、わざと声をより一層張り上げ、顎もより高く持ち上げたので、会議室も廊下も、上から下までどこもかしこも彼の興奮した演説の声で一杯になった。開かれているのは、常務委員会ではなく、全県大会のようだった。十万人、百万人が参加している大会のようだった。柳県長の一斉砲撃と言わんばかりの轟々たる演説で、天下はすべて彼の雄叫びとなった。

「双槐県はここから湧き立つんだ。――ひとつの絶技団の二百日の公演で一億、四百日で二億――当然のことだが、絶技団が毎日二回公演するのを保証することはできん。こっちの劇場からあっちの劇場へと移る際の、大道具や照明など諸々を勘定すると、その一日は仕方ない、一日五十万元の減収だ。さらに町から町、地区から地区への移動も、まあ余分な出費だが、バスに乗り列車に乗り、数日かかったとすると、その分が数百万元となる。さらに絶技団の団員の出演料と奨励金もある。それぞれの団員には一回出るごとに五十元、二回で百元支払っている。一日百元稼げば、一か月で三千元、三千元はこの県長であるわしの給料の三倍になる。――しかし苦労する分はもらわんとな――あいつらが毎日五十万稼いでくれるんだから、一人二、三千元ならくれてやろう。とにかくきちんと計算しておこう。――一人三千元、十人で三万元、六十七人で一月二十万一千元だ。――こうして勘定してみると、諸君にももうおわかりだろう。実際には二百日で一億は無理だ。しかし二百日で無理なら三百日ではどうだ？一年ならいけるか？」

こう問いかけているのは、全員に向かって一年で一億稼ぐことができると言っているのだ。できることははっきりしているので、ここまで話すと、県長は突然自分が座っていた椅子の上に立ち上がった。手足を大きく揺らすその様子は、鷹が空を舞っているようだった。

「言っておこう。九都から戻って来る帰り道、わしはこのソロバンを弾いたのだ。我々双槐県の絶技団の団員はすべて障害者だから、国は一分《フェン》の税金も徴収しない。税金がかからないということは、一分稼げばそれはみな、我らの県の財政収入ということになるのだ。私が出かけたこの二十一日間に、公演は三十三回、県の財政はすでに七百一万に膨れあがっている。こうしてみると、レーニンの遺体を購入するための莫大な資金も集められないことはあるまい？　地区が支給する貧困救済基金が、もらえなくても、資金集めに何の心配もあるまい」

莫大な資金も、集められないと心配することはあるまいと言ったところで、県長は腕を振ると、また掌を下に向けて抑えるようにし、それから腰を曲げて湯飲みを取ると一口飲んで、椅子からテーブルの上へと飛び上がった。常務委員たちは驚いて仰ぎ、反り返り、椅子を後ろに引いた。柳県長さんはそれにはまったくお構いなし、何と言っても彼は県の長じゃ、気にとめる必要などありゃせん。彼はその長い赤漆の塗られたテーブルの上に立ち、頭を低くすることもなく、下の常務委員たちを見下ろした。高く見晴らしがいいので、窓越しに、県委員会の建物の渡り廊下が県委員会機関幹部たちで黒山のひとだかりとなり、みな会議室の入口や窓へと押し寄せて来て、首を伸ばし中を覗こうとしているのが見えた。それは地区で受活村の公演をした時に、町の人々がドア越しや窓越しに出し物を覗き見している様子と一緒だった。県委員会の建物の空き地には、どういうわけか、県長が地区からいい知らせを持って帰って来てくれたと聞いた人々が集まって、県長の三階の会議室での演説を聞いており、そのドアの前は県政府の幹部や県の職員たちで一杯だった。

七月の太陽は相変わらずギラギラ強烈で、県委員会の門の前のセメントの地面は太陽に一日照り付けられ、蓄積された熱で卵焼きが作れるほどだったが、人々はそこでも一人一人顔中汗びっしょりになりながら、爪先立ち、首を伸ばし、筋肉を思いっきり伸ばして、三階の窓際の県長の姿を見つめ、県長の赤く燃え上がるような演説を聞いていた。

県長は、叫び、怒鳴って言った。

「ここで言っておこう。双槐県は今年の終わりから来年のはじめにかけて、これまでの双槐県とはまったく違ったものになるだろう。――今年の終わりか来年のはじめに、我々はレーニンの遺体を買って帰り、レーニン森林公園の記念堂に納める。そうなったら観光客は毎日百や千どころの話じゃない。入場券が一枚百元として十人で千元、百人で一万元、千人で十万元、一万人で百万元だ」

県長さんは、常務委員会小会議室の机の上で吠えまくり、もうその声ときたらゲリラ豪雨じゃ、県委員会、県政府の事務棟と中庭は水浸しじゃ。ソロバンを弾きながら、演説しながら、指を折りながら、その大きな金額をはっきりさせ、レーニンの遺体を買って帰れば、毎日レーニン公園の入場券だけで百万元になることを明らかにしたところで、彼は演説を止め、両手で握り拳を作って胸の前に置いた。天空の鷹が羽をたたんで、急降下するときに地面を俯瞰するかのようだった。彼は演説をはっきりと聞き取れるように、演説の時の動作や表情をよく見られるように、椅子をさらに後ろに引いているのをひと渡り見下ろした。廊下では会議室のドアを少しだけ細く開け、そこに役所の幹部たちが、我も我もと顔を出そうとするものだから、顔が細くぺちゃんこになっており、一階の広い中庭は立錐の余地もないほどで、庭の真ん中にある池のふちに上がったり池の中の築山に上がったりしているものもいた。どの顔も驚きで輝いとる。どの目も月や太陽のように明るく輝いていた。そこで彼は城門の如く口をめいっぱい大きく広げた。演説の声は山を越え雲を越え、鷹は羽を思いっきり広げて飛翔した。

彼は叫んだ。

「一日で百万、十日で一千万、三か月で一億、一年で三・七億だ。三・七億、しかしこの三・七億はレーニンの遺体見物の入場料じゃ。レーニン森林公園にはレーニン記念堂の他にも九龍瀑布や千畝の松林、一万畝の動物山もある。山に登って日の出を見、山から下りて天湖や鹿回頭、天仙池、青蛇白蛇洞、芳香百草園を見学する。——一度では全部見て回れないほどの風景じゃ、魂魄山に上がってレーニン記念堂を見るだけでもそこかしこで切符を買わねばならないし、山頂では一泊か二泊はしなくてはならんじゃろが。一泊すれば店でカネを使い食事でカネを使う。ティッシュひと袋でも二元は使う。——計算してみてくれ。一人の観光客に一回山に登るだけで五百元使わせたら、一万人で我々の懐にはいくら残る？　五百万元だ。五百元でおさまらず千、千三百、千五百元と使ったら？　春の旅行シーズンにでもなれば、一日一万人ぽっちではすまんぞ。一・五万人、二・五万人、三万人の観光客がやって来たら？」

そしてまた上から下まで、前にいる幹部たち、後ろにいる聴衆たちを見渡すと、一口喉を潤し、少しだけ声を抑え、会議の締めの時間が来たかのように仕方なさそうに笑うと言った。

「本当のところ、一体どれだけの金額になるのか、私には計算できない。誰か計算してみてくれないか。我々双槐県はその時一年でどれほどの収入になるのか。——その時になったら、問題はどれほどの収入を得ることができるかということではなく、そんな大金を一体どうやって使ったらいいのかということなのだ。使うことが難しくなるんじゃ」

そして、再度上から下まで聴衆も観衆もみな目を輝かせているのをチラリと確認すると、県長はまたもや突然喉を城門の如く広げ、遥か雲の彼方まで声を張り上げた。

「おカネを使うことが難題になるのだ。道を広げ、ビルを建てるのにどれほどのカネがいる？　県委員会と県政府のビルを天高く聳えさえ、各部、各局もみな一棟ずつ事務棟を建て、壁を金で塗り、道に金を敷いたところで、尽きることのないカネが財政局に流れ込み膨れ上がって行くのだ。県に大河のごとく流れ込んでくる水がすべてカネなのだ。食べることに使うとしても高が知れている。我が県の農民は、畑仕事もせず毎月畑の側に座っているだけで給料がもらえるのだ。しかも最終的には使い切れないカネを。畑仕事をしないと落ち着かんのだったら、畑に草花を植えるがいい。自分の畑を一年中四季の草花でいっぱいにすればいい。赤や黄色、色とりどりにして、一年中花の香りが漂うようにする。良い香りと美しい草花で、観光客がより一層増えることになる。観光客が増えれば、おカネはますます使い切れなくなる。——双槐県が容易にカネを稼げてカネを使うのに苦労する県に変わったらどうする？　一体どうするんじゃ？　当県長である私にはどうしていいのか、わからん。当県長である私にわかっとることは、レーニン森林公園を作れば、レーニンの遺体を買って帰り、レーニン森林公園を作れば、おカネが使い切れなくなるということだけじゃ。まるで秋が来て掃いても掃いてもきりがない落ち葉のようなんじゃ。使い切れないおカネに頭を悩ませられることになるんじゃ、わかるか？　その時にはどの家も、ご飯を食べても味はわからんし、眠りたくても眠れんようになるんじゃ。カネが出ていかないことがどの家にとっても大問題になるんじゃ。

大問題はこの県長である私のことじゃない、ここにおる、あんたら自身のことなんじゃや。我らが双槐県は革命建設の新しい難題に遭遇するということなんじゃや。私よりも腕利きの県長でなければ、この難題は克服できんじゃろう。地区や県から調査研究にやって来て、十日半月、いや三か月一年かけてやっと解決できるほどの難題なんじゃや……」

くどい話

①狼っ子——方言。狼の巣の幼い子供のように、自分の始末ができないことを狼っ子と言った。

第七章　二つの絶技団ができあがり、村中あっという間に瓦屋根

日が西に傾いたころ、県の常務委員会は終了した。中庭はすでに静けさを取り戻しつつあった。上の階の扇風機のある事務室も扇風機はすべて止められ、机の引き出しにも、事務室の扉にも鍵がかけられた。通路も、床を掃きゴミを片付けるアルバイトがいるだけで静かだった。そんな中、県長は綿でも踏むように静けさを踏みながら事務室から出てきた。

家に戻らねばならなかった。彼の敬仰堂①へ足を運び、家に帰って妻と一緒に寝なければならなかった。

もう何日も長いこと家にも帰らず、敬仰堂にも入っていなかった。

受活村絶技団公演の大成功と、午後の常務委員会での滔々とした大演説で興奮し、喉も渇き、体も疲れていたので、事務室に戻り、そこに座って喉を潤した。秘書と事務室の事務員はすべて追い払い、一人でゆっくりと半日にわたる演説の興奮を味わい、レーニンの遺体購入にまつわる、あれやこれやに思いを馳せていると、落日も沈んで窓から消え、一面の夕陽の赤い絨毯は音も立てずに引いてゆき、彼は興奮と疲労の中にも安らぎを覚えはじめていた。

窓の外の空は陰鬱だったが、通りは静かになっていた。夜のコウモリが黄昏の前に飛び交うのがぼんやり見え、建物の前で音を立てているのが聞こえた。この二か月家に帰っていないこと、妻には、意固地になって三か月家に帰らないと言ってしまったことを思い出したが、結局はむかっ腹を立てただけのこと、帰らな

いと言ったからといって、本当に帰らないということもない。帰ってみなければならない。この二か月で彼が絶技団を作り上げ、その絶技団を率いて地区で公演したことを敬仰堂に報告に行き、壁に向かって黙禱しなければならなかった。それから晩御飯を食べ、テレビを見、妻とベッドに入るのだ。

彼は猛然と女との受活のことを思った。

自分がもう何か月も女と受活していないと思うと、まるで子供がめずらしいお菓子を食べるのが惜しくて隠したのはいいのだが、隠したまま長い間忘れてしまっているようだった。彼は口の端に笑みを浮かべると、椅子から立ち上がり、ゴクゴクとコップの水を飲み干し、そのまま家に帰って行った。

じゃが、ここで、芝居でもあるまいに、なんとも都合のええことに、彼が出ようと事務室のドアを引いたその時、最も忌み嫌う一人の人間が目に飛び込んできよったんじゃ。受活村の茅枝婆《マオジーポー》が風呂敷包をひとつ下げ、アルミの杖によりかかってドアの外に立っていた。これには彼も驚きその場で固まってしまった。彼女がドアのところで待っていたのは、例の受活村の人々の退社の件であることは明らかだった。彼はひと月以上前に彼女に退社の書き付けを渡し、十日後に退社の手続きをすると約束したのだ。家に帰って妻と受活を味わおうという気持ちは、頭から冷水を浴びせかけられたように、一瞬で萎んでしまった。しかしそこはさすが県長だった。笑いながら、驚いたように言った。

「いやまたこりゃ、茅枝婆、あんただったか。まあ、入ってくれ」

茅枝婆は彼のあとについて事務室へと入って行った。この事務室は彼女にとって知らないところではない。辛卯《かのとう》〔一九五一〕の年に、彼女と彼女の夫である石屋は、入社のことで紅四の県委員会書記を訪ねて、初めてここに来た。辛丑《かのとうし》〔一九六一〕の年に石屋が亡くなり、そののち数十年、彼女はしょっちゅうここに書記や県長を訪ねては、退社のことでやりあって来たのだ。退社のことでやりあって、もう三十年あまり、この三十数年で、県委員会の赤い瓦の建物はビルに建て替えられたが、その建て替えられたビルも、すでにボロボロだった。最初の県委員会書記は地区委員会書記となり、前の地区委員会書記は退職してからは行方知らずだった。地区委員会書記は馬《マー》、林《リン》、粟《スー》と代わって、今は牛という苗字だった。この県委員会の建物は元々人の影がくっきり映るほどのセメントの床だったが、歳月と共に穴だらけのボロボロになり、白壁も剥がれ落ちて黄ばんでいた。天井からぶら下がっている蛍光灯は、十数年前に彼女が初めて見た時には、雪のように眩しかったが、あっという間に蜘蛛の巣が張って、光は明るさを失い、蛍光灯の両端はすでに焼け、鍋の底のように真っ黒になり、真ん中の半分ほどがぼんやり光っているだけだった。

茅枝婆は中に入ると四方の壁をしばらく見渡していたが、最後に視線を県長の事務机の壁にある双槐県の区域図のところで止めチラリと見ると、県長が書いた、受活村を双槐県と柏樹郷の管轄から外すという約束を取り付けた書き付けを、県長の事務机の上に広げた。

「わしは、県に来てから半月あんたを待っとったんじゃ。受活村のもんを引き連れて行った地区での公演はなかなか良かったそうじゃな」

県長は顔に笑いを浮かべて言った。

「あんたの受活の村の連中が一人毎月どれだけ稼いでいると思う?」

茅枝婆は風呂敷包を床に置くと、県長の向かいに座って言った。

「いくらじゃろうが、わしの知ったことじゃない。わしは退社の手続きをしに来たんじゃ」

県長は自分が書いたその書き付けを一度見ると言った。

「連中、一人がひと月に二、三千元稼いどる。二千元もあれば瓦屋根の家が建つ。四、五か月も公演して戻ってくれれば、村に二階建ての家が建つということだ」

茅枝婆は、地面の粗布の風呂敷包を足元から持ち上げると、まるで誰かにひったくられるのを恐れるかのように胸に抱きかかえると、軽蔑したように県長をジロリと睨みつけて言った。

「好きに言うがいい。わしゃ退社の手続きをしに来たんじゃ」

「ほんま、受活の公演を見たもんは皆おかしくなっとるんだ。毎回黒山の人だかりでな、もしあんたが絶技団に参加してくれるなら、ひと月二、三千元の収入を保証するんだがなあ」

茅枝婆は、腕に抱えた青色の風呂敷包を揺らすと言った。

「わしゃ、行かん」

「五千やると言ったら行くか?」

「一万でも行かん」

「その風呂敷の中身は死装束だな?」

「わしは考えたんじゃ。決心したんじゃ。今回もしあんたが受活村の退社手続きをしてくれんかったら、死装束を着てあんたの家かこの事務室で死んでやろうとな」

県長は顔色を真面目にして、

「受活の退社については、常務委員会を開いて検討したばっかりだ。常務委員たちも一致してわしの意見に賛成してくれている。今年の年末か来年の初めには必ず受活村を双槐県と柏樹郷から切り離す。来年の初めには受活村は柏樹郷にも双槐県にも属さないことになる」

茅枝婆は県長を遥か遠くから見るような目になり、信じ難いといった様子で慌てて言った。

「柳県長さんよ、二言はあるまいな」

「この柳に二言はない」

「それじゃ、今日はもう暗くなってしもうたし、明日手続きをしてわしに書類を渡してもらえるということじゃな」

「全県の委員会、局、そして各郷、各村の委員会に公文書を配布すれば、随時書類は発行できる。しかし今日の常務委員会で一つ提案が出されたんだ」

茅枝婆はしょぼついた両目をカッと見開いた。

「常務委員たちは条件をひとつ出してきたんだ。あんたら受活村の片輪は老若男女合わせて百六十九人、しかし絶技団ひとつに必要なのは六十七人だ。そこであんたら受活村でもうひとつ絶技団を作って、別のつんぼに耳上爆発かなにか練習させ、別の一本足に翻刀山や越火海を練習させ、別のめくらに聡耳聴音かなにか覚えさせるんだ。常務委員の連中は、あんたが二つ目の絶技団を引っ張って来さえすれば、今年の十二月末までに、県に公文書を出し、来年の初めには受活村は双槐県のものでも、柏樹郷のものでもなくなると言ってくれた。あんたらは完全な自由を手にすることになる。天も構わず地も奪わない、昔のような天国のような暮らしができるようになるというわけだ」

言い終わると、県長は茅枝婆の顔をジッと見た。二人の間は机一つ隔てただけだった。数尺しか離れていなかった。日はとっくに西の向こうに沈んでしまっていて、黄昏が窓をジワジワと覆っていた。窓の外にはコウモリが一匹また一匹と飛び始めていた。部屋の中は少し薄暗くなったが、県長には茅枝婆の口元がわずかに引きつっているのがわかった。元々あった顔の光と疑惑は灰色になり、薄暗さと一緒になってしまった。

「県委員会も県政府も、あんたら受活村のためを思ってのことなんだ。絶技団を二つ作って、村のもの全員が参加するようにすれば、どの家も年末にはひと財産稼いで、来年はどの家も瓦屋根の家や二階建ての家を建てることができるんだ、村中が立派な家だらけで眩しいほどになるんだ」

「まあよく考えて見てくれ。来年退社するということは、あんたら受活村には公証印もなくなり、どの家も戸籍がなくなるというわけだ。この世に生きていながら、ほとんどこの世のものではなくなるんだ。市の立つ日にはもちろん、あっちこっちから集まってもらっていいわけだが、公証印も紹介状もなければ、あんたら村のものは外へ出かけていっても商売することはできんし、双槐県第一絶技団、第二絶技団という旗印を使って公演することもできなくなる」

「よくよくしっかり考えて、同意するのなら今晩にでも協議書にサインしてくれ。県のためにもうひとつ絶技団を作ることを了承して欲しい。この二つの絶技団が、県のために年末まで公演してくれたら、出演者には毎月最低三千元の給料を私が保証する。年末に文書を出して、来年頭から受活が柏樹郷と双槐県ときっぱり縁を切ることも保証しよう」

「解放されてから今まで、双槐県では七回県長が交代し、九回書記が交代したが、あんた茅枝婆はその三十七年の間、退社のため駆けずり回ってきたんだ。しかしそれも今回一瞬で解決というわけだ」

「私もあんたのために力を出すんだから、あんたにも私を助けてもらわんとな。何事も持ちつ持たれつだろう？　あんたがもうひとつ絶技団を作ることを承諾してくれたら、私も来年の頭から、受活をきっちり退社させることを承諾しよう。理にかなった願ってもない話だと思うが」

「どうする？　もう外は暗くなったが」

「よく考えてみてくれ。私は受活村が退社する前に村の連中にとって良いことをしようとしているんだがな。あんたらがこのまま何もしないで退社したとしよう。レーニンの遺体を買って帰って魂魄山に安置したら、もう県全体が心配するのは、使うおカネがないことではなくて、おカネが多すぎて使うところがなくなるということなんだが、しかしその時にあんたら受活は塩を買うカネもなければ、酢を買うカネもないんじゃ。その時になって郷に入りたい、県に入りたいと言うのは許されんことだ。だからもうひとつ絶技団を作らねばならんのだ。受活村の各家にまとまったおカネを儲けさせてやれば、私もあんたも受活もすべてうまくいくということなんじゃ」

「こうしよう。もういっぺん考えてもらって、明日の朝一番に返事をもらおう」

「ほら日ももう窓から見えなくなった。どこに泊まってる？　誰かに送らせよう。少しはましなところで休んでくれ」

「さあ、行こう」

県長はそう言いながら、椅子から立ち上がった。窓の外の落日の光は県長の言葉通りに事務棟の壁から地面へと縮んでゆき、部屋の灯りの明るさが際立っていた。茅枝婆は県長を遠目に見ながら、また死装束の風呂敷包を椅子の足元へと置いた。死装束の黒い生地が風呂敷包の口からのぞき、鮮やかな黄色の糸で縁取りされていたので、そこに黄色い芯の黒い花が咲いているようだった。

県長はその黒い花を見ていた。

茅枝婆は県長の顔を眺めていた。

「もうひとつ旗揚げして外で公演するのに何人いるんじゃ？」

県長は視線を黒い花から外して言った。

「めくら、つんぼ、まとめてあと四、五十人で十分だ」

「しかし残りのものには絶技はないが？」

県長は淡々とした様子でちょっと笑うと言った。

「ちょっとしたものさえあれば、それでいいんだ」

茅枝婆は声を大きくして、

「それじゃ、あんたのために何十人か選んでやることにしよう。しかし今ここで、今言ったことを紙に書きつけて、県委員会と県政府の印鑑、そしてあんたの拇印を押すんじゃ。受活のものにはあんたがレーニンの遺体を買って帰ることができようができまいが関係ない。どのみち年末まで公演したらそれで終わりじゃし、どのみち来年は県とも郷とも関係なくなるわけじゃし、どのみち受活のもんには毎月三千元が支払われるんじゃから」

事はこうしてあっさり決着したのだった。茅枝婆には応じない理由がなかったので、まとめて全部引き受けたのだ。県長もまた茅枝婆の言ったことにすべて応じたのだ。

　ビルの灯りはすべて消えて真っ暗で、あの掃除のアルバイトも渡り廊下の裏側に消えてしまっていた。事務棟にはひと気がなくなってしまっていたが、県長はドアを開けると、廊下の奥に向かって叫んだ。

「誰かいるか?」すると、どこからわいて出てきたのか、職員がやってきた。県長はその職員に、すぐに事務室の人間に連絡するように言った。おまんまの食い上げになりたくなかったら、走って事務室まで出頭するようにと。こうして茅枝婆はこの夜、大急ぎで双槐県県委員会、県政府そして県全体の仕事を仕切っている県長との協定書にサインしたのだった。その協定書には、ひとつひとつの項目についてはっきりと書き記され、一字一句すべてに効力があった。

　二頁にわたる協定書には以下のように書かれてあった。

甲――耙耬奥の受活村

乙――双槐県県委員会、県政府

　歴史的な要因により、数十年来受活村は退社し、彼らが元々持っていた自由で受活な日々に再び戻りたいと強く希望し続けてきた。この状況に鑑み、双方は協議を経て、受活村の退社の一件に関して、県委員会と県政府は以下の内容で同意した。

　一、受活村は必ず二つの絶技団を結成し、それぞれ双槐県絶技一団、二団とすること。それぞれの団は最低でも五十人（一団はすでに結成済み）で、二団は十日以内に結成すること。

　二、二つの団の管理権と公演権は、すべて双槐県に属するものとする。双槐県は、受活村の人々に毎月最低三千元の給料を保証する。

　三、二つの団の公演は、今年の最後の一日、即ち臘月三十日の子《ね》の刻までとする。子の刻が過ぎれば、二つの団と双槐県は、行政上また経済的にも一切の関わりを持たないこととする。

　四、今年最後の日の子《ね》の刻から、受活村は二度と双槐県や柏樹郷の管轄とならず、この世で最も自由な村となる。村人たち、土地、木々、河川その他の様々なことについて、県と郷は無関係である。県と郷の職員は、受活村のどんな事務にも関わりを持ってはならな

い。しかしもし受活が天災人災に見舞われた時には、双槐県と柏樹郷が無償で救援にあたる。

五、絶技一団と二団の公演最終日である今年最後の日までに、『受活村が今後一切どのような県や郷にも属さないことに関する取り決め』の正式な文書を、各県、各部、局委員会、郷政府と県内すべての各村の委員会に発すること。

当然のことだが、協定書の最後の頁には県委員会と県政府の公印と双方の代理人である県長と茅枝婆の署名が必要だ。署名だけでなく、茅枝婆の強い要望により、県長と茅枝婆自身の署名の下にはそれぞれ捺印と拇印をすることとする。こうしてその白い頁は赤一色で埋め尽くされることとなり、それは耙耬山脈の雪の日に満開の梅の花が映えるかのようだった。

すべては円満に治まり、茅枝婆も県の招待所に落ち着き、双槐県絶技二団を結成するため明日は耙耬の受活村まで送り返してもらう手筈が整った。即ち、金銀を生み出す絶技団は一つだったのが二つになり、レーニンの遺体購入の資金集めの日取りは、半分に短縮されることとなったのだ。今年中に必ずやレーニンの遺体を買って双槐県に戻り、魂魄山に安置するということになりそうだった。

事は大成功を収め、柳県長は、何が何でも彼の敬仰堂に行かないわけにはいかなくなった。

第九章　くどい話——敬仰堂

①敬仰堂——敬仰堂は聖堂とも言う。聖堂のことについては、辛丑《かのとうし》〔一九六一〕と壬寅《みずのえとら》〔一九六二〕の年から話さなければならない。あの時の自然災害と飢餓で、柳県長は結局社校の柳先生の養子になったわけで、正真正銘の社校の子である。食事の時には自分の茶碗を持って社校の食堂に行き、授業の時には自分の椅子を持って、他の党員幹部と一緒に教室に入った。先生が文献を読み上げるのを一句一句聞き、新聞を読み、社説を読み、トップたちと同じあの大きな本をめくり、党員や幹部の中には煙草を吸ったり居眠りするものもいたのに、彼はいつも微動だにせず養父の授業を聞き、養父が、教室の黒板にチョークで、一行一行整然と楷書体で書いていくのを見ていた。社校なので、授業の内容はもちろん偉人の理論であり、必然的に、マルクス・レーニン主義の経済、政治、哲学であった。鷹雀にその理論は理解できなかったが、聞いているうちに字が読めるようになり、書けるようになり、十歳にならないうちに、新聞の文章の文字を、何とか拾い読みできるようになった。十歳になった時に、先生の奥さんが先生を捨てて、隣の県の幹部と駆け落ちし、その幹部の正式な奥さんになると、彼は正式に社校の子から柳先生の養子となり、読書と勉強に打ち込みはじめたのである。しかしまもなく、丙午《ひのえうま》〔一九六六〕の年に未曾有の「文化大革命」が始まり、革命側は郊外の社校のあの先生が富農であり敵であり、その敵が教壇で偉人の本について講義していることに気が付いたのだ

った。そこで県委員会の朱印の押してある通知を社校に送り、柳先生の教職を解き、社校の門番と掃除をやらせることにした。それで柳先生は鬱病になり、一日中漢方薬から離れられず、十年後、鷹雀《インチュエ》が十六歳、妹が十歳、柳先生が五十六歳のある日、彼は突然心臓が締め付けられるように痛み、ベッドに倒れこんだ。顔じゅうビッショリ汗をかき、ベッドの半分がグッショリ濡れてしまうほどだった。ちょうど秋の農繁期で、学校は休みで幹部たちは家に帰っており、妹の柳絮《リウシュイ》も町の同級生の家に遊びに行き、社校には鷹雀と養父の二人っきりだった。天気は蒸し暑く、木々の葉っぱも病気になったかのようにだらりと垂れ下がり、セミの鳴き声が鞭のように長々と響いていた。ベッドの上にうずくまり、柳先生は自分の胸の前のシーツを握りしめ、その拳骨を胸元に押し付け、顔は雲のように蒼白で血の気は微塵もなかった。そこに鷹雀は入ってきたのだ。外から中に入ると、彼は父ちゃん、父ちゃんと呼びながら、柳先生を背負って大急ぎで県の病院へ連れて行こうとした。

柳先生は彼に向かって手を振ると、ジッと彼を見てから言った。鷹雀よ、お前ももう十六じゃ、背もわしより高うなって……わしは妹の柳絮をお前にやろうと思う。お前、妹の面倒が見られるか？

柳鷹雀は事情がよく飲み込めなかったが、養父に向かってうなずきはしたものの、どうしたらいいのか途方に暮れるばかりだった。養父は彼に向かって言った。彼女を一生面倒見るんだ、できるか？　わしはあいつが母親のようになるのが怖いんじゃ。移り気な女になるんじゃないかと。だが、お前は小さい頃から社校で育って、十三歳の頃には、他の幹部と一緒に社校の課題を提出していたんじゃ。お前はきっと出世すると思うとる。お前が出世株ということになれば、お前の妹も母親と同じようにはならんじゃろう。お前の妹の母親は、わしがふがいない人間じゃから、他の男と逃げたんじゃ。お前には見込みがある。お前が妹と結婚してくれたら、わしは安心して死ねる。お前を学校の門のところで拾うたことも、無駄じゃなかったということじゃし、二人のことを十年ずっと気にかけてきたかいがあるというもんじゃ。ここまで話すと、養父の目に涙が浮かんだ。胸が痛かったのか、それとも心の奥深いところで人生の悲哀を感じたのか。彼の顔は蒼白で黄ばんでおり、涙が頬を転がり落ちる様子は、風に吹かれて墓場を転がって行く紙屑のようだった。

養父の顔を眺めながら、鷹雀は養父に向かってもう一度うなずいた。そしてうなずくのが終わってから言った。でも僕にどんな見込みがあるの？

校内一帯は静まり返り、カラスの真っ黒な鳴き声が外の木から落ちて来た。鷹雀がうなずくと、養父の顔に、夏の夜の蛍の光のような薄っすらとした笑顔が戻った。それから彼はベッドの端へ体をずらすとそこに座り、額の汗を拭うと、鷹雀の手を引いて鍵を一つ手の中に押し込んだ。学校の倉庫の東側の扉を開けてごらん。その部屋を見てみれば、おまえに見込みがあり、どうすれば出世できるかがわかるから。大きく出世するかどうかはお前次第、運次第、神様次第だが、おまえがその部屋に行ってくれさえすりゃ、わしのこの一生は公社の書記で終わってしまったが、おまえの父ちゃんはお前が出世するために精一杯やった、父ちゃんはお役人になる人に、先生と呼ばれるだけの一生じゃったが、自分の息子に高級官僚になるためにはどうすれば良いかを教えたことになるんじゃ。

鷹雀は汗でグッショリ濡れた鍵を握りしめ、養父のベッドの前に聖荘《せいそう》①と立っていた。聖なる場所へ通じる道を見つけたものの、足を一歩前に踏み出すことができずにいるようだった。

養父は言った。わしの一生の収穫が、あの倉庫にあるんじゃ、見に行くんじゃ、見れば出世のために一生努力できるようになる。

そこには何かが見えたが、何も見えなかったようでもあり、深遠なところへ通じる道のようでもあり、奥深いところで輝くひとつの灯りのようでもあった。日の光はまばゆく、社校を四方から火傷しそうなほど照らしつけている。校門から中庭を過ぎ、その東の端の物置にたどり着いて、鷹雀にはその中で何が見えるのか、何が起こるのか想像もつかなくて、ビクビクしながら倉庫のいちばん東の端にやって来ると、その前に立ち、気持ちをシャンとさせ、鍵を開け、扉を押し開けた。すると最初に目に飛び込んで来たのは、もともと扉にあたっていた日の光がさっと部屋のなかに入り、筵のように地面を照らす様子だった。実際その部屋も同じような倉庫だった。ただあの三間の倉庫には、学校の自転車のフレームや車輪や古い梯子、古い黒板、古い腰掛けや椅子、机などでいっぱいで、授業がなくて党員幹部たちが来ない時に片付けた鍋やお茶碗、箸やお皿などがあるだけだった。しかしこの倉庫はそういうガラクタを積み上げるところではなく、学校の教科書や資料でいっぱいだった。そこは大きな図書室であり書庫であったのだ。違っていたのは、本が本棚ではなく、壁際に並べられた机の上に、きちんと並べて積み重ねられていたことだった。部屋の壁には古新聞が貼られ、床はレンガが敷き詰められ、屋根は筵と芦の茎でふかれていた。部屋は乾いたかびの臭いでいっぱいだった。扉の前の柳鷹雀は道を間違えて途方に暮れているかのように立っていた。部屋の中の特別変わった様子にはすぐ気が付かず、中を見ても養父の言う、出世するための何かを見つけることもできず、大出世するための秘密の何かを探し当てることもできなかった。

　部屋は静かなことこの上なかった。その静けさの中、彼は中へ入って行き、並べられている机に沿って見て行った。そして机の上に積み重ねている本が、他の図書室や資料室とは違っていることに気が付いた。一人の著作が一か所にまとめられ、ひとつの机の上に一本の塔のように積み上げられているのだった。一層目は机の半分ほどを占め、二層目は二寸ほど幅が狭くなり、三層目はさらに二寸狭くなり、一番上は塔と同じように、数冊の本が立てて置いてあった。社校なので、小説の類いの暇潰しのものはなく、すべて政治、経済、哲学の類いのものだった。マルクスやエンゲルスは布張りの全集だけでなく、個別に出された分冊もあった。レーニン、スターリンの著作はすべて揃っていた。さらにヘーゲル[3]、カント[5]、フォイエルバッハ[7]、サン＝シモン[9]、フーリエ[11]、ホー・チ・ミン[13]、ディミトロフ[15]、チトー[17]、金日成[19]などがあった。百冊以上あるものもあった。『共産党宣言』、『資本論』、『剰余価値論』や『レーニン文集』などがそうだ。また一冊しかないもの、たとえばドルバック[21]の『キリスト教暴露』やフォイエルバッハの『将来の哲学の原理』やロック[23]の『人間悟性論』、スミスの『国富論』など。一冊の本がこれだけうずたかく積まれた本の中にあると、一枚の葉っぱが林の中に落ちているようなものだが、ただそれらの本は、鷹雀の養父が、本の山の中から選び出して、塔のてっぺんに置いたものであり、突出していた。言うまでもなく、この部屋で最も多いのは毛沢東の本で、四巻本の『毛沢東文集』や赤いビニールの装丁の『毛主席語録』は、何百どころか千セットはあるようで、それだけで八台ある机の三台と半分を占めていた。塔のように積み上げ、ひとつ高くなるごと幅を一寸ずつ狭めていき、てっぺんの本は天井に届きそうだった。もちろん、単にこれらの本を塔に積み上げるだけでは、柳先生が社校で半生をかけて教えたことが、農作物の収穫のように、この部屋にあるとは言えない。鷹雀は最初の机から見ていった。最初の塔はマルクスの本、二本目はエンゲルスの本、三本目はレーニン、四本目はスターリン、五本目が毛沢東で六本目がディミトロフ、七本目はホー・チ・ミンの本、八本目がチトーの本、その後ろにヘーゲル、カント、フォイエルバッハの本だった。続けて順番に見ていくと、どの塔のてっぺんの本にも紙が挟んであるのに気が付いた。

　マルクスの塔のてっぺんの本に挟んである紙を引っ張り出してみると、そこにも本の塔と同じように何層もの塔の枠が書いてあり、下から順に見ていくと、第一層にはこう書いてあった――

　マルクスは戊寅《つちのえとら》〔一八一八〕の年の五月五日にドイツのライン州トリーアで生まれた。

　第二層にはこうあった――

　庚寅《かのえとら》〔一八三〇〕の年、十二歳でトリーアのギムナジウムに入学した。

　第三層――乙未《きのとひつじ》〔一八三五〕の年、十七歳で、ボン大学法学部に入学。ヘーゲル派のドクトル・クラブに加わる。

　第四層――壬寅《みずのえとら》〔一八四二〕の年、二十三歳のとき、論文『プロイセンの最新の検閲訓令にたいする見解』を書いた。また『ライン新聞』の主筆もしていた。翌年イェニーと結婚。

　第七層――乙巳《きのとみ》〔一八四五〕の年、二十七歳で、フランスからベルギーのブリュッセルに追放される。

　第十七層――壬戌《みずのえいぬ》〔一八六二〕の年、四十三歳のとき『資本論』の執筆をはじめる。

　第三十層――癸未《みずのとひつじ》〔一八八三〕の年、七十三歳を目前に、雨水《うすい》と啓蟄《けいちつ》の間に逝去、全世界の無産階級革命の偉大な指導者となる。

　鷹雀はエンゲルスの塔のてっぺんの紙も引っ張り出した。

　レーニンの塔のてっぺんの紙も引っ張り出した。

　スターリンのものも。

　毛主席のものも……。

　鷹雀はエンゲルスの第一層に書いてある、庚辰《かのえたつ》〔一八二〇〕の年、ライン州のバルメンの資本家の家に生まれる、という一行に鉛筆で下線が引いてあるのに気が付いた。

レーニンの第一層に書いてある、庚午《かのえうま》〔一八七〇〕の年に進歩的な教育者の家庭に生まれる、の下には赤線が引いてあった。

第三十五層にある、丁巳《ひのとみ》〔一九一七〕の年にソ連の十月革命が成功し、四十七歳のレーニンは人民委員会議長になる、のところには二重の赤線が引いてあった。

スターリンの最下層の欄には、己卯《つちのとう》〔一八七九〕の年、スターリンはグルジアの貧しい家庭に生まれ、両親は農奴の出で、一家は靴屋の父親の手ひとつにかかっていた、というところには赤で三重線が引いてあった。

てっぺんの枠の、甲子《きのえね》〔一九二四〕の年、民国十三年にレーニンは病死、スターリンがその後を引き継いでソ連共産党の書記長になる、の下には三本の赤線が引いてあった。

毛沢東の一番下の枠の、癸巳《みずのとみ》〔一八九三〕の年、毛主席は韶山の山あいの農家に生まれる、の下には二本の赤線が、九層目の枠の、丁卯《ひのとう》〔一九二七〕の年、蔣介石が反革命の政変を発動し、全国を白色テロの恐怖に陥れた時、共産党は漢口で八七会議を招集し、毛沢東は臨時中央政治局の候補委員に選ばれるには赤で二重線が、十番目の層の枠の、秋収起義、の四文字には三重線が、乙亥《きのとい》〔一九三五〕の年、毛主席四十一歳の時、遵義会議で中央の主導権を握った、には三重線が、乙酉《きのととり》〔一九四五〕の年、毛主席五十一歳の時、中国共産党中央の主席に選ばれた、には五重線が引いてあり、一番上の枠には甲午《きのえうま》〔一九五四〕の年に党主席、国家主席、中央軍事委員会主席となる、には九重線が……。

最後の塔は様々な人の本が積み重ねられていたが、鷹雀はそこからも紙を引っ張り出した。その紙には何十層かの枠が書いてあったが、そこには偉人の名前も履歴も書かれていなかった。名前の欄は秋の畑のようにガランとしていた。この表を養父が誰のために作ったのかはわからなかった。どの枠も白々としていたが、第一層には薄っすらと何文字か書いてあった。

公社通信員。二層目は社校教員。三層が国家幹部、五層は公社書記、八層が副県長、そして九層目には県長の二文字が書いてあった。そこから上はただ枠があるだけで、さらに上の地区専員、さらにその上の省長も書かれていなかった。おそらく養父は県長がせいぜいだと思っていたのだ。彼にとっては県長が皇帝だったのだ。それ以上、上に上がる必要もないので後は空欄ばかりなのだ。きちんと数えてみると、空欄は第十九層まであった。十九層が一番上ということは、それに合わせて考えてみると、十九層には党主席、中央軍事委員会主席の文字が入ってしかるべきだったが、そこはただの空白だった。しかしその空白の枠の中それぞれに赤線が引かれ、第十九層は赤線でいっぱいだった。

部屋の中で他に何が見えたか。他には何もなかった。本、そしてその本で積み上げられた塔、塔のてっぺんに挟まれた紙、紙に書かれた何層もの枠とその枠ひとつひとつに書き込まれた偉人たちの生い立ちと功績。出生が貧しかったり卑しかったりすればするほど赤線は多くなり、得た地位が高ければ高いほどさらに赤線は多くなっていた。

その他に何が見つかったか？　間違いなく何もなかった。塔状に積み重ねられた本、一枚一枚に書き込まれた何層にも重ねられた枠の中に書き込まれた偉人の生い立ち、本も人も事柄も、彼にとってはすべて知っていることのようだった。多少とも社校の教室で聞いたことであるようだった。ただひとつ彼が知らなかったことは、エンゲルスのような偉大な人が、家は資本家だったということだった。資本家の家の子供が、その一生を貧しい労働者階級の代わりに話し行動したのだ。レーニンの家が一般労働者の家庭で、こんな偉大な人が、極々普通の当たり前の家庭の出身だったとは。スターリンの家が農奴の出で、父親は靴職人で、その靴職人の子供が全世界の人々を驚かせることになろうとは。偉大さは比すべきものなき毛主席が、畑仕事に頼って生活していたとは。ひっそりとひとりその部屋の中に佇み、ドアと窓から差し込む日光が地面を照らし、長い時間その本の塔と紙に書かれた生い立ちと赤線を見ているうちに、彼は養父の言う、見れば出世のために一生努力できるもの、を見つけたような気がした。しかし何も見つからず、ただ目の前を風が吹くように通り過ぎて行ってしまい、影も形もなくなってしまったようでもあった。彼がその風の中から何かをつかもうとジッと立ち、沈思黙考していると社校の中庭の静けさの中から、重苦しい音が響いて来た。

枯れ木が突然倒れたかのようだった。

綿花か穀物の袋がどこかから落ちたようだった。

鷹雀はハッとするとその部屋から飛び出し、静かな社校の中庭を飛ぶように過ぎ、表の門の前まで来て呆然と立ち止まった。

養父がベッドから落ちたのだ。

養父が死んだのだ。

死ぬ直前も彼の両手は胸の前でシーツを握りしめていた。

養父は社校の最も古い先生で、今の県長も書記も社校で勉強したとき、養父の生徒だった。養父の埋葬の日に県長がやって来て、三日前に養父からの手紙を受け取ったこと、柳先生は自分の一生が県全体の党員、幹部に対してマルクス・レーニン主義の理論を教え込むことだったと認めてほしいこと、県で娘の進学の面倒をみてほしいこと、息子の鷹雀にはとりあえず何か仕事を与えてやってほしい、できれば自分の実家のある柏樹公社に見つけてやってほしい、彼はまだ若いので、公社の通信員をやらせて、もう二年したら社校の先生をやらせ、成果があるようなら彼を幹部に取り立ててやってほしいと望んでいると話した。

県で彼を柏樹公社の通信員にしてやってほしい……。

その時、若い柳鷹雀にはすぐに養父の書いたあの名前のない表が、彼の人生設計のためのものだとわかった。養父が彼に大きな期待を抱き、彼の人生の表を偉人たちと一緒に並べ、赤線を引くことで、偉人たちも元は普通の人間であり、奮闘努力しさえすれば、彼でも偉人たちと同じように偉人になれるということを告げようとしていたのだとわかった。

社校を離れて柏樹公社に行くその日、彼はあの書庫に行って、塔のてっぺんに挟まれた紙をすべて抜き取ると、特に一番下に公社通信員、二番目に社校教員、五番目に公社書記、九番目に県長と書いてあって、十番目から十九番目までは空白になっている一枚を再び見た。その積み重なった表を見ていると、彼は心の中がムズムズしてきた。力が足もとから湧いてきて、土踏まずから足の骨を通って彼の五臓六腑に入り込んできた。この瞬間、養父を亡くした悲しみは彼の体から消え去り、空が晴れて太陽が出るように目の前が一面光に覆われ、彼は自分が一気に成長したように感じた。十五歳の自分が二十五歳以上のようだった。養父の死が自分の目の前の大きな扉を開け、自分はその扉から出ていき、天に通じる道へと踏み出していくのだと感じた。

彼はその一枚の紙切れを持って柏樹公社に行って通信員となり、新聞を送り手紙を送り、食事の支度をし、庭掃除をこなした。

十年後、彼は公社の書記になったその日、皇帝のように権勢をふるい、公社の宿舎に部屋をもう一つもらい、養父の社校のあの書庫をレイアウトを変えて設置し、その部屋に、マルクス、エンゲルス、レーニン、スターリン、毛主席、チトー、ホー・チ・ミン、金日成など十人の指導者の写真を順番に貼り、その下には朱徳、陳毅、賀龍、劉伯承、林彪、彭徳懐、葉剣英、徐向前、羅栄桓、聶英臻、十大元帥の写真を貼った。それらの写真の下には、それぞれの生い立ちと出世の道程を書いた例の表の紙を貼った。この二列の写真の向かいの壁に、彼は大きく引き伸ばした養父の写真を額に入れて飾った。そしてその額のすぐ横に、額と同じくらいの大きさの十九層の枠が書いてある紙を一枚貼った。表の一番下の欄にはビッシリと何行にもわたって文字が書き込んであった。

即ち——柳鷹雀、飢饉に見舞われた庚子《かのえね》〔一九六〇〕の年、双槐県に生まれる。生まれてすぐ両親に町の郊外に捨てられる。養父は双槐県社校の教師。幼い頃から聡明で、小学校には行っていないが文字の読み書きができ、新聞を読み、手紙を書くこともできた。

第二層には二行ほど書かれてあった——丙辰《ひのえたつ》〔一九七六〕の年、十六歳の時、養父を病気で亡くし、生計を立てることが困難となり、革命工作に参加するため、柏樹公社の通信員となる。

第三層——戊午《つちのえうま》〔一九七八〕の年、十八歳の時、正式に国家幹部となり、全県先進社校教育工作者に選ばれる。

第五層——戊辰《つちのえたつ》〔一九八八〕の年、二十八歳で柳林郷の党委員会書記となり、全県企業誘致・資本導入優秀者となる。

第六層からてっぺんまでは空欄で彼によって後日書き込まれるのを待っていた。

この偉人の写真、偉人の生い立ちを書き込んだ表、養父の写真、柳鷹雀の生い立ちの表を貼った部屋は、彼が出世して異動するたび、郷から鎮へ、鎮から双槐県の県委員会・県政府家族宿舎の南向きの二間の部屋へと移っていった。この二間の部屋には神聖で厳粛な雰囲気が溢れ、自然と柳鷹雀は心の中でこの部屋を敬仰堂と呼ぶようになったのだ。

くどい話

①聖荘――神聖な、真面目なという意味。

③ヘーゲル――ドイツの哲学者（一七七〇―一八三一）。

⑤カント――ドイツ観念論哲学の創始者（一七二四―一八〇四）。

⑦フォイエルバッハ――ドイツの唯物論哲学者（一八〇四―一八七二）。

⑨サン＝シモン――フランスの空想的社会主義者（一七六〇―一八二五）。

⑪フーリエ――フランスの空想的社会主義者（一七七二―一八三七）。

⑬ホー・チ・ミン――ヴェトナム民主共和国主席（一八九〇―一九六九）。

⑮ディミトロフ――ブルガリア共産党指導者およびコミンテルン書記長（一八八二―一九四九）。

⑰チトー――ユーゴスラビア共産党書記長（一八九二―一九八〇）。

⑲金日成――朝鮮民主主義人民共和国朝鮮労働党中央委員会書記（一九一二―一九九四）。

㉑ドルバック――フランスの唯物論哲学者、無神論者（一七二三―一七八九）。

㉓ロック――イギリスの哲学者、政治思想家（一六三二―一七〇四）。

㉕スミス――イギリスの社会科学者、古典経済学の創始者（一七二三―一七九〇）。

第十一章　偉人の肖像を目の前に、背後には養父の肖像が

大仕事をやり遂げたときには、柳県長の足は自然と敬仰堂に向いた。彼は人生において何か勝ち取るたびに、必ずこの聖堂に足を運んだ。

夜は深いところへとゆっくり入り込んでいった。月の光もなく、星々も隠れていた。雲が霧のように県都を覆っていた。雨が降りそうで、真っ暗な夜空の下、ムッとした蒸し暑さが壁のように県長の周りを取り囲んでいた。街灯はついているものもあったが、それよりも消えているものが多かった。電球が切れているのではなく、電線が切れているのだ。双槐県の県都は、もう昔とは大違いだった。柳県長は着任すると、集めたレーニン債の中から資金を工面して、町には新しい道が何本かでき、十字路もいくつか増えた。とはいえ町がぼろぼろで衰退しているのは相変わらずで、県委員会と県政府の前の新しい道だけが、夜通し明るいのだった。柳県長はこの新しい通りは歩きたくなかった。涼みに出ている年寄りや子供だらけで、そのみんなが県長を知っているからだった。丙午《ひのえうま》〔一九六六〕の年、天下が文化大革命で大騒ぎになった時、毛主席を知らないものは誰もいなかったのと同じように。双槐県では彼が県長になって、三年以内に魂魄山に森林公園を作り、レーニン記念堂を建設し、レーニンの遺体を買って帰ってくると誓いを立ててから、県都の巷の細い路地裏の年寄り子供まで、彼のことを知らないものはいなくなってしまった。彼は、自ら筆を執って全県八十一万人に起草した文書の中で次のように述べた。レ

ーニンの遺体を買って戻ってきて、魂魄山に安置することができさえすれば、双槐県はすぐに農民の医療費をタダにし、子供の学費をタダにし、市民の電気・水道料金をタダにし、農民が市のために町へやってくる時、バスで切符を買わなくても良いようにし、記念堂がオープンしてから二年間のうちに、全県民に家を一棟ずつ建てる。この文書は、五月雨が庭の草木を潤すように全県民の心の中に染み渡り、人々は自然彼のことを神の如く思うようになり、辺鄙な田舎の農民までが、どこで手に入れたのか、県長の写真を家に飾るようになったのだ。県長の写真は、観音様、竈《かまど》の神様、毛主席の写真と一緒に壁にかけられた。県都では年越しの時に貼る門神を、片方の扉に関羽、もう片方に県長としたり、あるいは片方に県長、もう片方に趙子龍とするものもいた。

県長が、田舎へ行く時に通りがかった小さな食堂に「客之家」と名前を付けてやったら、その「客之家」の商売は突然良くなり、食べに来る人は引きも切らず、実入りはひっくり返って転げ回るほど増えたのだ。またある時、道端の宿に一晩泊まったが、そこの主人は県長が使った洗面器やタオル、石けん箱を赤い布で包んで箱に入れて念品①とし、県長が泊まった部屋の扉に、某年某月某日、県長柳鷹雀《リウインチュエ》ここに宿泊す、と書いた木の札を掛けた。部屋は元々一晩十元だったが、二十元に跳ね上がり、元々そんなに客のいなかったその宿屋は、それから客が途切れることはなく、客はみな県長の寝たベッドに横になりたがり、県長の座った椅子に座りたがるのだった。長距離トラックの運転手はアクセルを続けざまに踏み込んで、百里遠回りしてでも、柳県長の泊まった部屋に泊まりたがった。

双槐県で柳県長はひとかどの人物であり、清代の乾隆・康熙、宋代の太祖、明代の朱元璋だった。

柳県長さんともなると、軽々しく一人で町を歩くわけにはいかん。みんな彼を取り囲んであれやこれや話しかけてきよるし、握手は求めてきよるし、子供がおったら彼の腕に押し込んで抱いてくれとせがみよるし、ほいで抱いてやったあと子供を返してやると、この子は某年某月某日県長さんに抱いてもろうたと言いふらしよるからじゃ。

目下、誰もがみな、受活村の絶技が地区の公演で成功し、おカネを稼ぐのは秋の落ち葉を集めるようなものだとわかっていたし、誰もがみな、レーニンの遺体は買うと言えば買えるものだと信じているし、素晴らしき日々は明日とかそれよりも後のことではなく、すぐにやって来るのだと確信していた。柳県長さんは、はぁ双槐県の神様《さん》じゃ、八十一万人みんな心から尊敬しとるんじゃけぇ、一人で道を歩くみたいなことは、とてもじゃないが、できりゃせんのじゃ。うまい具合に空は洞穴の中のように真っ暗で、柳県長は大通りの裏道を選んで県政府の家族の職員住宅へ向かい、なんとか抜き差しならない状況にはならずにすんだ。

職員住宅は、県政府事務棟の北の一角にあった。だから敬仰堂ももちろんその中にあった。県長の家は一番奥の建物の中にあり、敬仰堂は一番南の三間の大きな部屋だった。三間の大きな部屋は、もとはある局の会議室だったのだが、局が引っ越したので、県長がもらい受け、聖堂を設置したのだった。夜は一番深いところまで来ていて、通りに涼みに出ていた人々も、次から次へと家に向かって歩いていた。県長が職員住宅の正門を入った時、六十三歳の門番はまだ寝ておらず、部屋の中から窓越しに柳県長の姿をみると、そそくさと出てきて県長に深々とお辞儀をした。

「あんた、まだ寝てなかったのか」

「わたしゃ、午後、県委員会の下で、机の上に立った県長さんの演説を聞いて、じきに使い切れないおカネのことで悩む日が来るかと思うと、眠れんのです」

県長は満面の笑みでその老人にうなずき、二言三言声をかけると、左へ曲がって、一番南の建物の、あのひと続きの部屋へ向かっていき、彼の足音は一歩ごとに静かな夜に響き渡った。入口にたどり着くと、振り返って周りを確かめ、ドアの隙間から鍵を探り出してドアを開け中に入りドアを閉め、ドアの横にあるスイッチを入れた。

部屋はさっと明るくなった。天井の三本の蛍光灯が、三つの部屋を隅々まで明るく照らしていた。壁には清潔な石灰が塗ってあり、ドアも窓も普段は閉め切っているので、ホコリも簡単には入って来られなかった。部屋は、一台の机と一脚の椅子の他に何かを並べるような余裕はなかった。入って正面の壁には言うまでもなく偉人たちの写真が掛けてあった。上の一列がマルクス、エンゲルス、スターリン、毛沢東、チトー、ホー・チ・ミン、金日成など十人の指導者、下の一列は中国の十大元帥だ。しかし十大元帥の方は全部で十一枚だった。十一枚目はほかでもなく、柳鷹雀県長自身のものだ。反対側の壁には一枚の写真だけで、それは彼の養父の写真で、写真の下には県長の字で——双槐県のマルクス・レーニン主義の伝道者——と書かれていた。さらに言うまでもなく、正面の壁の写真の下にはそれぞれ生い立ちと事跡の紙が貼ってあり、彼らが何歳のときにどんな職や地位に就き、どんな権力を持っていたか、肝心のところにはかつて養父がやっていたように赤線が引かれていた。例えば、林彪は二十二歳で師長、賀龍はたった三十一歳で軍長に、朱徳は乙卯《きのとう》〔一九一五〕の年、二十九歳のとき、袁世凱が皇帝を名乗るのに反対して決起し、丁巳《ひのとみ》〔一九一七〕の年、三十一歳の時に、段祺瑞に反対する護法戦争に参加したなどに、すべて赤線を引いて目立たせていた。赤線を引くことは、柳県長自身の人生への戒めでもあり、いつも敬仰堂に入るたびに、壁の偉人たちへの尊敬の念は強まり、自分の人生をより叱咤激励するようになるのだった。特に林彪の履歴の中で、彼が二十三歳の時には平型関の戦いで軍隊を指揮して大勝利をおさめているのを見るたびに、柳県長は自分は二十一歳になって、やっと柏樹公社の社教員になり、毎年歩いて田舎へ赴き現場を指導しなくてはならなかったことを考えた。農民たちにできるだけ新聞の社説や記事を読むよう促したり、麦の収穫の時期が迫ったら早目に鎌を研ぎ、秋撒きの時期が迫ったら鋤を研ぐように言い聞かせるようなことをやっていると、苦々しい思いがこみ上げて来るのだが、何か力のようなものが足の底から湧き上がってきて、常に努力する気持ちを忘れないようにさせるのだった。ひとつひとつ村を訪ねては、夏は雨の降る前に麦を倉庫に入れるように、冬は霜が降りる前に苗を土から出すようにさせるだけでなく、彼らに北京のどこどこで某年某月これこれこういう会議が開かれて、どんな文書が出され、それがだいたいどんな内容のものか理解させるようにしなければならなかった。村で台湾やシンガポールに親戚がある家があれば、連絡を付けてやり、あの手この手で、その親戚たちに実家に戻って来させるようにした。はるばる遠くから双槐県まで戻って来てくれた外国人に、帰る時には涙と鼻水でぐしょぐしょになってもらい、自分の一生の蓄えを実家に移し、道を直させたり電線を引かせたり工場をやらせたりするのだ。結局、柳県長が現地指導した村は、以前よりも豊かになり、彼は社教の幹部から公社の副書記、党委員会委員になった。若造が自分よりも十歳も二十歳も年上の幹部を束ねることになったのだ。柳県長は自分で二十三歳の職歴のところに赤線を引いた。

公社が郷に変わった三年後、柳県長は柏樹公社から椿樹郷に配属された。副郷長という肩書きだったが、郷長が病気で入院していたため、彼が郷の仕事の一切を取り仕切ることになった。仕事を取り仕切る一方、彼は各村の村長会を招集し、椿樹郷の村に次のような要求を出した。どの村も十人の男手を残し、年寄りと婆さんを使って畑仕事をさせ、ほかの若い連中は、外へ出して商売をさせること、盗みをやろうが強盗をやろうが、ともかく家で畑仕事をすることは許さない。一人ずつに郷の紹介状を書いてやり、トラックを何台か使って若造、野郎、娘も嫁も積み込んで、地区と省都の駅に連れて行き、彼らを降ろしたら、あとはほったらかしだ。飢え死にしようがどうしようが三か月半は村へ帰ることは許さない。家に病人がいるわけでも、たいへんな事情があるわけでもないのに、送り出した者が戻って来た場合には、その家に百元の罰金を科すことにする。おカネがなくなれば、豚をたたき売り、羊をたたき売り、その村に戻ってきた奴は泣きながらまた家から出て行くことになった。

一年後、椿樹郷は男も嫁も女子供も外へ働きに出て行き、たとえ皿洗い、飯炊き、ゴミ拾いであろうとも、どの村も塩や炭を買うカネができた。瓦屋根の家が一軒また一軒と建ち始めた。黄鸝荘《こうらいしょう》に男の子のいない、女の子ばかりの家があったが、二人の娘を省都に送り出した。半月後、二人の姉妹はおカネを使い果たし腹をすかせ、肉売り③を始めたが、半年を待たず、姉妹の家は二階建てになった。柳鷹雀は全郷の幹部をその家に集めて現場会を開き、両親を花で飾り、家に立派な額を掛け、さらに外で肉売りをしている二人の姉妹に郷の名誉を授ける祝福の手紙を送った。手紙には郷の公印が押され、一面祝辞で埋められていた。黄鸝荘のその肉売り娘の家を出ると、彼は村のはずれで痰を吐いたが、それからというものその村の男も女も争うように外へ出て鎬《しのぎ》を削り、全郷の村々が良い暮らしができるようになったのだった。

一年後、郷長が退院した時、県は彼を郷長に復帰させず、柳鷹雀を副郷長から郷長に格上げした。

郷長に昇進して、ますます名実がともない、彼は話しぶりも身振りも皇帝はだしになっていった。

郷から出稼ぎに出て、行った先で捕まった者が連行されて戻って来た。「どうしたんだ」「盗みじゃ。あんたらのところは、なんで泥棒ばっかり出るんじゃ」柳鷹雀は泥棒の顔を張り倒すと叫んだ。「縛り上げてくれ！」派出所のものは縄でその泥棒どもを縛り上げた。柳鷹雀は泥棒を護送して来た連中を連れて郷の食堂へ行き、食事をした。食後、車まで見送ると、すぐに取って返し、その泥棒どもの縄をほどいた。

「何を盗んだ？」

泥棒どもはうなだれていた。

柳鷹雀は怒鳴って言った。「結局何を取ったんだ？」

泥棒どもは言った。「工場のモーター」

今度は声を荒らげて言った。「とっとと行け、クソッタレが、いいか、三年以内にお前の村に工場を作れんかったら、ふん捕まえて監獄に放り込んでやるからな」

泥棒どもは行った。村に帰って父親や母親に会うこともせず、町に帰って行った。あるいは省都か別の南の町へ行って自分の腕前を発揮した。そして彼らは間もなく本当に実家の村で小さな工場、製粉所、縄工場、釘工場を始めたのだった。

地区から電話がかかってきて、柳鷹雀に市まで人を引き取るに来るよう言ってくることもあった。こういう場合に出くわすと、彼は普通は逃げて、行ったりすることはない。逃げられないとなると、自分で車に乗って行く。市の何処かの地区の公安局へ着いて会ってみると、自分の郷の十七、八の娘が十数人、皆、市の繁華街で肉売りをして捕まったのだ。彼女たちは素っ裸で、着物を抱えてうずくまっていた。公安の職員は彼を見るときいた。「あんたが郷長さんかい？」「私が郷長だが」その職員は彼を冷ややかな目で一瞥すると、彼に向かってペッと痰を吐きかけると言った。「まったく、あんたの郷の連中ときたら、売女《ばいた》を作るばっかりで、食いものは作らんときとる！」彼は驚いて顔を下に向け痰を拭うと、歯を食いしばり、心の中でその公安の職員に悪態をついてから、頭をあげて笑顔を浮かべて言った。

「この娘たちを連れて帰って、ボロ靴を首に掛けさせて、村じゅう引き回したいのだが」（中国では不義密通が公になったとき、女性にはボロ靴を首に掛けてさらし者にする）

彼はその十数人の若い娘たちを連れて公安局を出て、市の大通りまで行くと、目を剥いて彼女たちに言った。

「誰かあの公安職員を離婚させろ、大騒ぎして一家離散に追い込んでみろ。誰か元締めになって、他のところの娘に売春させるんだ。カネを送れるものがいたら、家を瓦屋根に建て替えさせ、村に電気を通し、水道を引くんだ。やれるか？　もしできたら、村全体でお前たちを讃えた記念碑を立ててやる」それから彼女たち一人一人の体と面前に痰を吐きかけると、きびすを返して車の方へ行ってしまった。

彼女たちはちょっと呆気に取られていたが、ニッコリ笑うとまた町の中へと散って行った。

ある者は市の繁華街で床屋を開き、マッサージ店をはじめてオーナーとなり、他の郷や県外から来た女の子を雇い、例のことをやらせた。またある者は、ゴミ拾いからはじめて市内に廃品回収の会社を作り社長になったし、またある者は、まずレンガを運び漆喰を塗ることからはじめ、それから自分で人を使って市内の小さな家の竈や壁を直すようになり、そうしているうちに、家を建てるまでになった。その建物の壁はレンガの一層目から二層目が東にねじれ、二層目から三層目が西に曲がり、五層六層と上に行くにつれてだいたい真っ直ぐになるのだった。ともかく彼は日雇いの頭になり、その名刺には建築隊社長と肩書きが印刷されていた。

こうして三年四年と経つうちに、椿樹郷は他には見ないほど裕福になって、村と村を結ぶ道路は舗装されるし、道のそばには電線が引かれるし、新しく建った瓦葺きの家の戸口には小さな狛犬まで置かれていた。椿樹郷は、県の模範だった。地区委員会書記までわざわざ見学にやって来た。柳鷹雀はまた自分の二十八歳のところに郷長を書記に直して書き込むと赤線を引き、三十三歳になって、その赤線はさらにもう一つ上の枠に上がった。そこには椿樹郷党委員会書記から副県長になったことが書かれており、あわせて三十三歳の若さで副県長の職にあるのは全地区で彼だけ、唯一無二であると注釈がはっきりと書かれてあった。

今、県長は三十八歳にして、生い立ちの表は赤線で埋め尽くされていた。敬仰堂の中はひっそりと静かで、空気がドアの隙間から入ってくる音さえ、はっきりと聞き取れるほどだった。夜はもう涸れ井戸の底のように深く、外で涼んでいた人びともみな家に帰って眠りにつき、職員住宅の門番の老人が、正門を閉めるギイギイいう音も、とっくの昔に響いていた。柳県長は聖堂の真ん中の机の前に座り、壁の写真を何度も見て、彼の生い立ちの赤線の引いてあるところを何度も読み、最後に、視線を十大元帥の次に掛けてある十一番目の自分の写真にやった。短く刈り込んだ頭、四角い顔、赤みがかった顔、明るく笑ってはいるが、その二つの目には、隠しようのない愁いと焦りがあり、成し遂げるのが難しいことが何かあるかのようだった。グレーの背広はパリッとしていて、ネクタイは鮮やかな赤に輝いていたが、よくよく見てみると、その背広は彼の体と馴染んでおらず、写真を撮る時に着たものではなくて、写真を撮った後に書き加えたもののようだった。柳県長が見るとその写真も柳県長を見た。柳県長が興奮している時、その写真の顔は愁いを帯びていた。

柳県長の顔の興奮は消えた。

彼はそれでもまだその写真をじっと見つめていた。

その写真の下の九本の赤線をじっと見つめている内に、柳県長は気持ちがムズムズしてきて体が熱くなり、また新しい力が足の下から湧いてきて、靴を突き抜け彼の全身をゆすぶるのだった。これまでなら昇格したあと、一人でこの敬仰堂にやってきて、一人静かに壁に掛けられた写真を眺め、最後に自分の写真を見さえすれば、いつも力が土踏まずから体へとムズムズ伝わっていき、血が頭に昇って来た。言うまでもなく今回も彼は事をやり遂げ、写真の下に年齢と事跡を書き込み、某年某月某日柳鷹雀はこれこれこういう地位に就いたという文字の下に何重にも赤線を引いた。引き終わると後ろを向き、養父の前で三本の線香に火を付け、しばらく静かに座ったあと一回うやうやしくお辞儀をすると立ち上がり、部屋に鍵をかけ家に戻って行くのだった。

しかし今回敬仰堂に来たのは、昇格ではなくて、受活の公演が成功したからで、茅枝婆と、もう一つ絶技団を作る協定を結ぶことができたからであり、レーニンの遺体を買うための巨額の資金が、年末までには余裕で集められそうになったからだった。柳県長は自分が昇格してもいないのに、足下から力が湧いて来て土踏まずを貫き体へと昇って来て、真冬の冷たい足で、炙られて焼けるように熱くなった鉄板の上に上がったような感じだった。

不意に彼は手に汗をかいているのを感じ、もう一つ上の枠に昇格について書き、赤い線を引かなければならないと感じた。文字も書かず線も引かなければ、彼は今夜眠れそうになかった。

とまどっていると、十本の指は汗でびっしょりとなり、頭の中はウォンウォン音が鳴り響き、頭に向かって攻めて来る血液が、体の脈を通る時、馬の隊列が狂奔しているかのようだった。

柳県長は血が体じゅうでドクドク流れる音を聞いた。耳の中を一本の川が流れているようだった。

彼は意を決してポケットから万年筆を取り出すと、椅子を自分の写真の下へ持っていき、下から数えて十番目の枠にきちんと整列した字で一行ほど書き込んだ。

戊寅《つちのえとら》〔一九九八〕の年、柳鷹雀は三十八歳で地区副専員に昇格する。

県長さんは、もともと専員と書きたかったんじゃが、万年筆を持ったときに、ちょびっと謙虚な気持ちになって、日付を一年延ばし、地位を一段下げたんじゃ。どのみちまだレーニンの遺体は買《こ》うて帰っとらんかったし、庶民の使い切れないおカネのために悩む日々は、来年から徐々に始まるんじゃから、副専員になろうが副専員を飛び越えて専員になろうが、それはまだ彼にとって胸算用で、確実なことじゃなかった。柳県長は、自分で前もって自分の将来の地位を決めるのは、妥当なことではないとわかっていたし、このことは妻に知らせられないこともわかっていた。しかし彼はそう書くとやはりその下に太くしっかりした赤い線を引いた。昔に引いた赤線はすでに歳月とともに色褪せ、どす黒くなっていたが、新しい線が引かれるのが待ちきれないようだった。柳県長はその鮮やかな赤線を引き終わると、椅子から飛び降り、一歩下がって新しく書かれた文字と赤線を眺めた。顔は輝くような笑顔になり、心もすぐに落ち着きを取り戻し、さっきまで体じゅうを躍りながら駆け巡っていた血流も引いていった。

家に戻る時間だった。夜は果てしなく深まっていた。

しかし帰ろうとして鍵を手にした時、何か足りないことに気がついた。養父に線香をあげていなかったのだ。抽斗《ひきだし》から線香を三本取り出し、別の抽斗に入れてある灰でいっぱいの香炉を置き、線香に火を付け、香炉に差し込んだ。その机を養父の写真の下に移動させ、香炉の場所をきちんと整えて、ゆらゆらと昇って行く三本の煙を眺めた。今や泣く子も黙る天下の県長だ、庶民みたいに養父の前に跪き、両手を胸元に組んで拝むのは不適当だとわかっていたが、彼はやはり厳かな面持ちで養父の写真を見ると、両手を胸の前に合わせ、体を三度折り曲げて拝み、ブツブツ唱えた。父さん、安心してくれ。わしゃ来年必ずレーニンの遺体を買《こ》うて帰り、魂魄山に祀り、二、三年の内に地区の専員になってみせるけぇ。

　ブツブツが終わり、拝礼が終わると、柳県長はやるべきことをやり終え、さて安心して帰ることができると、養父の写真の前から離れ、出て行こうとした。しかし、まだなんかもう一つやり残していることがあるように思った。何か自分にとって足りないことがあるようだった。見つかったのによく見てみると、もともと探していたものではなかった。足りないことは養父の前で線香をあげることではなかったのだ。そこで彼は黙って立ったまま振り返って壁の二列の写真を眺めた。一枚一枚見ていって、二列目の五枚目、林彪の写真のところで彼の目は止まって動かなくなった。そしてすぐに自分がやるべきだったこと、やりたかったことがわかった。

　林彪の写真を眺めながら、柳県長は躊躇することなく自分の写真を外すとその林彪の写真と取り替え、取り外した林彪の写真は、もとの自分の写真があったところに掛けた。

　掛け終わると、柳県長の体はすっかり軽くなり、十年かけてやることを一瞬の内にしてしまったようだった。林彪が二十九歳で師団長だったことへの羨望の気持ちもすっと消えてなくなったのだった。

　彼はいつも林彪を見ていた場所に立って自分の写真をしげしげと眺めた。写真は少しも歪んでおらず、写真の二つの目の愁いは忽然と消え、隠し切れない喜びに変わったように感じた。それから彼はぼんやりと、劉伯承の次に掛けてある自分の写真を眺めると、ずいぶんと長い間ニヤニヤしてから、手の埃をポンポンと払うと敬仰堂から出て行った。

　真っ暗な夜の中、彼は自分の家の灯りがついていることに、ハッと気が付いた。窓は日の光のように明るく輝いており、柳県長はその光にちょっと驚くと、えいやっと足を踏み出し、家の中へと入って行った。

くどい話

①念品——方言。記念品のこと。

③肉売り——方言。売春のこと。売春に対し軽蔑する意味は含んでいない。

第十三章　おい、さっき出て行ったのは誰なんだ

「いったい、いつまで叩かせりゃ気がすむんだ、なんですぐ開けんのだ?」

「あんただったの。泥棒かと思ったのよ」

「ちょっと待て。おい、さっき家から出て行ったのは誰だ?」

「見えたんなら聞かなくてもいいでしょ」

「背中が見えただけだ。誰だ、さっさと言え」

「石秘書よ」

「こんな真夜中に何しに来たんだ」

「あたしが呼んで来てもらったの。風邪薬を持って来てもらったの。あんたが彼に来るように言ったんじゃない。自分がいない時にはこまめに面倒見てやってくれ、朝でも晩でも呼ばれたらすぐ来るようにってね」

「こんな真夜中に呼び出すのはやめてくれ」

「疑うの?　信じられないのなら、あんたの秘書さんにきいてみたら?」

「おれの一言であいつは仕事がなくなるんだぞ」

「それなら仕事をなくしてやったらいいじゃないの」

「おれの一言で公安に捕まえさせることもできるんだぞ」

「それなら捕まえさせればいいじゃないの」

「わしの一言で牢屋に何年もぶち込むことも、死ぬまでいてもらうことだってできるんだぞ」

「それなら牢屋で死なせてやるがいいわ」

……………

「あんた言ったじゃないの、三か月は戻って来ないっ

て」

「ここはおれの家じゃ。帰ってきたい時に帰ってきて何が悪い」

「まだ家のことを覚えていたの。それで早目に帰ってきたというわけね。我慢してこらえて、あと一か月してから帰って来ることはできなかったの？」

「こらえきれんようになったんだ。おまえ、おれが今月、双槐県でどれだけのことをやったんかわかっとるのか？　双槐県じゃ、年寄りも子供もこの県長様に皇帝を拝むように頭を下げるんだ」

「絶技団を作ったことも、来年レーニンの遺体を買って帰ろうとしとることも、二、三年の内に地区の専員にしてもらいたいと思っていることも知ってるわ。でも今月おばさんがどうだったか知ってるの？　あたしがどうだったか知ってるの？」

「おばさんがどうしたって？」

「向こうの家で」

「おばさんとおまえがどうしたって言うんだ？」

「二人ともひどい風邪にやられて、おばさんは三十九度も熱が出て、病院で三日も注射を打っていたのよ」

「何かと思えば。言っておくがな、おれは受活村の茅枝婆とまた協定を結んだんだ。半月の内に、もう一つ絶技団を作らせるんだ。そうなりゃ二つの絶技団の切符代で、カネが水のように県の財政に向かって流れ込んで来るんじゃ。そうすると年末にはロシアに行ってレーニンの遺体を買う資金を集めることができる。レーニンの遺体を買って帰って来たら、魂魄山に安置して、双槐県の財政資金は戸からも窓からも流れ込んで来て、外へ溢れ出すほどになって、県じゅうのもんが使い切れないおカネで悩む日が来るんだ。その時には冬になったら全県全員無料で予防接種だ、全県誰もが一生風邪で熱を出すこともなくなるんだ。……おい、なんで寝る？　眠いのか？」

「何時だと思ってるの」

「ああ、わかった。寝たけりゃ寝ればいい。おれももう風呂はいらん」

「あんたは向こうの部屋で寝てちょうだい」

「おまえはどこで寝るんだ？」

「あたしはここで寝るから」

「どういうことだ」

「下が真っ赤なのよ」

「言っとくがな、おまえの旦那はおまえと結婚した時の柏樹公社の社教員でもないし、あの大根頭の幹部でもないんだ、一つの県のトップ、双槐県の皇帝で、八十一万人の県民を従えとるんだ。おまえなんかよりきれいな女は何万、十何万だ。おれさえ望めばその誰とでも寝ることができるんだぞ」

「柳さんとやら、あたしもあんたに言っときますけどね、どこで大きくなり、誰に育ててもらったのか忘れないことね。あんた今日まで自分一人でやってきたとでも思ってるの？　柏樹公社の書記があんたを公社の党委員会書記に推してくれたのも、書記さんがあんたの父さんの生徒だったからでしょ。椿樹郷で郷長になれたのも、組織部の部長さんがあんたの父さんの生徒だったからでしょうが。全地区最年少で副県長になれたのも、地区委員会牛書記さんがその地区の社校の校長さんで、あんたの父さんをよく知ってたからでしょうが……きゃっ、何なの、投げなさいよ、投げつければいい、部屋のもん全部投げつけてバラバラにするがいいわ。職員住宅の鍋釜茶碗おたま、全部お天道様の下で投げつけるがいい。全県民にこの県の県長は、皿や茶碗や鍋や盆を投げつけて壊すことができると教えてやるがいいわ！」

…………

「まったくなんなんだ、天地神明に誓って、おれは父さんに顔向けできないことはしとらんぞ。養子だったのが、今や県長になり、たぶん二、三年の内に地区の専員なんじゃ、おれは今でも実の子と同じように毎月父さんのために線香まで上げてるんだ」

「どこで？」

「心の中で」

「フン、くだらない。あっちへ行って寝るの？　寝ないの？　あんたが行かないんならあたしが向こうに行って寝るから」

「あっちでもこっちでも寝ん。双槐県はおれの家のようなもんだ、どこでだって寝られる。県長ともあろうもんがこの二つの部屋でしか寝れないとでも言うんか？　正直言って、どこで寝てもここよりはよう寝れるじゃろうよ。もし父さんが死ぬ前におれの手を取っておまえの面倒を一生見てやってくれと言わなかったら、三か月帰らんでも、おまえのことなんかこれっぽっちも考えたりはせん」

「本当に三か月帰らないでいられるもんか、やれるもんならやってみてよ。三か月は私に触らないでちょうだい。触ったら許さないからね」

「おれが出て行って、やっていけると思っているのか？」

「行ったらいいわ。魂魄山に行って、レーニン記念堂を建てて、ロシアに行って、レーニンの遺体を買って帰るがいいわ。もしこれから三か月以内に、我慢できずにいっぺんでも家に足を踏み入れたらあんたは県長じゃない、人間じゃない！　専員になることなんか考えるのはよしとくのね。専員になったら監獄行きだよ、あんたは」

「フン、レーニンの遺体を買って帰ったら、我慢できずに帰ってくるとでも？　指を折って数えてみてくれ。前は半月帰らないと言って、ひと月と三日帰らなかったわけだ。今回は三か月帰らないと言うておきながら、根性なしで二か月で帰ってきてしもうたわけか。よし、今度はこの柳県長、柳鷹雀、最低でも半年、いや一年帰ってこないことにする」

「そりゃいいわね。さっさと行ったら。ほんとに半年帰らなかったら、半年後、あんたが家に入って来たら、あんたの好きなように仕えてあげるわ。召使いが皇帝に会った時のようにぬかずいて、退出して差し上げてもよくってよ」

「いいだろう。もしおまえがぬかずかなかったら？」

「昔の社校のところへ行って、あたしの父さんの墓の骨を掘り出せばいいわ」

「いいだろう」

「あんたが半年我慢できずに戻ってきて、あたしに触った時にはどうしてくれるの？」

「おまえの父さんの墓を魂魄山のレーニン記念堂の中に移すと約束しようじゃないか」

「いいわ。言ったことができないやつは車に轢かれて死ぬか、水にむせて死ぬか、足に毒針を刺されて、毒が心臓に回って外で死ぬのよ」

「まあ、そこまでおれを呪わんでもいいだろう。レーニンの遺体を買って帰ることができないことこそ、呪ってくれ。おれにとってはそっちの方が死ぬよりたいへんなことなんだから」

…………

「バン！」柳県長の家の扉が閉まった。

第九巻　葉

第一章　みな手を挙げて、一面腕の林となる

受活村は空っぽの村になってしまった。片輪がみな団員になってしまったのだ。たとえ六本指ということ以外は完全人と変わらなくても、他の人より手の指が一本多く、その六本の指で、お茶碗ほどの皮のボールを二つ地面から摑み上げるだけで「六指掲球」という演目となった。

　六十歳のびっこの年寄りまで出演者の一人だ。そのびっこの年寄りは、二人兄弟でそっくりだったので、県の耙耬調劇団の副団長が兄の戸籍を書き換え、新しい身分を与えた。原本では民国二十一年、旧暦壬申《みずのえさる》〔一九三二〕の年生まれの兄が、干支一回り分前の旧暦壬申《みずのえさる》〔一八七二〕七月生まれ、なんと百二十八歳の長寿に変えてしまったのだ。百二十八歳と端数でキリのいい数字にしなかったのは、いかにも本当らしく見せるために完全人が緻密に考えた上でのことだった。兄が百二十八歳なら、では弟は？　元々は民国二十九〔一九四〇〕年生まれで兄とは八歳違いだったが、兄が六十歳年を取り、兄とはとても呼べず、おじいさんと呼ぶことにした。弟は兄を車椅子に乗せて舞台に上がり、兄の百二十八歳の戸籍と身分証を観客に見せ、六十歳の弟が、千人を越える観客におじいさんと呼んで、兄がそれに応えると、客席はため息に包まれた。百二十八歳のびっこが目もハッキリ見え、耳もそれほど悪くなく、六、七十歳の孫とたいして変わらないことに驚嘆した。少しびっこを引き、歯が何本か抜け、六十歳の孫が車椅子を押す以外は、何の不自由もなさそう

じゃった。こうしてこの出し物も他と同様、観客を大いに沸かせ、客席のほとんどの町のもんが舞台に向かって叫ぶのだ。

「すみません、おじいさんはふだん何を食べているんですか？」

　百二十八歳のおじいさんはハッキリ聞こえないふりをして、代わりに六十歳の孫が耙耬の田舎言葉の調子で客席に向かって答えるのだった。

「何を食べるって、雑穀しかないが」

「ふだん何か体は鍛えているんですか？」

「これまでずっと畑仕事じゃ、畑仕事が体を鍛えることになったんじゃろうよ」

「足はどうされたんですか？」

「今年のはじめじゃ、薪を山に取りに行ったんじゃが、山から谷まで転げ落ちてしもうてのう」

「何と百二十八歳でまだ山へ柴刈りに？　それじゃ、お父さんはいくつで、まだお仕事は？」

「父は九十七じゃが、家では牛の世話、外では畑で土起こしじゃ」

　客席はますます驚き、次から次へと質問が飛んだ。この「老人高寿（老人の年当て）」というプログラムも大受けで、観客は大喜びだった。

　双槐県絶技二団も耙耬の外の世界でこうして始まり、思いもよらないことに絶技一団と同様、大成功をおさめたのだった。この二団には、全部で四十九人の受活村の者がいて、それは言うまでもなく茅枝婆《マオジーポー》が村から連れて出てきた片輪たちで、この四十九人の中には、小蛾子《シャオオーズ》以外に、年齢が十三から十七までの小人が九人いて、だいたい皆、背の高さが三、四尺、体重が五十七斤（一斤は五百グラム）前後だったので、県ではその中の三人の男の子を侏儒妹に扮装させることにした。全員まったく同じ服を着せさえすれば、遠目に見りゃ九人誰もが同じに見えた。そして、彼女たちの戸籍を一緒にして、世界でも稀な九つ子ということにしたのだ。彼女たちの母親が、彼女たちを産むのに丸まる三日かかったと説明する間、彼女たちが黙って身動きもせずにそこに立っていると、客席は皆驚く。それでこの演目の名前は「九匹の蝶」となった。この「九匹の蝶」は二団の目玉となってのう、そりゃ華やかに演出され、観客の心の琴線を揺さぶったんじゃ。プログラムの最初は一団とほとんど同じで、「盲子聴音」、「聾子爆発」、「片足高跳」などで、まずは客席を驚きの声でいっぱいにして観客の心を舞台に向けさせ、間に「六指手印（六本指の手形押し）」や地方劇の耙耬調などを入れ、続いて「老人高寿」でムードを盛り上げ、暑い麦刈りの日に、目には見えない爽やかな麦の香りを乗せた風が吹き渡るような気分にさせ、百二十八歳で度肝を抜いたら、また一団と同じ「葉上刺繡」、「装脚瓶靴」をぶつける。

刺繡の方は、一団のように鳥や雀を刺繡できるわけではなかったが、下半身不随の女が、葉っぱに花を刺繡した。彼女ができるのは牡丹と菊だけだったが、一枚の桐の葉や柳の葉に、煙草を吸うか飴玉ひとつ食べるほどの短い時間で完成させる、その早業は珍しく、片輪女に備わっている特別な才能だった。「装脚瓶靴」は、演じる子の体が少し大きく、その分、小児麻痺の足も太かったので、空き缶ほどの大きな口の瓶にしか入らなかったが、彼は瓶を履いたまま舞台の上でトンボを切り、着地をしても瓶は割れることなく、これがまた客席のため息と拍手を誘った。この「葉上刺繡」、「装脚瓶靴」は一団ほどではなかったが、トリの目玉「九匹の蝶」は一団にはない、一団には真似のできない出し物だった。

九つ子などいるはずもない。九つ子が生まれてしかも全員生きているなど。しかし、みな小人で体が小さかったので、誰もが信じてしまったのだ。

九つ子の女の子たちは、みな小人だったが、小人でも人は人だ。九つ子なんて見たことのあるものはどこにもいやしない。「九匹の蝶」の演目を始める前に、まず司会が舞台で話をして、観客の気持ちを動かすのだ。双子の方はいらっしゃいますか？　いらっしゃったら、恐れ入りますが立って舞台までお越しいただけますか？　第十場が一場増え、双子、あるいは双子を抱えた母親が頬を紅潮させて、席を立ち舞台に上がって来る。客席が、みな羨望の眼差しで子供と母親を見つめているところで、司会はさらに客席に向かってたずねる。「三つ子の方はいらっしゃいますか？」

客席はどこもかしこも探し回る目になり、三つ子はいるだろうと期待は高まるが、結局は失望することになる。

するとそこでまた司会が叫ぶ。「四つ子の方はいらっしゃいますか？」

やはり首を回す観客がいるが、前ほど多くはない。また叫ぶ。「五つ子の方はいらっしゃいますか？」

うなずく者はおらず、司会の問いかけにうんざりして来る。うんざりしたところで彼女はまた叫ぶ。

「六つ子の方は？」

「七つ子の方は？」

「八つ子の方は？」

　そして最後に彼女はありったけの声を腹から出して叫ぶのだ。

「九つ子の方はいらっしゃいますか？」

　この時、九つ子が手に手を取って舞台に飛び出して来る。同じ背丈、同じ体つき、そして同じような化粧をした真っ赤なほっぺたの子供たちが、町のどこかの幼稚園のクラスのように、みな十歳を過ぎた子供たちが着る赤いブラウスに緑色のカンフーズボンをはいて、髪は左右を後ろでひっつめていた。

　そして最も重要なのは、彼女たちが小人であるということだ。

　九人の小人が、九匹の蝶のように舞台の上に整列して、客席の観客たちを驚かせる。劇場じゅうのざわめきが収まり静まりかえると、舞台の照明の光が観客の顔を照らすときにかすめる音までが、聞こえてきそうなほどだった。

　ここで司会が九人の紹介をはじめる。この子が大蝶で十五歳五十七斤、この子が二蝶で十五歳五十七・五斤、この子が三蝶でやはり十五歳で五十七・三斤、この子が九番目小蛾子、十五歳でやはり五十七斤です。

　紹介が終わると出し物が始まる。

　九つ子の演目は、他の片輪のものとは少し違っていた。彼女たちはあんまりにも小さいので、まず先に一人が蝶の舞いを舞ってから、続いて彼女たちはその小ささを演じるのだ。一体どれくらい小さいのか？　びっこが一人衣装を着て舞台に上がり、うちのヒヨコが逃げてしもうたと言いながら舞台上を捜して回る。一匹見つけては手を伸ばして捕まえ、背負った袋に放り込む。九羽目が見つかったら二つの袋はいっぱいになり、その二つの袋を担いで舞台をグルグル回る。そしてその袋が破れ、お茶碗ほどの穴が開くと、一羽また一羽と白や黒やまだらのヒヨコがこぼれ出てくる。九羽がみな袋から出てくると舞台は歌と踊りになる。ヒヨコたちが歌うのは耙耬山脈の山の歌だ。山の歌を歌うには抜群の喉が必要じゃ。思いも寄らんことじゃが、そのヒヨコに扮した九人の小人は、体こそヒヨコか蝶ほどに小さかったんじゃが、それぞれの喉は鋭く細く、研ぎあげたナイフのようじゃった。九人の娘が一緒に歌うと、九本のナイフが舞台から客席へ向かってビュンビュン飛んで行き、この劇場では彼女たちの声は収まりきらないとばかり、窓を揺るがし、ドアの隙間から劇場の外へ飛び出そうと押し合いへし合いし、灯りもユラユラ揺れた。劇場の壁の埃もパラパラ落ちて、驚き叫びながら自分の耳を押さえる観客もいた。

観客が耳を塞げば塞ぐほど、九匹の蝶は彼女たちの赤い喉を張り裂けんばかりに張り上げて、辛く悲しく叫んで歌うのだった。

兄さんあんたが耙耬の山を出て
妹のあたしは家で心配でたまらない

村を出る前、村を振り返り
ここを捨てるに忍びない

山を越え、川を渡り
兄さん探してあたしは魂の半分をなくしてる

一歩進んで一歩戻る
兄さんの足に絡みついているのはどこの女

二歩進んで二歩戻る
兄さんの手を引っ張ってるのはどこの娘

三歩進んで三歩戻る
兄さんの心を引き留めるのはどこの女

……七歩進んで七歩戻る
妹の私の心では兄さんの魂を引き留めることはできない

歌が終わると出し物も終わる。

町の人びとは想像もしなかった素晴らしい出し物を見終わると、家に帰ってから、数日間にわたって毎日毎日、めくらが針を落とした場所を当てるだの、下半身不随の女が葉っぱに刺繍をするだの、百二十八歳の年寄りが出てくるだの、九つ子がいて彼女たちが建物が震えるほどの声で歌うことだのを、話し続けるのだった。こうして一が十に伝わり、十が百に伝わり、さらに新聞やテレビが、奇聞として大いに宣伝し続けるので、公演先では、年寄りも子供も嫁も、さらに町の青年壮年たちも、この公演を見に行かないものはいなかった。思惑通り、茅枝婆が引き連れた絶技二団の公演も、一団と同様、人々を大いに驚かせ、大きな都市では、三回四回と公演しなければ終わらなかった。県では彼らを二手に分けた。一団が地区の東部で、二団が地区の西部で公演した。地区のそれぞれの場所の公演が終わると、一団は省の東を、二団は省の西を回った。省のすべての市を回ったら、一団は湖南、湖北、広東、江西の鉄道と幹線道路の沿線を中心に、二団は山東、安徽、浙江、上海方面へ行った。

東南部いうたら、そりゃ豊かなところで、沿海部は特に裕福じゃ、子供がオシッコやウンコの時に、お尻を拭く紙がなけりゃ、ポケットから十元二十元のお札を出して尻を拭くほどじゃ。彼らは片輪の公演があるいうても最初は信じん。じゃが浮かれて見に行くとたまげて腰を抜かしてしまうんじゃった。

公演は一日一回だけではなく、二回三回とやらなければならなくなった。回収された入場券の代金は、雨で溢れ出した水のように、凄まじい勢いで銀行の水路に沿って、毎日県の財政局へと流れこんでいった。毎日毎日、県から派遣された会計が銀行に行く回数は、便所に行く回数ほども多かった。

一団は湖北、湖南から広東へと移動し、一日二回三回の公演は言うまでもなく、入場券の値段は天ほどにも跳ね上がり、それでも会場は観客で溢れかえっていた。この公演の途上、槐花《ホワイホア》は一日ごとに背が伸びてゆき、もはやまったく小人ではなくなり、ハイヒールを履かなくても、多くの完全人の娘よりも高くなり、この数か月のうちに、狂ったように背が伸びただけでなく、容姿も変わり、えもいわれぬほど美しくなった。公演の間、彼女はずっと団長と一緒に寝ていたが、それでおかしなほど大きくなり、絶世の美女へと変わっていった。県の石秘書は、彼女が団長と寝ていると聞いて、そのためにわざわざ団まで出向き、県長の手紙を持ってその団長を土下座して謝るまで殴りつけ、ケリをつけた。そんなゴタゴタはともかく、槐花は一人の完全人の女へと成長したのだ。桐花《トンホア》と楡花《ユィホア》は彼女が美しい完全人になったことで、彼女とは口をきかなくなった。槐花が舞台の前に立つと、客席は彼女のあまりの美しさに呻き声を漏らした。彼女を見るために受活の公演を見に来る人が増えはじめ、入場料はますます高くなった。県の財政局のカネは、銀行の腹をパンパンに膨れ上がらせた。

夏が終わり秋になる頃には、県財政局のカネは、十数桁という天文学的数字になりそうで、ソロバンは一つや二つでは間に合わず、五つも六つも並べてやっと二つの団がどのくらいカネを集めたかわかる始末だった。いくつかの銀行は、この県のおカネのおかげで、行員たちそれぞれに結構なボーナスを渡せそうだという事がわかった。

ともかくレーニン債はほとんど集まりそうな勢いだった。

時の経つのは早く、もう間もなく年末だった。年末は北方では冬の始まりだが、南方では北方の中夏のように暖かい。一団は広東にまで移動していた。二団は江蘇の北にある中都市にいた。そこは江蘇北部の衛星都市で、ビルは雲と競り合うほどに高く、林のように密集して建っていて、賭博でトイレットペーパー一つさっと持っていかれるように、一晩で、八万、十万と負けるものもいると言い、そうなると茅枝婆たちは公演してもしても追いつかない状況だった。

人は皆、狂ってしまった。

誰も絶技団の出演者が全員めくらやびっこ、つんぼに下半身不随、おしに片足、六本指、背が三尺にも満たない者たちとは信じなかった。この片輪たちが全員一つの村出身だと信じる者はいなかった。その村の女が九つ子を産んだと信じる者はいなかった。両目が見えない子供が、木の葉や紙切れが宙を舞う音を聞き取れると信じる者はいなかった。中年のつんぼが、顔と爆竹の間に薄いブリキ一枚挟んだだけで、爆竹一房を鳴らすことができるとは誰も信じなかった。九つ子が北方の山歌を歌う時、劇場の宙に風船を浮かせれば、彼女たちの喉がその風船をパンと突き破ってしまうと信じる者はいなかった。

出し物は信じられないものばかりだった。

信じられなければ信じられないほど人は見たくなる。どの家も工場も会社も、みな門を閉め仕事を休んで見に行った。入場料は一枚三百元から一枚五百元に上がった。五百に上げなければ、ダフ屋が大もうけするだけだった。その町の新聞、ラジオ、テレビはこぞって報道した。それがまた火に油を注ぎ、そこでは連続二十九回やらなければ、町から出ることはできなくなってしまった。

しかし年末になると双槐県との契約により、公演もおしまいにしなくてはならなかった。受活村は間もなく退社の期限を迎えることになる。そしてその年末の一日、雨が降った。雨は一つの町を水浸しにし、車もバスもバイクも止まり、人々は出かけられなくなり、団員たちも空を睨みつけてため息をつくしかなかった。受活村の人々は着くところ着くところで劇場の裏に泊まった。これは北方のドサ回り劇団の習慣だ。舞台の袖に筵を敷き、こっち側に男、向こう側に女というふうに寝る。村人たちはその筵の上で、めいめいが自分のことにいそしんでいた。若者はトランプに興じ、下半身不随の婦人は村人たちの舞台衣装をたたみ、九つ子の内の五人は、隅の方で彼女たちのために特別にあつらえた衣装を片付けていた。年のいったものは、皆、人のいない静かなところに身を潜めて、彼らや彼らの親戚、子供たちが、茅枝婆と一緒にこの二団で五か月公演して稼いだカネを数えていた。茅枝婆は、県とやりあって公演の契約を変えさせ、受活村の者は一か月の公演ごとに最低三千元の給料というのではなくて、一人が一回の公演につき椅子ひとつ分稼ぐと明記させた。劇場の椅子ひとつは入場券一枚分だから、入場券が一枚三百元なら一回の公演で三百元、入場券が一枚五百元なら五百元稼げるというわけだ。それで計算してみると、河南、安徽、山東の菏沢《かたく》と煙台から、江蘇の南京、蘇州、楊州そしてこの江蘇北部の衛星都市で、彼らの公演の入場料は平均して三百元、毎月一番少ない時でも三十五回の公演だった。すなわち、一人一月三十五席、一万五百元の収入ということだ。食費と生活費を差し引いても、実際生活費と言えるようなものはなかったし、食費も一人一月一席分のカネで、肉でも魚でも好きなだけ食べられた。生活費といっても、男だったら街へ出てタバコを何箱か買うぐらい、女や娘でも白粉や洗濯や洗顔用の石鹸を買うぐらいのことで、ひとつにまとめたところで一人一月百元を超えることはなかった。こうして計算してみると、一人一月一万元は稼いだことになるのだ。一人一月一万元を超える収入っちゅうたら、墓の下の祖先もたまげるほどのもんじゃ。

一万元を超えるおカネで何ができるか？　家を建てるなら三間の瓦葺きの家が建つ。嫁をもらうにしても、先方に払う結納金としては十分だ。人が死んで一万元払って埋葬したら、土饅頭が皇帝の墓になる。最初の月の給料の支払いのとき、受活村のものたちは感情が高ぶって両手がブルブル震えた。もうみな、おカネを下着の中に隠して、服を着たまま寝た。下着のある部分の内側にポケットを作り、カネをその中に縫い付けた者もいたが、出番の時には、そのカネがレンガのように皮膚に当たってパンパン音を響かせた。音を立てるのは舞台では都合が悪かったが、そのカネが音を立てることで、より演技に身が入った。それは瞬時に出し物に反映され、耳上爆発を演じる時には耳の上にぶら下げる爆竹を百発から二百発に変えた。聡耳聴音の出し物では、本物のめくら、正真正銘のめくらであることを証明するために目に当てていた、もともとは百ワットの照明を、五百ワットに、そしてついには千ワットに変えたのだった。翌月も一人一人に一万元以上のカネが支払われ、そうなるともう怖いものなしになった。小児麻痺のガラス瓶を履いてのとんぼ返りは、ガラス瓶を割らないようにするのではなく、わざと割って、足下をガラスの破片だらけにして、その上に立って観客に謝辞を述べることにした。観客は小児麻痺の足の間から血がダラダラ流れ出るのを見るというわけだ。

それでますます大きな拍手になった。それでますます足の痛いのも怖くなくなるのだった。そして彼の毎月のカネもますます多くなっていった。年末になり、五か月の公演が終わり、みなそれぞれのカネは数万にもなっていた。もしも一家で二、三人の片輪が来ていたら、その家では十数万ということになる。受活村の片輪が全員出演したものだから、村は空っぽで、家にカネを送ろうにも、頼れる受取人がいなかった。だからみな枕の中に札束を隠したのだ。布団の中にも何束か縫いこんだ。それぞれが管理している箱にも、何束か入れて鍵をかけていた。カネは木の葉のように増えていき、そうなると村人たちは、公演の時以外むやみに出歩かないようになった。舞台裏にも必ず誰かがいた。食事の時も順番に誰かが見張りに付いた。だから雨でも降れば、村人たちはみんな、舞台裏の屋根の下に集まって、静かなところへ身を隠し、布団が破れたから縫わなくっちゃと言いながら、布団の縫い目を裂いて新しく稼いだカネを綿の中に隠す者もいた。

箱が壊れたから釘を打たなきゃと言いながら、その箱の中の札束が増える度に釘の数が十数本増え、小さな鍵が大きな鍵に取り替えられた。

枕の具合が悪い、片付けなきゃ、と言いながら、村から持って来た枕の中の麦わらや籾殻を取り出すと、枕の中に新しい一万元を縫いこんだ服を畳んで詰め込んだ。枕は籾殻のクッションがなくなり、カネのせいで、木の板かレンガでデコボコになっているように見えた。

雨が降って、みな自分のカネを隠しながら、身の回りを片付け終わると、大声できいた。「おい、布団は縫い終わったのかい?」

「じき終わるわ」

「終わったら一緒にカードをやらんか」

「いいけど、こっちに来てやらない?」

「こっちへ来いよ、布団抱えて」

顎でうなずくとお互いに視線を合わせたまま、顔には笑みを浮かべるのだった。

外では雨がパラパラ音を立てている。劇場の中の湿気は霧のように床に溜まっていた。客席の座面には水滴が付き、幕も洗って脱水した後、そこにかけたようで、ずっしり重々しく、幕を吊るす糸や綱はたわんでしまっていた。双槐県の受活村絶技二団を率いて来た完全人たちは、雨ということで街へ繰り出していて、皇妃劇場には受活村のものだけが残っていた。これを好機とばかり、茅枝婆は彼女がずっと心に抱えていたことをみんなに話した。それは彼女の心の底に根を生やし、九都での公演初日から、五か月と三日、全部で百五十三日、この百五十三日で茅枝婆の心にしっかりと根を張り、ついに花を開き実を着けることとなったのだ。しかし思いがけず、村人たちはそのことを忘れてしまっていたようで、茅枝婆が口にして思い出したのだが、思い出して逆に自分で驚いてしまった。それはまるで毎日毎日前を向いて歩いていて、不意に涸れ井戸か落とし穴に出くわして落ちそうになり、やっとそれが自分の掘った穴だと気づいたかのようだった。

自分が自分で掘った落とし穴だった。

自分が自分で仕掛けた罠だった。

自分の家で作った食事に毒を入れていたようなものだった。

茅枝婆は言った。「みんな今日が何日かわかっとるわな?」

茅枝婆は言った。「今日は冬至じゃ。あと九日で大晦日、今年最後の一日じゃ」

村人たちは昔と同じように彼女を眺め、最後の一日になったらどうなるのか、わからないようだった。

茅枝婆は黄ばんだ明るい笑顔を浮かべて言った。

「その日が来たら我々と双槐県の契約はおしまいということじゃ。村はすっかり退社して、双槐県からも柏樹郷からも管理されることはなくなるんじゃ」

ここで人々は五か月前の二団を結成した時の公演契約を思い出し、終わりは予測の範囲内ではあったが、自分たちは日々休みなく公演し、カネはひと束またひと束と積み上がっていき、誰もがこの公演が終了目前だということを忘れてしまっていた。劇場の外の雨はザアザア鳴り響き、半日覆っている黒雲は居座ったまま動きそうになかった。舞台の天井で白く輝いているライトは、太陽のように頭上を照らしていた。茅枝婆は自分の布団の横に座って、破れたり焦げたりした舞台衣装を繕っていたが、いま村人たちの視線は彼女の顔に集まり、それは空一面の雲が圧迫するかのようだった。

「もう期限？　団は解散？」

「期限が来たら、わしらは受活へ帰らんとなあ」

きいたのは小児麻痺の若者で、彼はカードをやっているところだったが、手に持ったカードをはたと宙で止めると、天下の一大事に思い至ったかのように、茅枝婆をじっと見つめたまま、根掘り葉掘りききはじめた。

「退社したらどうなるんじゃ？」

「退社したらもう誰も受活を構わんようになるんじゃ」

「構わんいうことはどういうことじゃ？」

「野っぱらのウサギみたいに好き勝手に受活するんじゃ」

「誰も構わんで、わしらはまた絶技の公演はできるんか？」

「これは絶技の公演なんかじゃない、これはわしら受活村の人間の面《つら》の皮を剝ぐということじゃ」

若者は手のカードを布団に叩きつけた。

「面の皮が剝がれても、わしゃやりたい」若者は言った。「もし退社したら団が解散いうんやったら、うちの家は殴り殺されても退社は嫌じゃ」

茅枝婆は少し驚いていた。ニコニコ笑っている顔へ、誰かが水をぶっかけたようだった。彼女はしばらく視線を若者に向けじっと見ていたが、視線を移して「葉上刺繡」の下半身不随の女を見た。「耳上爆発」のつんぼの老人を見た。「聡耳聴音」のめくらの娘を見、六本指ともう一人の下半身不随、おし、そして荷物運搬を請け負っている二人の完全人を見た。そして言った。他に退社したくないもんは手を挙げるんじゃ、みんなが退社したいのだったら、彼一人、外の世界で毎日瓶を履いてもらおう。そう言い終わると、今度は視線をあの蝶のように飛び回っていた小人たちに走らせ、舞台裏の床の上いっぱいの村人たちを見据えた。すぐ片がつく、若造が何か言ったところでなんてことはないと思っていたが、なんと村から来た出演者四十数人が、部屋の灯りのもと、お互いを観察しはじめ、あっちへこっちへ顔を見合わせ、まるで全員が、隣の目から何かを探り出してやろうと考えているかのようで、こっちを少し見たと思ったらあっちを少し見て、あんたわたしと、さんざん見た挙句、全員の視線がその二人の完全人の体へと注がれた。

　片一方の完全人が茅枝婆の顔は見ないようにして、赤い垂れ幕に向かって言った。

「退社して双槐県がわしらを構ってくれんようになったら、わしらこうして外へ出て公演して、カネを稼ぐこともできんようになる。外でカネを稼げないのなら、退社して何になるんじゃ」そう言いながら、彼は何か探ってでもおるように右手を宙に挙げたんじゃ。

　彼が手を挙げたのを見て、もう一人の完全人も続いて手を挙げて言った。

「みんな知っとることじゃが、双槐県はもうじきレーニンの死体を買うてきて、魂魄山の上に置き、そしたらそれからは、県民全員が使い切れないカネのことで気を揉むことになるというじゃないか。隣の県のもんたちが、戸籍をこっそり双槐県に移しとるんじゃ。なのに、わしらがここで退社したらバカでなくて何なんじゃ？」彼はこう話しながら、村人たちへ問いかけているようでもあり、重々しく全体を見渡すその視線は、明らかに全員に手を挙げるよう促していた。

　果たしてつんぼも手を宙に挙げた。

　めくらも手を宙に挙げた。

　下半身不随の女も手を宙に挙げた。

　舞台上の照明の光の中、林のように一面腕が挙がった。

　茅枝婆は、それらの宙に挙がった手で顔を張られたかのように蒼白となり、孫娘の蛾子《オーズ》以外は、隣もその隣も顔を興奮で赤くほてらせ、挙げた手は袖が下にずり落ちて、裸の腕が白々と光っていた。

外の雨の冷気が押し寄せてくる。頭上の灯りは煌々と光っている。

舞台上の沈黙で、みなの息が麻縄のように細く長くザラザラに荒くなり、喉の奥を縄でしごかれているようだった。その林のような一面の腕を見て、茅枝婆は喉が渇き、軽い目眩を覚えた。彼女はその村人たちに向かって罵声を浴びせようとして、ふと横を見ると、蛾子までもがその小さな右手を挙げている。すると、茅枝婆の今にも崩れ落ちそうな土壁のように痩せさらばえた胸は、何かがドンとぶつかってきて裂け目ができたかのように、自分の胸の中から生臭い血のような臭いがするのを感じた。血痰を吐き出そうと腕を縮め、大きな音と共に咳をしたが、血生臭い臭いが強くなっただけで、何も出てこなかった。村人たちを眺め渡して、視線を年寄りのつんぼ、下半身不随の女そして四十を過ぎた完全人、半完全人に向けると、フンと軽く鼻を鳴らし、ひんやりとした鉄のような目で問いただした。

「子供たちは知らん、じゃが、あんたたちまで大災年[1]と棚田改修を忘れたっちゅうわけじゃあるまいな？」

「大災年の時、村中で退社しろと大騒ぎしたのを少しも覚えとらんというのかい？　あんたらこれっぽっちの耳性《じせい》[3]もないのかい？」

「退社するということはこの茅枝婆様にとって、あんたたちへの借りを返すことなんじゃ、あんたたちのおやじさんやお袋さん、爺さんや婆さんへの借りなんじゃ。この借りは死んでも返さにゃならんのじゃ、退社してあんたらが気に入らんのじゃったら、また改めて入社すればええ。入社するのは市に出かけていくくらい簡単なことじゃ。じゃが、退社は死んで生き返るのと同じくらい難しいんじゃ」

こう話をしている時、茅枝婆の声は少しかすれ、何か喉に詰まっているようだったが、声には力があり、哀切を帯びていることは聞けばすぐにわかった。この話が終わると、彼女の孫娘の蛾児《アル》は、すぐに宙に挙げていた腕を引っ込め、おばあちゃんをチラッと見た。おばあちゃんに借りができたような気がしたのだ。しかし茅枝婆は孫娘の方は見ず、またつられて腕を引っ込めた村人を見ることもなかった。

彼女は自分の布団から劇場の赤いレンガの壁に寄りかかりながら立ち上がった。風に吹き倒されそうな木のようで、力一杯腰を伸ばし、びっこを引き引き、劇場の壁伝いに客席へと降りて行った。

　茅枝婆は誰もいない客席を一人突っ切っていったが、彼女のあのアルミの杖はなかったので、一歩歩くごとにその枯れ枝のような体が左に大きくかしいだ。かしぐとすぐに力を入れて左の体を持ち上げる。こうして飄然と、傾いて倒れてしまわないように力を入れて支え、丘を越え山を越えるように劇場を突っ切っていった。あたかも枯れ枝に頼って川の向こう岸へたどり着きたいと思っている老いた羊のように、体を上下に揺らしながら、前に向かって泳いでいき、劇場の外へ出ると、街中を包んでいる雨のなかに一人たたずんだ。

第三章　くどい話――大災年

①大災年――大災年は、受活村では前に出てきた鉄災と関連のある歴史用語である。
　戊戌《つちのえいぬ》〔一九五八〕の年に始まった大躍進が、竜巻の如く、深く長い年月耙耬を吹き荒れてから、大煉鋼は山脈の大木を伐採し尽くし、草むらを焼き尽くし、山はこれ以上ないほど荒涼としてしまった。次の年、己亥《つちのとい》〔一九五九〕の年の冬は、乾燥して寒く雪がなく、夏になると雨は少し降ったが、後は干魃が百日続き、秋は秋でおかしく、雨が断続的に降り続き、それが有史以来の蝗《いなご》の大群を呼び寄せることになった。蝗のことを耙耬のあたりでは螞蚱《マージャー》と呼んでいた。螞蚱は、耙耬の山の向こうから飛んで来た。霧のように空に浮かび、雲を遮り太陽を覆い隠し、数里離れたところからでも、砂が飛び石の上を行くような音が響いているのを聞くことができた。

　太陽は見えなくなった。豆畑は丸裸になった。ゴマ畑もすっかりやられた。

　菜の花の黄色も皆なくなってしまった。

　夕方になって、螞蚱が飛び去ると、太陽は鮮やかな赤い光を放ち、赤い紗がびっしりと村の通りに敷き詰められ、螞蚱の青臭い臭いが村の天地を覆い、川の流れのようにとどまることを知らなかった。

　茅枝《マオジー》は、高炉が休みの時に娘を産んだ。秋と冬の変わり目に生まれたので、秋は菊が咲くし、冬は梅が盛り、娘は完全で美しかったので菊梅《ジュイメイ》と名付けた。その日の夕方、茅枝は娘を抱いて外へ出てくると、蝗にすっかり荒らされた世界を見渡しながら、娘を横に置き、受活村の黄昏に向かって大声で叫んだ。

秋の大災害は、冬はまだ食いもんがあるということじゃが、どこの家も節約するのを忘れるんじゃないぞ——。

秋はえらいことじゃったが、皆冬の食いものをちゃんと残して、飢饉に備えるんじゃぞ——。

そしてその通り、飢饉がやってきたのだった。

秋が行って冬が来たばかりの頃、山脈は、それはそれは冷え込み、井戸の暖かい水まで凍るほどだった。煉鉄、煉鋼の後に新しく生えて来た桐の木や柳の木の皮も、凍えて枯れてしまった。公社の市に行って来た村の者が言った。えらいこっちゃ、大飢饉じゃ、小麦が芽を出さんのは、うちら受活村だけじゃないぞ、耙耬の向こうもみな芽が出とらん。さらに半月後、公社の市から戻って来た者が村に入るなり、村の入口で驚いた顔をして言った。大変じゃ、一大事じゃ、公社はどこの家も食べるもんがなくて、飯は一日一回だけじゃ、もう腹が減って腹が減って、ニレの木の皮を剝ぎ取って煮込んでスープにしとる。顔はみな青ざめ足はむくんで青黒い大根のようじゃ。

茅枝が娘を家に残して、耙耬山を下り、三十数里の道を歩いていくと、葬儀の隊列にいくつか出くわした。

何の病気にかかったんじゃ?

病気じゃないよ、飢え死にじゃ。

また葬儀の隊列を見かけたので、またきいた。

何の病気じゃ?

病気じゃないんじゃ、飢え死にじゃ。

またまた葬式の隊列に出くわしたが、死人は棺桶ではなく、筵に巻かれていた。

やっぱり飢え死にかい?

飢え死にじゃないんじゃ、糞詰まりで悶え死んだんじゃ。

何を食べたんじゃ?

土やニレの木の皮じゃ。

人間様が死ぬのは一羽の鶏、一羽の鴨、一頭の牛、一匹の犬が死ぬのと同じ、痛みも悲しみもなく淡々としていて、死んだ者は、その村のものではなく、親戚でもなく、隣人でもないかのようだった。息子や娘が葬列の後ろで、泣きも喚きもせず涙も流さず、死んだのは自分の親ではないかのようだった。天気は異常な寒さで、風は鉈で切り裂くようだった。さらにもう少し先に行くと、次の村の入口に着いたが、茅枝は歩くのをやめ、そこに立ち尽くした。そこには新しく切り開かれた墓場があって、一面新しく生えてきたキノコのようだった。塚は不揃いで、数十、いや百を越えていようか、一つ一つには新しい白い紙が掛けてあり、白菊か白牡丹が咲き誇っているようだった。

　茅枝はそのお墓だらけの前にしばらく立ちつくしていたが、クルリと向きを変えると、暗くなる前に受活村へ戻って行った。あるめくらの家を通りかかると、一家で火を囲んで汁なし麺を食べている。つぶしニンニク入りの汁なし麺にはごま油までかけてある。茅枝はその家の前に立ち止まると声を荒らげて言った。汁なし麺を食べるか？　外では飢えてブクブクに膨れ上がって、人様が飢え死にしても、鶏一羽飢え死にするのと変わりないというのに、豪勢にも汁なし麺かい！　二軒目は汁なし麺こそ食べていなかったものの、玉蜀黍のスープがレンゲが立つほど濃厚だったので、ひしゃくに半分冷水を汲むと鍋のなかに入れて叫んだ。世界中が大災害で、外では人様が一羽の鴨みたいに死んどるというのに、なんで切り詰めようとせんのじゃ！　五軒目の家では、子供がおやきを食べたいと駄々をこねていて、まだおやきが焼きあがっていないのに、茅枝は鉄板を火から下ろすとひしゃくの水で火を消して、きつい声で言った。外を見てみるがいい、人間様が犬のように餓死しとるというのに、戸口を閉めておやきを焼くとはねえ。やっていけんようになるんじゃぞ？　来年の冬に飢え死にせんでもいいように準備せんでええのかい?!

　村のはずれの下半身不随の伯父の家に着いた。伯父の家でも火を囲んでいたが、飲んでいるのは薄い重湯で、食べているのは半分黒く半分白い雑穀の蒸しパンで、付け合わせは一碗の漬物だけだった。

　茅枝がやってきて戸口に立った。

　伯父が言った。何の用じゃ？

　杖突きおじさん、本当に飢饉じゃ、外じゃ人間様が犬のように飢え死にしとる。

　下半身不随の伯父は黙ったまましばらく考えて言った。家毎に枕元に穴を掘らせ、その穴のなかに一缶か二缶の穀物を埋めさせよう。

　茅枝は会議を開いて、各家毎にベッドの頭のところに穴を掘らせ食糧を埋めさせた。

　食糧を埋めるだけでなく、さらに村の三つの決まりを作った。一つはどの家も汁なし麵を食べてはならない。二つ目はどの家もおやきを食べてはならない。三つ目は夜中にお腹がすいても起きて食事を作ってはならない。茅枝はこの決まりを紙に書いて、一家に一枚、竈の神様の横に貼るように強制し、さらに村に民兵組を作った。民兵組は二十歳過ぎの完全人の若者数人で、彼らに毎日村を見回らせ、特に食事時には、お碗を持ち、銃を背負い、昔のように各家にお碗を持って行って家の外で食べさせ、どこも戸を閉めていいものを食べられないようにした。もしそれを見つけた場合には、完全人の民兵がその家の汁なし麵やおやきを村はずれまで持って行き、スープやお粥が最も薄かった家のものにそれを食べさせ、その家の薄いお粥とスープを彼らに食べさせた。

　こうして時は一日一日と過ぎて行った。十二月が終わり、正月になった。正月に大事件が起こった。公社の麦《マイ》書記が数人のたくましい完全人を引き連れ、鉄の輪っかの付いた馬車を駆って受活村へやってきた。村に着くと話もほどほどに、村の麦打ち場の小屋の二巻の小麦を引っ張って行った。麦書記はまず茅枝を訪ね、彼女を村はずれまで呼び出すと言った。茅枝、あんたらのこの受活村の墓には、なんで新しい墓がない？

新しいお墓がないと良くないとでも？

いや、ええんじゃが。書記はたずねた。村では一日何回食事を？

　三回じゃが。

　世界中が地獄というのに、お前ら受活村のもんたちだけが天国じゃ。麦の季節からもう半年過ぎ、じき真冬だというのに、この村に入ったとたん、麦打ち場には麦の香りがする。香りのする方へ行くと、小屋の中にはまだ分配し終わっていない麦の束がいくつもある。

　書記は言った。まったく、村の外では一軒一軒飢え死にしているというのに、お前らには食べきれないほどの食糧があるとは。

　書記は受活村の人々を見渡して言った。同じ公社の社員が、一人一人飢え死にしていくのを見ていることができるのか？　飢えて逃げてきた物乞いが玄関先に来ているのに、何もめぐみもせず見ていられるのか？　共産党の天下では、みな同じ階級の兄弟じゃないか。

　そしてそのいくつかあった小麦の束を馬車に載せると一粒残らず持って行ってしまった。

掠奪が掠奪を呼んだ。三日後には、また数人の完全人の若者が荷物を担ぎ、書記直筆の手紙を持って受活村にやって来た。手紙には以下のように書いてあった。

茅枝——

槐樹谷大隊は、四百二十七名のうちすでに百十三名が飢え死にした。村には木の皮さえ残っておらず、口にできる土もなくなってしまっている。この手紙を見たら、受活村のものは各家毎に一升の食糧を供出すること。くれぐれも、くれぐれも、みな社会主義という大きな家族の一員なのであり、お互い同じ階級の兄弟姉妹であることを忘れることのないように。

茅枝はその者たちを連れ、手には書記の手紙を持って、一軒一軒回って、小麦や粟、さつま芋の粉や干し芋を差し出させた。その者たちが行って数日後、また書記の手紙を手にした者がやって来て、今度は各家毎に前の倍の量を供出させた。ついには正月も明けないうちに、いくつかのグループが荷物を担ぎ袋を下げ、公社の公印と麦書記の署名入りの手紙を持って、受活村へ食糧をもらいにやって来た。食糧を渡さなければ、村はずれのところで、テコでも動こうとしないか、茅枝の家に居座るかだった。結局めくらの家に一升、下半身不随の家に一碗と頼むしかなかった。受活村は公社の食糧倉庫になってしまったようで、また一群また一群と人がやって来ては食糧を要求した。こうして求めに応じている内に、どの家の食糧缶も空っぽ寸前になってしまった。お碗や柄杓を缶の中に入れて小麦粉や雑穀をすくうと、お碗や柄杓が底に当たってカンカン音を立てるのだった。家の主人はその音を聞くと、ドキッとし、心の底の方からゾッとするような冷たいものが湧き上がって来るのだった。

しかし正月最後のその日、村にまた二人の県の若者がやって来た。公社から来た連中とは身なりが違っていて、どちらも中山服で胸ポケットには万年筆が数本光っていた。茅枝は一目見てその片方が楊《ヤン》県長の秘書で今は県の社校の先生をしている柳先生だとわかった。柳先生が持っていたのは県長の親書だった。手紙には次のようにあった。

茅枝——

我々共に紅四のもの、現在社会主義革命はまたも

や危急存亡の時を迎えている。県委員会、県政府の幹部の中にも餓死するものが出始めた。手紙を見たら速やかに受活村の食糧を供出し、革命をこの窮地から救い出してくれるよう。

便箋は粗末な紙で、字もあっちを向いたりこっちを向いたりで、枯れ草のように散らばっていた。しかし手紙の最後には県長の署名と認め印、さらに県長の拇印が赤々と押されてあり、拇印の横にはもう一枚の紙に、楊県長が保存していた紅四方面軍の五つの赤い星の帽章まであった。拇印は鮮血のように赤く、指紋は篩《ふるい》の枠のように丸く、帽章は古びて枯れた血のようで、五つの角は全部擦り切れて鉛色になっていた。茅枝は手紙を眺め、その五星を手にとって指で撫でると、四の五の言わず、客人を母屋の正堂の横の壁に連れて行くと、二つの大きな缶の蓋を開けて言った。そっちの缶は小麦、こっちのは玉蜀黍じゃ。欲しいだけすくって行くがいい。

柳先生は言った。茅枝、われらにどれほどかつげる？　明日馬車を村へ寄越すから。

ああ、来るがいい。来たらわしがあんたらを引き連れて一軒一軒回るから。

翌日、果たして馬車はやって来た。一輌ではなく二輌、しかもゴムタイヤの大型馬車だった。馬車が村の中央に止まると、子供たちはゴムタイヤを見たことがなかったので、馬車を囲んで、手で触ったり棒でつついたり、臭いをかいだりと大はしゃぎだった。タイヤは変な臭いがした。生乾きの牛の皮のようだった。カナズチや棒で叩くと跳ね返された。ずっと遠くへ出かけたことのない下半身不随とつんぼもその車を見に行った。めくらは傍らで耳をそばだてて人があれこれ話しているのを聞いていた。そうやって村人たちが車を囲んで喧々囂々《けんけんごうごう》やっているとき、茅枝は県の幹部を引き連れて一軒一軒食糧を集めていた。

左隣に着いた。めくらのおじさん、県から食糧の徴収に来とるんじゃ。県長の署名入りの手紙も持っとる。缶を開けて幹部さんたちに分けてあげてくれんか。県長さんも飢えで足にむくみが出とるんじゃそうじゃ。

西隣に着いた。おばさん、おらんのか？　県の人が来とるんじゃ、受活では百年に一度の徴収じゃ。缶の蓋、小麦粉の缶の蓋を開けて、できるだけ分けてやってくれ。

これが最後かの？

最後の徴収じゃ。

下半身不随の彼女は缶の蓋を大きく開けると、県の者に全部持って行かせた。次の家に着いた。その家の主人は片腕しかなく、石屋の弟だった。彼は茅枝を見るなり言った。ねえさん、また徴収に回っとるのか？

缶の蓋を開けるんじゃ。これが最後じゃから。

　弟は県のものを母屋に連れて行くと、好きなだけ取らせた。二台の車は大きな袋と小さな袋で満載となり、受活村の地面の上にある食糧はすっかり持って行かれてしまった。どのみち正月は過ぎているのだし、じきに冬が終わって春がやって来るし、公社と県はこれ以上食糧の徴収には来ないと約束したので、どの家もやれやれと胸を撫で下ろしたのだった。しかし県委員会、県政府が持って行ったと思ったら、今度は農業部が県委員会の手紙を持って、組織部も手紙を持って、武装部に至っては手紙だけでなく、車を走らせ、銃を担いで徴収にやって来た。

　正月が終わり県からやって来た連中を帰らせると、もはや受活村の誰も気前よく応じることはなくなり、誰か来てもせいぜい一度の食事を出すくらいだった。しかしその一度の食事で、数十里先から受活村に物乞いにやって来るようになってしまった。普段はどこにも物乞いは見られなかったが、食事時になると、どこから湧いてくるのか、次から次へとやって来るのだった。みな子供を連れて手を伸ばし、お碗を扉の中の鍋に向かって差し入れるのだ。

　庚子《かのえね》〔一九六〇〕の年の年末から辛丑《かのとうし》〔一九六一〕の年のはじめにかけて、受活村は飢饉に見舞われたが、それ以上に人災に見舞われたのだ。受活村の家のどの戸口もよそ者だらけ、しかも彼らはすべて完全人だった。通りに面した軒下は、日のあるうちは必ず物乞いが歩き回った。夜になると家の玄関先や家の裏、あるいは風を避けられるところで眠るのだった。寒くて眠れないと、連中は通りを足踏みしながら小走りし、村中が一晩中足音だらけだった。ある夜、茅枝が家から出ると、たくさんの男たちが受活村の周辺に生えているニレの木の皮をコッソリ剥がしているので、近づいて行って言った。木は全部死んでるよ。その男は斧を止めて彼女を見ると言った。あんた受活村の幹部か？　彼女はわしがそうじゃ、と応えた。うちに娘がおって十五なんだが、受活村に嫁ぎ先はないか。めくらでもびっこでも構わん、わしらに食いもんさえくれりゃええんじゃが。村の中ほどまで来ると、そこでは一つの家族が火を囲んでいた。茅枝は言った。あんたたち、このまま受活村に居座ってどうするつもりじゃ？　ここにもう食いもんはないんじゃが。その家族の主人らしい男が彼女にチラリと目をやると言った。あんたは幹部のようだが、受活はめくらやちんばが住める村というのは、ほんとうか？　茅枝は言った。そう、ここがめくら、ちんば、おし、つんぼの村じゃ。完全人でこの耙耬の山奥で一生を終えたものは、まだひとりもおらん。その男は言った。そしたらわしら一家、今夜はまだ完全人じゃが、明日の朝、全員手がなかったり足がなくなったりしとったら、明日からは間違いなくうちに食糧を分けてもらえるということじゃ。

　茅枝はもうそれ以上前に進めなくなってしまった。何歩か進むたびに誰かが跪き、彼女の足にすがりつき泣きながら食べ物をねだるのだった。夜は寒く月も凍りついていた。通りで寝る人は、麦打ち場の麦藁の山から藁を抱えて帰り、地面に敷いていた。麦打ち場の小屋を葺いていた藁は、村はずれに敷かれた。村はずれの牛小屋に寝るものもいた。あまりに寒いので、体を牛の腹にくっつけ、牛がおとなしければ子供を抱いたまま牛に抱き付いて寝た。

　七人のびっこがいる家の表門の横には豚小屋があったが、豚はまだあまり大きくなく、地面には草を敷いたばかりだったので、ある家族がそこで寝るようになった。子供は豚の子を抱いて眠り、豚の餌を争って食べた。

　茅枝はその一家のところに行って言った。豚が子供に噛み付かないか心配じゃないのかい？

それに対する答えはこうだった。豚の方が人間よりましじゃ。豚は人間に噛み付かんが、人は人に噛み付きよる。わしらの村には人肉を食べるものも出たんじゃ。

　茅枝はもうそれ以上何も言おうとせず、翌日各戸に通達を出して、食事の時には多めに作って、玄関先にいる飢饉から逃れてきた人に恵んでやるようにした。これが状況をさらに悪化させ、さらに多くの人を呼び寄せることとなり、受活村は毎日が縁日のようで、人で溢れかえってしまった。受活村の村人は食事の時、以前のように村はずれに集まって一緒に食べることはなくなり、とにかく表門に閂《かんぬき》をかけ、家に閉じこもって食べるようになった。しかしながら受活村には食糧があったのだ。受活村の墓場に新しい墓が一つもないことは、誰もが見ている。公社や県の印章が押してある手紙を持って受活村に行きさえすれば食糧が手に入る、物乞いはお碗を差し出しさえすれば、食い物を恵んでもらえるというニュースは風となって瞬く間に広まった。

耙耬山脈そして耙耬山脈の外の世界の人々が、ぞろぞろと耙耬のこの山奥を目指して来た。受活村は、もはや物乞いで住み着いている連中の人数が、村人の何倍にもなった。同じ郷、同じ県のものはもとより、飢饉から逃れて耙耬にやって来た安徽省や山東省や河北省のものもいた。受活村はあっという間に天下に名を轟かせた。大楡県と高柳県も証明書を持たせて受活村に人を派遣した。歴史的沿革から言っても、地理的条件から言っても、どちらもかつては同じ郡の一つの県だったわけであり、少なくとも今は隣の県で同じ地区なのであり、食糧の供出を希望して来たわけだ。

正月をなんとか耐え忍ぶと、それ以降受活村では誰が食糧を求めようが応じることはなくなった。誰がお碗を差し出そうが食べ物を与えることはなくなった。どの家も臨戦態勢となり、一日中扉を閉め、食べるのも家、用を足すのも家、人との往き来は途絶え、人と話すこともなくなり、誰かが通りで泣き喚いていても、扉を開けて一杯のご飯、半分の蒸しパンすら恵んでやるところはほとんどなくなった。

茅枝は幹部であり、幹部が村の連中と同じにしているわけにもいかず、彼女は毎日食事時には門を開けたままにして、旦那の石屋にサツマイモのスープを作らせると、自分の家で一人一杯ずつ食べたら残りは鍋ごと門の外へ持って行った。こうして三日後、石屋は鍋に一杯は作らず、半分とちょっとにして、さらに三日後には鍋に半分も作らなくなった。茅枝は石屋を睨んで声を荒らげて言った。ねえ、あんた、こらえてちょうだい。石屋は拗ねたように言った。缶の中を見てみるがいい。小麦粉がどれだけ残っているか。

茅枝は黙って何も言わなかった。

もう三日過ぎると、茅枝の家の食糧もなくなってしまった。隣に少し借りに行こうと外に出てみると、物乞いに来たものの受活村で餓死した者がいた。

その者は受活村の山の尾根の道端に埋葬された。

また餓死者が出ると、村はずれに埋葬された。

受活村には一面よそ者の墓が出現した。

それからまた数日たった深夜、大きな事件が起こり、受活村は爆破され粉々になったかのようだった。毎年正月が終わる頃、耙耬はいつも数日間死ぬほど厳しい冷え込みになる。これまでならこんなに寒いと、逃げ込んで来た通りの連中が、路上で足踏みする音が村中に響いていたのだが、その夜は足音もなければ、焚き火のパチパチいう音もなく、逃げ込んで来た連中は一人もいないかのようだった。たまさか子供の泣き声がしても、ひと泣きかふた泣きで泣き止むと、すぐに静けさが戻ってきた。茅枝はこの静けさが大爆発を孕んでいるとは知らず、いつものように鍋に半分のサツマイモのスープを作り、玄関先にいる連中に持って行って戻って来ると、夫の石屋がすでに布団を温めてくれていた。彼女は服を脱いで言った。あんた、これからはもうこんなに温めてくれんでもええんよ、ろくに食べてないんじゃ、あんたの体だって余計な体温はないんじゃから。石屋は笑うと枕元に座って言った。茅枝、今日、わしが研いだ鑿と金槌が、ちゃんと壁に掛けとったのに、なんでか知らんが地面に落ちとったんじゃ。なにもしていないのに落ちたっちゅうことは、この家になんか一大事が起こるのかも知れん。お前のために温めておきたい思うても、二、三日の内にそれもできんようになるかも知れん。

あんた、この新しい社会で、まだそんな迷信を信じとるの？

茅枝、ほんとのことを言ってくれ。わしに嫁いだことを後悔しとるか？

そんなこと、きいてどうするんじゃ？

ほんまのことを言うてくれたらそれでいいんじゃ。

茅枝は話そうとせず、じっと黙ったままだった。

石屋は言った。ひとこと言やぁええのに、何が怖いんじゃ？

本当に言わせたいんか？

言うてくれ。

じゃぁ、言うわ。

言うてくれ。

ずっと後悔しとることが、少しだけあるんじゃ。

石屋は顔色を変え、惚けたように茅枝の顔を見た。彼女の顔は老けて見えた。まだ三十というのに老け込み、四十のようにも五十一にも見えた。

わしと年が離れとるのが嫌じゃったんか？

受活村が辺鄙なところにあって、しかも村中が片輪もんだらけ、いうのがのう。あんたのためじゃなかったら、入社の時、県に配属されて県の婦女主席か県長にはなっとったんじゃが。じゃが、いまだに受活村で一緒に畑を耕しとる。わしはこの畑仕事が革命と言えるのかどうかわからん。でももし、これが革命と言えんのじゃったら、この後半生、受活村で革命できんかったことがね……。

ここまで話した時に突如その事件は音を立てて爆発した。まずは扉を叩く音から始まった。しばらく叩いたあと、何人かが外から庭の塀を乗り越えて入って来た。石屋が言った。誰じゃ？　その足音は部屋の扉のところまでやって来た。茅枝が言った。誰じゃ？　また誰か餓死したんか？　誰か死にそうなのがおるんなら、何か作ってやるが？　彼らは何も言わず、茅枝の家の扉をぶち破り、ガラガラ音を立てながら部屋の中に入って来た。押し込んで来たのは五、六人の壮年の完全人だった。彼らは手に棍棒や鋤鍬を持ち、入って来るなりベッドの前に立ちはだかると、その手にしたものを石屋と茅枝の顔に向けて言った。おまえらには悪いが、お天道様が不公平なんじゃ。わしら完全人が一人また一人飢えて死んで行くのに、おまえら片輪のめくらやびっこ、村の誰一人飢えとらんし、村の墓には新しい墓一つもない。そう話しながら、男は受活村に食糧の供出を求める県委員会、県政府の印章の押された手紙を取り出し、その毛筆で書かれた手紙を茅枝の目の前のベッドに放り投げると言った。この手紙はあんたも見ているはずじゃ。そっちが寄こそうとせんのなら、自分らでやるしかない。これは強奪じゃない、政府がわしらに食いもんを取りに来させたんじゃ。その男はそう話しながら横にいた二人の中年に目配せすると、彼らは布袋《ぬのぶくろ》を持って別の部屋の缶の小麦粉を漁り、台所に行って鍋に食べ物が残っていないか確かめた。この時、石屋はベッドから飛び降りて、枕元に置いてあった手入れのすんだ道具袋を取り上げ、金槌を手にしていた。しかしその時、歯抜けの鋤が彼の頭の上に来て、怒鳴り声が響いた。おまえら、自分が片輪ってことを忘れるなよ！　石屋は茅枝に目をやると、動かなくなった。もう一人は洗濯棒を茅枝の頭にかざして言った。やりあっても損なだけじゃ、大人しくするんじゃ。革命じゃろ？　苦しんどるもんには、食いもんを与えるっちゅうことも知らんのか。ここで娘の菊梅が大きな音に驚いて目を覚まし、ワーワー泣きながら茅枝の胸に飛び込んで来た。茅枝は菊梅を押しとどめながら、自分の頭に狙いをつけている男をじっと見た。彼女が毎日その男の子供のために食事を分け与えていた男だった。彼女は冷ややかな目で彼を見ると言った。まったく良心もクソもあったもんじゃないね。

その男は言った。しかたがあるまい、わしも家のもんを生かしてやらんといかんのじゃ。

生きるために強奪かい？　法も何もあったもんじゃないのう。

何が法じゃ。完全人であるわしらが、おまえら片輪らの法なんじゃ。人間様が飢え死にしとるのに何が法じゃ。わしも戦争に行ったことがある。八路軍に従軍しとったんじゃ。

しばらくすると、台所から茶碗のガチャンガチャンいう音が響いて来た。言うまでもなく、茶碗が床に落ちて割れる音だった。もう一つの部屋も缶のガチャガチャぶつかる音が響き渡り、食糧を探し回る音が冷たく聞こえて来た。石屋が開いた扉から見ると、扉の後ろに隠してあった、缶に入れた玉蜀黍を男が見つけ出して袋に詰め替えると、物凄い勢いで玉蜀黍を摑み、口の中に詰めこんで咀嚼していた。石屋は言った。慌てんと食べるんじゃ。その缶にはネズミ用の毒が入っとるんじゃ。その男は言った。毒で死ぬのもいい。毒で死ぬほうがゆっくり飢え死にするよりマシじゃ。石屋は言った。本当なんじゃ、毒はおやきの間に挟んである。奥さんや子供が食べんよう気をつけるんじゃ。

その男は灯りを袋にかざすと、袋の中から干からびたおやきを探し出して、扉の後ろに投げ捨てた。

部屋の中には音が乱れ飛んでいた。菊梅が茅枝の胸で上げる金切り声は、隙間風のように部屋の中に蔓延していた。茅枝が服をたくし上げて乳を含ませると、その泣き声は少しずつ収まっていった。部屋には足音と箱や棚をひっくり返すドタンバタンいう音だけが残された。食べ物も見つからず他にも何も見つけられなかった男が、がっかりした様子で台所から出てくると、茅枝の前に包丁を持って立った。何も見つけられんし、手に入らんかった。うちの子はまだ三歳で飢えて凍えとるんじゃ。わしにも何か寄越せ。茅枝は布団の中から娘の菊梅の綿入れを取り出して渡すと、彼にきいた。この綿入れじゃ小さいかの？

小さいことは小さい。

女物じゃ。

女物は女物だ。

ここまでで二時間ほどが過ぎ、部屋の中の食べることのできるものはすべて奪い尽くされ、男たちはまたベッドの前へと戻って来た。彼らの真ん中の年配の男は、茅枝を見、石屋を見、二人に跪くと一回頭を地面にこすり付けて言った。申し訳ない、お借りするということで。そう言うと、残りの完全人を連れて立ち去った。

つむじ風のようにやって来て、そして行ってしまった。

部屋が静まり返り、石屋はもともと銃が掛けてあった壁を見渡して言った。茅枝も空っぽの壁をチラッと見ると菊梅をベッドの枕元に置き、石屋と一緒に服を着て、庭に出て、表門を開けようとした時、さっきの連中が表門を開かないようにして、彼らを家に閉じ込めたことを知った。

石屋と茅枝が二人、庭でポツンと立っていると、誰かが通りで大声で叫んでいるのが聞こえて来た。

——こいつら食いもんをベッドの下の土の中に埋めとるぞ——枕元の地面の下に埋めとるぞ。

間もなく隣から、完全人がツルハシや鋤鍬を探すガチャガチャいう音がした。受活村の家々が強奪にあっている声が乱れ飛び、辺りは戦場さながらとなった。石屋は、茅枝がその声を聞いて焦り、どうすりゃいいんじゃ、完全人がなんでこんなに酷いことを、どうしたらいいんじゃ、完全人がこんなに良心の欠片《かけら》もなかったなんて、とブツブツ言っているのを見て、椅子をひとつ運んで来ると庭の塀のそばに置き、塀を乗り越えて通りに出ると表門を開けた。月が明るく照らし、一目で村の半分を見渡すことができた。村の外の畑には黒い影の一団が何かを担ぎ、背負って慌ただしく動き、村へ急ぐ者、村の外へ向かう者の足音がバタバタと響いていた。数人の完全人は牛を引き、また別の二人の壮年の完全人は豚を担ぎ、さらに完全人の若い女は人様の鶏を抱えていた。あたり一面、鶏と豚の鳴き声、牛の背中を鞭打つ音、豚の背中をしばくパンパンいう音で溢れかえった。荷物を担いだまま、余りに慌てて走って行くものだから、担いでいる荷物から何かがこぼれ落ちて道端に転がったので、肩の荷物を降ろして、落ちた物を手探りで探している内に、その道端に置いた荷物を通りがかった別の完全人が、かっさらって行ってしまう。大混乱だった。てんでわやくちゃになってしまった。受活村の家々からは泣き叫ぶ声が聞こえてきた。きれいな月の光のもと、受活村の人々の乾いて固まった血の流れた跡のような、紫色の泣き叫ぶ声が村を飛び交っていた。襲われためくらの家では、主人が庇の下で彼のやはりめくらの妻と息子を抱いて泣きながら言った。あんたはいい人じゃ、後生だからわしらに少しだけ食べものを残してくれんか、うちはみんなめくらなんじゃ。そのいい人は食糧の入った袋を背負うと、外へ向かって歩きながら言った。おまえらめくらどもの家が、なんでおれら完全人よりいい暮らしをしとるんじゃ？　この世のどこに片輪の方がいい暮らしをしていい道理がある？　そして付け加えて言った。わしらはおまえらの食い物を奪いに来たんじゃない、政府がわしらをここに寄越したんじゃ。そのめくらの主人は何も言えなくなり、真っ暗闇の中で、完全人が体を大きく揺らしながら、彼の家の食糧を持って行ってしまうのを見ていた。つんぼは力持ちだったが、完全人たちが庭に入って来る足音が聞こえなかったので、縛り上げられてベッドの足元に転がされた。おしも耳が聞こえなかったが、彼は敏感だったがために、部屋の中で完全人の棍棒の一撃で気絶させられた。びっこと下半身不随は強奪しようとする完全人を止めようとしたが、完全人に動いてみろ、もう一本のまともな方の足もへし折ったるぞと言われ、自分が片輪者であることを思い出し、目を大きく見開いたまま、人が彼らの物をきれいに奪い去って行くのを、ただ見ているだけしかなかった。

　完全人が言った。灯りはどこだ？

　一人の女が、彼女の一本しかない腕を持ち上げて指差して言った。机の角のところよ。

　彼女は取りに行くとスイッチを入れ、食べ物を完全人に渡して言った。天下がすべて飢饉に見舞われ、あんた方が飢えとることはわかっとる。じゃが、うちの子はまだやっと一歳になったばかりなんじゃ。雑穀を少しだけ残して行ってもらうわけにはいかんのじゃろうか。完全人は言った。おれらは柏樹公社のもんで、人民公社が食糧供出を要請する手紙を持っとるんじゃ。手紙にはちゃんと政府の印もある。何なら後で見せに来るが？　そして続けて言った。おまえらの村はまだ一人も飢え死にしてない。うちの家は七人家族のうちもう四人も餓死したんじゃ。わしらは公社の手紙を持っとるというのに、おまえら何でわしらに食いもんを渡そうとせんのじゃ？　何でおまえら政府のいうことを聞こうとせんのじゃ？　そう言いながら、枕元の地面に埋めてあった食糧をほじくり出し、部屋に置いてあった缶に入っていた最後の雑穀も袋に入れると担いで出て行った。

庭まで行ったところで振り返って言った。

まあ、考えてもみぃ。この世のどこに、片輪もんの方が、完全人よりいい暮らしをしていいという法がある？

どの家も奪い尽くされた。

通りは足音だらけだった。

村中泣き喚く声でいっぱいだった。

耙耬全体が大騒ぎと大混乱だった。

茅枝と石屋は、ぼんやり戸口の月明かりの中に立って、水のように目の前を流れゆく受活村を強奪した者たちを見ていた。四、五人のものが村の牛を追いながら彼女の目の前を通り過ぎようとしたとき、彼女は足を引きずりながら通りの中央に突進して行くと、牛の縄を摑んで言った。この牛は残してくれ、いつか大隊、生産隊で地面を耕さにゃならんのじゃ！　牛を引いていた者は彼女にサッと目をやると彼女のいい方の足に蹴りを入れた。茅枝はちんばの椅子のように月明かりの下でひっくり返された。が、また数歩這いずり上がってその足に抱きついて言った。わしらおんなじ柏樹公社の社員じゃろ、こんなことしちゃダメじゃ、同じ柏樹公社の社員じゃろ。何が公社の社員じゃ、クソッタレが。人が飢え死にしとるのに公社もへったくれもあるか！　引っ張り、追いたて、鞭打ってその牛を前に進めようとするのを、彼女は死に物狂いでその足にすがりついた。その男は立ち止まると、また彼女のいい方の足に思いっきり蹴りを入れた。石屋は門のところから駆け出してくると、跪き、両手を合わせてひれ伏すと、お願いして言った。やめてくれ、彼女を蹴らないでくれ、この人は片輪でそれはいい方の足なんじゃ、もし蹴りたかったら、わしを蹴ってくれ。

おまえの女房だって？　じゃったら、わしの足を離させんかい。

石屋は頭を地面にこすりつけたまま言った。この牛は残してくれんか、この先、牛がおらんかったら、どうやって土を耕すって言うんじゃ。そいつはまた茅枝の足を酷く蹴りつけた。

茅枝は鋭い叫び声をあげて、ますます固く抱きついた。石屋は、頭を何度も勢いよく地面に打ちつけた。雨水のように打ちつけ頼みこんだ。わしを好きにしてくれんか？　どうしてくれても構わん。この人は延安に行ったこともあるし、戦争したこともある。革命を遂行して新しい社会のために力を尽くしてきたんじゃ。その完全人は、視線を石屋に移してちょっと見ると、また茅枝の方に戻して、歯を食いしばって言った。クソッタレが、おまえらのせいで社会が悪くなったんだ。革命がなけりゃ、うちには二畝の自留地（農業集団化時代の個人所有が認められていた畑）に一頭の去勢済みの牛がおった。だがおまえらが革命したおかげでうちは富農にされ、土地も牛もなくなり、この飢饉で家族五人のうち三人が餓死したんじゃ。彼はそう言いながら、また茅枝の体を二回蹴った。女のくせに、いい暮らしをするだけじゃなくて革命だと？　クソ食らえじゃ！　わしがおまえを革命してやる！　わしがおまえを革命してやる！　わしがおまえを革命してやる！　蹴りは腰にも何度か食らわされた。

茅枝は呆気に取られて、完全人にしがみついていたその手を緩めた。

その完全人は何度も鼻をフンフン言わせながら、他の完全人たちと一緒に牛を追って行ってしまった。数歩行ったところで、その男は振り返って言った。クソババァ、おまえらが革命さえせんかったら、この飢饉もなかったろうによ。そう言い終わると、怒り収まらずといった様子で村を出て山の尾根へと上がって行った。

村もだんだんと静かになっていった。

最後に村を離れた数人の完全人は哀れで、肩を落としブツブツ言っていた。何も取れんかった、クソッタレが、何も見つからんかった。それが受活村の村人たちを罵っているのか、それとも彼らに少しの食糧も何も残してくれなかった他の完全人を罵っているのかはわからなかった。

夜が明けた。

村は静かで、鶏の鳴き声も牛の鳴き声も、ガーガーガーガー朝早くから通りを歩く家鴨の鳴き声もなかった。

通りは至るところ空の籠や破れた袋で、地面には玉蜀黍の粒や小麦の粒が散らばり、さらに公印が押してあったり、公社の書記や県長の署名のある紹介状もあった。

　太陽は相変わらずいつものようにゆっくりと昇り、黄色く鮮やかに山脈と村と家々の庭を照らし出した。あの紹介状の政府の公印も赤々と艶やかで花のように美しかった。誰からともなく家を出てくると、ピッタリ寄り添って自分の家の戸口に立った。めくらもびっこもおしもつんぼも完全人も、老いも若きもみな家から出てくると、静かに戸口に立ってお互い顔を見合わせ、お互い話はしなかったが、静かで悲哀もなく無表情に強張ったまま青黒い顔をして、相手の様子を探っていた。しばらくしてから、あるつんぼが独り言のように言った。うちはひとすくいの食糧もなくなってしもうた。もう飢え死にするしかありゃせん。ベッドの下に埋めてあった穀物まで奪われてしもうた。あるめくらがつんぼに言った。連中、うちには灯りはいらんだろうと、ランプまで持って行ってしもうた。あのランプは赤銅でできていて、鉄災の時にも惜しくて渡さんかったのに。ちょうどその時、受活村の村人の目に茅枝が歩いてくるのが見えた。足の引きずり方が以前より酷くなっているようで、杖に摑まり、一歩歩くごとに今にも地面に倒れてしまいそうだった。彼女の顔は土気色で髪はボサボサ、八百年間梳いたことがないようで、一晩の内にずっと老け込み、顔の皺は蜘蛛の巣のように張り巡らされ、額の隅の生え際の髪はあっという間に白髪混じりになっていた。彼女はエンジュの木の下、昔、牛車の車輪が吊るされていたところに立ち、通りの両側の村人たちを見渡した。村人たちは彼女の方に歩いて来た。昔会議を開く時にそうしたように、彼女を取り囲み、彼女を黙って見ていた。

　この時、村の奥から七十七歳のびっこのお年寄りの嫁の、泣き叫ぶ声が聞こえて来た。かすれてむせび、強さの定まらない風のようだった。彼女は飛び跳ねながら、両手で自分の股の付け根を叩きながら叫んでいた。

「早く誰か来て、おじいちゃんが、食べものを埋めておいた枕元の穴で死んじゃうよう！」

「早く来て、おじいちゃんが、怒り過ぎて、食べものを埋めておいた穴の中で死んじまうよう！」

　その七十七歳のお年寄りは死にかけていた。枕元の地面の穴で死にかけていた。穴のそばには食糧を要求する一枚の手紙があり、手紙には人民公社の印と人民県委員会の印も押してあった。茅枝が村人を引き連れてその穴のところへ来て、その手紙を拾い上げたときには、お年寄りにはまだ息があった。彼は最期のか細い息で言った。

「茅枝、受活を退社させてやってくれ、受活はもともと公社や県に属するものじゃないんじゃ」

そう言い終えると、お年寄りは息を引き取った。

死後、彼は埋葬された。

彼の埋葬後、受活村でも天地を揺るがす飢饉が始まったのだった。

まず数日はどの家も外に出かけなかった。出かけず動かず、体力の消耗を抑え、飢えを遅らせた。さらに数日経つと、外へ出て草の根や野菜の根などを山に探しに行く者が出はじめた。その後は山の外の者を見習って木の皮を剝いて食べるようになった。ニレの皮の表面の乾いたところは削り取り、木の中心部のすぐ外側の柔らかい皮を持って帰って、鍋に入れてコトコト煮てトロリとしたスープにするのだ。こうして半月もすると、山の野草や茅の根っこは取り尽くされ、ニレの木の皮も剝がし尽くされ、山の土を食べるものが出てきた。

飢え死にするものが出はじめた。

一人また一人と餓死していった。受活村にあるいくつかの墓地にも新しい墓ができた。次の半月で、新しい墓はまるで雨後のタケノコ、村はずれは、とうとう麦畑のように一面新しい土饅頭だらけとなった。それら村はずれの墓は、十八歳以下のまだ成人していない若者たちの墓で、彼らは家の墓には入ることができないので、村はずれに埋められたのだ。五歳以下の子供が餓死した場合は、棺桶を作るまでもないので、草でくるんで竹籠に入れ、それを下げて村を出ると、どこかの谷に捨てるか山の尾根の石のそばに捨てた。

天は黄色くかすみ、山脈の静けさはどこまでも深い。受活村はその黄色の中に遺棄され、山に捨てられている草か山あいの遺跡のようだった。鷹が鋭い鳴き声を上げながら空から落ちてくると、死んだ子供の竹籠の上にとまった。まだ最初のころは、子供の父親と母親は遠くから立ってその籠を見守り、竹の棒で鷹を追い払っていた。しかししばらくすると、その籠を見守るものもいなくなった。自分自身が飢えて外へ出られなくなったのだ。鷹と野良犬は忙しくなった。さらに数日過ぎると、鷹と野良犬は他のところに餌を探しに行き、そこには空の籠と干からびた草だけが残された。

そして籠はバラバラになり、破片は散り散りになった。そこは荒地となり、野良犬や狼、狐たちの楽園となった。

受活村の泣き声は増えず、墓と山の上の崩れた籠の数が増えていった。正月が終わり、二月になって、冬がまだ過ぎ去ってはいないがもうすぐ春というころ、気候が少し暖かくなると、村人は、家からそろりそろりと出てきて、戸口の陽だまりでしばらく立ち、隣と話をする者も現れた。そこで話すことと言えば一つだった。昔の村の生活はなんて受活でのびやかだったことか、それが茅枝が村人を率先して合作社に入り、人民公社に入ったおかげで、この千年に一度の大災難に遭ってしまった。茅枝が入社させたのだから、茅枝に退社させ、昔の日々に戻してもらおう。入社さえしなければ、耙耬の奥深いこの谷間にこの村があることなんて、誰も知りはしなかったのだ。ずっと片輪者同士で住んで、のんびりと満ち足りた日々を過ごし、外の世界のものはこんな村があるとは夢にも思わない。村は三つの県の交わるところにあるので、双槐県は受活村を大楡県だと思い、大楡県は高柳県と思い、高柳県は双槐県と思っていたのだから。彼らは永遠に、永遠にどの公社にも属さず、どの県の管轄でもなく、自由で自在に、受活村でのんびりできたはずなのだ。紹介状を持って受活村の食糧を取りに行こうとか、受活村を略奪しようなんて、誰も思い付きはしなかったのだ。ぜんぶ茅枝のせいじゃ、茅枝が受活村を公社や県に入れたからこんな災厄を招いたんじゃ。

そこでお互い示しあわせて茅枝の家へと向かった。表門で呼び、扉を開けると、茅枝がゆらゆら体を揺らしながら出てきた。自分たちと同じように顔にはむくみが出ていて、緑色っぽい光を放っていた。庭の台所の下には洗面器に半分の水に、石屋が金槌や小刀や鑿を入れていた袋が浸けられていた。石屋のその袋は牛の革だったので、水でふやかして煮れば食べることができたのだ。そこで毎日その袋を麺のように細く何本か切って水に浸し、塩に漬けてから煮て、娘に飲み込ませていたのだ。茅枝はそこに立って、村人が怒った様子で門のところに立ち、しかもその中に村で最も血縁の近い従兄弟《いとこ》もいるのを見て、何かが起こりそうだとわかり、顔色は瞬時に緑から蒼白へと変わった。

みんな来たのかい、なんか用かい？

村人が皆静かになってしまったので、石屋の従兄弟《いとこ》が、代表して口を開いた。義姉《ねえ》さん、村ではどの家も死人が出て、みんな義姉さんと義兄《にい》さん、菊梅が心配で様子を見に来てくれたんだよ。

茅枝は顔に笑みを浮かべて言った。すまんのう、こんな時にうちのことを心配してくれて、ありがとうな、みんな。

それから義姉さん、もうひとつ大事なことがあって、はっきり言わせてもらうよ。村のもんみんな、昔の村のことを思い出しとるんじゃ。そこでじゃ、義姉さん、何日かして歩けるようになったら、公社と県に行って、今後受活村を昔と同じようにどの公社にもどの県にも属さないようにして欲しいんじゃ。

茅枝の顔から笑みが引っ込み、難しい顔になった。

互助組に入った時に、銃声の下で牛を差し出したびっこが言った。できないことじゃない、もともと入社する時、あの三つの県はどこもわしら受活村を欲しがってなかったんじゃから。

入社の時に区長に訴えられ、家から鋤や鍬を持って行かれた片目の従姉妹《いとこ》も、身振り手振りで言った。あんた入社する時、言うたよね、受活村に天国のようないい暮らしがやって来ると。畑を耕すのに牛もいらない、灯りをつけるのに油もいらなくなるいい暮らしがやって来るってね。今ここでみんなに説明してもらおうじゃ、天国のような暮らしとやらがどこにあるんか？

数人の完全人とその片輪の妻たちが大声をあげた。茅枝、あんた村はずれの墓地や谷間に行ってごらんよ、村でどれだけのもんが死んで、どれだけ墓があるんか。山頂から谷底まで、子供を入れて捨てた竹籠がどれだけあるんか。これがあんたの言うとった天国か？　これが村のみんなを入れた人民公社の天国なんか？　ええ?!　どの一言一句にもめくら・ちんば・おしの怨みが込められており、怒号は洪水となって天に届き、おしさえ茅枝を指差し、アウアウ唸り続けていた。茅枝の顔は青から黄色に変わり、冷や汗が顔に流れた。二月の太陽は金色に燦々と輝き風はなく、村は無言の日の光とツルッ禿げの木だけだった。牛は引っ張って行かれ、豚は担いで行かれ、鶏や鴨は抱いて行かれた。村は死んだも同然で、飢えて焦れている人間を除いては、他に生きているものは何もいなかった。茅枝が戸口の外にいる村の全員を見渡すと、しゃがみ込んでいるものもいれば、泣き止まぬ子供を抱いている下半身不随の母親もいた。

その一面の村人たちと、通りと門の外の山の上に広がる、黄ばんだ荒涼とした空と大地を見ると、頭がクラクラして天も地も歪み、戸口に手を添えて滑り落ち、そのまま村人たちに土下座すると言った。おじさん、おばさん、兄弟のみなさん、そして村の衆、どうか安心してくれ、この茅枝が生きている内に、入社したのと同じように、必ずみんなを退社させるから。ただ菊梅の父親じゃが、半月ほど前にベッドの上で餓死してしまったんじゃ。うちの人は牛革の袋を決して口にしようとせんかった。うちの人は言うた。こうしてこれまで石屋をやってきて、まさかその袋がお前と娘に残してやれる最高のものになるとは思わんかったと。姉さんがた、兄さんがた、うちの人の牛革の袋はまだ半分ある。取ってくるからみんなで分けてくれ。だからお願いじゃ、力を貸してもらえんか。村はずれに穴を掘ってうちの人を埋めてくれんか。これだけ暖かくなってくると、ほっとくわけにいかん。この茅枝、村のみんなに申し訳が立たん、みなにすまないことをしたと思うとる。だが、うちの人はずっといい人じゃった。どうかうちの人に免じて、うちの人を埋葬してやってほしいんじゃ。

茅枝は土下座したまま村人たちにそう話すと、村人に向かって額を三度地面に叩きつけて頼んだ。その目には涙が浮かんでいた。そのむくんで、てかっている顔の涙の粒は、日の光の中で水晶のように輝いた。すべてを話し、お願いを終えると、彼女は戸口に寄りかかりながら立ち上がり、村人たちを家に招き入れた。

村人たちは茫然としていた。思いもよらなかったという様子でお互いを探り合っていた。

茅枝はさらに言った。みんな、どうかお願いじゃ、みんなに頼みたい、わしは言うたことは必ず守る、村のみんなに申し訳が立たんことをしたんじゃ、わしはこの半月、みんなの前によう出んかったんじゃ。こうしてみんなが来てくれたんじゃ、わしは受活村のみんなに命をかけて約束する。もし受活を退社させ、みんなに昔のような自由な日々を送らせることができんかったら、この茅枝を、食べ物がなければ飢え死にさせ、食べ物があれば食い過ぎで喉に詰まらせて死なせ、死んだら蛆虫に食わせ、犬に食わせ狼に食わせ、鷹につつかせるがいい。この飢饉を死なずに乗り切ったら、わしは必ず受活を双槐県から抜けさせ、柏樹公社から退社させてみせる。じゃからみんなにお願いじゃ、うちの人を村から運び出して埋葬するのを手伝っておくれ、菊梅はまだ小さくて、ベッドで死んでいるうちの人を怖がるんじゃ。

石屋の従兄弟が率先して茅枝の家に入り、完全人もみんな入って行った。大柄の石屋はベッドの上で硬くなり、布団がかけられていた。そして床には戸板が置いてあり、上には茅枝と娘の掛け布団が敷いてあった。菊梅はその掛け布団の中で、手に煮込んだ牛革をしっかり握りしめモグモグ食べていたが、村の人々が入って来るのを見て、痩せて黄ばんだ顔に笑顔を浮かべた。

村人たちは石屋を担いで行った。石屋が埋葬され、茅枝は人々に謝辞を述べる時、夫の墓の前で、受活村の人々に向かって重ねて跪いて誓った。村のみんな、革命はもうやめじゃ。この茅枝をもう少し生かしてくれたら、死んでも受活村を退社させるから。

これが大災年の出来事で、これも受活村の歴史的用語なのである。

③耳性——方言。記憶力のこと。「耳性がない」とは、忘れてはならないことを忘れてしまう人を罵る時に使う言い方。

第五章　彼らは皆彼女に跪いた――世界は涙で溢れた

茅枝婆《マオジーポー》は、事態がこんなに曲がりくねることになろうとは思ってもいなかった。山脈の山あいにある、使われなくなった道のようだった。道のない林の中へ引き込まれたかと思うと月の掛かった川べりに、かと思うとほとんど道幅のない断崖絶壁へ連れて行かれる。この蘇北の中規模の都市について言えば、彼女が見たことのある他の町と、たいして違わなかった。建物は雲に届くほど高く、多くのビルの壁は全部ガラス張りで、昼日中にそのビルの下を歩くと火事場のそばのように、脂が炙られ、自分で自分の髪の毛の焼け焦げる臭いを嗅ぐことができそうだった。道は広々としていて、もし穀物を天日干ししたら、麦秋には世界中の小麦を、秋には世界中の玉蜀黍を干せそうだった。しかしその広々とした道には一粒の穀物もなく、すべて人と車だった。ガソリンの臭いは耙耬の豚小屋や牛小屋の糞の臭いよりひどかった。その熱くて奇妙な臭いはネットリと強烈で、豚小屋や牛小屋の臭いは糸のように細く流れている感じだが、ガソリンは町にベットリ広がっているようで、道にも横丁にも、とにかく、そこらじゅうに漂っていた。今日は運良く雨模様で、そのベットリした感じは薄まり、雨水によって洗い流されたかのようだった。

街全体がきれいに変わった。

茅枝婆は一人劇場から通りへ出た。受活村の者が、退社したくないと突然言い出すとは思いもしなかった。劇団から離れたくないと言い出すとは思わなかった。

彼女が外に出ようと劇場の軒下に立っている時、雨は白いカーテンのように劇場の階段に落ちていた。彼女はふと団長と県の完全人数人が、雨の中に立っているのを見つけた。スープに放り込まれた鶏のようだったが、茅枝婆の姿を見ると顔を興奮させ、寒いなかで焚き火でも見つけたみたいだった。どこへ遊びに行っていたのかはわからなかったが、彼らが遊びから戻って来て、雨の中、何か相談しているところなのは間違いなかった。茅枝婆を見ると相談事の迷いが吹っ切れたようで、彼女の方に向かって来た。

茅枝婆、いいところに出てきてくれた。わしらちょっと話したいことがあるんだ。実は柳県長から電話があって、レーニン遺体購入資金はほとんど集まり、月末にはあんたたちの公演契約も期限を迎える、県では受活村が来年の最初から双槐県の管轄を離れることに同意している、ただ柳県長がおっしゃるには、すべては民意に基づかにゃならん、あんたらを双槐県に連れて戻る前に、受活の民意を調査せんといかん、受活の皆に手を挙げさせて、どれだけのもんが双槐県に残りたがっているか、柏樹郷の管轄を望んでいるか、どれだけのもんが管轄から離れ自由気ままな縛られない暮らしを望んでいるか、評決を取るんじゃと。

ちょうどこの時、雨が激しくなり、彼らは劇場の前の階段の下にいたので、一人は傘をさし、一人はいっそのことと雨水が頭から流れるままにしていた。どちらにしろ誰の顔もぐっしょり濡れて、湿気が人の気配を消してしまっていた。彼らがいつからこの話を準備していたのかわからなかったし、事前に何を相談していたか見抜けなかったが、県長からの電話を受けたところですぐに茅枝婆に出くわしたようで、そのままその口で流れるように話したのだった。この時、茅枝婆の心の中でドスンと音が響き、それはまるで重機が彼女の土壁のような胸にぶつかったかのようだった。彼らは受活村の人々がついさっき舞台裏で手を挙げたこと、絶対多数がこの五か月余りの公演で退社したくない、双槐県の管轄下にいたいと、あっさり考えを変えていたとは知らなかった。しかし彼女は受活村の人々が手を挙げたことは話さず、彼らを眺めながらきいただけだった。

「受活のもう半分の連中はどうする言うとるんじゃ？」

「もう半分って？」彼らは彼女にきいてから、またすぐに言った。

「あんたが言ってるのは一団のことか、彼らは広東省ですでに挙手による決を取っとって、全団員六十七人の受活のメンバーの中で、退社に同意するものは一人もおらんで、この団が必要じゃ、一生解散はしてほしゅうない、一生世界中を公演して回りたいと言うとるそうじゃ」

茅枝婆の喉は何かに塞がれたかのように、何か言いたいのだが言葉が出てこなかった。

この二団を組織し引き連れてきた完全人の県幹部たちは、茅枝婆の心を見抜き、この機に乗じて彼らの思惑を話し、さっき雨の中で画策したことを話したのだった。茅枝婆、わしらの話は白日の下に晒したんじゃ、あんたがこれまでずっと受活を解放したい、あんたたちの言い方を借りりゃ、退社して自由な受活な暮らしを手に入れたい、と考えていたことはわかっとる。で、受活のメンバーは今回の公演でみんな大金を稼いでしもうたんで、誰もが、退社して公演でカネを稼げんようになるのを恐れているということもわかっとる。あんたが退社したいと言うんじゃったら、一つだけ受け入れてもらわんと困る。受け入れてくれたら、わしらは県に報告する。受活のメンバー全員で、挙手で評決を取るんじゃ。全員が退社に同意すりゃ、あんたらは双槐県に戻り、来年になったら双槐県から離れ、双槐県柏樹郷の管轄からもはずれ、キッチリ退社するということになるんじゃ。

茅枝婆は彼ら完全人の県幹部たちに視線を向け、立ったまま、彼らが受け入れてほしいとやらいうことを待っていた。

「実際、いいことなんか何もない」彼らは言った。

「わしら手配して五か月余り、もうそれこそクタクタじゃ。この最後の数日の入場料はわしらで分けようと思うとったんじゃ。あんたがサインさえしてくれりゃ、ええんじゃ。この最後の十日は毎日雨じゃと言うし、どのみち公演しようにも、まったく何もできんのじゃけ、ええじゃろ?」

「もう向こうとは話がついとるんじゃ。ここら南方は雨が多くて、雨が降らないなんて誰も思いやしない」

「こうしよう、入場料を五百元から七百元に上げるんだ。あんたら出演者には一人当たり二座席分の代金を払う、一日一人当たり千元以上になるんじゃ」

「一枚七百元となると、新しい演目を考えんとな。もっと奇抜で、見に行かにゃならんような演目にせんとな」

「今夜移動して次の街へ行こう、次は温州じゃ。温州は雨が降らんし、いい気候なんじゃ」

「温州はここより豊かなんじゃそうじゃ。子供の結婚式に真新しい百元札で大きな赤い紙に喜の字を作って、さらに筵と同じぐらいの双喜の字を壁と大通りの広告板に貼るとかいう話らしいし、年寄りが死んだら紙銭じゃのうて、本物の札束を燃やすんじゃそうじゃ」

「新しい演目については心配ないんじゃ、これまでに加えて茅枝婆、あんたが出て真打ちを務めてくれりゃ」

「百二十八歳の長生きの演目を最後に移して、観客がその長寿に驚いている時に、わしらがあんたを車椅子に乗せて押して出て、この人は既に二百四十一歳で、九つ子は彼女のひいひいひいひいひいひい孫じゃと言うんじゃ。演目の名前は九世同堂」

「そうなると、大急ぎでなんとかして、あんたの戸籍と身分証を作らんといかん。まあ、じゃが、あんたが舞台に出ようが出まいが構わないし、あんたが公演の上演承諾書に雨の時には公演中止と書こうが書くまいが構わん。ま、わしらが最後の数回の公演の入場料を稼げんちゅうことは、どうでもいいことで、大切なんは、あんたが受活を退社させるかどうか、それが一番大きな問題なんじゃ」

「とにかく、考えてみてくれ。もしわしらに賛成なら、夜通しで温州まで移動して、明日の夜には公演しなくちゃならん」

「あんたには一場演じるごとに三席分の出演料を出そう。それでダメなら四席分出すが」

茅枝婆はそれを聞くとちょっと考えていたが、すぐに口を開いた。

「わしはカネはいらん」

「何がほしいんだ？」

「ちょっと考える時間がほしい」

「大急ぎで考えてくれんか。温州までは夜通しの道だ。まだ雨も降っていて道も悪いし」

彼らは行った。劇場の中へと入って行った。彼女は劇場の外の道に沿ってぶらりぶらり歩いて行った。体を揺らしながら、どっちを見るというわけでもなく、たまさか車が横を猛スピードで通り過ぎると、その車と飛び散る水しぶきに目を向けた。雨の時、この町の人々は外へは出かけない。大通りはがらんとして人の気配がなく、墓場のようだった。足元に溜まった雨水は音を立てながら地面の隙間に流れ込み、道端にはいくつもの銀色に光る渦ができていた。目の前のビルは雨と風の打ちつける明るく白い音を響かせていて、耙耬山脈の盛夏の頃、山の斜面の林が立てる風の音のようだった。遠くのビル群と家々は、雨に煙ってぼんやりと一緒くたになり、下半身不随になって水面をいざっているようで、黒々とした灰色をしていた。強烈な水蒸気がそこからゆっくりと押し寄せてきて、そしてそのまま流れ去って行った。

茅枝婆は、ほんとうに目の前が一面の洪水で、水浸しかと思ったが、立ち止まってよく見てみると、それは水が溜まっているのではなくて、アスファルトの道とコンクリートの地面が、雨のなか、一面ぼんやりした光を放っているのだった。近くの十字路で二台の車が衝突して、二人の運転手が車から降りて、しばらく何か話していたようだったが、またそれぞれ自分の車を運転して雨の中へと消えていった。茅枝婆はその車のぶつかった十字路に向かって行った。そこには豆粒のようなガラスの破片が散らばっていただけでなく、ガラスの破片の中に、車に足を轢かれた、一匹のブチ犬が横たわっていた。犬の血は水の中に広がっていた。濃く薄く、黒々とした赤から鮮やかな赤へ、そして薄いピンクへ、ゆっくりと雨水の中に溶けていた。

雨の粒がその血の混じった水に落ちると、ベットリした音を立てた。その水から浮かんでくる赤い泡は、晴れた日にこの街中に広がる赤い紙の傘のようだった。泡がはじける時には、傘を閉じる時のような音がした。ただ傘を閉じる時の音の方が長く、泡の音は短かった。泡がはじけると、かすかに生臭い臭いが立ち昇り、途中まで行くとまた下がっていった。茅枝婆はそのガラスの破片のそばで、生臭い臭いの漂う中に立ち、犬を眺めていた。犬も目を瞬かせながら彼女に助け起こしてほしそうに見ていた。

彼女は、家で餌をやっていた片輪の犬たちのことを思い出した。

しゃがんでそのブチ犬の頭を撫で、また地面に血を流している、投げ出された二本の足を撫でた。彼女はふと思った。もし入場券を本当に七百元で売り出すことができりゃ、十枚で七千元、百枚で七万元、千枚じゃったら七十万元にもなるじゃないか。そしてこの二か月彼女たちの公演は毎回少なくとも千三百枚は出ている。千三百枚じゃったら、九十一万元じゃ。九十一万元のうち、受活のもんらの出演料を除いたら、あいつらの手には少のうても八十五万元残っとる。その八十五万は誰の手に渡っとるんじゃ？ 八人の県から派遣された完全人の幹部、さらに団の会計係、出納係に切符切り、保安員などいろいろ足しても、彼女ら受活の四十五人の片輪を除くと、残りの完全人は全部まとめても十五人にしかならない。

ともかく、毎回一回の公演で、完全人らは八十五万元の収入を得ているということじゃ。

彼女たち受活のメンバーが、舞台に出て演じて、一人毎日二座席分の出演料を稼ぐ裏で、完全人らは一人一日少なくとも平均五万六千元は稼いどったということになる。

完全人が毎日一人平均五万元以上いうことじゃったら、十日十回の公演で、彼らは少なくとも一人五十万元の収入を得るということじゃ。

茅枝婆が雨の時はそこでの公演は中止するという契約書に署名捺印さえしなければ、彼らは五十万元余りを稼ぐことはできないのだ。

そしてまた今、目の前のことも茅枝婆にかかっていた。

雨はますますひどくなっていった。茅枝婆は雨の中にしゃがんでいた。犬のそばにしゃがんでいた。彼女は寒気を感じた。まるで全身一枚の服も身につけていないかのようだった。しかしまた体が熱っぽい感じもしていた。彼女があの書類の枠に判を押しさえしなければ、完全人どもは自分たちの取り分を得ることができないのだ、ということに気づいた時、熱いものが下から湧き上がって頭まで上がってきて、全身が暖かくなって体の冷たさは跡形もなく消えていったようだった。

茅枝婆は最後に何度か犬の頭を撫で、子供の顔の涙を拭いてやるように、そのブチの顔の雨水を拭いてやると、抱き上げて道端の安全なところへ連れて行き、しばらくボンヤリしてから、体の向きを変えると、もと来た道を戻っていった。突然考えが決まったかのようで、びっこでも、足取りは来たときよりもキビキビと軽やかだった。深く浅く踏み込み、いい方の右足は地面に踏み込む時、びっこの左足より力が強い。だから飛び散る水しぶきも左足よりひどく、何歩か歩く内に、左足のズボンの裾はぐっしょりと濡れてしまった。

大通りには人っ子一人いなかった。

その雨水を跳ね飛ばしながら帰って行く様子は、田舎から都会に出てきたおのぼりさんそのものだった。しかし何歩か行ったところで、背中の方でかぼそい鳴き声がした。迷子になった子供が、遠くから母親を呼ぶような声だった。

振り返るとあのブチが後ろ足を引き摺りながら彼女を追いかけていて、彼女が振り返ると、母親を見つけた子供のように力一杯彼女の方へ這いずって来て、仰ぎ見るその目には哀願の光が満ち溢れていた。

こいつは街の野良犬だった。彼女はしばらく躊躇っていたが、足を引き摺りながら数歩戻ると犬を力一杯その胸に抱きしめた。水で濡れてしまった小麦粉の袋のようなその犬を胸に抱くと、犬が寒さと嬉しさで震えているのを感じ取ることができた。その車に足を轢かれた犬を抱いて、劇場へ続く横道まで来たところで、この街のどこの通りから来たのか、彼女を取り囲むように四、五匹の野良犬がついて来ているのに気がついた。黒いのも白いのも、どの犬も醜くて年を取っていて、雨に濡れて震えていた。どの犬も体に毛が張り付いて、痩せさらばえた肋骨が見えていた。大災年の飢饉の時に、人が極限まで痩せると、やはり肋骨が皮膚そのもののように飛び出した。

茅枝婆はその場で動けなくなってしまった。

犬たちはみな目をショボショボさせながら彼女を見ていた。通りの物乞いが、食べ物や施しを持っている人に出会ったかのようだった。

「おまえたち、この婆さんについて来ちゃだめじゃ」

野良犬たちは声を出さず、依然として目は救いを求めて彼女を見ていた。

「わしについて来ても、おまえたちにやる餌はないんじゃ」

犬たちはやはり彼女を見ている。

彼女が動くと彼らもついて来る。

彼女が止まると彼らも彼女の後ろで止まる。

彼女は一番前の黒い犬を軽く蹴った。その犬は一声吠え、他の犬たちは慌てて後ろへ数歩下がった。しかし彼女が劇場の方へ行こうとすると、その数匹の犬は、また尾っぽのように彼女の後ろをついて来るのだった。

彼女は彼らの相手をするのをやめ、前に向かって足を引き摺って行った。その小さいブチ犬を抱いたまま、劇場の門の前までたどり着いて振り返って見ると、彼女の後ろにいるのはもはや数匹ではなく、十数匹になっていて、あたり一面、どれもこれも醜く汚い野良犬だらけだった。みなこの街で人に捨てられた、醜くて汚らしい片輪の犬ばかりで、受活村の者と同じ、一匹は両目を失明し、目の下には黄色い膿が流れ、白い目くそが付いている本物のめくらだったし、ほかは前足が一本足りなかったり、後ろ足が一本足りなかったりで、三本足の犬は、びっこが杖をついて、地面に傾いて立っているようだった。いつもホテルの前を行ったり来たりしている犬は、食べ物を漁っている時に、ホテルの従業員に煮えたぎったスープを頭や背中にぶっかけられ、頭も背中も肉がただれて臭気を放ち、ハエや蚊の永遠の楽園となってしまっていた。

雨はすでに小降りになっていた。空には明るい白がのぞいていた。

茅枝婆の前も後ろもムッとする腐臭がしていた。犬たちの血や膿や汚れの臭いだった。劇場の前で、彼女がこの野良犬の一群を追い払おうと思ったまさにその時、彼女に一番近い一番前の、歩く時に体を揺らしていた足の悪い犬が、彼女に伏せをしたのだった。茅枝婆は自分のびっこの足が、下から何かに引っ張られ、引きつったように震えたのを感じた。彼女はそのびっこの犬の前足をジッと見つめた。その犬が伏せをした時、つまずいて転んだ時のように前足の下で音がして雨水が飛び散った。普通の伏せと違うのは、後ろ足二本は地面に突っ張って立ったままなので、犬の背中は前が低く後ろが高くなり、尻尾は宙に浮き、それでも顔は上を見上げ、目を瞬かせて彼女を見ていて、いびつな恰好になっていた。

彼女はその犬にきいた。

「どうしてほしいんじゃ?」

そしてまた胸の犬に目をやった。「これはあんたの子供なんか?」

彼女は胸に抱いていたブチ犬を足元に放してやった。すると小さいブチ犬は、憎らしげにその老犬を睨みつけると、向きを変え、怪我をした足を引き摺りながら彼女にすがりついた。

彼女はまたそのブチ犬を自分の胸に抱いた。

抱き上げるると思いがけないことが起こった。その老犬が、他の野良犬に何か伝えるかのように周りを見渡して何度か吠えると、その一面の野良犬たちが、みな老犬に倣って彼女に向かって伏せをしたのだ。みな彼女に伏せをし、彼女とその胸の犬を見ていた。どの目も救いを求め、彼女の胸に抱かれているブチに嫉妬し、彼女に抱き上げてくれ、同じように彼らを何処かに連れて行ってくれと、懇願しているのだった。彼女に自分たちを見捨てることなどできるはずがない、きっと自分たちを片輪者ばかりの耙耬山脈の受活村に連れて帰ってくれる、そして受活村の彼女の家には、すでに十数匹の片輪の犬がいることまでも知っているかのようで、ついに自分たちの主人、母親、祖母を探し当てたかの如く、彼女に向かって土下座した時には、周りは涙の塩《しょ》っぱい味に満ちていた。

世界は犬の涙の塩っぱく苦い味がしていた。

彼らは涙を流しながら彼女に助けを求め、喉の奥からはウーウーと低い声を出し、どこかが痛むかのように、心がひどく疼くかのように、もはや土下座をして救いを求めなければどうしようもない、ギリギリのところに来ていた。茅枝婆には彼らの鳴き声は子供の泣き声に聞こえた。彼らの鳴き声が雲のように広がって行くのが見え、彼らの涙の塩っぱさが、塩を入れ過ぎたスープのように鼻を突いた。彼女には彼らが何を求めているかわかっていた。彼女の胸は、乾いた砂地に流れ込んだ水でしっとり潤ったが、やがて乾いた砂でぎっしり詰まったようになった。

彼らはブチ犬と同じように連れて行ってほしいと願っていた。耙耬山脈の受活村へ連れて行ってほしいと願っていた。彼らは年老いている上に片輪だったので、自分たちがそこへ行くべきだと知っていた。この完全人の町で、茅枝婆が来てくれるのを長い年月待っていたかのようだった。彼女について受活に行かないわけにはいかない。

茅枝婆は呆然とその一群の年老いた片輪の犬たちを見ていた。

雨はすっかりあがっていた。空には明るい光が広がっていた。十数匹の犬たちは水溜まりの中で土下座し、喉の奥で黄土色の哀れな声を上げ、彼女は周りから黄土色の雨水を浴びせられているようだった。どうして良いかわからず、茅枝婆はまた胸に抱いているブチ犬を地面に下ろした。ブチを抱いて劇場に入らず、餌も与えず、後足に包帯を巻いたりしなければ、あるいはこの犬たちはこんなに彼女を取り囲んで助けを求めることはなくなるかもしれないと。しかしブチは、前足を使って彼女の足を這い上がろうとウーウー泣き始めてしまった。真っ赤な目から涙が泉のように流れ出し、瓜のような顔を伝い口へと流れ込んでいった。

茅枝婆にはなす術がなくなった。

団のあの県の幹部の完全人たちの中には、劇場内に戻らなかったものもいて、入口でずっと彼女が帰って来るのを待っていた。一度戻って服を着替えたものもいた。茅枝婆はその幹部の服がサッパリしているのに気がついた。茅枝婆が途方に暮れた時にちょうど階段を降りてきて、あたり一面が犬だらけで、その犬たちが茅枝婆を見ているのを気味悪そうに見た。

「考えてもらえたじゃろうか？　もう舞台裏には今夜移動する準備をするように伝えたんじゃが」

「前代未聞のことじゃが、出演者には五席分の出演料を払うことにしたんじゃ。五席分なら三、四千元じゃ」

「あんたには一回の公演で十席分出そう。十席なら七千元じゃ」

「もちろん、一番大切なんは、十席分の出演料じゃない。わしらが県に電話して、県長に、受活の者は皆退社して、双槐県の管轄から離れたいと希望しとる、と伝えることじゃ。家に戻りゃ、受活退社の書類を手にし、永遠に双槐県からも柏樹郷からも解放され、この世であんたらの受活を管理するものはいなくなり、百パーセント、受活村は受活になることができるんじゃ」

「なあ、茅枝婆、退社するもせんも、あんたの一言なんじゃ」

「返事してくれ、どっちにしろあんたが言わんことには話にならん」

茅枝婆は目の前にいる完全人たち、特に団を率いている幹部たちに目を走らせると、一番よく喋った県幹部に視線を向けた。

彼女は言った。「柳県長に言いに行ってくれ、受活には退社したくないものは一人もおらんと」

完全人たちはホッと肩の力を抜いた。

「そりゃ良かった」

彼女は言った。

「もう一つ、受活のもんの出演料は五席分じゃのうて、十席分にしてくれ。わしは一席分も、びた一文もいらん。この公演で残ったカネはあんたらのものじゃ。それからあと一台車を準備してもらおう。今日連れてきたこの犬たちを受活へ送り届けてくれ」

幹部たちはちょっと顔を見合わせたが、みな笑って承諾し、それぞれ自分の仕事に取りかかった。一団の幹部に電話して、そっちもこっちと同じように受活のメンバーは百パーセント退社したがっていると県に報告するよう伝える、耙耧へ十数匹の片輪犬を送り届ける車を手配する、温州に移動するためのコンテナや車を手配する、茅枝婆が舞台で着る舞台衣装や小道具を買いに行く、茅枝婆は二百四十一歳まで生きながらえている老婆を演じるわけで、戸籍や身分証は全部取り替えねばならないし、いろいろ工夫が必要だったし、舞台衣装も夜を徹しての作業が必要だった。二百四十一年前と言えば、清の高宗の弘暦の頃のことだ。乾隆二十一〔一七五六〕年から今に至るまでには清代の隆盛と衰退、八か国連合軍、袁世凱政権、辛亥革命、中華民国時代と抗日解放後の新政府を、全部経験しているということだ。一人の人間が乾隆の時代から生きながらえるには、もちろん何か特殊な方法があるということだ。茅枝婆が二百四十一歳まで生きることができたのは、単に粗食だっただけでなく、毎日畑仕事をしていたからだ。最も重要なのは、彼女が道光十七〔一八三七〕年、八十一歳の時に病気になって、死装束まで着たのだが、また生き返ったということだ。生き返ったということは一回死んだわけで、もう何も怖いものはない。そこで一年三百六十五日、日中は他の人と同じ服を着て食事をし畑仕事をし、夜は死装束を着て、寝たまま二度と目を覚まさなくてもいいように準備していたのだが、しかし毎日朝になると目を覚ますのだった。光緒三〔一八七七〕年、百二十一歳の時、また大病を患い、三日三晩、生死の境を彷徨ったが、また生き返った。二度生き返ったからには、いつでも死ぬ準備をしておかなくてはならない。そこで日中も夜中も、死装束を着るようになったのだ。食事の時も死装束を着て食べ、畑仕事の時にも死装束を着て鍬をふるい、夜も死装束を脱がずベッドに横になった。

毎年毎月毎日死装束を着続け、毎分毎秒、死の準備をし続け、二百四十一歳、乾隆の時代から今日まで生きることになったのだ。今日まで、どれだけの時代を経てきたことか。嘉慶、道光、咸豊、同治、光緒、乾隆、宣統、民国それに人民共和国と、二百四十一年の間に九つの王朝、なんと九つの王朝を経たのだ。道光十七年に初めて死装束を着て、光緒三年に日夜を問わず死装束を脱がなくなった。この百年以上の間に何枚死装束を着潰したことか。だから、彼女が二百四十一歳を演じるに当たって、少なくとも十セットは準備しなくてはならなかった。しかもそれらはすべて、古くてボロボロのものでないとだめだ。そうすれば観客は、彼女がこの百六十一年間、死装束を着ていたから、今日まで生きて来られたと思うのだ。

このように完全人は、上から下まで大騒動だった。

そしてこの日の真夜中、ついにこの町を離れ、次の会場へと移動し、そこでも公演は大盛況となった。

第七章　レーニン記念堂が落成し、大典のセレモニーが始まった

柳県長はここ数日、地区と省で緊急の会議を開かなくてはならなかった。

茅枝婆と絶技団の片輪たちは、汽車と車を乗り継いで東南からやっとのことで帰ってきたというのに、受活村に戻って、子供たちや家や木や通りや横丁や、なじみの鶏や豚、犬、鴨、羊や牛と再会を喜び合う時間もなく、柳県長に緊急に呼び出され魂魄山まで行き、お祝いのステージの最後を飾った。

レーニン記念堂はすでにできあがっており、山頂の記念堂に通じる道端の便所もできあがっていた。便所の入口には男、女と赤いペンキで書いてあり、乾いてからずいぶん日が経っていた。すべては整っていたが、最後の一押しがまだだった。

レーニンの遺体買い出し部隊は双槐県を出発して七、八日になるが、ロシアへ行く手続きは万事順調で、北京で一日半待って飛行機に乗るとのことだった。まっすぐ北へ、ロシアへと購入の交渉に行くのだ。交渉とは即ち値切ること、レーニンの遺体に最低一億から始めて、向こうが十億出しても売らないと言うなら、一億五千万と言えばそれで十分、向こうが十億には程遠いと言っても、そんな小さいことは気にしない。だったら二億と言ってみたら、どうだろうか。向こうはこちらが本気で買うつもりなら現実的で妥当な金額を出してくるだろう。

この時、我らが団長は天眉《てんび》①を寄せ、テカテカの頂《ちょう》門《もん》③に皺を寄せ、途轍もない難題にぶつかったような顔

をする。実際、難しいと言えば、確かに途轍もなく難しい。提案する金額が少ないと、向こうはいっそのことレーニンの遺体を売るのをやめてしまうかも知れないし、金額を多く言ってしまうと、向こうに数百万、数千万、あるいは一億も余計に払ってしまうことになる。実際、絶技一団と二団の半年の公演は、県に巨額のカネをもたらしてくれた。地区も大変な額の救貧債を出してくれた。だが、そのカネは結局は生きたものではない。死んでしまっているものだ。使い終わってしまえばそれまでだ。上からの救貧債も向こう三年以内は、双槐県には一分《フェン》たりとも、おかずを取り分けるように分配されるはずはない。絶技団と双槐県の公演契約もすべて終わってしまっている。この七日間のレーニン記念堂落成記念公演も、柳県長が茅枝婆に半ば無理強い、半ば承諾で引き受けさせたのだ。この七日間が過ぎれば、彼らは双槐県の財政のために公演することはなくなるし、彼ら自身、双槐県の人間ではなくなるのだ。双槐県の地図からも受活村という細長い村落はなくなってしまう。

レーニンの遺体は必ずや買って帰らなければならないのだ。

金額は必ず値切りに値切って、カネを節約しなくてはならない。その節約のため、そもそも柳県長自らロシアへ赴き、値切り交渉をする予定だった。しかし、ここ数日、地区と省で緊急かつ重要な会議が重なり、各県の県長と書記は必ず参加しなくてはならなかった。というのは、市長・省長の差額選挙に関わることで、たとえ病院に入院していても、癌でなければ病院から出て会議に参加すべし、もし癌だったとしても、早期だったら、できるだけ参加すべし、とのお達しだったのだ。

柳県長は仕方なく彼が最も信頼を寄せる副県長に代表団の団長になってもらい、値切り交渉に行かせることにしたのだった。実のところこの副県長、彼の腹心で絶大な信頼を得ていた。副県長宅の大広間には、大きく伸ばした柳県長の写真が掛かっており、彼は県の娯楽関係の一切を取り仕切っていて、弁が立った。昔、あるテーブルで、双槐県を経由して省都へ商談をしに行く台湾商人と世間話となった時、姓が違うとわかったのであえて同じ姓を名乗った。同姓ということは、親戚ということだ。親戚ということは祖先が同じということで、親しみやすいことこの上ないからだ。あれやこれや昔話をし、今の様子を話すと、その台湾の客人は涙まで流し、省に投資しようとしていた一千万元を越えるカネを、双槐県のために残し、それで双槐県に発電所ができ、各家庭に電気が灯るようになったのだ。柳県長はすぐに彼を常務副県長に抜擢した。県常務委員会になると、副県長は大小の会議に列席することができ、大きな一票となるのだ。まったく、副県長さんじゃったら間違いなし、交渉人としちゃ最高の人選じゃ。高い報酬で副県長に付いてロシアへ行く通訳は、もともとロシアで何年も勉強したことがあり、ロシアについては柳県長が双槐県を知っているのと同じくらい熟知していた。

柳県長には、彼らにレーニンの遺体を買いに行かせることについて、不安なことは何もなかった。大まかなところから細かいことまで、すべて家でしっかり準備した。向こうが我々に、レーニンの遺体には価格交渉のための値段ではなく、誠実に現実に見合った値段を付けろと言ってきたら、副県長は当然口からでまかせに値段を言うわけにはいかない。その値段については、家で百回も千回も繰り返し吟味して、正確この上ないところだった。上限はいくらかをちゃんと言って、それを越えたら絶対に受け入れてはならないのだ。ただし受け入れなくても、絶対、絶対にこの商談を成立させせないといけない。必ず、必ずやレーニンの遺体を持ち帰り、耙耬の奥深き魂魄山に安置しなくてはならない。この時にこそ、交渉団の人間としての能力が試されるのだ。副県長なら、間違いなく、その才能を持っている。おそらく彼らが交渉するのはレーニンの遺体のそばの部屋、レーニン水晶館の西のあの応接室だろう。レーニンの墓の双槐県の部屋よりはるかに小さい地下宮殿のその接客室は、壁が煉瓦造りで、内側は特殊な粉末で白く塗ってある。外観はもう完全に中国様式だ。赤の広場の一方の端に、地面より少し高くなっている石の台があり、その台から端へ行くと二丈の深さがあって四角い穴があり、中は二、三部屋分ほどの大きさの石造りの壁になっていて、冬暖かく夏は涼しく、真ん中にレーニンの水晶棺が置かれている。レーニンにとってやりきれないのは、彼の墓が、温州の金持ちが自分のために用意した墓ほども大きくないということだろう。違うところは、レーニンの墓の墓室は我々のものとは違って少し高いということだ。ロシア人は我々より背が高いのだから、自然、墓室の天井も我々のものよりは高くなる。墓室の壁には防水・防腐のための特殊な白い灰が塗ってあり、白い中の棺は今ではもうすでに七十五年の年月が経っているのに取り替えられず、壁の白い灰も塗り替えられていない。厳選された管理人たちは一日じゅう鶏の羽根のはたきで埃を払い、雑巾で棺のガラスを磨いてはいるものの、ガラスの板も、七十五年前のようには、透き通ってはいない。外から見ても、レーニンの遺体は昔ほどはっきり見えんようになっている。あのたった数平方メートルしかない地下宮殿の接客室も、時に応じて臨時に雇われた管理人たちが、毎日はたいたり拭いたりしている。毎月一度は椅子やソファーの背に立って、天井の隅の蜘蛛の巣や埃を払わなければならない。しかしその白い壁も、七十五年の歳月で黄ばみを隠しきれなくなり、場所によっては、まったくの黄色になってしまっている。耙耬や双槐、河南省西部の人々が、清明節に墓で焼く黄色い紙のようになっているのだ。レーニンの遺体の部屋と壁を隔てた隣の、ちっぽけな接客室は、彫刻の施してある框《かまち》を越えて中に入ると、まず目に入るのが、壁に掛かった白樺の油絵の額の下に並べてある古いソファーで、枠は木製、何の木かはわからないが、年月を経たその木材は光を放っている。しかしソファーの皮は、年月に耐えきれず擦り切れて白くなっている。肘掛けの破れ口からは、棕櫚《しゅろ》の繊維がはみ出している。このソファー、まさにこの部屋のこのソファーに座って、副県長は誠心誠意商談するのだ。半日の内には、レーニンの遺体を運んで帰ることに決まるだろう。副県長が言う。このレーニンの遺体にこれ以上は出せない、これでないと死んでも買えない。

向こうは言う。この値段で買ってもらえないのなら、死んでも売らない。

副県長は言う。「忘れないでもらいたい。我々の国以外に買おうなんて思う国はありませんぞ」

「そんなこと、わかりはしません」

「もし他に買おうという国があるのなら、それらの国がすかんぴんであることをちゃんと見てもらわないといけません。彼らにこんな大金を出せるかどうか考えてもらわなくてはなりませんよ」

「売り出すわけにはいかないのだから、売りませんな」

「売らないと言っても、あなた方にはレーニンの遺体を維持するおカネさえないでしょう？　レーニン廟を修復するおカネも、管理人に支払う給料のおカネさえないのでしょう？　売らないはいいが、レーニンの遺体が日毎に悪くなり、あっという間に遺体の形も崩れ、あのレーニンの端正な面影も見る見るうちになくなってしまいますよ」

　副県長はその廟の中の一室で、ついに向こうの人々の心を動かすのだ。そして最終的に私たちにとっては最も安い、向こうにしてみれば一番高い値段で決めるのだ。値段が決まったら契約の準備だ。もちろん契約の前には、やらなければならないたくさんのことがある。レーニン廟の管理所が上に報告を書き、上はさらに上に報告を書き、最終的にはあの国の最も高いところまで行き、あれやこれや討論研究が行われ、ついには討論に参加したトップたちも、暗黙の了解でこの件を認めることになる。中国の双槐県がレーニンの遺体を買うことを黙認するのだ。レーニンが中国へ行っても、そこが彼の家であり故郷であると。国家としてのメンツのため、国民への申し開きのため、彼らはあるいは三十年から五十年、ひどければ十年から二十年だけという期限をつけるかも知れない。特別なとき、万が一やむにやまれぬ状況になったときには、レーニンの遺体を元の状態のまま彼らに返すように要求してくるかも知れない。そういった無茶な要求も柳県長には想定内のことであり、すでに副県長には丸く収めるように言ってある。迅速に持って帰ることさえできれば、厳しい条件でも飲むようにと。

　柳県長は言った。「考えてみてくれ。一日早く持って帰ることができれば、一日早く巨額の収入を得ることができるということだろ？」

　心配することは何もないのだ、レーニンの遺体は、どれだけのおカネを使ってでも買って帰らなければならない。考えられることはすべて考えた。あとはやるべきことをやるだけだ。年はすでに戊寅《つちのえとら》〔一九九八〕の年から、己卯《つちのとう》〔一九九九〕の年に入っていた。旧暦ではまだ旧年中ではあるが、新暦は新暦で、暦はめくられていく。レーニン記念堂は見事に完成した。受活村の絶技一団と二団は東南の地からすでに戻って来ていた。南の温暖な地からこの山脈の冬の日々に戻ってきた。もともと彼らに双槐県の管轄から離れると約束した日よりは、もう一週間ほど過ぎていた。理屈から言えば、彼らが外から帰って来るのだから、柳県長は受活村を双槐県から切り離すという通達を、各委員会、各部局、各郷・鎮・村の委員会に出し、それを自らの手で茅枝婆に渡すべきであったが、柳県長はその通達を出さなかった。そうしなかった。茅枝婆と絶技団に、最後にもう一度、助けて欲しかったからだ。県の絶技団を歓迎するための宴席で、柳県長は哀願するように酒盃を茅枝婆の面前に突き出し、人には滅多に見せない笑顔を浮かべていた。

「受活が完全に双槐県を離れ、双槐県の管轄でなくなるための書類は、すでに九分九厘できあがっていて、わしの事務机の上にあり、県委員会と県政府の公印も、一枚一枚全部に押してある。しかし受活がすっかり退社して、双槐県と柏樹郷でなくなり、県とも郷とも縁がなくなってしまう前に、この柳県長、一生の頼みがある」

茅枝婆は県の招待所の大ホールの真ん中で、柳県長を見ていた。

「わしは、これまで人に何かを頼むということはしたことがないんだが、そのわしが初めて頼むんだ」

「レーニン記念堂は完成し、新しい水晶棺も運び込まれ、魂魄山の上で記念堂落成の記念式典をやらにゃならん。あんたら絶技団にもう七日間公演を頼みたいんじゃ」

「何百キロも回って来たんだ、最後にもうひと頑張りしてもらえんか？　七日が長いと言うなら三日でどうだ？　公演が終わったところで、この柳県長自ら受活が双槐県の管轄から離脱する通知を読み上げようじゃないか」

「レーニンの遺体はもうじき運ばれて来る。その前に魂魄山の上で景気付けをやっておきたいんじゃ。その景気付けに、あんたら絶技団を外すわけにはいかんじゃろうが」

「もちろんタダとは言わん。魂魄山に登って記念堂を見学し、あんたらの公演をみるには切符を買わねばならん。県内のものも県外のものも五元だ。この代金は三分の一をあんたら絶技団に、三分の一を魂魄山観光管理所に、三分の一を県の財政に充てる。

こうしようじゃないか。第一回公演の前にわしは記念堂の前で式典のテープカットをする。テープカットがすんだら地区に行って会議を開く。一日で会議をすませて帰ってくるから、三回目の公演が終わったら、わしが舞台の上であんたらの退社通知を読み上げよう、みんなに今からあんたたちは退社し、双槐県の管轄でも柏樹郷の管轄でも、この世のどこの県、どこの郷の管轄でもなくなることを知ってもらうというのでどうじゃ？」

こうしてごちゃごちゃしているうちにすべては決まり、茅枝婆と受活村の面々は、翌日空がぼんやり明るくなるころに、まだ荷下ろししていないトラックをそのまま魂魄山へ走らせ、レーニン記念堂の落成記念式典に出演することに決めたのだった。

くどい話

①天眉——方言。眉毛のこと。眉毛が顔の上の方にあるので天眉と言う。

③頂門——方言。額のこと。語源は天眉に同じ。

第九章　なんと精巧な作りじゃ、紫光まで放っとる！

もともと第三回公演に登場し、舞台の上で退社の通知を読み上げると言っていた県長だったが、彼は山の上に一日いただけで、大典の赤いテープもカットしないまま、大慌てでレーニン記念堂を離れ魂魄山を下りざるをえなくなり、それっきり消息が途切れてしまった。

時はすでに旧暦師走に転がり込み、十二月一日がいつのまにか前の月を越えてこっそりやって来ていた。南は温暖で木々は緑で草花は色とりどりだが、北にあるこの辺りには厳しい冬が一歩一歩近づいて来ていた。冬至になれば我慢できないほど寒くなるところもあり、雪はないが、朝早くには山も野原も一面霜が降り、その霜はすぐに凍って薄い氷になった。夜、缶に水を入れたままにしておくと、翌日にはカチンコチンに凍ってしまう。水桶は元々台所の戸口に置くものだが、水桶を濡れたまま戸口に置いておくと、翌日には地面に凍り付いて動かなくなってしまい、それで水を汲もうと思ったら、煉瓦でその桶を叩き壊すしかなくなる。桶を壊すのが嫌なら、火で焼くしかない。

木も枯れる。木々の葉っぱも草の葉も、師走に入る前にはすっかり落ちてしまう。山脈も村も、つんつるてんで、雀は草むらの中にいても隠れることができない。鳴き声がして、頭を上げてどこかの枝にとまっているのを見つけ、石を投げれば凍死した雀に当たるかも知れない。

耙耬山脈の尾根のウサギや野生の鶏、イタチや、最近ではあまり見かけなくなった野狐も、自分たちの巣穴の他には、身を隠すところはなくなってしまう。尾根の上から石ころを転がり落とすと、賢い狐は穴の中でジッとしているが、鶏やウサギやイタチは驚いて穴から飛び出してしまう。続いて彼らの後ろから狩人の銃声が響く。

冬の午後、日没前の黄昏時には農繁期にしか畑に出ない狩人たちが、意気揚々と猟銃を担いで村へ歩いて行くのが見える。コーリャンの穂と同じくらいの長さの猟銃の台尻と銃身には、鶏が数羽あるいはウサギが二、三羽ぶら下がっている。

それからイタチも。

運が良ければ狐がぶら下がることもある。

しかし己卯《つちのとう》〔一九九九〕の年の冬、山にその景色はなかった。人々は魂魄山に受活の公演と滅多に見ることのできないレーニン記念堂を見に行ったのだ。山の尾根では、人々が一群また一群と山の中へ分け入って行く。みなの顔は、縁日に行く時のような笑顔だ。大人は子供を背負い、中年は荷車に年寄りを乗せて引き、遠出のものはおやきや蒸しパンを持って、荷車には布団や鍋釜箸まで積み込み、野宿に備えていた。山道の話し声と車のゴロゴロいう音は、足音と共に数日の内にわんさか増え、耙耬の山奥へと続く道は舞い上がる埃でいっぱいだった。埃は流水のように巻き上がった。午後の陽差しは暖かく、雀は元気になって人々の足音を追いかけながら、この木からあの木へと飛び移り、まるで大移動のようだった。野ウサギは山の斜面から驚いて飛び出して、谷底へと飛び込んで行った。しかし谷底に銃声がしないとわかると、また自分の巣のそばへと戻り、不安な目を見開いて、山へと急ぐ村人や遠い町から来た人々を見ていた。

耙耬山脈にある村はすべて空っぽになってしまった。

山脈の外の村もみな空っぽになってしまった。

町の人も休みを取って、バスに乗って魂魄山へと向かった。

まず双槐県に隣接する魂魄山の柏樹郷、楝樹郷、小柳鎮、大柳鎮、楡樹郷、梨樹郷と杏花営郷そしてさらに高柳県の石河鎮、青山鎮、草家営郷、馬草郷と十三里舗郷、上楡県の棗樹郷、桃郷、小槐鎮、楝郷の人々が魂魄山の上へと向かい、結局三つの県と郷のすべての村が、公演と記念堂とその山水を見に行ったのだ。

冬は村人にとっては農閑期、彼らが遊びを探し求める時だ。まさにちょうどその時、レーニン記念堂が落成し式典が開かれ、受活の人々がその山頂で公演することになったのだ。

見て帰って来た男たちは言った。

「いやまったく、あの辺りの木はみんなもう芽を出しとるし、あの記念堂ときたら、金鑾殿《きんらんでん》（故宮の中にある太和殿の俗称）よりも金ピカじゃ。槐花っちゅう娘がおって、その記念堂よりべっぴんじゃ」

金鑾殿や槐花がどういうものなのか、彼は実際には見ていない。しかし彼は北の冬にも新しい緑が芽吹いていることを知ったのだ。気候がいつもと違っていた。彼の話では受活村に仙女が現れたと言う。

見に行って帰ってきた女たちは言った。「早く見に行かなきゃ。ほんとに春みたいなんじゃ。記念堂の中にはもう水晶棺も置いてあって、槐花っちゅう娘がおって、まあその肌の白いこと。水晶棺とおんなじくらい白いんじゃ。水晶棺はガラスよりピカピカ光って、水晶眼鏡みたいで、ちょっと触れただけで指紋がついちまうんだよ。二寸ほどもある水晶棺の板は底に落ちてる埃まで見えるし、埃の粒もその棺の中では光を出しとるようじゃった」

彼女はこう言ったが、水晶棺の棺桶の中に埃が落ちているのを見たわけではないし、手で水晶棺に触ってもいない。しかしこう言うことで、記念堂に行ったというだけでなく、レーニンのために準備している新しい水晶棺を見に行ったことを証明することができるのだ。

車に乗せられ、息子や娘に引いてもらって見に行ってきた年寄りたちは戻って来るや、道で会う人ごとに言った。

「見に行くんじゃ、見に行くんじゃ。見に行ったら死んでも無駄にはならん。レーニンはなんと偉大なお方じゃ、あのお方が来たら冬が春になったんじゃから」

「ほんまか」

「金鑾殿の高いことときたら雲に届くほどなんじゃ。煉瓦や石をどうやって運んだんじゃろうな」

「金鑾殿じゃなくて記念堂じゃろ」

「金鑾殿とおんなじことじゃろ?」続けて言う。「あの水晶棺ときたら、白くて輝いていて、玉のようなんじゃ。あの水晶棺を買おうと思うたら、わしらの村をまるまる売ってもまだ足らんのじゃ」

「なんで足らんことがあるものか。受活のもんが外で何日か公演したら足りるほどなんじゃろ?」

ちょうど受活村の話が出たので、一人の男が溜息混じりに叫んだ。

「まったく、わしゃ片輪にも及ばんよ。わしもつんぼじゃったら耳の横で爆竹を鳴らしたるんじゃがな」

彼の妻は彼が引く荷車の上で言った。

「うちがもし下半身不随じゃったら、紙じゃろうが葉っぱじゃろうが刺繍するんじゃがなあ」

お年寄りが言った。

「わけがわからん、わしゃ五十三で目はだめじゃし、歯も全部抜けとるというのに、あのびっこの婆さんは、百七歳で玉蜀黍は囓れるし刺繍までできるんじゃからら」

彼を連れて行った嫁は言った。「お父さん、あの人は毎日死装束を着たまま食事したり寝たりしてるんですよ。うちはお父さんに、毎日お見送り用の服を着たまま家の中をウロウロさせたりしませんからね」

その時、七、八歳の子供たちの一群が興奮冷めやらぬ様子で山から親に連れられて降りてきたが、上で何を見たかは言おうとせず、たくさんの村人たちや山里の人々が山を上がって来るのを見ても、連れて行ってくれた大人たちに向かって「まだ見たい、まだ見たいよぉ」とだけ叫んでいた。

何をまだ見に行きたいのかまでは口にしない。しかし言わなくても、まだ見たいという泣き声は、尾根に響いて散っていった。結局ぶたれて黙り込むが、きかん気の強い子は、別の親戚や隣人に連れられて二度目の魂魄山に上がって行った。

魂魄山は人だらけとなり、異常なまでのにぎやかさだった。山頂へと続く十里ほどの広く明るいアスファルトの道は、人の頭で埋まって真っ黒になり、朝から晩まで蟻の引越しのようだった。もとはきれいな道が、紙くず、布きれ、草わら、食べかす、煙草の空き箱、靴に靴下に帽子とあらゆるものが雑多に散らばり、縁日の終わったあとの道のようだった。さらには箸に茶碗の欠片に大根くず、コップ、ネギ坊主、ゆで卵の殻にサツマイモの揚げパンと、芝居が終わったあとの劇場の床のようだった。道の両側にはたくさんの小さな竈があった。石ころか煉瓦が三つあれば竈の完成だ。道端の森の木から薪を調達してきて火を起こせば、スープは煮えるし蒸しパンも温められる。石も煉瓦も真っ黒けで、竈のそばには薪の燃えかすやら残飯、椅子がわりに運んできた石、燃え残った火種、忘れ物のマッチやライター、子供が脱いだまま着るのを忘れた服、持って帰るつもりのない古いボロ鍋、いらなくなった新聞、雑誌、オモチャ、煙草入れに木製の拳銃、紙飛行機に折り紙の財布、アルミのネックレスにガラスの腕輪、山じゅうあらゆるガラクタで埋めつくされてしまった。

道は人で溢れた。

道は物で溢れた。

道は煮炊きで残った燃えかすで溢れた。こっちの草むらでも、あっちの草むらでも煙が上がり、木がくべられ、山火事にでもなったかのようだった。焼け跡には札がたくさん挿してあって、「火の元注意」と書かれてたが、竈の火は星のようにちりばめられていた。

間違わんとってくれよ、今は冬なんじゃ。耙耬の外のほとんどのところが大雪で、村では羊や豚が、畑を耕す牛までが凍え死んどったんじゃ。高柳県と上榆県から来た見物客は言った。彼らのところでは雪が降っただけでなく、表門を塞いでしまって、朝起きて開けようとしても開かないというのに、数十里、百里ほどの道のりを経て、山を越えて耙耬に着くと冬がまったく冬らしくないと。山脈は荒涼としてはいるものの、木の根元や山の斜面には、ミノグサやトウジンビエ、チガヤや春になると緑になるメヒシバやカッコンが、冬に散り尽くし枯れ果てた白い時はあっという間に過ぎ去り、その枯れ果てた地面の下で、すでに草は芽吹き、山肌のエンジュやニレには新しい緑があった。もともと色褪せることのない松やヒノキも数日の間に緑を濃くした。

作物の植わっているところも、薄い緑やほのかな青になっていた。

レーニンがもうすぐここにやって来るということで、春が一足先にやって来たのだ。本当にこれは天の配剤だった。レーニン記念堂の落成式典に合わせて、ここでは冬が春になったのだ。初夏の陽気の気配さえあった。太陽は黄色く明るく山の上に掛かっていた。地上全体に暖かさが溢れ、雲は薄絹のように空にかかり、人は洪水のように山頂になだれ込み、その叫び声は大雨の如く山の斜面に降り注いだ。

空気には真夏のようなムッとした感じがあった。

声は年越しの爆竹のように喜びに弾けていた。

記念堂はその雑多な話し声と物陰から姿を現す。はるか遠くからでも見えた。超人技を見に来た人々の目には、中腹あたりで、もう山頂で待ち構えている記念堂が目に入ってくる。四角四面の建物の屋根の上の黄色い瑠璃瓦は、冬だというのに春より暖かい陽差しの中でキラキラと輝いている。伝説の金鑾殿のような輝きだ。遠くの山々は、牛や駱駝の背中のように静かな起伏が波打ち、牛や駱駝の群れがゆっくりと移動しているようだった。木々も淡い緑で山脈も谷間も淡い緑だった。世界中が濃淡のある緑になっていた。記念堂はその緑色の世界の中で、突然すっくと眼前に屹立するのだ。中空に金銀煌めく殿堂が飛び出し、人の目をチカチカさせる。瑠璃瓦の光の中に純金の輝きがあるのがはっきりと見える。大理石の壁の光の中に、どっしりとした鉛とアルミがはっきりと見える。記念堂の五十四の磩台《こうだい》①の両側の、漢白玉《かんはくぎょく》の欄干の光の中には、青白い光が混じっていた。純金に、鉛、アルミに、銀に玉、さらに五十四段の石灰岩の磩台が日の光の中では輝く青銅、それらの色が宙で混じり合うと水銀の光となり、重々しく力があり、水に濡れた白い絹の布が、何本も隣り合わせに並んで宙にぶら下がっているようだった。よく言う神秘的な紫色の気が、今まさに天空に輝いているようだった。その建物の姿が見えるや、おおっ、という声が上がり、その紫色の気を見ると、一面に、おおおっ、という声が溢れた。

「いやいや、紫光じゃ」

「なんとまあ、素晴らしい風水じゃ」

「いや、こりゃまたなんと、皇帝様のような御仁でないと、休むことのできんところじゃ」

おおおおと叫びながら、人々の足取りは知らず知らずのうちに早まっていく。

記念堂の下に着いて、軒を見上げると、毛主席記念堂の庇に隷書で書いてある「偉大な指導者毛主席は永久に」と同じように大きな隷書で「世界人民の偉大な指導者レーニンは永久に」と書いてある。記念堂は山頂に聳え立ち、敷地は麦打ち場のように広く、その下にはさらに麦打ち場二つ分ほどの広場があった。広場の地面はコンクリートで塗り固められ、一つの村全体の玉蜀黍や小麦などの穀物を、まるごと一度に干せそうだった。一年分の収穫まるごとでもいけそうだった。広場の両側には、どこの観光地もそうであるように、小屋がずらりと並んで、特産品のキクラゲやギンナン、エノキ、キノコ、さらに外から仕入れてきた記念品、南陽の安い玉でできた玉の腕輪、玉の首飾り、玉の馬、玉の羊、玉の刀、玉の剣に玉の十二支の動物たち、玉の仏塔に玉の香炉など、それこそたくさんの様々なものが並んでいて、どれも目新しそうに見え、またどこかで見たような感じだった。遠くから出かけてきた人は、経験上それらの品物には一つとして本物はないと知っている。獅子が百元と吠えれば、鼠は歯をガチガチさせながら十元だと返す。しかし十元でも向こうは売ってくれる。それでも儲けがあるのだから。買った方は買った方で安い買い物ができたと思う。見聞のない、家にずっといて、堅実な日々を過ごしている人は、向こうが玉の首飾りがたった十元と言えば、十元は確かに安いと思い、自分はまあまあの生活をしていると証明したいので、手持ちに小銭があれば、それで買わないわけがない。ただ試しに値切ってみる。「九元でどうじゃ？」向こうはウーンと考え込むフリをして耐え忍ぶ様子で言う。「よっしゃ、売った、レーニン記念堂の落成記念じゃ。儲けはどうでもええ、縁起物じゃ」たくさんの見物人が土産物を持って記念堂目指して登り始める。説明するものがいる。レーニンは早死にで五十四であの世へ行ったんじゃ。足元の礎台をよう数えてみるがいい、五十四段じゃ。そしてまた階段の両側の柱を数えてみると片側で二十七本、合わせると五十四本だった。階段を登る人は年寄りも子供も、男も女も、みんな口々に学校へ上がったばっかりの子供が授業で唱和するように、いち、に、さん、し、ご、と五十四かその半分の二十七を数えるのだった。果たしてその通りになって、誰の顔にも笑顔が浮かび、楽しそうでどことなく得意気だった。続いて記念堂の入口に到着する。さっさと中に入って行くものもいるが、北京に行って毛主席記念堂を見学したことのある、多少なりとも見聞のあるものは、慌てて中に入ったりはしない。毛主席記念堂とどこが同じでどこが違うかシゲシゲと観察する。当然、遠くから見ても同じだ。大きさ、高さ、石の壁、四角い屋根、屋根を覆う黄色い瑠璃瓦。なにもかもすべて同じだ。誰にも知られていることだが、レーニン記念堂を建てる前、柳県長はわざわざ大工たちを連れて北京へ赴き、一日かけて毛主席記念堂を何度も出たり入ったりして見学し、一人最低でも七、八回は見学し、毛主席記念堂の構造を内から外からすべて記憶し、遠く警察の目を避けながら歩幅で計測し、それこそ無数の写真を撮り、百を越える箇所について細かく計測したのだ。毛主席記念堂と同じにならないわけがなかった。

あえて違うところを挙げるとすると、毛主席記念堂は中国の首都北京にあるが、レーニン記念堂は、同じ中国でも双槐県にあるということだろうか。毛主席記念堂は北京の天安門広場の上だが、レーニン記念堂は耙耬山脈の奥深くの魂魄山の上にあるということだ。

他に違うところは？　どこにもない。しかし鋭い人は気づくだろう。レーニンは五十三歳と九か月まで生きたから礎台が五十四段、欄干の柱が五十四本というだけでなく、毛主席記念堂の周りの大柱は一辺に十二本だが、レーニン記念堂の大柱は前に四本、後ろに十本で、左右にはなくて全部で十四本だ。これはなぜか。学校へ行ったことのある人、国の社校や党校に行ったことのある人で、課文を覚えるのが得意だった人なら言うだろう。前が四本で後ろが十本というのは、レーニンの生まれた日と符合していると。レーニンは干支二回り前の庚午《かのえうま》〔一八七〇〕の年の生まれだ。この前四本、後ろ十本というのは、レーニンがこの記念堂で新たな生を受け、永遠に老いることがないことを示しているのだ。レーニンの生没年がわかれば、レーニン記念堂の両側に大柱がないのに、左側には十二本の桶ほどの太さの中年の松と、右側には十六本の茶碗ほどの太さの柏の木が、数丈の高さで陰を作っている理由もわかる。この左に十二本、右に十六本という数字は、正にレーニンが逝去したその日のことだ。レーニンは一回り前の癸亥《みずのとい》〔一九二三〕の年の十二月十六日にこの世を去った。だから、この左の十二本の松と右の十六本の柏も、レーニンの永遠の生を表現しているのだ。

どうして両側の松と柏は新しい苗を植えなかったのか？　どうして古い木を移植しなかったのか？　古い大木なら植えるだけで枝は天を突き、葉が陰を作り、まるで百年千年そこにあるかのようだったのに。記念堂の管理人はこのころにはもう見物客となじみになっている。もうそれこそ絶唱するように物語を語る。あの中年の松は樹齢がちょうどレーニンとおんなじなんじゃ、五十四歳なんじゃ、植樹の時には、県の樹木の専門家が、一本一本の木の根の一部を錐でくり抜き、それで樹齢何年かを判断し、ちょうど五十四歳であると判定されて初めて移植されてきたんじゃ。樹齢がレーニンと違うと判断されると、一歳多くても少なくても、育ち方が良うて真っ直ぐで、樹冠が広がり大きな陰を作っていても、移植することは全部許されんかった。樹齢五十四歳の十二本の松と十六本の柏を探すため、樹木の専門家たちは魂魄山をまるまる半年も掘り返したんじゃ。五十本掘ってやっと一本の五十四歳のものに行き当たる、いうようなあんばいじゃった。山一つに松や柏はせいぜい百本じゃ、たとえ百本以上あったとしても中年の松や柏があるとは限らんじゃろ。あったとしてもじゃ、樹齢がちょうど五十四歳のにぶつかる、いうような都合のええことはありゃせん。いくつもの山を巡り、いくつもの山林を掘り尽くし、県の半分以上を探し尽くして、ようよう十二本の松と十六本の柏、合計二十八本を揃えることができたんじゃ。

自然と、この十二本の松をレーニン松、十六本の柏をレーニン柏と呼ぶようになったんじゃ。これらを記念堂の両側に植えて、この記念堂の絶唱の物語にしたのだ。それらの木は、どれも樹齢をちゃんと調べたものであることを証明するために、根元に開けられた穴は残してあって、穴はすべてセメントで塞いであった。その縁には黄色い樹液が流れ出て固まりこびり付いていた。

強烈なヤニのにおいが鼻を突いた。

当然のことだが、レーニン記念堂のこれらの趣向も、毛主席記念堂と大きな違いはなかった。この木を見てから人の流れに沿って記念堂の中へ入ると、もっと多くの趣向を知ることになる。大ホールの装飾を施した柱と普通の柱は大小合わせて十五本あるが、これはどうしてか？　レーニンの本名はウラジミール・イリイチ・ウリヤノフであり、これがちょうど十五文字なのである。この十五本の柱はレーニンの本名を表しているわけなのだ。これらのことがわかって来ると、他にどんな趣向が凝らされているのか知りたくなる。知りたければ一度また一度と通い詰めなければならない。

二丈（一丈は約三・三メートル）もの高さのホールは厳粛な雰囲気をかもしだしている。壁に取り付けられた間接照明は、ミルクのように柔らかい光を放ち、人の群れはその光の中を、張られたロープに沿って進んで行く。ホールは麦畑半分ほどの広さで、金持ちの邸宅ほどの大きさだが、見学路はくねくね曲がった裏通りほどの幅しかなかった。レーニンの遺体はまだ来ていないものの、新しく作った水晶棺はすでにホールの中央に置いてあった。中は十分すぎるほど静かで声を出すことは許されない。

子供が泣き出したら直ちに出て行かなければならない。

煙草を吸っても写真を撮っても、すぐに追い出され、さらに罰金を払うことになる。

人の群れは、並んで橋を渡るように、入口から押し合いへし合いしながら入って行き、出口から押し出されるのだった。細い路地を踏み歩くような、橋をゆっくり歩いて渡るような中で、年寄りも若者も、記念堂の中のひんやりとした感じを味わい、夏に奥深い峡谷にある湖に迷い込んだかのように、息がゆっくりになっていった。それはホールの中央の台座の上に、水晶棺が置いてあるのが目に入るからだ。台座は大理石を積み上げて作ってあり、長方形で筵一枚分の大きさだった。水晶棺は台座の上に載っていて、緑色に透き通った青いガラスのようであり、また乳白色の透明な水晶玉のようだった。台座から五、六尺のところにはぐるりと縄を張って、見物客が手で触ることができないようにしてあった。触れることができないことで、その棺はますます神秘性を増し、細かく見れば見るほどぼんやりして来るのだった。棺の形は誰もが見たことのある形で、頭の部分が大きく、足の方が小さくなっており、腰のあたりは田舎の棺と同じ、幅が二尺七寸、高さも二尺七寸だった。しかし頭の部分は、田舎の黒い棺よりは幅も広くて高さもあった。足元の方は幅も高さも少し小さかった。長さは半尺ほど長い感じだった。

結局のところ、その棺桶がほかとは比べものにならないと感じるのだ。そしてその水晶棺には数日後、偉大な人物が横たわるのだ。大物も大物、外国の超大物だ。世界の半数の人が敬愛している人物。とてもではないが、あの棺桶はどうしてあのようになっているのかなどとたずねることなどできない。ただ息を潜め丸木橋をソロソロ行くように前に進んで行くだけだ。水晶棺のそばまで来ると寒気が襲って来る。両目をよく凝らして、棺をじっと見ていると、その空っぽで透明な棺の底に髪の毛が何本か、白髪交じりの髪の毛が落ちているのが目に入って来て、体中が震えるかも知れない。

再びぞくっとするのだ。

大きなホールには枯れ葉が地面に落ちたような人々の足音が響いているだけで、他には何の音もしていない。人々の呼吸が宙に浮かんだ白い糸は、白い光の中で、冬の山肌に降りている霧のようだ。誰かがこらえ切れずに、口を手で覆って咳をしたら、そのしゃがれた咳は石になって、天井からホールに落ちて音を立て、静寂の中にいる人々を驚かす。皆何が落ちて来たんだと、棺はそっちのけで、一斉に音のした方を振り向く。咳をした当人は、とんでもない間違いでも犯してしまったかのように、首をうなだれてしまう。

その間も相変わらず、年寄りも若者も、ゆっくりとロープに沿って進んでいるわけで、彼に向けていた目を戻した時には、すでに水晶棺の横を通り過ぎてしまっている。

まだじゅうぶん水晶棺を見ていないことに気づいても後の祭りだ。後ろから来る人に押されて、記念堂のホールから押し出され、結局そのまま、記念堂の入口から出口まで押し出されることになるのだ。

見たことがあるも、見たことがないも同じことだった。誰もが一様にポカンとした顔で記念堂の裏の空地や階段の上に立ち、割りに合わないような、何の収穫もなかったような感じがするのだった。遥か遠くから市へやって来たのに行ってみたら市の立つ日でなかったような、夜を日に継いでお芝居を見に来たのに、来てみたらお芝居は終わっていたかのような感じだった。

日の光は明るく気候は暖かく、人々は困惑し、茫然とそこに立ち、たくさんの人たちが後悔の話をするのを聞きながら、見るだけのことはあるとか、見る価値もないとか口にするのだった。その時、四十過ぎの白髪交じりの、おそらく記念堂の管理人らしいのが見学者たちに囲まれて演説しているのを目にする。あの水晶棺は自分がこの手であそこに置いた、この記念堂は自分の管轄で建てられたものだと。

「皆知っとるかの？　この記念堂にはなんで三つの小部屋があるのか？　なんで二つでもなく四つでもなく六つでもないのか？　それはじゃな、柳県長がレーニンの旧居を見学した時にそこが一つの母屋と三つの小部屋からなっていたからなんじゃ」

彼は続ける。「水晶棺がなんで七尺で、七尺五寸でないかわかるか？　水晶棺の大きい部分の高さは、二尺九寸で、二尺七寸でない。狭いところの幅も高さも一尺五で、一尺九寸でない。これは一体どういうことじゃ？

わかる方はおられるかの？

あんた方にはわからん。誰にもわかりはせんとわかっとる。わしが話してしんぜよう。そもそも水晶棺の長さが七尺五寸で、大きい部分の高さが二尺九寸で、小さい部分の高さが一尺五寸なのは、柳県長がロシアに行って測って来たレーニンの墓の大きさなんじゃ。水晶棺はレーニンの墓の十分の一なんじゃ。柳県長がおっしゃるには、レーニンの墓は長さが二十三歩半、二十二歩では足りないと。県長さんの歩幅は三歩で一丈、じゃから二十二歩半で七丈五尺、というわけで十分の一にしたんじゃ。レーニンの墓は二丈九尺、十分の一にすると水晶棺の二尺九寸になるというわけじゃ。レーニンの墓は高さが一丈五尺じゃから水晶棺はその十分の一で一尺五寸なんじゃ」さらに続ける。「レーニン記念堂の趣向ときたらもう数え切れんほどで、一冊の本になるほどなんじゃ。入ったところにあるレーニン像が五尺一寸なのはなんでかわかるかの？　その像の台座がなんで幅二尺一寸で、長さ三尺八寸、高さが六寸なのか？　それはじゃな、柳県長が幼い頃から社校で育ち、レーニンの著作に通じておったからなんじゃ。柳県長はレーニンの像は五尺一寸とおっしゃった。それは五尺一寸がメートル法で言うと、一メートル七十だからじゃ。レーニン全集はメートル法でちょうど七十センチ、二尺一寸はメートル法でちょうど七十幅は二尺一寸、二尺一寸はメートル法でちょうど七十センチ、レーニン選集には彼の最も重要な七十編が収められているからなんじゃ。レーニン像の台座の長さは三尺八寸、これはレーニンの著作は、我が国には三十八種類の版本があるからというわけじゃ。台座が六寸の高さなのは、レーニンの本を積み上げると六寸になるからなんじゃ」

その男は記念堂の裏口の横に立ったまま、水が流れるように途切れることなく滔々と語り、聴衆の人垣が多くなればなるほど、内容はより細かく謎めき、記念堂の煉瓦ひとつひとつに、レーニンの生涯と密接な関わりのある物語があるかのようだった。彼は続ける。皆さん入った時には気がつかんかったと思うが、記念堂のホールの床には、煉瓦で半円形の枠が作ってあって、その中にはたくさんのコオロギやアリが図案化されとる。これはレーニンの家の庭に半円形の花壇があって、レーニンは子供の頃によくその花壇のそばで、アリやコオロギを捕まえて遊んでおったからなんじゃ。このデザインはレーニンがここに来た時、彼の家に戻ってきたように、幼い頃に戻ったかのように感じてもらうためじゃ。偉大な人物が年を取るということは、子供の頃に戻るということ、子供の時に戻るということは、新しい生を受けるということなんじゃ。記念堂の六本の大きな柱の内、三本には我らが中国の龍や鳳凰、華表や麒麟、さらには天安門や天安門広場の情景が、そしてもう三本にはかの国の教会や建築物、労働者の様子、レーニンの著作、さらにはわしらの国の鎌や斧や、毛主席の著作や革命の年表、あちらの十月革命闘争の様子、そして歴代シャーの群像や、第二次世界大戦でヒトラーを破った時の人民の歓呼が刻まれとるんじゃ、それにじゃ……などなど、日がもう沈もうかという時まで、白髪交じりのその男は声を嗄らし舌を干上がらせて、記念堂の謎に満ちた典故大全を語り尽くし、最後の締めにこう言うのだ。これはまだ序の口じゃ、詰まった中身を見たと言うことにはならん。日の高い時に、もう一度記念堂に入って見てみることじゃ、そうでないと何のために来たのかわからんぞ。あるいはレーニンの遺体が来た時に、また入場券を買《こ》うて入るんじゃな。

　話が終わると彼は記念堂の下の方へと降りて行く。そしてその時になってやっと聴衆は、彼が柏樹郷の郷長だったことを思い出すのだ。そしてあの無骨な郷長が、記念堂ができてから、学のあるひとかどの人物になっていたことに感心するのだ。人々は彼に何かききたかったが、向こうでちょうど呼ぶものがいて、彼は行ってしまう。そして残された記念堂を見学し、何も得るものがなかったと感じている村人たちは、彼の背中を遠く見やりながら、彼の見識と学の深さに感心し、自分たちの無知蒙昧を嘆くのだ。

　しかしその時分には山脈は一面赤に染まっている。日が西に傾き始めたのだ。記念堂は赤く暖かい午後の陽射しの中、静かに落ち着いている。もうすぐ日が落ちてしまうと、慌てて元へ戻ってもう一回見学しようとするものもいれば、もうすぐ暗くなるというのに、山頂にはまだたくさんの見に行くところがあるのを忘れていたことを思い出し、大慌てで見どころに向かって歩いて行くものもいた。

　最も重要なのは、受活のあの絶技の出し物を、まだ一つも見ていないということだ。この出し物を見ないことには、本当に白搭搭《はくとうとう》[3]に耙耬の山奥に入って来たことになる。白搭搭に魂魄山のてっぺんまで上がって来たことになるのだから。

くどい話

①磕台——階段のこと。昔階段は廟の前にたくさんあり、人々は廟へ入るには一段ずつ磕頭《こうとう》（額を地につけて拝礼する）をしなくてはならなかった。だから耙耬の人々は階段のことを磕台と呼ぶのである。

③白搭搭——何も得ることがないこと、無駄足であるということ。

第十一章　天気は暑うなっていくばっかりで、冬がまるで酷暑の夏のようじゃ

　受活村の出し物は一か所にまとまっていなかった。柳県長がレーニン記念堂の前で落成のテープカットをする、その日のための準備をしているだけだった。受活村の絶技は記念堂の前の広場でちょっとお茶を濁したら、あとはそれぞれが景勝地に散り散りに分かれて演じた。片足猿はガラス瓶を履いた小児麻痺を連れて、黒龍潭で、耳上爆発の馬《マー》つんぼは人を連れて銀杏林のところで、葉上刺繍の下半身不随の奥さんはめくらの音聞きの桐花《トンホア》と鹿回頭の川べりで演じた。茅枝婆《マオジーポー》と九匹の蛾は、山頂で日の出や日の入りを見る別の山の中腹に陣取った。

　記念堂の見学が終わったら、九龍瀑布やら、絶壁の彫刻やら、山頂の石林やら、青蛇白蛇の水洞やら、双槐県の知識人が新たに作り出した、古い伝説の中に出てくる黒い大蛇が出没するという黒龍潭やら、たくさんの見所が待っている。それらの場所は、すべて谷間の渓流沿いに分布していたので、受活村の公演もその流れの両岸に散らばったのだった。山や川は別に珍しくもなんともないが、受活村の出し物は見に行かないわけにはいかなかった。

　レーニンの遺体を買い取るための膨大な資金が、受活村の公演で集められたということはみんな知っていた。受活村の公演の入場料は、南の方では千元を越えたということも。千元でなくて八百元でも、それは耙耬の人々の一年分の実入りと同じだ。一家の年収ほどの入場料を払って、めくらやおしや下半身不随やちん

ばやつんぼの片輪たちの公演を見に行くのだ。言うまでもなくその絶技は他にはないもので、完全人には決してできないものなのだ。

山に日が沈み、黄昏前の一瞬の静けさが降りてきた。遠い山や谷間は古井戸の中に落ち込んだかのような静けさに沈み込んでいった。

早い時間には何も持っていなかったのが、記念堂前での公演の頃には、それぞれ何か手に食べものを持っていた。白い蒸しパンに袋詰めのピーナッツ、そら豆、黄色いっぽいおやき、屋台のビスケットやらケーキなど、あっちでもこっちでも、茶卵やらなんやらあれこれ売る声が乱れ飛び、モグモグくちゃくちゃ食べる音、ゴクゴクぐびぐび水を飲む音だらけだった。

その山頂近くで食べものを売っている村人たちには、ここ数日は財運がめぐってきたわけで、数年前の黒ずんだ粉で作った蒸しパンでも、作る端から空っぽになった。何も売るもののない村人たちは、豚をほふるための大鍋にお湯を沸かして、山の上まで担いで行けば、金水玉湯になった。

季節は冬、冬なんじゃ。じゃがここだけは、夏の黄昏のように暖かじゃった。酷暑でもこの山の上は頗《すこぶ》る涼しく、気持ちのよい爽やかな空気に満ちていた。違うのは夏の涼しさが炎熱の中の涼しさなのに、この冬の涼しさは、寒さの中に感じる暖かさであることだった。もう誰も彼も、町の者も村の者も、年寄りも幼い者も、男も女も、百、いや千以上、何千か、結局何人いるのか、わからなかったが、みな広場に立ち、広場から記念堂に続く五十四段の磴台《こうだい》に座っていた。磴台は天然の観客席だった。磴台の両側の石の欄干の柱は、若者にとって天然の椅子だ。

公演の舞台はすでに広場の正面に組み上がっており、三面を囲んでいるのは真新しい褐色の帆布だった。舞台の上にもその布で屋根が掛けられ、舞台の床にもその布が敷かれた。真新しい帆布の匂いときたら、まるで夏の五黄六月の麦の香りのようだ。その濃厚な香りは人びとの五臓六腑に染み渡っていった。県の耙耬調劇団の団長や副団長たちも、受活の人々の公演を敬意を表して迎えていた。柳県長のやり方に学んだようで、柳県長よりも数倍敬意を表して茅枝婆たちの公演を迎えたのだ。彼らは受活村の一回の公演が双槐県にどれだけのカネをもたらし、どれだけ彼ら自身に収入をもたらすか、よくわかっていた。

柳県長は言った――「受活はもうすぐ我々双槐県の管轄でなくなるんだぞ。まさかお前たち知らんかったのか？」。

団長は言った――「茅枝婆、そういうことなら、日中はあちこちに散らばってやってもらって、夕方からはまた集まって、一場でも多くやってもらえんか」。

茅枝婆は言った――「柳県長、最後の一場が終わったら、わしらが退社する文書を舞台で読み上げるのを忘れんようにな」。

柳県長は言った――「じゃあ、こうしよう。順繰りにやってもらって、すべての人を魂魄山の上に引っ張ってきてもらって、わしらの威勢の良さを天下に轟かせるんじゃ」。

茅枝婆は言った――「柳県長は魂魄山の入場料の三分の一はわしら受活のものになると言ったが？」。

片足猿が言った――「県は入場料については、公演が終わったら一度で精算すると言っていたよな」。

「早く、急いでくれ。早く受活の連中を集めてくれ。茅枝婆を呼んでくれ。観客が苛立っていて、舞台を壊してしまいそうだ」団長は叫んだ。

開始時間を三十分も過ぎていた。

これは約束した柳県長が、舞台で受活村の人々が退社することを読み上げる最後の舞台に、大急ぎで戻って来なくてはならないことを意味する。しかしまもなく開演という時刻になっても、まだ柳県長は山頂に着いていなかった。茅枝婆は言った。まさか来ないということはあるまいな？　県の役人は言った。柳県長はこれまで、できないことをしたことはありませんよ。たとえば柳県長が出なくちゃならない会議があって、右も左もみな彼の来るのを待っているとするでしょう、会議は時間通りに始まり時間通りに終わり、もう県長は来られないようだ、散会しようとしたその時に登場するんですよ、県長は。柳県長が来ないなんてことは絶対ありませんよ。

そうして公演は始まった。演目は受活村の人々が外で百回千回と演じてきたもので、家のかみさんが作るご飯やうどん、針を通す布靴と同じくらい体に馴染んでいるもので、ただ一つ違うところは、外で二つだった団が一つになったということだった。合同公演では重なっている演目を整理し、演目の順番も新たに組み直した。

柳県長はこう言ったのだった。「出し物だがな、他の連中が見たことのない絶技を全部出してくれ、最も優れたものに一千元出そうじゃないか」

　茅枝婆は言った。「やることにしようかね、どのみち最後の公演じゃ」

　最後の公演だったので、これまでとは違っていた。幕が開くと同時に違っていた。司会の槐花《ホワイホア》の美しさは、もうこの世のものとは思えなかった。想像だにできなかったのは、半年の間にどんどん背が伸びていき、完璧な完全人の女神になったということだった。ほっそりした体、月のように丸い顔、白く瑞々しい肌は、ミルクにたっぷり浸したかのよう。清水色のスカートをはいた彼女が舞台の前で挨拶すると、さながら柳の枝に掛かった月だった。ライトを浴びた彼女の黒髪を見てみぃ、キラキラ輝いて、もうほんま、艶々じゃ。唇は完熟した秋の柿のように赤いし、歯は白玉瑪瑙のように白いんじゃ。彼女が受活村を離れる時には桐花や楡花《ユィホア》、蛾子《オーズ》と同じ小人だったとは誰も気がつかんじゃろう。じゃが村を離れて半年の公演の間に、彼女は完全人へと成長し、彼女の姉妹たちとはまったく違《ちご》てしもうた。一団で公演したメンバーはみな、彼女が大きゅうなっていくんを、前より一層瑞々しくなっていくんを見とったんじゃ。じゃが、毎日見ても、目をこらして見ても、おかしなところは特にありゃせん。父親や母親が、娘が成長するのを不思議に思わんのと一緒じゃった。しかし双槐県に戻って来て、二団の受活村のメンバーと会ったとき、二団のメンバーは驚きのあまり開いた口がふさがらず、どうしていいかわからなかった。みな耙耬調劇団の劇場で会ったのだが、ものの手は止まり、衣装箱を担ぎ上げたものはその場で固まり、しゃがんで何かしていたものは、立ち上がると驚き喜びその場に立ち尽くすのだった。そのみんなの様子に、槐花は仙女のように突然完全人になってしまったことが、まるで誰かのものを盗んで申し訳ないような、居心地の悪さを感じていた。

　葉上刺繡の下半身不随の女は槐花を見てしばらく呆気に取られていたが、その場で突然飛び上がった。立ち上がって槐花に抱きつこうとしたらしく、体が地面に落ちたとき、驚いた声で言った。

「なんてこった、槐花、あんたなんでそんなに大きくなったんだい？」

　茅枝婆は、遠くから彼女の孫娘を見ると驚いた顔のまま固まってしまっていたが、笑って言った。

「甲斐があった、甲斐があったというもんじゃ、この半年の公演も無駄じゃなかったわい」

それはまるで受活村の人々が外へ出て公演したのは退社のためではなく、槐花を絶世の完全人に成長させるためで、そして無事目的を達成したかのような口ぶりだった。

蛾子は全身妬ましそうに立っていたが、突然槐花を横に引っ張っていくと言った。

「姉さん、教えて、どうしたらそんなに大きくなれるん?」

しかし槐花は蛾子をさらに隅の方へ引っ張ると、周りをうかがってから小さな声で言った。

「蛾子、あんたは私が言ったからといって、無視したりしないわよね」

「そんなわけないじゃろ」

「桐花も楡花も私を避けるようになったのよ。なんか私が二人から何か盗んで大きくなったとでもいうみたい」

「話して、姉さん、私あの二人のようにはならんから」

「あんたも二十なんだから、男の人と仲良くなるのよ。完全人の男とよ。完全人で美しくなった姉、槐花を見て、何か言おうとしたその時、突然劇場の入口から人が入って来た。柳県長の石秘書だった。石秘書は県長に言われて一日遅れで戻ってきて、双槐県の一団の様子を見に来たのだった。石秘書を見ると、槐花は笑いながら蛾子から離れ、石秘書の方に向かって行った。

しばらくすると、槐花は石秘書と一緒に県政府に行って用事をすませてくると言って、二人で出て行ったが、そのまま石秘書の部屋にいて、二つの劇団が夜のうちに魂魄山に上がり、劇団を山上まで乗せていった車が県都を出ようかという頃になって、やっと団に戻ってきたのだった。

月は時間通りに昇ってきた。星も時間通りに空に瞬き始めた。数十里、百里を越える山脈の外では、厳しい冬の寒さのせいで四方凍り付いていたが、ここ耙耬は異常な暖かさだった。空は夏の夜のようで、偽物のように青々として、藍で染めた青緑のようだった。夜は、なんとも言えず穏やかで、風もなくて、乳白色の夜の色が、周りの山々の山肌や谷間に降って、そこらじゅう水のように流れていた。静かな世界の中で、ここ記念堂だけが灯りで明々と照らされ、人の声でごった返していた。世界の人は皆いなくなり、ここだけに存在していて、このために狂乱してお祝いしているかのようだった。槐花がしずしずと舞台の前に出てきた。きれいな清水色のスカートに月のような顔、柳の木が月を載せて夜の中に立っているようだった。その時、舞台の下の何百何千の観客は、彼女の素朴さと美しさに息を呑み、賑やかな話し声は静まり、山脈の雀が鳳凰を見たかのように舞台に釘付けとなり、視線を槐花の体と顔に注いだまま、彼女の挨拶を待っていた。しかし彼女は黙って舞台の前で立って微笑んだまま何も言わない。観客が彼女の言葉を待ちわびてじれたその時、彼女は軽くそして柔らかく口を開く。

「会場の皆様、遠くからお越しの皆様、レーニン記念堂の落成をお祝いするため、レーニンの遺体がまもなく到着し、この魂魄山のレーニン記念堂に安置されるのをお祝いするため、私たち受活の絶技一団と二団は今宵この舞台でよりすぐりの絶技をお目にかけます。この絶技は皆様聞いても信じることのできない、見ても信じることのできないものです。信じるか信じないかは皆様次第です。百聞は一見に如かず、その目でしかと御覧下さい。最初の演目は耳上爆発です――」

耙耬受活のあの槐花が、小人が絶世の完全人に変わっただけでなく、彼女の舞台上での声はしっとり柔らかでイントネーションはアナウンサーと同じだった。驚いたことに、彼女の姿を見て彼女の挨拶を聞くことが、まるでひとつの演目のようになってしまっていた。しかし、彼女はまるで喋るのがもったいないとばかり、ギリギリ最小限の言葉で挨拶を終えると、観客席に向かってお辞儀をし、二歩下がってから体の向きを変えると、燕のようにサーッと舞台の下に降りて行ってしまった。観客の目も心も、何か自分の大切なものをなくしてしまったように、空っぽになってしまっていた。

幸いなことに、彼女が下がると同時に出し物が始まった。

最初の演目は、片足猿の単脚跳躍刀山火海をとりやめ、つんぼの耳上爆発になった。山の上の露天での公演だったので、町の劇場でやるように秩序だったものではなく、何よりもまず最初の大騒ぎで、観客を圧倒する必要があったのだ。すべての観客を驚嘆の穴から抜け出せないように、つんぼの馬《マー》の耳上爆発を最初に持ってきたのだ。そしてつんぼの馬は期待通り、観客を唖然とさせ、どうしていいかわからなくさせた。曲芸師が着るような絹の白いカンフーズボンを身に付け、もはや舞台に立つだけでガタガタ震えていた、あのつんぼではなかった。彼はほんとうに立派な絶技の演技者だった。彼だけでなく、受活村の片輪たちはみな立派な演技者になっていた。彼はゆっくり舞台に歩み出ると、舞台の下の観客に拳を握って挨拶する。そして別の団員が二百発の爆竹を彼の耳に掛ける。観客は彼の顔の両側が焼け焦げて、烏沙石《うさせき》のように黒くザラザラしているのを見て、彼がずっとこの演目をしているということを理解した。

舞台の下は急に静まり返り、誰か目の前で崖から飛び降り自殺でもするかのようだった。

静かになったところで槐花が出てきて、舞台の隅で正確な発音で話す。このつんぼは今年で四十三歳になりますが、幼い頃より爆竹が好きで、両耳の抗震功を鍛えたのです。彼が幼い頃からつんぼで何も聞こえないとは言わず、七歳から両耳がどんな大きな音にも耐えられるように練功し、耳元でどんな音が響こうとも怖くなくなり、耳元で大砲が火を噴いても、何ともなくなったのだと説明した。それから彼女は舞台の隅から帆布の合羽を持ってくると彼に着せて舞台衣装を守り、彼を舞台の前の方に立たせると薄い鉄板を爆竹と彼の顔の間に掛けた。

そして彼女自ら爆竹に点火した。

二百連発のパンパンいう爆発音が彼の顔の左側を焦がし、赤い紙吹雪と共に煙が噴き出した。観客席は驚いて震え上がり、大人も子供も顔は血の気を失い蒼白となり、一点の赤味もなくなった。自分が、本当に爆竹の爆発音が怖くないということを証明するために、自分の左側の顔を舞台の方に向けると、鳴り響いている爆竹を観客に向けた。これは観客を徹底的に静まり返らせ、ワアキャア叫ぶ声も、息を呑む音さえ聞こえなかった。

爆竹が鳴り終わるのを待ってから、無事に顔の鉄板を外して手に持つと、銅鑼のように鳴らして見せた。さらに舞台から爆発していない爆竹を拾うと、その鉄板に載せて火を着けた。銅鑼の上での爆竹というわけだ。そのあと彼は真っ黒に燻された顔の左側を舞台の前にぐっと突き出し、観客に元々黒かったのがさらに黒くなったことだけでなく全然問題ないことを確かめさせると、ヘラヘラと笑って見せた。

観客が驚きから目を覚ますと、拍手が一面に湧き起こり、どよめきも山にこだました。静かな夜の山脈に特大のこだまが響きわたった。白く輝く拍手と紫色の叫び声が混じり合い、それは広場から飛び出すとまず記念堂の中でワッと響いてから、谷間にカラカラと大きくこだましていった。夜のしじまの中を、波のようにたゆたいながら遠くへと伝わって行き、世界中を赤く光る拍手と紫色の叫び声で満たしていった。静かな夜は、拍手と叫び声の音で夢から覚め、四方八方がどよめき、夜の歓声が重ねられ積み上げられていった。

観客は、その夜の音にあおられてますます叫び、怒鳴り、手をたたき、拳を舞台上に向けて突き出して吠えた。

「顔の前に銅鑼をぶら下げろ」

「顔の前に銅鑼をぶら下げろ」

観客は彼が生まれつきのつんぼだとは知る由もない。生まれてこのかた何が叫び声で何が爆発音で何が雷かもまったく知らないのだ。稲光なら何度でも見てきたが、雷鳴を聞いたことは、いっぺんもないのだ。彼は本当に小さな鍋の蓋のような金色の銅鑼を右耳に吊すと、銅鑼の面に五百発の爆竹を付けて火を着け、特大の二連大砲にも火を着けた。続いて観客の狂乱の中、思いもよらず彼は銅鑼を投げ捨て、そしてまたヘラヘラと笑うと、自分の顔が頑丈な石でもあるかのように叩いてみせ、舞台の帆布の上に横たわり、ポケットから半分に切った大根ほどの大きさの爆竹を取り出すと、耳に近い顔の片側に丁寧に置き、客席に向かって手招きすると、舞台に上がって点火してくれるよう促した。

客席は静まり返り、拍手も叫び声も途切れた。世界中がストンと死の静寂の谷底に落とされた。照明の光が舞台に落ちる音が聞こえた。みな炎に飛び込む蛾のように舞台に視線を注いだ。

彼はまだ観客に向かって手招きしていた。

槐花が再び笑顔で舞台の隅に登場して言った。

「さあ、どなたかお若いかた、舞台に上がって点火をお願いします。これは私たちが南方で一枚千元の公演でも演じなかった演目です。今回は特に皆さんのためにお見せするものです」

すぐにひとりの若者が舞台に飛び上がった。

彼はマッチを一本擦ると、しゃがみこんでその大根ほどの太さの爆竹に点火した。

爆竹はすぐに火を噴いた。

天地をどよもすほどの爆発だった。閃光があたり一面に飛び散った。頭上に吊してあるライトまでもが揺れたまま止まることはなかった。しかし彼はそんなことはどこ吹く風、何事もなかったかのように起き上がると、灰を払い顔をなでた。少し血が出て黒い灰が付いていた。槐花の手から白いタオルを受け取り、灰とこびりついたどす黒い血を拭き取ると、観客にお辞儀をして下がっていった。

観客が息を呑んだ静けさのあと、また雷鳴のような拍手と叫び声が爆発した。

茅枝婆は舞台のそばに立っていた。

つんぼの馬は流れ出る血を拭きながらきいた。「これで柳県長の賞金は間違いなしじゃろ?」

茅枝婆が何か言おうとする前に、県の団長が慌ただしい様子で笑いながら言った。「間違いなしじゃ、千元の賞金はお前のもんじゃ」

つんぼは笑いながら、顔の傷の手当てをしてくれる者を探しに行った。

すぐに次の演目が始まった。最初の演目がスリルに満ちたものだったので、二番目の演目には静かなもの、独眼穿針《どくがんせんしん》を持ってきた。昔の独眼穿針は、十本ほどの布靴用の大きな針を左手の親指と人差し指で持って、右手に糸を一本持ち、手では糸を撚《よ》り合わせ、目は揃えた針の穴に照準を合わせ、湿らせた糸の先は細い路地を飛ぶ矢のように穴を突き抜けていくのだった。しかし今回はそれとは違った。紙箱の中から刺繍針を一摑み取り出し、左手の五本指の指と指の間に四列びっしりと挟むと、それから掌を下に向けて、板の上でトントンと軽く打ちつけて針の頭と先をきれいに揃える。そして掌をライトの方に向けて、見える方の目を大きく見開き、右手の人差し指と親指で、左手の四列の針をはさんで捩ると、その四列の針の穴が彼の視線に沿ってすべて揃い、その一続きの穴からはライトの白い光が見えた。そしてその細い銅線のように撚《よ》った糸が、一列目を突き抜けたかと思うや二列目を突き抜けていった。あっという間に四列の針が一本の赤い糸に釣り下げられたのだった。

昔は水を飲む間に十本程度、蒸しパンをモグモグやっているうちに四十七本から七十七本の大きな針に通せるだけだった。しかしこの夜、彼は一瞬のうちに百二十七本の刺繡針に通すことができ、蒸しパンをモグモグやっているうちに同じ動作を三回繰り返し、三百八十一本の刺繡針に糸を通したのだった。

彼は言った。「わし、県長の賞金をもらえるじゃろうか？」

団長は言った。「うん、だいじょうぶじゃ、間違いない」

葉っぱへの刺繡、紙への刺繡も前とは違う。下半身不随の女は、薄く破れやすい紙に草花や蟻や蝶を刺繡できるだけでなく、冬、木の幹に引っかかっていた蟬の抜け殻に、小さな小さな飛んでいる蛾を刺繡することができた。その蛾に赤色を付けるのに、彼女は赤い糸を使うことはなかった。縫い終わると刺繡針を自分の指にちょんと刺して血を一滴絞り出せば、その小さな蛾が赤い蝶々になった。

小児麻痺の子供の演出も違っていた。彼は例によってガラス瓶を履いて舞台の上でびっこを引きながら時計回りに三回、逆に三回まわると、突然立ち止まり、舞台下の観客を見渡すと、力任せに、瓶を履いた足の方を地面に数回打ちつけ、ガラス瓶を叩き割ると足を持ち上げた。観客には、彼の麻の茎のように細い足の先にブラブラしている三寸ほどの変形した足の裏に、今割ったばかりのガラス瓶の破片が見えた。ガラスは白くキラキラしていたが、そこに流れ出てきた血は、艶やかな赤色だった。

いくつかの演目を見て、観客もすでに受活の村人の流血を伴った絶技では、叫び声を上げなくなっていた。舞台下の観客はこの小児麻痺の子供が自分の足を宙に浮かせ、血が雨水のように舞台の真新しい帆布の上にポタポタ落ち、顔色が透き通った紙のように半分黄ばみ、半分蒼白になっているのを見ていた。その時、観客席から大きな声が叫ぶ。「痛いか？」

子供は答えた。「がまんできるよ」

また客席から別の声がする。

「そのままもう一回りできるか？」

果たして子供は舞台に立つ。額に汗を滲ませ、口元には不敵な笑みを浮かべると、一面ガラスの破片が突き刺さっている足を床に下ろす。体を傾けてその細い足に体重をかけていく。そしてそのまま彼は舞台の上で血を流しながら、時計回りに三回、逆回りで三回まわった。

夜もかなりふけてきた。時は暗い井戸の中に落ちたかのようで静まり返っている。柳県長は、今日のこの公演が終わるまでには戻って、受活村の双槐県離脱の決定を宣言し、この大勢の観客の前で、受活村退社の文書を読み上げると約束していた。しかし最後の演目になっても県長は帰って来なかった。茅枝婆は舞台の裏でウロウロしていた。山の下の方の道には車のライトもなければ、遠く籠もったような車の警笛の音も聞こえなかった。彼女は言った。「柳県長が来ないなんてことはないじゃろうな？」県の幹部は言った。「そんなことがあるわけない」さらに言う。「途中で車が故障でもしたか、急用でもできて遅れてるんですよ。そうだ、あんたも出たらいい。少し演目を増やして柳県長を待つんだ。県長が来ないわけはない。必ず来る。来てあんたたちが退社する文書を読む、間違いない」

茅枝婆は演目を増やして県長を待つことにした。

茅枝婆は舞台の血まみれの小児麻痺にそっと声をかけた。「できたらもう何周か回っておくれ」

月はすでに山の真上に移り、人々が日の出を見に行く山頂の、北よりの山の端の大きな木に掛かっていた。下弦の月だった。星はまばらで空気もとっくに冷たくなっていて、夏の真夜中過ぎのようだったが、それでも冬は冬だった。暖かさの中にも寒さがあった。舞台下では脱いでいた綿入れを肩に羽織ったり、脇に挟んでいたセーターやカーディガンを着ている者もいた。いつもはこんな遅い時間だったら、世界中誰でも深い眠りの中にいるはずだったが、この記念堂の人々は違った。眠気などというものは、微塵も感じていなかった。みな両目をカッと見開いて、舞台の上の出し物に見入っていた。

小児麻痺の子供は、ガラスの破片だらけの奇形の足を引きずりながら、再び回り始めていた。彼は歩くかと思えば走り、走ったかと思うと歩いて、ひょっこひょっこを引きながら再び時計回りに三回、逆回りに三回まわった。彼が通ったあとには、水を撒いたように血が飛び散り、新しい褐色の帆布には一尺おきに血の足跡があり、粘り気のある深い赤色は一瞬のうちに紫がかり黒ずんでいった。彼も観客を魅了し、彼の額の汗は水玉のようにキラキラ光り、その笑顔は甘く生き生きと輝き、自分自身に勝ったかのようだった。自分がガラス瓶を履けるだけでなく、ガラスの破片だらけの足で、舞台を立ち止まることなく走ることができると自信を持っていた。そして確かに自分自身に勝ったのだ。六周回り終えて、挨拶して引き下がるとき、チャンチンの葉っぱのような足を持ち上げると観客に見せた。元々足の裏に突き刺さっていたガラスはすべて見えなくなり、中に埋まってしまい、血がダラダラと流れていて、彼が持ち上げたのは足ではなく、血の出る蛇口のようだった。

ついに最後の出し物、茅枝婆と九匹の蝶の出番となった。月明かりは山の向こうに行ってしまい、静けさが山脈をしっとりと深くどこまでも覆っていた。人々の賑やかな声の隙間から、木々が風に揺れる音が聞こえる。どこかの崖か林で突然鳥が鳴く声が聞こえる。賑やかな声と拍手の音に驚いたバタバタいう音が聞こえる。照明の光は夜空を突き抜け、別の山や谷へと飛んでいく。空気の中には冬の冷たさと夏の爽やかな感じがあった。

茅枝婆は言った。——「必ず県に寄ってわしらの退社の文書を持って山頂へ戻って来るんじゃ」。

柳県長はそれに対してこう約束した。——「三日だ、三日目の夜には死んでも戻ってあんたらのために退社の文書を読み上げるから」。

舞台の上から声がした。「茅枝婆、出番じゃ、山の下で車の音が聞こえたよ」

茅枝婆は舞台に上がった。一番の絶技、舞台下の観客たちを驚嘆させる見せ物だった。耙耬調劇団の団長の段取りに従って、彼女の秀麗な完全人となった孫娘が、舞台の上から観客に向かって真面目な様子で質問する。皆さんのご家族に八十歳のお年寄りはいらっしゃいますか？　皆さんの村に九十歳のお年寄りはいらっしゃいますか？　皆さんが住んでいらっしゃる町に百歳のお年寄りはいらっしゃいますか？　いらっしゃったとして、歯は抜けていませんか？　目はちゃんと見えますか？　落花生を食べたり、胡桃を噛んだり大豆を噛み砕いたりできますか？

こういった質問をし終えると、彼女は下がり、車椅子に乗った茅枝婆が押されて登場する。そして彼女は百九歳だと告げる。百歳の老人なので、民国時代の北方のお婆さんが着ていた、くすんだ青色の綿の大きな襟の中国服にブカブカの綿のカンフーズボンを穿き、ほんま完璧な百年前の老人じゃ。頭は白髪混じりで体はよぼよぼ、棺桶からでも出てきたようじゃったが、目はカッと見開いて、人々をゾクッとさせるのじゃった。百九歳の老人というだけじゃのうて、一生びっこっちゅうことになっとって、当然完全人に車椅子を押してもらってのご登場というわけじゃ。彼女を押して来たのは、南方の公演で百二十八歳の年寄りを演じたあの中年だった。演出に従って今回は百九歳の老人の子供となり、茅枝婆のことをさかんに母さん、母さんと呼ぶのだった。

南方の時のように年は二百四十一歳、曾孫が百二十八歳とせず百九歳にしたのには、完全人たちの細心の演出があった。受活村が耙耬山脈にあることは、観客の誰もが知っている。だから、その受活村の茅枝婆を二百四十一にはできないわけで、百九歳ならば信じてもらえるだろう、というわけじゃった。山脈に百歳の老人はめったにいないが、しかしありえないことでもない。百九歳なら、受活村の隣村のものでも疑うことはないだろう。隣村と言っても受活村は片輪者の村だったので、まったく交渉はなく、ずっと受活村のことには首を突っ込もうとしてこなかったのだ。受活に百九歳の年寄りがいるかどうかということは、多くの者が知らないことだった。

舞台で車椅子を押している彼女の子供役は、完璧に村人らしい誠実そうな顔をして、彼の母親は百九年前、一回り前の己巳《つちのとみ》〔一八八九〕の年に生まれ、清朝と民国を経て今の今まで生きていると言い、それを証明するために、彼の家の戸籍簿と母親の身分証を舞台の上から下の観客に渡して見せると、さらに柳県長直筆のサインと印章のある長寿祝いの額を掲げて見せた。柳県長のサインと印章があれば、人々が茅枝婆が百九歳ではなく六十七歳などと疑うはずがない。

この時、息子役は観客に向かって言う。人が百歳まで生きるのは別に珍しくも何でもないことじゃ、肝心なんは、わしの母親は百九歳じゃが、耳は聞こえるし、目はちゃんと見えるし、歯も抜け落ちとらんのじゃ、歩くときに少しびっこは引くがの。そして母親の歯が丈夫なのを証明するために胡桃を取り出すと茅枝婆に渡す。茅枝婆は殻の硬い胡桃を口の中に放り込むと、ガリガリと嚙み砕いて見せた。目が見えることを証明するために黒い糸と針を渡し、舞台の一番明るい照明を落とし、薄暗くして田舎の家のランプの明るさほどにすると、茅枝婆はそのほの暗い中で何度か糸を通そうとし、見事通して見せた。

針に糸を通し、胡桃を嚙み砕き、落花生や炒り豆を食べて見せるのは、観客を驚かせる演出じゃ。普通どこの家の父親や母親、祖父や祖母が百歳まで生きていようか。百九歳まで生きて耳も聞こえ、目も見え、歯も抜けていないことがあろうか。この穏やかで柔らかい香りのような驚きの中、彼女の子供がその長生きの秘密を語りはじめ、観客に披露するのだ。彼が母親の着ている民国期に流行したブカブカの大きな襟の中国服とカンフーズボンを舞台の上で脱がせると、その下からは光り輝く黒い緞子の死装束が現れた。

観客席の驚きは、穏やかな「ホォ」という声から、猛々しい「オオッ」へ、そしてたちまち一面の「ヒュ一ヒュ一」「あれまあ」だ。すべてのぼんやりしていた視線が一度に舞台へ、茅枝婆へと注がれた。百九歳とは言っても生きている人間であり、つい先ほど胡桃をかじりながら話し、針に糸を通した時にも笑顔を見せて言ったのだ。「年を取ったもんじゃ、もう二、三日で針に糸を通すことはできんようになるじゃろう」それが瞬時に死人と同じような死装束に変わったのだ。

その死装束は上等な布で、黒の緞子、目には見えない細かい光る素材が織り込まれていて、照明が当たるとキラキラ光った。死装束のスカートの裾にはベルトほどの幅の金糸の縁取りがしてあり、黄色の糸と白い糸で縁取られ、黄色と白が互い違いで、そこの光り方は黒い緞子のものとは違っていた。黒い緞子は、光が当たると銀色のように白く輝き、裾の縁取りは、朝日のような純金の輝きだった。朝一番に東の山から差し込んでくる光のように人々の目に纏わりついた。上着の襟も袖も普通とは違っていた。襟にも袖口にも黄色の縁取りがしてあり、前身頃《まえみごろ》には細い針で細密な龍と鳳凰が刺繡されていた。伸ばせば一丈もあろうかというう、生きた蝮《まむし》のような黄龍が裾から肩へとのたうち、爪や鱗まで細かく刺繡されており、そりゃもうすごい迫力で、今にも服から飛び出して観客席へ飛びかかっていきそうじゃ。右寄りに刺繡された鳳凰は、深紅、紫がかった赤、黒ずんだ赤、薄い赤、淡い赤とすべて赤い糸で縫い付けられ、炎の鳳凰がそこに舞い降りたかのようだった。その赤と黄色のコントラスト、黒の中の白、赤の中の紫、黄色の中の深い金色。そのめくるめくような死装束の放つ輝きに、舞台下の百人千人の目が釘付けとなった。その驚きが醒めやる前に、息子役は茅枝婆の体の向きを変えて背中を見せた。黒光りする背中には、洗面器ほどの大きさの「奠」の文字が浮き上がっていた。元々角張っているこの「奠」の文字は、死装束の担当者によって丸くデザインされ、プラチナの刺繍糸で縫いつけられていた。文字の太さは物差しほどの幅、文字の隙間は線香ほどの細さで、彼女の背中に日輪が昇った、あるいは沈もうとしているかのようだった。奠の字の外側の二重の円の間には、銅銭ほどの大きさの小さな寿の文字が並んで刺繍され、それによって茅枝婆の死者の気配はさらに高まり、周りを陰の気で圧倒した。ここに来て舞台は最高潮に達し、人々は山頂を征服したかのようだった。さすが完全人だった。団の完全人はやっぱり片輪より頭がいい。見識も広いし舞台演出にも通じているし、一つ一つの演目でみごとに観客を驚嘆させ唸らせた。最高潮には狂乱の叫び声も掌が真っ赤になるような拍手も必要ないとわかっていた。観客たちはすでに声は嗄れ、手は痛く、クタクタで、いくらか眠くもあった。人の頭が地に落ちるような出し物でもなければ、さらに観客の興味をかき立てることはできないのだ。彼らは動くときは動き、静かにすべき時には静かにすることを知っていた。静が動を呼び、動が静を呼ぶことを十分わかっていた。耳上爆発で顔から黒い血を流し、独眼穿針で一瞬で三百本の針に糸を通させ、片足猿にはわざと服に火を付けさせ、その次に聡耳聴音では豚の毛と馬のたてがみの毛を石板の上に落として判別させる、火に油を注ぐ演目ではだめなのだ。火に雨を降らせるのである。百人千人の観客の狂乱の熱気を池の冷たい水に放り込んで一気に冷やすのだ。驚嘆のあまり啞然とさせ、世界中を沈黙させるのだ。

茅枝婆の活人寿衣《かつじんじゅい》は、観客を煮えたぎる空中から水の中へと突き落とし、黙り込ませ、なぜ生きている人間が、一日中死装束を着ていなければならないのか気をもませるのだ。夜は深まり涸れ井戸の底のようで、世界中が夢の中に沈み、生と死の境にいるかのようだった。そこに百九歳の老人が死装束で現れ、彼らの目の前に立ちはだかったのだ。誰の顔も、月のように青白く血の気が失せ、死の世界から戻ってきたか、あるいは今にも生の世界から死の世界に向かっていきそうな感じだった。舞台の下は一面静まり返り、そこには人っ子一人いないかのようだった。舞台の上からは母親の胸で寝ている子供の寝息や母親を呼ぶ寝言が聞こえた。眠気など微塵も感じとらん完全人の大人たちの視線と期待の中でじゃ、六十一歳を九十一歳と言うとる息子は、舞台の下に向かって普通の話を二言、とても信じようのない話を二言話した。

「わしの母ちゃんは、この数十年死装束を脱いだことがないんじゃ。この後半生を死装束を着たまま飯を食い寝ておるんじゃ」続けて話す。戊子《つちのえね》〔一九四八〕の年、すなわち民国三十七年の冬、彼の母親は薪を拾いに行って、山の上から谷底へ転がり落ち、足を折り、ショックのあまり大病を患い、七日七晩目を開けなかったので、死装束を彼女に着せ、彼女があの世に旅立つ準備をした。しかし準備が整ったとたん、彼女は目を覚ましました。目を覚ましたので死装束を脱がせた。ところが脱がせたところ、彼女の病気はまた重くなり、意識を失ってしまった。そこでまた死装束を着せるとまた病気が軽くなり目を覚ました。何度も着せたり脱がせたりして、結局着せたままにしておくことにし、何枚か死装束を用意して、順繰りに着せ替えた。彼女も自ら昼も夜も毎日毎日、死装束を着たまま食事をし、畑を耕し肥やしを担ぎ、麦を刈り、眠り、ともかく死装束のまま日を過ごした。

そして彼の母親は死装束を着て五十一年になったのだ。

この五十一年間、彼の母親は病気も怪我もしていないと言うのだ。

耙耬山脈の漢方医も言った。彼らが外へ公演に行ったときの、都会の医者も言った。彼女がこの五十一年間病気も怪我もしなかったのは、彼女がこの五十一年間ずっと死装束を着ていたからだと。人は死を恐れる。十人のうち九人は、死への恐怖が積もり積もって小さな病気にかかり、それが大病となり、大病になってしまうたら死から逃れられんなくなる。死を恐れさえしなければ、死は家に帰るがごとく、熟睡して夢の中へ入るがごとくで、骨にも血にも鬱の気がなくなって、鬱の気がなくなると、血脈の通りが日夜良くなり、年々歳々サラサラで、十年だろうが二十年だろうが、五十年だろうが百年だろうが、病気になるはずがない。病気になりさえしなかったら、人は長生きし、自然と異常なまでに健康のままでいられるというわけだ。

茅枝婆の体はいったいどのくらい健康なのか？

彼女は百九歳だったが、布団を縫うことも布靴を縫うことも、子供や孫、曾孫のために食事を作ったり、洗濯をしてやることができるだけでなく、農繁期には畑に出て麦を刈り、村人と一緒に金槌で豆やゴマを叩いた。彼女は今、荷物を担ぐのだったら、百斤二百斤は大丈夫なだけでなく、杖を突いたまま、九人の人間を持ち上げることができると言うのだ。そこで四人の男が二つのパンパンに膨らんだ麻袋を二つ持って舞台裏から出てくると、間に天秤棒を通した。茅枝婆が力を入れると二つの麻袋はわずかに地面から浮き上がった。手を離すとその二つの袋から生きた九人の女の子が飛び出して来た。

九つ子の九匹の蝶が舞台の上で歌い踊り、それはさながら蛾や蝶が飛び交っているかのようだった。

第十一巻　花

第一章　白い布一面赤い星が散らばった

その夜、公演が終わったというのに、柳県長は戻ってこなかった。受活村の人々が寝に戻ったとき、またもや天地のひっくり返るような大事件が持ち上がった。

彼らはレーニン記念堂の小部屋で寝泊まりしていた。半年以上耙耬の外で公演していたときと同じように床に寝床をこしらえ、家ごとにかたまり、男女は別々だった。しかしこの夜、戊寅《つちのえとら》〔一九九八〕の年末の冬至のこの日、公演が終わってそそくさと舞台を片付け、部屋に戻って寝ようとしたまさにその時、もともと枕元に畳んで置いてあった掛け布団が枕元にはなく、枕元の場所とは違っていて、掛け布団の綿はちぎれて散らばり、包んで置いてあった服はそこらじゅうに投げ捨てられているのが見つかった。

彼らが半年の間に稼いだ金は、掛け布団の中からも敷き布団の中からも枕の中からも消え失せ、箱やそのほかのものからも、消えてなくなってしまっていたのだ。

すっかり持って行かれてしまったのだ。

百人千人の公演を見に来た人々は、すでに魂魄山のあちこちに散り散りとなり、賑やかな足音も絶え、静まり返っていた。世界は寒い真冬の真っ只中だったが、ここは冬が過ぎ去ってはいないのに、春がもうすぐそこまで来ていて、木々には新しい芽が出ていた。草むらの斜面も緑になり、暖かさの中に清々しい香りがあった。これだけ暖かいと、どこでも一晩を過ごすことができた。軒の下でも崖のそばでも、大きな木の根元でも風を避けることのできる石の陰でも。

完全人らは、あっという間に散らばって影も形もなくなっていた。隣村の耙耬の人々も、今晩は筵なら一枚二元で、毛布なら一枚四元で借りることができた。きれいに掃除されたレーニン記念堂の磕台《こうだい》の上に立てば、山の夜景の中、完全人が声を伸ばして叫んでいるのが聞こえる。

「むーしろー、ちんがりん[1]かねー、いーちまーい、にーげんー」

「ふーとんー、ちんがりんかねー、いーちまーい、ごーげんー」

叫んでいるその声は、受活村の人々の驚き慌てる声に圧倒されてしまった。暴雨がやってきて、吹き始めた風をバラバラという音で覆ってしまった。言うまでもなくその叫び声は記念堂の小部屋から伝わって来たものであり、小部屋の中で爆発が起こりその轟音が世界に響き渡っていったのだ。

「カネ、わしのカネはどこ行ったんじゃ？」

「なによこれ、布団も枕もビリビリよ」

「強盗じゃ！　根こそぎじゃ！　これから先、どうしたらええんじゃ？」

真っ先に小部屋に戻ってきたのは、服も道具も何も持たずに帰った足の速い片足猿だった。一歩先に記念堂に入り、水晶棺の真向かいの部屋に入ろうとドアを開け、電気をつけた。彼の目の前にドンと広がったのは、荒らされ盗まれた部屋の光景だった。記念堂の小部屋には、さらに小部屋が続いていて、三番目の小部屋の入口から中へ入って行くと、全部で十数間の小部屋が並んでいた。片足猿は手前の小部屋の中の二間に住んでいたが、ドアを開けると、部屋に残って番をしていた村人が、顔中血だらけで、まん丸に縛り上げられ、口にはズボンの裾が押し込まれていた。さらに隣の部屋のドアまで行くと、彼が四角に折り畳んで壁の下に積んでいた布団が切り裂かれ、枕に詰め込んでいた服は床やオンドルの上に散乱していた。つんぼの馬《マー》、片目、ちんばの大工、荷物担ぎ専門の六本指のおしは、一つのオンドルで寝ていたのだが、彼らの箱や包みや布団も、みなグチャグチャにされていた。誰が引っ張り出したかわからない布団の綿が戸口に捨てられ、つんぼが一番好きだった赤い下着は窓に引っかかっていた。片足猿は事態の重大性に気づき、杖を放り出し、舞台の上で火の海を飛び越えるように片足で飛んで壁に向かって行き、自分の布団をつかんで確かめてみると、布団の四隅は切り取られ、彼が隅に縫いつけていた一束一万元の新札の百元札の束が、一束どころか一枚も残っていなかった。大慌てで今度は敷き布団に縫い付けたカネを見てみたが、敷き布団もバラバラにされ穴だらけとなっていた。

　彼は干からびたようにその場にうずくまると声を限りに叫んだ。

「わしのカネはどこじゃ！」

「わしのカネはどこへ行ってしもうたんじゃ？」

　それらの叫び声は一緒になって、山野にまで響き渡っていった。下半身不随の女、ちんばの大工、めくらの女、六本指のおし、片足猿、桐花《トンホア》、蛾児《アル》、槐花《ホワイホア》、楡花《ユイホア》そして彼らの食事の世話をしていた完全人の女たちも、あわせて百人以上の受活村の人々が、レーニン記念堂で泣き叫び、あるものはドアにすがって足をバタバタさせ、あるものは地面に座り込んで空の風呂敷を抱きしめ、あるものは泣きながら叩いていた。カネを縫い込んでいた布団は引き裂かれ、カネを詰め込んでいた枕の中には、麦や雑穀の殻しか残っていなかった。敷き布団の綿は地面に散らばっていた。木箱の鍵は壊されるか、いっそのことと、箱ごとバラバラにされていた。槐花は、街の女性がよく使っている柄物のトランクに、カネや貴重品を入れていたが、そのトランクごと持って行かれてしまった。

　少し年を取ったものは、稼いだカネを鉄の桶に入れ、公演に行った先々で、ベッドの枕元の煉瓦をひきはがし地面に穴を掘ってその鉄の桶を埋め、その上に筵をかぶせ、枕を乗せていた。カネをどこに埋めたかなど、誰も知らないはずだったが、この時は彼らの鉄の桶は空になってレーニン水晶棺のそばに投げ捨てられていた。

　受活村のもんらは、天地がひっくり返るような災難に遭遇したっちゅうわけじゃやった。

　記念堂の大ホールの中、レーニン水晶棺のそば、三つの大きな小部屋の床は、うずくまっためくら、下半身不随、つんぼ、おしでいっぱいだった。男、女、年寄りに子供の泣き叫ぶ声、怨み呪う声が裂けた竹のようにしゃがれ、耳を刺し、記念堂でみんなで大騒ぎしているようだった。

　外から完全人がぞろぞろ入ってきた。彼らは夜の公演を見終わって、記念堂の周辺で寝ていたのだった。

受活村の人々が泣き叫び涙を拭うのを見ながら慰めて言った。

「泣きなさんな。おカネはなくなってもまた稼げばいいじゃないか」

「命あっての物種じゃないか」

「そうじゃ、そうじゃ、これまであんたら片輪もんがこれだけ大金を稼いだんじゃ、妬まれても仕方がないよ」

慰めを言い終わると、人々は眠いので、また元の場所へ戻って眠りについた。

水晶棺は、白々と光る明かりの下でブルーに煌めき、棺は水晶ではなく、ひんやりと柔らかい玉でできた板のようだった。いつ泣き始めたのか、いつ叫び始めたのかもわからないほど泣きに泣き、叫びに叫んでから、受活村の人々は泣くのも叫ぶのも止めた。みな小部屋の中から出てきて、記念堂の大ホールに、あっちにひとかたまり、こっちにひとかたまりと立ち、一面黒々となった。全員の目が茅枝婆《マオジーポー》の顔に注がれた。

茅枝婆の顔には厚い灰色が張り付き、その灰色の裏側の死者の青紫色がぼんやりと見えた。彼女は水晶棺の頭のところに茫然として立っていた。杖は棺の中央に立てかけ、黒緞子の死装束は白い風呂敷に包んで青く柔らかい光の水晶棺の上に置かれ、刺繡針がお針箱にあるように、蠟燭が蠟燭台の上にあるように、あるべきところにあった。水晶棺が照明に当たって放つ青い光は、白昼の青空のようで、黒緞子の死装束は黒いガラスのようだった。すべてが明るく輝いていて、力強く押し黙っていた。茅枝婆は舞台の細々としたものを片づけ、しばらく舞台裏から山の下の方を見てから、記念堂に戻った。柳県長が、夜中になっても帰って来る見込みがないと判断すると、心の中で大きくため息をつき、体を揺らしながら戻ってきたのだ。

夜は深まり、月は落ち、星もまばらとなっていた。記念堂は、山脈によって宙に持ち上げられたかのように山頂に静かにたたずみ、軒下を通っていく風がたくさんの内緒話を残していく。そんなとき、茅枝婆は記念堂の、沸き起こった狂ったような叫び声を聞いたのだった。彼女が四人の孫娘と寝泊まりしていた一番端の部屋へ駆けつけると、三番目の槐花が地面に座り込み、掛け布団を抱きしめて泣きながら言った。

「服を買うのさえ我慢したのよ、一枚だって買わなかったのに！」

四番目の小蛾子《シャオオーズ》は、地面にいざったまま、自分の枕を抱いて言った。

「晩御飯の時にはまだあったのよ、公演の時にも触って確かめたんだから」

二番目の槐花と一番上の桐花は、自分の布団の上に立っていたが、めくらの桐花には暗闇が見えているだけで、ただ押し黙りこうなるかも知れないとわかっていたかのようだった。一方、槐花は泣いてはいなかったが、地団駄を踏んで怨めしそうに言った。

「ほらね、そうでしょ、盗られたらおしまいでしょ? みんな、私を金遣いが荒いだとか言わせないわよ。麦畑一畝ほどもするブラウスを買ってるなんて言わせないからね」

茅枝婆は外から駆け戻って来て、入口でこの四人の孫娘の様子を一目見るや、何が起こったのか悟った。彼女はあたふたと二つ目の部屋の戸口へ行った。

ヒョコヒョコと三つ目の部屋へ。

そして四つ目の部屋へ。

そうやって七つ目の部屋の戸口まで行くと、彼女は突然向きを変え、見に行くべきところを思い出した。完全人の県の役人たちのことを。しかし彼女が水晶棺の裏の大きな小部屋に駆けつけドアを開くと、そこにあったはずの完全人たちの服も布団もなくなっており、部屋はきれいさっぱり片付いていた。

人の影も形もなかった。

茅枝婆の心はキーンと凍りついた。挽き臼の台のように大きな氷の石が、彼女の心を押さえつけているかのようだった。大慌てで公演舞台の前まで駆けていくと、半年間ドサまわりに使っていた二台の車までもがなくなっていた。そこには車の轍と枯れ草があるだけだった。

記念堂の入口に立ち、茅枝婆は冷たいマホガニーの柱に手を添えズルズル座り込んでしまった。

彼女は泣きもせず叫びもせず、入口の石のたたきの上に座り、長い長い間ぼんやりしていた。大騒ぎを見にきた人々が、彼女のそばから離れ、寝床に帰って行くと、また柱に寄りかかりながら起きあがり、大ホールの水晶棺のそばに戻り、水晶棺に寄りかかったまま動かなくなってしまった。受活村の者たち全員を小部屋から出てこさせ、ホールに残って留守番をしていた若者も呼び出した。

舞台に出ていた村人たちに比べれば、残って留守番していた彼はかなり完全人に近いと言って良かった。めくらでもなく、ちんばでもなく、おしでもなく、ただ左手の指が一年中曲がったままで、鶏の足の先のようだった。生まれたときにはもう彼の左手はひとつにくっついていて、数十年経っても相変わらず一か所にまとまったままだった。彼は茅枝婆の面前にしゃがみこみ、その顔は死人のような灰色で、受活村の人びとがこの災難に遭遇したのは、すべて彼のせいであるかのようだった。彼の顔は何度も殴られて、半分は元のままだったが、もう半分は腫れ上がり、唇も鼻もねじ曲がっていた。手も縛られて真っ赤に腫れ、その細い左手が普通の人並みに太くなってしまっていた。茅枝婆を見、また受活の村人たちにチラッと目をやり、心の中の罪の意識は彼の頭を押さえつけうなだれさせ、石ころが大理石に落ちたかのように涙がパタパタと音を立てた。

「誰がやった?」

「一堝《いっこ》山《やま》③の連中じゃった」

「だから誰なんじゃ?」

「おえらさんがたじゃ。わしらと一緒に南方に公演に行った完全人じゃ。ワラワラとなだれこんできたんじゃ。十人じゃったか、二十人じゃったか」

「おまえ、なんで叫ばんかった」

「入って来るなり、わしを縛り上げたんじゃ。入るとすぐに哨子《しょうし》⑤を立て、部屋の中には、布団を切り裂き、箱をひっくり返すもんが専門でおって、誰の部屋のカネがどこにあるか、すっかりわかっとったみたいじゃ。まるで自分の家のようじゃった」

「おまえ、なんで声を上げげんかった?!」

「あいつら、みんな完全人で、声を出したら叩き殺すぞ言うて、口まで塞いだんじゃ」

「向こうは何か言ったのか」

「何も。ただ世の中ひっくり返っとる、お前らめくらやつんぼやおしやびっこのものになっとるって」

「それから?」

彼はちょっと考えてから答えた。「まあ、待っているがいい、死ぬまで待っても柳県長は来るはずがないって」

茅枝婆はもうそれ以上たずねようとはしなかったし、答えを聞こうともしなかった。ホールは死んだような静けさとなり、もともと棺桶だけで、人は誰もいないかのようだった。その中で人々の目は茅枝婆の顔に注がれた。しかし意外にもその表情の不安そうな感じは少しずつ消えていき、その青紫がかった灰色の顔は冬の氷が溶けるように表情が弛んで、穏やかな様子と生き生きとした様子が表れた。何か思い出して、何か摑んだような、云わなければならない真実の言葉があるかのようだった。

そしてこう言った。

「完全人がどんなものかおまえたちにもわかったじゃろう。みんなにきこう。これでも退社したくないか？受活の昔のような日々を送りたくないか？」そうきくと、昔のように、目で村人に答えを促すと、向こうを向いて、水晶棺の上の死装束の風呂敷包を開き、死装束の中の白い当て布を、歯で右に左に切り裂くと、蒸しパンを蒸すときの布のように真四角の布にした。茅枝婆は、その切り裂いたばかりの白い布を水晶棺の上に広げ、自分の部屋に戻ってハサミを見つけて来ると、皆の前でハサミの先を自分の左手の中指の先に突き立て、自分の血を、水晶棺の上に銅銭を積み上げるように滴らせ、右手の人差し指を、血だまりに浸し、白い布にしっかりと押さえつけた。布の上には紅梅のような生々しい鮮やかな赤い拇印が押された。そして彼女は体を村人の方に向けると言った。

「みな完全人の正体がわかったと思う。退社に賛成の者はここに来てこの布に拇印を押してくれ。反対の者は残って完全人から黒災[7]、紅災[9]を蒙るがいい」

茅枝婆の声は高くはなかったが、話の内容には説得力があった。話が終わると、彼女は村人たちの顔を見始めた。村人のどの顔も、ホールの照明の下では、どことなく、ぼんやりしていて、どう言ったらいいのか、どうきいたらいいのか、わからないような、気まずい感じだった。略奪に遭い、恨みと憤りに落ち込んでいる時に、茅枝婆が突然退社のことを持ち出したので、馬が、細い細い袋小路に入り込んで、後戻りできなくなったように、身動きが取れなくなってしまっていた。こわばって黙ったまま、時間だけが樹液のようにゆっくりと流れ落ちていった。多くの黒罪[11]、紅罪[13]を経た年長者の顔からは略奪された恨みと怒りは、薄れていった。様々なことが頭の中を駆けめぐり、最後には、退社するのかしないのかという根本的大問題について考えはじめた。

ただっ広いホールの中には、彼らのほかには誰もおらず、県の派遣した記念堂の管理人さえ、どこに行ったのかわからなかった。他の完全人と一緒なのかも知れないし、自分の部屋のベッドで寝ているのかも知れなかった。天井の高い大きな部屋の四方の壁は、すべてが光り輝く大理石で、ホール中央にはレーニン像と水晶棺が並んでいる。ホールは受活の村人たち、めくら、つんぼ、おし、ありとあらゆる片輪者たちでいっぱいだった。座っている者、立っている者、ドアの枠や壁に寄りかかっている者、部屋には物音一つしなかった。物音がしないことが、この静けさを厳格でただ事ではない雰囲気にしていた。白い布のところまで行って拇印を押すことが自分の生死に関わることであるかのようだった。

お互いが相手の顔色を窺い、牽制し始めていた。

片足猿が言った。「退社してからも公演には出かけるんじゃろ？」

茅枝婆はそれには答えず、ただ冷ややかに彼を横目で見ただけだった。

その時、あの留守番役だった若者が地面から立ち上がった。

「クソッタレ、わしは何が何でも退社する。世間は怖い。ビクビクしながら生きるんじゃったら、死んだ方がましじゃ」

彼は一人で棺のところまで行くと、棺桶の上の茅枝婆の血に指を付けると、白い布の上に拇印を押した。

葉上刺繍の下半身不随の女は、床の上をいざりながらやってくると言った。もう死んでも出てやるもんか。受活の昔の生活が何よりじゃ。そう言いながらいざって行き、棺桶の下まで来ると、髪から針を一本取り出し、右手の人差し指に突き刺して持ち上げると、白い布に血判を押した。

そしてついに年配者がまた数人拇印を押し、その白い布には小さな赤い星が散らばった。しかしそれ以上続いて出てきて拇印を押すものはいなかった。大ホールの空気は澱んでしまって、黄土色の水が宙を流れているようだった。みな略奪されたことに悲しみ憤っているというのに、茅枝婆は略奪されたことをどうするのかはほったらかしたまま、この災難の最中に、この時とばかり、退社するかしないかを決めさせようとしているのだ。井戸に落ちた者に、今だとばかり、要求を突きつけたのだ。ともかく村の若者たちの中には出てきて拇印は押す者は一人としていなかった。皆の目は片足猿に向いていた。茅枝婆の四匹の蛾もみな祖母の後ろに立ったまま動こうとしなかった。三番目の槐花と四番目の蛾子はそっと祖母の顔色を窺っていた。二番目の槐花は他の若者たちと同様、目を見開いて片足猿を見ていた。彼に拇印を押しに行かないよう励ましているかのように、まるで彼が押しに行ったら自分たちも押すしかなく、彼が押さなければ自分たちも押すことはないかのようだった。

片足猿はすでに若者たちのリーダー格になっていた。茅枝婆は視線を片足猿の顔に落とした。

片足猿は顔をあらぬ方に向けてブツブツ言った。

「退社してしもうたら、それから先は身影《しんえい》⑮もなくなって、身影がなくなってしもうたら公演もなにもない。カネを奪われた上に、公演せんようなことがあってたまるかい」こう大きな声で言いながら、他の人に道理を解き、村人たちに気づかせようとしているようで、言い終わるとヒョコヒョコと自分の小部屋に帰って行った。

槐花は祖母をちらっと見ると、片足猿のあとを追って行った。

若者たちも列をなして自分たちの小部屋へと帰って行った。村の夜会が散会したあとのように、足音が次から次へと響いた。

茅枝婆のそばに残ったのは何人もいなかった。十数人か二十人かそこらで、みな四十、五十の年配者だった。お互い顔を見合わせて黙ったまま、最後に視線を茅枝婆の顔に向けた。茅枝婆は淡々とした様子で言った。みんな、戻って寝るんじゃ。明日夜が明けたら受活へ帰ろう。言い終わると、ゆっくり足を引きずりながら彼女の小部屋へと戻って行った。ゆっくりと飄々と。少しでも速く歩いてしまうと、すぐに足元に倒れ込んでしまうかのようだった。

第三章　くどい話——黒災、紅災、黒罪、紅罪

①ちんがる——「ちんがる」とは借りること。耙耬では多くのところで、借りるの代わりにちんがるを用いる。ちんがるを用いると貸し借りの関係に親密感が出る。
③堌山——土の山のこと。一堌山はここでは人の数が多いことを指している。
⑤哨子——歩哨のこと。哨子を立てるとは、歩哨を立てるということ。
⑦黒災⑨紅災⑪黒罪⑬紅罪——黒災・紅災は黒罪、紅罪と同義。この二つの言葉は受活村の人々が常用するものであるが、村の中でもこの歴史的用語の真の意味を理解しているのは四十歳以上のものである。

黒罪、紅罪には典故があるわけではないが、深い来歴がある。三十数年前の丙午《ひのえうま》〔一九六六〕の年、革命は雷鳴の如く、この国の天地を東西南北、山の内も外も、都市も農村も席巻した。天下のすべての人々が、古いものを壊し新しいものを作ることに忙しく、通りを行進し、寿老人、竈の神様、関羽、鍾馗、如来や観音の絵をはずし、毛主席の肖像画を壁に貼ったり、体にぶら下げたりした。翌年、闘争の対象は人へと移っていった。革命は続き、公社は半月に一度、大隊ごとに順繰りに、地主、富農、反革命、悪人、右派を一人ずつ送らなければならなかった。お腹がすいたら何かを食べるように、革命側が求めたときには引っ張り出してやっつけなければならず、やっつけるのでなければ、紙の帽子をかぶせて大通りを引き回した。それは社会

の風景、情景を飾り、さらにそれぞれの大隊では祭日が来ると、批判闘争を開かなくてはならなかった。祭日の時に芝居を呼んで社員を楽しませるように。こうして時は過ぎ、地主と富農の数は十分でなく、革命が始まって、丙午《ひのえうま》〔一九六六〕の年から己酉《つちのととり》〔一九六九〕の年まで、すでに三年という時間が過ぎてしまっているというのに、公社は自分のところ、耙耬の奥深いところに、受活村があることをすっかり忘れていることに気がついた。燃え盛る三年の革命の間、受活村の地主と富農は、まだ批判闘争を受けていないことに気づいたのだ。そこですぐに茅枝に連絡して来月初めに地主を一人公社に来させて革命に供するように伝えた。

茅枝婆は言った。「村に地主はおらんが」

カクメイが言った。「富農は？」

「富農もおらん」

地主も富農もいないんなら、上中農を送るんだ。

上中農も中農も下中農も貧農も、雇農もおらん、村中どの家もみな革命分子じゃ。

クソッタレ、死にたいのか、このカクメイ様を前にしてデタラメを並べるのか。

受活村は合作社になってから県と公社の管轄になった。貧農や地主に分けたことなどなかった。村人は、ずっと自分が地主なのか富農なのか貧農下層中農なのか、誰一人知らなかったのだ。

カクメイはヒューッと鋭い声を立て、目を剝き口をあんぐり開けると、受活村が革命の歴史の中で漏れ落ちていた事実を知り、受活村を革命の歴史において最も重要な課題と位置付け、受活村の歴史に新たな一頁を加えるべく、工作隊と調査組を派遣し、その年の中秋までに地主、富農、貧農下層中農に分けることにした。

茅枝は言った。受活村はすでに県に退社を要求し、身分の線引きは必要ない。

カクメイは言った。我々はお前が県委員会委員の楊《ヤン》書記を知っていることも、あんたと楊書記が延安に行ったことも知っている。しかし楊書記は現行反革命で、罪を畏れて首を吊った。どうやら反革命には、あんたの退社の希望には応えようもないようだが。

「じゃあ、あんたに言うたらやってくれるか」

「バカタレ、死にたいんか、お前は！」

茅枝は言った。受活にはもとから地主や富農はおらん、みな貧農下層中農じゃ。

カクメイは言った。地主も富農もヤクザのボスもいないのなら、茅枝婆、あんたが毎日公社に行って批判を受け、毎日三角帽をかぶって街を引き回されるんだな。

茅枝は息を呑んだまま言葉が出てこなかった。

玉蜀黍の苗は箸ほどの長さに伸び、山脈はいたるところ、青い草と作物の香りに満ちていた。そんな時、工作組が受活村へやってきて、まず村人を集めて会議を開き、各家に己丑《つちのとうし》〔一九四九〕の年の解放以前に、家に畑がどれだけあり、牛が何頭、馬が何頭いて、穀物、小麦や玉蜀黍や大豆は一年でどれほど取れたのか、ふだん糠や穀物の皮や黒麵、野草を食べたかどうか、飢饉の時には物乞いに行ったり、長いにしろ短いにしろ出稼ぎに行ったか、地主やヤクザのボスのところで、背中を叩かされたり腰を揉まされたり、鍋や食器を洗わされたり、残飯を食べさせられたりしなかったか、地主の奥さんに錐で手の甲や顔を突き刺されなかったかどうかなど、あれやこれやきいた。茅枝はその会議で村人に向かって本当のことを話すように言った。二十数年前、家にどれだけあったか、多く言ってはならない、地主にされる、しかし少なく言ってもならない、自分は貧農になっても、別の誰かが地主になってしまう。どの家も片輪者ばかりなのだから、自分が貧農になって誰かを地主にしてしまったら、良心の呵責に耐えられるか、一生不安なままだ、と。工作組は村の中央に八仙卓を置くと、各家の解放前の田畑財産について記録していった。各家のものは順番に机の前まで行くと、自分たちの二十年以上も前のことについて報告した。村人たちの話を、工作組はせわしなく書き留めていった。しかし記録し終わってみると、思いもよらず、受活村の家々は解放前に十数畝の田畑を持っており、食べきれないほどの食糧があり、家では牛を飼わず鋤や鍬や鉄輪の車が供されていた。

めくらにあの頃、食べ物は十分だったかときいた。

めくらは言った。とても食べきれるもんじゃなかった。

工作組はきいた。年越しには蒸しパンや餃子やワンタンを食べることはできたか？

答えて言う。普段から食べたい時に食べとるし、そんな大層なもんじゃないが。

たずねる。めくらでどうやって畑を耕すんだ？

答える。わしは竹職人で、村のみんなのために籠を作ってやっとるので、農繁期にはみんながうちの畑仕事を手伝ってくれるんじゃ。

今度はちんばにきいた。おまえのところは土地はどれだけあるんだ？

十数畝じゃ。

ちんばでどうやって畑を耕すんだ？

うちには牛がおって、ふだん使いたいものには誰でも使ってもらっているんで、忙しいときにはみんなが手伝いに来てくれるんじゃ。

生活は？

今よりいいくらいじゃ。

どんなに良かったんだ？

食糧も食べきれないほどじゃったし、おかずも食べきれんほどじゃった。

最後に大声でつんぼにきいた。お前のところはそれだけ大きな畑があったのなら、誰かを雇わないとやってられなかっただろう？

雇わんかったよ。

それじゃ、どうやって種蒔きしたんだ？

うちには牛はおらんが、荷車があっての、両隣がしょっちゅう使うんで、農繁期にはうちを手伝ってくれたんじゃ。

結局、貧農、富農、地主の線引きはやりようがなかった。どの家にも種蒔きが終わらないほどの田畑と、食べきれないほどの食糧があり、どの家も他の家を手伝い手伝わされていた。ちんばはめくらの足を頼り、めくらはちんばの目を頼り、つんぼはおしの耳から離れられず、おしはつんぼの口から離れられない。一つの村が一つの家のような暮らしで、豊かで満ち足りていて、争いごともなかった。こうして最後に工作組は、各家に、掌ほどの大きさの表紙に戸主の名前を書き込んだ、黒い表紙の冊子を渡した。中はたった二頁だけで、一頁には毛主席の言葉、もう一頁には社会に奉仕し法を遵守し人民のために奉仕せよと印刷されていた。そうして彼らは帰って行った。公社に戻ってから、通達があった。受活は、村の最初の家から最後の家まで、めくらだろうがちんばだろうがつんぼだろうがおしだろうが、月に一人ずつ黒表紙を持って公社まで来ること、特に重要なことではない、帽子を被せて大通りを引き回すか、大会を開いて台上でちょっとやっつけるだけだ、と。

お前は地主か？

違う。

富農か？

違う。地主でも富農でもないのに何で黒表紙をもってる？

続いて数人で顔を殴りつけ、腰を蹴り上げ、数百人、千人が参加している大会の舞台の上でドスンと跪かされる。

何を盗んだ？

何も盗んじゃおらん。受活のもんはドロボウなんかしたことはない。

食べものがなくなっても玉蜀黍もサツマイモも盗んだことがないと？

食べきれないほどあったんじゃ。ちょっと前に完全人が村まで来て根こそぎ持って行かんかったら、どの家も十年はだいじょうぶじゃったんじゃ。

　すぐにビシバシ雨霰のような拳骨が飛んできて言った。片輪ということを気にすることはない、悪人は悪人だ、どれだけ貯め込んでいたら気が済むんだ。人民が自分たちの食糧を調達したのを略奪したと言うのか？　次の一撃は前より激しく、拳は鼻に口に目に当たり、棍棒は頭と足に振り下ろされた。鼻からは血が流れた。口は歯が抜け落ちた。目の周りはどす黒い紫色になった。足はもうちんばではなくなり、下半身不随になった。こうして半月後、彼は家に戻って傷を癒すことになったが、すぐに次の家のものが黒表紙を持って黒罪黒災に遭いに行かなくてはならなかった。

　その家に戻って来た村人は、村で茅枝を見かけると怖い目で茅枝を睨みつけ、彼女の豚を見かけると蹴りつけ、彼女の鶏を見かけると遠くから石を投げつけ、彼女の家の裏に植えてある倭《わ》瓜《うり》①やサヤインゲンを引き抜くと地面に投げつけ、足で踏みにじってグチャグチャにして、自分の家の豚と牛の餌にした。

　ある日、茅枝は朝起きると、家で育てている豚が毒を盛られて死に、卵を生むようになった鶏が、豚の飼い葉桶をつついたため、庭中で死んでいるのを見つけた。呆然としたまま庭の門を開けると、公社に行って痛めつけられ街を引き回された村人と、まだ順番の来ていない村人の戸主とその妻が、彼女の家の門の前に立っていた。皆あの黒表紙を持っていて、彼女を見るなり冷たく睨み付けると、突然彼女の顔に痰を吐きかけ、その黒表紙を彼女の体に叩きつけて言った。あんたが上の人にはほんとのことを話せと言うたからほんとのことを話したら、地主や富農にされて、引き回しの上に吊し上げじゃ。あんた行ってみるがいい。めくらの林《リン》は、昨日鎮に行って痛めつけられ、地主か富農かときかれ、地主でもないし富農でもないと言うたら、脳天に棍棒が降ってきて、あっという間にあの世行きじゃ。

　茅枝が大慌てで村はずれのめくらの家に行くと、果たしてめくらの林は死んでしまっており、戸板の上に寝かせられ、家族が彼を取り囲んで気絶せんばかりに泣き喚いていた。

　言葉がなかった。

　茅枝は家に戻ると門のところの黒表紙を拾い上げ、杖をつきながら柏樹公社へ向かい、空が暗くなる前に革命委員会に着くと、黒表紙を出したものを見つけ出した。その工作組のメンバーにドスンと跪くと言った。受活村がどうして村中地主扱いになるんじゃ、世の中のどこに地主だらけの村があると言うんじゃ？

　カクメイは言った。地主のいない村がどこにあるんだ？

　茅枝は言った。実を言うと、わしの家は解放前は数十畝の土地を持って長期短期の日雇いが何人かおって、一家は皆、服が来たら手を伸ばし、ご飯が来たら口を開けるような暮らしじゃった。わしを地主にすれば良かろう？

　カクメイは驚き喜んで、彼女をしばらく眺めてから、また色々と質問すると、彼女の手から黒表紙を取り上げると、事務所に戻って、赤表紙のものを一束持ってきた。赤表紙もそんなに大きくなく、中身は二頁だけで、表にはそれぞれ受活村の各家の戸主の名前が書いてあり、中の一頁には毛主席の言葉が、そしてもう一頁には国家の路線、方針と政策が書いてあった。カクメイはその一束の赤表紙を彼女に渡すと言った。帰るがいい、受活村に不当な扱いはしない。解放前の、土豪を叩いて田畑を分配した土地政策と前例に従えば、あんたら受活村には、最低でも地主と富農が一人ずついてもいいはずだが、あんたが地主ということならそれでじゅうぶんだ。夜通し駆けて急いで戻り、明日には布団を背負って戻って来るんだ。あさって公社で一万人の大会を開いて、あんたを批判闘争にかける。

　茅枝は夜通し急いで村へ戻ると家々に赤表紙を渡し、赤表紙は革命、すなわち貧農下層中農ということで、この村に地主は自分だけだ、今後もし地主や富農に用事がある時には、この私一人が全部引き受けることになったと説明して回った。赤表紙を配り終わると荷物と布団をまとめ、当時もう十歳になっていた娘の菊梅《ジュイメイ》にご飯を炊き、蒸しパンを蒸し、それを食べさせて寝かしつけると、彼女は村で唯一の黒表紙を持って布団を担ぎ、黒罪を受けるため、公社へと向かった。

時は玉蜀黍が熟し、山脈は玉蜀黍の甘い香りに満ちていた。月明かりが水のように村はずれに落ちていた。彼女が公社に向かって村から出ようとしたとき、受活村の人々が彼女を見送るために出てきて言った。気をつけとくれ。菊梅の面倒はわしらが見るけぇ。カクメイの連中は皆いい人ばかりじゃ、聞かれたことに素直に答えれば、あんたを殴ったり蹴ったりはせんよ。

彼女は言った。みんな家に戻ってくれ、玉蜀黍を収穫せねばならん。わしは村にはおらんが、みんな各々やるべきことをやってくれ。玉蜀黍を取り終わったら畑を鋤いて、早めに小麦の種蒔きをするんじゃ。

そして彼女は行った。

翌日の一万人大会は、柏樹郷の大通りの東側の河川敷で行われた。前は滔々と川が流れていたところを、大会を開くために川筋を変え、石ころだらけの川底が会場となったのだった。公開審査の対象一人目は、教えはじめたばかりの学校の先生だった。教えはじめて三日目で、彼は黒板に毛主席万歳ではなく、石井山《シージンシャン》万歳と書いてしまったのだ。石井山は彼の名前だった。彼は幼名を石黒豆《シーヘイドウ》と言った。もともと彼には幼名しかなかったので、先生になった時、黒豆ではと、自分に石井山という名前を付けたのだった。井山の二文字は革命の聖地井岡山《せいこうざん》から取った。彼は生徒たちに自分を石井山と呼ばせようとして黒板に石井山の三文字だけを書くつもりが、石井山万歳まで書いてしまったのだ。

言うまでもなく、彼が犯したのは死に値する罪で、死罪でも足りないくらいだった。カクメイが彼を摑んで引き起こすと、自分の罪を洗いざらい白状する番だ。

お前は自分がどんな罪を犯したのかわかってるのか?

わかってます。

どんな罪だ?

黒板に石井山万歳と書いたことです。

カクメイは机を叩くと言った。お前が書いたその五文字を口にするのは許さん! 言う度に罪一等上乗せだ。

じゃあ、どう言えばいいんです？

正直に白状するんだ。言うことは全部言うんだ。

彼は頭を垂れて考えた。

カクメイがまたたずねた。お前はどんな罪を犯したかわかってるのか？

わかってます。

どんな罪だ？

黒板に五つ文字を書いたんです。

彼は頭を挙げてカクメイの顔を見ると言った。石井山万歳とね！

カクメイは怒りに体を震わせて、机の上の審査記録ノートとインクの瓶を彼の顔にひっくり返した。

もう一遍その五文字を口にしたら、即刻銃殺にしてやる！

じゃあ、どう言えばいいんです？

自分で考えろ。

彼はまた頭を垂れて考えた。

カクメイがきく。どんな罪を犯したかわかってるのか？

わかっています。

どんな罪だ？

黒板に五つ文字を書いたんです。

どんな字だ？

彼はカクメイの顔をチラッと見ると、何も言わずに地面にその石井山万歳という五文字を書いた。カクメイは額に青筋を立て全身を怒りに震わせると、このクソッタレが、書く方が言うよりもっと罪が重いわ、さらに罪一等上乗せだ！

これで一等、あれで一等と積み重ね、確実に彼を銃殺へと導いていった。銃殺するには一万人規模の大会で公開審査しなくてはならず、公開審査には陪審役が一人必要だった。時はちょうど秋の刈り入れ前の市の立つ日で、一万人大会とは言うものの、その日河川敷には少なくとも五万人が集まっていた。幅一里、長さ二里の川筋では、人の頭は麦畑に並べた黒豆の粒のようだった。人々は皆胸の前に、あの身分を証明する赤表紙をぶら下げていた。秋の太陽は天空で黄色く明るく輝き、とろ火でコトコト暖められていた。砂利の上の人々は、十里、二十里、あるいは数十里先の村から駆けつけて来た村人であり、大会に参加し市《いち》に行くため、河川敷は水も漏らさぬ混み具合だった。胸の前の赤表紙は一面火の海となり、その賑やかな光景は、その三十年後、受活村の人々が魂魄山で絶技の公演をするまで、誰も見たことがなかった。人々は肩をぶつけながら押し合いへし合いし、がなり声ががなり声を呼び、万馬斉鳴といったところだった。しかしこの空前絶後の光景の中、がんじがらめに縛られた茅枝婆が、カクメイによってまずは一万人大会の舞台の前に引きずり出された。女でびっこで杖もついていなかったため、二人で彼女を引きずっていたものの、体を揺らし傾かせ、三本足のアリが舞台を跳ねているようだった。体が跳ねる度に首にぶら下げた掛け札が大きく揺れ、その掛け札の紐で首が擦れ血の痕が一本着いていた。この時、彼女は四十歳になったばかりで、髪は黒々として、濃い青色の服を着て、髷を結っていない乱れた髪が、水面を漂うように揺れながら掛かっていた。そのぶら下げられた白い掛け札には、反革命、女地主と書いてあり、そのことをはっきり証明でもするかのように、彼女が新しく受け取った黒表紙がその六文字のちょうど真上に貼り付けてあった。

　彼女が舞台に登場すると、数万人の会場は水を打ったように静かになった。

　まさか女が、しかもびっこが出てくるとは思ってもみなかったのだ。

　審問はすぐに始まった。

　彼女は、舞台の前の方に上から押さえつけられて跪かされ、顔は血の気を失って蒼白、唇は青紫で、白い紙に二本の線を引いたかのようだった。そして流れるような一問一答が、拡声器を通して広々とした河川敷に響き渡った。

　身分は？

　大地主じゃ。

　どんな罪を犯したのか？

　現行反革命じゃ。

　事実を一通り話せ。

　わしは紅軍の戦士ではないが、革命の聖地である延安には行ったことがある。わしは革命の後輩じゃないが、両親は省都で癸亥《みずのとい》〔一九二三〕の年の鉄道大ストライキに参加したことも言っておく。わしは党員じゃないが、紅軍の時に入党したんじゃ。紅軍と言っても紅軍の証明書はないし、党員と言っても党員の証明書もない。しかしわしは現行反革命じゃ、耙耬の山奥に隠れて大地主だったんだから。うちの家は解放前には数十畝の土地があって、牛も何頭かおって、大きな馬車もあったし、出稼ぎの者を短期でも長期でも雇っておった。着るものにも食べるものにも、苦労したことがない。革命の同志のみなさん、貧農下層中農の皆の衆、わしの罪は万死に値する。石井山もろとも銃殺にしてくれ。

解放前には何を食べていたんだ?

おいしいものなら何でもじゃ。蒸しパンは食べきれんほどじゃったし、餃子は豚に食べさせ、出稼ぎの者にも食べさせんかった。

着るものは?

絹や緞子じゃ。馬小屋の日除けはコーリャンの藁じゃなくて、黒い絹の緞子じゃった。

解放後のこの数年は何をしてたんだ?

夜も昼も世の中が変わって、また解放前の、食べるもんにも着るもんにも苦労せんでいい日が、戻って来てはくれんものかと考えておった。

もうそれ以上たずねることはなかった。舞台下の数万の頭に向かって叫んだ。この現行反革命の女地主を、人民公社の社員諸君、どうしたらいい?

舞台下では一斉に腕を林のように突き上げると叫んで答えた。

銃殺じゃ!

銃殺じゃ!

その狂乱の叫び声が、彼女の命道《めいどう》③を決めた。石井山、またの名を石黒豆という、三日教えただけの先生の審査が終わり、彼を川べりに引っ張って行って銃殺するとき、彼女も抱えられてそこまで行くと、彼女と石井山を一緒にあらかじめ掘ってあった穴のそばに跪かせ、二人の背中に銃殺の時に差す木の札を差し込んだ。日の光は明るく白く、河川敷に降り注いでいた。空は一面紺碧で、一筋の雲さえ見当たらなかった。川の堤防のそばの玉蜀黍はすでに収穫の時を迎えており、ひげは赤黒くなって垂れ下がっている。空気には黄金に輝くような玉蜀黍の甘い香りと、人々が叫びながら押し合いへし合い走り回る、汗の臭いがあった。その時が来てカクメイが引き金を引こうとすると、その二十二歳の石井山先生は、恐怖の余り泥のように穴のそばに崩れ落ち、大小便を漏らして悪臭が体の下から漂ってきた。しかし彼女、中年の茅枝はこの時、顔の蒼白も唇の青紫も忽然と消え失せ、歩き疲れた旅人が跪いて休息でもしているかのように穏やかだった。

カクメイは、まもなく死ぬのにまだ生きている若者の背後からきいた。まだ白状することはあるか？

彼は震えながら言った。あります。

カクメイは言った。言え。

妻にもうすぐ子供が生まれるんです。頼むから伝言してください。子供が生まれたら、子供をつんぼかちんばにして、片輪になった子を耙耬山脈の山奥に連れて行くようにと。そこは村人全員が片輪で、どの地区、どの県、どの公社も関わろうとしないんだとか。自分で耕して自分で食べ、ゆったり受活な日々で天国のようだそうだ。妻と子供をそこへ連れて行ってやってくれ。

カクメイは彼の後ろで冷ややかに笑っていた。

茅枝はその若者を見ながら、彼に何か言おうと思ったが、カクメイが今度は彼女の背後に来るときいた。まだ何か言いたいことがあるか？

ある。

話せ。

わしが死んだらご足労じゃが、耙耬の山奥の受活村の片輪たちに、何もかも忘れていいが、退社だけはくれぐれも忘れるな、昔の誰も管轄しない日々に戻るように伝えてくれ。

彼女が言い終わると、横でビクビクしながら見ていた若者が、彼女に何か言おうとしたとき、後ろで銃声が響き、若者は中身が一杯の麻袋のように、目の前の穴に落ちていった。ふき出した血が赤い玉のように茅枝の顔と周りの砂地に飛び散った。

茅枝はもちろんまだ生きていた。彼女はもともと彼に付き添って跪かされていたわけで、彼女は銃声と共に体を揺らして、誰かに押されたように穴の中に倒れ込もうと思ったのだが、力が弱くて体はちょっと揺れただけでそのまま跪いたままとなった。

銃殺付き添いが終わってから、彼女は公社の前の大通りを半月にわたって引き回された。村に戻ることを許されたとき、村には住人が一人増えていた。若妻で子供を生んだばかりで子供は完全人だったが、なぜだか彼女は下半身不随となっていた。彼女は何が何でも受活村で日々を送りたい、何が何でも受活の住人になりたいと言った。彼女は自分は小さい頃から刺繍が得意で、牛皮紙に刺繍することもできる、彼女を住まわせてくれたら、どこの家の刺繍だろうと引き受けると言った。

そして彼女は受活村に住むことになり、茅枝は彼女に赤表紙を渡し、彼女はそれをお守りのように毎日首からぶら下げていたのだ。

　しかし赤表紙には赤表紙の災難があったのだ。その災難は黒表紙の災難とは違っていて、苦しみは黒表紙よりは小さかった。日々は一日一日過ぎていった。茅枝は、毎日柏樹郷の大通りを引き回され吊し上げられたが、村の労働点数はやはり今まで通り記録されていて、食糧も分配されており、村に戻った時には村人から尊敬された。両隣も近所も、つんぼもめくらもおしも知恵遅れも、彼女が戻ってくると皆家まで挨拶に行き、ご馳走を運んでくるのだった。種にするはずだった耳瓜生《じかせい》[5]やどこに隠していたのか桃や栗やなんやかや、子供たちはお碗に入れて、奥さん連中は自分の着物に包んで送り届けに来た。

　彼女は自ら村人たちの代わりに黒災、黒罪を受け赤運をもたらすことで、ますます村で一番の人物となったのだ。

　それから二、三年後、世界中で棚田[7]を作ることになり、公社は各村、各大隊の赤表紙を持っているものを耙耬山脈の外の山の尾根に集めると、村ごとに頭数で斜面を割り当てていった。受活村も、もちろん一つの斜面を割り当てられた。カクメイは片輪かどうかは関係なく、カクメイから発行された赤表紙が何冊あるかだけを見ていた。赤表紙一冊につきひと冬二畝の棚田、受活村は三十九戸すべて赤表紙だったので、カクメイは村に最低七十八畝の棚田を作るよう要求した。こうして紅災紅罪の苦役が始まったのだ。世界中の山の斜面に村人たちが住み、赤旗を掲げ赤いスローガンを貼ったかのようだった。世界中が赤で焼かれるようで、熱く燃え上がり、ギラギラと輝き、天下には鍬が地面を掘る音、鋤や鍬で土を捨てるザッという音、鋤鍬を直す鍛冶屋の鉄を打つ音で溢れかえった。

　受活村はどの家も完全人と同様に出かけ、山の斜面で寝泊まりした。広さは各戸に発行された赤表紙によって割り当てられ、受活村の人々は家にどんな片輪がいようと、五人家族で三人めくらだろうが、七人家族で五人下半身不随だろうが、三人家族で一人は完全人だがまだ赤ちゃんで、父親はめくらで母親はちんばだろうが関係なかった。ちんばはめくらの足で車を引き、めくらはちんばの目に頼った。家ごとに割り当てられた二畝の土地を、なんとか方法を考え知恵を絞り、冬の間に棚田にしなくてはならないのだ。

そこで皆どんな方法を考えたのか？　どの家も三割がた作業が進んだある時、あるめくらの家では、父親が大雪の中、地面を掘り返していたが、端まで来たところで鍬を放り出すと、十四歳のやはりめくらの子供の顔をなで、めくらではないがちんばの嫁の手を引っ張り、ちょっと厠へ行ってくると言うと、棚田の谷の方へ向かって行った。嫁は後ろから大きな声で東へ曲がって、東へ曲がってと叫んだのだが、彼は逆の西へ西へとそれていって、谷底に飛び降りて自殺し、その体はバラバラになってしまった。

カクメイはその家の二畝の棚田作りを免除し、一家を耙耬の山奥へ帰した。

また別の家では、代々遺伝性の小児麻痺で、五人家族の三人の子供は足が麻の茎のように細かった。ある日、父親は尾根の鍛冶屋に鍬を持って行き、そのまま道端で首を括って死んでしまった。カクメイは彼の家族を帰らせて埋葬させた。

さらに一家全員完全人だが男がおらず、母親と十三と十五の娘で棚田を作っていたが、母親が笑いながら自分の娘にきいた。村に帰って休みたいかい？

休みたい。

それじゃ、明日帰る準備をしなさい。

冗談で言っただけだろうと思っていたが、夜は棚田の風の当たらないところで眠りにつき、翌日目を覚ますと、二人の娘の母親は、ネズミ殺しを飲んで穴の中で死んでいた。カクメイは罵るだけ罵って、二人の娘に母親の死体を引いて帰らせた。

その年の冬、受活は全部で三十九戸が赤表紙を持って棚田作りに参加したが、内十三戸の主人が赤表紙を持ったまま死んでしまった。ついにカクメイは激怒し、片輪のいる家は村に帰し、完全人の家は一戸も帰ることを許さないことにした。しかしカクメイが山の斜面まで行って統計を取ってみると、めくら、ちんばは言うに及ばず、受活村で一家全員完全人のところは一軒もなかった。カクメイは革命の人道主義を発揮して、彼ら全員を耙耬の奥深い受活村へ戻したのだった。

これが黒表紙赤表紙がもたらした黒災赤災であり、年月が流れ、年配のものにしか、茅枝婆の言った黒災赤災や黒罪赤罪のことはわからなかった。そのため、レーニン記念堂でも、年配でその記憶のあるものがあの白布に退社の血判を押したのだった。

⑮身影——方言。ここでは人影のことではなくて、退

社後、生きていても身分を証明するものがなく、社会的に生存を証明するものがないことを指している。

くどい話

①倭瓜——方言。南瓜のこと。

③命道——方言。運命のこと。

⑤耳瓜生——方言。落花生のこと。

⑦棚田——棚田は普通名詞ではなく、歴史上の専門用語である。ひとつは一段一段棚のように重なっている田んぼのことで、もう一つはあの特殊な年月の「農業は大寨に学べ」運動（大寨は山西省の村。一九六四年に提唱された「農業は大寨に学べ、工業は大慶に学べ」というスローガンのもと、集団農業の模範として中国政府による政治宣伝活動に用いられた。棚田作りはその中でも重要な宣伝材料のひとつだった）の空前の労働方式が体現した革命の形式のことを指している。

第五章　冬と春を飛び越えて夏がやってきた

その夜、柳県長は戻って来ず、彼らは略奪に遭ったのだが、事はそれだけでは収まらなかった。その夜が明けた翌日、戊寅《つちのえとら》〔一九九八〕の年末のその日、静かに天地をひっくり返すような大事件が起こった。

時は真冬のはずだったが、春を飛び越えて耙耬山脈に真夏が居座った。年月が精神錯乱し、てんかんを起こしたのだ。この半月、山脈は暑いとは言っても、冬の暖かさの範囲だったが、この一晩が過ぎてからは、太陽は冬の黄色ではなく、夏の白になっていた。林も冬の暖かさの中、早くも緑色になっていたが、もはや木々は一斉に芽を出し、草も深い緑となっていた。枝葉の間ではたくさんの蟬の鳴き声がし、雀が暑い中チュンチュンうるさくさえずっていた。山上では夏の日差しで山々の間から水蒸気が白い煙を上げていた。

夏がはやくも、やってきたのだ。

そうっと最後の最後に、カタンという音と共にやってきたのだ。受活村の人々の中で一番早く起きたのは小児麻痺の子供で、昨日の晩、彼は足の裏からガラス片を抜き、血を拭き、包帯を巻いた。痛みのせいでウンウン唸っていたが、空が明るくなってきたころに、ようやくぼんやりと夢の中に入ったのだった。しかし喉はカラカラで唇は夏の砂のようで、他の人より早く目が覚めたのだった。

部屋の中ではブンブン音がしていた。夏にあわせて蚊がどこからか入り込んでいた。

目を擦っていると、小児麻痺でやせ細った足がひとしきり痛み、蜂か蠍にでも刺されたようだったが、痛みは痺れに変わり、またすぐに元に戻った。喉がカラカラで水が飲みたかった。目を擦った手を下ろすと、高いところにある大きなガラス窓から日光が焼き付けるように差し込み、小部屋に火を着けるような勢いだった。壁は白かったが、その白い壁から、うっすらと細い煙が立ち昇っていた。空気中には、夏の日差しの中だけにある金色の埃が舞い飛び、夏にだけ感じられるほんのり焦げ臭い感じがあった。彼は、あれぇ、おかしいのう、と思った。昨日の晩、小部屋の受活村の人々は呆然とした様子で座り込み、奪われたカネを嘆き、上の人や劇団の人を罵り、明日は絶対お上に訴えに行くだの、県長に訴えに行くだの言っていた。その様子は苦しくてたまらない感じで、寝ることなど、とてもできそうになかったが、彼が目を覚ましてみたら、部屋の中は裸で寝ている村人だらけだったのだ。日はもう高く昇っていたが、彼らは皆、喉を石の板が遮っているかのように、グルグル音をたてながら寝ていた。布団を一方に蹴ってしまって、裸に薄い単衣だけの者もいたし、おなかの上にシャツをかけて、臍から風邪を引かないようにしている者もいた。

本当に夏が来たのだ。喉から煙が出そうで、扉を出て水道のある小部屋に行き、水を飲もうと蛇口を捻ると、最後の最後まで捻っても、その蛇口からは一滴の水も出なかった。

別の蛇口を捻ってみたが、やっぱり一滴も出なかった。

小部屋から出て記念堂の外へ出ようとすると、記念堂の正門は外から鍵をかけられていた。正門はもともと内側から鍵がかかっていて、部屋の中から掛け金を外して引けば、二枚の赤漆の大きな扉が開くのだが、この時は何度引いても開かなかった。彼は子供だったので、世界の天地がすでにひっくり返っていること、外では冬がいなくなって、春がいる山の上を夏が飛び越えて来てすべてがひっくり返り、世界が代替わりしたように変わってしまっていることを知る由もなかった。彼は扉を引っ張ってガタガタ言わせ、怒って外に向かって叫んだ。

「扉を開けてよ、喉が渇いて死にそうだよ」

「扉を開けて、喉がカラカラで死んじゃうよ」

するとそれを待っていたかのように、扉の外にいた完全人が、バンと扉を蹴ると、中に向かって声を伸ばしてきいた。

「お目覚めかな」

「喉が渇いて死にそうだよ」

扉の向こうからまた声がした。「他のもんは？」

「まだ寝とるよ、扉を開けてよ、水が飲みたいんじゃ」

向こうはまたきいた。「喉が渇いとるだけか？　腹は空いとらんのか？」

「お腹は空いてない、喉が渇いているだけじゃ」

向こうは笑った。冷たいガラガラ声で、車で道具を運んでいた壮《ジョアン》運転手のようだった。その運転手は全身石のようにゴツゴツしていて、背は低く太っていて、肩幅は扉のように広かった。片手で車のタイヤを持ち上げ、公演の道具箱を片足でこっちからあっちへと蹴飛ばすことができた。子供は運転手の声だとわかったので、呼びかけた。「おじさん、僕、喉が渇いとるんじゃ、扉を開けてよ」

その運転手は言った。「水が飲みたい？　じゃあ、茅枝婆《マオジーポー》を呼んでこい」

子供は水晶棺と斜向かいの二番目の部屋に行き、茅枝婆を呼んだ。彼女も目を覚ましており、部屋の中には四人の孫と下半身不随の女が寝ていた。彼女たちも男どもの部屋と一緒でぐっすり寝ていて、布団は一方に蹴飛ばして、体を外に曝していた。茅枝婆は縛った枯れ枝のようで投げ出したらバラバラになりそうだった。下半身不随の女はでっぷり太って大きな草叢《くさむら》のようだった。桐花《トンホア》、楡花《ユィホア》、四蛾児は小さな体を並べて横たわっていた。じゃが、その彼女たちの胸の乳房はふっくら丸くて、ふかふかで柔らかい、蒸籠から出したばっかりの白い蒸しパンのようだった。子供は、突然口の中がカラカラになり、お腹が空いてペコペコになり、その乳房に猛然としゃぶりついて食べたくなった。槐花《ホワイホア》は窓の下、一番端っこで、他のものには近くに寄ってほしくないとでもいうように、少し隙間を空けていた。下には真っ赤な敷布を敷いて、窓からの明るい日差しの中、パンティ一枚と胸には都会の女性が着けている、つんとした丸い白いブラジャーだけで、他には何も身に着けておらず、裸で、白魚か白蛇のような剝き出しの彼女の体からは青柳の香りがした。彼女の腿や腹や顔は玉のようにツヤツヤで、巣から出たばかりのキンエリヒワのように柔らかそうだった。彼はそばにしゃがみこんで、その白い肌を撫でたかった。

横に添い寝して口づけし、姉さんと呼んで枕の下になっている手を取りたかった。ところがどっこい、茅枝婆が目を覚ましたのだった。彼女は座って、枕をひっくり返し、夏の単衣を探しながら、ブツブツ言うた。

「この天気ときたら、まったく……」そしてくすんだ緑のシャツを枕の下から引っ張り出すと肩に羽織り、彼が戸口に立っているのに気がついた。

「足が痛むのか？」

「喉がカラカラなんだ」

「水を飲めばいいじゃないか」

「表は外から鍵がかけられとって、おばさんを呼べっていうんじゃ。車の運転手のおっちゃんが見張り番をしとるんじゃ」

茅枝婆はそれを聞きながらぼんやり彼を見ていたが、急に何か思い出したように、何かはっきりさせないといけないことでもあるかのように、その枯れた顔は白みを帯び始め、さっと立ち上がったかと思うと、子供を連れて水晶棺の大ホールを抜けて正門まで行き、深紅の扉を何度か引っ張ったが、その顔はますます蒼白になった。

彼女は扉の外に向かって叫んだ。「おい、そこにおるのは誰じゃ？　話があるんならここを開けんかい！」

返事が来ないとわかると、すぐにまた叫んで言った。

「茅枝婆じゃ、扉を開けんかい！」

しばらくしてからだった。やっと扉の外の音が伝わって来た。まずは数人が階段を歩いているような足音がしたが、その数人が扉の前で止まると、あとは沈黙がしばし続いた。続いて、本当にあの道具を運ぶ車を運転していた運転手が、しゃがれた低い声を出した。

茅枝婆、わしが誰かわかっとるな？　隠すようなことはせん。わしはこの半年、あんたらの公演に付いて車を運転していた運転手じゃ。他はこの記念堂の管理人どもじゃ。はっきり言おう。扉は外からしっかり鍵をかけさせてもらった。鍵をかけさせてもらったのは、あんたたちのおカネをいただきたいというわけじゃ。あんたらが略奪に遭うたことは知っとる。あれは上のクソ幹部と劇団のカス幹部の仕業じゃ。あんたらが最後から二つ目の演目をやっとるうちにやったんじゃ。あんたらが公演が終わって会場から引き上げるとき、あいつらは混乱に乗じて、わしに車を運転させて山を下りたんじゃ。あいつら、わしが何も知らんと思うて、わしにはビタ一文分け前を寄越さんかったんじゃ。言うとくがな、茅枝婆、わしはほんまにビタ一文もらってないんじゃ。途中で車が壊れたから修理すると言って、あいつらが行ってしまってから、また車で引き返してきたというわけじゃ。わしらはあいつらのように強欲じゃない。あんたらのカネから一人八千、いや一万ほど分けてもらえりゃ、それでいいんじゃ。あんたらに付いて半年も車を運転したのも、無駄じゃなかった。ここにいる兄弟分たちも、あんたらの公演のため、ここ数日この記念堂から一歩も離れず、食事も交代で張り付いとった甲斐があったというわけじゃ。

記念堂の中でまた一人目を覚ました。耳上爆発のつんぼの馬だった。彼にはここでのやりとりは何も聞こえなかったので、トイレに行って体を拭き、こちらを見るとまた小部屋へと戻っていった。太陽はおそらくまだ南中はしていなかった。午前の中頃かと思われた。記念堂の高い大きな窓から差し込んで来る日差しは暗紅色で、炭火のように窓の上に積もっていた。夏になっても、このホールは天井も高くて広いので涼しいはずだったが、この夏は冬の終わりに突然殴り込んで来たので、どの窓も全部きっちり閉められていて、ホールの中はムッとして暑かった。隙間のない箱の中、瓢簞の中にでもいるようだった。茅枝婆は体を捻ってそれらのガラス窓を見てみた。どの窓も一丈以上の高さがあった。言うまでもなくこの記念堂は山頂に建てられたもので、窓の内側は人二人分の高さだったが、外側は三人、四人、五人分ほどの高さがあり、高いところでは二階建て三階建てほどの高さがあった。正門の扉が開かない限り、記念堂から出るのは、まず不可能というわけだ。ここにいる受活村の者たちは、ほとんどが片輪だ。足も手も揃っている完全人でも、窓まで上れたところで、地面まで飛び降りるのはむりだった。

茅枝婆は視線を窓から戻した。

扉の外では返事を待っていたが、待ちきれなくなって、足で扉を蹴ると中に向かって叫んだ。

「決心はついたか？　茅枝婆、わしら、たくさんを言うとるわけじゃない。一人一万、そこまでないというなら一人八千でと言うとるんじゃ」

「カネはないんじゃ、根こそぎ持って行かれたんじゃ、ほんまに誰もカネは持っとらんのじゃ」

扉の外の連中はドンドンと何度も扉を蹴ると言った。

「カネがないんならそれまでじゃ。カネができたら呼んでくれ。呼んで返事がなけりゃ、扉を三回叩いてくれ」

　話が終わると、彼らは行ってしまった。パタパタという足音が伝わってきて、どうやら彼らは礚台《こうだい》の下の方へ行ってしまったようだった。記念堂の中は急に静かになった。茅枝婆が振り返ると、彼女の後ろにはこれから会議だとでもいうように、受活村の人々がびっしりと立っていた。暑かったので男たちは背中をはだけたり、シャツを肩に引っ掛けたりしていた。女たちの中に背中を出しているものはおらず、皆夏用のシャツを着ていた。幸いなことに耙耬を出て外へ公演に行ったのは去年の夏だったので村には戻る前にこの山の上まで来たのだが、皆それぞれ単衣のシャツに薄いズボンがまだ荷物の中に入っていたのだ。受活の村人たちは皆、何が起こったかわかっていた。一人あたり八千から一万、八人じゃったら、最低でも六万元を越えるカネが必要になったということを。しかしその六万元はどこに？　記念堂大ホールの半分を埋め尽くしている村人たちは、お互いの顔色を窺い始めた。見たり見られたり。ホール一面に広がった底深い静けさの中。おかしなこともあるものだった。この時、受活村の人々に昨晩のような憤りはなく、略奪にあった後の大騒ぎした悲しみはなかった。まるで今起こっていることのことが、当たり前のことのように、誰一人口をきかず、扉のこちら側で立ったり、ホールの柱に寄りかかったりしていた。女たちは男たちの顔色を窺い、男たちは我関せずでその場にしゃがんで煙草を吸っていた。槐花は相変わらず清水色のスカートをはいており、他の村人たち同様、顔は洗っていなかったが、顔も体も美しく、人を惹きつけるものがあった。彼女が片足猿に目をやると、彼は二本の腕を胸の前で組んで黙っており、上唇と下唇をモゴモゴさせ、別に目新しいことがないとわかると、鼻をフンと鳴らし、視線をあさっての方に向けた。

　死んだような静けさが果てしもなく広がっていた。

　茅枝婆も片足猿に目をやると、彼を試すかのように大真面目できいた。

「どうする？」

　片足猿は頭をあらぬ方へ向けた。「わしに何の方法がある、自分の有りガネを全部出すだけじゃ」

　茅枝婆は今度は視線をつんぼの顔に落とした。

　つんぼはもともと立っていたが、突然うずくまると大声で言った。「わしには一文もない、全部持って行かれたんじゃ」

次は完全人の二人の男に目をやった。二人は言った。

「わしら二人の稼ぎはあんたらには及びもつかんよ。あんたらは一回の出番で座席二つ分じゃが、わしら二人は椅子の脚一本分も稼いじゃおらん。稼いだカネは全部枕の下に置いとったんじゃ、今は何も残っちゃおらん」

もう何も言う必要がなくなった。茅枝婆はちょっと考えると、自分が寝ている小部屋に引っ込み、しばらくしてからどこから取り出したのか、札束を持って出てきた。百元札の束で、レンガほどの大きさがあった。彼女がそのカネを持って入口の方へ歩いて行くと、四人の孫娘たちはそれをぼんやり見ていたが、壁の隅に立っていた槐花は、はっと我に返ると、突然顔を真っ赤にして、茅枝婆の前まで飛んで行き、祖母の手から札束を奪い取った。祖母の体はよろめき、すんでのところで転倒するところだった。

なんとか踏みとどまった茅枝婆は驚いた顔で槐花を見ると、いきなり平手打ちを食らわせた。ただでさえ一夜のうちに老け込み、もう十分年老いた茅枝婆の一撃は強くはなかったが、一撃は一撃だった。槐花の顔はみるみるうちに赤くなった。

「それ、私のおカネよ」槐花は叫んで言った。「スカート一枚買うのを我慢したのよ」

茅枝婆は言った。「あれだけ買ってまだ少ないって?」頬を覆っている孫娘を睨みつけると、彼女は鉄の扉まで行って扉を叩いた。向こう側ではすぐに興奮した声で返事があった。それみろ、あんたら受活のものは皆、絶技を持っていて、出番があるたび、大金を儲けてきたんじゃ。これっぽっち、なんということもあるまい。そう言いながらまた磕台の下に向かって叫んだ。

そしてまた中に向かって言った。「カネは扉の下の隙間に押し込んで外へ出してくれ。カネがちゃんと出てきたら扉はすぐに開けてやる」

茅枝婆がその一束のカネを下の隙間から押し込むと、向こうはそれを隙間から引っ張り出した。そしてまた中に向かって叫んだ。

「早く、次だ」

「ほんまにもうないんじゃ。この八千元だけじゃ。他は連中に全部持って行かれたんじゃ」

外では楽しくて仕方がないといった様子で、「こらこら、ごまかしっこなし、だましっこなしじゃ。甘《あも》う見てもろうちゃ困るのう。これで八千、これがあと七つ足らんということじゃ。あと七つ出さんと、その中で飢えて渇いて死んでもらうだけじゃ」

そう言い終わると、あたりは静まり返った。その静けさが過ぎると、運転手が外で誰かに向かって何か話すのが聞こえ、他を連れて礎台の下に歩いて行ったので、茅枝婆はその足音を追いかけるように叫んだ。

「おい、ほんまにカネはないんじゃ、その八千元は皆からかき集めたんじゃ」

「わめくな、でたらめ言うんじゃない」

「嘘だと思うなら、扉を開けて探してみるがいい」

「溝にハマって死ね。お前ら片輪が、わしら完全人をコケにできるとでも思うとるのか?」

「お前ら、法の裁きは怖くないんか」

「完全人様こそ、おまえらの法じゃ」

「あんたら柳県長は怖くないんか?」

向こうは高笑いした。

「おまえらに本当の話をしてやろう。柳県長はドジ踏んだんじゃ。柳県長がドジらなきゃ、県のあのクソ野郎どもが、あんたらのカネをぶんどると思うか? 柳県長がドジらなきゃ、わしらがあんたらをレーニン記念堂に閉じ込めると思うか?」

茅枝婆は啞然として言葉を失った。連中はそう話しながら、金槌で礎台の石灰石を叩くようなコツコツいう音だけを残して下りて行った。それは記念堂の壁と受活村の村人たちの体を叩いているかのようだった。

空気は、もはや穏やかに呼吸ができないほど蒸し暑くなっていた。息はハァハァ、全身汗だく、口の中はカラカラ、嘘でなく、ほんとうに喉が渇き、お腹が空いてきたのだ。あの小児麻痺の子供が、喉が渇いて目を覚ましたことで、ようやく記念堂が外から鍵をかけられたことがわかったのだった。この時、彼の喉の渇きは極みに達していて、水を飲みたいという声さえ出てこないほどだった。つんぼは、クソッタレ、どこで水を飲めいうんじゃと、ブツブツこぼし、おしは自分の喉を指差して足をバタバタさせた。水道から水は出なかったが、しばらく時間が過ぎるごとに、誰かが水道のところまで行って蛇口をひねってみるのだった。

茅枝婆は小児麻痺の子供のことを思い出し、体をひねって周りを見てみると、彼はいつの間にか、彼の叔父さんと一緒に壁の隅にいた。彼は、乳飲み子が母親の腕に抱かれるように叔父さんの腕の中に横たわっていた。彼の叔父さんは六十三で、団についてきて食事の世話をしていた。彼は子供の頭を撫で腰を支えながら、やってきた茅枝婆に繰り返し言った。

「水をやってくれんか、熱があるんじゃ」

茅枝婆が子供の額に手を置いてみると、火のようで思わず手を引っ込めたが、また額に当てて、また扉のところまで行って何回か叩いた。

外のものが言った。「カネを突っ込め」

「子供が熱を出して焼けるようじゃ、水を一杯持って入って来てくれんか」

外ではどこか別のところに向かって叫んだ。「水がほしいんだとよ」

その別のところの運転手が答えた。「カネを出させて買わせるんじゃ」

扉の外にいるのが扉に向かって言った。「水が飲みたい？　カネを持って来い」

茅枝婆は驚いて扉に向かって言った。「あんたらにはひとかけらの良心もないんか」

「そんなもんは犬に食わしてやったわ」

茅枝婆はちょっと考えて言った。「一杯いくらじゃ？」

外の大声が答えた。「百元」

茅枝婆は驚いた。「いくらじゃと⁉」

「百元」

「お前たちには、これっぽっちの良心もないんか」

「さっき言うたじゃろが、良心なんぞ犬にくれてやったいうて」

「子供が火のように熱を出しとるんじゃ」

「それならカネを隙間に突っ込むんじゃ」

もはや言うことはなかった。人々は皆、茅枝婆の顔を見ていた。茅枝婆はどうしようもないという様子で壁の隅の子供の叔父を見た。叔父の顔には不安で慌てた表情が浮かんでいた。村人たちはまたもや墓穴にでも落ち込んだかのように、黙り込んでしまった。死んだような静けさの中、片足猿がどこからか出てきて正門の裏までやってくると、扉の外に向かって大声で言った。

「一杯の水がどうやったら百元になるんじゃ」

「人が死にそうなんじゃろ？　カネのことを言うとる

場合か?」

「一元じゃダメか?」

「ハッ、話にならん」

「十元ならどうじゃ?」

「一昨日来い」

「二十ならどうじゃ?」

「アホンダラ、五十でもダメじゃ」

片足猿は、もうそれ以上言えなくなってしまった。

そこにもう一度小部屋に行って、数十元と小銭を手にした茅枝婆がやってくると、扉の外に向かって叫んだ。

「八十元じゃダメかい?」「百元で井抜水《いぬきみず》①一杯、二百元でパイタンスープ一杯、五百元で蒸しパン一個じゃ。欲しけりゃどうぞ、いらんのなら中で死ぬだけじゃ」

茅枝婆は四の五の言わずその手の中の百元分のおカネを扉の隙間に突っ込んだ。しばらくして扉の向こうではバタバタする音がした。扉を開けて水を扉の間から入れると思ったら、彼らは梯子を扉の上にかけて上まで昇ると、扉の上の小さなガラス窓を叩いて内側から窓を開けさせ、その窓から中へ水の入ったお碗を手渡した。内側からその水を受け取るのに、片足猿がおいしの肩の上に乗った。窓の向こうには角刈りで頬を紅潮させた二十歳過ぎの顔があった。片足猿はその赤い顔に向かって小声で言った。今夜この梯子を窓に掛けてくれたら、あんたに千元払うが、どうじゃ? その顔はみるみる蒼白となった。おれは、まだ命が惜しい。そう言うと慌てて下へ降り、梯子を向こうへ移動させてしまった。

時間は昼近くになり、厳しい日の光はギラギラと頭の真上に掛かっていた。太陽は人を焼き殺すほど熱くなっていた。受活村の人々は、日に晒されてしおれた草のように各自小部屋に戻ると横になった。窓に水を受け取りに行って、片足猿は閃いた。彼とあと数人男がいて、記念堂の角や通路から空箱を二つと机一台調達して来て積み重ねれば、ちょうど窓まで手が届くのだった。こっそり上がってみると、外には空っぽで静かな山脈が見えた。昨日山野を埋め尽くしていた見物人たちは、どこかへ行ってしまったらしかった。そして今、なぜか見物人は一人も登って来てはいなかった。半年荷物を運んだトラックは、記念堂前の大きな木の下に止められていて、完全人の男たちが七、八人、トラックの陰に隠れていた。彼らはもう昼御飯をすませたようで、お碗や箸やいろいろなものが散らかっていた。木陰にはトランプに興じている者、筵を敷いて昼寝をしている者もいた。あの三十過ぎの、チビでデブの運転手が彼らのボスだった。彼は一人パンツ一丁で下っ端どものそばのベッドに寝ていた。受活の村の者がカネを出してこないことで、焦っている様子はなかった。抜かりなく、すべて手はずは整っているとでもいった感じだった。山の麓の方へと通じている広いセメントの道は、日の光で白く輝いていて、煙が立っているみたいに明るく、人影は一つもなかった。たぶん暑くなったので、昨日山頂に上がって来ていた人々も、山を下りて家に帰ったのだろう。あるいは今朝、管理人に下山を促されたか何か口実でも作って下ろさせたのかも知れなかった。そして今から山へ上がろうとする人は、麓のどこかで足止めされ、引き返させられているのに違いなかった。ともかくじゃ、山脈は異様なまでに静かでのう、あの七、八人の完全人の男たちを除きゃ、近くには誰もおらんかったんじゃ。

窓から遠くを見ると、記念堂の四方の松、ヒノキ、崖の栗、エンジュがこの暑さで一斉に芽を出し、一面緑色になっているのが見えた。緑があると、セミも静かに生まれ、枝葉の間で水の流れのようにサワサワ鳴いていた。山の斜面の草や茨もあっという間に緑色を付け、その緑の間にはイナゴや他の虫がチチチと音を立てては飛び回った。

山野はすっかり新緑一色じゃった。

日の光が強くなればなるほど、緑はますます生い茂って人々を惹きつけ、山野はますます無辺の広がりを見せる。このため記念堂に閉じ込められた苦しみと悶えは余計に強まり、蒸し器に閉じ込められたも同然だった。こっちの窓を覗き、また箱や椅子を動かしてあっちの窓を覗いてはっきりしたことは、記念堂という箱にしっかり閉じ込められているということだった。そしてその箱は宙に浮かんでいて、窓から出たとしても、外の地面に落ちて行くしかなく、左右と後ろの窓の下は崖で、近いところでも地面までは数丈の高さがあり、正面の窓は少し低いものの、それでも二階建ての屋根ほどの高さがあった。礑台の前はというと扉の上の窓までは肩車をして這い上がったとしても、そこには二人の若い見張りがいる。二人は万が一に備えて、肌身離さず三尺余りの棍棒を持っている。すわ一大事という時にはそれを持って飛んで来る。

窓から逃げ出すなんぞ、できん相談じゃった。受活のもんらがほとんど片輪じゃからというのは言うまでもないが、完全人でもこの窓から地面へは飛び下りることはできず、すぐ目の前の山に降りることもできはせんのじゃ。

窓から下りて来るとき、下の人々は皆片足猿の顔を見ていた。彼の顔は土褐色で、歩いていて壁と正面衝突したかのようだった。

「どうじゃった？」

「望みは微塵もないわ」

逃げるという希望は絶たれた。ただ窓を開けたことで記念堂の中に風が通り、息を吸うと山の香りがした。人々は静かに自分の小部屋で座ったり横になったりしていた。牛や馬が蹄を草地に下ろすかのように、時間は音も立てずゆっくりと過ぎていき、ついに太陽が真南を過ぎようかという時、扉の外から記念堂の中に向かって大きな怒鳴り声がした。

「おい、腹は減らんのか？」

「おい、喉は渇かんのか？」

「腹が減ったり、喉が渇いたりしたら、カネを隙間に突っ込むんじゃ、スープでも飯でも窓から渡してやるぞ」

その怒鳴り声は扉の隙間から入って来たかと思ったら、記念堂の中にキンキン響きまくった。しかし受活村の人々は誰一人それには応じず、その怒鳴り声、叫び声は一陣の風のように消えていった。ただ人々の空腹と渇きは呼び覚まされ、一群の牛や羊が夢から起こされたかのように、一人一人のお腹の中で飛び跳ねていた。一日という時間がこうして過ぎ去ろうとしていた。まもなく黄昏時になろうかという頃合いだった。

突然記念堂の窓から、トントンという音がしはじめた。小部屋から出て見に行ったものが戻ってきて言うには、窓を全部釘で留めて、開かないようにしているとのことだった。しかしみな、彼らが窓を開かないようにしているとわかっていたようで、どのみち彼らはみな、片輪で、誰も窓まで上がって逃げることはできないのだから、いっそのことやらせればいいと思っているようで、誰も話に耳を貸さず、釘の音を気にもとめなかった。相変わらずの様子で、グッタリと座るか横になっているかで、話をせず、きっちり口を噤むことで、飢えと渇きに抵抗しているかのようだった。虫が抗いながらも、燃えている火が明るければ明るいほど近づいて行ってしまうようだった。

釘の音は、春雷のように人々の空っぽの胸に響き、一人一人の胸は大きく上下し、黄昏が降りるまでの長い長い時間、受活村の人々は、トントンカンカン響く音の中でひたすら堪え忍んでいた。

夕暮れの夕飯時、またもや渇きと飢えが襲ってきた。寝ていて目を覚ますもの、熟睡してぐっすり寝たままのものもいた。窓の日の光は白から黄色そして赤へと変わっていき、正門上の窓からレーニン像と水晶棺へ、そして記念堂裏の窓へと移動していった。窓にはめ込まれた一枚一枚のガラスは赤い絨毯だった。部屋の中から窓の外の大釘の頭が見え、小さな帽子を掲げているかのようだった。しょせん向こうはみな完全人で、数丈の高さだろうが、下が崖だろうが谷底だろうが、軽々と上って釘を打ち付けるのだ。茅枝婆はずっと横にならず、そこに座ったままボンヤリと入口を見ていた。その入口からちょうど大ホールの中央の水晶棺が見え、水晶棺の上の、十数人ばかしの退社印を押した白布が見えた。彼女がずっとそっちの方を見ながら、何を考えていたかは知る由もないが、日の入りの時分になると、視線を水晶棺の上から戻して四人の孫娘、桐花、槐花、楡花、四蛾子を見た。そしてまた小部屋の向かいに座っている下半身不随の女を見ると、彼女たちに向かって、独り言のようにきいた。

「みんな腹ぺこじゃろ?」

彼女たちは皆、目を彼女に向けた。

「カネがあるんなら買うがいい、飢え死にしてはいかん」

「もう暗うなったし」下半身不随の女が言った。「たぶん、明日になりゃ向こうも開けてくれるんじゃないかしら」

茅枝婆が別の部屋に行ってみると、村人たちが、地べたいっぱいに座り込んだり横になっていた。

「腹が減ったら買うんじゃ、わざわざ飢え死にすることはない」

それに対して誰も何も言わず、そっぽを向いて窓の外の落日の色に目を向けた。

また次の部屋に行った。

「買うしかないなら買うんじゃ。飢え死にすることはできまい?」

また次の部屋でも続けて言った。

「買うべきものは買うんじゃ、飢え死にするわけにはいくまい?」

彼女は一部屋一部屋回ってそう言ったが、結局一杯の水を買って飲もうとする者も、一個の蒸しパンを買って食べようとする者もいなかった。わしには一分《フェン》も残ってないと言う者、クソッタレが、全部持って行かれてしもうたわ、と言う者もいた。ともかく今自分は丸裸で、喉が渇いて死んでも腹が減って死んでも、当たり前だという感じだった。

すでに黄昏の真っ只中、さあこれから夜の闇へ行こうかという時だった。外の連中は晩御飯時に、休みなく記念堂の中に向かって叫んだ。腹は空いてないか、喉は渇いてないか、ほしけりゃ、カネを隙間に突っ込むんじゃ。受活村のものたちは、どうにもがまんできないのが、五十元突っ込んではお碗半分の水を窓からもらうくらいで、向こうの言いなりになって二百元払ってスープを買ったり、五百元で蒸しパンを買って食べようとするものはいなかった。

一晩がこうして過ぎていった。

そしてまた一日が同じように過ぎていった。

三日目になると、受活村の人々の目は深く窪み、眼球が今にも飛び出しそうになり、歩くにも壁づたいでないとだめになったが、日の光は数日前と同様激しく照りつけ、ガラス窓を通して、真っ赤に焼け爛れた鉄の束が外から差し込んで来た。誰の唇も乾いて裂けて、口は血まみれだった。自分の小部屋にいられなくなって、大ホールへ、そして水道のある便所へと行った。そこは少しは湿っていたが、自分たちの糞尿が積み重なっていた。扉の外の連中は、受活村の人々を徹底的に焦らせると決めていた。連中にははっきりわかっていた。村人たちは喉が渇き腹が減れば必ずやカネを奥から出して来ると。だから食事時に扉の外から、腹減ったか喉渇いたかと大声できくだけで、他の時間は受活村の人々に対して何の悪さをする必要もなく、ただ時間で彼らをいびるだけで良かった。

そしてついに彼らを我慢しきれなくした。

三日目のお昼時、外の連中は中に向かって物売りのような大きな声で叫んだ。

「おーい、水はいらんか？　一杯百げーん」

「おーい、スープはいらんかー？　一杯二百元だ、ほれほれ、お碗の縁から溢れてこぼれそうだ」

「おーい、蒸しパンはどうじゃ？　真っ白でふっかふかの蒸しパンじゃ。大きいぞぉ、子供の顔ぐらいじゃ。かみさんの乳ほどじゃ。ネギ入りおやきはコンガリ焼けて黄金色、いい香りじゃ、揚げパンみたいじゃ。おーい、いらんかの〜、蒸しパン一個五百元、おやき一個六百元〜」

彼らは扉のところで休むことなく叫び続け、時々梯子に上って窓から顔を出すと笑って中を見渡し、またさっきと同じことを、今度は拡声器からの放送のように大きな声で、八遍も九遍も繰り返すのだった。そして次には水を一杯汲んで窓のところまで持ってくるときくのだった。いらんか？　いらんのか？　いらんかったら捨てるぞ。そして本当にその水を記念堂の大ホールにぶちまけるのだった。水の白銀の粒が空中にきらめき、パシャッと大理石の床に落ちると、濡れた床は埃と一緒になってドロドロになった。さらに蒸しパンを窓に伸ばしてきて、ほしくないか？　いらないのか？　そう言いながら鳥に餌をやるように、その白くて大きい蒸しパンを小さく千切ると窓の外へ落とすのだった。窓の中には濃厚な蒸しパンの香りだけが残り、それはまるで飢饉の時に香ってくる麦の香りのようだった。こうやって叫びながら蒸しパンを千切り、記念堂大ホールの床に水を撒いていると、受活村の人々は皆、大ホールへと引き寄せられ、正門の扉の裏のところへと集まった。座ったまま、あるいは立ったまま、水が一杯また一杯と撒かれるのを、蒸しパンが窓の外の地面に落ちていくのを見ていた。

午後の日差しは、もうこれ以上は酷くなれないほど厳しいものとなった。この数百年間これほど厳しい日差しが照りつけたことはなかった。蒸籠のような記念堂には、一筋の風も通ってはいかなかった。空気が人々の汗をぜんぶ吸い終わったかのようで、汗を出したくても、汗の粒を出して流れ落とさせることはできなかった。これ以上暑くなったら、体の中の血が汗の穴から流れ出てきそうだった。水の流れないトイレの、二日前一日前の村人たちの糞尿が、今や発酵して強烈な臭気となって部屋中に広がり、村人たちを包囲していた。

水を撒き蒸しパンを千切った完全人たちは、窓の向こうに降りて、昼寝をしに行ってしまった。世界は墓場のように行き詰まり、静まり返った。ホールの受活村の人々は渇きと飢えで虚脱状態になってしまい、この世のすべてが、片輪になって動けなくなったかのようだった。

誰もが唇は砂地のように乾いて、白くささくれ立っていた。

記念堂の外は、あの完全人たちの話し声がするばかりで、他の人の声はまったく聞こえなかった。ということは、この三日間、誰一人ここまで上がって来ていないということだった。この山の上で、こんなにとんでもないことが起こっていることを知っている人はいないということだった。誰にも知られないまま受活村の人々はこの山頂のレーニン記念堂に閉じ込められ、三日三晩飲むことも食べることもできなくなってしまっていた。小児麻痺の子供が熱を出し、この三日の間、お碗半分の水を飲むたびに、五十元、百元を扉の隙間に突っ込まなければならなかったことなど、外の人には知るよしもなかった。

本当に我慢の限界にきていた。子供の叔父は、ホールの柱の根元で空腹のあまりすでに意識を失っていた。つんぼの馬《マー》は、壁際で一日一晩身動きできず、眼球も動かなくなってしまっていた。

公演に同行して食事を作っていた片輪の婦人は、喉が渇いてどうしようもなくなり、自分の小水をお碗に受けるとそれを飲んだ。飲んでゲーゲー嘔吐した。

三日目の午後、一番暑いとき、事ここに至って、茅枝婆は小部屋から出てきた。体を揺らしながら壁づたいに歩き、顔はガサガサで血の気がなく灰色で、何日も燻され炙られたかのようだった。髪は真っ白でボサボサ、白く干からびた枯れ草で、体に纏ったくすんだ青色の服は、もともとぴったりだったのが、ブカブカの服を竹竿に引っ掛けたかのようだった。彼女が部屋から出てきても、村人たちは、別に気にもとめなかった。彼女は、彼らと同じように、あっちへ座ったり、こっちで横になったりしていたからだ。しかしこの時、彼女が口にした言葉で、彼女を見て話を聞くしかない、一字一句聞き取らねばならなくなった。外の連中が、窓の外から水を撒き蒸しパンを千切っていた時、彼女は大ホールにはいなかったが、水や蒸しパンがばら撒かれたことはハッキリわかっていた。彼女は、小部屋から出てきて壁際に左手で杖を突き、右手で壁を押さえて立つと言った。

「水撒きと蒸しパン千切りは終わったかい？」

人々はただ頭を挙げて彼女を見るしかなかった。

彼女はまた言った。

「わしはみながまだカネを持っているとわかっとる。誰がどこに隠しているかもわかっとる。嘘だと思うならみな服を脱ぐがいい。敷き布団の下の煉瓦をひっくり返すがいい」

そしてさらに言った。

「このまま喉が渇いて死ぬことも、飢えて死ぬこともならん。一杯百元の水、一杯二百元のスープ、一個五百元の蒸しパンでも、買《こ》うて生き延びるんじゃ。買わんと死ぬ。買うか買わんか、どうなんじゃ？」

そして最後に言った。

「そのカネを隠しておくことはない。自分のカネは自分が飲むため、自分が食べるために使うんじゃ。わしの話を信じるんじゃ、カネのないものが、喉が渇いて死のうが、飢えて死のうが、皆の懐のカネを一銭も使うことはない」

ホールは静まり返ったが、村人たちの視線が動く音だけが響き渡っていた。視線をガンガン壁にぶつけていた。自分の埋蔵金を見つけられたような、自分の致命的な弱みを一言で言い当てられたような感じだった。恨みがましくもあり、後ろめたくもあり、しかし記念堂大ホールに横たわった一枚の窓紙に、風穴を開けてくれたことに感謝していた。しかしそれでもやはり元の場所にうずくまり、茅枝婆が言ったのは誰か他の人のことで、自分のことではないと、お互いに顔を見合わせていた。もし誰かがカネを持ち出して水を一杯買ったら、自分に一口飲ませないわけにはいかないし、もし自分がカネを出して蒸しパンを買ったとしたら、周りに一口食べさせないわけにはいかない。もっと不安にし恐れさせているのは、もし自分が一番にカネを手にして買いに行ったら、村人たちが突然襲いかかってきて、袋叩きにされはしないかということだった。カネがあったのに、わしらをここで、三日三晩渇かせ、飢えさせやがってと、クソミソにさんざん罵られた挙げ句、ありガネを根こそぎ奪われ、ぜんぶ蒸しパンに水にスープに変えられてしまうかもしれなかった。だから、相変わらず、呆然として座ったまま動かず、まるで大ホールには人っ子一人いないかのようで、一言も言葉は出てこなかったんじゃ。

空気はますます澱み、臭くなっていった。

固まった便所の糞尿の臭いがますます重くムッと溜まっていった。

大ホールの静けさは、木の葉一枚、雀の羽一枚が地面に落ちれば穴を空け、柱を擦れば傷ができそうな、羽毛がクルクル回りながらレーニンの水晶棺に落ちれば、棺の蓋のガラスを砕きそうなほどだった。本当にその静けさときたら、世の果てにでも来たようで、それ以上静かなところには行けない感じで、これ以上はない逼塞感だった。茅枝婆の顔を見ていると、だんだんと視線は故もなく泳ぎはじめ、そのまま足下かどこかそこらへんに落ちて行った。

　星を一つずつ数えるようなジリジリするような、髪の毛を一本一本数えるような時間が過ぎていった。長い百里の道をゆくがごとくだったかもしれないし、髪の毛数本数えるだけの時間だったかもしれない。茅枝婆は視線を小児麻痺の子供に向けた。

　子供は扉の一番そばの壁に寄りかかって座っていた。窓から水が撒かれると彼の足に顔に降り注いだ。水がひっくり返されると、口を開いてその水を受けようとするのだが、でも受けられなかったら動いただけ損と、そこに座り込んだまま動かなかった。彼の顔の飢えも渇きも極限に達し、青ざめて死人のようにむくんでテカり、腐ったリンゴか桃か何かのようだったが、干からびて裂けた唇だけは、腫れ上がって張り切っていた。茅枝婆が彼を見ると、彼も茅枝婆を見た。彼女のその姿が自分の母親のようで、母さんと呼びたくても間違えるのが怖くて目をしばたたかせ、向こうから見つけてくれて彼を撫でてくれるのを待っていた。

　茅枝婆は彼をしばらく見てから呼んだ。

「息子よ」

　彼は、うんと応えた。

「何か食べたいかい？」

　彼は頷くと言った。「喉が」

「お前がパンツに縫い込んでいるカネをわしに渡すんじゃ。わしが代わりに買ってきてやる」

　彼が村人の前でズボンを脱ぐと、柄物のパンツが出てきた。その柄物のパンツには白い布が縫い付けてあり、パンパンに膨らんでいた。彼は顔をパンツに向けて近づけ、歯で白い布を引きちぎり、中から指一本分ほどの厚さの百元札の札束をサッと取り出すと、茅枝婆に渡した。茅枝婆はそのカネを受け取ると、六枚数えて取って残りは彼に返し、記念堂の正門を数回叩いて言った。水を一杯と蒸しパンを一個じゃ。そしてカネを扉の隙間に突っ込んだ。

　瞬く間に、水一杯と蒸しパン一個が、扉の上の窓から差し入れられた。彼は扉の真ん中で水を受け取り、蒸しパンを手にすると、みんなの前で大口を開けてゴクゴク飲み、大口を開けてバクバクと蒸しパンを頬張った。彼は子供だったので、誰が見てようが見てまいが構わなかった。水を飲む音は、川のように轟々音を立てながら、大ホールの中を流れていった。蒸しパンを食べるモグモグクチャクチャいう音は、村人が暮らしに余裕がある時にだけ食べる、油で揚げて食べる料理のようだった。

　彼はそれほどまでに周りを気にせず貪り食べたのだった。

　蒸しパンの香りは竜巻のように記念堂の中を吹き荒れた。蒸しパンを食べる音は記念堂いっぱいに満ち満ちた。彼の体は大きくなかった。十数歳で、右足は麻の茎ほどの太さで、体も痩せて同じように細くなっていた。普段は大きく口を開けても、卵一つも入らないほどで、この時はさらに痩せさらばえていたので小さな湯飲みほどしか開かなかったが、ウサギの頭ほどもある蒸しパンを、ほんの二口三口で、三分の二ほども食べてしまった。

　村人すべての目は、彼の蒸しパンに注がれた。美味しそうに食べるその顔に注がれた。

　誰も何も言おうとしなかった。

　誰もが目で、彼の様子を呑み込もうとしていた。誰もが耳で、その食べる音を呑み込もうとしていた。片足猿は端っこで、彼の乾いて裂けて痛い唇を舐めた。つんぼの馬は、我知らず自分の口を手で押さえていた。桐花、槐花、楡花と四蛾子は、子供は見ずに四人の祖母をじっと見ていた。その子供の体から祖母がおカネを取り出して、自分たちに蒸しパンと水を買ってくれるのではないかとでもいうようだった。

　お昼時はほとんど過ぎ去ろうとしていた。時間と部屋の空気は、子供にムシャムシャと食べられ、バラバラの粉々になってしまった。

　突然、つんぼの馬が自分のズボンの紐をほどいてボソボソ言った。「死にそうになっとるのに、カネを惜しがってどうするんじゃ！」彼はズボンの下のパンツから千二百元取り出すと、大声で外に向かって叫んだ。

「蒸しパン二つに水を二杯じゃ！」

　カネは扉の下の隙間に押し込まれた。

　すぐに三十過ぎの笑顔が窓に現れると、蒸しパンと水が窓から渡された。

　おしはアウアウ何度か叫ぶと足をバタバタさせ、突然彼が寝ている小部屋に戻ると、壁から布団までの、ちょうど真ん中のレンガを数え、五番目のやつを引っ剝がして、中から分厚いビニール袋を取り出すと、一摑みのカネを出して、歩きながら三本指を突き出してアウアウ叫んだ。茅枝婆はそのカネを受け取ると、窓に向かって笑顔で言った。「蒸しパン三つに水三杯じゃ、これは千八百元じゃ、数えてくれ」その札束は窓から伸びてきた手に渡された。

その笑い顔はカネを受け取ると、別に数えもせずに記念堂の下の方に向かって叫んだ。「もうすぐ一時じゃ、蒸しパン三つに水三杯——」

事はかくもドタバタ始まった。受活村の人々はもはや誰にも遠慮することはなくなった。茅枝婆が言ったように、彼らのカネは三日前略奪されたが、皆自分のカネをまだ残していたのだ。女どもも皆の前で服を脱ぐと、彼女たちの服にはたくさんのポケットが縫い付けてあって、その中はすべて貯め込んだカネだった。裏地にポケットのない女もいたが、彼女は人を避けてトイレに行くと、あっという間にその手に数百元のカネを持って出てきた。

子供の叔父はそこに座ったまま動かなかった。彼はズボンの裾を破れば千元近いカネがあった。百二十八歳を演じたあのび、っ、こは、服の中を捜すでもなく、小部屋に取りに帰るわけでもなく、レーニン水晶棺まで行くと這いつくばって、棺の台の下を探り、都会の連中が使っている革の財布を取り出した。その財布は丸々と太り、中は新札の百元札でいっぱいだった。その百元札の中から何枚か抜き出すとブツブツ言った。「まったく、クソッタレが、命がなくなるんじゃ、カネを惜しがっても仕方がないわな」彼は蒸しパンも水も買わなかった。彼はおやき三つとスープを三杯買った。おやきはもちろん、こんがりと香ばしく、スープはトロリと口当たりが良い。おやき三つと三杯のスープを窓から受け取ると、スープ二杯は地面に置き、左手にもう一杯のスープのお碗を持ち、右手に三枚のおやきを持って、レーニン水晶棺のところまで持って行くと、棺の上に並べ、また戻って二杯のスープを取ってきた。水晶棺は光っていたので、その上に並べると、まるで玉でできた皇帝の食卓のようだった。その様子は、村人たちに向かって、食べろ、食べるんだ、命あっての物種だ、と言っているようだった。カネが何の役に立つ、何が大切なものか、食べることが一番大切なことだ、と言わんばかりだった。彼は牛が草を食べるような音を響かせておやきを食べ、水が砂地を流れるような音をさせてスープを飲んだ。ただ食べるだけ、ただ飲むだけで、誰も見るものはおらんかったが、まるで舞台で餓鬼を演じているようじゃった。

　彼のその形相を見て、またたくさんの村人が、どこからかカネを出してきて、彼と同様、カネの大盤振る舞いといった感じで蒸しパンやスープを買いに行き、買いながら言うのだった。

「クソッタレ、これ以上はだめじゃ、食べるんじゃったら、うまいもんを食わんとな」

　この間、片足猿はずっと人の群れの陰に隠れてじっとしていたが、ただそこで他の村人たちが食べるのを見ているだけ、誰かがおカネをさっと取り出すのを見ているだけだった。あの百二十八歳を演じたびっこが、水晶棺の上にもたれかかって飲み食いしながら、時折さっき財布を探り出した水晶棺の下を覗き込むようにしているのを見て、片足猿は心の中で疑惑を持ち、一言怒鳴った。「クソッタレが！」それは、そのびっこのじいさんに向かって言っているのか、自分に向かって言っているのかわからなかったが、自分が舞台で跳刀山や越火海を演じるのに特別に作らせた底の硬い靴を脱ぎ、その臭い靴の中から十数枚の百元札を取り出すと、蒸しパンとスープを買って食べ始めた。飲み食いしながら、片足猿はやはり四方に目を光らせていた。びっこのじいさんがさかんに水晶棺の下をコソコソ見ているのが目に付いた。

　ホールはあっという間に大騒ぎとなり、蒸しパン二つだの水を一杯だのと叫ぶ声がそこかしこで上がり、叫び声だらけとなった。村人たちは皆、びっこを引いたりいざったりしながら、記念堂の入口へと押しかけた。皆、びっこの真似をして言った。

「ほんまじゃ、チクショウ、飢え死にしかけているのに、まだカネが惜しいんかい！」

「食べるぞ、飲むぞ、飲んで食って死ぬんならましじゃが、飢えて死んだり渇いて死んだりしたらバカじゃ」

「水一杯百元がなんじゃ、一杯千元でも、こんな目に遭うのはもう嫌じゃ」

　ホールは食べる音と飲む音であふれた。

　ホールはおカネを渡すのに窓に向かって伸びる手でいっぱいになった。

　太陽は黄色く明るく照りつけていた。ある村人が水を一杯一気に飲み干すと、またお碗と百元を窓に向かって渡して大声で叫んだ。

「水をもう一杯じゃ。もう一杯水をくれ」

また別の村人が蒸しパンをほんの数口で飲み込むと叫んで言った。「わしにもう一個蒸しパンを売ってくれ、わしもおやきが欲しい！」

その時、記念堂の入口の上の四つの小窓が全部開けられた。そこに完全人の顔が四つ現れた。真ん中の運転手の顔は、他の完全人のように笑ってはいなかった。彼は外から中へ顔を突き出すと大きな声でゆっくりと言った。

「早いとこ、こうしとったら、あれだけ飢えることもなかったのにのぅ」

そしてまた叫んだ。

「誠に申し訳ないがの〜、蒸しパンは値上げじゃ、一個八百元じゃ、水も値上げじゃ、一杯二百元でな〜」

急にホールの受活村の人々は静かになり、押し黙ってしまった。あの運転手が火にザッと水をかけたかのようだった。カネを突き出して蒸しパンを買おう、水を買おうとしていた者は、ある者は手をすくめて元に戻し、ある者はぼんやりとして手を上げたまま、カネも手に持ったままだった。窓の完全人はその手のカネをサッと奪い取った。

「うちのカネを盗った」

「うちのカネを盗られた」

そのカネを盗った完全人はホールに向かって高らかに笑うと言った。「カネを盗るためでなけりゃ、誰がお前らをこんなところに、三日三晩閉じ込めるもんかい」

キンキン響いていた叫び声は、唖然として押し黙り、村人たちが手で押さえている、服に縫い付けたポケットのある場所へとコソコソ退いていった。片足猿には、ちんばのじいさんがまた本能的に水晶棺の下をチラチラ見ているのが見え、レーニン記念堂の中の人々がすべて黙り込んで、そこに立っている茅枝婆に目を向けているのが見えた。

茅枝婆はずっとホール中央の柱のそばに立っていたが、槐花は端っこに逃げ込んでいた。彼女は手に半分の蒸しパンとお碗半分の水を持って、音も立てずにおいしそうに食べていた。いつの間にカネを取り出して買ったのか、このときには隅に隠れて食べたり飲んだりしながら、相変わらず潤んだ大きな瞳をキョトキョトさせて、祖母やめくらや小人の妹を見ていた。太陽の強烈な光は、依然容赦なく窓から差し込み、空気の中には元々の臭気のほかに、たくさんの蒸しパンと大騒動が撒き散らした水蒸気があった。まだ食べ終わっていないものが飲み食いする音は、最初に比べると、食べる音も飲む音も、それ以上は小さくできないほど小さかった。一群の食い物を失敬したネズミや雀が、人に気づかれるのを恐れているかのようだった。窓から蒸しパンや水を買えなかったものは、哀願するように茅枝婆を見ていた。茅枝婆が、食い物や飲み物をすぐに出してでもくれるかのようだった。皆、生き延びるチャンスを失ったかのように、その黄ばんだ顔は後悔の念で一杯だった。もう今すぐ餓死するか渇きで死んでしまうかのように、ぐったりと壁際に座り込み、茅枝婆を見、窓の完全人の顔を見、がっくりとその首をうなだれた。

ここで状況は急変した。窓の完全人たちの顔にはヘラヘラした笑みが浮かんでいた。その顔の縁から差し込んで来る日の光は、明るく黄金色で受活村の人々の目を射った。太陽は完全人の頭の上にあり、彼らも顔中汗まみれで、シャツやズボンは脱いでいて、その肩は、どす黒く濁った赤い油を塗りたくったように、赤くつやつや光っていた。彼らのボスの運転手は、相変わらず中央の梯子の上に立って、真ん中の窓から顔をのぞかせ、大きなだみ声で落ち着きはらって中に向かって言った。

「オレ様には、あんたらがまだカネをたくさん隠してるとわかっとる。出番のあるごとに一席二席分のカネをもらって、この半年で一体どれだけ稼いだことやら。前の連中が持って行ったのは、三分の二か三分の一と言ったところじゃろ。はっきり言うとくが、オレ様に八万、十万寄越そうがダメじゃ。オレはここでずっと蒸しパンと水を売る。水はまた値上げじゃ。一杯三百元じゃ。蒸しパンも上がったぞ、一個千元じゃ。漬け物もほしいわな。漬け物は安いぞ、一二百元にしておく」

そしてさらに言った。

「ほしいのか、それともほしくないのか？　いるんじゃったら今の値段じゃ、いらんのじゃったら、明日また値上げかもしれんのぅ」

そして茅枝婆を見ると言った。「オレ様は外の完全人のボス、あんたはそっちの片輪どものボスじゃ。あんた、ほんと、いろいろ苦労をしてきたよ、オレ様にはわかっとる。あんたの越えてきた橋は、オレ様が歩いてきた道の何百倍だ。ここに来てバカなことせんでもええじゃろ、中の連中を苦しませんことじゃ、しょせん、値段は下がりゃせん」

茅枝婆の顔をじっと見つめたまま言った。

「この値段でいるのか、いらんのか？」

再び茅枝婆の目を見ながら言った。「いるのかいらんのか？　申し訳ないな、茅枝婆、いらんというなら、蒸しパンは値上げじゃ。一個千二百元じゃ。水も値上げじゃ、一杯五百元、漬け物は一袋三百元じゃ。この値段じゃ。飢え死にしたけりゃ買うな。よう考えるんじゃな。オレ様はこれから午休《ごきゅう》③じゃ。結論が出たら、こいつらにオレ様を呼ばせるんじゃ」

ホールにはまた元の静けさが戻ってきた。まだ水やスープを飲み終えていなかったものも、音をさせずに数口で飲み干し、空のお碗だけが足元に転がっていた。蒸しパンやおやきを食べ終わっていなかったものも、いつの間にか食べ終えるか隠してしまっていた。ともかく受活村の人々はまた静かになった。窓も元通り閉められた。その略奪のボスの運転手は、値上げの話が終わると、最後に村人たちに向かって窓際でちょっと笑い、他の仲間たちを窓から下に降ろさせると言った。

「なあ、茅枝婆さんよ、受活のお方たちに勧めてくれんかの、早めに買《こ》うて、オレ様を怒らせるなと。わしゃ、まだまだ吊り上げていくけぇの」

そして彼は窓から消えた。

ホールはまたまた墓場のような静けさとなった。受活村の人々は、次から次へとホールから自分たちのねぐらである小部屋へと帰って行った。小部屋に着くと横になるか座り込んで、死ぬのを待っているような、それとも外の完全人が、突然扉を開けて彼らのカネと一緒に外に出してくれるのを待っているかのようだった。

片足猿は小部屋には戻らなかった。ちんばのじいさんは水晶棺のそばから離れる時、腰をかがめて棺の下の方を探っていた。どこを触ってどこで離したかはわからなかった。片足猿は水晶棺まで行って下を触ってみることにした。まずトイレに行ってしばらく立って、小便をしているように装い、トイレから出てきて、ホールが空っぽで誰もいないのを確認した。茅枝婆も、片手でめくらの桐花を、もう片方の手で四蛾子を抱えながら戻ると、三人で布団の上に座り、自分は顔を壁の上の方に向けて目を閉じていた。

静かじゃった、死の静けさじゃった。宙を舞っている埃の響かせる音まで聞こえてきそうじゃった。

トイレから出てきた片足猿は、水晶棺の下を泥棒のように触った。水晶棺は大理石の台に置かれていて、二本の石の棒が敷いてあった。棺の下には埃があるだけで、他には何もなかった。言うまでもなくちんばのじいさんは元々棺の下に置いていたのだが、全部持って行ったので、埃しかなかったのだ。片足猿は少しがっかりし惜しいことをしたと思った。あまりにも見ていたのでちんばのじいさんに気づかれてしまったのだ。

彼は手を棺の下から抜き出すと、手に付いた埃を水晶棺になすりつけ、気持ちは冷えていたが、諦めてはいなかった。小部屋の入口を全部確認してから、地面に這いつくばって棺桶の下を見た。埃だらけの中にちんばのじいさんが財布を置いていた四角い跡が三つ、いずれも棺を支えている石の棒のそばにあった。さらに棺の台の真ん中にちょうど手が入るほどの黒い穴があって、台座を作るときにそこだけ大理石をはめ込むのを忘れたかのようだった。彼は力いっぱい台座にへばりついて、その黒い穴に手を伸ばした。穴の奥のどこかを触ったか押したらしく、突然足元の二つの大理石がゆっくりと地下へ沈んでいき、彼が何が起こったか悟る前に、その一尺四方の二つの大理石は、数寸沈み、また両側もゆっくりと動いて行った。

足元には真っ暗な穴が現れた。

彼は驚いてその場に座り込んでしまった。

水晶棺の下、奥行き二尺、幅一尺の穴だった。彼にはさっき手を伸ばして棺桶の下の黒い穴の中を探ったとき、カラクリのスイッチに触れたのだとわかった。ホールは空っぽ、誰一人いない。小部屋の戸口にも一人もいなかった。片足猿は両の掌に汗をかき、顔は蒼白となった。レーニン水晶棺から通って来る光が、足元の大きな穴を照らし、中をはっきり見ることができた。驚いたことにそこにはさらに大きな穴があった。その穴は、上の大理石の台に比べると少し小さく、縦五尺、横が八、九尺、深さが三尺だった。穴の壁も大理石で乳白色をしており、壁に白絹を掛けているようだった。その乳白色の穴の中に、もう一つ水晶棺が並べてあった。上のレーニンの水晶棺とそっくりで、大きさは上の方がちょっと大きく、下の方が少し小さいようだった。しかしほとんど同じだった。この穴のもう一つの水晶棺に片足猿は驚き、汗が噴き出した。彼の足は穴の中にあったので、その二本の足は冷たく寒く、痙攣でも起こしたかのように震えていた。彼はすぐにでもその二本の足を穴から抜き出したかったが、穴の中には彼の足を引っ張るものが何かあるようで、力が出なかった。彼は頭を下げて穴の中を見た。記念堂の窓から入ってくる西日が、彼の後ろから赤々とレーニン水晶棺に降り注ぎ、棺を淡い赤色に照らし、棺はピンクの瑪瑙でできているかのようだった。その柔らかい光が、地下の穴の水晶棺を照らし、棺を墨玉《ぼくぎょく》色にしていた。同じような輝きだったが、光は重く混沌としていて墨玉を水の中に落とし込んだかのようだった。その次の瞬間、片足猿は穴の中の水晶棺の蓋に、文字が一列に並んでおり、光ってはいなかったが、黄色ではっきりしているのを見た。文字はどれも湯飲みの口ほどの大きさで、棺の頭の方から並んでいて間隔は指数本分、隷書で縦長、木の皮の厚みほど飛び出していた。

文字は棺の蓋の上にはめ込まれていて、全部で十四、片足猿は一文字ずつ豆を拾うように最後まで読んでいった。それはなんと次のようなものだった。

柳鷹雀同志は永遠に不滅である

片足猿は何が何だかわからなくなった。そしてハッと気がついた。この地下の水晶棺は、柳県長が自分のために準備した棺桶なのだと。しかしわからなかった。柳県長はなぜ生きているうちに自分のために棺桶を、しかも水晶棺を準備し、レーニン記念堂の中、レーニンという大人物の棺桶と一緒に並べなければならないのか。彼は穴の中の水晶棺を見、その棺の蓋の十四の文字を見ているうちに、そのさらに奥のことを考えないわけにはいかなかった。その十四の浮き上がった隷書の黄色い色が彼を惹きつけた。光ってはいないが、薄暗い中で鮮やかな黄色を放ち、十四の太陽が雲の後ろに隠れているようだった。彼は、ただただじっとその十四の文字を見つめていた。その字の色を見つめ、その文字が何で作られているか考えた。もし銅でできているのなら、普通湿った穴の中では錆が出ているはずで、それがこの湿った穴の中でも、相変わらず鮮やかな黄色ということは、日が雲に隠れているようなその裏側は何でできているのか?

片足猿は金に思い至った。

その文字は金で嵌めこまれていると考えた途端、穴に入っていた片足猿の二本の足の寒気はたちどころに消え去った。熱くたぎった血潮が穴を伝って、彼の両足に沸き上がってきた。一分一秒も遅らせることなく、彼は猿のように穴の中に滑り込んで行った。腰を曲げたまま、その文字を撫でると狂ったように棺桶のふたをつかみ、その嵌めこまれた文字を引き剝がそうとした。しかしその文字は、どの一画もしっかり蓋に留められていて、彼の手は汗でびっしょりになり、つかんでもぎ取ろうと最初に引っ張った「柳」という文字から、最後の「る」まで、彼は十四の文字の一画さえどうにもできなかった。

ホールの中を流れる空気の音は、穴の中では轟々音を立ててうなっていた。地下の川が、片足猿の足元のすぐ横を流れているようだった。彼が立って腰を伸ばすと、頭が壁にぶつかったようにレーニン水晶棺の底にゴツンと当たり、彼はその音に自分で驚いて全身汗ぐっしょりになってしまった。小便をしたくなった。半年前、彼が初めて双槐県の舞台に立った時に行きたくなった時のようだった。

しかし彼は我慢した。彼は小便が出ないようにこらえて、また一心不乱に、その十四の文字を引っ張ったり捻ったりした。「不滅」の「滅」の字のさんずいの一画が少し割れて取れた。爪ぐらいの、人差し指の腹ぐらいの、柳の木の皮ほどの厚さだった。その小さな欠片を掌で転がしてみると、掌の中心が落ち込むような、掌に金槌が乗っかっているような重さを感じた。

その文字は確かに金で作られたものだった。

柳県長の水晶棺のために金で打ち出した十四文字だったのだ。

柳鷹雀同志は永遠に不滅である

文字が金であるとわかったので、穴の中で少しぼんやりしていたものの、他の字を引っ剝がそうとしはじめた。ところが一画分さえもどうにもならなくて、彼は何も考えられなくなり、さっさとその穴から這い出した。そしてすぐに、大理石の台の穴をあれこれゴソゴソ触り、木の枝先に上手く触れたようにスイッチに触れ、力任せに右に左に動かした。するとその足元の二枚の大理石は軽やかな音を立てながら穴の上にズッシリと覆い被さったのだった。

片足猿はこの時、自分が小便を漏らしていることに気がついた。両足の間はびしょびしょで、水浸しの砂が彼の両足に張り付いているようだった。

静まり返った記念堂のホールの中で、あたふたと足を引きずりながらトイレに行って、ズボンの紐を緩めてみたものの、出てきたのは数滴の小便だった。三日の間、彼はお碗に半分の水しか飲んでいなかった。催してトイレに行っても、出るものも出なかったのだ。どうやら体中の水気を、あの地下の穴の中でズボンに吸わせてしまったようだった。

数滴の小便は、まるで何日も我慢した小便を一気に出したかのようだった。なんとも爽快で、受活そのものだった。彼はトイレの前に真っ直ぐ立ってズボンの紐は緩めたまま、肩を後ろにそびやかして肘を宙に突き上げていた。ちょうどこの時、トイレにいた彼に、窓からまた何か大きな声で叫んでいるのが聞こえて来た。

「おい、みんな出てくるんだ。受活の皆さんよ、うちのアニキが会議を開いて、言いたいことがあるんだとよ」

何人か出てきたところで、叫んだものがもう一度言った。

「茅枝婆にも出てこいと言え、うちのアニキがお前ら受活のもんに会議を開いて欲しいと言うとるんじゃ、話を聞いてもらえたら皆、無罪放免だとよ」

しばらくすると片足猿の耳には、たくさんの足音が聞こえて来た。彼がトイレから出てくると、村人たちが茅枝婆のあとについて、ちょうど小部屋から出てきて、ホール一杯に立ち尽くしたところだった。誰一人、ちんばのじいさんでさえ、水晶棺に目を向けるもんはおらんかった。窓には相変わらずの四つの顔だった。一つの顔は同じように軽蔑の笑いを浮かべていたが、もう一つは青ざめていた。アニキと呼ばれていた運転手は平静で、いつものように真ん中の窓のところに立つと、ホールを見渡してから視線を茅枝婆に落として言った。

「なあ、受活の皆さんよ、茅枝婆、聞くがいい。はぁもうはっきり言おう、わしらももう外で待つのは耐えられん。いや、暑うてのぅ、皆、家に帰りたいんじゃ。もちろん、あんたらもわしら以上に帰りたい。考えとることは一緒じゃ。あんた方は皆、完全な片輪じゃ、まともで受活な暮らしをするんじゃったら、幾ばくかのカネがいる。塩、練炭、食いもん、それだけでも結構な出費じゃ。まあそれに、さすがのオレ様も、あんたらがホールの中で飲まず食わずで我慢しているのを見るのも辛うてな。手がない、足がない、見えん、聞こえん、しゃべれんじゃ、生き長らえるのも大変じゃ。そこでわしら完全人様が、あんたらの代わりに考えてやった。わしらはあんたらが、自分のカネをどこに隠しているか見とったし、もうわかっとる。こっちの計算によりゃ、一回の公演で平均で、少のうても一つ半の座席分じゃ、半年でどんだけじゃ。他の奴らが盗っていったんは、その半分、いや三分の一にもならん。残りはまだ全部あんたらの懐にあるいうわけじゃ。今ここでそのカネを出してもらう。一分《フェン》残らずだ。全部出たところでわしが一人頭三千元渡す。外での六か月に三千元だ。一人毎月五百元の給料いうわけじゃ。ひと月五百元言うたら、町の高給取り並みじゃ。双槐県の四分の三は、一年仕事に出るだけで給料は出んのじゃ。じゃが、あんたらには毎月五百元分の給料を出そういうわけじゃ。加えてこれまで、衣食住にカネがかからんかったんじゃ、それも合わせりゃ、あんたら一人当たり、九百から千元出すのと同じことじゃ」

ここで運転手は一息入れた。外では西に傾いた太陽の光が、真横から彼の顔の右側を照らし、その右半分には汗が浮かんでいた。彼は汗をぬぐうと、窓越しにホールの中を見た。受活村の人々の顔には、少し生気が戻っていた。彼らは、ホールの中でお互いに顔を見合わせていた。言うまでもなく、目でお互いを探り合っているのだった。そして最後に茅枝婆の顔に視線をやって、彼女の決断を待っているようだった。彼女が完全人とどう話し、村人たちにどう話すかを待っていた。しかし茅枝婆は一言も発せず、ホール中央の一番前に寄って、半分立って半分肩を柱にもたせかけていた。ただ窓の完全人たちの顔を見つめ、話をしている運転手の口を見つめていた。そん時の彼女の顔じゃが、もう蒼白じゃし、灰色がかっとって、何百回、何千回と平手打ちを喰らい、今も一回また一回としばかれとるみたいじゃった。

「おい、受活の皆さん、おーい、茅枝婆さんよ、ちゃんと聞こえとるんか？」運転手は汗をぬぐうと大きな声でもう一度きいた。

「清算しようじゃないか。サッサとカネを出して、わしから一人三千元もらって村へ帰り、自由で受活な日々を送るか、この記念堂で一杯五百元の水、一個千元の蒸しパン、一袋三百元の漬け物にカネを出すかじゃ。」

「もしあんたらが、あくまでカネを隠し持って、何も買わんというんなら、そのまま渇いて死ぬか、飢えて死ぬだけじゃ。まあそれも悪いことじゃない。記念堂にはうまい具合にレーニンの水晶棺が置いてある。誰か先に死んだら、それを使やぁええ」

またきいた。

「おい、よう考えてみい、死んであの水晶棺に寝るんか？　それともさっさとカネを出して、このオレ様から三千元という高給をもろうて、村に戻って気ままな生活をするんか、どっちじゃ？」

彼はもうそれ以上は言わず、もう会議は終わり、話は終わって参加者が議決するのを待っているかのように、受活村の人々を見ていた。

受活村の人々は皆、押し黙り、茅枝婆を見ていた。ホールの中は、息が詰まり、どうにもならない感じで、村人一人一人の頭は上から、千斤の空気で押さえつけられているみたいだった。茅枝婆は柱にもたれかけさせていた肩を動かすと、ショボショボの目を窓からそらした。彼女はゆっくりと受活の村人たちの方に顔を向けるとしばらく見てから、心を決めたようで、また顔を窓に向けるときいた。

「扉も開けんで、どうやってカネを集めるんじゃ？」

運転手は、道具を積んだトラックを、一目見ただけで狙ったところに停めるように、考えることなどないといった様子で手を振ると言った。

「決まったんか？　決まったんなら話してやるけぇ、よう聞け。おい、おまえら全員、ホールの南側に立て。で、シーツを一枚持ってきて、ホールの床に敷くんじゃ。で、一人一人、カネをそのシーツの上に置いて、置いたらシーツの北側に行くんじゃ」言い終わると、彼も茅枝婆の顔を見た。茅枝婆の表情が変わるかどうか確かめるように。

しかしそこに何も見出すことはできなかった。茅枝婆は小部屋にシーツを取りには行かなかった。彼女は自分の青い服を脱ぐとホールの中央に敷いた。それから自ら最初に桐花と四蛾子の手を引いてその南側に立った。

事態はこれを境に変わった。蒸しパンを食べ水を飲んだばかりであまり腹の減ってないものも、飢えてうどんのようにグニャグニャになっているものも、茅枝婆が南に立つのを見て、窓の完全人の顔を見て、一人また一人と南側に立った。

　片足猿は槐花と一緒にすぐに並んだ。

　空気はまた冷えて固まりはじめていた。

　窓の完全人たちの視線は青白く氷のようだった。

　ホールいっぱいの村人たちは誰も口をきかなかった。

茅枝婆、下半身不随の婦人、小児麻痺の子供、つんぼの馬、めくらの桐花、小人の楡花と四蛾子が最前列、びっこのじいさんと小児麻痺の子供の叔父が、その少し後ろに立った。最後列に、槐花と片足猿ら数人が立った。片足猿は槐花と肩を並べていたが、肩で槐花をつつくと、小声で笑いながら言った。「なあ、受活に戻ったら、わしはお前を嫁にもらうぞ。カネならあるんじゃ」槐花は彼を睨みつけると相手にせず、フンと鼻を鳴らした。彼はまた笑いながら言った。「お前は自分が完全人になって綺麗になったと思うとるじゃろうが、わしはカネでお前を嫁にすることができるんじゃ」

　彼女はまた冷ややかにフンと鼻を鳴らすと、少し離れて横に立った。

　彼はそばにくっついていくと、また笑いながら、自慢げに軽い声で言った。「わしのところに来んかったら一生後悔するぞ」そう言うと彼はもう彼女を見ず、彼女も彼を見なかった。村人たちは青い服の南側で話もせず、静まり返り、誰も喋ろうとも動こうともしなかった。長い長い静けさが続き、ついに茅枝婆がその中から抜け出し、青い服の北側に立ち、孫娘のめくらの桐花に言った。

「桐花、お前は一生、カネがどんな色をしとるか見ることはできんのじゃ。カネを欲しがってどうするんじゃ。縫い付けてあるカネを出して、一緒に家に帰ろう」

　桐花は、祖母が最初に自分を呼んだことに体を震わせ、祖母の声がした方を見て、穏やかで年輪が刻まれた祖母の顔が見えているかのように黙り込んだ。隠し持っているカネを取り出すのは、死んでも惜しいといった様子で、戸惑い黙り込み、祖母と対峙したまま譲ろうとしなかった。まさにその時、驚いたことに片足猿が、槐花のそばを離れると村人たちをかき分け前に出てきたのだった。彼は意を決したようにびっこを引きながら青い服の前に行くと、左足の靴を脱ぎ、その靴の底から、少なくとも数千元の新札を掻き出した。またズボンの腰の辺りから千元ほど取り出すと、腰をかがめて服の上に置いて言った。

「わしのは全部ここに置いた。カネが何じゃ、村に戻って受活な暮らしをするほうがよっぽど大事じゃ」村人たちに向けた話が終わると、窓の運転手を見て言った。

「扉を開けてわしらを外へ出すのが一番じゃ。あんたの言う三千元がもらえんでもわしは構わん。家に帰って暮らせるのが一番じゃ」

話が終わると、彼はまるでヒーローのように北側へ移り、茅枝婆のそばに立った。

窓の運転手は満足げに彼を見ると、彼に向かって頷いた。

これでまた事情は一変した。片足猿が扉を開けて出て行ったかのように、他のものも一緒に出て行くことができるようになったかのようだった。めくらの桐花は何も言わずに腰を曲げると、着ていた格子模様のシャツを脱いで裏地を裂き、数枚毎に張り付けてあったカネを剝がし、撫でながら祖母の服の上に置いた。それが終わると彼女はまるで目が見えるかのようにその北側に立った。

茅枝婆は言った。「四蛾子、ばばの話をきくんじゃ」

四蛾子は指の太さほどの赤い頭のヘアバンドを解くと、その中から細く巻いたカネを引っ張り出し、服の上に置いて、彼女も北側へと移った。

小児麻痺の子供は、自分のカネを袋から取り出すとそこに置いた。

下半身不随の婦人も、お針箱の底から千元取り出してそこに置いた。

ちんばのじいさんは、身につけていた三つの新札の包みを全部出してそこに置いた。

つんぼの馬は、人々の後ろから出てくると、ズボンの裾のカネを取り出してそこに置いた。

迷って決められないものもいた。五十歳の片腕の男がそうだった。彼は片腕だったが、ネギを切ることもできれば、ニンニクのみじん切りだってできた。出し物は大根切りで、大根やキュウリを紙のように薄く、完全人よりも速く切ることができた。彼の稼いだカネも少なくなかった。しかし彼がどこにカネを隠しているのか誰も知らなかった。もうほとんどの村人は南側から北へと移っていて、服の南側には数人を残すだけだった。片腕の男は窓の四つの顔を見た。そして北側に立っている村人たちを見ると、小部屋に戻り冬に被る綿入れの帽子を取ってきた。耳当てのところの糸を解くと中から大きな札束を出して服の上に置いた。そして北側に移ろうとすると、窓の運転者が冷たく言った。「帽子も置きな」

彼は帽子を持ったまま動かなかった。

「このクソッタレが、死にたいんか、自分の腕が一本しかないことを忘れたか」彼は帽子もそこに置いた。当然だった、彼の綿入れ帽は中身がパンパンになっていて、一目でその中にカネが入っているとわかった。

受活村の人々は皆、南から北へ移った。カネのあるものはカネを出し、カネのないものは、「大先生、ほんまにないんじゃ、置いとったのは、三日前全部持って行かれてしもうたんじゃ」と言って、南から北へ移った。その青い服の上のカネは、山のように積み上がり、紐で括った野菜を積み上げたか、レンガや瓦を積み上げたかのようだった。日の光がその積み上げられたカネに当たり、紙幣の図案で色とりどりに照らされていた。札束の山の大半はピンピンの新札で、真新しいインクの匂いが、部屋に油の入った鍋を置いたかのように匂っていた。ひとりが数千から一万元、しかし一か所に積み上げるとこんなにもたくさんだった。それはまったく驚くほどの量で、金塊の山のようだった。受活村の人々の目は窓の外の連中がどうしているかなど見はしなかった。目はそのカネに釘付けで、自分の赤ちゃんの顔を見ているようで、今にもそこへ行って胸に抱きしめそうだった。村人たちは二人の下半身不随が座っているほかは皆、立っていて、お互いに寄っかかりながらホールの北側で黒い集団になっていた。

「茅枝婆、来るんだ」運転手はまた口を開いた。冷ややかに大きな声で言った。

「他は誰も動くな。あんたが出てきてカネを縛るんじゃ。一枚も落とすなよ。それからあんたの杖にぶら下げてオレ様に渡すんじゃ」

人々は死んだように静まり返り、茅枝婆にそうさせたくないような目で彼女を見つめていた。しかし茅枝婆はちょっとその場に止まっただけで、すぐに向こうの指示通りに動いた。茅枝婆は襟と裾をくくり、二本の袖を合わせて縛ると、きちんと縛られているかどうか試すように手で提げてみた。続いて彼女は杖で持ち上げる時、静かに落ち着いた様子で運転手の顔を見ると言った。

「なあ、わしも六十七じゃ、受活の村人たちを連れて外へ公演しに行った時のカネはあんたに渡そう。扉を開けて、わしにもう一度彼らを連れて受活に帰らせてくれんか」

彼女の言葉には力がなく、大病を患った病人が、医者に処方を書いてくれるよう頼んでいるかのようだった。その医者——運転手の言葉の調子も柔らかくなり、顔も青筋立ったのが赤みを帯び、茅枝婆をチラリと見てからカネに目を向けたまま柔らかい調子で言った。

「カネさえ受け取りゃ、扉は開けてやるけぇ」彼はそう言いながら、ポケットから鍵束を取り出し茅枝婆に見せると、ちょっと揺らしてチャラチャラ音を響かせた。「カネを上に担ぎあげるんじゃ、オレ様は言うたことを反故にするような人間じゃない」

茅枝婆はやっとの思いでその一抱えのカネを担ぎ上げ、窓のところまで運び上げた。

運転手は慌てることなく落ち着いてカネをその手に受け取った。

すべては順調じゃった。その前後にかかった時間と言えば、蒸しパンを一つ食べるほどの時間もなかった。喉がカラカラの時に、一口の水を飲むほどの時間もなく、カネは運転手の手に渡った。彼は慌てることなく、途中で緩んでいる隅をきちんと締め直し、そばのもう一本の梯子にいる仲間に渡した。

「とりあえず持ってろ」そう言うと再び視線を窓に向け、高いところから茅枝婆を見ながら、またヘラヘラした調子できいた。

「全部ここにあるんかな」

「全部そこじゃ」

「ほんまに誰も持っとらんの？」

「みんながカネを出すのを、あんたも見とったじゃろうが」

運転手はそれ以上は何も言わず、舌をちょっと出して、上下の唇で挟んで行ったり来たりさせて引っ込ませ、また伸ばして唇に挟んで右に左に動かし、何度か往復させるうちに唇は湿って血色が良くなって、唇を横一文字に引き締めると、軽い感じできいた。

「司会の槐花と三人の小人は、あんたの孫娘じゃったよな？」

茅枝婆は村人たちの前に立っている桐花、槐花、楡花、四蛾子を見て、向こうが何をきいているのかわからないまま首を縦に振った。

「年は？」

「二十になったところじゃが」

「こうすることにしよう」向こうは言った。「オレにはあんたらの中に、手も足も揃っとる完全人が何人もおるいうことは、わかっとる。で、彼らも蒸しパンを食べとったし、水も飲んどったけぇ、力を回復しとるはずじゃ。扉を開けた時に、彼らに騒ぎ立てられんように、四人の孫娘をここまで来させるんじゃ」

向こうの言い分は、手元に四人の孫娘がいれば、扉を開けてもそれぞれがそれぞれの分を守り、きちっとするだろうということだった。

事態はここでまた大きく変わった。運転手の顔に浮かんでいた赤みもなくなり、瞬く間に日の光は雲に覆われた。考えてみても、向こうの話の方が自然で理にもかなっていた。受活村の人々は、知らないうちに前に移動してホールの中央にまで来ていた。太陽は記念堂の前から昇り、真上を通り、後ろまで来ていた。正面から差し込んでいた日の光は裏の窓から照らしていた。ホールの中は柔らかい赤い光に包まれていた。日中の暑さも収まる気配を示し、涼しさがホールの中に広がり人心地がついていた。年配のものは一歩前に出て茅枝婆と肩を並べると、窓の運転手に向かって言った。なあ、ここにいるもんを見てくれ、皆、めくら、ちんば、つんぼ、おしに下半身不随か手や足のないもんばかりじゃ。何人かいる完全人も六十を過ぎたもんばっかりで、誰があんたたちとやり合えると言うんじゃ？　誰があんたたちと、事を構えると言うんじゃ？　わしらを外へ出して受活村へ帰してくれたら、ひれ伏して感謝しても足らんぐらいじゃ。

「ゴチャゴチャ言うな」運転手は顔を空へ向けると言った。「四人の孫娘を差し出すのか出さないのか？」

それ以上は何も言わず、視線を槐花と三人の小人から茅枝婆へと向けた。茅枝婆の顔は真っ白な灰に厚く覆われていた。口元の皺はヒクヒク動き、顔中の皺が張ったり緩んだりで蜘蛛の巣が強風に煽られているかのようだった。彼女には、孫娘を外に出した方がいいのか、出さない方がいいのか、わからなかったし、孫娘たちが進んで窓まで這い上がって行きたがるかどうかもわからなかった。記念堂の中は再び物音ひとつしなくなってしまった。落日が窓を照りつける音と、落日の中、鳴き続けるセミのにぎやかな音が、皆の耳にジィジィ響いていた。井戸の底の静けさだった。その中、槐花が突然一歩前に進み出ると大声で言った。

「私、出るわ。出て行って死んでも、ここで辛抱するよりよっぽど受活だわ」

そう言うと、自分で窓の下に机を押していくと、三本脚の椅子を机の上に置き、一本足りない方を扉に寄せて、自分で机の上に上がり椅子によじ登って腕を伸ばすと、外の完全人が彼女の手をつかんで窓から外へ引っ張り出した。

楡花もよじ登って出て行った。

四蛾子もよじ登って出て行った。

ただめくらの桐花だけが茅枝婆のそばに立っていた。

茅枝婆は向こうに向かって言った
「この子はめくらなんじゃ」向こうは言った。「めくらじゃろうが、出てきてもらう。めくらなら余計にかわいいじゃろうが」その時、桐花は祖母のそばを離れて言った。「おばあさん、私、何も見えないから、何も怖くないわよ」そう言うと彼女は扉の方に向かい、茅枝婆がめくらの桐花を机のところまで連れて行くと、机の上に上がり、椅子の上に上がるのを手伝った。あとは向こうがまるでヒヨコをつかむように彼女を鷲掴みにすると窓から外へ出した。

するべきことはした。向こうに渡すものは渡した。言うべきことは言った。あとは向こうが扉を開けて自分たちが出て行く番だ。しかしここでボスの運転手の顔に薄ら笑い、夏の菜の花のようなギラリと傲慢な黄色く輝く笑いが顔をよぎった。彼は笑いながらホールの受活村の人々に向かって大声で言った。

「クソッタレめ、まだわしら完全人をコケにするつもりか？　オレ様がわかってないとでも思うとるのか？　おまえらがカネを残らず出したと本気で信じているとでも思うとるのか？　わかっとるんじゃ、まだ隠してるもんが、ようけぇおる。布団の下のレンガ、トイレの壁の隙間、水晶棺の下、壁の隅、そこいら中に隠してある。よう聞け——」彼は突然吠えるように叫び始めた。喉を城門のごとく大きく開ける。

「よ～ぉ、聞いとけよ。おまえらがそのカネを、扉の隙間から差し出さないなら、今晩、あのべっぴんの槐花は、あいつらに楽しませてやることにする。日が落ちるまでには小人の三人もやられることになるけぇの」

　そう言うと彼はすぐに梯子から降りていき、その影は水の中に沈んでいくようにすぐに消えていった。

　落日は相も変わらず同じように赤々と裏窓からホール中を、受活の人々の体や顔を照らしていた。

くどい話

①井抜水——井戸から汲み上げたばかりの冷たい水のこと。

③午休——昼寝のこと。

第七章　扉が開いてる、扉が開いてるぞ

空はすっかり暗くなっていた。

カネは少しずつ扉の隙間から出て行った。誰の体にも部屋にも一分《フエン》のカネも隠されてはいなかった。まず下半身不随の婦人が、袖口に縫い込んだ最後の数日で稼いだカネを、そしてつんぼの馬が、二層の鉄板の間に隠していたカネを、最後におしが、布団の下のレンガの下に詰め込んでいたカネをほじくり出した。日はまた沈んだ。裏窓から入っていた赤い色も消えた。人々が扉が開くのを待っているとき、扉のところでカネを受け取っていた男が中に向かって言った。

「おい、日も暮れたし、あんたら明日になったら出るんじゃ。記念堂で水晶棺に付き添って、もう一晩過ごすんじゃ。明日出て行くときにゃ、あんたらそれぞれに、半年分の給料を一分も引かんと出すんじゃ」

そう叫び終わるとまた静けさが戻ってきた。

夜はいつものように降りてきて、じっとりとした湿気が記念堂の小部屋を一つ一つ浸していった。空が暗いから明日になってから出発ということについては、ここまで来たら、もう誰も何も言う気にもならず、考える気力もなくなっていた。扉が開くも開かないも、行くも行かないも、自分とは何の関係もないようだった。

皆、各自の小部屋に戻ると、そこに横になって天井を眺めていた。月の光が、水のように窓から流れ込んできた。天井は真っ白だったが、月の光の中では淡い黄緑色になっていて、村人たちの顔色と同じだった。

余計なことを話すものも、余計なことをきくものもいなかった。疲れ切って横になって休み、皆、黙り、待ち、事態が落ち着くのを待っていた。その夜はそのまま過ぎていくと思われていたが、晩御飯の時間になってまもなく、村人たちの耳に記念堂の外のどこか遠いところから、桐花《トンホア》、楡花《ユィホア》と四蛾子《スーオーズ》の突き刺さるような叫び声が伝わって来た。山の向こうからか谷底からか、血まみれの泣き叫ぶ声が伝わって来た。その声は冷たく凍え、生死を越え、途切れては始まり、始まっては途切れ、厳しい冬に川から流れてきた氷の塊がぶつかるようだった。そしてその間に完全人の男たちの驚喜の雄叫びが聞こえた。

「おい、こっちに来てやってみろ、こいつらチビでちんちくりんのくせに、締まりはええし、もう、むちゃくちゃ受活じゃ、ここでやっとかんと一生後悔するで！」

その怒鳴り声が終わると、続けて小人たちの、引きつり引き裂くような青紫色の絶叫が響いた。その声に受活村の人々は驚いて起き上がり、その一陣また一陣と飛んでくる叫び声を耳にして、皆で茅枝婆《マオジーポー》の小部屋に押しかけると、彼女は白々と輝く電灯の中、壁の隅に呆然と座り、その泣き叫ぶ声を聞きながら、一発一発自分の手で自分の顔を殴っていた。他人の顔を張るように、風に晒されて乾いた板を叩くように、殴りながらしゃがれた声で罵っていた。

「くたばれ」

「くたばるんじゃ」

「くたばるがいい」

「わしゃ、今すぐ死ね」

「今すぐ死ぬんじゃ」

彼女の殴る音と罵る声は、外の小人たちの泣き声と騒ぐ声を覆い隠した。大雨の音が外の音をすべて遮るかのようだった。彼女はすでに六十七になり、十分老いぼれていた。その彼女がそんな風に自分を殴り、自分を罵倒する様子に、受活村の人々はいたたまれなくなり止めに入った。

同じ小部屋に寝泊まりしていた下半身不随の婦人は、彼女のところまで行くと彼女の手を取って、たたみかけるように言った。

「おばさん、あんたを責める人はおらん、おばさん、ほんま、一言だってあんたを責めるもんは、おりゃせんよ」

村人たちは皆やってくると、茅枝婆を引っ張ったりなだめたりして、彼女を落ち着かせようとした。彼女が静かになると、外の叫び声もなくなった。世界は死んでしまったかのようで外の月星の動く音が窓の隙間から一本一本入り込んできた。

こうして一夜は過ぎた。

その夜、受活村の人々は寝るに寝られず、小部屋の中で黙りこみ、おしゃべりも身じろぎもしなかった。ただもうただ朝が早くきてくれるのを、待っていた。ただ片足猿だけはじっとしていなかった。彼は「クソッタレ、完全人の生水を一気に飲んだけぇ、腹を下してしもうた、一晩中、トイレと小部屋を行ったり来たりじゃ」と言いながら、レーニン水晶棺の地下の、柳県長の水晶棺の十四の純金の文字を、棺桶に使われていた釘を使い、全部剝ぎ取っていた。これから彼は受活村で一番の金持ちになり、受活村での今後の暮らしの中で、ひとかどのお偉方になるのだった。

日の出まで耐え忍び、空がまだ明るくなる前、小児麻痺の子供が起きて何をしていたのか、彼の大きな声が記念堂の扉の方から伝わって来た。

「扉が開いた、開いたよ――」

「扉が開いてる、開いてるよ――」

人々はガバッと起きあがると、下半身不随もびっこもめくらも皆記念堂の扉めがけて殺到した。こっちのびっこは転び、あっちの女は壁の角に額をぶつけて血を流した。つんぼの馬には子供の叫び声は聞こえなかったが、人々が扉に向かって押しかけているのを見て、裸のまま飛び出した。その二枚の赤漆の大きな門は大きく開かれていた。早朝の風が入口から記念堂の大ホールに吹き込んでいった。空はまだボンヤリと白かった。記念堂前の礚台の石灰岩には濡れたような光があり、両側の松や柏はぼんやりした光の中、黒々としていた。突然地下の洞窟から出たように、牢獄から出てきたように、受活村の人々は記念堂の入口の前で目を擦り、腰や腕を伸ばすものもいた。空をその胸に抱きしめようとしているかのようだった。その時、誰かが槐花と小人たちのことを思い出し、早く桐花、槐花、楡花と四蛾子を探しに行かなくちゃと言った。

皆すぐに礚台の上から下に向かって駆け下りていった。

礚台下にある、古めかしい作りの土産物屋の空き室で四人はすぐに見つかった。その部屋は、完全人たちが出て行くときに投げ捨てた茶碗や箸や服でごちゃごちゃだった。残ったおかずや御飯のすえた臭いが鼻を衝いた。彼女たちは、その一並びの部屋の中で、服はすべて脱がされたままだった。脱がされて一糸纏わぬまま、それぞれが四つの部屋に縛りつけられていた。桐花と槐花は二部屋の二つのベッドの上、楡花と四蛾子は二部屋の二脚の椅子の上に、それぞれ縛られていた。桐花と楡花と四蛾子、三人の小人は彼らに股間を破られただけでなく、三人は体が小さかったので完全人の男たちの一物で下半身は引き裂かれ、股間や足の下には真っ赤で粘りけのある、水のような血が溜まり、生臭い臭いを放っていた。声を出せないように、彼女たちの口の中にはシャツやズボンが押し込まれていた。四蛾子の口には、彼女のパンティが押し込まれていた。村人たちが四人を見つけたのは、ちょうど空が明るくなって、ぼんやりと白かったのが、はっきりと見えるようになったころだった。彼女たちの艶やかな体は青いアザだらけで、その青紫色の中に、彼らに凌辱された白色もあった。しかし槐花の顔には彼女たちのような青紫も白もなく、それどころかしっとりとした赤味が差していた。

そこで皆は思い出した。昨日の夜の叫び声の中に槐花のものはなかったことを。この時、受活の人々は、茅枝婆がまだ記念堂から出てきていないことに気がついて、大慌てで記念堂の中の小部屋へと駆け戻った。茅枝婆は彼女が公演の時に着ていた死装束を着て、その黒い緞子は部屋の中でテラテラ光っていた。彼女はそこに座り、表情は呆然と落ち着いていて、記念堂の外で何が起こったかはすべてわかっているような、天下のどんなことでも先刻承知といった様子だった。

「おばさん、扉が開いたよ」

「わしゃもう生きておりとうない、早う受活の皆を山から下ろして、家に帰らせてやってくれんか」

「完全人どもは昨日の夜中、皆逃げていってしもうた。おばさん、あんたがわしらを受活から連れ出したんじゃけぇ、あんたがわしらを連れて家に帰してもらわないと」

「受活の皆を、すぐに家に帰すんじゃ」

「槐花と小人たちは……あいつらに無茶苦茶にされちまったよ」

彼女は少しだけ表情を変えるとしばらく考えて言った。「それも良かろう。これで村のみんなも、天下の完全人が恐ろしいということを、思い知ったじゃろうよ。もう公演したいなどとは思わんじゃろう。受活におるのが一番だとわかったはずじゃ」

日が昇ると、山脈はまた夏のように暑くなったが、茅枝婆は彼女の死装束を着たまま、彼女の受活村の人々を引き連れ、引っ張りながら引きずりながら、お互いに支えながら、村から離れた時に持っていた荷物や布団を背負って魂魄山を降り、村への道を急いだ。なんといっても世界はまだ冬のまま、耙耬の外は山も野原も雪か氷、ただ耙耬山脈だけ、春を越え夏になっていたのだ。木々は芽を出し、葉っぱを出し、山の斜面の草地も皆緑をまとい、一面青々としていた。

受活村の一群は道を急ぎ、ひたすら歩いた。途中、彼らはいろいろな光景を目にした。完全人でちゃんと目が見えるのに、田んぼで棒を持ち、黒い布で目を覆い、こっちを叩き、あっちをつつき、聡耳聴音の練習をしている。たくさんの人が耳に綿か玉蜀黍の茎で栓をして、耳に木の板か硬い紙か何かをぶら下げて、村はずれで耳上爆発の練習をしている。

女たちはどうかというと、村の日溜まりに座って、紙や葉っぱにひと針ひと針刺繍している。さらに四十か五十を過ぎたのが、みな黒い死装束を着て畑で土を鋤き、肥《こえ》たごを担ぎ、肥料を撒いている。山の尾根からゆっくり歩いて行くのは皆、死装束を着た完全人だった。ある村は村人が集まって斜面の畑で麦の苗を植えているのだが、その何十人何百人という人がみな、黒い緞子の死装束を着ており、その背中には洗面器大の金色の寿、祭あるいは奠の字が刺繍されていた。彼らは笑いながら鍬を振るい、山の斜面中にサラサラと絹の擦れ合う音を響かせ、死装束は日の光を浴びてキラキラ輝いていた。

次の村は四十、五十のものだけでなく、学校に通っている男の子や女の子までもが皆、死装束を着て登校しているのだった。母親が胸に抱いている赤ちゃんの背中にも金色に輝く寿、祭、奠の字があった。

世界中が寿、祭、奠の字だらけだった。

世界は寿、祭、奠の世界だった。

第十三巻　果実

第一章　日暮れ時になって、柳県長は双槐県に戻ってきた

都に赴き、ロシアにレーニンの遺体を買いに行こうとしていた一団もすべて戻ってきた。彼らは午前中の中頃には、双槐県の県都に到着したのだが、柳県長はそこで他の連中を車から下ろすと、先に各自家に帰らせた。彼は一人で車を走らせて、耙耬の奥深くにある魂魄山へ向かい、レーニン記念堂を確かめに行った。

魂魄山から双槐県の東城門に戻ってきたのは、夕闇が降りようかというときだった。柳県長はすぐには街中に入らず、また運転手には先に帰らせて、自分で一人寂しく町外れに残り、人を恐れるように道端で縮み上がり、枯れ、萎えていき、魂のようにふわふわと町の入口をさまよっていた。

彼は空がすっかり暗くなってから双槐県の街中へ入り家に戻ろうと思っていた。

戊寅《つちのえとら》〔一九九八〕の年の大寒のこの日、大寒といってもそれほど寒いわけではなく、川縁は白い氷が張っているだけだった。川の真ん中はゴウゴウ音を立てていて、クネクネと動く一本の帯のようだった。耙耬の奥深いところでは真夏と同じで、木は緑で草は萌え、山頂の記念堂の周囲は、鮮やかな緑に覆われていた。しかしそれはあくまでも耙耬の山奥だけの異常現象で、世の中の気候はいつも通りだった。冬は正に冬そのものだった。木は枯れて禿げてしまって、山の斜面は黒々とした灰色だった。畑の麦の苗はまだ冬眠中で白っぽい黄緑色をしてそこに広がっていた。村も建物も遺体安置所のように生気がなかった。少し風があった。

北風がカミソリのように、家の軒を横町を山脈の間の公道を吹き渡っていった。

太陽はなかった。

空は灰色だった。夕暮れ時に霧が出たのだ。霧はずっしり重い寒気を、足元に山肌に山の谷間に残していた。世界は深い静寂に包まれていた。十分寝ていないのに起きなければならないように、けだるく、ふさぎ込んでいた。顔をあげると雲霧に深く隠された泥のような太陽が、玉蜀黍の餅のように平鍋に引っ掛かり、平鍋を揺らすとそれがちょっと顔を出すのだった。

もともと雪が降ってもおかしくない空だったが、カラカラの乾燥した寒い冬で、湿った雪のようなものは見あたらないし、やはり寒さは厳しかった。世界中の者が風邪をひいて熱が出て、その咳が一日中、天の底で響いていた。風邪を治し熱を下げる薬は飢饉の時のように手に入らなかった。家畜は風邪を恐れることはない。豚は穴に隠れいつまでも眠り、食べるときだけ起きて食べ、大きなくしゃみをするとまた戻っていく。

羊は日中は山の斜面で草を食べているが、暗くなると小屋に戻って冬の夜を過ごす。

鶏は日のある内に餌をつつき、胃腸をきれいにするための砂粒を食べ、日がなくなり風が出てくると、壁の下や横町の隅にうずくまって風を避ける。

柳県長はこの大寒の寒さのなか、同僚たちと一緒に双槐県に戻ってきて、その六、七人のメンバーはみな顔が凍りついていたが、驚いたことに、北京に行ったと思ったら南京に着いたかのように暖かかったのだ。半月前、柳県長はすでに霊山の山頂に赴いていた。レーニン記念堂落成のテープカットに使う赤いテープはもう買ってあり、赤いテープの間の大きな花も全部とめられ、持ち手の赤いハサミもすべて揃っていた。柳県長はそのハサミを取り上げると、試しに本の角を切ってみた。素晴らしい切れ味で、本の角は一瞬で切り落とされた。それから各景勝地に散らばって演じている受活村のメンバーが、この半年屋外で雨風にもめげることなく演じてきた絶技を見ていると、その片輪たちの演技は、すでに最高の域に達しており、テープカットのその日は必ずや、最高で完璧な演技が披露され、必ずや、この山に押しかけてきた千人万人の人々を、歓喜の渦に巻き込むに違いなかった。彼は考えていた。記念堂落成公演の前にはテープカットはせず、公演が最高潮を迎えた時、彼が壇上に上がり、記念堂落成を高らかに宣言するのだ。レーニンの遺体を購入するメンバーは、すでに北京入りして、ロシアへ行く手続きをしている最中で、二、三日の内には手続きも終わってロシアに行き、十日か半月、長くても二十日でレーニンの遺体をロシアから運んできて、この記念堂の水晶棺に収めることができる。公演の間の休憩時間には、山に集まってきた人々に話をする。割れ鐘のような声で、舞台の下の千人万人の民に向かって告げるのだ。二、三日のうちにレーニンの遺体が手に入る、これで双槐県の財政収入は赤字から五億のプラスへ、再来年には十億、三年後には二十億の黒字になる。四年後には双槐県のすべての県民に屋根の四隅の庇が天を衝くような洋館を分配する。レーニンの遺体が記念堂に安置されたその日から、双槐県の農民は、税金も穀物も納めなくてよくなる。県がまとめて国に支払う。遺体安置の二か月後からは、農民も朝から砂糖入りの牛乳だ、牛乳にはカルシウムが一番多い。さっさと配給された牛乳を飲まないところには冷蔵庫もカラーテレビも配給しない。配給したところからは返してもらう。昼御飯に骨付き肉や卵を食べないところには以後、毎月月末の朝鮮人参や烏骨鶏《うこっけい》のような滋養になるものは配給しない。とにかく、レーニンの遺体が魂魄山に安置されれば、双槐県の民の暮らしは、天地がひっくり返るほど変わるということなのだ。百姓は畑仕事でも給料が出る。しかし給料は穀物の作付けで決まるのではない。道沿いの畑にどれだけ花を植えたかで支払う。花を半畝植えれば、毎月の収入は数千元だ。年末にはボーナス一万元、もし一年中四季を通して花を咲かせることができれば、毎月の給料は一万元以上、年末のボーナスは十万元だ。レーニンがこの耙耬の山奥の魂魄山に眠ることになれば、双槐県はもはや県都ではなくなる。新しいにぎやかな町になるのだ。大通りはいつも洗い流され埃ひとつなく、両側の歩道に敷いてあるのは煉瓦ではなく花崗岩か大理石、十字路や県委員会、県政府の前など大切なところには、大理石でもなく花崗岩でもなく、伏牛山のそばの南陽玉《なんようぎょく》を敷かねばならない。南陽玉は玉としては大したものではないが、地面に敷くには上等だ。ただし、話を元に戻すと、カネがたくさん入り過ぎるというのは、良いことではない。これについても柳県長は、ちゃんと考えていて、注意を促す。あらかじめ警告しておく。双槐県七十三万人の農民と七万の住人は、その時がきたら、県都から最も辺鄙で遠い耙耬山の農民まで、衣食住にしろ出かけるにしろ、すべて車だ。人はカネというものを手にすると、浅はかになるものだ。カネをカネと思ってはいけないのだ。双槐県十九万戸の家には警告しなくてはならない。子供に勉強させない、新聞を読ませないのは許さない。どの家も車に乗って天下を走り回り、美味いものを飲み食いし、湯水の如くカネを使い、濡れ手で粟の生活を徹底的に楽しみ尽くすのだ。県外から家政婦を雇っても、その家政婦を人として扱わないようなことはさせない。この辺鄙な遥か遠い所にも、賭け事にはまったり、ヤクにはまったりするような最悪の習慣に染まるものが出るに違いない。だからその時が来た時のために、双槐県にいくつか新しい法律を制定するのだ。

（一）玄関先や家の裏、道沿いの畑などに植える花が二畝に達しない農民には、年末賞与を半分減額する（五万元を下回らない）。

（二）子供が大学を卒業していない家は、賞与と給料を三年停止する。子供が大学生になった家は、賞与と給料を倍額にする（二十万元を下回らない）。

（三）使い切れなかった金の最後の使い道は、村の老人ホームの雀卓を新しいものと取り替えたり、各村の花壇に通じる道に煉瓦を敷き詰めたり、舗装をしたりする。そうすれば県がそれを倍にして返す。そうではなく博打に使ったり、麻薬に使ったりした場合は、隣の県の最も貧しいところへ行って、元の貧しい暮らしに戻ってもらう。一家の給料と賞与の数十万元は、まとめて隣の県の困窮している学校や村に回し、労働改造が終わったら、双槐県に戻る。

柳県長は県民が急に豊かになった時に狂ってしまわないように、十数条に及ぶ規定や条文をノートに書き留めていた。彼には、記念堂落成記念式典の本当のクライマックスは受活の絶技公演にあるのではなく、彼のこの講話にあるということがわかっていた。彼の話が終わるや、舞台下の人々はそれこそ狂喜乱舞、戊《つちのえ》申《さる》〔一九六八〕の年の毛主席万歳みたいに、彼に向かって万歳を叫ぶのだ。県民のどの家にも彼の肖像画が正堂の正面の壁の上の方にきちんと貼られ、記念堂でレーニンに敬意を払うように、彼の肖像画に対して敬意を払うのだ。レーニン遺体購入隊が、県を離れ北京に向かってからというもの、毎日寝ることができず、血は沸騰した水のように血管の中をドクドク流れ、受活村の人々が魂魄山で出し物を始めてからは、うたた寝さえもできなかったのだった。三日三晩、まばたきさえろくにしないまま、しかし頭は熟睡したようにハッキリ、体は風呂に入ったかのようにスッキリしていた。

柳県長にとっては、日増しに近づいて来る記念堂の落成記念式典を待つ日々は、喉の渇いた旅人が、湖に出くわすのを待っているようなものだった。喉はカラカラだったが、湖までは、まだ数日の旅程だった。彼はもう待ちきれなくなっていたが、しかし、彼は県長だった。待ちきれなくなればなるほど、平静でないといけなかった。それで、レーニン購入隊を送り出し、地区と省の会議が終わって戻って来ると、秘書を連れ、耙耬からさらにもっと遠くの、県の南へと向かったのだ。心の動揺と不安をぬぐい去り落ち着かせるために、彼は電話の通じない南の山奥に行ったのだ。調査や貧困救済のような仕事をやるわけではなく、ただ落ち着いたダムのそばで二、三日を過ごしたのだった。テープカットの前日になり、受活村の公演団が外から帰ってきて、ようやく県に戻り魂魄山の上まで上がってきて、改めて心の受活と動揺が始まったのだった。しかし、彼は受活の村人たちと一緒に魂魄山へ上がり、いくつか絶技の新しい演目を見て、レーニン記念堂の中に座り、お尻が落ち着く間もなく、火急の用事ができたのだった。

これがまた、えらい大急ぎの用じゃった。

万里雲ひとつない空に春雷がゴロゴロと鳴り響き、空は雲で覆われ霧が立ちこめ、大きな雨粒が落ちて来て、日の光も月の光も、一筋残らずなくなってしまった。

「地区委員会の牛書記があなたに急いで地区まで来るようにとのことです」

「いつだ？」

「今、これからすぐに、直ちにだそうです」

「明日は記念堂のテープカットなんだが」

「牛書記は夜を徹してでも必ず来いと」

「どうしても今か？　明日じゃダメなのか」

「今夜どうしても家まで来てほしいとのことです」

「そんな大急ぎで何事じゃ？　わし一人でか？」

「柳県長、他に誰が一人で牛書記の家に行けるとお思いですか？」

彼に話を持ってきたのは県の副書記で、彼は地区からの電話を受け、どうにもこうにも県長と連絡が取れないので、直接車を飛ばして魂魄山の上までやってきたのだった。県長に話をしたときは、道中の埃も落とさないままで、汗は泥の玉となって額に浮いていた。

「クソッタレが、落成記念式典に来もしないで、この期に及んで邪魔するとは」

副書記は焦れながら言った。「柳県長、今すぐ行きましょう。お疲れになるでしょうが、明日急いで戻ってくれれば、式典には遅れずにすみますよ」

それで早速出発したのだった。一人も連れずに車に乗ると、大慌てで魂魄山を下り、地区へ向かって車を走らせた。途中電話がつながった時、地区委員会の牛書記が出た。彼は電話で言った。「何が大事かって？　天の数千倍数万倍もの大事だ！　来たらわかる！」

話が終わって牛書記が電話を切る音は、木の枝をバキッと真っぷたつに折ったかのようだった。運転手に、馬を鞭打つように急がせると、五百里余りの道を、飛ぶように走っていった。黄昏時に九都に入ると、そのまま真っ直ぐ牛書記の家の門まで行った。

外は、月の光が冷え冷えと寂しくあたりを照らしていた。まるで地上に薄い氷が張っているみたいだった。しかし牛書記の住んでいる平屋の四合院の中は、魂魄山の異常気象と同じように暖かかった。正房の客室で、柳県長は昔のように、自分の家のようにソファーにドカッと腰を下ろそうとした。しかし今回、彼は入るなり、牛書記が凍りついた顔で入口に立っているのを見た。牛書記はテレビを消し、手に持っていた新聞を雑巾のようにテーブルに放り投げてソファーに腰をおろした。

柳県長は以前と同じように言った。「腹が減って死にそうですよ」

「飢え死にするがいい。とんでもない大事だ」

「とんでもない大事でしょうが、先に一口食べさせてもらえませんかね」

牛書記は彼を睨みつけると言った。「私は腹が減っても食事が喉を通らないというのに、お前は食べたいというのか」

柳県長は本当に一大事になっているとわかり、そこに立ったまま、ただ牛書記の顔を見ていた。

「水一杯もだめですか」

牛書記はいったん座ったソファーから立ち上がった。

「おまえには水を飲んでいる暇もない。省長がお前に会いたいとおっしゃっているのだ。明日の朝出勤したら、真っ先に彼の事務所に行くんだ」

柳県長の視線は牛書記の体と共に移動した。

「何が起こったんですか？」

牛書記は彼に水を一杯ついだ。

「レーニンの遺体を買いに行く連中は北京で拘束された」

柳県長は水を受け取らず、顔は蒼白で強張っていた。

「そんな、なんで？　手続きは完璧だったし、彼らに必要に応じて使ってもらおうと空欄の紹介状を何枚も持たせたんですが」

牛書記はコップを運びながら言った。

「そんな、だって？　まあ、省長に会えばわかるよ」

柳県長は言った。

「それにしても、省長には一度も会ったことがないんですがね」

牛書記は少しの間体を机にもたれかけさせた。机は古い白檀で深い赤色だった。

「今回は、省長が単独でおまえに会いたいんだそうだ」

柳県長は牛書記の手から水の入ったコップを受け取ると、突然ゴクゴク飲み、歯をギリギリ言わせた。

「会うことは会いますがね。買うのはレーニンで、毛主席を買おうってわけじゃないんだがな」

牛書記は、柳県長をチラッと見るとちょっと立ち止まって言った。

「行くんだ。夜通し車を走らせて省都まで行くんだ。明日の会見で、おまえは県長でなくなり、わしも地区委員会の書記ではなくなるかも知れん」

柳県長はひと呼吸、間をおくと、声を高くした。

「牛書記、どうぞご心配なく。大事は私がすべて引き受けるんですから」

牛書記は口の端にゆっくり笑みを浮かべた。

「私が何を心配する？　どのみち今年で退職だ」

柳県長は自分でお湯を半分注いだが、少し熱かったので、手に持ったままコップを揺らした。

「これを飲んだらすぐに省都へ向かいますよ。安心してください。渡れない川はないし、渡れない橋はない。省長に会ったら、レーニンの遺体を買うことがどれほど双槐県にとってプラスになるか、地区にとってどんなに良いことかわかってもらい、万事うまく処理して来ますから」

　牛書記は相変わらずちょっと笑っていたが、顔は霧の中で作った丸いおやきのようにぼんやり黄色かった。彼は何も言わず、ただ柳県長の手からコップを取ると、お湯を継ぎ足し彼に飲ませ、すぐに出発するよう、省都へ急ぐように促した。九都から省都への道は工事中で走りにくいから急ぐに越したことはないと。

　そこでそのまま暗い中、省都への道を急いだのだった。道々、運転手はアクセルの踏みっぱなしで、ふくらはぎが腫れてしんどい、道を照らしている月の光も震え、道の両側の休んでいる雀たちも四方へ飛んで逃げていきますよなどと言った。そしてとうとう、夜が明けるころにビルの林立する省都に到着した。

　柳県長は、自分が県に戻って、自分が自分のために跪いてお祈りし、線香をたき、自分のために涙を数滴落としたかったのだったということを思い出した。一つの県の長、八十一万もの民が、会えば跪きたくなる人物が、おぼろ豆腐一杯も食べないで、時間に遅れるのを心配し、こんな朝早くから、腹の中は空っぽのまま、省政府の事務棟へと駆けつけたのだ。事情を説明し登記を済ませ、省政府の褐色の門をくぐり、十数階建てのビルの下に着いてまた身分証を取り出し、守衛と省長の秘書に取り次いでもらい、やっとのことで省長をしばらく待たせてもらうこととなった。このしばらくが彼にとっては半日ほどにも感じられ、双槐県の大通りの十倍も長かった。正午になろうかというところまでジリジリ待つと、階上から電話がかかってきて、彼に六階に来いと言う。彼には、省長の話がたった箸半分ほどの短い時間で終わるとは思いもよらなかった。使った時間はせいぜい一滴の水が軒から地面に落ちるまでの間くらいだった。

「座りたまえ」省長は言った。「何でもないのだ。君を呼んだのは、どんな人間かちょっと見ておきたかっただけなんだ。まさか私の下に、資金を集めてレーニンの遺体を買って帰ろうなどという県長がいようとはな」

「座らんのかね？　座らないのなら出て行くんだ。君が偉大なことは知っている。出て行くんだ。どこか外へ出て行って、クレムリン宮殿よりいい住処を探すがいい。私はすでに北京に人をやって、君がロシアに遺体を買いに行かせようとしていた連中を連れ戻してもらっている。二、三日で省都に戻って来るだろうから、私も会ってみないとな。それならついでに双槐県の指導者たちとも知り合いたいと思ったというわけだ」

　省長は続けた。「私が双槐県の指導者たちと会ったら、君は彼らを双槐県に連れて帰って、県の仕事を誰かに渡す準備を始めるんだ」

　夜通しかけて省都に着いて、省長と彼が話したのはこれだけだった。省長の声の調子は高くなかったが、冬に寒さを避けて閉めた扉の隙間から入ってくる細い風のようで、柳県長はそれを聞くと頭の中が空っぽになり、あとに残ったのは捉えようのない黒い霧と一面の白い雲だった。彼は三度の食事も抜き、昨日の夜は地区委員会書記の家でお湯を二杯飲んだだけだったので、もう気を失いそうなほど空腹で、そのまま省長の事務所で倒れ込んでしまいたいほどだった。足は春の柳の枝か、双槐県の県民が彼のために特別に作ってくれたうどんのようで、フニャフニャだった。もちろんのことじゃが、彼は省長の事務所で倒れるわけにはいかん。なんちゅうても彼は県長で、八十一万人を抱えておって、その八十一万人が、彼に会えば跪いて拝むんじゃから。もちろん省長の事務所で崩れ落ちるわけにはいかない。外の黄色い太陽は、燦々とビルの上に掛かり、光は省長の事務所の窓に張り付いていた。目が突然ショボショボし、頭は少しフラフラしていた。柳県長は省長を見ながら、二年前、何かの用事で双槐県の刑務所へ行ったとき、囚人たちが、いま彼が省長を見ているように自分を見ていたのを思い出した。彼は座りたかった。尻のすぐ後ろはソファーだったが、省長が座れと言った時には座らないで、いま省長が出て行けと言う以上、座ろうにも座れなかった。喉がとても渇いていた。カラカラに干からびた喉に一滴水を垂らして潤したかった。省長の後ろには山から特別に運んできた森林のミネラルウォーターのタンクがあり、タンクの下には赤と緑のレバーがあって、赤をひねると熱いお湯が、緑をひねるとそのまま冷たい水が出てくるのだった。彼はその自然水のタンクをチラッと見た。省長も彼が水を見たのを見た。しかし省長は彼に水を汲んで彼の喉の渇きを潤させてくれないばかりか、大きな事務机の上に置いてあった黒革の文書ファイルを脇に挟んだ。

　省長さんは彼を急かした。ハエでも追い払うみたいじゃった。

　部屋を出る前に、彼はできるだけ省長の部屋の様子をその日に収めた。言うまでもなく、これが人生最初で最後の省長の事務室だったからだ。本当の話、彼は省長の事務所を思いっきり見ておくしかなかった。事務室は県長が思っていたほどは広くなくて、彼が想像していたほど立派でもなかった。三つの部屋に一台の大きな机、一脚の革の椅子、大きな本棚が一列、さらに鉢植えが十鉢と彼のお尻の後ろのソファーだった。それからその大きな机の上には電話が三台か四台あった。他ははっきり見えなかったし、きちんと覚えることができなかった。彼は、省長の顔と体を、よく見てはっきりと記憶した。レーニン記念堂のレーニン水晶棺の寸法を一センチ一ミリの違いもなく覚えたように。顔は黒い中に深い赤みがあり、長い間人参スープに漬け込んだかのようにテカり、丸顔で狭い額、白い髪、時間が経って香りが濃くなった、上等なリンゴのようだった。その上等なリンゴは時間が経って、松の表皮のように皺だらけになってしまっていたが、もとがいいので、リンゴの香りを放っていた。彼が着ていたのは薄い黄色のセーターと最高級品質の灰色のジャケット、その上に灰色の羅紗のコートを羽織り、足元は先の丸い革靴で、ズボンは濃い青色だった。彼が身につけているのは別に目新しいものではなく、町のそれなりの身分の老人と変わらなかった。人となりも、別段どうということもなかったが、ただひとつ、省長の穏やかな言葉の中には、ヒンヤリとした冷たさがあった。省長にとっては、天が落ちてくるようなことは、普段雨が降り風が吹くのと同じようなもので、何も特別なことではない。しかしその雨風は、家を破壊し大木を根こそぎ倒すものなのだ。彼は暖炉の火のような暖かい言い方で、人を震え上がらせるようなことを言ってひっくり返したのだ。炭火の炎でも中には永久に溶かすことのできない氷が埋まっていた。

ほんま、その通りなんじゃ。天が崩れることなんか、柳絮《りゅうじょ》が風に舞うようなもん、地が崩れ落ちるなんぞ、ゴマが牛の足跡の穴に落ちるようなもんじゃった。この時、柳県長さんは、省長の話した時間が海の深さに勝っているとは思いもせんかった。彼はただ夜を徹してここまでやって来て、それから半日待たされ、ほいで、すべては自分が間違っとって、一言も二言も、話せんかったんじゃ。県長さんは思うた。モヤシぐらい、せめてマッチぐらいでええから、短い一言半句、わしに何か言わせても、ええんじゃないか？　省長さんは黒革のファイルを抱えて出て行こうとしとった。

たったこれだけ、箸半分ほどの長さの時間、せいぜい軒下から数滴水が落ちるほどの時間で、ぼんやりした頭の中から何もつかめないまま、柳県長は省長の部屋からグニャグニャの足で退出しながら、その時になってやっと彼は悟った。省長は彼と会い、彼も省長と会った、しかし省長は言いたいことを二言ですべて話し、彼の一生の努力を一袋の糞のように、山の上から崖の下へ捨てたということを。焼け付くような夏から極寒の冬に放り込まれ、彼の一生の努力は、柳絮の花が風の通り道に送られたように、あっという間に風に乗ってフワフワと、どこか知らないところへ行ってしまったかのようだった。しかし彼、柳県長は省長に会い、省長の事務所から出てきたのに、省長には一言も話していないのだった。

直後、柳県長は、ある招待所で病気になり、ひどい悪寒と発熱に襲われた。双槐県にいれば、秘書が県の病院から一番いい薬を枕元に届けてくれるのだが、しかし省都のこの地では、彼はただ朦朧としたまま丸三日眠るだけだった。風邪薬は炒り豆のようで、飲んでも飲んでも熱も下がらず、咳も止まらず、肺病になりそうだった。しかし県が派遣したレーニン遺体購入部隊が、北京から省委員会の幹部に連れ戻され、省長がまたもや水数滴分の時間の接見を終えると、彼の風邪は突然良くなり、熱も引いた。熱と悪寒は寝ながら彼らを待つためだったかのようだった。彼らが戻ってきて、彼に話をするのを待っていたのだ。

「省長は何て言ったんだ」

「何も。わしらにちょっと会ってみたかったと。わしらが何か病気じゃないかとおっしゃってな。必要なら省の精神病院に、双槐県のために専門の科を作ってもいいと話しておられたな」

「何科を作るって?」

「政治神経科とか言っておられた。わしらが政治狂いを患っているんじゃないかって」

「クソッタレめが――ほかには?」

「それからわしらには双槐県に帰ってから最後のポストで最後の仕事を片付けてもらい、数日したら人をやって引き継がせると」

「クソッタレ、コンチクショウめのコンコンチキが、八代前まで呪ってやる!」

そう罵って、部隊を引き連れ省都から引き上げるしかなかった。十年蛍雪を共にした一派は、試験会場の入口まで来て、試験官に拒絶され、中に入れなくなったのだ。こうして苦節の十年は、一瞬の内に雲散霧消し、彼らの一生の夢や希望は、遥か向こうに放り投げられたのだ。省都から双槐県へ、空が暗くなりかけた頃、彼らは帰途についた。まず列車に乗り、それから県の回した車に乗って、双槐県まで戻った。途中、県長から他の幹部までドンデン返しの一日に誰一人口をきかなかった。柳県長の顔は、どす黒い柿色になってしまって、まるで死ぬ間際のような顔色で、誰が見てもゾッとするような色だった。数百里の長い道のり、彼は前に座って黙ったままだったので、誰も口をきけなかった。彼らは省都で、ロシアへ行くための山のような手続きを片付け、北京からロシアへ飛ぶ飛行機の切符もすべて購入できていたのだ。ロシアに行って赤の広場の地下に眠っているレーニンの遺体を買おうには、県が発行した証明書に国家の部門の印章——赤い丸の中に十文字がキッチリ入っている——が必要だった。しかし彼らがその部門に印章をもらいに行くと、向こうはまあちょっと座りなさい、水でも飲んで、慌てることはないと言う。水を入れると彼らは行ってしまった。するとすぐに別の人が来て彼らを連れて行くと、根掘り葉掘りきいた。レーニンの遺体を買う資金は十分なのか、遺体の記念堂はどこに建てるのか、どれくらいの大きさなのか、遺体を保存する技術は問題ないのか、さらにレーニンの遺体を魂魄山の森林公園に置くというのなら、入場料はいくらで、県が豊かになったあと、その金はどう使うのか……。きく方はきけることはすべてきき、答える方も答えられることにはすべて答えた。最後に向こうは、慌てることはない、担当者はちょうど八達嶺長城に出かけたばかりで、我々の方ですぐに帰ってくるように連絡したので、ここでちょっと辛抱して待っていただきたい、食事はこちらで準備させるので、ということだったが、立って待っていると、省の幹部がやって来て彼らを連れ帰ったのだった。

今、すべては終わった。賑やかな舞台は終わり、舞台や道具を片付け、家に帰るだけだった。道中、柳県長がどんな思いでいたかは、誰にもわからなかった。柳県長が一人魂魄山のレーニン記念堂で何を見たのか、誰も知らなかった。いずれにしろ、魂魄山から県都の東の城門に戻って来た時には、空は暮色に包まれていた。柳県長の顔はすっかり死者の顔色になり、濃い青でくすみ、腐りに腐って鼻を衝く臭いを放っている柿のようだった。その上、彼の髪は急激に白くなっていた。それが省長と会ったあと白くなったのか、レーニン記念堂で何かを見て白くなったのかはわからなかった。ともかく大半は真っ白になってしまっていて、白雀の巣のようだった。

柳県長は一気に老け込んだ。

しかも徹底的に。

柳県長は老人のように彼の双槐県を歩いた。足元はおぼつかず、不意に転倒でもしてしまいそうだった。

数えてみたら、茅枝婆が魂魄山で絶技団を率いて公演をはじめてから、足摺《あしず①》り、たった数日のことじゃったのに、双槐県を数年、数十年、半生ほども離れていて、双槐県の民でさえ、もう彼のことは知らないとでもいうような感じだった。以前何度となくこの街の通りを歩き、城門を通って田舎へ行き、あるいは大通りにそって地区の会議に行ったものだが、その頃は車に乗っていて、風景は窓の向こうを過ぎていくばかりだった。風が目の前を吹き過ぎていくように。ただ過ぎて行くだけで、何も残りはしなかった。もし何かあって、車から降りるようなことでもあれば、通りの民は一目で県長だと気づき、すぐさま大騒ぎになる。みな親しみを込めて柳県長、柳県長と叫び、彼を取り囲み、家に引っ張って行って食事を御馳走するか、椅子を持ってきて彼の尻の下に持ってくるか、自分の家に招待してくれるか、はたまた、生まれたばかりの赤ん坊を彼の手に押し付けて、抱いてもらえないなら、せめて子供に福が授かるよう、子供の名前を付けてもらうか、決してうまいとは言えない字だったが、店のために言葉を書いてもらうか、子供たちなら宿題のノートや教科書にサインをねだったことだろう。街を行けば、それはもう、まるで皇帝の巡幸のようで、大騒ぎになって、両側の景色など、気にしている余裕もないはずだった。しかし今日、この黄昏時、カラカラで寒いこの時分、通りに人はほとんどいないし、店は皆閉まっているし、大通りにも横町にもほとんど人はいなかった。長い通りは引っ越したあとみたいに静かで、家に戻るのが遅くなってしまった鶏たちが、通りに顔を見せているだけだった。

何かに会うのを恐れてか、彼は城門で車を降り、街を歩いて行った。通りは空っぽで、誰も見かけることはなく、彼を太陽が出たかのようにすぐに見つけてくれるものもいなかった。柳県長の心の中には渇望があった。この県都は彼の県都だった。ここは彼の双槐県だった。ここで彼を柳県長だと知らないものはいない。彼が通りを歩けば大騒動になるはずだ。しかし、今日の通りと来たら、十二分に寒くて静かで、誰かに会ったとしても、その人も、寒さから体を隠そうと大急ぎで、パタパタと大慌てで家へ急ぎ、顔を上げて柳県長を見ようともしない。二人の主婦が玄関から出てくるなり子供に、晩御飯だよ、早く帰っておいでと叫び、視線こそ柳県長にしばらく置いていたものの、結局よく知らない人でも見ているかのような感じで、また子供に向かって何度か叫ぶと、扉を閉めてしまった。この古い町は新しい町と比べると、どうしようもない。町の様子はレンガ作りのボロボロの古い家ばかり、たまに新しい瓦葺きのがあっても、赤いレンガの壁がむき出しで、この冬の中、建物は未完成の赤松の棺のようだった。柳県長は一人ゆっくりと街を行き、自分が墓場を歩いているような気がした。その様子はまるで死んだ人間がまた生き返ったみたいだった。だから県長さんを見ても、誰も彼をまともに見ようとはしなかった。この時、向かいから果物を担いだのが二人やってきた。言うまでもなく、二人は繁華街へ商売に行こうとしているのだった。彼らはこの県の人間であり、この土地のものだった。柳県長は、もし彼らが自分を県長だと認め、足を止めて一言、柳県長、と声をかけたら、明日にでも一人を商業局の副局長、もう一人を外国貿易局の副局長に任命するのにと思った。今、彼はまだ双槐県の県長兼書記であり、誰を何に任命することもできたのだ。副局長と言わんでも、局長でもよかった。ただ彼に気づき、果物籠を下ろし、腰を曲げてお辞儀をし、いつも道端で彼に会った時にしてくれたように、柳県長と呼んでくれさえすれば。

柳県長はそこに立ったまま動かず、二人が彼を見つけて声をかけてくれるのを待った。

しかしその二人は、彼をチラッと見ただけで、擦れ違って行ってしまった。果物籠のキィキィいう音がだんだん遠く弱くなっていき、最後には消えてしまった。

柳県長は惚けたようにそこに立って、ずっとその二人が夕暮れの中に溶け込んで行くのを見ていた。二人には彼が柳県長だとはわからなかった。これにはこたえた。柳県長の心はキリキリ突き刺されたように痛かった。しかし、柳県長の顔には笑みが浮かんでいた。二人は白枉枉《はくおうおう》、③県の副局長か局長になる機会を失ったのだ。

そうして一人旧市街から新市街へ出て、人に会うたびに立ち止まっては、誰か声をかけてくれるのを待った。声をかけてくれさえすれば、局長にでも何でも抜擢してやるのに。しかし結局、誰も声をかけてはくれなかった。誰一人、昔のように遠くから彼を見るなり慌てて道端に立って、満面の笑みをたたえて、頭を下げ、腰をちょっとかがめ、親しみを込めて彼を「柳県長」と呼ぶことはなかった。空はすっかり暗くなった。街は田舎の夜の裏通りのようで、県の職員住宅に着く頃やっと街灯が明るく輝きはじめた。柳県長はこれほどまでに、遠くから彼に気づき柳県長と一声、声をかけてほしいと思ったことはなかった。彼は人に会いたくなくて、暗くなってから街へ戻って来たのだが、本当に誰にも声をかけられず、暗いせいで彼に気づいてくれないことに、空しくなり、心は略奪された倉庫のようで何一つ残っておらず、がらんとした空間が残っているだけだった。職員住宅の守衛はもちろん一日で彼を見つけて、大急ぎで部屋から出てきて彼に声をかけるはずだった。しかし門のところまで来ても、守衛の老人はいつものように出てきて柳県長と声をかけることはなかった。柳県長には、遠くから守衛室の窓が煌々と光っているのが見えていたのだが、門は墓場の入口のように静かだった。

守衛の老人はどこへ行ってしまったのか、門は開いたまま、部屋には誰もいなかった。

門のところで靴の汚れをはたいてから、柳県長は職員住宅の中へ入っていった。彼にはどのくらい家に帰っていないか思い出せなかった。ずっと前、妻は三か月家に帰らないでいられるかと言い、彼は見ているがいい、半年、いや一年は帰って来ないからと言った。

彼は本当に半年家に帰っていなかった。あれは確か初春、今はすでに冬の真っ只中だった。

田舎に行ったり会議があったり、レーニン記念堂の工事現場に行ったりで、半年どころか、何年も家に帰っていないかのようだった。県都にはいても、事務室に泊まって家には帰らなかった。敷地の中に入ったとき、彼は不意に妻がどんな顔をしていたかはっきり思い出せなくなった。肌が白かったか黒だったか、太っていたか痩せていたか、どんな服が好みだったか、はっきりと思い出せない。空は洞穴の中のように真っ暗で月も星も見えず、黒い霧のように宙を覆っていた。その霧のように濃い闇の中に立って、柳県長はしばらく一生懸命考え、やっとのことで少しずつ妻のことを思い出した。今年三十三か三十五、小柄で白い顔、髪は烏色で、いつも肩に垂らしていた。顔には豆粒ほどのホクロがあったが、美人ボクロだと言われていた。半分黒く半分褐色だった。しかしどうしてもそのホクロが彼女の顔の左だったか右だったか思い出せなかった。

家に入ったら、まずそのホクロが、左にあるのか右にあるのか確かめなくてはと思った。しかしホクロが顔のどっちにあったかは彼が覚えていなければならないことだった。正門を入って、柳県長は頭を挙げて自分の家の窓を見た。妻の影が改装した台所のベランダを雀のようによぎるのが見えた。彼は何か胸騒ぎがして、足を速めて前に急いだ。

もうそこが家だった。

しかし数歩行くと、先に左へ曲がり、敬仰堂に行くべきだと考えた。半年どころか、数年も家に帰っていない感じだ。敬仰堂がどうなっているか心配だった。

まず先に敬仰堂に入った。扉を開け中に入って扉を閉めてから、灯りを点けた。電気がパッと点いて明るくなると、目の前の壁を見た。しかし、いくら見ても、心の中が、昔ほど受活ではなくなっていた。マルクス、エンゲルス、レーニン、スターリン、毛主席、ホッジャ、チトー、ホー・チ・ミン、金日成、カストロの肖像画は正面の壁に、中国十大元帥の肖像画は後ろの壁に以前と変わらずそこにあった。最初と唯一違うのは、柳県長の肖像画が二列目の元々林彪の肖像画があったところではなく、一列目のマルクス、エンゲルス、レーニン、スターリン、毛主席の後ろに並んでいるということだった。

柳県長は長い時間、部屋の真ん中に立っていた。時間は部屋の中でぼんやり流れて行った。とうとう彼は手を伸ばすと、毛主席を取り外して、列の一番前、マルクスの前に張った。それから肖像画の下の表の空白を、文字で埋め、赤線で埋めていった。最後の欄になって、彼はちょっと考えて、次の二行を書き込んだ。

全世界の最も偉大な農民指導者

第三世界の最も傑出した無産階級革命家

そしてその二行の文字の下に九本の赤線を重ねて太くどっしりとした一本の線にすると、それは赤い龍となって、見るものの目を覚まさせ目を刺した。彼はその字と赤龍を見つめると、跪いてその並んでいる肖像画に拝礼し、自分の肖像画には三度頭を下げ、振り返って養父の前で三本の線香に火を点けてから、敬仰堂を出た。

外は静かな夜じゃった。その中に車の音が響いてきた。その低い音は、彼のよく知っている、自分の車の音みたいな感じだった。おそらく秘書が彼が県都に戻ってきたのを知って、家に様子を見に来たのだろう。秘書は彼を見たら必ず県長と声をかけるはずだ。

果たして彼の黒い車が彼の家の下に停まっている。思った通り秘書が彼の家に着いたのだ。柳県長は県長になってからずっと彼に秘書をしてもらっていた。天下の誰も彼を県長と呼ばなくても、秘書は口をついて県長と呼ぶはずだ。

そして果たしてその通り、秘書は間髪入れず彼を県長と呼んだのだった。

くどい話

①足摺り——方言。時間を長めに計算すること。一切合切含めること。足とは関係がない。

③白枉枉——方言。むざむざチャンスを失うこと。馬鹿を見ること。

第三章　柳県長、柳県長、私に土下座させて下さい！

「申し訳ありません、柳県長、申し訳ないことをしました、柳県長！」

「クソッタレが、刀でぶったぎって、銃で蜂の巣にしたる！　おまえが蜂の巣になろうが、真っ二つになろうが、わしの恨みは消えりゃせん」

「柳県長、柳県長、本当に申し訳ないことをしてしまいました、柳県長」

「跪け、二人ともわしに土下座するんじゃ！」

「彼を責めないで、石秘書を責めないで、あたしを責めてちょうだい！」

「引っ込んどらんかい！　このふしだら女が！　メスブタ！　メスイヌ！　メスイタチが！」

「柳県長、彼女を殴らないで私を殴って下さい、もう顔中血まみれです、これ以上殴ったら死んでしまいます。何もかもすべて私の過ちです、全部この私、石秘書めの過ちですから」

「こいつの代わりに自分が殴られるっちゅうんか、おまえ、このわしがおまえを、ほったらかしにするとでも思うとるんか！」

「あ、あ、……」

「おまえは、クビじゃ、監獄にぶち込んで、ほいで労働改造送りじゃ！」

「殴って下さい、柳県長、蹴り殺されても踏み殺されても、グチャグチャにされて肉味噌になっても構いません」

「おまえの祖先を八代前まで呪うたる、今すぐ公安に突き出しちゃる。わしの一言でおまえは破滅じゃ、名誉もなんもなしの、ネズミになり下がりじゃ、この双槐県で一歩も歩けんようにしたる、ここじゃ乞食もできんようにしてやる」

「お願い、彼を殴らないで、もう気を失ってるわ、ねえ、あなた、次はあたしをぶってちょうだい、お願いだから」

………

「コンチクショウめ、正直に言うんじゃ、ええか、おまえは外に出りゃ、周りはみなおまえのことを県長夫人と呼ぶんじゃ、誰もがおまえを奥様と呼ぶんじゃ、わかっとるんか、おまえは？」

「わかってるわ、でもあたしは県長夫人になんてなりたくないの。普通の奥さんになりたいの。仕事から帰ったら食事の支度をして、床を拭いて、旦那はソファーで新聞を読んで、あたしは台所で忙しく動き回ってるの。食事をテーブルに運んだら彼は新聞を置いてあたしと一緒に食事するの。食べたら私がソファーで新聞を読んで、彼が台所へ行って後片付けをするの。片付けがすんだら二人でソファーに座ってテレビを見ておしゃべりして、そのあと一緒に寝るの」

「柳県長、わしらを一緒にさせて下さい。県長がわしらを一緒にして下さらないのなら、わしらには夜も昼も明けません」

「湯冷ましは？　湯冷ましはどこじゃ？　クソッ、この家には一口の水もないんか」

「なくなったのね。あたしが沸かして入れてあげるわ」

「このクソッタレめ、秘書に引き立ててやったのに、そのおまえが、わしを徹底的に痛めつけるとはな。レーニンの遺体を買えんかったのは、かなりこたえたが、おまえがわしに食らわせた一撃ほどじゃないわ」

「すみません、柳県長、本当にすみません、柳県長！」

「わかった、わかった、おまえが床で額を擦り切らしてしもうて血を流しても、わしゃおまえを許したりはせん」

「許してもらおうなんてとんでもない、罰せられて当然です」

「お湯を飲んで……少し熱いわよ……少し冷ましてからね」

「お茶っ葉は？」

「緑茶がいいのそれとも紅茶？」

「適当にせんか、このバカが」

「それじゃ緑茶にするわ、緑茶は気を鎮めるから」

「立て、どうするんじゃ、言え」

「柳県長、あなたが許して下さらないと、私は死んでも立つことなんてできません」

「それじゃ、額を擦りつけているがいい。そのまま話せ、どうしたいんじゃ」

「あたしたちを一緒にさせてちょうだい。一緒にさせてくれなかったら、あたし彼とあなたの前でこのまま死ぬわ」

「どうやって一緒になる」

「あたしたちを結婚させて。双槐県ではあなたの面子《メンツ》が潰れると言うなら、二人をどこでもいいから他のところへ配属してくれればいいわ」

「柳県長、私、あなたのご恩は決して忘れたりしません。私はあなたの秘書になってもう何年にもなります。あなたの気持ちは誰よりもわかっているつもりです。私たちを一緒にさせて下さったら、私が県民全員をあなたの前に跪かせましょう。レーニンの遺体が買えなかったのもわかっています。それでも県民全員をあなたの前に跪かせてみせます。嘘だと思うなら試してみて下さい。明日の朝には出会う人ごとにあなたを拝ませてみせますよ。新市街、旧市街どちらの住人の正堂にもあなたの肖像画を掛けさせてみせますが、どうですか?」

「フン、自分を仙人とでも思うとるんか? 神さんにもそんな力はありゃせんわ」

「消え失せろ! おまえら二人ともわしの前から消えるんじゃ。遠けりゃ遠いほどええ」

…………

「あなたは半年帰ってこなかったのよ、今夜は一緒に話したいの」

「何も言わんでええ。この家で欲しいものは、全部持って行きゃええ」

「あたし、何もいらない。父さんの写真だけ持って行くわ」

「持ってけ。欲しいものは持ってけ」

「それじゃ、あたし行くわ」

「ああ、ええから、サッサと行かんか。おまえら二人の顔なんか、二度と見とうないわ」

「ありがとうございます、柳県長……私は恩には報いますよ、この大きなご恩きっと忘れません。明日には、県民全員にあなたを拝ませ、家ごとに神のように敬わせるようにしてみせますから」

第五章　果たして世界中の人がすべて跪いた

柳県長の受活の涙がついに地面に流れ落ちることになる。

予想もしなかったことに、翌日柳県長が外に出ると、世界中が彼に跪き拝むようになっていたのだ。

起きたのはちょうど太陽が南中を過ぎようかという頃で、お昼時をちょっと過ぎた頃だった。数日の間に、こんなにもたくさんの天地がひっくり返るようなことが起こったというのに、柳県長は、思いも寄らないことに、昨夜ベッドに倒れ込むと死んだようにぐっすり眠ってしまい、地区委員会の牛書記からかかってきた何本かの電話でさえ、彼を目覚めさせることはできなかった。

疲れていたのだ。ぐっすり寝る必要があったのだ。それでしっかり眠ってしまったのだ。

「家にいるのに、何で電話をとらんのだ？」

「すみません、牛書記、眠うて、しょうがなかったんです」

「省長から電話があって、他でもない、地区委員会は三日以内に新しい書記と県長を双槐県に派遣するんだそうだ」

電話を置いたとき、柳県長の頭の中は霧に包まれたように一面真っ白だった。牛書記はきいた。お前たち、レーニンの遺体を買う書類はロシアに送ったんだよな？　柳県長は言った。送らないわけがないですよ。レーニンの遺体購入はとてつもなく大きな商談なんだから送らないわけがありません。二枚のレーニン遺体購入意向書と補助的な説明の書類も送りましたよ。ロシアは遠く離れているので、あれやこれや顔を合わせて話すことはできないので、先に意向書を送るしかないんです。牛書記は大声で吠えるように言った。クソッタレめ、向こうはその意向書とそれに対する抗議の手紙を北京に送って、省のトップが怒りを爆発させたんだ。

柳県長は双槐県の県長と書記を兼ねていたが、もう崖下に落ちる以外に道はないとわかっていた。彼は言った。私はどうしたら？　牛書記は言った。お前にぴったりの場所がある。地区は古墓博物館を建てたばかりで、九都の皇帝や皇帝の親族や大臣の墓を一か所に集めて旅行客を呼ぼうとしている。職位は正科級だ。お前にはこの古墓博物館の館長をやってもらおう。牛書記の話が終わった後、柳県長は牛書記に何か言おうとしたが、牛書記はガチャンと電話を切った。ついに事ここに至り、ほんの短い電話の一言二言が彼を降格させ、将来どんな処分となるかについて牛書記は、次の一歩、省の連中が心の中で考えていることを待つしかないとまで言った。降格は降格、処分も別にどうということもない。しかし最も重要なのは、彼が何か言おうとしたのに、牛書記が疫病から逃げでもするかのように、彼の話を聞こうともせず、自分の話が終わったら電話を切ったということだ。電話を切る冷たい音は、氷を一撃で粉々に打ち砕くかのようだった。柳県長はベッドの端にぼんやり座ったまま、ずいぶんしてからまだ自分が服を着替えていないことを思い出し、箒でも放るように電話をテーブルに放り投げると、ダウンジャケットを着た。柳県長の頭の中は、古墓博物館と骨と棺桶という言葉の他は、霧がかかったように茫漠としていた。ベッドの縁に座ったまま、がらんとした部屋の中を眺めているうちに、荒涼とした悲しみもなくなり、木石のような鬱陶しい感じもなくなり、何もかもが嘘っぱちで、まだ夢から覚めておらず、この大きな変化は夢の中で起こったかのようだった。彼は手で太ももか手の甲かどこかをつねろうした。痛ければ本当のことだということだし、痛くなければ嘘だということの証明だ。しかし右手を持ち上げた時、痛みを感じて、この天地転覆の一大事が本当のことだと証明されるのが怖くなった。それで右手をまた下ろし、ベッドの上に座ってしばらくボンヤリしていると、頭の中に何かが流れているのが徐々に感じられるようになってきた。風を吹かせて頭の中の霧を晴らすように、彼は一生懸命、頭の中に流れているものが何かを見極めようとした。二つの目で向かいの壁を睨みつけ、力いっぱい考え、受活村の退社に応じたものの、まだ県で検討していないことに気がついた。柳県長は、おおそうだったと受活村の退社のことを思い出した。すると彼の霧に覆われていた頭の中は、ゆっくりと風が吹いて明るい切れ目が生まれ、切れ目ができるとそこから扉が開くように明るい光が彼の頭の中を照らした。

柳県長は部屋から出た。

彼はすぐに県委員会常務委員会を開かねばならなかった。新しい県長と書記が来る前にこの最後の常務委員会を開くのだ。

しかし下に降りると、県都中が、世界中が彼にお辞儀をし拝む事態が、パリパリ音を立てながら発生したのだ。まず毎日構内で掃除しているのを見かける老人が、彼に向かって笑いながら近づいて来た。彼はもう五十過ぎで、もう十数年も庭掃除をしていた。彼は黙って満面の笑みで、まるでゴミの中から金や銀でも拾ったかのようで、柳県長の目の前までやって来ると何も言わずに腰を曲げてお辞儀をし、枝のような腰を伸ばしてから、抜けた歯のところから息の漏れる声で言った。

「ありがとうございます、柳県長、話によると、年末までゴミ拾いに毎月千元の報酬を出してくれるって言うんです」

そう言い終わると、彼は何が起こったかわからない柳県長を残して、ゴミかごを下げてゴミ箱の方に向かって行った。職員住宅の正門まで来ると、食器を洗っていた守衛の老人が、柳県長を見つけ、茶碗を放り出して手を振って水を切ると、外へ出てきて柳県長にお辞儀をした。

「柳県長、本当ならあんたに跪いて額を地面にこすりつけんといかんところじゃが、この年じゃ、どうかご勘弁を」

彼は続けた。「ほんとに思いも寄らんことで、わしみたいに、息子も娘もおらん、今年で定年じゃというのに、県は老人ホームを建てて、六十を過ぎたお年寄りには一人に一つ部屋をあてごうてくれるだけじゃなく、給料の二倍の年金を支払ってくれるとか」

話が終わると、彼が部屋の中の七輪にかけていた、やかんのお湯が沸いて音を立て始めたので、大慌てで部屋に戻って行った。

柳県長は大通りに出た。通りで冬中瓜や甘蔗や越冬リンゴを売っている売り子たちが、老若男女を問わず、彼を見かけたものは皆、誠意のこもった笑顔を向け、その顔は感謝に満ち溢れ、彼に頭を下げると言った。

「柳県長、ありがとうございます、お陰様で双槐県に運が巡って来ましたよ、これからは真冬にここで瓜を売らんでも良くなりましたよ」

「ありがとうございます、柳県長、わしは半生リンゴの売り続けじゃったが、年を取ってから家でのんびりしとって毎月食べるもんも飲むもんもあるなんぞ、思いも寄らんことじゃ」

三十過ぎの女性が路地からオドオドした様子で近づいてきた。彼女は村から県都に出てきて、手作りの虎の頭の付いた子供靴を売っていた。日の当たる風を避けたところにいたのだが、おずおずと彼の前まで進み出ると、突然柳県長に跪き、額を地面にこすりつけ、涙を浮かべた笑顔で言った。

「柳県長、年末にはもう畑仕事をしなくても穀物も野菜も肉も配給されるとか。私の作ったこの靴は、双槐県に観光に来た旅行客に、一足数十元で買ってもらい、家に帰ってから壁に飾ってもらうんです」

柳県長さんにはわかった。この一晩のうちに、この県都にとんでもないことが起こったのだ。彼に会った人すべてが、お辞儀をし跪き、お礼を言うのだった。しかもすべての人々の顔には、神のお告げを授かったような笑みが浮かんでいた。菩薩が昨日の晩にやってきて県都の人々に何か言ったかのようだった。昨日は世界中が霧に纏わりつかれていたが、今日は晴れた空が万里の果てまで広がっていた。太陽は頭の上でサンサンと黄色く輝き、空はどっちを向いても、洗い流したようにきれいな青だった。雲はあっても細い筋のようで、絹糸のようだった。空気は暖かく、陽春三月の暖かさだった。この天気がこのまま三、四日続けば、柳もハコヤナギも緑の芽を出し、野の草花も花を咲かせ、半月前の耙耬の山々と同じようになるだろう。

柳県長はそういった感じで人々に囲まれ感謝され、職員住宅から県政府に通じている大通りを歩いていくと、知らない内に彼を取り囲む人の数はどんどん増えていった。腰を曲げて感謝する人も、跪いて拝む老人も増える一方だった。一里も行かんうちに、県長さんが前に進めなくなるほどたくさんになってしもうた。

彼らの口ぶりには、何かあって彼を取り囲み、彼に跪き腰を折って感謝しているような感じがあった。取り囲んでいる内に、この世に神が出現したかのようだった。実は今朝早く彼らは聞いたのだ。数日前のレーニンの遺体を買って帰ることができないというのはデマで、省と地区が我先に自分たちの町に何日か置こうとして、故意に双槐県に難題をふっかけ、柳県長に意地悪をしたのだと。今は問題も解決し、北京も双槐県と柳県長を支持していると。近いうちに双槐県は、予定通りレーニンの遺体をロシアから買って帰り魂魄山に運ぶし、柳県長はすでにドイツに人を派遣して、連絡を取りながらマルクスとエンゲルスの遺品を購入し、行った人からも話が来て、向こうはマルクスの手縫いの寝間着を双槐県に売ってくれただけでなく、双槐県のマルクスへの敬愛の気持ちに鑑みて、マルクスが本を執筆するときに使った机と椅子に鶏の羽根ペンを双槐県にプレゼントしてくれるというのだ。エンゲルスの子孫は、彼らの祖先が着た燕尾服などの衣装をすべて双槐県の柳県長に贈呈する、しかも双槐県の衣冠塚落成のときには、双槐県に行って式典に参加しても良い、しかも行き帰りの交通費は要らないとまで言っているというのだ。ベトナムのホー・チ・ミンの子孫は、ホー・チ・ミンが使った物を双槐県と半分ずつ分けるという。アルバニアのホッジャとユーゴスラビアのチトー二人の指導者については、国家からの回答はもっと痛快なもので、ホッジャやチトーが使ったものを全部まとめて中国の双槐県、双槐県の柳県長にプレゼントする、お金は一分《フェン》もいらない、しかもその中にはこの二人の国家指導者のお骨も含まれているというのだ。キューバの最高指導者カストロは今も最高指導者だが、この今の最高指導者の返答は、さらに気持ちのいいもので、自分をキューバに残してくれさえすればいい、他に欲しいものがあるんなら、何でも持って行っていい、と。一番やっかいだったのが、朝鮮の金日成の遺品だった。金日成の息子の金正日は、今、朝鮮の指導者だが、彼は金日成の使ったペン一本、着た服のボタン一つ、どれにも十一万元、十五万元を要求し、柳県長が買いたいと言った金日成が使った古い拳銃には、九千万を要求してきたという。

　しかし、九千万でも柳県長は承諾しただろう。

　こうしてレーニン記念堂はすぐに開業できるだけでなく、他の指導者たちの墓や衣冠塚、遺品展示室も、来年にはすべてできあがって、開業できるというのだ。こうして魂魄山の十の山には十の世界の大人物の記念館ができ、ここを見物に来る人は、毎日少なくとも、レーニン記念堂だけで計算していた膨大な数字のさらに三倍、五倍の金額となり、隣の県、地区、全国の省、国全体、そして世界各国から来る人が、外国人が中国へ来て北京に行かないわけにはいかないのと同じように、北京に来たら双槐県に行かないわけにはいかなくなると言うのだ。中国へ来る目的は双槐県であって、北京など見学したくはなくなるのだと。よくよく考えると、これはとてつもなく巨大な収入だ。柳県長にはすでに双槐県に鉄道建設、飛行場建設の計画があると言う。双槐県は一枚百元の切符を売るために、新たに三つか五つ、観光の切符を印刷するためだけの大型の印刷工場を作らねばならないと言う。中国の山ほどある銀行が、こぞって双槐県に最も大きな支店を作ろうとしていて、双槐県の使い切れないお金を、まずは自分たちに預けてもらおうと準備していると言う。これから数年の双槐県で日々生まれる巨額の金を手に入れるため、双槐県の使い切れない金を彼らの金庫に入れてもらうため、銀行は我先にと双槐県に金を貸し付け、魂魄山の山頂に通じる高速道路を作り、道の両側にはホテルを建てるということだった。

本当に一夜のうちに双槐県の暮らしは天と地がひっくり返るのだ。天国のような素晴らしい日々がもうすぐ、すぐそこに待っているのだ。これで双槐県の人々が柳県長に敬意を表し感謝しないわけがない。柳県長がレーニンの遺体のためにどれだけ心血を注いだか、受活村の絶技団結成のためにどれほど心を砕いたか、皆、知っていた。しかしレーニンの遺体を購入するに当たって、柳県長が、他の世界中にその名を轟かせる大人物の遺骨や遺品のことまで計算に入れていたとは。この瞬間すべての困難は克服されることとなったのだ。ここ数日、つい昨日まで、県都の巷では、レーニンの遺体は買えなかったという話で持ちきりだったが、それは全部デマだったのだ。今、レーニンの遺体購入と他の偉人たちの遺品のことはすべて成し遂げられ、もうすぐ双槐県に運ばれてくることがはっきりしたのだった。

柳県長は笑いながらきいた。誰が言ったんだ？

「あなたの秘書ですよ。秘書さんが嘘を言うわけがないでしょう」

柳県長はちょっととまどったが、そのとまどいも彼を取り囲んでいる人々の中に埋もれていってしまった。拝む人、お辞儀する人、一言言葉を交わしたい人、ただ握手をしたい人、柳県長のその手で頭を撫でてもらおうと子供を抱いて来る人、押し寄せる人で彼はまともに立っていられなかった。次から次へと出て来ては引っ込み、大通りで柳県長を取り囲んでいる人々は、あっという間に逃げ場がなくなってしまった。通りで屋台を出していたり、商品を並べたりしていたのが、一斉に叫んだ。「うちの場所を踏んでる！　うちのリンゴ踏んでるって！」

「あたしの種の袋踏んでる、破れて中身が散らばってる！」

　さらに道の一番端っこでは板を渡して年越しの赤い紙や爆竹を売っていたが、人がぶつかって板の台は倒され、赤い紙も対聯《ついれん》（対句を書いた掛け物）も門聯《もんれん》（入口に貼る対聯）も竈の神様も爆竹も、全部地面にひっくり返ってしまい、店主は散らばった商品を掻き集めながら叫んだ。

「爆竹じゃ、危ない、爆発するぞ！」

「爆発するぞ、危ないっていうに、平気なんか！」

他はお辞儀と拝礼、祝福の声だけだった。店の中で買い物をしていた人は商品を放り出して店の外へ出てきた。レストランで食事をしていた人は、コップも箸も放り出して出てきた。お辞儀に拝礼、慇懃な感謝の言葉に続いて、もちろん一言質問することも忘れてはいない。

「柳県長、うちの前の道が、来年には全部大理石になるんじゃね」

「これからは仕事に行こうが行くまいが、月に五千元の給料が保証されるんじゃろ」

「これからは食べたいものは全部県が配給してくれるんじゃね」

「一家に一軒ですよね」

　心配性は言う。「これじゃ皆、怠けものになりゃしませんか」

「子供が勉強嫌いじゃったらどうしましょう？」

　今、県長さんの目の前で起こっていることは、現実だった、夢ではなかった。人々は生き生きと彼の目の前で揺れ動いていた。日の照る中、叫びながら押し合いへし合いする人々の汗の臭いと、冬の暖かい日差しと人々の足で暖められた埃の臭い、田舎者が被っている何年も洗ったことのない帽子の脂の臭い、それから町の人間の新しい服、新しいマフラーの綿の匂いがごちゃ混ぜになっていた。柳県長はあっちからもこっちからも囲まれ、こっちで握手しながらあっちで質問に答え、その本当の受活の感覚は、薄着にすれば涼しく厚着をすれば暖かいように、血が出たら痛みを感じるような実感としてあった。人々はあとからあとから押し寄せて来て、拝み頭を下げ礼を言い、ひとつ終わったと思ったら次が押し寄せて来た。日は頭上で金色に輝き、暖かい空気が流れ、たゆたい、人の頭はそれこそ瓜畑のようにびっしりで、男の中には綿の帽子を被っているもの、冬中禿げた頭をさらしているものもいた。どうであれ、黒、青、ごま塩だった。しかし女性は違う。彼女たちの多くはマフラーをしていた。町の女性はほとんど皆、ウールの長いマフラーを巻いていて、赤黄緑青とカラフルで、年齢と偏趣《へんしゅ》①によって、それぞれが自分の好みの色を選んでいた。寒いときには頭に巻き、暖かければ首に巻いたり肩にかけたりして飾りにした。田舎の女性たちは、若いのは町の偏趣を追いかけてニットの長いマフラーを巻いていた。しかし大半は偏趣のスカーフで、安物だった。ものは安物でも色は鮮やかな赤や緑だった。こうして通りは様々な色で波打った。拝んでもお辞儀をしても、世界中を華やかな色が舞い踊った。

世界中が柳県長にご機嫌をうかがった。

世界中が押し寄せる人の川となった。

柳県長は心の底から喜びを感じていた。彼は、こんな場面はレーニン記念堂の落成か、レーニンの遺体を安置する儀式の時にこそ、出現するものだと思っていた。県が豊かになって、カネがうなるほどになって、どの村々も畑仕事をしなくても良くなり、食べるものは配給され、欲しいものは何でも揃うようになり、必要なものがあれば、政府に行けば手に入るようになってからのことだと思っていた。しかしそれが今、目の前に出現したのだ。たくさんの田舎から出てきた人々が年越しの準備のための赤い紙や爆竹、竈の神様を手にしていた。竈の神様の絵とは別にもう一本、ツルツルの紙の絵が巻いてあった。彼は一目でそれが柳県長の肖像画、横二尺、縦三尺の縁取りが赤く光る絵だとわかった。あの赤い縁が目に留まったので、それが自分の肖像画だと推測したのだった。そこでその人にきいてみた。今年、赤い紙や爆竹の値段はどうじゃ？その人は答えた。安いんじゃ、県長さんの肖像画を売っているところじゃったら、他に較べて半額なんじゃ。わしの絵を買うてくれたんか。壁に掛けるんじゃったら、寿老人か鍾馗様じゃろうが。

御先祖様も鍾馗様も何代もの間、掛けとりましたが、いい暮らしにはならんかったんです。わしらにいい暮らしをさせてくれるのは、柳県長だけです。

骨の髄から出てくる温かな受活の感覚が、心の中に満ち満ちていた。彼は秘書の配慮に感謝した。さらにまたもう一度天地がひっくり返るような悲惨な出来事が起こっても、この千人万人の民衆のお辞儀と拝礼があれば十分だった。満足だった。価値のあることだった。彼の顔には赤みが差して輝きが溢れ、ゆっくりと群衆の中から通りを前へと歩いて行くと、すぐに県委員会と県政府の入口までやってきた。柳県長はもっと長くても良かったのにと感じていた。ゆっくり歩くんだったと後悔した。まず最初にこの道を北京の長安街のように延長させておくんだったと後悔した。しかし彼にちょうど県委員会と県政府の門が見えたとき、広場でもない広々とした交差点には、びっしりと無数の県民が立っていて、彼らは手に赤いリボンでとめた彼の肖像画を持ち、どうやら神様を祭るための線香も握られているようだった。彼らは集会があって彼が到着するのを待っていたかのように、首を伸ばし、つま先立ち、熱い視線を注いでいた。百年、千年もの間、待っていたかのようで、ついに彼がやってくると、満面感激と受活、幸福と歓喜で溢れ、彼が近づいて来て、県委員会と県政府の門のところまで来た時、最前列の数十人の町と農村の五十過ぎのお年寄りたちが、突然一斉に道の真ん中で跪くと大声で叫びながら、同じセリフを唱えながら、額を地面にこすりつけた。

「柳県長は素晴らしい、柳県長ありがとうございます。あなたは我々に福をもたらして下さった」

「柳県長が百歳も長生きされますように、幾久しく長寿を保たれますように、幾久しく長寿を保たれますように」

「柳県長、我々双槐県の民は土下座してあなた様に感謝いたします――」

大声でしかも声を揃えての大合唱だった。一瞬の内にその空間で、百にも千にもなる民衆が召還でもされたかのように、その三つのセリフを叫んだあと、全員がザッと彼に跪き、頭を地面にこすりつけた。黒々として色とりどりの民衆の頭は作物のようで、風の中、頭を垂れ、頭を真っ直ぐに上げ、そしてまた頭を垂れた。世界中がこの拝礼で静まり返り、人の息をする音の方が、風の音より大きかった。大きく厳かで、昔、神や皇帝が双槐県にお越しになった時に、双槐県の千万の民衆の面前に立ったかのようだった。空は白く、日は輝き、雲がゆっくり動いていく音までもが、耳に聞こえて来るようだった。柳県長にはアスファルトに顔を擦り付ける音が一面に響くのが聞こえてきた。木槌が大きな太鼓に落ちるように、トントンと響き、県長の目からは涙が止めどもなく流れ出て来た。

彼はすぐに駆け寄ってお年寄りを引き起こしたかった。しかし彼はまたしっかり三回やってもらい、彼らの感謝の気持ちにケリをつけて欲しかった。彼にはもちろんわかっていた。何があっても三回頭を下げずにはおれないこと、きちんと頭を下げてこそ礼儀を尽くしたことになるのだ。そんな風にとめどなく考えていると、千万の民衆が頭を下げたとき、その人々の頭、背中の向こうに、県委員会、県政府の幹部たちが門のそばに立っているのが見えた。そこにはレーニンの遺体購入を引き受けて行ったものの、買って帰ることができなかった副県長と、彼と何年もの間を共にし、昨晩柳県長の妻とともに自分の家に戻った石秘書がいるのが見えた。

幹部たちの顔色はこれまた、一様にガサガサした感じで茫漠としとって、ただ一人、秘書の顔だけが、瑞々しく明るく微笑んでいた。

柳県長は目の涙を拭うと県の幹部の方へ歩いて行った。

「会議だ」彼は軽く秘書に向かって言った。当惑している県委員会副書記に向かって言った。

「常任委員のメンバーを会議室に集めるんだ。すぐに会議を開くぞ」

言い終わると、柳県長はまた通りの千万の民衆たちの方を振り向いた。跪いている一面の双槐県の民衆は三回の拝礼がすんでも立ち上がらず、もうほんまにその場に跪いたままで、遠い昔、皇帝が口を開くまでは、平民は体を起こすことができなかったのと同じようだった。跪いたまま、頭は後ろに向けて、首を伸ばして何かを眺めようとしていた。柳県長は県の幹部たちのところからまた門の方へと移動した。彼は入口の高さ一メートルの池の上に立った。冬だったので、池には花がなく、中の土は、這い上がった子供たちに踏み固められてしまっていた。池の縁に立って、柳県長が民衆の頭に沿って前を見ると、その後ろには県都の近隣の村々から詰めかけてきた百千の農民たちが、手に線香と柳県長の肖像画を持ち、人が多すぎて県長のそばに近づけないので、押し合いへし合いしながら、通りのその場所で跪いた。世界の果てで跪いているかのようだった。

柳県長は前の民衆が跪いたままで立ち上がらないのは、後ろの人びとが彼の姿を見ることができるように、そこに跪いたまま起きあがらないのだと知っていた。一目見たらまた後ろのために跪き三回の拝礼をした。

民衆は一群また一群、数十数百数千と、県都の県委員会と県政府の門の前の道へ押しかけ、半里、一里の向こうから遠く柳県長を見ると跪き、拝んだ。

昼下がりになって、日が西に傾くと、民衆の数は海山となって県都に世界中にいっぱいとなった。この時、柳県長は黙って安らかな笑みを浮かべると、受活の涙がついに頰を伝って地面へと落ちていったのだった。

くどい話

①偏趣——方言。偏愛、度の過ぎた愛。または流行。

第七章　受活村の退社に反対の者は右手を挙げよ

庁舎の建物の外は、跪く人が引きもきらず、柳県長は世界中を覆っている拝礼者の群れの中から体を引っ張り出して、県委員会の事務室で最後の双槐県常任委員会を開いた。

柳県長はこう切り出した。お前たちがどう思おうと、私は受活村に住むことに決めた。今後私は受活村の人間だ。もちろんのことだが、受活村に住むには条件がある。手足の揃っている完全人であってはならん。完全人では受活村の人間にはなれない。

柳県長は言った。受活村の退社、すなわち受活村が、今後双槐県からも柏樹郷の管轄からも外れることについて、同意の者は手を挙げてくれ。

部屋は一面の沈黙だった。柳県長を除いて挙手する者はおらんかった。

常務委員の中で自分以外には誰も手を挙げないのを見て、柳県長は挙げた自分の右手を降ろした。じゃあこうしよう、私の前で、受活村の退社について同意しない者は右手を挙げてくれ。

部屋は相変わらず一面の沈黙だった。誰も手を挙げなかった。

「手を挙げる者がおらんということは、全会一致で受活の退社は認められたということだな」柳県長は向かいで書記をしていた秘書に言った。「全会一致だ、記録し終わったら、わしが言った通りにやるんだ」そしてまた言った。「運転手に車を回すように言ってくれ」

それから柳県長は再び常務委員全員の顔を見渡すと

きいた。「皆は受活に腰を落ち着けるつもりはないか？……ないんじゃったら解散じゃ」散会が宣言され、柳県長は一足先に会議室から出て行った。皆は、彼が庁舎の前で跪き感謝している千万の民衆のことを気にしているのだろうと思った。彼が下に降りていって、箸半分の時間も経たない短い内に、下から血まみれの叫び声が聞こえてきた。

「誰か、たいへんじゃ、車が県長さんを轢いてしもうた！」

「誰か早く来ておくれ！　県長さんの車が県長さんの足を轢いてしもうたんじゃ！」

その叫び声は血の雨のようで、庁舎の建物と庭を赤く染め、全世界に降り注いだのだった。

第十五巻　種

第一章　それからのことは、それからのこと

茅枝婆《マオジーポー》が殉じた[1]。

もうすでに新しい年を迎え、気候も少し暖かくなっていた。柳もハコヤナギもしっかり緑色を付け、芽吹いていた。春が繰り上げで正月にやってきて、耙耬山脈はどこもかしこも草の匂いでいっぱいだった。そんなまだ冬の終わりなのに春の暖かさの中、突然、柏樹郷から一人の者が、耙耬の山奥の親戚を訪ねてきて、受活村を通りがかった時、受活の村はずれの尾根の上からゆっくり大きな声で叫んだ。

「おーい、受活の誰かー、受活村のものはおらんかー」

「誰か聞こえんかぁー、あんたがたの村宛ての手紙だ、一通の書類だがよぉー」

この日は暖かいとは言え、四季で言えばやはり冬の終わりの時期だった。村人たちは、村の中央にあるトウサイカチの周りで日向ぼっこをしていた。茅枝婆はもうすっかり老け込んで、黒い髪の毛は頭に一本もなかった。色がついているものさえ、一本もなかった。真っ白で茫々として、まるで白く枯れた干し草だった。公演に引き連れて行った村人たちを魂魄山から連れ帰ってから、彼女は本当に死装束を脱がなくなった。昼間も死装束を着たまま食事を作って食べて、日向ぼっこをし、夜は死装束を着て床についた。

口数がめっきり減り、口はまるで縫い合わされ死んでいるかのようで、たまさか口を開いたとしても、いつも同じセリフを繰り返すばかりだった。

「わしはもうすぐ死ぬ。死ぬと言ったら死ぬ。人は死んだら体が硬くなる。わしは生きているのに、村人のみんなをまだ退社させることができとらん。村のみんなには恨まれてもしかたがない。わしが殉じて本当にこの死装束が必要になったときには、みんなそれに乗じて、わしの手足をへし折って憂さを晴らすことじゃろう」

「わしはもう絶対に死装束は脱がん、みんなにわしの手足をへし折らせる機会を残すようなことはごめんじゃ」

そうしてまた、終日死装束のまま、家の中や村の中を歩き回るのだが、彼女の前後には十六、七匹のめくらやちんばの犬がついて回るのだった。

耳上爆発のつんぼの馬《マー》は、火薬の爆発に半年曝されたせいで、顔の半分が酷いことになっていて、公演の時はどうということもなかったのだが、公演が終わってから冬の間ずっと膿んで爛《ただ》れ、薬もなかったので、暇さえあれば村の中央で日向ぼっこついでに日の光に当てていた。日の光は万病を治すから、一冬日に当てていたら良くなるよと聞いたからだった。

下半身不随の女は、もう紙や葉っぱに刺繍することはなくなり、毎日日向ぼっこをしながら、布靴を繕っていた。靴底に針を通しながら、いつも子供たちにブツブツ文句を言っていた。あんたたちの足にはきっと歯が生えとるんじゃ、歯でも生えとらにゃ、何ですぐに靴の先が破れるんじゃ？

片足猿は、村に戻った時にゃ一分《フェン》のお金も持っちゃおらんかったが、ポケットいっぱいの、一生食うに困らん、使いきれんほどの金《きん》を持っとった。食うのに困らないというのに、彼は尾根の上に二間の家を建てて、雑貨屋と食堂をやるのだと、いつも話していた。店の主になって、三十歳までに大きな商売をするのだと言う。今は大工の家から道具をすべて借りて、毎日自分の家で、雑貨屋のための棚を作っていて、村中に、山中に、トンテンカンテン音を響かせていた。

槐花《ホワイホア》は妊娠し、お腹は日一日と大きくなっていった。彼女はいつも赤いセーターを着ていて、体つきがほっそりしているのに丸いお腹なので、細い枝にまん丸い真っ赤な籠がかけてあるようだった。彼女が妊娠し、しかもその子が魂魄山の一件でできた子だったので、母親の菊梅《ジュイメイ》は人に合わせる顔がなく、毎日家に閉じこもったまま出てこなかった。めくらの桐花《トンホア》と小人の楡花《ユイホア》と四蛾子《スーオーズ》は、槐花のお腹がどういうことでそうなったのかはわかっていたし、彼女たちは彼女たちであの完全人の男どもに何をされたかもわかっているので、彼女たちを村の中では見かけることはめったになかった。

じゃが槐花ときたら、そがいなことにゃ、お構いなしじゃや、妊娠したら体を動かした方がええと聞くと、毎日丸い玉が転がるように、村の中を行ったり来たり歩き回り、顔にはいつも輝くような笑みを浮かべ、いつつも何か食べながら動き回っとった。その様子は、お腹の中の子供が自慢でしかたがないという感じじゃった。

「槐花、何か月になった?」

「まだそんなにならないわ」ヒマワリの種をかじりながら答える。

「いつ生まれるんじゃや?」

「まだ早いわよ」

「男かの、女かの」

「わからないわ、でもどっちにしろ完全人に間違いないわ」

小児麻痺の子供は大工に弟子入りし、毎日、片足猿の家で手伝っていた。

独眼穿針の若者は、この冬何をしているのか、村人たちが通りでたむろしている時も、彼の影はなかった。しかし村人たちがいないとき通りをふらふら歩き回り、たずねるのだった。

「村のみんなは? みんなどこへ行ったんだ、こっそり外へ公演にでかけたんか?」

こういう感じで、すべては元通り——、いや、少し違うところも、あることはあったが、絶技の公演に行く前と、たいした違いはなかった。とはいえ変わったところはないようでいて、実際にはどこかが元とは違っていた。この日、茅枝婆はトウサイカチの木の下で死装束を着たまま日向ぼっこをしていた。あの十六、七匹の片輪の犬たちは、彼女の孫のように彼女に寄り添って伏せていた。下半身不随の女は西よりに腰掛けを置いて座って布靴を繕い、つんぼの馬は一番風の当たらない日向で横になって顔に日光を当てていた。ほかにもトランプをしたり将棋をしたり、そうして皆が冬のひとときを過ごしていたその時、山の尾根を通りかかったものが大声で叫んだのだった。

「受活の誰か、聞こえるかぁ、郷から預かった書類じゃぁ」

小児麻痺の子供が、片足猿の店の棚にするためのエンジュの木を切りに行って、山からちょうど帰って来たところだったので、その手紙を受け取った。茶碗の口ほどの太さのエンジュの木を肩に担ぎ、枝先を後ろで引きずりながら、びっこを引き、後ろには埃を巻き上げながら、箒で掃いたようなグニャグニャ曲がった跡を残していた。村の中央まで来ると、日向ぼっこをしている茅枝婆の前に立って言った。

「ばあちゃん、ばあちゃんへの手紙じゃ」

茅枝婆はちょっと不意をつかれた。

「県がばあちゃんに宛てた手紙だって言ってたよ」

茅枝婆のボンヤリしていた顔が、驚きの色に変わった。

彼女が手を伸ばして牛皮紙の封筒を受け取ると、全身の黒緞子がシャリシャリ音を立てた。封筒を手にしても、手が震えてうまく開けることができず、封をしてあるのとは反対側の口をビリビリ破って、折り畳まれた硬い白い紙を取り出したのだった。それを開くと、紙にはくっきりとした文字と、下には双槐県党委員会と県政府の真っ赤な二つの丸い公印が押されていた。

それを見ながら、茅枝婆は突然大声で泣き始めた。突然腰掛けから立ち上がると、ワンワン声を上げながら泣いたのだ。白い涙の粒がポタポタと枯れて黄ばんだ顔から流れ落ちていった。

日差しはポカポカと暖かかった。お昼ちょっと前で、村には穏やかな静けさが広がっていた。そんな中、茅枝婆は突如立ち上がると大声で泣き始めたのだ。死んだ老人が不意に立ち上がったようで、人々は度肝を抜かれた。

「あぁ、あぁ」声は喉から爆発し、竈の中ではじける薪のようだった。彼女のそばで伏せっていた片輪の犬たちも目を見開き、頭を上げ、どうしていいかわからずただ彼女を見ていた。

小児麻痺の子供は彼女のその様子に一歩後ずさった。

下半身不随の女は、手に針を刺してしまった。

つんぼの馬が振り返って戸板の上に起き上がると、日に照らされて出てきた膿みが首の方へと流れていった。

将棋やトランプをしていた連中は固まってしまい、生きているのに、突然手が宙に浮いたまま死んでしまったかのようだった。

村はずれから帰ってきた身重の槐花は、遠くから祖母の泣き声がするのを聞いて、お腹を抱えながら走ってくると、叫び声よりも先に木の下に転がり着いた。

「おばあちゃん！　おばあちゃん、どうしたの？」

「おばあちゃん、おばあちゃん、大丈夫？」

ゲームに興じていた連中も、下半身不随も、つんぼの馬も声を揃えて言った。

「どうしたんじゃ？」

「どうしたんじゃ？」

茅枝婆は突然泣き止んだ。泣くのは止めても、涙は一筋一筋流れていた。涙を流しながら、彼女の顔は次第に興奮し、しっとりした赤みを帯びてきて、驚いている村人たちを見ると、茅枝婆は腰を曲げて、彼女が座っていた竹の椅子を提げて、木に吊してある鐘のところへと歩きだした。歩きながらそっと彼女のしゃがれた声で独り言をつぶやきながら。

「退社じゃ、退社じゃ」

「今回は正真正銘の退社じゃ。退社の書類は一か月以上も前にとうに出とったんじゃ。旧年中には柏樹郷に届いとったはずじゃが、今頃になってようやく村に届いたんじゃ」

茅枝婆は何かしゃべりながら誰も見ずに真っ直ぐ、彼女のそばには誰もいないかのようにズカズカ歩いて行った。そしてブツブツつぶやきながら、木に吊してある鐘の下まで来た。竹の椅子を鐘の下に置くと、ついでに丸い石を拾い椅子の上に上がり、その牛車の車輪の鐘を叩いた。カン、カン、カン、カン、音は力強く響いた。己卯《つちのとう》〔一九九九〕の年の正月最後のこの日、お昼時に受活の村中に突然白く明るい鐘の音が響き渡ったのだった。山の斜面も耙耬も、世界中が錆び付いた鮮やかな赤色のカン、カン、カン、カン、という鐘の音でいっぱいになった。

受活村の人びとは皆、家から出てきた。年寄りも若者も、男も女も、めくらも、下半身不随も、おしも片手も片足も、その鐘の音で出てきた。片足猿は、腰に大工の前掛けを巻き付け、手には鉋を持ったままだった。菊梅は食事の支度の真っ最中で、指先は小麦粉でべとべとだった。桐花、楡花と四蛾子も何事だろうとこの時ばかりは人前に出て立った。村中全員が木の下に集まって来て、あたりは真っ黒になってしまった。

「何するんじゃ？」

「知らん」

「何でまたこんな時に鐘が鳴るんじゃ？」

「きっと急な用事があって鐘を鳴らしたんじゃろう」

一面のざわめきの中、茅枝婆は一番前に片足猿がいることに気がついた。彼女は手紙を彼に渡すと言った。

村人たちのために読んでやってくれ、大きな声でな。

片足猿はきいた。何なんじゃ？　茅枝婆は、読めばわかる、と答えた。片足猿はその手紙を受け取り、広げてざっと見た。顔に驚きの表情が浮かび、しばらく唖然としたままだったが、またすぐに茅枝婆と同じように、顔中に興奮が広がった。彼はびっこを引きながら、木の根元の石のところまで行くと、石の上に飛び上がり、コホンと一つ咳をすると、手を振って、まるで彼がひとかどの人物であるかのように、村人たちに向かってゆっくり大きな声で叫んだ。

「皆、静かに。静かにしてくれ。クソッタレめ、わしらの、受活の退社の書類が届いたんじゃ、今からこのコンチキチンの文書を皆に読んで聞かせる、いっぺんだけじゃ！」

木の周りは、誰もいなくなったように静かになった。

片足猿は、竹が割れたような彼の声で、石の上で吼えるようにその双槐県県委員会、県政府合同署名の文書を読み上げた。

「**各部、各局、各鎮、各郷党委員会**――

当県の西北の角の耙耬山脈にある受活村は、数十年にわたって退社を要求していた。即ち、自ら双槐県と柏樹郷の行政管轄から離脱することを、強く求めていた。これについて双槐県県委員会と県政府は真摯に検討した結果、以下のように決定した。
一、本日より、耙耬山脈の受活村は、行政上、双槐県と当県所属の柏樹郷には帰属しないこととする。双槐県と当県所属の柏樹郷は、今後受活村に対して一切の管轄権も持たない。受活村も今後一切柏樹郷と双槐県の如何なる社会的義務を果たすことはない。
二、この文書が発効してから一か月以内に、柏樹郷は、受活村全体の村民の戸籍と身分証を回収し、登録を抹消するものとする。受活村に当郷の戸籍および身分証を用いての不正な行為が見つかった場合は、法的措置を取る。
三、双槐県は今後印刷される当県行政地図には、当県境界内の耙耬山脈、及び受活村を自動的に削除し、今後一切当県の行政地図からは耙耬山脈の受活村を外すこととする。
　四、受活村の今後の自由と帰属、即ち公民権、土地権、住宅権、災害救援権、医療補助権などは双槐県及び柏樹郷とは一切関係ないこととする。しかし双槐県と柏樹郷は受活村と当県当郷との一切の民間往来について関与してはならないこととする。

……最後は双槐県県委員会と県政府の落款、公印と日付じゃ」

　読み終わって、片足猿は文書をたたんで封筒に戻した。この時、太陽は木の真上にあり、その温かさは村の中をお湯が流れているようだった。トウサイカチの枝には数羽の鳩と雀の一団がとまっており、そのさえずりが雨のように宙から降ってきて、人々の頭や体にぶつかった。村のもんたちは聞いて、どういうことかはわかったが、立ったまま、あるいは座ったまま、片足猿の手を見つめていた。その文書にはまだ続きがあって、肝心なところはまだ読んでおらず、わからないところがまだたくさんあるようで、人々の顔は落ち着いていているような、ボンヤリしているような感じだった。受活村の退社は当然のことで、不思議でもなんでもないような、また一方で退社は天下の大事なのに、一枚の紙と二つの印で受活村が退社だと言われても真実でないような、嘘で信じられないといった感じだった。だからただボンヤリと落ち着いていて、布団の中でウトウトして半分夢の中にいるようだった。片足猿はその文書の入った封筒を持って石から飛び降りると、一つのことを思い出した。

　彼は大声で言った。「だとするとじゃ、俺たちが自分で団を組んで公演しようと思うたら、どこに紹介状を書いてもらうんだ？　これから公の手紙なしでどうやって公演料を稼ぐんだ？」

　茅枝婆に対してきいたのだが、振り返って見ると、茅枝婆は竹の椅子に腰掛け、トウサイカチにもたれかかり、眠っているかのようにピクリとも動かなかった。彼女の死装束は真新しく光を反射し、舞台の照明が当たっているかのようだった。彼女は腰掛けに座って、木にもたれかかり、首をちょっと傾げ、顔は赤く火照って光を放ち、安らかな微笑みで受活な気持ちを抑えられない表情で、子供が楽しい夢でも見ているかのようだった。片足猿は、今の話を茅枝婆に向かって二度たずね、返事がないので三度目にたずねている途中で彼は喉を詰まらせた。

彼は驚いて叫んだ。「茅枝婆！　茅枝婆！」

菊梅が叫びながら突進してきた。「母さん？　お母さん！」

三人の小人と槐花も、村人の群れの中から叫んだ。

「おばあちゃん？　おばあちゃん、どしたん？　なんで返事してくれんの？」

村人たちの群れが爆発した。村中が、山が、茅枝婆を呼ぶ声でいっぱいになった。

茅枝婆はどんなに揺すってもどんなに呼んでも、返事もなければ動きもしなかった。

殉じたのだ。

安らかに微笑みながら死んでいったのだった。満ち足りたその受活の表情は、彼女の顔を照らしている日の光のように暖かかった。

すでに六十八歳、天寿を全うしたと言えるが、悲しみの泣き声は大きかった。しかし陰では、いや、良かったのだ、死に顔があんなに安らかだったのだ、誰でもそうなるわけじゃないのだからと言う者もいた。

三日後、茅枝婆は埋葬された。死装束はもちろん慌てて準備する必要はなかった。棺桶もとっくの昔に準備してあった。すべてはゆったり落ち着いていて、慌てふためくことは何もなかった。耙耬の奥深くにあるお墓に茅枝婆の柩を担いで行くその日、槐花は妊娠していたので、祖母の見送りに行くことはできない、これは数百年来の決まりである。菊梅と桐花、楡花、四蛾子は全員女性で、茅枝婆の家には三代にわたって男が一人もいなかったので、彼女たちが出棺の時に成人男性、男の子の役割を演じなくてはならなかった。村の年配者、若者、めくら、つんぼ、ちんばは皆、彼女の後の世代で、年寄りも若いものも、みな喪章をつけて茅枝婆を墓まで見送るのは当然であり、それが人情というものだった。それはそれとして、出棺のその日、村人たちが思いも寄らなかったのは、茅枝婆が餌をやっていた十六、七匹のめくらやちんばの犬たちも皆ついてきたことだった。儀式の中、柩が担がれて村を出る時、村人たちは、その十六、七匹の片輪の犬たちが、悲しそうに葬列の後ろについてくるのを見たのだった。彼らは人間と同じように泣き叫びながら茅枝婆を送るわけにはいかないが、どの犬の両目の下にも埃が二本粘り付いていて、それは泥で汚れた涙の痕だった。彼らは柩と村人たちの隊列の後ろを、ゆっくりと涙を流しながら、生前、茅枝婆の後ろをついて歩いていたのと同じように、ついていったのだった。

　しかしこの十六、七匹の犬が、柩が村を離れて尾根を半里ほど進んだころには、二十数匹、三十数匹になっていた。どこから集まって来たのか、隣村か、あるいは耙耬山の外か、黒いのやら白いのやら、灰色のやら、さらに痩せて汚い片輪の猫まで加わって、行くにつれて三十数匹から百匹へと膨れ上がり、めくらとちんばだらけで、受活の村人たちよりも多くなった。

　棺を墓に納める時には、ひとつの山の斜面全体が、悲しみの涙を浮かべた飼い犬、野良犬、猫でいっぱいになっていた。ほとんどがめくらだったりびっこだったり、耳がなかったり尻尾がなかったりの片輪だった。秋の収穫の時に縛って転がしてある穀物の束のように、一匹一匹が茅枝婆の墓を取り囲み、鳴き声を出したり身動きしたりするものは一匹もおらず、静かに伏せって茅枝婆が墓に安置されるのを見ていた。

　受活村の村人たちが墓から戻る時にも、彼らはまだ墓場一面に伏せっていた。

　一人が言った。「こりゃまた、ようけぇの犬じゃのぅ。こんなようけぇの犬は生まれてこのかた、見たこともない」

　またもう一人が言った。「しかもみな、片輪もんじゃ」

　そのあとのことだった。村人たちは突然後ろでオンオンという悲しい鳴き声を聞いた。あの一群の片輪の犬たちと片輪の猫たちが、墓地で一斉にウーウーオンオン鳴き始めたのだ。人間のように泣きながら何かを訴えるのとは違って、喉を真っ直ぐにして単調にウーウーと泣き、冬の村の横町をヒューヒュー吹き抜ける風の音のようだった。茅枝婆を埋葬に行った家族や村人たちは、尾根の上でみな振り返り、お墓の方を見た。元々斜面に散らばっていた犬や猫は、村人たちが離れるのを待ってから、茅枝婆の墓の前に集まっていた。お墓は斜面の畑の中にあって、周りは広々としており、麦の苗は首を真っ直ぐ伸ばして艶々していて、新しいお墓の赤い土は、その畑の中でひときわ目を引いた。その大群の犬たちは、緑の畑の中に伏せって、揃って頭を茅枝婆のお墓に向けていた。水面から様々な大きさと色のガチョウの卵が突き出ているようだった。オンオン鳴きながら、十数匹、いや数十匹の片輪の犬が新しいお墓のところまで行くと、土を掘り返し始めた。

新しい土は蹴散らされて舞い上がり、茅枝婆を墓の中から掘り出そうとしているようだった。

　受活村の人々はその尾根から振り返って大きな声で叫んだ。

「何を掘り返しとるんじゃ、死んだんじゃ、掘り返してどうなるというんじゃ」

「戻っておいで、茅枝婆がおらんようになっても、受活村はおまえらの家じゃ」

　徐々にその犬の一群は掘り返すのを止め、ただ大声でオンオン鳴いた。世界中が冬の村の横町に吹き荒ぶ風の音のようだった。

　そしてめくら・ちんばの村人たちは、お互いに助け合い支え合いながら、犬や猫とたくさん話をしつつ受活村へと戻っていった。受活村のある尾根まで戻ってきたとき、耙耬の外から、旗を立てて大勢の人が耙耬の中へ向かって押し寄せてくるのが見えた。彼らも受活村の人々と同様、皆、片輪で、めくら、ちんば、下半身不随、つんぼ、おしに片手に指六本、次から次に来る一団に完全人はほとんどいなかった。彼らもお互い助け合い支え合いながら、荷車を引き、荷物を担ぎ、荷台や包みは布団でなければ食糧だった。服、鍋、食器、杓子に箸、陶器の壺や甕《かめ》、机や箱や椅子、ベッド台、電線に縄、鶏、鴨、猫、子豚に綿羊など、荷台にはありとあらゆるものが積み上げられ、天秤棒にぶら下がっていた。犬はその人々の後ろで舌を出したまま走り、山羊は人に引っ張られて小走りだった。彼らはそうやってゆっくりと山の向こうからこちらへと歩いてきたのだ。めくらが荷車を引き、下半身不随が車から指示を出し、つんぼやおしは荷物を担ぎ、大声を出しながら身振り手振りで、ちんばは牛や羊を引っ張り、牛や羊が動かなくなると、牛や羊の背中を木の枝で叩き、完全人の男は車を引っ張り、荷台には何も積まず年寄りと子供を引き、子供も恐らくめくらとおしで、めくらが何かたずね、おしが身振り手振りでこたえても、めくらには見えない。子供たちは荷台の上で喧嘩でもしているようだった。そうして隊列はゆっくりと受活村へ入る尾根の道へとたどり着いたのだった。

　埋葬から戻ってきた受活村の人々は驚いてたずねた。どこへ移住するんじゃ？

　すると逆に向こうからきいてきた。受活村のお人ですか？　わしらは山の向こうの遠くから来たものですが、向こうで大きなダムを作ることになって、皆移らんとだめになったんです。一軒ごとにまとまった金が出て、まとまって移住しても、その金で自分で探しても構わんことになりましてな。で、向こうが移る先を見つけてくれまして、耙耧の奥にある受活より良いというんです。受活村は双槐、高柳、大楡三県の管轄外ですが、そこは白石《はくせき》、清水《せいすい》、棉麻《めんま》や湾脖柳樹《わんぼつりゆうじゆ》など、六県の交わるところで、その六つの県の地図のどれにもその谷は書かれてないというんです。土地は肥えとるし、水も豊かで、誰にも管理されとらんところなんだそうです。それでこの百人の片輪が揃ってその谷へ移って居を構え、畑を耕して受活な暮らしをしようと決めたわけなんです。

そして言った。「心配ご無用。きっと受活より良い暮らしができるはずです」

「あんたらの行こうとしとるのは、一体どこなんじゃ？」

「耙耧の先、魂魄山という山を越えたところの辺りです」

そうやりとりをしながらも、ギシギシキーキーと車を引き、荷物を担ぎ、受活の人々と受活村に別れを告げて、耙耧の奥深い場所を目指して行ったのだった。

バラバラの隊伍が尾根の上を展開して進んでいくようだった。受活村の人々は尾根の道で、外の完全人の世界から集まってきた百人ほどのめくら、ちんば、おし、つんぼの片輪の人々をずっと見ていた。彼らの影が見えなくなってから、何かなくしものでもしたかのように、しょんぼりした様子で、分かれ道を受活村の方に曲がって行った。花嫂坂《ホアサオ》③を通りかかると、その肥えた土地には斜面一杯に、車輪菊や薄い藍色の草や濃い緑の夏の草花が咲いていた。

「退社しても、こういう散地《さんち》⑤も耕すんかな」

「もちろん。散日《さんじつ》⑦でやろうと思うたら、散地はやらんわけにはいくまいよ」

「散日の龍節⑨、鳳節⑪、老人節⑬はどうするんじゃろう？」

「俺に聞かんでくれ。茅枝婆がおらんようになったんじゃ、誰か年寄りにきいてくれ」

「それじゃ、受活歌⑮の歌い方は？」

「茅枝婆が殉じたんじゃ、歌詞を覚えとるものはおらんのじゃ」

「茅枝婆がいないんじゃ、誰が村を取り仕切るんじゃや？」

「どこもここの面倒はみてくれんのじゃから、主事なんぞおるもんかい」

あれこれ言いながら、びっこを引きながら、杖をつきながら、手探りしながら村へと帰って行った。村に着くと、驚いた顔をした大きなお腹の槐花が村人たちが戻って来るのを待っていた。

彼女は、彼らが祖母の埋葬から帰ってきたのを見つけると、遠くから村人たちに向かって叫んだ。

「ちょっと聞いて。柳県長がね、事故に遭ってね、両足がなくなって、県長をやめたんですって。それで受活に住むことにしたんだって。今、村の廟にいるわ。これからは、廟に住むんだって」

受活村の一行は驚いて村の入口で立ち止まり、固まってしまった。桐花、楡花、四蛾子は村人たちの中、驚いて空から落ちてきた鳥のように立っていた。彼女たちの母親——菊梅は、彼女たちの後ろで、驚きのあまり血の気を失っていた。誰かに殴られたような、あるいは口づけでもされたかのようだった。

他の村人たちはお互いに顔を見合わせ、どうして良いかわからない様子だったが、ただ、片足猿だけは喜色満面だった。

こうして柳県長は受活村に居を構えて暮らすようになり、受活の中の一人の片輪となった。槐花には、半年後に子供が産まれた。痩せて弱々しい女の子だった。

女の子ではあるが、次の世代であることに変わりはない。それからのことは、それからのこと。

第三章　くどい話——花嫂坂、祭日、受活歌

①殉——死ぬこと。しかしその中には、死者に対する一定の敬意が含まれている。これは耙耬山脈で、生前に敬愛を受け亡くなった人への敬称である。

③花嫂《ホアサオ》坂——花嫂坂は受活村にある場所の名前で、花嫂は一人の女性の名前である。受活村の人々は皆、この花嫂と花嫂坂の物語を知っている。その物語は、干支で四回り前の、今から二百四十年余り前になる。両親はつんぼとおしで、花嫂を生んだが、耳と口に問題はないが、足が少し不自由だった。足に不便はあるものの、秀麗で、肌は青空に浮かぶ薄い白い雲のようで、浮かび出る赤色は蓮の花のようだった。両親がまだ生きている時、一家三人は受活村にほど近い山の斜面に住んでいた。藁葺きで部屋は二間、井戸が一つあって、牛と羊、鶏に家鴨を飼い、その斜面の土地はよく肥えていて、箸を突き刺しても芽が出そうなほどだった。暮らしは快適にのんびり過ぎていき、花嫂は十七歳になった。その美しさはめったに見ることのできないほどのものだった。この年、時は清王朝の最盛期、国は安泰であった。西安から牛伏山を抜けて双槐県に赴任することになった若者が、道のりが遠いのを嫌がって、耙耬山脈を抜ける近道を見つけて受活村に着いた時、喉が渇いて水を飲みたくなったので、花嫂の家で水を一杯所望し、彼女に出くわしたのだった。花嫂の家の門前で茶碗を持ったまま見てみると、遠くには花嫂の両親が植えた作物が元気に育ち、斜面の小麦は揃って穂先を天に向け、今年の小麦の収穫だけで、少なくと

も三年は食べていけそうだった。近くでは軒先に数年前の玉蜀黍の穂がひしめき合うように吊してあり、十年不作でも食べていけそうだった。家の前や裏には野菜や花が植えてあった。ヒマワリはちょうど開花の季節、長く楽しめる紅迎春、緑旺夏、車輪菊、白山荷、月白草、陽天亮、日照紅、さらに野生の紫藤蘿、荊子草が壁を這い、至る所、花と緑で、どこにいても草花の香りがした。その風景の中、赴任途中の下級官吏の知府は、もう双槐県に行って県知事になるのは止め、受活村から三、四里のところにあるこの花嫂の家に婿入りしたいと申し出たのだった。

もちろん、花嫂の両親は、花嫂を嫁に出すどころか県知事になるお方を婿に迎えるなど、承知できるわけがなかった。

すると知府は彼が赴任するための書状や皇帝から賜った落款、名誉栄達を求めるための本を取り出すと、尾根から谷底へ捨ててしまった。

花嫂の両親は言った。「私どもの家は家族全員、片輪者です。どうして健全な完全人であられます、あなた様をうちの婿になどできましょうか」

知府は花嫂の家の台所へ行った。茶碗を置きに行ったのかと思いきや、なんと彼は台所の包丁を手に取ると、左の手首を切り落とし、自ら片輪になったのだった。

花嫂はこの知府と一緒になるしかなかった。

知府は知府にならず、花嫂のいるここで花嫂と一緒になり、婿となった。花嫂の両親は、早速この小さい時から勉強ばかりしてきた若者に、片手での畑仕事、鋤はどのように持って、その片手をどうやって使うのか、どうやって片手で鎌を持ち麦を刈り、脱穀するかを教え始めた。花嫂は彼に野菜や花の植え方を教え、彼らの天国のような暮らしがここで始まった。花嫂の両親がこの世を去るまでに、知府はひと通りの畑仕事、玉蜀黍や麦の種蒔き、脱穀から種子の選別まで、なかなかの名手となっていた。そういうわけで、斜面の夏はいつも日乾しの麦が天地を覆い、秋はいつも洗濯棒のような玉蜀黍でいっぱいだった。綿花の畑では綿が吹くと雲が空から降りてきたようだったし、菜の花畑は仲春になると一面真っ黄色で、日の光が水に濡れて落ちてきたかのようだった。一年四季を通して、野菜は新鮮で花は鮮やか、鶏や家鴨は、朝から晩まで畑のそばでお腹いっぱい食べ、クークーガーガー鳴いている。花嫂は類い希な美貌を持っていたが、とにかく幼いころから家の前や裏で草花を育てることが好きだった。山脈に咲いている迎春花や車輪菊、月白草を移して来て、春には春を迎える香りで満たし、夏は日照紅と月白草の赤と緑、秋は野菊と瓜や豆の香り、寒い冬には野荊緑で軒先の風を防ぎ、崖の山梅を咲かせ、枕元の暖かく日当たりの良いところに植えた月白草に、淡い車輪菊のような小さな赤い花を咲かせ、日光の下ではいつもしおれていて、日陰でこそ元気に育つ陰天草は、寒さの厳しい冬にコウシンバラやシャクヤクのような鮮やかな大きな紫色の花を咲かせた。こうしてここは一年中春のようで、一年中花の香りがした。一年中、春でも夏でも秋でも冬でも、四方八方から耙耬の山奥に入っていくと、花嫂坂から遠く離れていても、春の気配を感じることができた。

ここはすばらしい場所、天国の地だった。

日中、知府は畑仕事、花嫂は縫い物か花の世話をした。一方は畑、一方は家の門で、遠くもなく、かといって近くもない距離で、二人はいつも問答した。

あなた、なんで手を切り落としたの？

片輪にならなかったら、一緒になってくれたかい？

いいえ。

だからじゃないか。

彼が畑を鋤いたり掘ったりしていて、家から遠くてお互いの声が聞こえないと、彼女が柳の木の紡ぎ車を畑のそばまで持って行き、種蒔きの時には、綿を紡いだり布靴を作ったり服を縫ったりした。

ここはほんとに土が肥えてるよ。土にたくさん油が含まれてる。

あなたは県のお役人になるべきよ。それでこそ名をあげることができるというものでしょ？

実を言うとな、私は七歳の時に夢を見たんだ。私のこの人生を天国のような暮らしにするためには、しっかり勉強しなければならないと。しっかり学問をおさめて、仕官するのだ、天国のような暮らしは役人になる道のその先に待っている、だから十三年間苦学して進士に合格して県の役人になれたんだ。しかしおまえの家の前を通りかかった時、十三年前の夢がまた私の頭にそのまま現れて来たのだよ。おまえと畑と草花が十三年前の夢の境地と一緒だったんだ。夢の中には九羽の鶏、おまえの家でも九羽の鶏を飼っていた。夢の中には六、七羽の家鴨、おまえの家でも六、七羽の家鴨を飼っていた。夢の中の娘は私より三つ下、私は二十歳でおまえは十七、夢の中では山のような食べ物に斜面いっぱいの草花、おまえの家も山のような食べ物に斜面いっぱいの草花だった。それでもおまえは私が留まるべきではないと言うのかい?

夜になると、二人はベッドに並んで横になり、彼は彼女に本で学んだことを、彼女は彼に山のことについて話すのだった。日々は水のように、草花のように、麦の香りのように、一日一日、一年また一年と過ぎていった。ある日、彼女は彼に言った。あなたの子供が生みたいの。

私はおまえが完全人を生みはしないかと心配なのだよ。

私は完全人を生みたいわ。

完全人の子だと、大きくなってから、人がここで暮らすということがどういうことなのか、わかってもらえないかもしれない。天日を失うことになるということがわからず、外の世界に闇雲に出て行って、苦難に出遭うことになるかもしれない。

彼女はちょっと考えたが、結局何も言わなかった。

しかし彼女にはやはり子供ができた。彼女が身重の時、州では、知府が双槐県に赴任する途中で受活村の暮らしに出くわし、赴任するのを止めてしまったことを知り、州はすぐさま朝廷に報告した。朝廷は、これは、片輪の受活な暮らしで、完全人の繁栄を馬鹿にしているのではないか、と考えた。それで怒って言った。手が一本では戦うことはできまいが、飯炊きならできるだろう。彼を捕まえて従軍させよ。その頃、雲南の滇《てん》地《ち》の辺りでは争いが多く、彼は清の軍隊について滇地へ行き、戦う兵士のために食事を作った。出発の時、花嫂は彼の足にしがみついて泣き叫んだ。彼は言った。あの時、両手を切り落としておくんだったな。両手を切り落としておけば、今日のようなことにはならなかったろうにね。この数年受活な暮らしができて本当に良かった。ただひとつ心配なのは子供が生まれた時、おまえが、子供を片輪にするのを恐れるんじゃないかということだ。よく覚えておいておくれ、第一に私が戻ってくるのを待つこと、第二に子供が生まれたら、くれぐれも足を一本折って、歩くのを不便にして、片輪にしてくれ。

彼は清の兵隊に連れて行かれた。

彼女は花嫂坂で彼女らの子供を生んだ。元気な完全人だった。難産になるのを心配して、受活村の奥様連中がその日は彼女のそばに付いていた。完全人が生まれたのを見て皆、喜んだ。彼女はその子の母親だ。どうして自分の完全人の子供を片輪にしたりできようか。彼女は、子供の手の皮がちょっと剝けるだけでも涙が出そうに心が痛んだ。こうして彼女は花嫂坂を守りながら、子供と一緒に濵地に行った夫が突然戻ってきてくれるのを待った。待って待って待っているうちに、子供は十七歳になり、耙耬を出て父親を探しに行きたいと言った。ある日、子供は本当に耙耬を離れ、受活村を離れて彼の父親を探しに行き、世の中に出ていった。

行ったっきり、子供は父親同様戻ってこなかった。花嫂は夫と子供に外から帰って来てもらうため、作物はほとんど植えず、斜面をほとんど草花でいっぱいにした。

車輪菊、日照紅、迎春花、山白荷、陰天亮、迎月春、冬紫紅、秋大葉に懸崖開、路辺緑、すべて十里先まで香りが届く花だった。秋に香れば冬には赤く染まり、一年中香りが途切れることはなく、風が吹けば十里百里先まで花の香りがした。

花嫂は、夫と子供が外でその花の香りを嗅いで耙耬に戻ってきてほしいと願っていた。毎年花の咲く時期には、彼女は花でいっぱいの坂に座って外の世界の方を眺め、涙を浮かべた目で眺め、眺め続けて、草花が最もきれいで耙耬中に花の香りが漂ったその年、彼女は六十歳になり、両目を失明し、花でいっぱいの坂の上で死んだ。

ただ待ちわびて死んでしまったが、夫と子供は戻ってこなかった。それから受活村と耙耬の人々は花でいっぱいの坂には作物は植えず、一代また一代と草花だけを育ててきた。そしてこの斜面のことを花嫂坂と呼ぶようになったのだ。

⑤散地——散地とは、家々がそれぞれに耕している土地のことで、集団農場や集団農業とは対極にある、受活村では古くからある耕作方式、生活様式である。自分で植えて自分で食べる、税も納めず、政府とは一切どのような関係もない生存形態である。

⑦散日——のんびりした縛られることのない暮らしのことで、散地を耕すことが由来の古くからの暮らしぶりのこと。

⑨龍節、⑪鳳節、⑬老人節——これは受活村で失われて数十年になる独特の男の祭日、女の祭日、お年寄りの長寿と知恵を讃える祭日のこと。男の祭日を龍節といい、毎年旧暦の六月六日、女の祭日を鳳節といい、毎年旧暦の七月七日、老人の祭日は老人節、毎年九月九日であった。祭日の縁起は明王朝の時で、大移民のあと、耙耬に受活村ができたが、受活村は多くがめくら、つんぼ、ちんばにおしで、男は多くがその障害のため土地を耕したり収穫したりすることができず、暮らしは侘びしく、ほとんどが受活村での生活、生存に不安を感じていた。その時、村に一人の老人がやってきて言った。東南に向かって行きさえすれば、めくらは見えるようになり、つんぼは聞こえるようになり、びっこはちゃんと歩けるようになり、おしはしゃべり歌えるようになる、見てくれの醜い完全人もがんばって東南に行けば、立派な男前になる、と。そこである日、ある男たちが示し合わせて妻たちには内緒で夜中にこっそり東南の方向に向かって出発したのだった。

　歩いて歩いて、腹が減れば種蒔きや雑用を手伝って食事を恵んでもらい、喉が渇けば川や池で喉を潤し、その行程は辛酸を舐め尽くすものだった。歩いて一年半になった時、路上で銀髪の老人が横たわっているのに出くわした。その老人は腹を空かせており、彼らに喉の渇きと空腹を訴えた。彼らは老人に飲み物と食べ物を与えた。その時、彼らはその老人がめくらでちんばでつんぼであることに気がついた。老人が食べ終わり飲み終わるのを待って、彼らは声を嗄らしながら言った。俺たちは片輪と言っても若いし悪いところはひとつだけ、めくらかちんばかおしだ。だが、あんたは八十を越えている上に、めくらでちんばでつんぼで、その上、腕まで一本少ない。家にじっとしておれば良いのに、何でまた外に出たんだ?

　その老人は言った。わしは外に出て六十一年、もう干支を一周してしもうた。わしは十九歳の時、自分の片輪がなんとかならんものかと、何度もつまらんことに手を出した。ある日、神様が夢に出てきて、一路西北へ向かえ、西北に耙耬という山があって、耙耬山には受活という村がある。受活村には大きな太いトウサイカチがあって、その根本にはめくらが見えるように、つんぼが聞こえるように、おしが喋れるように、ちんばが走れるようになる秘法が埋めてある、と。わしはその秘法を求めて、最も東南にあるところから出発して六十一年、出発したのが十九じゃったからこの八十まで歩くことになったんじゃ。もう一年半歩けば耙耬の受活村に着くということはわかっている。しかし残念なことにもう八十になり、あと一年半は持ちそうにもない。

受活村のものたちは老人を担いだり背負ったり、この四重苦の老人を敬いながら、耙耬山脈へと引き返していったのだった。しかし担ぎ、背負い、食事を与えたが、三日後の深夜、その老人は息を引き取った。臨終に際してその老人は彼らに言った。八十年生きて、干支を一回りしてしもうたが、この三日間は素晴らしい三日間じゃった、生きてきた甲斐があったよ。そして眠ると次の日には目を覚まさなかったのだった。

老人のために墓地を探して埋葬してから、また一年半の道のりを歩いた。受活村に戻ると、急いでそれぞれ家から鋤や鍬を持ち出し、その古いトウサイカチの根元を掘り起こした。すると老人の言った通り、大きな陶器の壺が出てきて、壺の中には紅木の小さな箱が入っていた。壺の口が狭くて取り出せず、開けることもできなかったので、その壺を叩き壊し箱を取り出し、開けてみると、箱の中は空っぽで、秘法を記した紙切れ一枚、一粒の砂さえ入っていなかった。

村人はその箱を投げ捨て、あの老人を罵り倒すと、それぞれ家に帰って休んだ。東南に向かって一年半、西北の耙耬に向かって戻るのに一年半、手足を休ませることなく三年が過ぎ、男たちは疲れ切っていて、受活村と女たちから離れたことを一切口に出そうとはせず、腰を据えて畑仕事をし、自分の家の暮らしに精を出した。そして麦を刈り、玉蜀黍の種を蒔く季節になって、手が一本ない片腕の男たちは、外へ出て三年苦労したことで、自分で麦を刈り畑を耕すことができるようになっていることに気がついた。一本の手で、二本腕の完全人と同じ仕事ができるようになっていたのだ。ちんばは三年歩いたことで、一本足が鍛えられ、二本足と同じように、速く力強く歩くことができるようになっていた。めくらは、たくさんの道を歩いたおかげで、手に杖さえあれば、あっちを叩きこっちを叩いて、杖を目の代わりにすることができるようになっていた。つんぼは、その三年の行程で人とたくさん話すことで、相手の口の動きを見れば、相手が話していることを推測できるようになっていた。おしは道中ずっと身振り手振りしているうちに、合図と手話ができるようになっていた。

　彼らは完全人と同じようにこの受活村で生活できるようになっていたのだった。そしてこれは、あの八十歳の四重苦の老人の功徳だということに思い至り、九月九日を老人節と定めたのだった。その男たちが外から帰ってきて、その上自分に欠けている能力と絶技を身につけて帰って来たことを祝うために、彼らが帰ってきたのが六月六日だったので、女たちは六月六日を男の祭日とし、龍節と名付けたのだった。男たちは外に出ていた三年の間、女たちが子育てと畑仕事に精を出してくれたことに感謝して、七月七日を女の祭日とし、鳳節と名付けたのだった。老人節には若輩はお年寄りに拝礼し、美味しいものをご馳走するだけでなく、用意していたこれから一年着てもらう単衣や綿入れを取り出し、村で品評会をしてからお年寄りに献上した。六月六日は最も忙しい時期だが、この龍節には、男は一切何もせず、食事も畑仕事もすべて女がやって、男たちは家でゆっくり休む。この日、一日休んだら、いつもに増して一生懸命仕事に精を出すのだ。七月七日になると、一番忙しい時が過ぎ、女たちも疲れているので、今度は彼女たちに休んでもらう一日だ。この日、男たちは食事を作るだけでなく、一番美味しいものを彼女たちのところまで運んで、手渡さなくてはならない。

　もちろん、龍節、鳳節、老人節とも、耙耬調を歌いに来てもらい、完全人に大枚はたいて獅子舞にも来てもらう。子供たちには爆竹と新しい服を買ってやる。その様子はまるで年越しのようだった。

⑮受活歌――受活歌は耙耬調の最も初期の形で、耙耬調の前身である。この歌は、歌うのが主で、演じながら歌うものは少ない。しかしその分、歌い方は多種多様で、山脈の生活の寂しさと辛さを独唱するもの、二つの山の斜面でお互いに問いかけ答える形のもの、また大勢が村はずれに集まって歌うものなどがある。その曲調には決まりがあるが、歌詞は情景や年月によって常に変化している。
　数世代の片輪によって最も歌い継がれた問答型の歌詞は――

おーい、ホホホーイ
そっちのつんぼよ、ようく聞け
天の仙女が歌ってあげる

聞いてくれたらお嫁に行くわ
聞こえないなら生涯一人

…………

おーい、ホホホーイ
そっちのめくらよ、ようく聞け
お前の足下、金のウサギ
捕まえられたら、一生極楽
できなきゃ、生涯、蒸しパンひとつ

…………

おーい、ホホホーイ
谷底のちんばよ、ようく聞け
一気に崖を駆け上れ
上がってこれたら完全人
上がれなかったら一生びっこ

…………

おーい、ホホホーイ
尾根の足無し、ようく聞け
仙女が宙で寂しそう
立ったら仙女が手を取って
家までお前を連れて行き
お前の妻になってくれる

独唱は一人山で畑仕事をするときの寂しさ、やりきれなさを歌っていて、調子は問答型と同じであるが、問答型に比べると悠然として叙情的である。この小説を書くために、私は受活に一年あまり滞在したが、独唱の歌詞は二つしか集めることができなかった。

一曲目は――

土は肥えて、油が流れ
麦は重くて石のよう
道で粒を拾って投げた
お前の頭は真っ二つ

二曲目は――

わしはめくらでお前はびっこ
お前が荷台でわしが引く
わしの足がお前の足
お前のその目を貸してくれ

二〇〇二年十月から二〇〇三年四月初稿

二〇〇三年七月から九月改稿
北京清河にて

イズムまみれの現実からの超越を求めて（後記に代えて）

閻連科

最近ますます感じるのは、文学が成果を上げ発展するのを阻害している最大の敵は、他でもなく、太く逞しくなりすぎて身動きが取れなくなり、深く根を張りすぎ生い茂りすぎて天を突くまでに大きくなってしまったリアリズムであるということだ。リアリズムは、黄河の小浪底ダムと長江の三峡ダムのように文学という大河を横断し、激流をせき止め、風景を川底に沈め、黄河と長江を救い出す大英雄となった。

今の状況からすると、リアリズムは文学を謀殺する最大の悪徳ボスである。

少なくともこの数十年提唱されたリアリズムは文学謀殺の最大の元凶である。

魯迅以降、五・四運動以降、リアリズムは小説が本来持っている方向や性質を変え、貞節烈女を手練《てだ》れで上品な遊女に改造するように、我々に貞節烈女が持っていない艶めかしい甘い微笑みを献上させるのだ。よくよく検討してみると、我々は内心の深いところで痛みを感じつつも、それらリアリズムの旗印のもとに集まって来た作品は皆、紙屑であると考えざるを得ない。虚偽、誇張、浅薄、低俗、概念さらに教条。今日に至り、文学は低俗なリアリズムによって窒息させられ、リアリズムに成長の喉元を絞められているのである。

しかし、どうであれ、これら所謂リアリズムの作品は、まだ我々の読書という目抜通りを大威張りで歩き回り、行ったり来たり通り抜け、デモでもしているように横断幕を掲げ、お偉い学者先生や理論家先生たちが出した賞品や賞状で光り輝く、パリッとしたリアリズムの背広を身につけている。読書の大通りの両側には彼らのショーウィンドウがずらりと建ち並び、それらすべては芸術の名誉によって設置された高級品のカウンターである。そして読者は、ただ彼らの手中の適当に弄んでいる泥でこねた皇帝でしかなく、乞食のように彼らから芸術と思想の恩恵を与えられるのを待っている皇帝に過ぎないのだ。

彼らなのだ、芸術を強姦したのは。

文学を強姦したのだ。

読者を強姦したのだ。

かつての偉大で神聖な理論家を強姦したのだ。

リアリズムは、彼らがお金で養った、いつでも文学の性欲を発散できるやり手の売春婦、古参の遊女、名妓になってしまったのだ。従って、文学をその都度成長させるためには、遊女の束縛から抜け出させるためには、母親を犠牲にするという代価を支払わざるを得ないのだ。見るがいい。トルストイは彼らの帽子、バルザックは彼らのネクタイ、魯迅や曹雪芹は彼らの胸の前の二つの飾りボタンにしか過ぎない。カフカやフォークナーやガルシア＝マルケスの著作でさえ、リアリズムの競走路《トラック》ではしゃぎ回る靴のひもや靴底に打ち付けてあるタップダンス用の金具になってしまう。しかし、バルザックやトルストイ、魯迅や曹雪芹の魂は、彼らの唾で溺れさせられるのではなく、彼らの作品の小便で洗い流されるのだ。カフカやフォークナーやガルシア＝マルケスらの創作自体が注目し探索する精神、社会や生活そのものに対する彼らの憂いや不安は、彼らの微笑の創作の化粧によって、雲が切れ太陽が出てすっきり晴れ渡るのを遮り、彼らのその創作の微笑を、妓女の房事のあと顔に浮かべる花のような笑顔のようにし、まばゆいまで美しく輝き、鼻をつく香りを放つのだ。

本当だ。どうか「現実」とか「真実」とか「芸術の源泉は生活」だとか「生活は創作の唯一の源泉」などという、とりとめもない話を信じないで欲しい。事実、あなたの目の前には真実の生活など並べられてはいないし、どの真実も作家の頭を通った後はすべて虚偽となってしまっているのだ。本物の血も、創作者のペンを通すとドロドロの水になってしまっているのだ。真実は生活の中になどあるわけではなく、ましてや燃えるような現実の中にあるわけでもないのだ。真実はただ作家の内心に存在しているだけだ。内心や魂から来る一切のものは、すべて真実の、力強い、リアリズムのものなのだ。内心から生まれ出たこの世に存在しない小さな草でも、それは真実の霊芝である。これこそが創作の中の現実、イズムを超越した現実なのだ。これこそしリアリズムの大旗をあえて引き裂くのであれば、それこそが真のリアリズムであり、イズムを超えたリアリズムなのである。

リアリズムは生活とは無関係だし、社会とも無関係であり、その魂――「真実」とも大した関係はないのだ。それはただ作家の内心と魂とのみ、関係がある。真実は生活には存在せず、ただ創作者の内心にあるだけだ。リアリズムは生活と社会の中には存在せず、ただ創作者の内心の世界に存在しているだけだ。リアリズムは生活を源とするのではなく、ただ少数の人の内心を源とするのだ。内心の豊饒は創作の唯一の源泉なのである。生活は優秀な作家の内心の滋養になるだけなのだ。我々はいつも今を歩かされており、必ずやって来た源があり、向かってゆく方向があるのであるが、今、目の前の通りを闊歩している所謂リアリズムに、目をチカチカさせられ、方向を見失なわされている。

だから、我々がたまさか目覚めても、あらゆる人から頭がフラフラの精神錯乱と見なされるはずだ。それならこうしよう。遊女から抜け出すために母親を犠牲にしなくてはならないというのなら、母親を犠牲にすればいい。せいぜい母親からは平手打ちを食らわされるくらいだ。それならそれで左右両頬を叩いてもらおう。文学の成長が、リアリズムを抜け出し別の現実を獲得することを前提とするのであれば、我々はどうしてそうしてみようと思わないのだろうか?

たぶん、リアリズムが文学の本当の花だからだ。たぶん、リアリズムが文学の本当の墓だからだ。

我々はもう数十年もそれを花と思ってきた。そろそろそれを創作の最大の墓場にしようではないか。もし我々が墓地から抜け出して生きて行くことができず、墓地から抜け出すために死ぬしかないのであれば、私の作品は墓の副葬品にすればいい。

私はそれに誇りを感じている。

二〇〇三年十一月十八日　北京清河にて

二〇〇七年版への序

魂の血の滴る音

私にとって創作とは、すでに楽しいことではなくなっている。

三十年近い創作人生で、最近の十数年は、創作の後であろうが創作の過程であろうが、どんな喜びも得ることができないでいる。それなのに一日一日辛抱して書き続けているのは、私の年齢と体がすでに別の職業を選択することを許さなくなってしまっているからだ。

生きて行くには食事が必要なように、書くのは私がまだこの世界で呼吸して動いていることを証明するためであり、友人や読者と交流し、話をしていることを証明するためでもある。さらに内心をさらけ出して話したいという願望はあるし、その可能性もある。もしいつの日か書けなくなったら、それは私が死んだということでなく、ただ人と話したり、付き合いたくなくなったということだ。この世界に向かって、自分独自の声を上げたくなくなったということなのだ。この現実の世界と向き合って、私の魂はすでに血を流している。

故郷の片隅には、私の祖父、祖母が安らかに眠っているだけでなく、父親も黄土の下に横たわってもう二十数年になる。父親の墓を透かして見ることができたら、朽ちた骨と棺桶はもう黄土と溶け合ってしまっていることだろう。私の母親ももう七十を越え、彼女の人生の最後を考えると、私はいつも寒くもないのに鳥肌が立ち、長い時間黙り込み、命の漂泊に落ち着き先はないことに思いを馳せる。あの土地に残っている姉と兄、兄嫁や甥や姪たちは、私の気がかりである。彼らが少しでもいい生活をしてくれればと願っているが、私の創作はただ彼らに無駄な期待をさせるだけだ。ほのかな灯りで闇夜を明るく照らそうとすることに他ならない。結局彼らは彼らである。あの辛くたいへんな生活もやはり彼らの必然的な運命なのである。

家族と私が身を置いているこの雑然とした巨大な北京城で、私は普段妻と息子が与えてくれる煩わしさと微笑みによって、私とこの北京という世界が、かろうじてつながっていることを実感することができる。そうでなければ、北京と私は、砂漠とその中を孤独に歩む駱駝との関係でしかない。一九八九年のある日の深夜、ひとり長安街をぶらぶら歩く私の心の中は、朝日が大地に対して貪欲であるが如く、心の中は、北京と都会への憧れであふれかえっていた。しかし今、私はその北京の膨張とその影響、今の街並みの様子に、嫌悪と恐怖を感じている。

いつ始まったのかは漠然としているが、四十歳前後まで、しばしば死を考え、内心恐怖に震え上がっていた。しかしここ数年、次第に死に向き合っても平然としていられるようになってきた。一昨年の八月、北京の第五環状道路の外にある、十三号線の線路の上を一人でゆっくり歩いていた。夕陽が私を照らしていて、ふと、線路に横たわったらという考えが浮かび、線路の上に長い間立ちつくした。列車が背後に音を立てて迫ってきて、その鋼鉄の音が私の頭を直撃してからやっと、私は線路の上からゆっくり離れていった。また去年、友人と一緒に香山に登って崖の上に立ったとき、飛び降りたらという考えが浮かんだが、そのとき同時に、崖下に広がる山の景色を、なんてすばらしいんだ、他にない美しさだと感じてもいた。ほんの数日前のこと、自分の小説で、帰る家のない寄る辺なき人物を書いていたが、偶然机を離れたとき、窓からマンションのすぐ下の交通事故を見て、私の小説の中のその人物は、帰る家がないのではなく、すでに生活の中で本当に迷ってしまっていて、ただ生命を貪りいい加減に生きており、すぐ目の前にある真の家に帰る道さえ、彼には見えなくなってしまっているのだと思った。私に息子や故郷の甥や姪たちがいることが、彼らに今以上もっとおじさんと呼んでもらうことが、私を安らかに過ごさせてくれる。しかし、死への恐怖はすでに消えているようでも、死についてしばしば考えることで、内心の慰めのようなものがゆっくり吹き上がってくる。これが良いことなのか悪いことなのかは、私にはわからない。

昔のある時期を懐かしみ、今のこの現実に向き合うと、私は現実の目の前に痰を吐きかけ、現実の胸元に数回蹴りを入れることができればいいのにと思う。しかし今、より一層汚れ混乱した現実は、たとえ現実が大衆の面前に股間を曝そうとも、それを自分でもっとよく見てみよう、もっとそれについて言おうという気にはならない。

愛情と慈悲に対し、昔はたとえ一枚だけの緑の葉でも、自分ではそれを青々と生い茂る春と見ることができた。しかし今、本当に生い茂る春色であっても、自分にはこれは冬が我々にプレゼントしてくれた嘘、偽物ではないかと疑ってしまう。

現実の胸元に蹴りを入れる勇気はまだあるが、ただ力がない。慈悲の前で両膝をつき、祖先の墓前に額ずくように跪きたいのに、慈悲の真偽をはっきり見極めることができない。そこで自分の創作の中で、黙って魂の血をしたたらせ、粗雑だったり繊細だったり、短かったり余分だったりする文字に、魂の血の流れる音を響きわたらせ、それを創作する理由と源にするのだ。しかし私はいつも自分のその文字に、存在理由と根拠を問いただす。一九九〇年代中期、作品集を出すにあたり自分の過去の作品のあまりの荒っぽさにため息をつき、昔の作品を振り返ると悲しくなってしまうと言ったことがある。十年後の今、再びこのようなシリーズを出すときには、自分の作品のせいで悲しんだりせず、ただ世界と私のためにこの世界に面と向かい、悲しみとやりきれなさを創作するだけだ。十数年前の作品は多分に荒っぽいが、しかし感情はずっと豊かだし真摯さがある。十数年後の作品では、読者に向き合い、たとえ潮のような批判に曝されようが、飛び交う唾にまみれようが、私はもう冷や汗をかいたり自分を責めたりすることはしない。私には、私の小説が確かに私の魂の血の流れる音だということだけは、わかっているからだ。

自分に言い聞かせておかなければならないのは、魂の血がすっかり流れ出てなくなった後、生きてはいても腐りかけているこの体の骨髄を、最後のインクとすることができるかどうか、人と話す力がなくなったときに、自分のペンを自分の手から離し、真に沈黙することができるかどうかということなのだ。

二〇〇七年七月二十一日

日本の読者の皆様への手紙

親愛なる日本の読者の皆様

私は戸惑いと不安の気持ちを抱えて、皆さんが『愉楽』を読んで下さるのを待っています。まるで自分が有罪なのか無罪なのかわからず、裁判官の下す判決を待っているような気分です。私は二十六年間軍隊生活に縛られていましたが、中国で『愉楽』が出版されたことで、まるでボールのように神聖なる軍営から蹴り出されました。その後、『愉楽』というこの作品は、リアリズムや中国の現実、歴史、ユートピアおよび権利、人間性、叙述、創作に対して不敬であったため、『愉楽』とすべての中国文学の創作に対する論争と批判がこれでもかとばかりに始まりました。そしてそれからというもの、私は創作の「異端児」とされ、人から非難され、唾を吐きかけられ、「歓迎」されました。人間はもとより他人の言うことを受け入れなくてはなりません。小説も時間と母語を越えた評価を受け入れなければなりません。十年後の今、中国において『愉楽』を取り巻く議論は、すでに喧々囂々《けんけんごうごう》の状態は終わり、小説の芸術性自体について語るチョロチョロとした細い流れになっています。本は相変わらず売られており、読者や評論家はやはり毎日のように小説についてあれこれ論じています。『愉楽』は世界各地で出版されましたが、決して村上春樹の小説のように、どこでも読者の熱愛を受けるような作品ではありませんでした。時には冷たく、時には熱く、「チフスかマラリアか」のごとき症状を呈しました。私は、翻訳が原作とはまったく別の創作であるということを理解しています。読者は作家をためし、作家も読者をためし、読者は小説を選び、また小説も読者を選びます。『愉楽』もまたそうです。もし読者が歓迎してくれれば、それは私と『愉楽』にとって、望外の喜びです。読者が忌み嫌ったとしても、それはそれでまた一つの当然の結論です。私は、『愉楽』が多くの日本の読者を獲得することを渇望してはいませんが、たった一人でも、日本の読者に気に入ってもらえたり、反応してもらえたとしたら、それについて知りたいという気持ちがあります。というのは、その日本の読者の反応と中国や欧米の読者の反応との間にある、差異や不思議を感じさせるところ、また明らかな違いなどが、私がよく知らない日本という国とその文化を理解させてくれるからです。

　私は自分の小説を通して世界を認識します。しかしまた、外国の読者にとって、『愉楽』がどれほど読みづらい本かということもわかっています。翻訳者や出版社と編集の方々が、この『愉楽』という作品のため、とりわけ苦労されただろうことは想像にかたくありません。だからこそよけいに不安で気がとがめ、日本の読者の皆さんの期待に応えられないのではないかとずっと思っているのです。何か足りないような気がするのですが、何が足りないのか、はっきり表現することができません。

　このようなわけで、まず最初にここで、日本の読者の皆さんに、この作品が普段読み慣れているものとは違うかも知れない、皆さんに喜んでもらえるものではないかも知れないということを、お詫びしておきたいのです。この本の翻訳を強く薦めてくれた田原《ティエン・ユアン》氏にも、私の感謝の気持ちと恥じ入る気持ちを伝えたいと思います。『愉楽』の日本での出版は、皆さんと私が、読者の皆さんと理解し合いつながるためだけでなく、この混乱した今の世の中で、作者・読者・翻訳者と出版社が共同の存在であるということを表わしており、私たちにとって消えることのない共通の理想や願望のほのかな光なのです。

閻連科

二〇一四年四月二十四日　北京にて

訳者あとがき

閻連科《イエン・リエンコー》は、一九五八年河南省嵩《スン》県（洛陽の西南七十五キロあたり）の貧しい村、田湖鎮《ティエンフーチェン》に生まれました。幼い頃より草刈りや牛の放牧、出稼ぎなどをし、飢えと孤独の中で青少年期を過ごしています。高校を中途退学し、出稼ぎで鉱石運搬の重労働に従事し、二年間にわたり毎日十六時間働いて、家計を助けました。

黒竜江省の北大荒《ベイダーホアン》（中国最北端三江平原あたり）に下放させられていた女性作家・張抗抗《チャン・カンカン》（一九五〇―　）が、一九七五年に発表した長篇小説『境界線（分界線）』で認められてプロの作家になり、八年間の農村生活に終止符を打ったという話を聞き、それならひとつ自分も小説を書いてこの貧しい農村から脱出してやろうと創作を始めます。彼の処女作は、数年を費やして書き上げた三十万字にのぼる長篇で、階級闘争を題材にした作品だったそうですが、彼が不在にしているときにお母さんが原稿を竈の燃料としてくべてしまうという不運に遭いました。

一九七七年に文革が終わり、彼は再開された大学入試に合格できず、二十歳で軍隊に入ります。中国の軍隊には文学・演劇など芸術にたずさわる部門があり、閻連科は文章が上手だったことから、部隊内の創作学習班に参加して雑文を書くようになります。部隊では、戦士・班長・小隊長・指導員・

幹事・劇作・創作員などの仕事を歴任しました。八〇年代末、「窖《ヤオ》谷シリーズ（窖溝系列）」で文壇を揺るがし、以後、精力的に作品を発表していきます。一九九四年には第二砲兵部隊の創作室に配属され、家族と一緒に北京で暮らすようになります。彼は『愉楽』（原題『受活』）が原因で軍隊から離れることになりますが、現在は中国人民大学に所属しています。

文学界のみならず世間でも注目を浴びるきっかけとなったのは、一九九二年に雑誌で発表された『夏日落《シア・リールオ》』という作品です。夏日落とは一人の兵士の名前で、内気でおとなしかった彼は、部隊の銃を盗み出し自殺してしまいます。彼を指導する立場だった中隊長と指導員の二人は共に激烈な中越戦争から生還した英雄で、上層部から夏日落の自殺の原因について個別の聞き取り調査を受けることになりますが、二人ともお互いに相手に責任をなすりつけ合います。二人は監禁され、その間に中越国交回復のニュースが二人の耳に入ってきます。自分たちが命をかけて戦ってきたあの戦争はいったい何だったのか。二人は自問自答を繰り返します。勇ましく光り輝く英雄ではなく、家族のために保身に走り、また時代の変化に戸惑い思い悩む等身大の軍人の姿を描いたことで、この作品は軍隊小説の新しい時代を告げる画期的作品になりました。しかしそれが兵士の暗黒面を描いたとして批判され、発禁処分を受けることになったのです。

二度目の発禁処分は、二〇〇五年に雑誌に掲載された『人民に奉仕する』（拙訳、文藝春秋、二〇〇六年）です。その理由は「毛沢東を侮辱し、『為人民服務（人民に奉仕する）』の崇高な精神を侮辱し、人民の軍隊を侮辱し、革命と政治を侮辱しており、また性描写が氾濫し、人々の思想を乱し、西洋の誤った考えを煽《あお》っている」というものでした。この時の発禁処分は徹底していました。雑誌はすべて回収され、閻連科との接触を避けるようにという指示が出され、すでに決まっていた小説集の企画は取り下げられ、教育機関で彼の作品を購入・宣伝・講義することは禁止され、文学関係の部署でこの発禁問題について討論会が行われました。

二〇〇六年に出版された『丁庄の夢』(拙訳、河出書房新社、二〇〇七年)は、売血のために村中の農民がエイズに感染してしまったエイズ村を題材にして書かれた小説ですが、出版後に当局の圧力がかかり一時販売中止となりました。

二〇一一年には『四書』が大飢饉の内幕をあばいているという理由で発禁処分となり、台湾での出版となりました。

『愉楽』は二〇〇三年雑誌『収穫』第六期に発表され、二〇〇四年四月春風文芸出版社から出版されました。発禁処分にこそなりませんでしたが、出版後、「反革命」、「反人類」、「反体制」、「反国家」、「反伝統」、「反動」など、あらゆる「反」で始まる言葉で酷評されました。物語は障害者たちがお互いの足りないところを助け合いながら幸せに暮らす世間から忘れ去られていた村に、外から来た紅軍の女兵士が社会主義革命を持ち込むことで、村に様々な災いが降りかかるという内容です。社会主義革命が悪者として描かれているわけで、そのような反応が出ることは作者本人もわかっていたはずです。あとがきで中国の伝統的リアリズムを徹底的に否定したのも酷評の一因となっています。そしてこの作品を読んだ軍の上官が「反右派闘争がもう一度始まれば、彼は右派にされるだろう」と言ったことがきっかけで更に大騒動になり、軍隊から離れざるを得なくなってしまいました。しかしそれらの批判の中で、確固たる根拠が示されたものはありませんでした。この作品は、二〇〇四年、中国文学界で権威のある魯迅文学賞と鼎鈞双年文学賞を受賞しています。この事実は、彼の作品の文学作品としての価値を証明しており、また文学界の当局への精一杯の抵抗だったのではないかと思います。ところで閻連科はその受賞の言葉の中で、彼の息子さんの『愉楽』への評価を紹介しています。「武俠小説の金庸《チンヨン》よりは少しマシだけど、老舎《ラオショー》先生にはほど遠いかな」。

今年二〇一四年、魔術的リアリズムを代表する作家、ガルシア＝マルケスが亡くなりました。閻連科の作品はよく魔術的リアリズムだと評されます。ガルシア＝マルケスをはじめとするラテンアメリカの作家たちの豊かな想像力と物語性は、瀕死の状態だった文学界を救いました。その想像力と物語性という点で言えば、まさに閻連科の作品は、その二つで読ませるものだと言えます。着想の奇抜さもさることながら、それを起伏に富んだストーリーに組み上げる才能には脱帽します。この『愉楽』は、言ってみれば「村おこし」のお話です。ところがその中身が、特技を持った障害者を集めて団を作り全国を公演して回らせ、その収入でロシアのレーニンの遺体を買い取ってきて村に安置し、世界中から観光客を呼び寄せ村を富ませようという途方もないもので、こういう発想は、おそらく閻連科以外の作家にはできないでしょう。

　その魔術的リアリズムと密接に関連しているのが作品の中にある様々な顚倒《てんとう》です。まず季節が顚倒します。夏に大雪が降り、真冬に夏がやってきます。顚倒は物語の構成にもあります。この物語は本文と注釈のような「くどい話」の二つの部分からなりたっています。しかし本来補足的存在であるはずの「くどい話」が一つの章になり、本文のように扱われているところがあります。「くどい話」では、村の歴史や主人公茅枝婆《マオジーポー》の経歴が語られ、そこから解放戦争から現代に至るまでの中国の歴史を垣間見ることができます。

　この作品では年号に西暦ではなく旧暦が用いられています。これもある意味、顚倒と言っていいかも知れません。翻訳には日本の読者への便宜上、西暦を括弧で付けましたが、原文に西暦は一切出てきません（「くどい話」の人物説明の生没年を除く）。また中華人民共和国成立や文化大革命など、歴史上の出来事も具体的な名称をほとんど用いていません。こうすることで世界から見放されていたある村の物語であることを強調し、物語に独特な魔術的雰囲気を醸し出させています。この発想の裏側には、閻連科が農民の出身であることを強く意識しているということがあります。彼はあるインタビューの中で、母親には西暦で言ってもだめだ、旧暦でないとわかってもらえないと話しています。自然を相手にしている農民の時間的感覚を強調するためにもあえて西暦を用いなかったのです。巻数や章番号に奇数しか用いていないこと、チケットの値段にあえてきりの悪い数字を用いていることも魔術的雰囲気を作り上げるための重要な要素になっています。

そしてこの物語最大の顚倒は、健常者（完全人）と身障者の位置関係です。

翻訳に取りかかってまず思ったのは、差別表現に対して極めて敏感な日本でこの作品を出版することは可能なのだろうかということでした。この小説を差別用語・差別表現なしで翻訳することは不可能です。言葉の問題だけでなく、物語は最終的に身障者が健常者に徹底的に略奪され辱められるという話です。日本では読むに堪えないと感じる読者もいるかもしれません。一方、中国では健常者の意識の中に、自分たちは彼らとは違うというはっきりとした線引きがあります。改革開放から三十年、広がるばかりの経済的格差が中国人の階級意識にますます拍車を掛け、身障者はますます社会の底辺・片隅へ追いやられているように見えます。

莫言《モーイエン》の短篇小説に、「白い犬とブランコ」（吉田富夫訳、莫言自選短編集『白い犬とブランコ』NHK出版、二〇〇三年）という作品があります。十七歳の時にブランコの事故で片目を失い障害者になってしまった少女暖《ヌアン》は、結局唖者に嫁ぐしかなく、生まれてきた三つ子の男の子も皆物を言うことができません。ブランコの事故の時一緒にいた主人公と十年ぶりに再会した彼女は彼に「物の言える子供がほしい……」と迫ります。この小説の中で中国人の差別意識を如実に語っているのは次の場面でしょう。現在は大学の先生をしている主人公は暖に会いに彼女の家に行ったとき、物の言えない粗暴な夫に恐怖を感じながらこう思います。「……片目が唖巴《ヤーバ》（唖者）の嫁になるというのは、曲がり包丁でふくべを切るようにぴったしだし、どっちも損得なしとはいうものの、ぼくの心は重く沈んだままだった」。大学の先生をしている知識人でもこの感覚です。また彼女は彼女で主人公にこう言います。「……顔が傷物になったわたしなんか、あなたにはふさわしくない。つらい思いは一人がすればいい、二人でかぶることはない、なんて考えてね……」。この小説は健常者と障害者との間にあるどうしようもない隔たりを感じさせます。暖は、『愉楽』に出てくる槐花《ホワイホア》を彷彿とさせます。障害者のままでは終わりたくない、そのためには団長とも寝るし、秘書とも寝るし、自分たちを閉じ込めたトラックの運転手とも寝ます。

しかしこの小説はけっして障害者を笑い貶《おとし》めるために書かれたものではありません。最後まで読んで下さった読者の皆さんにはきっとおわかりいただけるだろうと思います。閻連科はこの突飛で途方もない物語を通して、中国という国がどのような歴史を辿り今現在どのような状況に陥っているかを力強く描き出しているのです。

中国はかつて共産主義というユートピアを夢見、数々の革命を推し進めてきました。農村では農地分配の土地改革から一転、互助組、農業合作社、人民公社へと続く農業集団化、そして生産請負制が始まったことによる人民公社の解体と、農民たちは政策に振り回されっぱなしです。社会全体では大躍進の鉄鋼増産から三年飢饉、そして未曾有の混乱となった文化大革命の十年。社会主義革命は終わったのでしょうか、それとも今でもその夢を追い続けているのでしょうか。茅枝婆は平和で何の不足もなかった村に社会主義革命を持ち込み、村人に様々な苦難を強いることになります。ここには閻連科の国家や体制に対する痛烈な批判がこめられています。茅枝婆は退社を実現することでユートピアの幻想から解き放たれ、あの世に旅立ちます。

中国がもうひとつ夢見ているのは豊かで安定した国家です。文革後の改革開放は次なるユートピア実現を目指すものでした。しかし改革開放は中国人民の欲望を一気に解放し、一斉にお金に向かわせました。お金がすべてになってしまい、官僚の汚職は言うに及ばず、上から下までお金のためなら手段は問わなくなりました。自分たちの絶技がお金になると知った受活の人びとは、かつての幸せな暮らしも、自分たちが被った数々の災難のことも忘れ、ひたすらお金に執着します。皆が豊かになって幸せな暮らしをするようになるはずだった改革開放。人びとの欲望は留まるところを知らず、社会の歪みはどんどん大きくなっています。閻連科は中国の人びとが陥った無間地獄を描き出しています。

原作には方言が多用されています。そもそも原題の『受活』からして中国中西部の方言です。一般の中国人には、なんとなく「気持ちがいい」という意味だろうと想像はつくものの、このタイトル自体がなじみのない言葉なのです。「くどい話」で方言として説明されているもの以外にも、たくさん出てきます。翻訳する際、この方言をどう処理するかは難しい問題でした。編集者と何度も相談の上、中国語のままだと抵抗を感じるものについては漢字を換えたり、本文中に出てくる方言については、語り手が思わず方言で語ってしまっている感じになるところに限定することで、日本語として読む際にできるだけ抵抗感がないように工夫を凝らしました。

閻連科は近年、エッセイの書き手としても注目されました。父親と父親の兄弟の生き様を描いた『私と父の世代（我与父輩）』（二〇〇九）、故郷の家族や親戚のことを綴った『ある男の三本の川（一個人的三条河）』（二〇一二）、購入したばかりの緑豊かな別荘の強制立退き騒動をきっかけに、自然と自分のかかわりについて書いた『北京、最後の記念（北京最後的紀念）』（二〇一二）の三冊を続けざまに発表しました。また散文だけでなく、文芸評論家としての一面も見せます。『小説発見（発現小説）』（二〇一一）に続いて、二〇一二年には『本とペンの距離を測る（丈量書与筆的距離）』を出して、自分の文学観について、古今東西の作家や作品を取り上げて語っています。

今年二〇一四年に発表された新作長篇小説『炸裂志』（『早稲田文学』二〇一四年秋号より泉京鹿訳で連載開始）は、炸裂という名前の村の村史を作家（閻連科が実名で登場）が依頼されて書き記すという設定で、ひとつの村の辿った激動の歴史を描き出しています。この小説は作品だけでなく、キャッチフレーズとして使われた、現実主義ならぬ〝神実主義〟という造語も大きな話題となりました。

この本の校正作業をしているときに、閻連科がフランツ・カフカ賞を受賞したという嬉しいニュースが飛び込んできました。アジアでは二〇〇六年の村上春樹に続いて二人目です。

閻連科の創作意欲はまったく衰えを知りません。これからまたどのような作品が出てくるのか楽しみに待っていたいと思います。

*

二〇一二年、島の領有権をめぐり日本と中国の間に起こった紛争は、これまでにない二国間の関係悪化をもたらしました。閻連科はちょうど顧問として、現在活躍中の中国の若い作家九名を引き連れて来日し、日本の若手作家たちと交流を行う予定でした。ところが日本に出発するという前日になって当局からストップがかかってしまいました。

しかし村上春樹が九月二十八日付の朝日新聞に掲載したエッセー「魂が行き来する道筋を塞いでしまってはならない」に対して、閻連科が村上発言への共感を表明し、「文化と文学は人類の絆」であり、今こそ作家が声を上げるときだと強く主張しました(「中国の作家から「村上春樹」への返信——著名社会派作家・閻連科氏が村上氏の「尖閣エッセー」を読んで書いた「国内の苛立ちと苦悩」」『アエラ』二〇一二年十月十五日増大号、泉京鹿訳)。

その発言が目にとまり、早稲田大学総合人文科学センター主催の年次フォーラム「東アジア文化圏と村上春樹——越境する文学、危機の中の可能性」に招聘されることになり、初来日が実現したのです。

フォーラムの前日の十二月十三日、閻連科は「愛すればこそ——文学から、互いにへだたりのない陽光のもとへ」と題する単独講演を早稲田大学で行いました。その中で閻連科は、自分と日本文学の出会い、中国人の日本文学受容の変化、冷え込んでいる日中文化間の交流などについて語った後、「文学は私たちに母の愛の暖かさをもたらし、永遠の幸せ、永久の精神を感じさせてくれるものである」と締めくくりました。
そして翌日十四日のフォーラムでは、基調講演を行い、パネルディスカッションに参加しました。基調講演では「村上春樹の文学は中国でも人気を博しているが、人気があればあるほど尊重されていないのではないか、村上春樹の文学は文学の表層の部分が読まれているだけで、深層の部分までは読まれていないのではないか」「村上作品はまだ中国文化に影響を与えるほどの存在にはなっていない。東アジアに真の文化圏を構築するには、より深いレベルでのプラットフォームが必要であるが、村上作品はその一歩にはなるだろう」と問題提起しました。またＮＨＫの取材も入り、ニュース番組の中で特集が組まれました（「中国社会派作家閻連科氏にインタビュー・日中対立をどう乗り越える？」ＮＨＫ　ＢＳ１「ワールドＷａｖｅトゥナイト」十二月十九日）。閻連科は番組のインタビューの中で、「今の文化交流の最大の問題は政治の影響を受け過ぎていることだ。文学・文化にはこぶしを緩めさせる力がある、だから文学と文化を通した交流を訴え続けていきたい」と述べました。

閻連科は十二月十三日の講演の前置きで、私が彼に連れられて河南省の彼の実家を訪問したときのことを語ったそうです。私は残念ながらこの講演には参加できず聞くことができませんでした。以下は講演会に参加されていた泉京鹿さんから教えていただいた概要です。

私の母は六十年前に河南の片田舎で日本人に出会い、その日本人から飴をもらったそうです。そのとき、当時の母と村の人々は、飴というものが甘いものであるということを初めて知ったのです。六年ほど前、私の作品の翻訳者である谷川毅さんを私の故郷にお連れしたことがあります。そのとき、事前に母に日本からお客さんが来ると伝えておいたところ、谷川さんを迎えるために、母は三日間かけて餃子の準備をしたそうです。それは、これまでで最高の餃子でした。母は「日本のお客さんはおいしいと言ってくれたか」と何度もきいてきました。私は、わざわざ谷川さんにきくまでもなく、「おいしいと喜んでくださったよ」と伝えました。すると母は、「よかった。これでようやく日本の方に六十年前の飴のお返しをすることができた」と言って、とても喜んだのです。河南省の農村に生きている母に、このような思い出があり、私にとっての日本人といえば、母のこの話から始まっています。

この本ができるまでにはたくさんの方にお世話になりました。私を閻連科と引き合わせてくれた田原《ティエン・ユアン》さん、お忙しいなか私のしつこい質問に根気よく付き合って下さった同僚の李彩華教授、そして河出書房新社の島田和俊さんと編集部の皆さんに、この場をお借りして厚く御礼申し上げます。

そして最後に、私のために心をこめて餃子を作って下さった閻連科のお母さんに、ありがとうの気持ちを伝えたいと思います。

名古屋経済大学教授　谷川毅

著者略歴

闇連科（えん・れんか、Yan Lianke）

1958年中国河南省嵩県の貧しい農村に生まれる。高校中退で就労後、20歳のときに解放軍に入隊し、創作学習班に参加する。1980年代末から小説を発表し、92年には軍隊文学の新地平を切り開く中篇『夏日落』を発表するが、発禁処分となる。その後、精力的に作品を発表し、2003年、中国で「狂想現実主義」と称される本書を発表し、老舎文学賞受賞。さらに2005年雑誌に発表された長篇『人民に奉仕する』が２度目の発禁処分となる。エイズ村を扱った長篇『丁庄の夢』（2006）は販売差し止め処分。大飢饉の内幕を暴露した長篇『四書』は大陸で出版できず、2011年台湾から出版された。2001年中篇『年月日』で魯迅文学賞を受賞。2011年『丁庄の夢』がマン・アジア文学賞最終候補、2013年国際ブッカー賞最終候補、2014年にはフランツ・カフカ賞受賞。いま最も注目される中国語圏の作家の一人。

訳者略歴

谷川毅（たにかわ・つよし）

1959年生まれ。名古屋経済大学教授。訳書に、閻連科『人民に奉仕する』（文藝春秋）、同『丁庄の夢』（河出書房新社）、労馬『海のむこうの狂想曲』（城西国際大学出版会）など。

愉楽

2014年9月20日　初版印刷
2014年9月30日　初版発行

著　者　閻連科
訳　者　谷川毅
装　丁　木庭貴信（Octave）
発行者　小野寺優
発行所　河出書房新社
東京都渋谷区千駄ヶ谷2-32-2
電話　(03) 3404-8611〔編集〕(03) 3404-1201〔営業〕
http://www.kawade.co.jp/
組版　株式会社創都
印刷　株式会社暁印刷
製本　小高製本工業株式会社

Printed in Japan
ISBN978-4-309-20660-8

河出書房新社の海外文芸書

黄金の少年、エメラルドの少女

イーユン・リー　篠森ゆりこ訳

代理母問題を扱った衝撃の話題作「獄」、心を閉ざした40代の独身女性の追憶「優しさ」のほか、愛と孤独を静かに描く表題作など珠玉の９篇を収録。

さすらう者たち

イーユン・リー　篠森ゆりこ訳

ベストセラー『千年の祈り』の著者初の長篇。1979年、一人の女性が国家の敵として処刑された。無実を知るかつての同級生は夫と息子との幸せな家庭を捨て、友の名誉回復の抗議行動を決意する。

帰ってきたヒトラー（上・下）

ティムール・ヴェルメシュ　森内薫訳

総統、ついに芸人になる！　現代に突如よみがえったヒトラーが巻き起こす爆笑騒動の連続。危険な笑いに満ちた本書の評価をめぐりドイツでは賛否両論の物議になった衝撃の問題作。 世界的ベストセラー！　ついに日本上陸。

沈黙を破る者

メヒティルト・ボルマン　赤坂桃子訳

亡き父が遺した書類に潜む忌まわしき記憶。ナチス支配下のドイツを舞台に展開する悲劇と、その真相を追う現代の物語が交錯し、意外な結末を迎える。ドイツ・ミステリ大賞第１位の傑作。